Herausgegeben von Friedel Wahren

Von **L. E. Modesitt jr.** erscheinen in der Reihe
HEYNE SCIENCE FICTION & FANTASY:

Der Recluce-Zyklus

1. *Magische Insel* · 06/9050
2. *Türme der Dämmerung* · 06/9051
3. *Magische Maschinen* · 06/9052
4. *Krieg der Ordnung* · 06/9053
5. *Kampf dem Chaos* · 06/9054 (in Vorb.)
6. *Sturz der Engel* · 06/9055 (in Vorb.)
7. *Der Chaos-Pakt* · 06/9056 (in Vorb.)
8. *Weiße Ordnung* · 06/9057 (in Vorb.)
9. *Die Farben des Chaos* · 06/9097 (in Vorb.)
10. *Der Magier von Fairhaven* · 06/9098 (in Vorb.)

Weitere Romane in Vorbereitung

L. E. MODESITT JR.

Krieg der Ordnung

*Vierter Roman
des Recluce-Zyklus*

Deutsche Erstausgabe

WILHELM HEYNE VERLAG
MÜNCHEN

HEYNE SCIENCE FICTION & FANTASY
06/9053

Titel der Originalausgabe
THE ORDER WAR
Übersetzung aus dem amerikanischen Englisch
von Jürgen Langowski
Das Umschlagbild malte Darrell K. Sweet

Umwelthinweis:
Dieses Buch wurde auf chlor- und
säurefreiem Papier gedruckt

Deutsche Erstausgabe 6/2000
Redaktion: Angela Kuepper
Copyright © 1995 by L. E. Modesitt, Jr.
Erstausgabe bei Tom Doherty Associates, Inc., New York
(A Tor Book)
Copyright © 2000 der deutschen Ausgabe und der Übersetzung
by Wilhelm Heyne Verlag GmbH & Co. KG, München
http://www.heyne.de
Printed in Germany 2000
Umschlaggestaltung: Nele Schütz Design, München
Technische Betreuung: M. Spinola
Satz: Schaber Satz- und Datentechnik, Wels
Druck und Bindung: Elsnerdruck, Berlin

ISBN 3-453-16227-7

Für Jeff –

*weil er da war und weil er mir ein wahrer Bruder war,
auch wenn ich es nicht immer begriffen habe*

I

CHAOS-ENTFALTUNG

I

Justen stand auf den glatten Steinen der ältesten Pier in Nylan und sah zu, wie die *Shierra* ablegte und in den Kanal hinausfuhr. Die schwarzen Eisenplatten des Deckhauses und der Geschützturm funkelten im Licht der Morgensonne und die vier Spannen lange Mündung der Kanone zielte nach vorn wie ein Schwarzer Stab, der das Chaos aufspießen wollte.

Eine schmale Spur aufgeschäumten weißen Wassers folgte dem neuesten Kriegsschiff der Mächtigen Zehn, als es sich, vorbei an den beiden schmalen Wellenbrechern, die schon zur Zeit der Gründung Nylans gebaut worden waren, in den Golf von Candar schob.

Der junge Mann im Schwarz der Ingenieure fuhr sich mit einer Hand durch das kurze hellbraune Haar, bevor er sich an die drei Schüler wandte. »Wenn das Schiff hinter den Wellenbrechern ist, dann beobachtet es genau, aber nur mit den Augen.«

»Was sollen wir denn beobachten?«, wollte der schmale, rothaarige Junge wissen.

»Das Schiff, du Dummkopf«, antwortete das stämmige Mädchen.

»Warum denn?«, fragte Norah, ein zierliches blondes Mädchen mit großen Augen.

»Seht einfach zu«, wiederholte Justen.

Die Hitze, die aus dem Schornstein der *Shierra* aufstieg, zeichnete sich als leichtes Flimmern vor dem grünblauen Himmel im Westen ab. Auch vor dem Bug tauchten kleine Schaumkronen auf, als das Schiff seine Fahrt beschleunigte. Plötzlich aber verschwanden

Schiff und Bugwelle und allein das Hitzeflimmern war noch am westlichen Himmel zu sehen.

»Was ist denn jetzt passiert?«, fragte Daskin, der Rotschopf. Verwundert fuhr er sich durch das lockige Haar.

»Der Bruder hat natürlich die Schilde eingesetzt, so wie wir es auch lernen werden.« Jyll, das stämmige Mädchen, hätte beinahe herablassend geschnaubt. Sie warf unwillig das Haar zurück.

Justen musste einen Schritt ausweichen, um nicht die langen schwarzen Strähnen ins Gesicht zu bekommen. Er hatte ihrer Behauptung, sie würden den Einsatz der Schilde lernen, nicht widersprochen, doch es würde natürlich noch Jahre dauern, bis einer der drei so weit wäre. Wenigstens nach seiner Einschätzung – aber dies war zum Glück nicht sein Problem.

»Lasst uns gehen.« Er wandte sich zum Hügel um und die drei Schüler folgten ihm; Norah, die angestrengt nach dem Hitzeflimmern Ausschau hielt, das als Einziges noch von der *Shierra* zu sehen war, lief hinterdrein. Ein leichter Wind, der die letzten Erinnerungen an die winterliche Kälte mit sich brachte, ließ Justens schwarzes Hemd flattern.

Als sie an der Waffenkammer vorbeikamen, trat eine schlanke rothaarige Frau heraus.

»Krytella!« Justen begrüßte die grün gekleidete Frau mit einem Winken.

»Justen, ich komme mit zum Schulhaus, falls du auch in die Richtung musst«, erwiderte Krytella lächelnd. »Weißt du zufällig, ob Gunnar irgendwo in der Nähe ist?«

»Nein, er ist oben in Landende und studiert die Aufzeichnungen der Gründer über die Veränderung.« Justen bemühte sich, möglichst unbeteiligt zu klingen. Gunnar hier, Gunnar dort. Gerade so, als wäre sein älterer Bruder der große Creslin höchstpersönlich.

»Gibt es überhaupt Aufzeichnungen, die diesen Namen verdienen?«

»Ich denke, es muss welche geben. Dorrin hat jedenfalls einiges hinterlassen.« Justen blieb vor dem langen, niedrigen Bau stehen. Das schwarze Gebäude schien beinahe mit dem␣grasbewachsenen Hügel zu verschmelzen.

»Aber er war doch Ingenieur.«

»Und außerdem schrieb er *Die Basis der Ordnung.* Den größten Teil jedenfalls.« Justen wandte sich mit einer Geste an seine drei Schüler. »Ihr könnt euch vom Früchteteller im Speisesaal nehmen. Anschließend treffen wir uns im Eckzimmer.«

»Danke, Magister Justen«, antworteten die drei im Chor.

»Ich bin kein Magister, nur eine Art Ingenieur in Ausbildung«, erwiderte Justen, aber die drei waren schon verschwunden.

»Wie kannst du dich nur dafür begeistern, diese Gören in den Grundlagen der Ordnung zu unterweisen?«, fragte Krytella.

»Warum denn nicht? Irgendjemand muss es doch tun, und …« Justen unterbrach sich, weil ihm bewusst wurde, dass Krytella ihn schon wieder mit seinem älteren Bruder verglichen hatte und der Vergleich zu seinem Nachteil ausgefallen war. Er zwang sich zu einem Lächeln und fuhr fort: »Aber jetzt sollte ich lieber nach ihnen sehen, ehe sie sämtliche Früchte verdrücken.«

»Richte Gunnar aus, dass ich mit ihm reden muss.«

»Das kann ich machen, aber wahrscheinlich wirst du ihn sogar vor mir wiedersehen.«

»Viel Spaß noch mit deinen Schülern.«

»Danke.«

Die drei hatten keineswegs alle Dörrfrüchte verputzt, sondern mindestens die Hälfte übrig gelassen. Als er an dem Tisch mit dem Teller vorbeikam, schnappte

Justen sich ein paar getrocknete Birnapfelschnitzel und steckte sie sich in den Mund. Er kaute und schluckte sie rasch herunter, dann ging er die Treppe hinunter zum Flur, der den tiefer liegenden Garten im Innenhof in der Mitte teilte. Der Garten selbst trennte wiederum den Speisesaal von den Klassenzimmern.

Die drei schauten von ihren Kissen auf, als er die Tür schloss.

»Nehmt *Die Basis der Ordnung* heraus. Wir wollen uns den dritten Abschnitt im ersten Teil ansehen, Seite fünfzig. Es geht dort um die Konzentration der Ordnung.« Justen wartete, während sie in den Büchern blätterten. Die Seiten der Bücher waren steif und wie neu, als würden die Schüler nur darin lesen, wenn Justen sie ausdrücklich dazu anhielt. »Würdest du laut vorlesen, Norah?«

Die Blondine mit den großen Augen räusperte sich. »... ein Stab oder irgendein anderes Objekt kann mit Ordnung getränkt werden. Eine solche Konzentration der Ordnung muss aber, wenn das Gleichgewicht erhalten bleibt, anderswo zu einer größeren Menge Chaos führen. Deshalb wird, je mehr man sich bemüht, die Ordnung in Gegenständen zu konzentrieren, das frei in der Welt existierende Chaos verstärkt.«

»Was hat das zu bedeuten, Daskin?«

»Ich weiß es nicht, Magister.«

»Nun gut. Lies den gleichen Abschnitt noch einmal.«

»Den gleichen Abschnitt?«

Justen nickte.

»... ein Stab oder irgendein anderes Objekt ...« Daskin wiederholte die Worte, die Norah laut vorgelesen hatte.

»Und was hat das nun zu bedeuten?«

Daskin seufzte. »Ich glaube, es hat damit zu tun, dass die Ingenieure nicht in alles, was sie bauen, Ordnung hineingeben.«

Justen forderte Jyll mit einem Nicken zu sprechen auf.

»Gibt es deshalb nur zehn Schiffe aus Schwarzem Eisen?«, fragte sie.

»Wie viel Ordnung muss man konzentrieren, um ein Schiff wie die *Shierra* zu bauen?«, fragte Justen zurück.

»Eine Menge, sonst hättet Ihr nicht gefragt«, erwiderte Norah altklug.

»Wie viel Eisen wäre nötig, um hundert Schiffe zu bauen?«

»Aber Eisen ist doch das beste Material dafür, oder nicht?«, fragte Daskin.

»Du kannst Eichen und Fichten ziehen, aber Eisen wächst nicht nach. Hast du das Eisen aus der Erde geholt, dann ist es verbraucht. Wenn du das Eisen aus den Bergen geholt hast, dann ... was ist dann?«

Die drei Schüler senkten ratlos die Blicke.

»Was hält Recluce zusammen?«

»Die Ordnung«, murmelten die drei.

»Und was macht das Eisen?«

»Es bindet die Ordnung.«

»Schön. Und was passiert, wenn wir das ganze Eisen aus den Bergen nehmen? Warum, glaubt ihr, kaufen wir so viel Eisen wie möglich in Hamor oder sogar Lydiar?«

»Oh ... damit die Ordnung in Recluce bleibt?«

»Genau.« Justen lächelte etwas gezwungen. »Und jetzt lasst uns einmal über Grenzen und Beschränkungen nachdenken. Wo kann man dazu etwas finden, Jyll?«

Das kräftige Mädchen zuckte mit den Achseln.

Justen holte tief Luft und unterdrückte den Impuls, sie anzubrüllen. Er wartete einen Augenblick, bis er sich wieder beruhigt hatte, und sagte dann: »Seht am Ende des ersten Kapitels nach. Schlagt alle dort nach und erzählt mir, was ihr gefunden habt.«

Justen wanderte unruhig von einer Seite des Raumes zur anderen. Waren er und Gunnar früher genauso begriffsstutzig gewesen?

Die drei Schüler blätterten langsam die *Basis der Ordnung* durch.

Schließlich hob Norah die Hand. »Ist es dies hier?« Sie räusperte sich und begann vorzulesen: »Wären Ordnung und Chaos unbegrenzt, dann hätte die eine oder andere Seite den Sieg davontragen müssen, als die großen Meister der jeweiligen Disziplin an der Macht waren. Aber keine Seite hat triumphiert, obwohl mächtige, kluge und ehrgeizige Männer und Frauen sich darum bemüht haben. Daher sind weder Ordnung noch Chaos unbeschränkt und der Glaube an das Gleichgewicht der Kräfte ist ...«

Justen nickte. »Was bedeutet das?«

»Ich bin mir nicht sicher.«

Der junge Ingenieur sah aus dem Fenster zum Hügel und zur Mauer aus schwarzem Stein im Norden, die Nylan von Recluce abschirmte. Dann blickte er den Hügel hinunter zum Ostmeer. Vielleicht hatte Krytella Recht. Irgendjemand musste natürlich die Schüler unterrichten, aber war er wirklich der Richtige dafür?

II

»Die Straße hat die Region von Westwind erreicht.« Die ältere Ratsherrin rieb sich einen Augenblick die Stirn, dann ließ sie die Arme auf den alten Tisch aus Schwarzeichenholz sinken, der mitten im Ratssaal stand. Das leise Rauschen der Brandung unterhalb der Schwarzen Residenz wurde vom Frühlingswind durch die halb geöffneten Fenster in den Raum getragen.

»Die Straße macht mir weniger Sorgen als die Truppen, die vor ihrem Bau den Weg freikämpfen«, meinte der Mann mit dem schütteren Haar.

»Ryltar ... die Straße ist der Schlüssel für größere Truppenbewegungen und den Handel, der darauf folgt. Wenn die Straße fertig ist, wird sie den einzigen direkten Zugang zu Sarronnyn bilden.«

Die dritte Ratsherrin schürzte die schmalen Lippen und hustete. »Die Sarronnesen haben bis jetzt schon beinahe zweitausend Soldaten verloren.«

»Die Spidlarer haben doppelt so viele verloren und dort haben die Weißen drei Städte dem Erdboden gleichgemacht, ohne dass wir eingegriffen hätten«, bemerkte Ryltar trocken. »Wir können heute nicht einmal mehr mit Sicherheit sagen, wo Diev gelegen hat.«

»Damals hatten wir nicht viel, mit dem wir hätten eingreifen können.« Die ältere Frau, schwarzhaarig und breitschultrig, schüttelte den Kopf.

»Wie immer darauf bedacht, dass wir streng bei der Wahrheit bleiben, Claris«, erwiderte Ryltar lächelnd.

»Euer Gerede macht mich noch ganz krank, Ryltar«, erklärte die jüngere Frau. »Der entscheidende Punkt ist, dass Fairhaven einen weiteren Schritt getan hat, um den großen Plan zur Eroberung ganz Candars, den Cerryl der Große sich ausgedacht hat, zu verwirklichen. Die Frage ist, wie wir darauf reagieren wollen.«

»Ach, ja. Der große Plan, von dem wir seit so vielen Jahrzehnten immer wieder hören. Danke, dass Ihr mich daran erinnert habt, Jenna.«

»Ryltar, nun bleibt doch einmal ernst.« Jenna unterdrückte mit Mühe ein Seufzen.

»Ich bin völlig ernst. Warum stellen wir uns nicht den Fakten? Zunächst einmal erhebt sich doch die Frage, wie die Weißen Magier uns gefährlich werden könnten, selbst wenn ihnen ganz Candar in die Hände fiele. Zweitens haben wir keine ausgebildeten Truppen, die wir nach Sarronnyn schicken könnten. Ohne Wehrpflicht können wir eine solche Truppe nicht ausheben und die Wehrpflicht würde uns stärker bedrohen, als Fairhaven es je vermag.« Ryltar wandte sich an Jenna. »Nun sagt mir, in welcher Weise wird Recluce bedroht? Was könnte Fairhaven uns anhaben?«

»Unsere Basis der Ordnung zerstören oder so weit erschüttern, dass die Schiffe uns nicht mehr verteidigen können.«

»Oh, habt Ihr schon wieder mit dem alten Gylart gesprochen?«

»Ich glaube nicht, dass Gylarts Alter zwangsläufig die Logik seiner Überlegungen beeinträchtigt«, warf Claris ein. »Jenna – oder Gylart – hat durchaus Recht. Die Weißen erzeugen eine Art ›gezähmter‹ Ordnung, um ihre Chaos-Macht zu verstärken. Wenn sie erst ganz Candar eingenommen haben, wer soll sie dann daran hindern, Hamor zu erobern? Oder wer soll die Hamoraner davon abhalten, dem Beispiel der Weißen zu folgen? Und wie wird sich das auf Eure ertragreichsten Handelsrouten auswirken, Ryltar?«

»Wir reden hier über eine Entwicklung, die Jahrhunderte dauern kann. Im übrigen möchte ich auf mein Argument von vorhin zurückkommen. Was können wir denn schon tun?«, fragte Ryltar lächelnd.

III

»Zieht das Banner auf«, befahl der Kapitän. Kurz darauf flatterte an der Stange über dem eisernen Ruderhaus der schwarze Ryall auf weißem Hintergrund. »Sieht nach einem lydischen Händler aus.« Hyntal wandte sich an die beiden Ingenieure. »Wir setzen uns einen Augenblick neben ihn und dann wollen wir mal sehen, ob Ihr, Bruder Pendak, etwas spüren könnt.«

Pendak nickte.

»Kapitän! Sie drehen ab! Sie versuchen, vor dem Wind zu segeln.«

»Schilde!«, knurrte der Kapitän. »Aber nur zwischen ihnen und uns.«

»Verdammt«, murmelte Pendak.

»Brauchst du Hilfe?«, fragte Justen.

»Nein, im Augenblick nicht.«

Justen konnte spüren, wie anstrengend es für Pendak war, die Schilde aufzubauen, die den Lydiern den Blick auf die *Llyse* versperrten.

»Ein viertel Strich Steuerbord.«

»Ein viertel Strich Steuerbord«, wiederholte die Frau am Ruder.

Die *Llyse* drehte sich in den Wind und die schweren Turbinen heulten unter den polierten Deckplanken. Draußen auf Deck war das Geräusch jedoch so leise, dass Justen die Zunahme der Leistung eher mit den Sinnen als mit dem Gehör wahrnahm. Vor dem Bug der *Llyse* spürte Justen das lydische Schiff, das unter dem Banner des Herzogs und nicht unter der rot eingefassten Flagge Fairhavens segelte und sich durch die schwere Dünung kämpfte. Er und die Mannschaft sahen vor dem Bug ein schwarzes Nichts. Die Lydier dagegen sahen hinter ihrem Heck nichts als offenes Meer.

»Liegt der Kurs auf die Lydier an?«, fragte der Kapitän.

»Wir halten von Steuerbord aufs Vorderschiff zu, Kapitän. Drei Kabel jetzt, Entfernung verringert sich«, antwortete Pendak, der für das Schiff abgestellte Bruder.

»Ein achtel Grad weiter nach Backbord. Was, zum Teufel, hecken die Weißen jetzt wieder aus?«

Kapitän Hyntal vergaß nie, dass sein Ururgroßvater der Kapitän der *Schwarzer Hammer* gewesen war. Leider ließ er es auch die anderen nie vergessen, dachte Justen bei sich.

»Ein achtel Grad weiter nach Backbord.« Die Frau am Ruder legte das Steuerrad etwas um, bis das Schiff fast parallel zum lydischen Schiff fuhr.

Gischt wehte über das Deck und die winzigen Tropfen drangen sogar bis ins Ruderhaus vor, wo Justen und Pendak standen. Auf der Stirn des älteren Ingenieurs bildeten sich Schweißperlen von der Anstrengung, den einseitigen Schild an der richtigen Stelle zu halten.

Hyntal drehte sich zum Ersten Kanonier um. »Waffen bereit?«

»Geschützturm ist einsatzklar, Kapitän. Geschosse und Raketen feuerbereit.«

»Lasst die Schilde fallen, Bruder Pendak«, befahl Hyntal. »Wir wollen uns mal ansehen, was die verdammten Weißen vorhaben.«

Das lydische Schiff tauchte an Steuerbord vor dem Bug auf. Die geschnitzte Platte über dem stillstehenden Schaufelrad trug den Namen Zemyla. Pendak wischte sich die Stirn trocken und griff nach der Wasserflasche. »Es ist schwerer, einen einseitigen Schild zu halten als einen kreisförmigen, Justen.«

»Ich konnte es dir ansehen«, gab Justen flüsternd zurück.

Hyntal warf einen kurzen Blick zu den Ingenieuren, sah aber weiter schweigend zu, wie die *Llyse* sich dem Handelsschiff näherte.

»Sie wollen die Segel nicht reffen.«

»Setzt ihr eine Signalrakete vor den Bug.«

Zischend landete die Signalrakete vor der *Zemyla*.

Die *Llyse* hielt sich ein Stück vor dem Handelsschiff, bis am hinteren Flaggenmast ein weißes Banner mit weißem Rand gehisst wurde. Dann tauchte am Hauptmast eine zweite Parlamentärsflagge auf und das Handelsschiff strich die Segel.

»Enterhaken.«

»Aye, Enterhaken.«

»Entermannschaft.«

Die schwarz gekleideten Marineinfanteristen mit den ernsten Gesichtern versammelten sich auf der Steuerbordseite und stiegen auf das Handelsschiff hinüber.

»Ihr seid an der Reihe, Brüder«, sagte der Kapitän.

»Jetzt siehst du, wie es hier zugeht, Justen«, erklärte Pendak.

Der junge Ingenieur kletterte hinter Pendak die Leiter zum schwankenden Deck der *Zemyla* hinüber. Die Matrosen waren bereits vor der Entermannschaft zurückgewichen und hatten sich auf dem Achterdeck und vorn am Bugspriet versammelt.

Die schwarz gekleideten Marineinfanteristen führten einen Mann, der eine Jacke mit den Abzeichen des Kapitäns trug, zum Hauptmast. »Sie behaupten, er wäre der Kapitän.«

»Seid Ihr schon immer der Kapitän dieses Schiffs gewesen?«, fragte Pendak müde.

»Ja, Meister.«

So falsch klangen die Worte, dass Justen innerlich zusammenzuckte. Er warf einen Blick zu Pendak. Pendak sah seinerseits zum Anführer der Entermannschaft, einem jungen Mann namens Martan, der gespannt neben ihm wartete. »Sucht mir den Ersten Maat.«

Marten und ein anderer Marineinfanterist drehten sich um, aber noch bevor sie einen Schritt getan hatten, sprang ein junger Seemann vom Achterdeck ins Meer.

Eine Zeit lang beobachteten die Soldaten und die Ingenieure das Wasser, aber kein Kopf tauchte auf und Justen konnte spüren, dass dort in den Tiefen niemand mehr am Leben war.

»War das der Kapitän?«, fragte Pendak, indem er sich wieder zum falschen Kapitän umwandte.

»Nein, Ser.«

Immer noch klangen die Worte des Mannes unaufrichtig.

»Sucht mir den Zweiten Maat.«

»Ich bin der Zweite Maat.« Ein stämmiger Mann näherte sich den Soldaten. Gesicht und Unterarme waren sonnengebräunt und ledrig, das Haar von der Sonne gebleicht und der sauber getrimmte Bart von einer Farbe irgendwo zwischen blond und weiß. Justen hatte den Eindruck, dass der Mann die Wahrheit sagte.

»Ist dieser Mann ein Sträfling?«

»Ich bitte um Verzeihung, Meister ... aber Ihr werdet uns alle in eine schreckliche Lage bringen, wenn Ihr so weitermacht.«

»Sollen wir Euer Schiff versenken?«, knurrte Pendak.

»Wir wären Narren, wenn wir das riskieren würden.«

Justen räusperte sich leise. Pendak sah ihn an und nickte.

»Wurde Euch unter Strafandrohung befohlen, diesen Mann als Kapitän zu bezeichnen?«, fragte Justen.

»Ich würde nicht sagen, dass es unbedingt eine Drohung war.« Schweißperlen erschienen auf dem Gesicht des stämmigen Maats.

»Oder war es eher so, dass Ihr keine andere Wahl hattet?«

»Ich weiß nicht, was ich darauf antworten könnte.« Die Worte kamen gepresst heraus und die Schweißperlen wurden dicker.

Das schweißnasse Hemd und das rote Gesicht ließen Justen zu einer raschen Entscheidung kommen. »Das soll genügen.«

»Wir müssen uns noch umsehen«, fügte Pendak hinzu. »Nicht, dass wir erwarten dürfen, irgendetwas zu finden.«

»Wie Ihr wünscht, Ordnungs-Meister.«

»Willst du die vordere Hälfte übernehmen?« Pendak deutete zum Bug.

»Gut.« Justen ging nach vorn und ließ die Sinne über das Schiff schweifen. Pendak hatte Recht. Das Schiff fühlte sich ordentlich an, viel zu ordentlich. Kurz darauf kehrte er zu den Soldaten zurück, wo der ältere Ingenieur ihn bereits erwartete. »Nichts«, berichtete Justen. »Wollballen aus Sligo und Montgren, Dörrfrüchte, Dufthölzer und ein paar große Fässer Öl.«

Pendak schüttelte den Kopf. »Lasst uns abrücken.« Er entließ die Marineinfanteristen mit einem Nicken und wandte sich wieder an den stämmigen Zweiten Maat. »Mast- und Schotbruch, Maat.«

»Ich danke Euch, ehrenwerte Magier.« Der schwitzende Mann deutete einen militärischen Gruß an.

IV

Die dumpfen Hammerschläge und das Schaben der Meißel hallten durch die kühle Luft der tiefen Schlucht.

Eine Reihe gebeugter Gestalten schleppte sich vom Steinhaufen am Straßenrand zur Baustelle zurück. Hinter den Arbeitern erstreckte sich wie mit dem Messer geschnitten die große Westhorn-Straße, die Fairhaven mit dem Westmeer verbinden und in der anderen Richtung bis Sarronnyn und Südwind führen sollte. Das Fundament der Straße wurde von großen Blöcken gebildet, in deren Fugen Mörtel und kleinere Steine gefüllt wurden. Jeder Block maß etwa dreißig Ellen im Quadrat. Die Arbeiter schlurften an den tiefen, genau ausgerichteten Spalten zwischen den Steinblöcken des Fundaments vorbei.

Eine Mauer aus massivem Stein begrenzte das östliche Ende der Schlucht. Mehr als zweihundert Ellen oberhalb der Straße waren Bäume und Erdreich entfernt worden und der Staub und die weiße Asche, die bei der Rodung angefallen waren, wehten nach unten zum kühlen Grund der Schlucht. Die Arbeiter mussten husten und blinzeln, wenn sie die Körbe mit Gesteinsbrocken vom Geröllhaufen am Ende der Schlucht zur Laderampe schleppten.

Drei weiß gekleidete Gestalten – weiße Stiefel, weiße Mäntel und weiße Hosen – standen auf halbem Weg zwischen der Laderampe und der Bergwand am vorläufigen Ende der Straße.

Ihr Atem wehte als weißer Dunst über den kalten Stein und die Schnee- und Eisflecken, die sich hier und dort gehalten hatten.

Hinter ihnen richtete gerade der Baumeister den Schlauch aus, um kleine Granitstücke in die Fuge zwischen zwei Steinen des Fundaments zu pressen. Im unbefestigten Wasserlauf neben der Straße war kein Wasser zu sehen, nur das Pulver zermahlener Felsen, verharschter Schnee und kleine Eisbrocken.

Ein schriller Pfeifton warnte die Menschen in der Nähe.

»Zurück! Geht zurück!« Die Aufseherin, eine in weißes Leder gekleidete und mit Schwert und Bronzekappe ausgerüstete Frau, scheuchte die Arbeiter aus der Gefahrenzone.

»Schließt die Augen! Schließt die Augen!«

Die namenlosen Arbeiter kauerten sich hinter die beweglichen Holzbarrieren und schlossen gehorsam die Augen.

Ein lautes Krachen – und ein Licht, das heller war als die Nachmittagssonne und greller als ein in unmittelbarer Nähe einschlagender Blitz, flammte vor der Steinwand am Ende der Straße auf. Fünfzig Fuß tief wurde der Fels gespalten und herausgeschlagen, bis die Felsbrocken herunterrutschten und sich auf dem Boden der Schlucht in einem Haufen sammelten. Staub stieg in einer pilzförmigen Wolke auf und breitete sich als feiner weißer Dunst aus, bis die scharfkantigen Wände der Schlucht verschwammen.

»Los jetzt, aufladen«, befahl die Aufseherin.

Zwei der drei Magier gingen langsam und müde zur bernsteinfarbenen Kutsche, die auf den bereits polierten Pflastersteinen wartete.

Die Arbeiter kamen hinter den Schutzwänden hervor und näherten sich dem Haufen Granit, den die Steinmetzen zum Verfüllen des Untergrundes und zum Ausgleichen von Unebenheiten verwendeten, bevor die Maurer anrückten und die losen Steine mit Mörtel verbanden.

»Aufladen!«, kam das nächste Kommando.

Wie schon seit Jahrhunderten schlurften namenlose Gefangene auf der großen Hauptstraße zu den Gesteinsbrocken. Noch bevor der Staub sich ganz gelegt hatte, kehrten sie wieder zur Laderampe zurück, die andere Gefangene neben den Trümmern aufgestellt hatten.

»Nur die grauen Steine …«

In einer langen Reihe schoben sich die Arbeiter, Männer wie Frauen, mit ihren Körben weiter.

Hinter ihnen nahmen die Steinmetzen die Arbeit wieder auf, glätteten die grauen Flächen und zogen am Straßenrand Kanäle, durch welche bei Unwettern das Wasser ablaufen konnte.

Die Lademannschaft stieg auf die Laderampe und der erste Träger leerte seinen Korb in den Behälter.

»Der Nächste!«

Die Arbeiter schlurften weiter, Lederstiefel kratzten über die scharfkantigen Steine.

»Der Nächste!«

V

»Was darf es sein, meine Herren?«

Gunnar hustete, räusperte sich und bedeutete Justen, als Erster zu bestellen.

»Ein dunkles Bier.« Justen blickte an der Schankmaid vorbei zu den neuen Gaslaternen neben der Tür. Jetzt, am Nachmittag, da helles Sonnenlicht durch die offenen Fenster in die Schenke strömte, waren die Laternen natürlich nicht angezündet.

Die Frau betrachtete sein schwarzes Hemd und die Hose.

»Dunkelbier«, wiederholte er die Bestellung.

»Ich frage lieber nicht, wie Euer Tag war, Ingenieur.« Die dicke, grauhaarige Frau wandte sich kopfschüttelnd an Gunnar.

»Grünbeerensaft.« Die Finger des hellblonden Mannes trommelten nervös auf dem dunklen Eichentisch.

»Auch nicht viel besser. Wollt Ihr etwas zu essen haben? Der Hammelauflauf ist ganz gut und heute sind sogar die Koteletts lecker.«

»Nein, danke«, sagten die Brüder fast im Chor.

»Na, denn…«, murmelte die Frau, bevor sie sich umdrehte und wieder in die Küche marschierte. »Bei diesen Magiern oder Ingenieuren weiß man nie, woran man ist… man weiß es einfach nicht, aber so wie sie heute sind, wer will sich da schon näher mit ihnen abgeben? Dunkelbier und Grünbeerensaft, so etwas auch…«

Justen musste grinsen.

»Das Bier ist nicht gut für dich. Warum trinkst du es überhaupt?. Willst du Vater ärgern oder mir auf die Nerven gehen?«, erkundigte Gunnar sich mit einem spröden Lächeln.

»Ich glaube, wenn ich damit meinen unglaublich reifen, älteren Bruder ärgern kann, ist das schon für sich genommen ein hinreichender Grund, beim Bier zu bleiben. Allerdings ist es nicht der wahre Grund. Mir schmeckt es einfach. Außerdem bin ich kein großer Ordnungs-Meister und kein hervorragender Luft-Magier wie du. Ich bin nur ein kleiner Ingenieur, der unter Altaras strengen Blicken in der Werkstatt schuften muss.«

»Ist sie wirklich so schlimm?«

»Nein. Wenn du alles richtig machst, achtet sie überhaupt nicht auf dich. Aber wenn nicht, dann heizt sie dir ein, dass du glaubst, die Erde würde beben wie an dem Tag, als die Kleinen Osthörner erschaffen wurden.«

»Justen! Gunnar!«, unterbrach eine helle Stimme ihr Gespräch.

Die junge Frau steuerte zielstrebig ihren Tisch an.

»Oh, Aedelia, wie geht's?«, fragte Gunnar. »Was macht dein Bruder?«

»Sein Bein heilt langsam. Mutter hat mich gebeten, dir einen Gruß auszurichten, wenn ich dich sehe.«

»Was machst du überhaupt hier in Nylan?«, fragte Justen.

»Vater hat Holz für die Schiffbauer geliefert und mir war, als hätte ich euch zwei kommen sehen. Deshalb habe ich meinem Vater gesagt, ich wollte euch begrüßen und wäre gleich wieder da.«

»Willst du dich nicht zu uns setzen?« Justen deutete auf die beiden leeren Stühle und bemühte sich, seine Bewunderung für Aedelias Maße nicht allzu offen zu zeigen.

»Ich wünschte, ich hätte etwas Zeit, aber Vater hat das Holz schon abgeliefert und selbst mit dem leeren Wagen ist es eine lange Fahrt zurück. Genauer gesagt ist der Wagen nicht einmal ganz leer, denn wir haben etwas frischen Fisch und einen Ballen austranisches Leinen eingekauft.« Aedelia richtete sich auf.

»Ich muss jetzt wirklich gehen.« Ein letztes Lächeln und sie war fort.

Mit einem zweifachen Knall wurden die schweren Krüge auf dem Tisch abgesetzt. »Bitte sehr, meine jungen Herren. Das macht dann fünf Kupferstücke für euch, drei für das Bier und zwei für das grüne Zeug.«

Gunnar gab der Frau ein halbes Silberstück. Justen hob seinen Krug und nahm einen tiefen Zug. »Ah... das tut gut.«

»Ich habe den Verdacht, du machst das wirklich nur, um mich zu ärgern.«

»Nein. Ich trinke Bier, weil ich den Geschmack mag, und es war wirklich ein anstrengender Tag. Und außerdem ... ach, belassen wir es lieber dabei.« Justen unterbrach sich und warf einen Blick zu einer Ecke, wo zwei weißhaarige Männer beim Mancala-Spiel saßen. Das Spiel hatte offenbar gerade erst begonnen, denn die meisten der weißen und schwarzen Spielsteine waren noch neben dem Brett gestapelt. Er wandte sich wieder an Gunnar. »Krytella hat dich neulich gesucht, als du in Landende warst.«

»Und das sagst du mir erst jetzt?«

»Wir haben uns doch vorher gar nicht gesehen«, widersprach Justen und trank einen weiteren Schluck Dunkelbier.

»Du trinkst zu hastig.«

»Na und? Halte dich doch einfach an deinen verdammten Grünbeerensaft.«

»Justen ... ich wüsste nicht, dass ich dir etwas getan hätte. Ich meine, immerhin sind wir Brüder«, sagte Gunnar mit gedämpfter Stimme.

»Nein ... es liegt auch nicht an dir. Es ist einfach ...« Justen zuckte hilflos mit den Achseln.

»Ärger mit einer Frau?«

»So könnte man es nennen.« Justen trank wieder einen Schluck Bier. »Und Ärger mit den Schülern.«

»Ich habe dir ja gleich gesagt, dass das Unterrichten etwas anders aussieht, als Verdel behauptet hat.«

»Du hast mir eine ganze Menge gesagt.«

»Entschuldige.« Gunnar trank einen Schluck Grünbeerensaft. »Willst du als Mitglied der Bruderschaft auf einem Schiff fahren?«

»Ich war neulich mit der *Llyse* draußen ...«

»Ich weiß.«

»Ich weiß, dass du es weißt. Du weißt einfach alles. Aber jetzt lass mich erzählen, ja?«

»Entschuldige.«

»Also, ich habe Pendak beobachtet. Er scheint die Schilde gut zu beherrschen und er spürt es, wenn jemand nicht die Wahrheit sagt. Aber ich weiß nicht, eigentlich fand ich die ganze Sache ziemlich unangenehm. Die armen Matrosen sind manipuliert worden. Sie wussten nicht einmal mehr, wer ihr Kapitän war.«

Gunnar nickte. »Pendak hat es mir erzählt. Er war ziemlich aufgebracht.«

»Warum haben die Weißen das nur gemacht?« Justen trank wieder einen Schluck Dunkelbier.

Der Blonde schüttelte den Kopf. »Vielleicht wollen sie uns wieder einmal provozieren.«

»Aber warum? In der Vergangenheit hat es ihnen doch noch nie etwas gebracht.«

»Die Menschen haben ein kurzes Gedächtnis.« Gunnar hielt inne. »Aber was hat Pendak denn gemacht?«

»Was hätte er schon tun sollen? Der echte Kapitän ist über Bord gesprungen, dabei hatten sie überhaupt nichts Böses getan.«

»Das gefällt mir nicht«, murmelte Gunnar. Nachdenklich trank er einen Schluck Grünbeerensaft.

»Das haben Pendak und Kapitän Hyntal auch gesagt. Warum sollte ein Handelsschiff zu fliehen versuchen, wenn wir es routinemäßig kontrollieren? Das ergibt keinen Sinn.« Justen trank wieder einen

Schluck Dunkelbier und leckte sich den Schaum von den Lippen, bevor er den Krug wieder auf den Tisch stellte.

»Irgendeinen Sinn muss es aber haben. Wir wissen einfach nicht, was dahintersteckt.« Gunnar schaute auf. »Oh, da ist Krytella.«

»Natürlich.«

Gunnar runzelte die Stirn, stand auf und winkte ihr zu. »Krytella!«

Die Rothaarige lächelte strahlend und eilte quer durch die Schankstube, wobei sie den unbesetzten Tischen anmutig auswich. »Ich habe dich schon gesucht.« Sie beugte sich vor und küsste Gunnar auf die Wange.

»Justen hat es mir gerade gesagt. Es hat eine Weile gedauert, die Suche in den Archiven in Gang zu bringen.« Gunnar deutete einladend auf einen der freien Stühle.

Justen trank sein Dunkelbier aus und winkte der Schankmaid. Gunnar war so verdammt edelmütig. Er hatte nicht einmal erwähnt, dass Justen sich drei Tage Zeit gelassen hatte, bevor er ihn über Krytellas Frage nach ihm ins Bild gesetzt hatte.

»Danke, dass du es ihm gesagt hast, Justen.« Krytellas Lächeln war warm, die Freude echt. Dies konnte Justen sogar mit seinen – für einen Ingenieur – eher durchschnittlichen Ordnungs-Sinnen erkennen.

»Ja, bitte? Möchte die Heilerin Rot- oder Grünbeerensaft?«

»Rotbeerensaft«, antwortete Krytella.

»Und noch ein Dunkelbier«, fügte Justen hinzu.

Die Schankmaid hob die Augenbrauen, sagte aber nur: »Einmal Rotbeere und ein Dunkelbier, kommt sofort.«

»Du solltest aber nicht ...«, setzte Krytella an.

»Ich weiß. Gute Ingenieure und gute Magier trinken

keinen Alkohol, weil er schlecht für ihre Ordnungs-Sinne ist.«

»Oh, Justen... ich wollte dich nicht zurechtweisen. Aber ich bin Heilerin und...« Die Rothaarige zuckte mit den Achseln.

Zwei weitere Krüge wurden mit lautem Knall auf dem Tisch abgestellt. »Das macht noch einmal fünf Kupferstücke für die beiden.«

Justen gab ihr ein halbes Silberstück.

»Danke.« Krytella neigte den Kopf und trank einen Schluck Rotbeerensaft.

»Bevor du gekommen bist, haben wir uns über ein lydisches Schiff unterhalten, mit dem die Weißen Magier irgendein übles Spiel getrieben haben.« Gunnar trank einen Schluck Grünbeerensaft, während Krytella darauf wartete, dass er fortfuhr. »Sie haben der Mannschaft ein paar Illusionen über die Identität des Kapitäns eingegeben und die Leute angewiesen, vor der *Llyse* zu fliehen.«

»Das ergibt doch keinen Sinn.«

»Der wirkliche Kapitän ist ins Meer gesprungen und nicht wieder aufgetaucht. Er ist ertrunken.«

»Bist du sicher?« Krytella stellte den Rotbeerensaft ab.

»Ich war dabei«, erklärte Justen. »Es gab kein Lebenszeichen mehr. Ich glaube, auch das könnte eine Illusion gewesen sein. Aber im Grunde spielt es keine Rolle. Der Schaden war jedenfalls schon angerichtet.«

Die Rothaarige nickte langsam. »Ich verstehe. Recluce hat einen armen Kapitän in den Selbstmord getrieben. Aber ich begreife nicht, warum die Weißen Magier sich überhaupt die Mühe gemacht haben.«

»Es muss irgendwie damit zu tun haben, dass sie derzeit versuchen, den Westen Candars zu unterwerfen.« Justen starrte in seinen Krug, ohne ihn hochzuheben. Es war wohl doch keine gute Idee gewesen, noch ein zweites Bier zu bestellen.

»Aber wo ist die Verbindung?«

»Das spielt keine Rolle«, meinte Gunnar. »Sie können das Meer nicht kontrollieren. Die Ozeane enthalten viel zu viel Ordnung.«

»Vielleicht ist das auch gar nicht ihr Ziel«, meinte Justen. Er spürte mehr als deutlich Krytellas lebendigen Körper neben sich ... auch wenn sie sich gerade wieder zu Gunnar beugte.

»Welches andere Ziel sollten sie sonst verfolgen?« Krytella nahm einen kleinen Schluck aus ihrem Krug.

»Wenn sie dafür sorgen, dass andere uns misstrauen ... und wenn wir dann Streitkräfte nach Sarronnyn oder Suthya schicken ... würden die Sarronnesen uns dann nicht ebenso misstrauen wie Fairhaven?«

Krytella sah den älteren der Brüder an. »Was meinst du, Gunnar? Wäre das möglich?«

»Es könnte sein.« Der blonde Mann zuckte die Achseln, dann grinste er. »Aber wir werden das Problem heute Nachmittag nicht lösen können.« Er nahm wieder einen großen Schluck Grünbeerensaft.

Justen blickte zu den Mancala-Spielern in der Ecke. »Ist das nicht der alte Gylart da drüben?«

»Gylart, der Onkel der Ratsherrin Jenna? Oder Gylart der Fischer?«, fragte Krytella.

»Der ehemalige Ratsherr.« Justen trank einen Schluck von seinem zweiten Bier. Doch, es schmeckt mir, entschied er.

Gunnar nickte. »Ja, er war früher Ratsherr.«

»Er ist gut im Mancala-Spiel.«

»Woher weißt du das?«

Justen hob die Schultern und lächelte verlegen. »Ich sehe es einfach.«

»Möchtet ihr vielleicht zum Essen zu uns kommen?«, fragte Krytella mit einem einladenden Lächeln. »Ich glaube, es gibt nur einen Fischeintopf, aber er hat gut gerochen und es ist reichlich da. Mutter und Tante Arline haben außerdem Birnapfelbrot gebacken.«

Justens Magen knurrte. »Ich glaube, das war die Antwort.«

»Justen ...«, ermahnte Gunnar ihn seufzend.

»Gut. Ich muss ihnen aber noch etwas helfen. Ihr könnt dann nach dem zweiten Abendläuten kommen.« Krytella lächelte noch einmal strahlend und schob ihren Stuhl zurück.

»Musst du wirklich gehen?«, fragte Gunnar.

»Wenn ihr zum Essen kommen wollt, dann muss ich los.«

Justen sah der rothaarigen Frau nach, als sie die Schankstube verließ. Dann trank er einen Schluck Bier und wandte sich wieder an seinen Bruder. »Du bist ein Glückspilz.«

»Wieso?«

Justen schüttelte nur den Kopf. Dafür, dass er Stürme auf der anderen Seite des Ozeans aufspüren konnte, war Gunnar manchmal ausgesprochen schwer von Begriff. War das etwa der Grund dafür, dass die Mädchen so für ihn schwärmten? Justen trank noch einen Schluck von seinem zweiten Bier, das er eigentlich nicht hatte bestellen wollen. Wenigstens war ein frisch gekochtes Abendessen besser als eine Mahlzeit in der Kantine der Ingenieure.

VI

»Die Eiserne Garde sichert das Dach der Welt. Zerchas studiert die Reste des Archivs von Westwind ...« Der hagere, ältere Magier, der am Rednerpult stand, musste husten.

»Gut möglich, dass nach zehn Jahrhunderten nicht mehr viel zu finden ist.« Das leise Murmeln durchbrach die kurze Stille, die eintrat, bis der hagere Magier weitersprach.

»... und konnte dort entdecken, dass die sarronnesische Garnison mehrere Originalmanuskripte aufbewahrt hat, Cerryls Name sei gepriesen.«

Ein junger, breitschultriger und glatt rasierter Weißer Magier mit schwarzem Haar baute sich direkt hinter der Tür auf. Er schürzte die Lippen und winkte einem anderen jungen Magier zu, bevor er durch den Türbogen trat und sich den Ruhebänken im Vorzimmer näherte.

Der zweite Magier, ein Mann mit pausbäckigem Gesicht und hellem Haar, folgte ihm.

»Cerryls Name sei gepriesen, Cerryls Name sei gepriesen! Ich könnte kotzen, Eldiren. Wusstet Ihr schon, dass Cerryl höchstens ein fünftklassiger Weißer Magier war, wenn überhaupt? Er konnte dem großen Jeslek gewiss nicht das Wasser reichen.« Der junge, schwarzhaarige Weiße Magier blickte zum Bogengang, hinter dem sich der Sitzungssaal des Rates befand. »Lasst uns zu Vislo gehen.«

»Das ist im Augenblick nicht gerade opportun, Beltar.« Eldiren scharrte mit einem seiner weißen Lederstiefel auf dem Granitboden herum.

»Schön. Dann wird auch niemand dort sein, auf den es ankommt.«

Die beiden jungen Männer traten in den warmen Frühlingstag und das weiße Licht Fairhavens hinaus. Im Schatten des Turms blieb Beltar einen Augenblick stehen, dann marschierte er über das kurze, borstige Gras des neuen Platzes der Magier, der trotz seines Attributs bereits dreihundert Jahre alt war. Eldiren musste sich sputen, um mit ihm Schritt zu halten.

»Was regt Ihr Euch so über den alten Histen auf?«

»Zunächst einmal spielt er dumme Spielchen mit lydischen Schiffen. Was soll das bringen?«

»Er will dafür sorgen, dass die Schwarzen als Tyrannen betrachtet werden.«

»Hat das denn jemals funktioniert?«, schnaubte Beltar. »Und dann diese Lobgesänge auf Cerryl den Großen. Pah, Cerryl der Große! Ich kann die Chaos-Quellen aus dem Fels unter Candar hervorspringen lassen und niemand kümmert sich darum. Zerchas und Histen haben sogar gedroht, mir die Eiserne Garde und die Weiße Gesellschaft auf den Hals zu hetzen, wenn ich es versuche.« Beltar blieb auf der anderen Seite des Platzes stehen und holte mehrmals tief Luft.

Ein Junge, der auf einem vorbeifahrenden Bauernkarren saß, deutete auf die beiden Magier. »Da ist einer! Und sogar noch einer! Echte Weiße Magier!«

Eldiren hob eine Hand und winkte ihm zu.

»Er hat gewinkt. Er hat mir zugewinkt!«

»So ist es richtig«, murmelte Beltar. »Die Bauern unterhalten.«

»Warum nicht? Es tut nicht weh und es kostet nichts.«

»Ihr redet schon wie Zerchas, Histen oder Renwek.«

Eldiren berührte Beltar an der Schulter. »Manchmal ... manchmal ist das, was sie sagen, gar nicht so falsch.«

»Ach, wirklich?« Der schwarzhaarige Magier drehte sich um und blickte zum schimmernden Weißen Turm.

»Ihr seid verbittert, weil sie Eure Kräfte jetzt nicht brauchen. Aber das wird sich ändern.«

»Sie sind da anderer Meinung.«

»Spielt es eine Rolle, was sie meinen? Glaubt Ihr wirklich, Recluce wird untätig zusehen, wie wir die Große Hauptstraße durch die Westhörner fertig stellen und den ganzen Westen Candars erobern?«

»Warum nicht? Sie haben auch nichts unternommen,

als wir Spidlar, den Süden von Kyphros oder die Inseln erobert haben.«

»Diese Länder haben sich nicht an die Legende gehalten und keines war Megaeras Heimat. Aber sobald wir Suthya einnehmen, wird auch Südwind fallen ...«

»Suthya! Wir haben noch nicht einmal Sarronnyn angegriffen.«

Eldiren schüttelte den Kopf. »Recluce kann uns in Sarronnyn nicht aufhalten, das wisst Ihr genau. Und was bleibt danach noch? Suthya, Südwind und ein paar Druiden in Naclos. Im Leeren Land oder den Steinhügeln lebt niemand.«

»Dort wird auch niemals jemand leben.«

»Wenn Recluce seine Ordnungs-Kräfte aufbietet, werden unsere Anführer Euch brauchen. Verspielt diese Gelegenheit nicht, indem Ihr ihnen irgendwelche Vorwände liefert. Genau das war das Problem unseres Vorgängers Jeslek. Er hat ihnen seine Macht aufgezwungen und dadurch ist er selbst zu früh zum Ziel von Angriffen geworden. Lasst Histen und Zerchas die Ziele sein.«

Beltar schürzte die Lippen. »Ich weiß nicht ...«

»Denkt darüber nach. Ihr habt genug Zeit, sie jedoch nicht. Aber einstweilen können wir einfach genießen, was Fairhaven zu bieten hat. Schaut Euch nur die Ratsmitglieder an. Sie kommen zusammen und danach müssen sie zurück, um überall in Candar wieder ihre Posten einzunehmen.«

»Auch das war eine Idee von Cerryl dem Großen: Verstreue die fähigsten Konkurrenten im ganzen Land.« Beltar stieß unwillig mit der Stiefelspitze gegen den Bordstein.

Eldiren schüttelte den Kopf und winkte bald darauf einem anderen kleinen Jungen zu.

VII

Die breite Veranda des Hauses und die Tatsache, dass es weit unten am Hügel lag – knapp oberhalb der Waffenkammer und des Übungsgeländes und in der Nähe der Lagerhäuser am Hafen –, waren die einzigen Merkmale, die das Alter des Gebäudes verrieten. Der Lack auf den Roteichenbrettern der Veranda war makellos, der Schutzanstrich der Fensterrahmen frisch. Die schwarzen Steine der Außenmauer strahlten Ruhe und Ordnung aus.

»Ist dies das richtige Haus?«, fragte Gunnar, dessen feines hellblondes Haar sich wie immer widerborstig sträubte.

Justen zuckte mit den Achseln. »Wir werden es gleich sehen.« Er klopfte an und wartete.

Sie hörten schlurfende Schritte, dann wurde die Tür geöffnet. »Oh, Ihr müsst Krytellas Freunde sein. Mal sehen. Ein Großer, der Gunnar heißt. Das wärt dann Ihr, junger Mann. Und Ihr müsst Justen sein.« Die grauhaarige, rundliche Frau begrüßte sie lächelnd. »Ich bin Krytellas Tante Arline. Krytella ist gerade unten beim Hafenmeister und holt Dagud. Er ist sein Stellvertreter.«

»Es freut mich, Euch kennen zu lernen.« Justen verneigte sich leicht.

»Vielen Dank für die Einladung. Ein gutes Essen ist eine große Verführung für uns«, fügte Gunnar hinzu.

»Nun kommt schon herein, kommt herein.« Arline zog sich wieder in den Flur zurück. »Dort ist das Wohnzimmer. Setzt Euch doch. Krytella wird sicher jeden Augenblick zurück sein. Das hier ist Wenda, sie wird die jungen Herren bedienen.« Arline ging durch die gute Stube und verschwand durch einen Bogengang in der großen Küche, in der ein langer Tisch stand.

Wenda, deren kurzes rotes Haar in alle Richtungen fiel, stand neben dem rechten Fenster, von dem aus man den Hafen überblicken konnte, und war gerade damit beschäftigt, eine Lampe anzuzünden. Sie trug ein Leinenhemd, verblichene braune Hosen und abgewetzte braune Stiefel. »Es ist noch früh, aber da Ihr Gäste seid, darf ich schon jetzt eine Lampe anzünden.«

In der guten Stube gab es eine niedrige gepolsterte Sitzbank mit Rückenlehne und Armlehnen, drei Holzstühle mit Armlehnen, einen Schaukelstuhl, mehrere einfache Stühle und zwei kleine Tische, auf denen die Lampen standen. Das Licht der untergehenden Sonne warf einen warmen, rötlichen Schein ins Zimmer.

»Ich bin Justen und dies hier ist mein Bruder Gunnar.«

»Ich weiß. Er ist der Sturm-Magier. Krytella spricht manchmal über ihn, wenn sie glaubt, ich höre es nicht.«

Justen grinste amüsiert, während Gunnar rot anlief.

Wenda musste zweimal den Zündstein anreiben, ehe der Docht der Lampe zu brennen begann. Dann stellte sie die Flamme nach, damit die Lampe nicht qualmte. Sie legte den Zündstein neben der Lampe ab und ließ sich auf den Schaukelstuhl fallen.

Gunnar entschied sich für einen Lehnstuhl, während Justen sich auf die Ecke der Bank setzte. Von dort aus konnte er die Veranda beobachten.

»Ich mag es, wenn Tante Arline hier ist und wir Gäste haben. Dann muss ich nicht so viel in der Küche helfen.« Wenda wandte sich an Gunnar. »Könnt Ihr Stürme machen? Richtig große Stürme?«

Gunnar hustete und rutschte auf dem Eichenstuhl hin und her. »Es ist ... nun ja, es ist keine gute Idee, große Stürme zu machen. Überall auf der Welt mussten viele Menschen sterben, als der große Creslin es machte.«

»Ich weiß. Ich wollte auch nur wissen, ob Ihr es könnt. Könnt Ihr es?«

»Ich glaube schon ... wenn ich müsste, dann könnte ich es.«

Justen bemerkte zwei Gestalten, eine davon mit roten Haaren, die vom Gehweg neben der Straße auf den gepflasterten Pfad traten, der zum Haus führte. »Ich glaube, deine Schwester und dein Vater kommen gerade.«

»Sie kommt immer früh nach Hause, wenn wir Besuch haben. Vater auch.« Wenda ließ den Schaukelstuhl nach vorn wippen und stand auf.

Auch Justen stand auf und Gunnar folgte seinem Beispiel, als Krytella das Wohnzimmer betrat. »Dies ist mein Vater Dagud. Vater, das sind Gunnar und Justen.« Krytella lächelte die beiden jungen Männer an. »Habt ihr euch schon mit Wenda, meiner Mutter Carnela und Tante Arline bekannt gemacht?«

»Nicht mit deiner Mutter«, erklärte Justen, während er die Begrüßung mit einem Nicken erwiderte. »Sie war wohl in der Küche.«

»Ich habe gesehen, wie du die Lampe angezündet hast.« Krytella sah Wenda scharf an.

»Aber wir haben doch Besuch.«

»Diese Regel habe ich aufgestellt«, erklärte Dagud grinsend. »Wir haben ja nicht oft Besuch.« Dann wandte er sich an die beiden Gäste. »Wollt Ihr Euch vorher noch frisch machen?«

»Ja, das wäre angenehm.«

»Gern.«

Dagud führte sie zu einer kleinen Nische neben der Küche, wo es ein Waschbecken gab, das offenbar erst nachträglich eingebaut worden war. Er schaute kurz in die Küche. »Wann können wir essen?«

»Sobald ihr euch gewaschen habt«, antwortete die große schmale Frau mit dunklen Haaren, die am Herd stand.

»Bitte, nach dir«, sagte Justen mit einem Nicken zu Krytella, nachdem Dagud sich die Hände abgetrocknet hatte.

»Höflich wie immer.«

Justen wünschte sich, sie könnte mehr in ihm sehen als einen höflichen jungen Mann, aber er zwang sich zu einem Lächeln.

»Wenda ...«, rief Krytella, als das rothaarige Mädchen zum Tisch eilte.

»Muss das sein?«

»Ja«, antworteten Dagud und Krytella im Chor.

Wenda wusch sich nach Gunnar die Hände und folgte den anderen zum Esstisch.

»Du kannst dich dort hinsetzen, Justen, Wenda sitzt neben dir ...«

Justen befolgte Krytellas Anweisungen, obwohl er sich gewünscht hatte, nicht Gunnar, sondern er selbst hätte neben der Heilerin sitzen dürfen.

Carnela stellte zwei Körbe mit warmem Brot und eine große Schüssel mit Eintopf auf den langen, polierten Eichentisch. »Setzt Euch doch, um der Dunkelheit willen. Vorsicht, die Töpfe sind heiß.«

Nachdem die beiden Gäste Carnela vorgestellt worden waren und jeder sich an seinem Platz eingerichtet hatte, räusperte Dagud sich, wartete einen Moment, bis alle schwiegen, und hob an: »Im Geiste der Ordnung und im Einklang mit dem Gleichgewicht verschreiben wir uns, wie wir an diesem Abend hier versammelt sind, mit Leib und Seele der Erhaltung der Ordnung in Taten und Gedanken.« Dagud blickte von seinem Teller auf und griff lächelnd nach der Schöpfkelle in der weißen Steingutschüssel direkt vor ihm. Dampf stieg vom Eintopf auf. »Es war ein langer Tag.« Er beförderte zwei Kellen voll auf seinen Teller, bis dieser beinahe bis zum Rand gefüllt war, ehe er Carnela bediente.

Sie brach ein Stück vom frischen, knusprigen Brot ab und legte es neben seinen Teller, bevor sie sich auch selbst versorgte und den Korb an Krytella weiterreichte. Danach wurde die Terrine mit dem Eintopf herumgereicht.

Justen lief das Wasser im Mund zusammen, als er den Duft der Gewürze roch, besonders den Ryall und den Pfeffer, gemischt mit noch etwas anderem. Als die riesige Schüssel vor ihm stand, folgte er Daguds Beispiel und schöpfte vorsichtig den Eintopf auf seinen Teller. Dann wandte er sich an Krytellas jüngere Schwester. »Wie viel möchtest du haben, meine junge Dame?«

»Mein Name ist Wenda und ich möchte den Teller halb voll haben.«

»Dann sollst du ihn genau halb voll bekommen, und zwar ganz exakt, wie es nur ein Ingenieur vermag.«

»Das will ich doch hoffen.«

Gunnar hüstelte und Krytella fügte grinsend hinzu: »Dann viel Glück, Justen.«

Justen schöpfte dem Mädchen den Eintopf auf den Teller und überprüfte mit den Ordnungs-Sinnen, wann die Schale genau halb voll war.

»Das war ziemlich gut«, räumte Wenda ein.

Justen lächelte.

»Du bist bestimmt ein guter Ingenieur«, neckte sie ihn.

»Wenda, du möchtest doch mit uns zusammen essen?« Carnela warf ihrer Tochter einen scharfen Blick zu, der sogar Justen ein wenig zusammenzucken ließ.

Die kleine Rothaarige wandte sich noch einmal ernsthaft an Justen. »Ich bitte um Verzeihung, Magister Justen.«

»Kein Problem, Wenda«, gab Justen nickend zurück.

Carnela lobte ihre Tochter ebenfalls durch ein kurzes Nicken.

»Darf ich bitte etwas Brot haben?«, fragte Wenda eingeschüchtert.

»Einen Moment.«

Justen brach sich ein Stück frisches Brot ab und reichte ihr den Korb.

»Danke.«

»Gern geschehen.«

»Im weißen Krug ist Rotbeerensaft, im grauen ist Dunkelbier«, verkündete Krytella.

Justen wartete, bis der graue Krug bei ihm ankam, und füllte seinen Becher mit Bier. Gunnar, der ihn beobachtet hatte, schüttelte fast unmerklich den Kopf, aber Justen grinste nur. Krytella runzelte die Stirn, was Justen das Grinsen sofort wieder austrieb.

»Wie gehen die Geschäfte im Hafen?«, wollte Gunnar von Dagud wissen.

Justen schob sich eine Fuhre heißen Eintopf in den Mund und musste sofort mit lauwarmem Bier nachspülen. Der zweite Löffel war etwas weniger voll und nicht ganz so heiß. Dann biss er eine Ecke vom warmen, knusprigen Brot ab.

»Es ist in letzter Zeit etwas ruhiger geworden, was vielleicht an den Unruhen in Sarronnyn liegt. Ich habe schon lange nicht mehr erlebt, dass die Geschäfte im Frühling so schleppend gegangen wären. Nur aus Hamor kommt noch die gleiche Zahl von Schiffen wie immer.«

»Denen ist das Geld in der Tasche wichtiger als alles andere«, schnaufte Arline. »Die haben keinen Sinn für Anstand und Benehmen.«

»Tja, einige unserer Händler sehen das wohl so ähnlich«, gab Dagud lachend zurück.

»Du meinst doch nicht etwa den Ratsherrn Ryltar und seine Familie?«

»Er schlägt die Hamoraner auf ihrem eigenen Gebiet und er hat das schnellste Schiff auf der Route nach Hamor. Damit soll er eine Menge Geld verdient haben.« Dagud nahm einen Schluck aus seinem Becher.

»Was ist mit den Nordlanern?«, fragte Gunnar. »Es heißt, sie trieben immer noch gern Handel in Landende.«

»Ja, das sagt man und dort legen immer noch mehr Schiffe an als hier, aber das liegt eher an den Winden zwischen Nordla und Recluce als am Hafen selbst.« Dagud hielt inne, um sich einen großen Löffel Eintopf und einen Kanten Brot in den Mund zu schieben.

»Es heißt, der Rat wolle den alten Hafen in Landende erweitern, aber das ist dumm, das ist eine vom Chaos verfluchte Narrheit. Wenn man sich die Aufzeichnungen über das Wetter ansieht, erkennt man, dass die Tage, an denen der Hafen nicht brauchbar ist, mit jedem Jahrzehnt mehr werden. Erst vor zwei Jahren ist ein lydischer Schaufelraddampfer auf die Wellenbrecher gelaufen und gesunken.« Dagud trank mit lautem Schlürfen von seinem Dunkelbier.

Auch Justen nahm einen Schluck – wenn auch leiser – und betrachtete beim Zuhören Krytellas blitzende grüne Augen und den großen lebhaften Mund.

»Möchtet Ihr noch etwas Eintopf?« Arline hob die große Terrine und reichte sie Justen.

Nach einem kurzen Blick auf seinen leeren Teller nahm Justen das Angebot erfreut an. »Ja, gern.«

»Und nehmt Euch auch noch etwas Brot.«

Justen bediente sich und brach sich ein Stück Brot ab, dann gab er den Korb an Gunnar weiter, der sich inzwischen ebenfalls den Teller ein zweites Mal gefüllt hatte. »Der Eintopf ist köstlich, vielen Dank.« Er nickte Carnela zu.

»Wirklich vorzüglich«, stimmte Gunnar zu.

»Ist Eure Mutter auch eine gute Köchin?«, fragte

Arline. »Sie muss es sein. Ihr jungen Burschen – Verzeihung, Ihr seid ja wirklich keine Kinder mehr –, Ihr wisst ein gutes Essen offensichtlich zu schätzen.«

»Genau genommen«, widersprach Gunnar, »ist unser Vater der Koch und er ist wirklich ein sehr guter.«

»Ach ja, davon habe ich gehört. Das ist gut zu wissen.« Arline brach sich vom Brotlaib im Korb einen kleinen Kanten ab.

»Was machen Ingenieure denn überhaupt, Magister Justen?«, fragte Wenda mit ihrem etwas schrillen Stimmchen. Sie zeigte ihm strahlend sämtliche Zahnlücken. »Ihr tragt schwarze Kleidung ... bedeutet das nicht, dass ein Ingenieur so etwas wie ein Magister ist?«

»Ingenieure bauen Dinge für Schiffe.«

»Ihr seid zu alt für mich. Habt Ihr vielleicht noch jüngere Brüder?«

Krytella sah grinsend zu, wie Justen sich unbehaglich auf dem Eichenstuhl wand. »Nein. Wir haben nur noch eine kleine Schwester. Ihr Name ist Elisabet.«

»Warum ist sie nicht hier?«

»Sie lebt in Wandernicht bei unseren Eltern«, schaltete Gunnar sich ein.

»Und wenn Euer Vater kocht, was macht dann Eure Mutter?«, fragte Wenda höflich.

»Sie ist Schmiedin.«

Carnela hob eine Augenbraue.

»Sie hätte auch Ingenieurin werden können«, erklärte Justen, nachdem er mehrere Löffel Eintopf verdrückt hatte, »aber sie sagt, sie hätte kein Interesse gehabt, Schiffe zu bauen und in Nylan zu leben.«

»Eine vernünftige Frau«, bemerkte Arline.

»Das hat man ihr schon öfter nachgesagt«, bestätigte Justen.

Krytella warf Gunnar, der seinerseits Justen beobachtete, einen Seitenblick zu. Der junge Ingenieur beobachtete wiederum die rothaarige Heilerin, während er seinen Eintopf löffelte. Schließlich wandte er sich an Dagud: »Glaubt Ihr, der Handel hier in Nylan wird sich wieder beleben?«

»Das wird ganz sicher geschehen, es ist nur eine Frage der Zeit. Im schlimmsten Fall könnte es einige Jahre dauern, vielleicht aber auch nur einige Jahreszeiten. Womöglich wird es besser, wenn die hässliche Geschichte mit Sarronnyn vorbei ist.«

»Was wird dort wohl geschehen?«, wollte Wenda wissen. »Werden die Weißen gewinnen?«

Schweigen breitete sich am Tisch aus. Arline hustete leise. Justen trank einen kleinen Schluck aus seinem Becher.

»Ich weiß nicht, ob das wirklich jemand beantworten kann, mein Kind«, antwortete Dagud endlich. »Höchstens der Rat könnte es wissen.«

»Es wird spät und wir wollen Euch nicht zu lange aufhalten«, unterbrach Carnela und erhob sich vom Tisch.

Gunnar verstand den Wink und stand ebenfalls auf. »Es war sehr freundlich, dass Ihr uns eingeladen habt.«

Justen kippte den Rest Bier hastig herunter und verschluckte sich. Mit einem unangenehmen Stechen im Hals stand er ebenfalls auf. »Sehr freundlich«, meinte er, während er noch versuchte, nicht zu husten ... oder zu lachen, als er Krytellas Augen blitzen sah.

Carnela und Krytella begleiteten die Brüder zur Tür.

Die Hand bereits auf die schwere, eiserne Türklinke gelegt, verabschiedete Gunnar sich mit einer Verbeugung von der Hausherrin. »Noch einmal vielen Dank für das Essen. Es hat ausgezeichnet geschmeckt.«

Justen hatte einen Augenblick Zeit, Krytellas Mutter zu beobachten und die gleiche schlanke Figur und den ausdrucksstarken Mund wie bei der ältesten Tochter zu bewundern. »Es war köstlich und es war ein schöner

Abend.« Nach einem Blick zum Wohnzimmer fügte er hinzu: »Und eine wundervolle Gesellschaft.«

»Das werde ich Wenda aber nicht ausrichten«, widersprach Krytella. »Danach wäre sie noch unausstehlicher als jetzt, falls das überhaupt möglich ist. Ich bin jedenfalls froh, dass ihr gekommen seid.«

»Wir auch«, erwiderte Gunnar, der sich langsam zum Gehen wandte.

Justen nickte nur und folgte seinem Bruder die Verandatreppe hinunter. Dann marschierten sie mit raschen Schritten zu den Unterkünften der Bruderschaft.

»Eine reizende Familie«, meinte Gunnar nachdenklich.

»Ja«, stimmte Justen zu. *Besonders die älteste Tochter*, fügte er in Gedanken hinzu. Im Gleichschritt mit seinem älteren Bruder lief er unter einer Lampe hindurch, die keiner von ihnen gebraucht hätte, um im Dunkeln den Weg zu finden.

Schließlich ergriff Justen wieder das Wort. »Hast du nicht auch den Eindruck, dass die Leute hier auf Recluce versuchen, möglichst wenig über Sarronnyn nachzudenken?«

»Was könnten wir denn tun? Wir haben kein Heer, aber uns werden sie ohnehin nicht gefährlich werden.«

»Ich glaube, ganz so einfach ist es nicht.«

»Mag sein, dass es komplizierter ist. Vielleicht wollen die Leute genau deshalb nicht darüber nachdenken. Die Vorgänge sind zwar beängstigend, aber weit weg. Die Leute hoffen, dass dies auch so bleibt. Wir tragen Schwarz und müssen darüber nachdenken, aber die anderen Leute – nein, sie reden wohl wirklich nicht gern darüber.«

»Krytella ist eine Heilerin.« Justen warf einen Blick zum Hafen, der bis auf die *Llyse* verlassen im Licht der Sterne lag.

»Heiler sind anders als die anderen.« Gunnar beschleunigte seine Schritte ein wenig.

Ja, Krytella ist anders als die anderen, dachte Justen. Er beeilte sich, mit seinem Bruder Schritt zu halten, auch wenn er für den Augenblick nichts weiter zu sagen hatte.

VIII

Der schmächtige Weiße Magier wandte sich mit einem Kopfnicken an den Mann, der am Tisch saß. »Ist Euch bewusst, Ser, dass die Sarronnesen eine Gesandte nach Landende geschickt haben?«

»Setzt Euch, Renwek, und seid nicht so förmlich.« Histen deutete zum Stuhl auf der anderen Seite des Tisches, dann schenkte er aus dem Krug ein zweites Glas Wein ein.

Renwek dankte dem Erzmagier mit einem Nicken, setzte sich und trank einen kleinen Schluck. »Ihr scheint nicht sonderlich beunruhigt.«

»Ich denke nicht, dass der Schwarze Rat sich derzeit nach Kräften bemühen wird, Sarronnyn zu retten.« Histen trank ebenfalls einen Schluck Wein und blickte durch das halb geöffnete Turmfenster auf den weißlichen Schimmer, der über dem nächtlichen Fairhaven lag.

»Wie könnt Ihr sicher sein, dass Euer ...«

»Mein geheimer Beauftragter? Mein Spion? Sind dies die Worte, die Ihr auf der Zunge habt?«

Renwek nickte. »Nun ... wie könnt Ihr sicher sein, dass Eure ›Geschenke‹ auch die gewünschte Wirkung zeitigen?«

»Man kann nie sicher sein, dass gekaufte Hilfe tatsächlich eine Hilfe bleibt. Aber die letzten Zahlungen liegen noch nicht lange zurück und deshalb glaube ich nicht, dass der Schwarze Rat allzu voreilig auf die Wünsche Sarronnyns eingehen oder in irgendeiner anderen Weise helfend eingreifen wird.«

»Seid Ihr sicher, dass unser ... unsere ›geschäftliche Verbindung‹ nicht zurückzuverfolgen ist?«

»So lange wir es nicht eigens berühren, beruht Gold auf der Ordnung, Renwek. Ehrliche, nicht mit Hilfe von Magie bewirkte Bestechung kann auch ohne jede Chaos-Energie vor sich gehen.« Histen nahm einen weiteren Schluck Wein. »Und verglichen mit den Alternativen haben wir dafür, dass Recluces Eingreifen sich um die eine oder andere Jahreszeit verzögert, nur einen geringen Preis zu entrichten.«

»Wird Recluce denn früher oder später auf jeden Fall eingreifen?« Renwek stellte sein Weinglas wieder auf den Tisch.

»Bei den Schwarzen kann man nie sicher sein«, erwiderte Histen achselzuckend.

»Und was ist ... was ist mit den neuen Truppenaushebungen?«

»Sie verlaufen recht gut. Die Schwarzen hätten ihre frühere Politik, die Unzufriedenen zu verstoßen, nie aufgeben dürfen. Ihnen fehlt eben unsere Disziplin.« Histen lachte. »Seht Ihr die Ironie? Die Magier der Ordnung haben nicht genug Disziplin, um sich selbst zu regieren, während wir Chaos-Meister die Disziplin vortrefflich zu nutzen wissen.«

Renwek starrte seinen Rotwein an.

»Ketzerei, Renwek? In der Tat, das Chaos ist die reinste Ketzerei.« Histen hob sein Glas.

IX

Justen hängte den Lederschurz an einen Haken und zog das verschlissene Trainingshemd an. Dann nahm er den schartigen Stab aus Roteichenholz aus der hinteren Ecke seines Spinds.

»Wie wäre es mit der Waffenkammer?«, fragte Warin.

»Gut. Alt genug ist sie ja.«

»Was soll das heißen?« Der ältere Ingenieur zog ein weites, gepolstertes Hemd an und holte einen glänzenden Schwarzen Stab, der durch Eisenbänder verstärkt war, aus seinem Spind.

»Mit Stäben zu üben ist sicher nicht schlecht, aber es ist ziemlich altmodisch. Genau wie die Waffenkammer. Was nützt ein Stab, wenn man es mit Raketen oder Geschossen zu tun hat? Oder mit den Feuerkugeln, die die Weißen Magier schleudern können? Die Übungen sind ein Relikt aus jener Zeit, als jeder, der ungewöhnliche Gedanken hegte, in die Verbannung getrieben wurde.« Justen wirbelte den Stab dicht genug vor Warins Nase herum, dass der ältere Ingenieur hastig einen Schritt zurückwich. Dann stieß er den alten Roteichenstab theatralisch in Richtung seines Spinds. »Nimm das, du Weißer Schurke!«

Warin lachte. »Lass uns gehen.«

Mit einem übertriebenen Achselzucken folgte Justen ihm aus der Großen Werkstatt auf die vordere Veranda.

»Na, wollt ihr euch etwas Bewegung verschaffen?«, fragte die große, muskulöse Frau, die draußen auf sie wartete. »Es scheint mir fast, als würdet ihr hier nicht schwer genug arbeiten. Wenn ihr Bewegung braucht, können wir euch auch im Walzwerk beschäftigen.«

»Ich könnte mir zusammen mit dir eine ganz andere Art von Bewegung vorstellen, meine liebste Altara.«

»Ich würde dir ja wirklich gern entgegenkommen, Warin, aber das würde dir nichts als einen Haufen Ärger einbringen. Selbst wenn du anschließend noch nach Hause laufen könntest, würde Estil von dir nicht mal genug übrig lassen, um die Krabben damit füttern zu können.«

Die beiden Lehrlinge, die hinter der Leitenden Ingenieurin standen, lachten.

»Warum bist du denn so gemein zu mir, Altara? Sogar der junge Justen hier geht freundlicher und sanfter mit mir um.« Warin tänzelte zu der Steintreppe, die zum Gehweg hinunterführte. Ein scharfer Wind zauste ihm das schüttere blonde Haar.

»Lass dich nicht von ihm zum Narren halten, Justen«, rief Altara ihnen hinterher, als Justen dem älteren Mann zum gepflasterten Gehweg folgte, der zur Hohen Straße führte – jener Hauptstraße, die beide Endpunkte des Inselstaates miteinander verband.

»Lass dich nicht von *ihr* zum Narren halten«, warnte Warin gutmütig. Dann blieb er stehen und blickte den langgestreckten Hang hinauf. Die Straße war leer im Zwielicht des Frühlingsabends. Kein Wagen und kein Pferd waren zu sehen, nur die Steinblöcke, die auch nach jahrhundertelanger Benutzung noch ordentlich an Ort und Stelle lagen. »Sie wird wohl später noch kommen und mit uns üben wollen.«

Justen verkniff sich ein Grinsen. Fast jeden Tag nach der Arbeit übte er mit Warin. Altara machte meist vorher ein paar scharfzüngige Bemerkungen, um sich etwas später zu ihnen zu gesellen und wie die übrigen Männer und Frauen, insgesamt ein knappes Dutzend, mit Stäben oder Holzschwertern zu trainieren. Und fast jeden Tag sagte Warin voraus, dass Altara ihnen bald zum Übungsgelände folgen würde. War das ganze Leben denn nichts weiter als eine endlose Kette ewig wiederholter Worte und Handlungen? Kopfschüttelnd wirbelte Justen den Stab herum, ließ ihn senkrecht auf die Steine prallen und fing ihn auf, als er wieder hochsprang.

»Das tut dem Stab aber gar nicht gut«, bemerkte Warin.

»Aber es macht Spaß. Außerdem werde ich den Stab sowieso niemals ernsthaft einsetzen müssen.« Justen blieb vor dem offenen Eingang der Waffenkammer stehen und betrachtete die schwarzen Steine, die keine Abnutzungserscheinungen zeigten, obwohl es Jahrhunderte her war, dass Dorrin oder irgendein anderer der früheren Ingenieure sie geordnet und zusammengefügt hatte. Nur, dass Dorrin wahrscheinlich beim Bau selbst überhaupt nicht mitgewirkt hatte, weil er viel zu sehr damit beschäftigt gewesen war, die berühmte *Schwarzer Hammer* zu konstruieren.

Warin war schon zur Waffenkammer weitergegangen und Justen musste sich beeilen, um wieder zu ihm aufzuschließen.

»Man kann nie wissen.« Damit trat Warin in den Trainingsraum und stellte den Stab an die Wand, um mit den Lockerungsübungen zu beginnen.

»Was kann man nie wissen?« Justen folgte dem Beispiel des älteren Mannes und ließ die Arme kreisen, um die verspannten Schultern zu lockern.

»Ob du den Stab nicht doch eines Tages noch brauchen wirst, junger Mann.«

In der hinteren Ecke waren unter Anleitung von Firbek, einem großen, blonden Riesen mit dem Körperbau eines Bauern vom Feyn, einige Marineinfanteristen mit ihren Übungen beschäftigt. Justen hielt inne und überprüfte die Riemen seiner Stiefel, während die Soldaten um die Wette an Seilen zu den Deckenbalken hochkletterten.

Er schnaubte und dachte bei sich: *Es ist Jahre, wenn nicht Jahrhunderte her, dass wir tatsächlich einmal ein feind-*

liches Schiff entern mussten. Doch als ihm sein Erlebnis auf der Llyse wieder einfiel, runzelte er die Stirn, und schließlich musste er sogar verhalten kichern, als ihm bewusst wurde, dass seine Gedanken düster und grantig klangen, als wäre er ein alter Mann. *Und was machst du jetzt gleich, Justen, du alter Mann? Mit einem eichenen Zahnstocher herumfuchteln? Das ist mindestens genauso altmodisch.*

Er setzte die Streckübungen fort und stöhnte, als die Bewegungen Muskelgruppen ansprachen, die sich bei der Arbeit am Schmiedeofen verspannt hatte.

»Da zeigt sich ja schon, dass du überhaupt nicht mehr gut in Form bist. Du dürftest ein leichtes Opfer sein«, spottete Warin, bevor er zur freien nordöstlichen Ecke, so weit wie möglich von den Marineinfanteristen entfernt, vorausging.

Justen nahm seinen Stab und folgte ihm. Er wischte sich die Hände trocken, stellte sich breitbeinig auf und hob den alten Stab, der fast eine Elle kürzer war als das schimmernde Schwarze Holz, das Warin in Gebrauch hatte.

»Mir ist schleierhaft, wie du mit diesem Zweiglein zurechtkommen willst.« Und schon begann der Schwarze Stab zu wirbeln.

Justen parierte, verlagerte seinen Stab und ging zum Gegenangriff über.

Aus dem Gleichgewicht gebracht, wich Warin einen Schritt zurück, und Justen, der einen guten Stand hatte, setzte nach. Eine Weile gingen Stöße, Abwehrschläge und Paraden hin und her.

»Bei der Dunkelheit ... das ist gut ... für einen jungen Burschen. Wer sagt ... wer sagt denn, dass die Übungen nichts nützen ...«

»Brauche ... aber wirklich etwas Übung ...«, gab Justen keuchend zurück. Er schaffte es mit knapper Not, einen Stoß von Warin abzuwehren, huschte unter der Deckung des älteren Mannes hindurch und tippte ihm mit dem Stab auf die Rippen.

»Autsch ... das hätte weh tun können.« Warin richtete sich auf und atmete ein paar Mal tief durch.

Justen beugte sich vor und schnappte nach Luft. Als er seine Position wieder eingenommen hatte, warf er einen kurzen Blick zur Tür der Waffenkammer. Altara war gerade hereingekommen, in einer Hand den Stab und in der anderen das mit einem Griff versehene Holzschwert, das zur Ausbildung im Schwertkampf benutzt wurde.

»Bereit?«, fragte Warin.

»Alles klar.«

Warins Stab stieß vor und Justen tänzelte zurück, mit halbem Auge bei den Vorgängen auf der anderen Seite der Übungshalle.

Der blonde Marineinfanterist hatte seine Truppen allein gelassen und sich Altara genähert. »Altara?« Firbek verneigte sich tief. »Wie wäre es mit einem Übungskampf?«

»Aber nicht mit den Stäben.«

»Es wäre mir eine Ehre, mit dem Schwert zu kämpfen.«

Als das Wort ›Schwerter‹ fiel, blickte Justen zur Mitte der Waffenkammer, dann ließ er die Schultern sinken und konnte gerade noch einen Hieb von Warin abwehren.

»Justen? Stimmt etwas nicht?«

»Entschuldige ... ich habe nicht aufgepasst.«

»Wir können auch aufhören.«

»Eine kurze Pause ...« Justen stemmte seinen Stab auf den Boden aus gestampftem Lehm, auf dem schon Generationen von Ingenieuren den Umgang mit Waffen geübt hatten.

Warin folgte Justens Blick und beobachtete ebenfalls die beiden, die mitten in der Waffenkammer Aufstellung genommen hatten.

»Schwerter?«, meinte Altara nachdenklich. »Na schön ... falls du nicht auf mein Blut aus bist.«

»Wie könnte ich so etwas bei einer Meister-Ingenieurin wagen?«, erwiderte Firbek mit einem breiten Lächeln.

Justen schüttelte den Kopf. Firbeks Worte hatten nicht aufrichtig geklungen.

Warin blickte zwischen Justen und der Mitte der Waffenkammer hin und her. »Es ist doch nur ein Übungskampf.«

»Ich will es hoffen.« Justen hob den Stab und näherte sich dem Marineinfanteristen und der Ingenieurin, die gerade begannen, die Holzklingen zu kreuzen.

Ein plötzlicher Vorstoß, und Firbeks Holzschwert glitt an Altaras Waffe vorbei und prallte schwer gegen ihre rechte Schulter.

Altara ließ das Holzschwert fallen und wich seitlich aus.

Firbek drang weiter auf sie ein, als hätte er die Bewegung nicht rechtzeitig abbremsen können, und traf mit seinem Übungsschwert Altaras Bein.

»Ooooh ...« Die Ingenieurin starrte Firbek an. »Das reicht mir. Ich werde eine Weile Schmerzen haben, wenn ich den Arm hebe, und wahrscheinlich werde ich ein paar Wochen lang nicht laufen können, ohne zu hinken.«

Justen drehte sich um und gab Warin seinen Stab. »Halte ihn bitte für mich fest.«

Warin öffnete den Mund, aber dann schloss er ihn wieder und nickte nur. »Pass auf dich auf.«

»Unsinn. Ich passe nie auf mich auf. Damit würde ich mich nur in Schwierigkeiten bringen.« Justen bückte sich, hob Altaras Übungsschwert auf und wandte sich mit einem Kopfnicken an sie. »Darf ich mir das mal ausleihen?«

»Ich ziehe es vor, meine Schlachten selbst zu schlagen.«

Justen lächelte höflich. »Ich will eigentlich keine Schlacht schlagen. Du weißt ja, dass ich Schwerter und Stäbe für völlig veraltete Waffen halte, Altara. Sie sind nur gut zum Üben.« Er warf das Übungsschwert in die Luft, fing es am Griff wieder auf und deutete einen Ausfall an, alles mit einer einzigen, fließenden Bewegung. Dann drehte er sich herum, grinste Firbek an und salutierte mit Altaras Übungswaffe vor dem Marineinfanteristen. »Sei gegrüßt, Firbek, und seid gegrüßt, ihr alten Waffen und Traditionen. Ein kleiner Übungskampf gefällig?«

»Ah, Justen ... du bist immer so albern. Du brauchst anscheinend eine Lektion ... oder vielleicht auch drei. Und sei es nur in einem Übungskampf.« Der große Soldat hob lächelnd seine Übungswaffe und erwiderte den Gruß weitaus förmlicher, als Justen ihn entboten hatte.

Die Holzklingen wurden gekreuzt. Sich auf seine überlegene Körpergröße und Reichweite verlassend, versuchte Firbek, Justen auf Distanz zu halten, damit dieser nicht zustoßen konnte. Justen drang jedoch energisch auf Firbek ein und trieb den kräftigeren Soldaten mit raschen Hieben in die Defensive.

Wieder wurden die Übungsschwerter gekreuzt und voneinander gelöst. Justen bewegte sich eine Spur schneller als Firbek.

Und dann unterlief Justen auf einmal blitzschnell die Abwehr des Soldaten und schlug ihm fast beiläufig die Waffe aus der Hand. »Hab ich dich erwischt.«

Firbek massierte sich einen Augenblick das Handgelenk, ehe er das Übungsschwert aufhob. »Noch eine Runde?«

»Warum nicht?« Wieder deutete Justen den ironischen Salut an, doch er musste sich unterbrechen, als Firbek stürmisch mit dem Übungsschwert aus Eichenholz angriff. Statt selbst anzugreifen, wie er es zuvor getan hatte, konzentrierte Justen sich jetzt auf die Verteidigung und versuchte, eine undurchdringliche Mauer um sich aufzubauen, die Firbeks Vorstöße abfangen sollte.

Wieder und wieder wurden die Holzklingen gekreuzt. Schweißperlen sammelten sich auf Firbeks Stirn, als er wild um sich schlug und seine Brust ungeschützt ließ. Justen musste lächeln, als er es sah, doch er beschränkte sich darauf, den Marineinfanteristen auf Distanz zu halten und die Schläge und Hiebe abzuwehren. Firbeks Angriffe wurden immer wütender und heftiger, bis es schien, als würde er rasend vor Wut auf Justen einhacken.

Der Ingenieur tänzelte zur Seite, wehrte die Schläge des größeren und stärkeren Gegners mit der eigenen Waffe ab oder wich ihnen einfach aus.

»Du bist ... du bist ziemlich gut ... für einen Ingenieur ... der mit altmodischen Sachen herumspielt ...«

Wieder schlug Firbek zu.

Dieses Mal schob Justen sein Übungsschwert hinter den Griff von Firbeks Schwert und drehte es herum. Der Soldat taumelte, stolperte und stürzte zu Boden.

»Das tut mir aber leid, Firbek«, erklärte Justen grinsend. »Ich muss jetzt gehen, aber vielleicht können wir gelegentlich mal wieder eine Runde üben. Natürlich einfach nur so zum Spaß.« Er drehte sich um und gab Altara das Übungsschwert zurück. »Vielen Dank für die Leihgabe, Meister-Ingenieurin.«

»Es war mir ein Vergnügen, Justen«, erwiderte Altara leise, während sie stirnrunzelnd das Holzschwert in Empfang nahm. »Aber du musst trotzdem morgen in die Werkstatt kommen. Wir wollen an den neuen Wärmetauschern arbeiten, die Gunnar und Blyss entworfen haben.«

Justen zwang sich zu einem Lächeln. Sogar in der Waffenkammer suchte sein älterer Bruder ihn heim, obwohl Gunnar sich nie herabließ, eine Klinge oder einen Stab in die Hand zu nehmen. »Ich werde kommen.«

Er drehte sich um, aber Firbek war schon verschwunden.

»Das war ... das war wirklich interessant, aber ich denke, Estil wartet bereits auf mich.« Warin gab Justen den verkratzten Stab aus Roteiche zurück.

»Ich begleite dich.«

Draußen hatten sich die Wolken über dem Golf aufgelöst, und ein leichter Nieselregen ging auf Nylan nieder. Justen blieb auf halbem Weg zur Straße auf dem Pflaster stehen und wischte sich die nasse Stirn am Ärmel ab.

»Das war gefährlich, Justen«, bemerkte Warin mit einem vielsagenden Blick zur Waffenkammer. »Er ist immerhin der Cousin des Ratsherrn Ryltar.«

»Was soll er schon machen?«, gab Justen achselzuckend zurück. »Es war doch nur ein Übungskampf. Er hat es selbst gesagt.«

»Nimmst du eigentlich überhaupt mal irgendetwas ernst?«

»Kaum. Wir werden das Leben letzten Endes sowieso nicht überleben.« Justen ließ den Stab auf dem Pflaster springen und fing ihn wieder auf. »Und daher können wir auch gleich dafür sorgen, dass wir wenigstens unseren Spaß haben.«

»Du hast eigenartige Vorstellungen von Spaß.« Warin hielt inne. »Estil wartet sicher schon. Wir sehen uns morgen. Und dann werde ich dich mit meinem Stab verprügeln.«

»Aber nur, wenn ich unaufmerksam bin, weil ich ein hübsches Mädchen beobachte.«

»Dann werde ich dafür sorgen, dass eines kommt.«
»Wer denn?«
»Ich könnte Estil fragen, ob sie vorbeischaut.«

»Das ist unfair.«

»Ach, wirklich?« Warin winkte kurz und trabte bergauf zu den Häusern, die südlich der Mauer aus schwarzem Stein, der Grenze Nylans, auf der Hügelkuppe standen.

Justen wirbelte noch einmal den Stab herum und trottete bergab.

X

Die scharfkantigen Zacken aus rotem Sandstein bildeten zwischen den grauen Steinhügeln im Norden und Westen und den welligen Dünen im Süden ein natürliches, kreisrundes Amphitheater.

Eine schmale, verdorrte Grasnarbe zog sich vom roten Sandstein aus nach Osten und wurde allmählich, während sie sich dem Großen Wald näherte, saftiger und grüner.

Mitten in dem kleinen Amphietheater befanden sich drei Frauen. Sie saßen auf kniehohen Steinen, die von der Witterung oder von Menschenhand geglättet worden waren, bis sie eine angenehme Sitzfläche bekommen hatten. Die grauhaarige Frau in der Mitte wiegte sich mit geschlossenen Augen leicht hin und her. Die roten Sandkörner in dem Quadrat, das zwischen den fünf Ellen großen Sandsteinblöcken frei geblieben war, verlagerten ihre Position und fanden sich zögernd zu neuen Formen zusammen.

Nach einiger Zeit schälte sich eine Landkarte heraus, und die Sandkörner sammelten sich zu naturgetreuen, winzigen Nachbildungen der Westhörner. Eine weiße Linie zog sich schnurgerade durch die Gipfel, doch das Weiß war besudelt vom stumpfen Rot getrockneten Blutes.

Langsam besprenkelten weiße Sandkörner die winzigen Gipfel und Täler und breiteten sich immer weiter nach Westen aus, bis die ganze Karte hässlich weiß schimmerte.

Nach einer Weile atmete die Seherin in der Mitte tief aus und das Bild verlor an Schärfe, als die Sandkörner in ihre natürliche Lage zurückfielen. Aber das Weiß blieb haften.

XI

Justen stellte den Docht der Lampe nach. Zwar kamen Gaslaternen immer mehr in Mode, aber die Bruderschaft verwendete nach wie vor Lampen, die meist mit dem Öl der Carnotnüsse betrieben wurden.

Es klopfte an seiner Tür.

»Ja, bitte?«

»Dein großer Bruder ist hier.«

»Komm rein.«

Gunnar schob sich, einen Krug in der Hand haltend, ins Zimmer. »Wie ich sehe, bereitest du dich auf einen großartigen Abend vor. Ich habe etwas Rotbeerensaft mitgebracht.«

»Ich dachte, du wolltest mit Turmin zurück nach Landende.«

»Wir fahren erst morgen. Ratsherr Ryltar hat Turmin zu sich nach Hause zum Essen eingeladen. Er wollte hören, welche Meinung Turmin zu diesem Durcheinander in Sarronnyn hat.« Gunnar stellte den Krug neben der Lampe auf den Tisch. »Hast du Becher da?«

»Da drüben auf dem zweiten Regalbrett.« Justen hatte die Lampe inzwischen nachgestellt. »Wohnt Ryltar nicht irgendwo in der Nähe von Feyn? Aber warum Turmin? Nach allem, was ich gehört habe, ist Ryltar auf die Sarronnesen nicht eben gut zu sprechen und Turmins Mutter stammt aus Sarronnyn.«

»Ryltar lebt auf dem Hügel direkt hinter der Schwarzen Mauer. Es liegt zwar an der Straße nach Feyn, aber nicht sehr weit entfernt.« Gunnar zuckte mit den Achseln. »Ich weiß auch nicht mehr als du. Ich nehme an, Turmin wird es mir früher oder später erzählen. Jedenfalls muss ich morgen beizeiten aufbrechen, um ihn dort abzuholen, aber das ist immer noch besser, als bei Ryltar das Schoßhündchen zu spielen.« Gunnar holte die Becher und füllte sie. »Lass uns Mancala spielen.«

Justen grinste. »Warum nicht?« Er ging zum kleinen Bücherregal und zog das Brett und die Schachtel mit den weißen und schwarzen Spielfiguren heraus. »Worum geht es dieses Mal?«

»Turmin glaubt, das Wetter würde sich immer noch verändern, aber langsamer als zuvor.« Gunnar reichte seinem Bruder einen Becher. »Er glaubt, man könnte in den hohen Hügeln westlich von Landende die Anzeichen im Bewuchs erkennen – es ging wohl um die Stellen, an denen das Wetter gewissermaßen auf der Kippe steht.« Gunnar zog sich einen der beiden einfachen Stühle mit den geraden Lehnen an den Tisch.

Justen stellte seinen Becher ab und legte das Brett und die Schachtel mit den Spielsteinen auf den Tisch. Dann zog er seinen Stuhl heran und setzte sich, während Gunnar die schwarzen und weißen Steine aufteilte.

»Möchtest du Weiß oder Schwarz haben?«

»Dieses Mal nehme ich Weiß.«

Gunnar nickte und Justen setzte den ersten Spielstein in eine Vertiefung am hinteren Ende, um eine Reihe mit drei Steinen zu bilden. Gunnar ignorierte ihn und setzte seinen ersten Stein mitten ins Hauptgitter auf seiner Seite des Bretts.

Justen setzte einen Stein in eine Vierer-Kette hinter Gunnars Stein.

»Du machst es schon wieder.« Gunnar fügte seinem Gitter einen zweiten Stein hinzu.

Justen setzte den zweiten Stein in seine Dreier-Kette und fügte den dritten hinzu, um die Reihe zu vollenden.

Gunnar setzte den dritten Stein in sein Hauptgitter. »Du hättest mich nicht so weit kommen lassen dürfen. Jetzt kannst du mich nicht mehr einholen.«

Justen runzelte den Stirn und setzte einen weißen Stein in die zweite Dreier-Kette hinter Gunnars Figur.

Gunnar fügte wiederum einen Stein hinzu und so ging es weiter, bis Justen Dreier- und Vierer-Ketten und Gunnar sechs Steine in einer Zwölfer-Kette und fünf in einer zweiten Zwölfer-Kette hatte.

Gunnar lächelte und setzte einen schwarzen Stein an die richtige Stelle, dann folgten fünf weitere, um die erste Figur zu vollenden, und dann auch noch der Bonusstein, der es ihm erlaubte, auch die zweite Figur zu vollenden.

Justen zuckte mit den Achseln.

»Du hast gewonnen.«

»Willst du nicht zu Ende spielen?«

»Wozu die Mühe?«

»Ich verstehe immer noch nicht, warum du drei oder vier Figuren baust, statt deine Kräfte auf eine einzige zu konzentrieren.«

»Es scheint mir vernünftiger zu sein. Im Leben kann man sich ja auch nicht nur auf eine einzige Sache konzentrieren.« Justen lachte. »Außerdem ist es nur ein Spiel. Das Leben ist schon schwierig genug.«

Gunnar runzelte einen Moment lang die Stirn, dann hob er den Krug. »Noch etwas Rotbeerensaft?«

»Gern. Warum nicht? Noch ein Spiel?«

»Natürlich.« Gunnar schenkte ihm und sich ein und trank einen Schluck aus seinem Becher.

XII

»Tryessa D'Frewya, die Gesandte aus Sarronnyn«, verkündete der junge, schwarz gekleidete Mann, der die Tür aus dunkler Eiche geöffnet hatte, damit die Botschafterin den Ratssaal betreten konnte. Einst war der Raum das Studierzimmer gewesen, das die Gründer Creslin und Megaera sich geteilt hatten. Die Porträts der Gründer hingen hinter dem Tisch links und rechts neben dem großen Fenster.

Die sarronnesische Gesandte betrat den Raum und verneigte sich tief. Die smaragdgrüne Seidenhose und die Bluse raschelten leise. »Geehrte Ratsmitglieder.« Sie richtete sich wieder auf.

Claris deutete zum Tisch. »Bitte, setzt Euch doch. Möchtet Ihr einen Schluck grünen Branntwein?«

»Ich wäre entzückt. Ob Tradition oder nicht, es ist auf jeden Fall ein verlockendes Angebot.« Tryessa ließ sich auf einem Eichenstuhl nieder. Der junge, schwarz gekleidete Mann schenkte behutsam die hellgrüne Flüssigkeit in den Kristallpokal, der neben ihr stand, und zog sich wieder auf seinen Posten an der Tür zurück.

Die jüngste Ratsherrin schob sich eine rote Haarsträhne aus der Stirn und nahm einen Schluck aus einem ähnlich kostbaren Glas.

»Und was führt Euch nun zu uns?«, fragte Ryltar. Der beiläufige Ton bildete einen scharfen Kontrast zur Ordnung seiner Kleidung und zu dem präzise gekämmten, schütteren blonden Haar.

»Ich bin sicher, dass Ihr bereits im Bilde seid, geehrter Ratsherr. In diesem Augenblick, während wir hier sprechen, nehmen die Weiße Gesellschaft und die Eiserne Garde das alte Westwind ein ...«

»Wie Ihr es zur Zeit Dorrins eingenommen habt«, konterte Ryltar leichthin.

Claris räusperte sich.

Jenna wandte sich halb um. »Ich glaube, darum geht es jetzt nicht, Ryltar. Tryessa wollte, wie ich glaube, auf etwas ganz Bestimmtes hinaus, nicht wahr?«

»Ich wollte damit andeuten, dass Fairhavens Anstrengungen Anlass zu großer Sorge bieten.«

»Aber für wen?«, erkundigte Ryltar sich höflich.

Claris hob die Augenbrauen, sagte aber nichts. Jenna wandte sich zum blonden Ratsherrn um.

»Es bereitet ganz gewiss uns allen im Westen Candars große Sorgen«, erklärte Tryessa. »Sogar die Naclaner haben uns einen Botschafter geschickt und uns geraten, das mächtige Recluce um Hilfe zu bitten.«

»Die ›Druiden‹ von Naclos? Sie existieren wirklich?«

»Sie existieren seit Jahrhunderten ... Vielleicht gab es sie sogar schon vor der Zeit der Engel.« Tryessas Stimme klang spröde. »Sie fertigen hervorragende Holzarbeiten, wenngleich sie nicht mit Messern schnitzen. Anscheinend können sie die Bäume dazu bewegen, auf eine bestimmte Weise zu wachsen. Ich besitze eine Bank, die ich geerbt habe. Sie altert kaum, dabei hat sie schon meiner Urgroßmutter gehört. Aber ich schweife ab. Da die Druiden sich in dieser Weise geäußert haben, stehen wir offensichtlich vor Widrigkeiten, die weit über Sarronnyns Sorge hinausgehen.«

»Ihr setzt Euch wirklich nachdrücklich für die Belange des Westens von Candar ein«, bemerkte Ryltar.

»Ryltar ...«

»Ich glaube, die Gesandte hat deutlich gemacht, wie dringend die Angelegenheit ist, Ryltar«, erklärte Claris kalt.

»Danke, Ratsherrin. Angesichts dieser Umstände hofft die Tyrannin, dass Ihr Euch an Sarronnyns unerschütterlichen Beistand erinnert, wo immer die Freiheit des Handels, wie sie auch von Recluce gefordert wird, betroffen ist.«

»Die Tyranninnen waren, soweit der Handel betroffen ist, immer ehrlich«, warf Claris mit ruhiger Stimme ein.

»Auch wenn der Handel natürlich beiden Seiten nützt«, erwiderte Ryltar glatt.

»Die Tyranninnen von Sarronnyn waren im Umgang mit Recluce stets äußerst gewissenhaft«, gab Tryessa zurück.

»Was sollen wir tun?«, fragte Claris. »Ich wisst, dass wir kein stehendes Heer unterhalten, das groß genug wäre, um Truppen zu entsenden. Und unsere Schiffe können Euch bei einem Konflikt in den Westhörnern auch nicht helfen.«

»Nicht direkt, aber Fairhaven ist auf die Wasserwege angewiesen.«

»Wollt Ihr damit andeuten, wir sollten unsere Schiffe einsetzen, um Fairhaven die Handelswege abzuschneiden? Nachdem wir so lange für einen freien und offenen Handel auf dem Meer gekämpft haben?«, fragte Claris.

»Die Tyrannin versteht, wie unangenehm ein solcher Vorschlag Euch sein muss.«

»Was ist mit Suthya und Südwind?«, fragte Jenna.

»Sie haben Truppen und Vorräte in größerer Menge geschickt. Allein ...« Tryessa zuckte mit den Achseln.

»Ihr meint, die Truppen werden nicht ausreichen?« Ryltar räusperte sich und nippte an seinem Branntwein.

»Die Weißen Magier haben allein in der Eisernen Garde mehr als fünftausend Soldaten.«

»Das macht die Sache äußerst schwierig«, bemerkte

Claris. »Aber Ihr verlangt von uns, den alten Grundsatz aufzugeben, dass der Handel frei sein muss. Gibt es denn keine anderen Möglichkeiten?«

Die sarronnesische Gesandte trank noch einen Schluck aus ihrem Pokal, ehe sie weitersprach. »Eine Art symbolische Hilfe wäre für uns schon ein großes Entgegenkommen. Vielleicht eine Gruppe von Ordnungs-Meistern und Heilern, ein kleiner Trupp Soldaten. Sie sind immerhin die Nachkommen der Garde von Westwind.«

»Wir verstehen Eure Sorgen und wir empfinden weitgehend wie Ihr. Aber was Ihr verlangt, ist nicht leicht zu verwirklichen, und wir müssen darüber nachdenken ...«

»Ich verstehe.« Tryessa erhob sich und ließ den größten Teil des Branntweins unberührt stehen. »Ich verstehe. Dann werde ich mich jetzt zurückziehen, damit Ihr ungestört beraten könnt. Ich werde im alten Gasthof warten. Das Gebäude ist eine der wenigen noch erhaltenen Gedenkstätten an die Verpflichtung gegenüber Sarronnyn und den Glauben, dass alte Verpflichtungen von Wert sind. Abgesehen natürlich von Eurer Schwarzen Residenz hier.«

»Für jemanden, der um einen Gefallen bittet, sprecht Ihr recht scharfe Worte«, erwiderte Ryltar lächelnd.

»Ich bitte Euch nicht um einen Gefallen. Ich suche Gerechtigkeit und Eure Aufmerksamkeit. Ich suche diejenigen, die über die blinde Verhaftung in Gewohnheiten hinauszublicken und tiefere Zusammenhänge und Grundsätze zu erkennen und zu würdigen vermögen.« Tryessa quittierte Ryltars unaufrichtiges Lächeln mit einer gleichermaßen unehrlichen Grimasse.

»Wir werden darüber beraten, Gesandte Tryessa«, erklärte Claris, während sie sich erhob. Die beiden anderen Ratsmitglieder folgten ihrem Beispiel.

»Vielen Dank.« Tryessa verneigte sich und ging hinaus.

Die drei setzten sich wieder. Claris winkte dem schwarz gekleideten Helfer. »Ihr könnt jetzt gehen, Myrten.«

Als die Tür sich hinter ihm geschlossen hatte, sagte Ryltar: »Die Gesandte ist ausgesprochen anmaßend und selbstbewusst aufgetreten.«

»Ganz genau.« Jenna trank einen Schluck Branntwein und setzte das Glas mit verkniffenen Lippen wieder auf den Tisch.

»Ohne unsere Prinzipien sind wir überhaupt nichts.« Claris ließ die Finger nervös über den Stiel ihres Glases wandern.

Jenna blickte durchs Fenster zu den weißen Schaumkronen der Wellen draußen auf dem Ostmeer hinaus. »Wenn wir uns an unsere Prinzipien halten, wird Fairhaven ganz Candar übernehmen... und wer steht dann noch zwischen den Magiern und uns?«

»Es hat früher schon niemand zwischen ihnen und uns gestanden und es wird auch nie jemand dort stehen. Ihr täuscht Euch, wenn Ihr glaubt, es könnte jemals anders sein.« Ryltar starrte den dunklen Eichentisch an.

»Vielleicht sollten wir unter diesen Umständen unsere Ergebenheit den Prinzipien gegenüber zurückstellen und dafür sorgen, dass sie uns nützen, statt uns die Hände zu binden«, fauchte Jenna.

»Wir könnten vielleicht auch einen Kompromiss anstreben«, schaltete Claris sich ein. »Wir könnten fragen, ob es Freiwillige gibt, die bereit sind, Sarronnyn zu unterstützen. Ich glaube, nicht wenige könnten durchaus den Wunsch danach haben. Es ist ein Abenteuer und viele suchen das Abenteuer, seit wir die Leute nicht mehr verbannen.«

»Damit könnte ich mich durchaus abfinden.« Ryltar

lächelte. »Sollen diejenigen, die es wünschen, sich ruhig freiwillig mit den Weißen Teufeln einlassen.«

»Das reicht aber nicht aus«, widersprach die jüngste Ratsherrin. »Selbst diejenigen, die geradezu darauf brennen, sich einzumischen, könnten es nicht ohne eine gewisse Gegenleistung tun.«

»Ich bin sicher, dass die Tyrannin Vorräte und einen bescheidenen Sold zur Verfügung stellt, wenn sie sich wirklich solche Sorgen macht«, schlug Ryltar gelassen vor.

»Das scheint mir akzeptabel zu sein. Wir könnten dies also als ersten Schritt anbieten und sehen, wie sich die Dinge entwickeln und ob wir uns gegebenenfalls energischer einschalten müssen.« Claris' Finger spannten sich um den Stiel des Weinglases.

Jenna nickte zögernd.

XIII

»Du musst noch einmal das Vorwort studieren.« Justen sah Daskin scharf an.

»Aber es ist so langweilig. Die Sachen, die weiter hinten kommen, sind viel interessanter. Ich kann es kaum erwarten, damit anzufangen.« Der Junge wand sich unbehaglich auf dem Lederkissen und heftete den Blick schließlich auf den polierten Boden aus grauem Stein.

»Hast du etwa schon auf eigene Faust etwas probiert?« Justens Blick wurde noch bohrender.

Daskin lief rot an.

»Und es hat nicht funktioniert, nicht wahr?«

»Ich bin ja noch nicht erwachsen ... noch nicht vollständig ausgebildet.«

»Daskin ...«, ermahnte Justen den Jungen mit leiser Stimme. »Nicht jeder kann ein Ordnungs-Meister werden. Und manche brauchen Jahre, bis sie es gelernt haben.«

»Ihr wollt es mich einfach nicht lehren.«

»Sei nicht albern, Daskin. Er wird bezahlt, damit er dich ausbildet.« Jyll warf das lange schwarze Haar mit einer geübten Geste über die Schulter zurück.

Norah rieb abwesend einen glatten, grauen Kummerstein mit den Fingern und starrte ins Leere, während sie ihre Sinne auf die Wolken über Nylan richtete.

»Warum müssen wir das alles überhaupt lernen, wenn am Ende doch nicht jeder ein Ordnungs-Meister werden kann? Es ist so langweilig!« Daskin warf das schwarz gebundene Buch auf den Boden.

»Jetzt kannst du was erleben!«, flüsterte Jyll.

»Das ist mir egal. Es ist stupide. Es ist langweilig und ... und ich hasse es.«

»Es wird den ganzen Tag und die ganze Nacht und vielleicht auch noch morgen regnen«, verkündete Norah. Das Funkeln ihrer Augen verriet, dass sie mit den Gedanken jetzt wieder ganz im Klassenraum war.

»Wie kommt es, dass die dumme alte Norah die Wolken findet und ich nicht?« Tränen kullerten Daskin aus den Augen.

Justen kniete sich vor den Jungen. »Jeder Mensch ist anders, Daskin. Mein Bruder kann die Wolken über Lydiar finden und mit den Winden spielen, die auf dem Dach der Welt wehen. Ich kann das nicht. Ich kann dafür Dinge schmieden und mit Schwarzem Eisen arbeiten. Aber jedes Mal, wenn Gunnar einen Hammer in die Hand nimmt, fürchten wir, er könnte sich sämtliche Finger zerquetschen. Dorrins Bruder war ein gewöhnlicher Fischer, aber ohne seinen Bruder hätte Dorrin Nylan nicht gründen können. Wir müssen das tun, was wir tun können.« Der Ingenieur klopfte dem Jungen auf die Schulter.

»Es ist trotzdem stupide«, murmelte Daskin, aber er wischte sich tapfer das Gesicht mit dem Ärmel trocken und hob das Buch wieder auf.

»Lies den ersten Teil noch einmal. Wir sehen uns dann morgen.«

Daskin trödelte zur Tür und schlurfte hinter Jyll her, die als Erste hinausgelaufen war. Justen steckte seine eigene Ausgabe der *Basis der Ordnung* in den Rucksack, den er lieber nahm als den Tornister, den viele der älteren Ingenieure bevorzugten.

»Der Regen wird nicht aufhören«, wiederholte Norah.

Justen lächelte verlegen. »Entschuldige, Norah. Ich hätte dir schon längst antworten sollen. Du bist sehr begabt, wenn es darum geht, das Wetter zu beobachten, und du kannst dich wirklich darüber freuen, dass es dir so gut gelingt.«

»Es könnte noch geschlagene zwei Tage regnen.«

»Wir werden sehen. Du kannst das inzwischen jedenfalls schon besser als ich.«

»Wirklich?« Norah stand auf und rieb ihren Kummerstein.

Justen nickte. »Ich bin Ingenieur, kein Luft-Magier. Ich kann dafür Schwarzes Eisen machen und Raketen herstellen, und auch Teile für Maschinen und Kanonen.«

»Ich mag die Wolken, besonders die dicken Regenwolken.« Norah beugte sich vor und hob ihren Rucksack auf. Der schwere braune Leinensack, abgewetzt, rissig und fleckig, war fast neu gewesen, als das Mädchen vor einer Jahreszeit zum ersten Mal in Justens Unterricht gekommen war. »Was sollen wir jetzt lesen?«

»Noch einmal das Vorwort.«

»Das ist so wenig greifbar wie die dünnen Wolken.« Norah schwang den Rucksack über die Schulter und bewegte sich halb laufend und halb hüpfend zur Tür. Dort blieb sie noch einmal stehen und drehte sich um. »Auf Wiedersehen, Magister Justen.« Damit verschwand sie.

Justen schüttelte den Kopf. Warum waren eigentlich alle Luft-Magier so ... er suchte nach dem richtigen Wort, bis ihm bewusst wurde, dass die Worte ›wenig greifbar‹, die Norah gebraucht hatte, eigentlich recht gut passten. Selbst Gunnar war manchmal schwer zu greifen, als wäre er innerlich überhaupt nicht an dem Ort, an dem er sich aufhielt. Aber andererseits, wer konnte schon sagen, wo ein Luft-Magier sich gerade herumtrieb?

Justen schnaubte, schloss seinen Rucksack und legte die schweren Lederkissen auf den Tisch, ehe er seinen dunkelgrauen Regenmantel vom Haken neben der Tür nahm. Nachdem er die Tür hinter sich geschlossen hatte, ging er das halbe Dutzend Stufen hinunter und durch den tiefer gelegenen Gang zur Treppe des Westflügels.

Dort nahm er zwei Stufen auf einmal. Der Geruch nach Hammeleintopf drang aus dem Speisesaal der älteren Studenten, unter denen sich viele befanden, die zu Dorrins Zeiten ins Exil geschickt worden wären.

Bevor er in den Regen hinaustrat, streifte Justen sich den dunkelgrauen Regenmantel über, zog aber nicht die Kapuze über den Kopf. Den Pfützen auf der Straße vorsichtig ausweichend, ging er bergab zur Großen Werkstatt.

Der weiche, warme Regen kleisterte ihm das Haar auf den Kopf und als er die vier Steinstufen zum Gebäude hinaufstieg, schwitzte er sogar ein wenig. Auf der weitläufigen Veranda blieb er stehen und strich sich mit dem linken Handrücken das Wasser aus dem

Gesicht. Dann trat er die Stiefel an den Binsenmatten ab, bevor er in den Vorraum ging, in dem die offenen Spinde mit den Schurzen, Handschuhen und Arbeitskleidern der Ingenieure aufgestellt waren.

Justen zog sich die Jacke und das gute Hemd aus, das er beim Unterricht getragen hatte, und hängte beides in einen Spind. Dann holte er sich den Lederschurz, band ihn sich um die Hüften und ging durch einen Bogengang und einen Flur zum kleinen Schmiedefeuer in der rechten hinteren Ecke der Werkstatt. Clerve, sein Lehrling, war schon mit Bolzenschneiden beschäftigt.

Justen grinste. Er hasste es, Bolzen herzustellen. Die Schneidemaschinen erleichterten zwar die Arbeit, aber das Schneiden der Gewinde auf der Drehbank war trotzdem noch sehr mühsam. Die Muttern in die richtige Form zu bringen war sogar noch schwieriger.

»Wie lange wird es wohl dauern, bis du die neuen Verdampfer entwickelt hast?«, fragte Warin, während er sich mit dem Unterarm eine Strähne des viel zu langen, feinen Haars aus der Stirn wischte.

Justen verzog nachdenklich das Gesicht. »Wenn wir verhindern könnten, dass auf der Seite, wo der Dampf gekühlt wird, das ganze System verrostet, wären wir einen großen Schritt weiter. Aber dort bilden sich viel zu schnell Lecks.«

Auf den zwei neuesten Schwarzen Schiffen wurden Verdampfer eingesetzt, die das nötige Süßwasser aus Meerwasser herstellten, aber die Brüder auf den beiden Schiffen – einer war Pendak – mussten mehr Zeit und Ordnungs-Kräfte darauf verwenden, die Verdampfer in Gang zu halten, als es bei allen anderen Anlagen einschließlich der neuen Turbinen notwendig war.

»Viel Glück.« Warin wandte sich wieder zur Fräse um, an der er gearbeitet hatte.

»Danke.«

Clerve unterbrach seine Arbeit am Amboss und schaute fragend zu Justen.

»Ja ... du kannst jetzt mit den Bolzen aufhören«, sagte Justen zu ihm. »Leg die Pläne dort auf das Brett.« Er nickte zum schräg gestellten Zeichenbrett, das ein Stück weiter neben dem Schmiedeofen stand. Dann ging er zu seiner Werkbank und überprüfte sein Werkzeug.

Als Clerve die Zeichnungen der Verdampfer ausgebreitet hatte, überprüfte Justen das Hebezeug und den Kran, an dem der Verdampfer hing, und ließ das runde Gerät aus Schwarzem Eisen zwei Ellen herab, bis die untere Krümmung der Kugel weniger als eine Elle über dem gestampften Lehmboden hing. Er maß die Lücke, in die der Dampfabscheider eingebaut werden sollte, mit dem Greifzirkel, stellte den Zirkel fest und setzte ihn auf die Zeichnung, die im Maßstab eins zu eins angefertigt worden war. Die Lücke unter dem Flansch, wo der Dampfabscheider fixiert werden sollte, war eine Zehntelspanne kleiner als die Maße auf der Zeichnung. Justen nickte. Wahrscheinlich hatte sich das Eisen beim Erkalten stärker zusammengezogen als berechnet. So etwas kam öfter vor. Nun hing alles davon ab, dass sie das Ausmaß, in dem sich der Dampfabscheider zusammenziehen würde, richtig vorausberechneten.

Clerve sah Justen zu, als dieser ein zweites Mal nachmaß.

»Wir brauchen eine Platte von einer halben Spanne Dicke und zwei Ellen im Quadrat Größe.« Als Clerve sich zum Lager aufmachte, um die Platte zu holen, rief Justen ihm hinterher: »Nimm einen Karren. Die Platte wiegt viereinhalb Stein.«

»Ja, Ser.«

Während er darauf wartete, dass sein Lehrling zurückkehrte, gab Justen noch etwas Kohle ins Schmiedefeuer, stellte mit dem langen Eisenstab die Luftzufuhr nach und betätigte langsam den Blasebalg. Dann vergewisserte er sich, dass die Kanne mit Kühlwasser gefüllt war. Es wäre einfacher gewesen, mit Holzkohle zu arbeiten, aber sie mussten Steinkohle nehmen, weil Recluce nicht genug Wälder hatte, um die Nachfrage nach Holzkohle zu befriedigen. So verwendeten die Schmiede in den Städten Holzkohle, während die Ingenieure trotz der hohen Frachtkosten Steinkohle aus Nordla oder Sarronnyn bezogen.

Justen beobachtete die glühenden Kohlen. Wenigstens war es nicht nötig geworden, eine Platte aus der alten *Hyel* einzuschmelzen. Genaugenommen waren es nicht nur die Mächtigen Zehn, sondern sogar die Mächtigen Elf. Das älteste Kriegsschiff lag allerdings seeuntüchtig im Hafen, wo es abgetakelt und eingeschmolzen wurde, wenn für neue Kriegsschiffe Material gebraucht wurde.

Der Karren bewegte sich quietschend über den Boden. Clerve hatte sich ein Ledergeschirr genommen, um ihn leichter ziehen zu können.

Justen atmete tief durch, stellte den Greifzirkel nach und übertrug die Maße auf die Eisenplatte. Mit einem leichten Hammer und einem Meißel zeichnete er die Linien vor. »So ... und jetzt ziehe den Kran herüber ...«

Clerve brachte den Kran über dem Schmiedefeuer in die richtige Position.

»Langsam jetzt ...«, warnte Justen ihn, während sie die schwere Platte über das Schmiedefeuer bugsierten.

Danach musste Justen die Schneideplatte auf dem Amboss in die richtige Stellung bringen. Er wischte sich die Stirn mit der Außenseite des Unterarms ab. So wie es lief, würden sie wahrscheinlich eine halbe Jahreszeit brauchen, um auch nur einen einzigen Verdampfer fertig zu stellen. Aber sie hatten es nicht eilig. Die neue *Hyel* sollte frühestens in vier Jahren vom Stapel laufen.

Nachdem er sich vergewissert hatte, dass die speziell angefertigten Gesenke am großen Amboss bereitlagen, überprüfte er die Temperatur des Eisens, bis der Bereich, den er markiert hatte, zuerst dunkelrot und dann allmählich heller zu glühen begann. Justen wartete, bis das Eisen an der Schnittlinie orangerot oder sogar fast schon weißglühend war, ehe er Clerve zunickte. Sie schwenkten die Platte herüber und ließen sie auf den Amboss sinken.

Mit gleichmäßigen Hammerschlägen spaltete Justen das Eisen längs der Körnung.

»Alles klar.« Der Ingenieur und sein Gehilfe nahmen den Kran, um die Platte wieder anzuheben, zu drehen und noch einmal ins Feuer zu befördern. »Als Nächstes müssen wir quer schneiden.«

»Wie oft müssen wir denn das Eisen wieder aufheizen?«, fragte Clerve.

»Ich hoffe, nur noch zweimal.«

Wieder beobachtete Justen die Verfärbung des Eisens, dann nickte er und zog mit seinem Gehilfen zusammen das Eisen wieder über die Schneideplatte.

»Ich habe mich geirrt. Wir müssen es noch ein drittes Mal machen«, fügte der Ingenieur hinzu, als sie das Eisen noch einmal über das Schmiedefeuer schoben.

Zwei Durchgänge später lag ein längliches Stück Eisen, das eine Seitenwand des Verdampfers bilden sollte, auf der Schneideplatte. Justen legte es mit Hilfe einer schweren Zange auf die Ziegelsteine hinter dem Schmiedefeuer. Das Stück durfte nicht zu schnell abkühlen.

Dann stellten sie die Klammern auf der Schneideplatte nach und Justen maß noch einmal das Metall ab, um den zweiten Schnitt anzubringen.

»Warum nehmen wir eigentlich nicht die große Blechschere?«, wollte Clerve wissen.

Justen grinste. »Hast du es schon wieder vergessen?«

Er schwenkte noch einmal das Schmiedestück über das Feuer.

Clerve errötete. »Es kommt mir so albern vor.«

Justen beobachtete eine Weile schweigend das Eisen, dann nickte er. Einige Augenblicke später lag das orange-weiß glühende Stück wieder auf der Schneideplatte und Justens Hammer hob und senkte sich gleichmäßig, bis das Eisen ein weiteres Mal ins Schmiedefeuer gelegt werden musste.

»Der Grund dafür, dass wir bei Maschinenteilen keine Scheren verwenden, ist überhaupt nicht albern. Es ist einfach die Frage, was am besten funktioniert. Wenn du das Eisen mit einer Schere schneidest, verdrehst du die Körnung zu sehr. Das gleiche Problem haben wir beim Gusseisen oder sogar bei Stahl. Und für Schwarzes Eisen braucht man Schmiedeeisen.«

»Angeblich können die Nordlaner Stahl machen, der fast so gut ist wie Schwarzes Eisen«, wandte Clerve ein.

»Fast so gut ist immer noch nicht genauso gut.«

Sie schwenkten das Eisenstück wieder auf die Schneideplatte und Justen nahm den Hammer in die Hand. »Dieses Mal geht es etwas besser. Wir müssen es nur zweimal ins Feuer legen.« Er legte den Hammer beiseite und nahm die Zange, um das zweite Stück neben das erste auf die Ziegelsteine zu legen. »Lass uns die Klammern nachstellen. Noch ein paar Abschnitte und wir brauchen den Kran nicht mehr.« Er wischte sich die Stirn ab, wartete aber noch, ehe er das Metall ins Schmiedefeuer schwenkte.

»Ich komme mir vor wie ein alter Magister, aber ich bin dir noch einen Teil der Erklärung dafür schuldig, was ich in Zusammenhang mit den Scheren meinte. Wenn man das Metall zu Schwarzem Eisen ordnen will, nachdem man es mit Scheren oder Biegemaschinen zerteilt hat, passen die Fäden der Ordnung nicht mehr zusammen und man muss das ganze Stück wieder auseinanderreißen. Deshalb hat es auch zehn Jahre gedauert, die *Dylyss* zu bauen.«

Clerve schüttelte den Kopf. »Einfach nur, weil sie Scheren verwendet haben?«

»Nein ... weil sie das Metall mit Gewalt zerteilt haben. Zwischen Kraft und Gewalt besteht ein Unterschied.«

»Na, spielst du schon wieder den Lehrer, Justen? Und ausgerechnet hier in der Großen Werkstatt?« Altara tauchte hinter Clerve auf, der verlegen den Blick abwandte und zur Seite trat.

Justen errötete.

Altara wandte sich lächelnd an Clerve. »Ich fresse keine Lehrlinge, Clerve. Wirklich nicht. Höchstens, dass ich ein wenig an ihnen nasche.«

Jetzt war es an Clerve, rot anzulaufen.

»Du kannst jetzt Pause machen.« Justen entließ seinen Lehrling mit einem Nicken.

»Kannst du deine Arbeit gerade unterbrechen?«, fragte die Meister-Ingenieurin.

Justen nickte. »Es geht sowieso nur sehr langsam voran.«

»Das trifft ja meistens zu, wenn man als Ingenieur arbeitet.«

Die beiden Ingenieure sahen Clerve nach, der zur Veranda schlenderte, wo ein frischer Wind und ein Wasserhahn Kühlung verhießen. Dort versammelten sich gewöhnlich die Lehrlinge, wenn sie etwas freie Zeit hatten.

»Hast du überlegt, ob du dich der Gruppe von Ingenieuren anschließen willst, die nach Sarronnyn geht?«, fragte Altara.

»Nein.« Justen blinzelte und versuchte, ein Staubkorn aus dem linken Auge zu entfernen.

»Willst du wirklich nicht mitkommen?«, fragte Altara.

Justen betrachtete die Meister-Ingenieurin mit den breiten Schultern und den lebhaften grünen Augen. »Warum gehst du denn mit? Dorrin vermochte die Weißen nicht aufzuhalten. Wie kommst du auf die Idee, du könntest es?«

»Willst du dein Leben lang in Nylan herumsitzen und Krytella dabei zusehen, wie sie sich an Gunnar anpirscht?« Altara wartete grinsend auf seine Antwort.

»Sie pirscht sich an? Das klingt beinahe, als wäre sie eine Felsenkatze.« Justen wurde schon wieder rot und es lag nicht an der Hitze des Schmiedefeuers.

»Ich kenne die Frauen, Justen. Immerhin bin ich ja auch selbst eine.«

»Du tust alles, damit wir es rasch wieder vergessen.« Er zwang sich zu einem ironischen Lächeln.

»Das mag ich so an dir. Du kannst einem fast alles sagen, ohne dass es böse wirkt. Aus deinem Mund klingt es beinahe – aber nur beinahe – wie ein Kompliment. Dein kleiner Kampf mit Firbek hat mir übrigens sehr gefallen.«

»Was macht dein Arm?«

»Tut noch etwas weh.« Altara hielt inne. »Warum bist du eigentlich nicht zur Marineinfanterie gegangen? Du hast das Zeug zum Offizier und du wärst einer, dem die Leute sicher gern gehorchen würden.«

»Du weißt doch, was ich von Waffengängen halte.«

»Ich weiß.« Altara seufzte. »Das ist einer der Punkte, in denen du dich meiner Ansicht nach irrst.«

»Und warum?«

Sie machte eine ausholende Geste, die die gesamte Werkstatt einschloss. »Wir haben Dorrins Absichten hintertrieben. Wir haben nach wie vor nur zehn Schiffe – aber eigentlich stimmt es nicht. Aus Gründen des Gleichgewichts haben wir elf. Und wenn du ... hast du dir schon einmal Gedanken über die Größe und Tonnage der *Schwarzer Hammer* gemacht?«

»Wie sollte ich? Ich bin kein Meister-Ingenieur, der Zugang zu den kostbarsten Aufzeichnungen hätte.«

»Entschuldige. Also gut, du kannst mir glauben, was ich dir jetzt sage: Die neue *Hyel* wird beinahe die dreifache Wasserverdrängung der alten *Schwarzer Hammer* haben.«

»Ich kann aber nicht erkennen, dass in ganz Candar die Chaos-Magier wie Pilze aus dem Boden sprießen«, bemerkte Justen.

»Nein, das nicht ... aber sie haben eine Eiserne Garde, die doppelt so stark ist wie unsere Marineinfanteristen, dazu die Weißen. Sie überrennen jetzt Sarronnyn und unser geliebter Rat ist der Ansicht, es wäre nicht schlecht, wenn Freiwillige den bedrängten Sarronnesen zu Hilfe kämen.« Altara zuckte mit den Achseln. »Ich würde mich freuen, wenn du darüber nachdenken würdest.« Sie lächelte höflich, wenngleich nicht warm, und wandte sich an Warin, der an der Fräse beschäftigt war.

Justen holte tief Luft. Hatte er denn wirklich eine Wahl, wenn er Ingenieur bleiben wollte? Er schlurfte Clerve hinterdrein, um draußen einen Schluck Wasser zu trinken und anschließend seinen Lehrling wieder an die Arbeit zu scheuchen.

XIV

Severa reichte einem jungen Mann, den Justen nicht kannte, den ledernen Postsack. Anscheinend war der Bursche der Nachfolger des alten Havvy in der Poststube. Justen rutschte vom feuchten Ledersitz der Postkutsche herunter und wartete neben dem Wagen. Mit seinen beschränkten Ordnungs-Sinnen versuchte er, die Feuchtigkeit aus dem Hinterteil seiner Hose zu vertreiben. Schließlich schüttelte er die Regentropfen von seinem wasserdichten Umhang und nahm seinen Rucksack von der Ladefläche hinter der zweiten Sitzreihe.

Gunnar war trocken. Aus irgendeinem Grund wurden Wetter-Magier im Regen niemals nass, obwohl keiner von ihnen je verraten hatte, wie sie das anstellten. Nur auf Gunnars Rucksack waren einige Regentropfen gefallen. Gunnar wischte sie ab, bevor er sich den Rucksack auf den Rücken schwang.

»Danke.« Justen gab Severa zwei Kupferstücke.

»Es war mir ein Vergnügen, meine jungen Magister.« Die Postkutscherin lächelte verschmitzt. »Ich hoffe doch, Ihr werdet Euren Aufenthalt genießen und Eurer Mutter meine Grüße übermitteln.«

Justen nickte.

»Vielleicht werdet Ihr eines Tages ein ebenso guter Schmied wie sie.« Severas Lächeln war gerade eben noch höflich, als Gunnar ihr die Kupferstücke gab.

»Danke«, sagte Gunnar und neigte den Kopf.

»Nehmt Euch nur nicht so wichtig, Gunnar. Ihr mögt der beste Sturm-Magier seit Creslins Zeiten sein, aber ein guter Schmied ist den meisten Menschen nützlicher als ein Ingenieur oder Magier.«

»Ja, Severa.«

Die Frau grinste. »Aber nehmt auch meine Worte nicht zu wichtig. Ich fahre schon viel zu lange mit diesen Kutschen hin und her. Nun macht schon, dass Ihr wegkommt.« Sie wandte sich dem jungen Postpacker zu, der gerade den nächsten Postsack auf die Ladefläche hievte, wo bereits ein halbes Dutzend Ledersäcke verstaut waren.

Gunnar winkte noch einmal, drehte sich um und marschierte los.

Justen zögerte noch einen Moment und nahm den

Anblick der Stadt in sich auf. Wandernicht hatte sich seit seinem letzten Besuch kaum verändert. Severa hatte neben dem *Gebrochenen Rad* an der Poststube gehalten. Der Gasthof, ein zweistöckiges, aus Balken und Steinen errichtetes Gebäude, war die einzige Schenke im Ort. Der alte Hernon war kurz nach Justens Umzug nach Nylan gestorben und das Paar, das den Gasthof jetzt führte, kannte Justen nicht. Fassade und Schild waren aber dieselben geblieben und sogar die gebrochenen Speichen des Wagenrades sahen aus, wie er sie in Erinnerung hatte.

Eine junge Frau und ein Kind standen unter dem kleinen Vordach der Kupferschmiede und warteten offenbar darauf, dass der leichte Regen aufhörte. Zwei Männer rollten Fässer von einem Wagen in Bastas Kurz- und Lederwarengeschäft.

Justen rückte den Rucksack zurecht, schwang die Beine und wanderte über die im Regen glitschig gewordenen, ebenen Pflastersteine. Nach Westen ging es, am Gasthof und Seldits Kupferschmiede vorbei. Erst als sie die Stadt schon hinter sich gelassen hatten und in Höhe von Shrezsans Haus waren, holte Justen seinen Bruder wieder ein.

Shrezsans Haus stand an einem kleinen Fluss, dessen Kraft die Familie schon seit Generationen nutzte, um Wolle und Leinen zu weben. Lächelnd erinnerte Justen sich an das Mädchen. Shrezsan war eines der wenigen Mädchen gewesen, die ihn lieber gemocht hatten als Gunnar, auch wenn sie schließlich mit einer großen Feier im Tempel Yousal geheiratet hatte.

Auf der Südseite der Straße zogen sich zu Füßen der sanften Hügel Obstgärten dahin: Kirschen, Äpfel, Birnäpfel. Der Regen war zu schwach, um die Blüten und die zarten grünen Blätter von den Ästen zu schlagen.

Gunnar verlangsamte seinen Schritt und überquerte

die Straße, um einen Fuß auf die niedrige Steinmauer zu setzen, die den Grasstreifen am Straßenrand von den Obstgärten dahinter trennte.

Justen schüttelte sich das Wasser aus den kurzen Haaren und wartete.

»Ich glaube, die Obstgärten vermisse ich am meisten. Nicht einmal die Birnäpfel sind in Landende die gleichen wie daheim.« Gunnar rieb sich das glatt rasierte Kinn. »In Wandernicht ist es schöner als in Nylan oder Landende. Es ist so friedlich hier.«

»Wahrscheinlich würdest du am liebsten einen großen Tempel errichten und den Rat nach Wandernicht verlegen.«

Gunnar lächelte. »Warum eigentlich nicht? Vielleicht werde ich das wirklich tun.«

Justen schluckte. Bildete Gunnar sich etwa ein, er würde eines Tages im Rat sitzen?

Der blonde junge Mann seufzte und wandte sich wieder zur Straße. »Elisabet macht sich Sorgen.«

Justen fragte sich, woher Gunnar das wusste. Konnte er es spüren?

Die beiden gingen weiter. An einer Weggabelung nahmen sie die linke Abzweigung. Das Fachwerkhaus aus schwarzem Stein, zu dem sie wollten, stand an der Südseite der Straße, die Schmiede war dahinter in einem eigenen Gebäude untergebracht. Zwei kleine Obstgärten flankierten das Gebäude. Eine drahtige, braun gekleidete Gestalt, die unter einem Baum stand, winkte ihnen zu und rannte zum Haus.

»Gunnar! Justen! Mutter! Sie sind da.« Elisabet sprang von der großen Veranda herunter und lief ihnen über die präzise verlegten Steine des Gehweges entgegen. Sie nahm Justen in die Arme, drückte ihn, gab ihn wieder frei und begrüßte Gunnar auf die gleiche Weise. »Ihr seid ganz pünktlich. Genau wie Mutter es gesagt hat.«

»Natürlich sind sie pünktlich. Severa trifft immer mittags bei der Poststube ein.« Cirlin, die sich nicht die Mühe gemacht hatte, den Lederschurz abzulegen, hatte sich ihrer Tochter leise von hinten genähert.

»Schön, euch zu sehen«, dröhnte Horas. Das dunkle Haar klebte ihm feucht auf dem Schädel. »Ich nehme euch lieber nicht in den Arm. Ich habe draußen an den Bäumen gearbeitet und bin ganz schmutzig und durchnässt.«

Elisabet, schlank und mit sandfarbenem Haar und Gunnar recht ähnlich, nahm die Hände ihrer Brüder. »Lasst uns verschwinden, ehe der Regen wieder fällt. Lange kann ich ihn nicht mehr fernhalten.«

Gunnar warf mit hochgezogenen Augenbrauen seiner Mutter einen fragenden Blick zu.

»Damit wärt ihr dann zu dritt«, meinte Cirlin trocken. »Ich komme auch gleich rein, ich muss nur noch ein paar Türriegel fertig stellen.«

»Brauchst du Hilfe?«, fragte Justen.

»Nein«, erwiderte Cirlin lachend. »Ich habe ja nicht gerade eine Große Werkstatt hier und Nerla ist ein guter Lehrling. Es wird nicht lange dauern.«

Justen ließ sich von seiner Schwester unters Dach der Veranda führen, wo er die wasserdichte Jacke auszog.

Elisabet wartete, bis auch Gunnar die Jacke abgelegt hatte, dann nahm sie ihnen die Sachen ab und lief zur hinteren Veranda, in deren Schutz nasse Kleidung und die Wäsche zum Trocknen aufgehängt werden konnten.

»Manche Dinge verändern sich nie. Das Aufhängen der Kleidung bleibt immer an den Jüngsten hängen«, bemerkte Justen grinsend.

»Nicht immer.«

»Wir werden heute spät essen«, erklärte Horas, der in einer Ecke der Veranda stand und das Wasser von seiner kurzen, geölten Lederjacke abschüttelte. »Spät, aber gut wird es sein.«

»Bei dir ist es doch immer gut«, meinte Justen.

»Nicht immer«, gab Elisabet zurück, die gerade den Kopf aus der Wohnzimmertür herausstreckte. »Nicht, wenn er Fischeintopf macht.«

»Fisch zu essen ist eine alte, ehrenwerte Tradition. Aber heute Abend gibt es keinen Fisch.«

»Was machst du denn?«, fragte Elisabet misstrauisch.

»Das wird eine Überraschung.«

»Ich hoffe, es ist der scharfe Lammbraten.« Elisabet wandte sich an ihren Vater. »Es ist kalt. Soll ich etwas Apfelwein aufwärmen?«

»Aber nur, wenn du den Zündstein und keine Magie benutzt«, rief Horas. »Und vergiss nicht, ein Feuer im Herd zu machen.«

»Das ist überhaupt nicht witzig, Vater, aber ich werde es tun. Ich werde ganz brav für beides den Zündstein nehmen. Es kann aber sein, dass es den ganzen Abend dauert.« Elisabet zuckte trotzig mit den Achseln und marschierte wieder ins Haus.

Gunnar hob die Augenbrauen.

»Ich ziehe sie ein bisschen damit auf«, erklärte Horas schmunzelnd. »Ich sage ihr immer, wenn sie nicht aufpasst, könnte man sie noch für eine Neuausgabe von Megaera halten. Nicht, dass sie auch nur ein Fünkchen Weiß in sich hätte, wenn man eurer Mutter glauben kann.« Er nickte zum Wohnzimmer hin.

Seine Söhne folgten ihm nach drinnen. Er schloss hinter ihnen die Tür und begab sich zu einem Kachelofen, in dem er mit einem alten Zündstein das Feuer in Gang brachte. »So groß ist meine Ordnungs-Meisterschaft nicht, dass ich die Kälte einfach abwehren könnte. Ein alter Mann wie ich braucht an wechselhaften Tagen wie heute etwas Wärme. Fast scheint es mir, als wollte der Winter immer noch nicht ganz aufgeben.«

»Ein alter Mann bist du sicher nicht«, erwiderte Justen lachend.

»Er will uns auf irgendetwas vorbereiten, Justen. Brauchst du noch Holzspäne?«

»Es könnte nicht schaden, wenn ihr etwas Holz hacken würdet, bevor ihr wieder fahrt. Aber ich wollte euch natürlich nicht gleich jetzt damit überfallen. Ihr seid ja gerade erst angekommen.«

»Andererseits konnte er es kaum erwarten, uns einen dezenten Hinweis zu geben.« Justen setzte sich auf einen gepolsterten Hocker dicht am Ofen. Im Gegensatz zu Gunnar war für ihn die Konzentration auf die innere Ordnung, um die Körperwärme zu erhöhen und die Kälte abzuwehren, harte Arbeit. Wenn die Wärme von einem Ofen kam, konnte er sich entspannen.

»Achte auf das Feuer, Justen. Ich kümmere mich unterdessen ums Essen.« Horas schloss die Ofentür und verschwand in der Küche.

»Gern«, rief Justen ihm hinterher.

Gunnar ließ sich auf dem alten Schaukelstuhl nieder, der früher einmal ihrer Großmutter gehört hatte. In diesem Stuhl hatte sie sich gewiegt, während sie ihnen die Geschichten über Creslin und Megaera und all die Sagen über Ryba, die Engel der Dunkelheit und die Dämonen des Lichts erzählt hatte.

Justen lächelte, als er sich an ihre Worte erinnerte: »Es ist die Wahrheit, wenn die Leute daran glauben ... aber nur auf die Wahrheit hinter den Worten kommt es wirklich an, mein Kind.«

Elisabets knarzende Schritte auf den Holzdielen rissen Justen aus seinen Gedanken. Seine Schwester kam mit zwei dampfenden Bechern herein.

»Danke«, sagten die Brüder wie aus einem Munde.

»Justen, spielst du bis zum Abendessen Mancala mit mir?«, fragte Elisabet.

»Sollst du nicht Vater helfen?«

Gunnar stand auf. »Ich helfe ihm. Vielleicht verrät er mir endlich mal seine Tricks beim Kochen.«

»Gunnar kocht fast so gut wie Vater.« Elisabet stellte das Brett auf den niedrigen Spieltisch und zog sich einen Stuhl heran. »Oh, warte, ich habe meinen Apfelwein vergessen.«

Als sie ihren Becher geholt und das Spiel aufgebaut hatte, stand auch Justen auf und legte noch einige Holzscheite ins Feuer. Dann nahm er den kleinen Besen, fegte Sägemehl und Späne aufs Kehrblech und beförderte alles in den Ofen, ehe er vorsichtig die Klappe schloss.

»Weiß oder Schwarz?« Elisabet setzte sich mit dem Rücken zum Ofen.

»Du kannst Schwarz haben«, bot er ihr an.

»Gut!«

Justen setzte seinen Spielstein in die rechte hintere Dreier-Kette.

»Gunnar sagt, auf diesen Trick darf man nicht hereinfallen.« Elisabet setzte den ersten Stein in die linke Ecke ihres Hauptgitters.

Justen platzierte einen Stein in die zweite Vierer-Kette auf Elisabets Seite.

Elisabet setzte den zweiten Stein auf den zweiten Punkt ihres Gitters.

Justen setzte einen Stein ins Gitter und noch einen weiteren, um die Figur zu vollenden.

Elisabet ergänzte ihr Hauptgitter in der Mitte.

Justen runzelte die Stirn und setzte einen weißen Stein auf die andere Seite der Dreier-Kette.

Elisabet schürzte die Lippen, betrachtete Justens vollendete Figur und setzte noch einen weiteren Stein in die Mitte. »Noch einen ...«

Justen zuckte die Achseln und trank einen Schluck heißen Apfelwein. »Der schmeckt wirklich gut.«

»Danke.« Elisabet setzte einen weiteren schwarzen Stein.

Sie wechselten sich mit Setzen ab, bis Justen vier Figuren, Dreier und Vierer, vollendet hatte.

Elisabets siebter Stein kam in die erste Zwölfer-Kette und sie grinste. Mit fünf weiteren Steinen konnte sie die Serie beenden und den Bonusstein nehmen, um die zweite Zwölfer-Kette zu beenden.

Justen fügte einen Stein zum Neunerblock dazu, während Elisabet sich auf eine Siebenerreihe konzentrierte.

So folgte ein Spielstein auf den anderen, bis Elisabet schließlich triumphierte: »Ich habe alle vier!«

Justen grinste. »Dann hast du wohl schon beinahe gewonnen.«

Elisabet nahm den Bonusstein, um die letzten drei Spielsteine abzuschneiden.

»Ah, ein Feuer. Das tut gut.« Cirlin kam von der Veranda ins Wohnzimmer.

»Ich habe Justen geschlagen! Ich habe ihn geschlagen, Mutter!« Elisabet sprang vom Hocker auf.

»Solltest du nicht deinem Vater beim Kochen helfen?«

»Gunnar sagte, er würde helfen. Ich habe ja kaum noch Gelegenheit, mit Justen oder Gunnar Mancala zu spielen. Und ich habe ihn geschlagen!«

»Das hat sie«, gab Justen zu. »Sie spielt so aggressiv wie Gunnar. Vielleicht spielen alle Luft-Magier so.«

»Ich muss mich waschen«, erklärte Cirlin.

Justen stand auf. »Ich auch.« Er wandte sich an Elisabet. »Da du gewonnen hast, ist es Ehrensache, dass du auch das Brett wegräumst.«

»Aber waschen musst du dich trotzdem noch, Elisabet.«

»Ja doch, Mutter.«

Cirlin schüttelte den Kopf. Justen schob den Hocker an seinen Platz zurück und folgte ihr in die Küche.

»Es sieht gut aus«, verkündete Horas.

Justen schnupperte. Der Duft von scharf gewürztem Lamm stieg ihm in die Nase. »Das hast du doch nicht eben erst zubereitet, oder?«

»Aber nein. Es schmort schon den ganzen Nachmittag. Jetzt dauert es nicht mehr lange.«

Gunnar stellte zwei Körbe Brot auf den großen runden Tisch. »Er hat sogar Kirschmarmelade für dich, Justen.«

Der jüngere Bruder ging zur Pumpe in der Ecke und wusch sich am Waschbecken die Hände. Cirlin trocknete sich bereits die Hände ab und winkte Elisabet.

»Kann ich helfen?«, erkundigte Justen sich bei Gunnar.

»Das hier kommt alles auf den Tisch.«

Justen trug den Topf mit der Kirschmarmelade und einen Stapel Teller zum Tisch, die er ringsherum vor den Stühlen verteilte.

»So, und jetzt setzt euch«, forderte Horas sie auf.

»Ich will zwischen Justen und Gunnar sitzen«, verlangte Elisabet.

Als die fünf sich gesetzt hatten, räusperte Horas sich, und dann sprach er so leise, dass Justen sich vorbeugen musste, um die Worte zu verstehen, das Tischgebet: »Lasst uns die Ordnung nicht so wichtig nehmen, dass Liebe und Hoffnung verloren gehen, und nicht so leicht, dass Chaos in unser Leben eindringt. Harmonie und Lebensfreude sollen uns jeden Tag erfüllen.«

Horas schob den Schmortopf zu Gunnar hinüber. »Greif zu. Das dunkle Brot kommt frisch aus dem Backofen, außerdem haben wir noch eingelegte Birnäpfel, und vergiss nicht die scharfe Soße dort im Krug ...«

Nachdem er seinen Becher mit warmem Apfelwein nachgefüllt hatte, wartete Justen darauf, dass der braune Schmortopf bei ihm ankam. Er schöpfte seiner Mutter eine große und seiner Schwester Elisabet eine kleine Portion auf den Teller, dann langte er selbst tüchtig zu.

»Nur gut, dass ich so viel gemacht habe«, bemerkte Horas.

»Du kochst immer reichlich. Deshalb wird es auch nie kalt in meiner Schmiede«, erklärte Cirlin lachend. »Wenn der Mann den Haushalt führt, dann tut er meist so, als müsse er ein ganzes Heer speisen, auch wenn wir hier meist nur zu dritt sind.«

Justen bot seiner Mutter und dann seiner Schwester Brot an. Er atmete den Duft tief ein, als er sich ein Stück von dem warmen Laib abbrach. »Das riecht wirklich gut.«

»Niemand kann so gut Brot backen wie er.« Cirlin tauchte einen Kanten in den Schmortopf und biss hinein.

Auch Justen tauchte sein Brot in die dicke Soße und schob die scharfe Flüssigkeit, die nach Rosmarin und Zitronengras schmeckte, genießerisch im Mund hin und her.

Eine Weile war es, von den Kaugeräuschen abgesehen, still am Tisch.

»Es scheint mir so, als hättet ihr alle keinen Hunger.«

»Aber ganz und gar nicht.«

»Würdest du mir bitte den Schmortopf reichen, Elisabet?«, fragte Gunnar.

»Du hast viel zu schnell gegessen, du hast ja schon einen ganzen Teller verputzt.«

»Ich hatte eben Hunger. Ich habe schwer gearbeitet. Das Wetter zu erforschen ist genauso anstrengend wie die Arbeit eines Schmieds oder Ingenieurs.«

»Ich nehme an, jede Arbeit, die man ordentlich macht, erfordert eine gewisse Energie.« Cirlin hob den Schmortopf hoch und gab ihn an Gunnar weiter.

»Danke.«

Justen brach sich noch ein Stück vom warmen, dunklen Brot ab und strich reichlich Kirschmarmelade darauf.

»Irgendetwas beunruhigt dich.« Cirlin warf ihrem jüngeren Sohn einen fragenden Blick zu.

Gunnar nickte zustimmend.

»Wahrscheinlich muss ich nach Sarronnyn gehen«, erklärte Justen.

»Wieso musst du gehen? Ich dachte, der Rat hätte nur Freiwillige aufgerufen.«

»Eine Ingenieur-Meisterin meinte, es würde mir gut tun.«

»Altara?«, murmelte Gunnar.

»Sprich nicht mit vollem Mund, mein Sohn«, ermahnte Horas ihn. »Das sollte nicht einmal ein großer, mächtiger Wetter-Magier tun.«

»Wer soll denn sonst gehen?« Justen trank seinen warmen Apfelwein aus und langte nach dem abgedeckten Krug.

»Ich kann nicht sagen, dass mich das überrascht. Wir nehmen es schon viel zu lange nicht mehr sehr genau mit dem Gleichgewicht.« Cirlin hustete und trank einen Schluck Apfelwein. »Du weißt ja, dass Dorrin genau davor gewarnt hat.«

»Wirklich?« Elisabet setzte sich kerzengerade auf.

Die Schmiedin nickte. »Aber es spielt keine Rolle. Er wusste, dass die Leute nicht auf ihn hören würden. So ist es eben. Deshalb bin ich auch froh, dass ich nur eine einfache Schmiedin bin.«

»Einfach?« Justen blickte unwillkürlich zu dem kunstvollen Eisenschmuck an der Wand, der einen Sonnenaufgang über dem Ostmeer darstellte.

»Wann musst du aufbrechen?«, fragte seine Mutter.

»Das steht noch nicht fest.«

»Ich glaube nach wie vor, dass es keine besonders gute Idee ist«, wandte Gunnar ein, indem er sich nachdenklich am Kinn kratzte.

»Die meisten Abenteuer sind keine gute Idee. Ich glaube, Justen will uns zu verstehen geben, dass er kaum eine andere Wahl hat«, erklärte Cirlin.

Justen aß noch ein Stück warmes Brot mit Kirschmarmelade und genoss einen Moment lang den Geschmack, ehe er antwortete. »Ich muss nicht unbedingt gehen. Niemand kann mich dazu zwingen. Aber ich würde mich nicht wohl fühlen, wenn ich nein sagen würde, auch wenn ich den Grund dafür nicht nennen kann.«

»Was hältst du davon, Gunnar? Was meinst du, wenn du nicht dein Herz, sondern deinen Ordnungs-Sinn fragst?« Cirlin nahm ihren Becher in die schwieligen Hände und ließ den warmen Dampf über ihr Gesicht streichen.

Gunnar runzelte die Stirn und dachte einen Augenblick nach, eher er antwortete. »Ich vertraue Justens Gefühlen, aber es gefällt mir nicht, dass er nach Sarronnyn will. Die ganze Sache riecht mir nach mehr als dem gewöhnlichen Chaos.«

»Es wäre schon schwierig genug, wenn dort eine Menge ganz gewöhnliches Chaos im Spiel wäre«, meinte Horas.

Cirlin hob ihren Becher und trank bedächtig, ehe sie wieder das Wort ergriff. »Das könnte für uns alle hier in Recluce ein schlimmes Ende nehmen.«

Schweigen legte sich über die Runde.

»Kannst du wirklich den Regen abhalten?«, fragte Gunnar nach einer Weile seine kleine Schwester.

»Ja, das kann ich«, erklärte Elisabet lachend. »Aber ich werde schnell müde. Es gibt meistens zu viel Regen. Ich weiß nicht, wie du das machst.«

»Ich mache es überhaupt nicht, mein kleines, dummes Schwesterherz. Ich …«

»Ich bin kein kleines, dummes Schwesterherz.« Sie wandte sich an ihren Vater. »Gibt es noch eine Überraschung?«

»Vor euch kann ich nichts verbergen. Nein, wenn vier Ordnungs-Magier hier sind, dann kommt alles ans Licht. Ich hatte gehofft, dass ihr uns besuchen würdet.« Horas lächelte seine Söhne an. »Und deshalb habe ich vorsichtshalber Kirsch-Birnapfel-Kuchen gebacken.«

Justen lächelte erfreut und schaffte es, für einige Augenblicke nicht an die Ingenieursarbeit, an Sarronnyn und das Chaos zu denken, das ihn dort erwartete, sondern einfach nur die goldbraune Kruste des Kuchens anzuschauen, den Elisabet kurz darauf servierte.

XV

Hier und dort waren Steine aus der Mauer der alten Hochstraße gebröckelt, aber das Bauwerk, das den Abgrund zwischen dem Dach der Welt und dem Höhenzug überspannte, der hinunter nach Suthya und Sarronnyn abfiel, war nach wie vor stabil. Nicht einmal unter den schweren Schritten der Eisernen Garde bebte die Brücke und nicht ein neuer Stein wurde aus der Wand gerissen.

Mit grauen Uniformen, den grauen, rot eingefassten Bannern, den dunkelgrauen Stiefeln und den Waffen mit dunklen Griffen, die in grauen Scheiden steckten, marschierte die Eiserne Garde Fairhavens über die Hochstraße nach Nordwesten. Hinter dem grauen Heer flatterten die rot gerahmten, weißen Banner der Weißen Gesellschaft in den kalten Böen, die von den schneebedeckten Gipfeln rings um die Hochebene wie Peitschenschläge heruntersausten. Vor ihnen lag die wiederaufgebaute Festung, die einst den Namen Westwind getragen hatte.

Einer weißen Schlange mit grauem Kopf gleich bewegte sich die Marschkolonne hinab.

Hinter aufgetürmten Steinen warteten unter blauen und hellgelben Bannern Frauen und einige wenige Männer den Angriff ab.

Keine Parlamentärsflaggen wurden gehisst, als die Truppen aus Fairhaven das mit Felsen übersäte, schmale Tal erreichten, wo sich an den Nordseiten der Felsblöcke immer noch einige Flecken Schnee oder Eis gehalten hatten.

Der Wind heulte, die Eiserne Garde marschierte.

»Bogenschützen! Feuer!« Eine Wolke von Pfeilen mit eisernen Schäften zischte durch den blaugrünen Himmel und senkte sich auf die lange Marschkolonne.

»Die Schilde hoch!« Die grauen Krieger hoben die kleinen Eisenschilde. Männer stürzten, die Grauen fast lautlos, die Weißen kreischend, als die Eisenschäfte in ihren Leibern brannten.

Ein dumpfes Grollen hallte durchs Tal. Eine Woge aus Steinblöcken rollte den grauen Gestalten entgegen.

Hinter den Gardisten wurden Feuerkugeln abgeschossen, die gegen die Felswände prallten. Weißer Staub sprühte herunter wie Regen.

Graue, weiße und blaue Kämpfer mussten husten.

»Bogenschützen ...«

»Schilde ...«

Wieder zischten Feuerkugeln, wieder husteten die Soldaten und manche starben. Einige schrien – entweder Weiße, die von Eisenpfeilen getroffen wurden, oder Sarronnesen, die von Feuerkugeln verbrannt wurden und ihre Stellungen hinter den Felsbarrikaden aufgeben mussten.

Der kalte Wind wehte den feinen weißen Steinstaub noch lange durchs Tal, nachdem die Brände erloschen waren.

Zwei Weiße Magier studierten die Stellung der Sarronnesen, die sie soeben überrannt hatten.

»Sie wussten, wie sie die Steine einsetzen mussten, um die Feuerkugeln abzuhalten.«

»Genützt hat es ihnen freilich nichts.« Der schwerere Mann blickte zu einem verkohlten Körper. Einige blaue Fetzen bedeckten die garstigen Überreste der Kämpferin. Nur die graue Klinge schien intakt, fast makellos rein.

»Dieses Mal nicht. Wir haben aber trotzdem zwei Dutzend Gardisten und wahrscheinlich viermal so viele Lanzenreiter und Weiße Bogenschützen verloren.« Zerchas blickte nach Osten zu den hohen Gipfeln der Westhörner. »Und dabei sind wir gerade erst nach Sarronnyn eingedrungen.«

»Die Lanzenreiter und Bogenschützen können wir leicht ersetzen.«

»Ich weiß. Das ist es aber nicht, was mir Sorgen bereitet.«

»Die Garde, nicht wahr?«

»Natürlich meine ich die Garde. Wenn ich etwas zu sagen hätte, dann würden die Weißen Lanzenreiter die Vorhut bilden. Sie sind sowieso nutzlos, wenn wir einmal gegen eine wirklich gute Schwarze Streitmacht kämpfen wie jene, die einst Westwind verteidigte oder die Südwind angehört. Dort brauchen wir die Gardisten. Und natürlich wenn Recluce sich zum Eingreifen entschließt. Aber der Rat scheint zu glauben, dass die Garde aufgestellt wurde, um feige Magier zu schützen. Oder ihre ängstlichen Verwandten mit ihren weißen Mänteln. Pah«, schnaubte Zerchas.

»Was können wir schon tun?«

»Wir sollten ein paar dieser jungen, ungeduldigen Hitzköpfe in die vordersten Linien schicken. Leute wie Derba oder – wie war noch der Name dieses hochmütigen Burschen? Beltar, genau. Sollen die sich doch die Hörner abstoßen.«

»Ich weiß nicht. Das würde ... was ist eigentlich mit den Chaos-Reserven?«

»Warum hat Cerryl wohl darauf bestanden, dass sie aufgebaut werden? Natürlich, damit wir sie zu gegebener Zeit einsetzen können. Übrigens hat Recluce uns ohnehin hintergangen. Wahrscheinlich braucht ihre jetzige Flotte fünfmal so viel Energie wie die erste – die Schiffe sind dreimal größer und bestehen fast ganz aus Schwarzem Eisen.«

»Beltar mag Euch nicht.«

»Ich mag ihn auch nicht. Aber er wird schon kommen. Schmeichelt ihm einfach. Sagt ihm, dass es ohne ihn nicht geht. Junge Männer, die sich wichtig nehmen, fühlen sich sowieso immer unersetzlich. Er wird schon kommen.« Zerchas wich einem Haufen Leichen aus. »Schickt auch eine Nachricht an Histen. Diese Art von Schmeichelei liegt ihm.«

»Glaubt Ihr denn, Histen wird ... auch er ist nicht besonders gut auf Euch zu sprechen.«

»Natürlich wird er es tun. Beltar stellt für ihn eine Gefahr dar, so lange er in Fairhaven ist. Seit Cerryls Zeiten hat kaum ein Erzmagier zugelassen, dass mächtige Weiße sich in Fairhaven aufgehalten haben. Angeblich, so sagen sie, weil es gefährlich wäre, das Chaos zu konzentrieren.« Zerchas lachte. »So ist es, und zwar nicht nur wegen der zersetzenden Wirkung auf die Stadt. Es ist auch gefährlich für die Gesundheit des Erzmagiers.«

»Ihr seid ein zynischer Hund.«

»Und wenn schon ...?« Der Weiße Magier stemmte sich gegen den Wind und lief zur Kutsche aus weißer Eiche zurück, an der sein Wimpel flatterte.

XVI

Justen betrachtete die Reisekleidung auf dem Bett und fragte sich, wie er all die Sachen in seinen Rucksack bekommen sollte.

Es klopfte.

»Komm herein, Gunnar.« Es musste Gunnar sein. Selbst Justen konnte die Ordnung des Besuchers spüren, der draußen auf dem Flur stand.

Der Magier mit dem sandfarbenen Haar betrat das unordentliche Zimmer. »Wie üblich packst du erst im allerletzten Augenblick.«

»Warum sollte ich es früher tun als unbedingt nötig?« Justen zuckte die Achseln und räumte seinen Schreibtischstuhl frei. »Setz dich doch.« Er faltete eine schwere Arbeitshose.

Gunnar setzte sich rittlings auf den Stuhl und stützte die Ellenbogen auf die Rückenlehne. »Ich habe nachgedacht, Justen.«

Justen legte ein Hemd zusammen und stopfte es in den großen braunen Rucksack. »Wo sind denn jetzt nur die ...«

»Es gefällt mir nicht, dass du nach Sarronnyn gehst. Es fühlt sich nicht richtig an.«

»Soll ich denn jetzt noch kneifen?« Justen zog die Hose und das Hemd wieder aus dem Rucksack. Als Erstes mussten die Reservestiefel hinein.

»Nein. Ich weiß, dass du das nicht kannst. Ich habe mit Turmin gesprochen und er war meiner Meinung. Ihr Ingenieure könntet allerdings einen guten Wetter-Magier gebrauchen.«

»Dann willst du uns begleiten?«

Gunnar schüttelte den Kopf. »Ich kann hier vorläufig nicht weg. Ich komme mit der nächsten Gruppe.«

Justen rollte das Hemd über den Spitzen der Stiefel

zusammen, dann faltete er die Hose neu. »Was hat dich bewogen, deine Meinung zu ändern? Du warst doch der Ansicht, wir könnten sowieso nicht viel ausrichten.«

»Das denke ich immer noch. Aber ihr braucht einen Wetter-Magier und deshalb komme ich mit.«

Justen faltete ein Arbeitshemd und legte es oben in den Rucksack.

Gunnar stand auf. »Du hast noch eine Menge zu tun. Wir sehen uns dann morgen früh.« Er klopfte Justen auf die Schulter und ging hinaus.

Der Ingenieur betrachtete das Durcheinander auf dem Bett und fragte sich, wie er es aufräumen sollte. Gunnar hatte natürlich Recht. Er hätte nicht so lange mit Packen warten sollen. Er zuckte die Achseln.

Also ein Wetter-Magier. Na schön. Er schluckte und nahm den Stapel saubere Unterwäsche zur Hand. Sie würde schon irgendwie noch in den Rucksack passen.

XVII

Justen näherte sich dem Baum, der trotz seines Alters nicht verwachsen war. Große, schwere Äste streckten sich dem grünblauen Himmel entgegen und der Boden um den Stamm war eben und mit einem Teppich aus kurzem grünen Gras bewachsen.

Verwundert musterte er den Boden. Die meisten Bäume hatten dicke Wurzeln, die sich in den Boden bohrten, und so dicht am Stamm wuchs selten Gras. Auf Recluce gab es keine so alten Lorkenbäume, denn die Bäume mit dem schwarzen Holz wuchsen sehr langsam.

»Manche Dinge sind in der Tat genau das, was sie zu

sein scheinen.« Eine schlanke junge Frau, die braune Kleidung trug, tauchte neben dem Baum auf. Ihr Haar war silbern und fein, aber es war nicht das Silbergrau des Alters. Es war ein strahlendes Silber, wie es auf den wenigen Bildern des großen Creslin zu sehen war.

»Bist du Llyse?«, fragte er, denn er konnte sich erinnern, dass auch die Schwester des Wetter-Magiers feines Silberhaar gehabt hatte.

»Nein.« Die Stimme klang silberhell. »Sie ist schon vor langer Zeit gestorben. Für dich.«

»Ich glaube, sie ist für Creslin gestorben.« Justen fragte sich, warum er sich die Mühe machte, es richtig zu stellen. »Wer bist du?«

»Ihr Ordnungs-Stifter legt immer so viel Wert auf Namen.« Sie lächelte. »Du wirst es schon erfahren, wenn der richtige Augenblick gekommen ist.«

»Wann wird das sein?«

»Nach deinem Aufenthalt in Sarronnyn wirst du mich finden, wenn du dich für den richtigen Weg entscheidest. Du kannst das Chaos nicht ewig mit Schwarzem Eisen in Schach halten. Schau dir die Bäume an.«

Justen blickte zum Baum. Als er sich wieder umdrehte, war die Frau mit dem Silberhaar verschwunden.

Es wurde schlagartig dunkel und Justen lag auf einmal auf dem Rücken.

»Hmm ...«, brummte er. Dann setzte er sich im Bett auf. Seine gepackten Sachen lagen auf dem Tisch und ragten im Licht der allerfrühesten Morgendämmerung auf wie zwei kleine Berge.

Nach dem Aufenthalt in Sarronnyn? Er blinzelte verwundert. Der Traum war ihm sehr real erschienen – die Frau mit dem silbernen Haar, der riesige Lorkenbaum, die rätselhafte Unterhaltung. *Nach deinem Aufenthalt in Sarronnyn ... Schau dir die Bäume an.* Was hatte sie damit sagen wollen?

Er legte sich wieder hin und lag mit offenen Augen im grauen Dämmerlicht, das allmählich heller wurde. Was hatte der Traum zu bedeuten? Gab es überhaupt eine Bedeutung? Oder hatte er einfach nur Angst vor der Reise nach Sarronnyn?

XVIII

Die *Clartham*, ein fast zweihundert Ellen langer, aus Roteichen- und Fichtenholz gezimmerter Zweimaster, nahm beinahe die ganze westliche Pier in Anspruch. Die Metallteile glänzten hell in der Mittagssonne. Nahe der Stelle, an der bei den meisten Schiffen der Besanmast gewesen wäre, standen zwei hohe Schornsteine.

»Das ist aber ein großes Schiff«, murmelte Clerve. Vor seinen Füßen lagen ein überfüllter Rucksack und ein schwarzer Lederkoffer mit seiner Gitarre.

»Die Hamoraner haben noch größere. Die Schiffe müssen so groß oder sogar noch größer sein, um über das Ostmeer fahren zu können. Das große Westmeer ist übrigens noch wilder und rauer.« Justen wischte sich die Haare aus der Stirn. Er war dankbar für die kühle, morgendliche Brise, die ihn etwas erfrischte, während er in der Sonne stehen musste.

Altara war unterdessen damit beschäftigt, mit dem nordlanischen Frachtmeister zu verhandeln, und so hatte Justen Gelegenheit, die Schaufelräder an den Seiten des Handelsschiffs zu betrachten, die fünf Ellen weit aus dem sanft geschwungenen Rumpf hervorstanden. Wegen der Schaufelräder war eine längere, verstärkte Laufplanke angelegt worden, damit man das Deck des Schiffs erreichen konnte, und auch der Kran, mit dem die Fracht geladen wurde, war anders gebaut als bei anderen Schiffen.

Drei große, schwer aussehende Kisten waren neben Altara gestapelt. Vor den Kisten warteten die anderen vier Ingenieure: Nicos, Berol, Jirrl und Quentel. Auf der anderen Seite standen Krytella und zwei weitere, ältere Heiler, ein alter Mann mit breitem Gesicht und eine stämmige Frau. Ihr Gepäck bestand aus Rucksäcken und zwei kleinen Kisten.

Justen winkte Krytella zu.

»Wo ist Gunnar?«, fragte Krytella leise, um die Verhandlungen zwischen Altara und dem Frachtmeister nicht zu stören.

Justen zuckte mit den Achseln. »Er sagte, er würde kommen«, antwortete er ebenso leise. Er musste sich beherrschen, um nicht unwillkürlich die Stirn zu runzeln. Gunnar kam sonst nie zu spät. Mit absoluter Zuverlässigkeit teilte er sich seine Zeit ein, selbst wenn es manchmal den Anschein hatte, als würde sein Bewusstsein nicht immer dem folgen, was sein Körper gerade tat.

Krytella blickte nach oben zur Kaserne der Bruderschaft, dann wieder zu den steinernen Pieren vor ihnen. Justen dagegen betrachtete bewundernd Krytellas Gesichtszüge und ihre helle, strahlende Haut.

»Wie lange wird es dauern?«, fragte Clerve. Sein Adamsapfel hüpfte in der dünnen Kehle auf und nieder, das strohfarbene Haar stand in alle Richtungen ab.

»Bis wir Rulyarth erreichen? Nach allem, was ich gehört habe, etwa zehn Tage. Vorausgesetzt natürlich, sie legen nicht zwischendurch in Tyrhavven oder Spidlaria an.«

»Das ist aber eine lange Schiffsreise, was?«

Der Frachtmeister, der hinter Clerve stand, hatte die Bemerkung trotz seiner Verhandlungen mit Altara gehört. Er grinste kurz und Justen erwiderte das Grinsen.

»Von Jera bis zur Ostküste von Hamor dauert es drei- bis viermal so lange. Wenn man auf dieser Route nach Nordla fährt, ist die Reise sogar noch länger.«

Clerve schüttelte den Kopf und blickte zu den schwarzen Steinen der Wellenbrecher und dem ruhigen Wasser des Golfes von Candar hinaus.

»Sind dort die Werkzeuge drin?«, fragte der nordlanische Offizier mit einem Blick auf die Kisten, die neben Altara gestapelt waren.

»Sie sind pro Stück ungefähr sieben Stein schwer.« Altara blickte auf den nordlanischen Mann herab, obwohl er für die Verhältnisse auf Recluce überdurchschnittlich groß war.

Justen verkniff sich das Grinsen. Offenbar fiel es dem großen Nordlaner schwer, zu der älteren Ingenieurin aufzuschauen.

»Sieben Stein?«

»Werkzeuge zur Metallverarbeitung. Das riesige Schiff wird doch wegen dieser drei Kisten nicht untergehen, oder? Aber lagert sie bitte nicht im Kielraum, dort würden sie am Ende rosten. Die beiden kleinen Kisten der Heiler könnt Ihr oben drauf stellen.«

»Und wo, verehrte Ingenieurin, darf ich die Kisten denn nun unterbringen?«

»Das ist mir egal.« Altara bückte sich und hob sich eine Kiste auf die breite Schulter. »Ich setze sie einfach oben ab, dann könnt Ihr die anderen daneben stellen.«

»Äh, aber ...«

»Ingenieure! Schnappt euch eure Sachen. Ihr auch, Justen und Clerve. Haltet keine Maulaffen feil wie die Bauerntölpel aus Mattra.«

»Wir folgen den Ingenieuren.« Ninca, die Anführerin der Heiler, hob ihre Sachen auf und der Mann mit dem breiten Gesicht folgte ihrem Beispiel. Dann sah sie zu

Altara. »Hast du dich auch vergewissert, dass die Vorräte ...«

»Darum kümmere ich mich noch«, beruhigte Altara sie.

Krytella bückte sich und hob ihre Sachen auf.

Justen nahm seine beiden schweren, wasserdichten Leinensäcke. Er fragte sich, wie er sich nur hatte verleiten lassen, gegen Fairhaven und die schreckliche Eiserne Garde ins Feld zu ziehen. Der seltsame Traum hing ihm immer noch nach. Wer oder was war die silberhaarige Frau gewesen?

»Lasst uns gehen.« Altara übernahm die Führung und marschierte zur Laufplanke.

Justen blickte zum Frachtmeister, der Altara folgte, und musste unwillkürlich grinsen. Selbst den Nordlanern fiel es schwer, dieser Frau etwas entgegenzusetzen, obwohl es doch ihr eigenes Schiff war.

»Justen!« Justen und Krytella drehten sich sogleich um, als Gunnars schlaksige Gestalt am Ende der Pier auftauchte. Er winkte mit einem Schwarzen Stab.

»Verabschiedet euch und dann geht gleich an Bord.« Altara schüttelte den Kopf. »Clerve, du kommst mit mir.«

Der Lehrling warf einen fragenden Blick zu Justen. Justen nickte, dann drehte er sich wieder zu Gunnar um.

Ninca nickte Krytella kurz zu, ehe sie den Ingenieuren folgte.

»Es tut mir leid, dass ich zu spät komme«, begann Gunnar, »aber Turmin hat mich am Speisesaal in Beschlag genommen und dann hat Warin mich aufgehalten und mich gebeten, dir dies hier zu geben.« Gunnar gab Justen den glänzenden, mit Schwarzem Eisen verstärkten Stab aus Lorkenholz. »Er dachte, du könntest ihn vielleicht eines Tages gut gebrauchen, selbst wenn du meinst, solche Waffen wären altmodisch.«

»Aber ...« Justen nahm kopfschüttelnd den Stab in Empfang. Warin sollte ihm wirklich seinen geliebten Stab gegeben haben? »Ich kann es kaum glauben.«

»Dir wird wohl nichts anderes übrig bleiben. Er sagte, er würde eine Rakete aus Schwarzem Eisen bauen und auf mich abfeuern, wenn du ihn nicht nimmst. Jedenfalls war das der Grund dafür, dass ich zu spät gekommen bin.«

»Jetzt bist du ja da.« Justen lächelte seinen älteren Bruder an. »Und ich bin sicher, dass auch Turmin dir etwas Wichtiges zu sagen hatte.« Wieder schüttelte er den Kopf. »Warin ... ich kann es einfach nicht glauben.«

»Was hat Turmin denn gesagt?«, fragte Krytella.

»Er glaubt, es wäre wichtig, dass ich mit dem nächsten Schiff nach Rulyarth fahre.« Der Magier mit dem hellblonden Haar zuckte die Achseln und sah sich auf der Pier um, wo ein halbes Dutzend Hafenarbeiter zusammen mit nordlanischen Matrosen Kisten und Ballen ins Netz des Ladekrans packten. Mit gesenkter Stimme sprach er schließlich weiter. »Er hat mit Gylart geredet und der alte Ratsherr hat ihm etwas erzählt, das Turmin beunruhigt hat. Turmin wollte mir nicht verraten, was es war, aber seine Haltung hat sich plötzlich verändert. Nachdem er erst nur widerwillig zustimmen wollte, dass ich nach Sarronnyn gehe, hat er mich jetzt beinahe dazu gedrängt.«

»Und wie fühlst du dich dabei?« Krytella stand dicht neben Justen. Er roch den dezenten Duft von Trilia und spürte ihren warmen Körper, doch er konzentrierte sich auf seinen älteren Bruder.

»Ich mache mir Sorgen.« Gunnar erwiderte Justens Blick. »Aber du, kleiner Bruder ... pass du nur gut auf dich auf.«

»Mindestens bis du da bist«, erwiderte Justen kichernd.

Gunnar umarmte Justen einige Augenblicke lang.

»Mindestens so lange«, erklärte der Schwarze Magier, ehe er sich an Krytella wandte. »Und du, Heilerin … sorge du dafür, dass er gut auf sich aufpasst.« Er lächelte sie an.

»Das werde ich machen, Gunnar.« Krytella schlug einen Moment die Augen nieder. »Und du, gib du gut auf dich Acht, wenn du uns folgst.«

Justen schluckte, als er spürte, welche Sorgen sie sich um seinen Bruder machte.

»Wir Wetter-Magier haben da einen kleinen Vorteil. Aber ich werde sehen, ob ich dafür sorgen kann, dass eure Überfahrt nicht allzu stürmisch wird.« Gunnar grinste, dann nickte er in Richtung der Laufplanke und fügte hinzu: »Ihr müsst jetzt gehen.«

Justen drehte sich zum Schiff um. Altara kam, den nordlanischen Frachtmeister im Schlepptau, gerade wieder die Laufplanke herunter. »Ja, es wird wohl Zeit.«

Gunnar nahm Justen noch einmal kurz in die Arme, klopfte Krytella auf die Schulter und trat einen Schritt zurück, damit die beiden sich die Rucksäcke aufladen konnten. Justen nahm den Stab in die linke Hand.

Altara marschierte zu den Kisten, die noch draußen vor dem Schiff standen. »Clerve wartet oben, er kann dir unsere Kabinen zeigen.« Sie hob sich die nächste Kiste auf die Schulter und drehte sich zum Frachtmeister um. »Könnt Ihr die letzten Kisten und die beiden Kisten der Heiler an Bord bringen und alles zusammen einlagern? Oder soll ich unsere Jungs rufen?«

»Darum kümmern wir uns schon, Ingenieurin. Es ist nicht das erste Mal, dass wir ein Schiff beladen.«

»Nun ja … man kann ja nicht gerade behaupten, dass Ihr Nordlaner das Dampfschiff erfunden habt.«

»Aber wir haben die besten Hochseehandelsschiffe der Welt, hochverehrte Ingenieurin.«

»Gut gegeben«, erwiderte Altara grinsend. Sie drehte sich um, hielt aber noch einmal inne und blickte zu den dreien, die immer noch auf der Pier standen. »He, ihr da, nun hört schon auf, da unten Maulaffen feil zu halten.«

Justen nickte Krytella zu und die Heilerin ging als erste die Laufplanke hinauf.

Clerve erwartete sie vor den Schornsteinen. Er winkte, als er Justen heraufkommen sah. »Hier entlang, Ser.«

Krytella und Justen folgten dem Lehrling eine offene Treppe hinunter.

»Die Treppe heißt hier Niedergang«, klärte Clerve sie auf.

Die Freiwilligen aus Recluce bekamen drei kleine Kabinen mit jeweils vier Kojen. Der erste Raum war für Altara und Ninca, die Anführerin der Heiler, sowie für Nincas Gefährten Castin vorgesehen. Justen bekam die Koje über Clerve und in ihrer Kabine wurden außerdem Nicos und Quentel untergebracht. Krytella zog mit Berol und Jirrl, den beiden anderen Ingenieurinnen, in die letzte Kabine.

Nachdem er seine Sachen in ein nicht abschließbares Fach am Fußende seiner viel zu kurzen Koje gestopft und den Schwarzen Stab an der Wand auf den Boden gelegt hatte, ging Justen wieder nach oben, um sich zu Krytella zu gesellen, die zwischen dem Bugspriet und den Schaufelrädern an der Steuerbordreling der *Clartham* stand. Schweigend sahen sie zu, wie die Taue eingeholt und aufgerollt wurden. Dann drang Rauch aus den Schornsteinen und die Schaufelräder setzten sich langsam in Bewegung.

Die Schwingungen der schweren, eisernen Maschinen pflanzten sich durch die Balken des Schiffs fort und waren auch durch Justens Stiefel noch zu spüren. Langsam, ganz langsam drehte die *Clartham* von der Pier ab und schob sich in den Kanal hinaus.

»Ich wünschte, Gunnar wäre mitgekommen, statt uns erst später zu folgen.« Krytella blickte zur Pier, wo Gunnar ihnen noch zugewinkt hatte, ehe er wieder den Hügel hinaufgegangen war. Anscheinend hatte er Krytellas Tränen und ihre sehnsüchtigen Blicke nicht bemerkt.

Wie konnte Gunnar in tausenden Meilen Entfernung das Wetter verfolgen und doch die Liebe in den Augen einer Frau übersehen, die weniger als zwei Ellen neben ihm stand? Justen konnte sich gerade noch beherrschen, sonst hätte er verwundert den Kopf geschüttelt.

»Eigentlich wollte er ja überhaupt nicht fahren.«

»Ich weiß. Er hat sich entschlossen nachzukommen, weil er sich Sorgen um dich macht.«

»Das ist aber nicht sehr vernünftig. Ich kann recht gut auf mich selbst aufpassen.«

»Oh, das kannst du sicher«, schniefte Krytella. »Aber wenn man sich um jemanden sorgt, hört man nicht auf die Stimme der Vernunft.«

Justen hätte sich am liebsten auf die Zunge gebissen. Doch er sagte nur leise: »Du hast Recht. Wir vergessen das manchmal.«

»Entschuldige, Justen. Ich muss Ninca suchen.« Krytella drehte sich um und ging zum Heck des Schiffs.

Justen sah ihr nach, bis die grün gekleidete Gestalt über den Niedergang nach unten verschwand. Dann blickte er zur Sonne, die hinter den Steinsäulen an der Hafeneinfahrt über der sanften Dünung des Golfs von Candar stand.

Nachdem er sich umgedreht und eine Weile die fast fünfzig Ellen hohen Schornsteine angestarrt hatte, schob Justen sich an zwei Matrosen vorbei, die ein Tau aufwickelten, und ging ebenfalls nach hinten zu der Leiter, die hinunter zur riesigen Dampfmaschine führte. Er kletterte hinab und duckte sich unter einer niedrigen Tür durch.

Der Metallkessel schien zu keuchen wie ein erschöpfter Jagdhund, der Geruch von heißem Öl war allgegenwärtig, die riesigen Kolben zischten, das dumpfe Poltern des Gestänges tat Justen in den Ohren weh.

»Wer seid Ihr?«, rief der Maschinist, der die Verankerung des Kessels überprüft hatte, mit tiefer Stimme.

»Justen.«

»Ach, Ihr seid der Schwarze Ingenieur. Tja, wir haben hier keine Geheimnisse vor Euch«, rief der Maschinist. Der kleine, weißhaarige Mann grinste Justen stolz an. »Na, und was sagt Ihr nun, Ingenieur?«

»Beeindruckend.« Justen ließ die Sinne durch die Maschine und die Feuerbüchse wandern und zuckte ein wenig zusammen, als er das hohe Maß an Chaos und die kleine Sicherheitsmarge zwischen dem Chaos und dem Eisen bemerkte, das die Kräfte zähmte. »Ihr fahrt hart an der Leistungsgrenze.«

»Sie wird es aushalten. Kapitän Verlew sagt immer, im Handel hat nur der Erfolg, der schnell ist, und die *Clartham* ist eine der schnellsten, abgesehen von Euren eigenen Schiffen. Aber wir kommen Eurer Geschwindigkeit immerhin ziemlich nahe. Nur dieser Dämon von Ryltar, der fährt noch knapper unter der Höchstlast als wir.« Der Maschinist runzelte die Stirn. »Bei dem würde ich nicht als Maschinist anheuern wollen, ob er nun ein Schwarzes Schiff hat oder nicht. Wahrscheinlich nimmt er deshalb die Ost-West-Route nach Hamor.« Der Maschinist überprüfte den Dampfdruck und stellte einen Regler nach.

Justen hatte Mühe, nicht zusammenzuzucken, als er die Belastung spürte, unter der der Kessel stand. Er nickte nur und ließ die Sinne durchs Getriebe und die Pleuelstangen wandern, die mit den Schaufelrädern verbunden waren. Die Konstruktion war viel einfacher als die der neuesten Schiffe von Recluce, aber ohne das durch die Ordnung verstärkte Schwarze Eisen waren die Nordlaner eben auf das beschränkt, was ihre einfacheren Kessel hergeben konnten.

Er runzelte die Stirn, als ihm ein Abschnitt aus Dorrins alten Schriften einfiel. Es ging dort darum, dass ohne Schwarzes Eisen nur Dampfmaschinen mit niedrigem Druck gebaut werden konnten. Aber der Druck im Kessel der *Clartham* war gewiss nicht niedrig und die beiden Schornsteine waren immerhin fünfzig Ellen hoch.

Als der Maschinist den Dampffluss nachstellte und die Lager und die Schmierung überprüfte, lehnte Justen sich bequem an die Leiter und erforschte in aller Ruhe die Maschine.

XIX

Schneidend wie ein eiskaltes Messer traf der Westwind Justens ungeschütztes Gesicht. So hell die Morgensonne am grünblauen Himmel auch war, sie spendete nur Licht und kaum Wärme. Justen bewegte die Finger in den dicken Lederhandschuhen. Er war froh, dass er den warmen Schaffellmantel und die dicken Handschuhe eingepackt hatte.

Altara stand auf halber Höhe zwischen der Brücke und dem Ausguck auf einer Laufplanke. Sie hatte eine behandschuhte Hand aufs Geländer gelegt und deutete mit der anderen nach unten, während sie mit dem blonden Frachtmeister redete, der hin und wieder aus dem Ruderhaus lugte.

Berol und Nicos hingen über der Steuerbordreling.

Vom Stampfen und Schlingern des Handelsschiffs war ihnen offenbar übel geworden.

Über ihnen blähten sich die Segel und schlugen hin und wieder im Wind. Im Maschinenraum unter Deck war es still. Nur im Kessel herrschte genug Hitze, um die Maschinen wenn nötig rasch wieder in Gang setzen zu können.

Nördlich der *Clartham* hielt sich ein Schwarzes Schiff. Seit das nordlanische Handelsschiff die Küste Sligos passiert hatte, wurden sie von diesem Schwarzen Dampfer begleitet. Der dunkle Bug des Schiffes – es hieß *Dorrin* – schnitt mühelos durchs unruhige Nordmeer. Weiße Gischt brandete über den Bug und benetzte gelegentlich sogar den Geschützturm.

»Eine nette Eskorte ist das«, bemerkte der nordlanische Matrose, der das Tau, das er am vergangenen Nachmittag verstaut hatte, noch einmal ordentlich zusammenrollte. »Sieht richtig bösartig aus. Ich bin nur froh, dass sie auf unserer Seite stehen. Wenigstens müssen wir jetzt nicht mit Entermannschaften der Weißen rechnen.«

»Machen die Weißen das denn oft?«, fragte Justen. Er musste sich an der Reling festhalten, um nicht gegen den bärtigen Seemann zu taumeln.

»Nein ... sie machen es nur, um uns daran zu erinnern, dass sie die Herren sind. Wenn man sich artig verbeugt und einen Kratzfuß macht, lassen sie einen in Ruhe.«

»Außer Ihr fahrt nach Nylan, was?«

»Nun ja ...«

Justen grinste.

»Wir sind eben Kaufleute und wir müssen irgendwie zurechtkommen.«

»Serren! Hör auf zu quatschen und setz dich in Bewegung!« Der Dritte Maat, eine schlanke Frau, winkte in Richtung des Hauptmasts, an dem gerade ein Trupp

Männer und Frauen hinaufkletterten. »Sieht aus, als würden wir schlechtes Wetter kriegen.«

Der Matrose wickelte das Ende des Taus auf und schlenderte müßig zum Mast.

Justen drehte sich um und beobachtete die *Dorrin*. Ob der erste Ingenieur es begrüßt hätte, dass man ein Schiff nach ihm benannte? Irgendwie hatte Justen ernste Zweifel.

XX

Clerve, Altara, Justen, Berol und Krytella standen nahe am Bug, als die Schaufelräder der *Clartham* das Handelsschiff in den Hafen von Rulyarth trieben.

Wieder spürte Justen die enge Sicherheitsmarge zwischen Chaos und Ordnung in der schweren, eisernen Maschine unter Deck. Er fürchtete, das Schiff werde höchstens noch eine Handvoll Fahrten machen können, bevor die Zylinder, die Dampfleitungen oder etwas anderes in die Luft flogen. Justen wischte sich in der stehenden Luft über die Stirn.

»Der Hafen ist größer als der von Nylan oder Landende. Viel größer.« Clerve deutete auf die vier langen Piere, die weit in das Hafenbecken reichten. »Seht euch nur die Schiffe an. Was ist denn das große dort für eines?«

»Das ist ein hamorisches Handelsschiff«, erklärte die Frau, die den Posten des Dritten Maats bekleidete. Sie blieb bei der Gruppe aus Recluce stehen und lächelte breit. »Groß und dreckig.«

Die Luft über Rulyarth war klar, die rosafarbenen Steinbauten hoben sich vor dem blaugrünen Himmel ab.

»Hübsch ist es hier«, meinte Berol. »Man baut hier meist mit Stein, nicht wahr?«

Justen schniefte einmal, zweimal. Der Hafen roch leicht nach fauligem Fisch und Tang.

»Alles, was wichtig ist, wird aus Stein gebaut und der Stein ist wie Sarronnyn und die Sarronnesen«, warf der Dritte Maat ein. »Schön anzusehen, hart und altmodisch. Sie halten hier nicht viel von Dampfmaschinen. Wahrscheinlich werden sie genau deshalb den Kampf gegen Fairhaven verlieren.« Sie trat dicht neben Justen und stieß ihn mit dem Ellenbogen an. »Was hat ein hübscher Bursche wie du überhaupt hier zu suchen? Willst du dein Leben wegwerfen, um gegen die Weißen Teufel zu kämpfen?«

»Unbesiegbar sind die Weißen gewiss nicht«, erwiderte Justen lächelnd. Dann musterte er wieder die schweren Balken der Piere. Die Schaufelräder des Schiffs drehten sich jetzt in die Gegenrichtung, um die Fahrt abzubremsen. Die Worte aus dem Traum – »nach deinem Aufenthalt in Sarronnyn« – gingen ihm wieder durch den Kopf. Was würde in Sarronnyn geschehen? Konnten sie den Sarronnesen helfen, die Weißen zurückzuschlagen, oder würden sich all ihre Anstrengungen als vergeblich erweisen?

»Das mag ja sein, aber wie wollt ihr paar jungen Leute sie aufhalten, wenn nicht einmal die besten Truppen Candars Erfolg hatten? Was für eine Verschwendung.« Die Frau blickte zum Bugspriet, dann wandte sie sich an einen Matrosen. »Bring das in Ordnung.« Sie deutete auf ein entrolltes Tau. Der Matrose zuckte resigniert mit den Achseln.

»Sie war aber wirklich nett zu dir.« Krytella trat an die Reling und blickte ins graue Hafenwasser, das von den Schaufelrädern aufgewühlt wurde.

»Ihre Zunge ist schärfer als eine Schwertklinge.«

Ein schwacher Geruch von Schwefel und Asche mischte sich in den Fischgestank, als eine Windbö über das Deck fuhr. Die Schaufelräder bewegten sich langsamer und die *Clartham* glitt sachte gegen die mit Tauen versehenen Fender der Pier. Ein lautes Knarren mischte sich ins Heulen des Windes und das Platschen der Schaufelräder.

»Zieht die Taue an! Jetzt!« Der Dritte Maat überbrüllte mühelos die Hintergrundgeräusche. Ihre Stimme klang wie eine Feile auf kaltem Eisen.

»Ihre Stimme ist rau wie eine Feile«, bemerkte Altara, die hinter Justen stand.

»Justen ist wirklich sehr charmant«, meinte Krytella mit leisem, nicht unfreundlichem Lachen. »Besonders, wenn er mit wilden Bestien zu tun hat.«

»Vielen Dank auch.« Justen verneigte sich ironisch, musste sich aber sofort wieder an der Reling festhalten, als das Schiff von der Pier abprallte und von den gespannten Tauen aufgehalten wurde.

»Und jetzt macht sie fest!«

»Holt eure Sachen an Deck.« Altara ging zum Niedergang, ohne auf eine Antwort zu warten.

Die anderen folgten ihr.

Nicht lange, und die Truppe aus Recluce marschierte die Laufplanke hinunter. Justens Rucksack hing an breiten Riemen auf seinem Rücken. Warins Schwarzen Stab hielt er in der linken Hand. Obwohl Justen ihn erst kurze Zeit besaß, fühlte der Stab sich an, als würde er ihm schon lange gehören. Als er unten auf der Pier stand, schüttelte er den Kopf über diesen Gedanken. Ein altmodischer Stab sollte ihm schon lange gehören?

Eine Offizierin mit goldbetresster Jacke und zwei sarronnesische Soldatinnen – alle in den traditionellen blauen und cremefarbenen Uniformen des Landes – erwarteten sie auf der Pier. Die Offizierin blickte zwischen Justens Schwarzem Stab und Altara hin und her.

»Abschnittskommandantin Merwha.«

»Altara. Ich bin die Leitende Ingenieurin der Abteilung. Dies hier ist Ninca, sie ist die Leitende Heilerin.«

Die dunkelhaarige, stämmige Heilerin nickte knapp.

»Ihr seid nur zehn?«, fragte die Offizierin.

»Sieben Ingenieure und drei Heiler.« Altara blickte auf die Offizierin herab. »Dorrin war allein, aber er hat in Spidlar die Hälfte der Weißen Truppen vernichtet.«

»Leider hat er es versäumt zu siegen.«

»Da habt Ihr nicht Unrecht«, räumte Altara lächelnd ein. »Eine Abteilung mit Schwarzen Marineinfanteristen wird uns folgen, außerdem ein Wetter-Magier.«

»Wann treffen sie ein?«

Altara zuckte mit den Achseln. »Mit dem nächsten Schiff aus Nylan.«

»Vertrauen wir auf die Legende und hoffen wir, dass es nicht zu lange dauern wird. Ein Wetter-Magier, einer wie der große Creslin – das wäre wirklich eine Hilfe.«

Justen schüttelte den Kopf. Dem Gleichgewicht konnte man am Ende wohl wirklich zutrauen, dass es Gunnar zum rettenden Helden machte.

»Und wann wird dieser mächtige Magier nun eintreffen?«

»Natürlich, wenn die großen Winde kommen«, warf Justen grinsend ein.

Jetzt war es an Altara, den Kopf zu schütteln.

»Könnt Ihr alle reiten?« Merwha deutete auf ein Fachwerkhaus, das hinter der Pier auf einer Anhöhe stand. »Dort müssen wir hin. Die Pferde stehen im Stall.«

»Mehr oder weniger«, erklärte Altara. »Einige Ingenieure hatten, wie ich vermute, in letzter Zeit nicht viel Gelegenheit zum Üben.«

»Die Übung werden sie schon noch bekommen. Der Ritt zur Hauptstadt Sarron dauert sieben Tage. Wie viel Fracht habt Ihr mitgebracht?«

»Ich würde sagen, ungefähr eine Wagenladung. Werkzeug und Material im Gewicht von zwanzig Stein, und ...« Altara winkte Ninca. »Wie viel Heilutensilien und sonstige Sachen haben wir dabei?«

Die grün gekleidete Heilerin neigte höflich den Kopf. »Wir haben nicht alles gewogen, aber es sind zwei große und zwei kleine Kisten, wenngleich gewiss leichter als die zwanzig Stein der Ingenieure.«

»Sirle, lass den Wagen hier vorfahren«, befahl Merwha.

Die dunklere der beiden sarronnesischen Soldatinnen machte kehrt und lief die Pier hinunter. Trotz der schweren Stiefel waren ihre Schritte auf den verwitterten Balken kaum zu hören.

Merwha wandte sich wieder an Altara. »Sobald Eure Kisten gelöscht worden sind, werden die Arbeiter den Wagen beladen. Wir holen unterdessen die Pferde und bereiten uns auf die Reise vor.«

»Eine Sache wäre da noch«, hielt Altara sie auf. »Dem Abkommen gemäß soll eine Entschädigung für Essen ausbezahlt werden ... und natürlich müssen Eisen und Holzkohle kostenlos gestellt werden.«

»Seid Ihr sicher, dass Ihr nicht aus Nordla stammt?«, fragte Merwha.

»Ich wollte das gern geklärt haben, bevor wir sechs Tage geritten sind.«

»Die Tyrannin hat damit gerechnet.« Merwha löste eine Lederbörse vom Gürtel und bot sie Altara an. »Das war für eine größere Truppe gedacht. Ich gehe davon aus, dass es für eine kleinere etwas länger reichen wird.«

»Wir halten uns immer an unsere Absprachen.«

Merwha nickte. »Ganz im Gegensatz zu einigen anderen Leuten.«

Justen sah sich noch einmal zur *Clartham* um, bevor er die Pier betrachtete: ein langgestreckter Steg, der auf runden Holzpfählen ruhte, die man geschält und annähernd in die richtige Form gebracht hatte. Er tippte mit dem Stab auf die dicken Planken, die verwittert und grau waren. Das dumpfe Geräusch überzeugte ihn, dass die Pier solide gebaut war.

Am Ende der Pier erreichte die Soldatin Sirle gerade den wartenden Wagen. Mit einem Peitschenknallen setzte der Fuhrmann den zweispännigen Wagen zur *Clartham* in Bewegung.

Justen spürte nur eine leichte Schwingung durch die Stiefel. Obwohl jetzt ein schwerer Wagen zum Schiff rollte, fühlte sich die Pier so massiv an, als wäre sie aus Stein gebaut worden.

XXI

»Ruhig, Pferdchen, ruhig ...« Justen tätschelte dem Tier den Hals, achtete aber peinlich darauf, sich nicht zu weit vorzubeugen. Soweit seine begrenzten Ordnungs-Sinne es ihm verrieten, war die Stute alt, fügsam und ohne jeden Eigensinn. Justen verzog den Mund. Er hatte Statuen gesehen, die mehr Bewusstsein für ihre Umgebung zu haben schienen als diese Mähre. Aber immerhin hatte die graue Stute keine Lust herauszufinden, wer der Anführer war – ein Wettstreit, den Justen bei einem lebhafteren Pferd, wie Altara es ritt, mit ziemlicher Sicherheit verloren hätte.

Die Leitende Ingenieurin lenkte ihren Braunen neben ihn. »Wie geht es denn so?«

»Das kommt ganz darauf an, wie weit wir reiten müssen.« Der junge Ingenieur blickte die Straße hinunter. Der Weg mit der festgetrampelten Lehmdecke lief in einer leichten Kurve etwa eine Meile weit nach Süden, bis er vor einer Brücke nach Südwesten abbog. Justen sah kurz zum grauen wolkenverhangenen Himmel hinauf. »Ich hoffe nur, es wird vorläufig nicht regnen.«

»Ich bin kein Wetter-Magier, aber es wird wohl keinen Regen geben, solange wir auf der Straße sind. Merwha sagte, wir würden im Gasthof der Stadt neben den Kasernen untergebracht.«

»Welche Stadt?«, schnaubte Nicos. »Ich sehe nur eine Brücke mitten in der Landschaft und ein großes Nichts dahinter.«

»Das große Nichts dahinter ist mindestens so groß wie dein heimatliches Turnhill«, stichelte Jirrl. »Vielleicht sogar noch größer. Und außerdem gibt es hier einen Fluss, der diesen Namen tatsächlich verdient.«

Nicos öffnete den Mund, schloss ihn aber sofort wieder und grinste. »Na schön. Das hatte ich wohl verdient, auch wenn...« Er schüttelte den Kopf. »Aber Turnhill bietet einen schöneren Anblick, würde ich meinen.«

Clerve, der hinter Nicos auf einem Pferd ritt, das sogar noch klappriger als Justens Reittier war, lächelte breit. Altara trieb ihren Braunen an, um sich zur sarronnesischen Offizierin zu gesellen.

Justen verging das Schmunzeln über diesen Wortwechsel, als eine dicke Fliege um sein rechtes Ohr zu summen begann. Er schlug nach ihr, aber das Tier wich aus und wollte zum anderen Ohr wechseln. Doch beim zweiten Angriff war Justen schneller. »Hab ich dich!« Er wischte sich die Finger am Rücken der grauen Stute sauber. Das Pferd tappte unbeeindruckt weiter.

Wieder summte eine Fliege um ihn herum. Justen schlug nach ihr, verfehlte sie aber.

»Warum errichtest du nicht einen Schutz?«, schlug Krytella ihm vor.

»Magische Barrieren sind nicht leicht aufrecht zu erhalten, wenn man reitet. Außerdem bin ich Ingenieur, kein Magier oder Heiler.«

»So schwer ist es gar nicht. Gunnar hat auch nicht lange gebraucht, um es zu lernen. Lass es mich dir zeigen.« Krytella lenkte ihr Pferd näher an Justen heran und wischte sich eine Strähne des roten Haars aus der Stirn. »Lass deine Sinne einfach die Muster fühlen.«

Justen schloss die Augen und versuchte, die ablenkenden Anblicke der anderen Reiter und ihre Gespräche auszublenden. Doch er konnte nicht ganz verhindern, dass er hier und dort einige Wortfetzen mitbekam.

»... keinen schöneren Fluss gesehen als den Eddywash ... ganz anders als diese fließende braune Pfütze, die sie hier einen Fluss nennen ...«

»... Eiserne Garde und die Weißen Lanzenreiter ... nicht viel von Deneris übrig ...«

Justen konzentrierte sich wieder auf das Muster, das Krytella ihm zeigte.

»Siehst du es?«, fragte die Heilerin.

»Kannst du es noch einmal machen?«

Als sie das zarte Geflecht der Ordnung erneut aufbaute, versuchte Justen, ihren Kunstgriff zu wiederholen.

»Du hast es beinahe gehabt! Versuch es noch einmal.«

Justen probierte es.

»Nicht ganz. Ich zeige es dir noch mal.«

Nach einigen weiteren Demonstrationen und Versuchen konnte Justen schließlich ein dünnes Netz der Ordnung um sein Pferd und sich selbst weben.

»Vielen Dank auch, Meister Justen, jetzt fressen sie mich.« Clerve schlug nach mehreren Fliegen und wäre fast aus dem Sattel seines Kleppers gefallen. Seine Hand knallte auf den Gitarrenkasten, als er das Gleichgewicht zu halten versuchte.

»Entschuldige.« Justen konzentrierte sich, seufzte

und wischte sich den Schweiß von der Stirn. Dann flocht er ein zweites Netz um den Lehrling.

»Das wird nicht lange halten«, warnte Krytella ihn. »Er hat es ja nicht selbst gemacht.«

»Ich weiß, aber vielleicht werden die Fliegen inzwischen jemand anders belästigen und Clerve vergessen.«

»Wie habt Ihr das gemacht, Justen?«, fragte der Lehrling.

»Ich habe mich an die Anweisungen der Heilerin gehalten. Aber es wird nicht lange wirken, also genieße es, so lange du kannst.«

Justen schürzte die Lippen. Irgendetwas an diesen magischen Barrieren störte ihn, aber er konnte nicht genau sagen, was es war.

»Ich habe dir doch gesagt, dass du es kannst.«

Justen lächelte.

»Vielleicht wirst du doch noch ein Magier oder Zauberer.«

»Wohl kaum.«

»Da ist die Brücke. Werden wir dort anhalten?«

»Aber natürlich.« Krytella blickte nach Westen, wo die Sonne noch ein gutes Stück über dem Fluss und dem westlichen Horizont stand. »Vielleicht bekommen wir dort sogar unser Nachtmahl.«

»Das heißt hier Abendessen.« Berols Stimme erhob sich mühelos über die gedämpften Hufschläge auf dem feuchten Lehmboden.

Weniger als fünfzig Ellen vor der Brücke stand ein Meilenstein, der nur einen Namen trug: LORNTH. Merwha zügelte das Pferd, bis die Truppe aus Recluce sie eingeholt hatte. Dann trieb sie ihr rotbraunes Pferd weiter.

Auch die Doppelbogenbrücke, die den an dieser Stelle höchstens hundert Ellen breiten Sarron überspannte, war aus den harten, rosafarbenen Steinen gebaut, die sie schon in der Hafenstadt gesehen hatten. Die Pflastersteine auf der Brücke waren abgenutzt vom langen Gebrauch. Ein alter Mann mit einem Besen sah vom anderen Ende herüber, als die sarronnesische Offizierin ihre Schutzbefohlenen hinüberführte.

Justen sah sich über die Schulter um, nachdem sie die Brücke überquert hatten. Der Straßenkehrer hatte die Arbeit wieder aufgenommen. »Ich frage mich, ob jede Brücke einen eigenen Straßenkehrer hat.«

»Wahrscheinlich«, erwiderte Nicos. »Dann bleiben sie alle schön sauber und das ist eine angenehme Abwechslung gegenüber dem, was ich im letzten Jahr in Lydiar gesehen habe. Dort waren die meisten Brücken schmutzig und schmierig.«

Zu beiden Seiten der Straße standen einstöckige Gebäude. Die Wände der Häuser waren glatt, als hätte man sie verputzt, und von so hellem Rosa, dass sie fast weiß schienen.

Justen ließ die Sinne wandern und stellte fest, dass die Mauern tatsächlich mit einer harten Oberfläche versehen worden waren. »Womit haben sie hier nur die Wände behandelt?«, wollte er von Nicos wissen.

Der Ingenieur zuckte mit den Achseln.

»Ich glaube, das ist eine Art Zement, der hier in der Gegend hergestellt wird«, warf Berol mit ihrer kräftigen Stimme ein. »Lehm und gebrannter Kalkstein werden zu Pulver gemahlen. Mit einer Schicht rotem Lehm darüber kann es sogar unter Wasser trocken. Wahrscheinlich haben sie das Material auch für die Fundamente der Brücke verwendet.«

Nicos zuckte die Achseln, Justen nickte befriedigt.

Das Stimmengemurmel auf dem Hauptplatz des Ortes erstarb sofort, als Merwha ihr Gefolge quer hinüber nach rechts führte. Kein Gras und kein Standbild schmückten den Platz. Es war nichts weiter als eine offene, mit Steinen gepflasterte Fläche, die von zwei-

und dreistöckigen Gebäuden umgeben war. Justen sah einen Schiffsausrüster, einen Küfer und einen Kurzwarenladen, in dessen Schaufenster ein typischer sarronnesischer Teppich, braun und mit vierzackigen, spiralig gedrehten Sternen, ausgestellt war. Mitten auf dem Platz waren ein paar Karren mehr oder weniger im Rechteck aufgebaut. Weniger als ein Dutzend Sarronnesen – fliegende Händler und ihre Kunden – trieben sich dort herum. Alle sahen schweigend zu, wie Merwha die Doppelreihe der Reiter über den Platz und auf der anderen Seite in eine gepflasterte Straße führte.

»... Schwarze Hunde ...«

»... halt den Mund ... vielleicht helfen sie uns ...«

»... weiß man nicht, was schlimmer ist ...«

Sobald sie den Platz verlassen hatten, wurde das Gemurmel hinter ihnen lauter.

»Und die wollen noch mehr von unserer Sorte haben?«, rief Quentel, der ganz hinten ritt.

Ein kleiner Junge kam aus einer Gasse geschossen, sah die Pferde und die sieben schwarz gekleideten Reiter und verschwand sofort wieder im Schatten.

Merwha zügelte das Pferd vor einem langgestreckten Fachwerkhaus. »Dort könnt Ihr Eure Pferde einstellen.« Sie deutete auf die andere Straßenseite zu einem zweistöckigen Gebäude, vor dem ein Schild hing. Es zeigte eine gekippte Schale, aus der eine Flüssigkeit lief. Unter dem verblichenen Bild war ein Schriftzug in der Tempelschrift zu sehen: ZUM ÜBERFLIESSENDEN TOPF. »Ihr könnt dort übernachten. Die Tyrannin bezahlt die Unterbringung, für das Essen müsst Ihr selbst aufkommen.«

Justen quittierte die fast rituellen Sätze, die Merwha jeden Abend sprach, mit einem abwesenden Nicken.

»Wir brechen beim zweiten Morgenläuten auf. Wenn wir etwas Glück haben, kommen wir morgen Abend in Sarron an.«

Justen stieg vorsichtig ab. Die Beine trugen ihn, aber die Muskeln seiner Oberschenkel verkrampften sich.

»Nehmt die Boxen am Ende«, fügte Merwha hinzu, indem sie auf die Ställe deutete, die am weitesten von der Gaststube entfernt waren.

Justen ruckte an den Zügeln und ging müde zum Stall. Die graue Stute trottete fügsam hinterdrein.

»Es tut gut, mal wieder ein Stück zu laufen«. Altara gesellte sich zum jüngeren Ingenieur.

»Noch besser wird es mir gefallen, wenn ich mich setzen kann, glaube ich.« Justen suchte sich eine freie Box, führte seine Stute zum Futtertrog und band die Zügel fest. Dann löste er seinen Rucksack und den Schwarzen Stab vom Rücken des Pferdes und lehnte beides an die Wand, bevor er den Sattelgurt lockerte.

Als er die geduldige graue Stute abgesattelt, getränkt und gefüttert und anschließend noch gestriegelt hatte, warf er sich seine Siebensachen über die Schulter, hob den Stab auf und schloss die Tür der Box. Von Nicos und Clerve abgesehen, waren die meisten anderen längst fertig. Clerve kam als Letzter aus seiner Box getrödelt.

»Männer ... ihr müsst auch immer die Letzten sein«, bemerkte Altara lächelnd. Dann deutete sie zum Gasthof. »Lasst uns gehen.«

»Wenn wir zuerst kommen, ist es euch auch nicht Recht«, erwiderte Justen mit schiefem Grinsen.

»Justen, es ist nicht ausgeschlossen, dass du schon wieder mehr versprichst, als du jemals halten kannst.«

»Es wäre ein Bild für die Götter«, fügte Jirrl hinzu.

Noch bevor sie die Doppeltür des Gasthofs erreicht hatten, kam eine junge Frau, die Hosen trug, heraus und verneigte sich vor Altara. Sie blickte zwischen Altaras Klinge und Justens Stab hin und her. »Seid Ihr die Reisenden aus dem fernen Recluce?«

»So könnte man es ausdrücken«, antwortete die Leitende Ingenieurin.

»Wenn Ihr mir bitte folgen wollt ...«

»Dann zeigt uns den Weg.« Altaras Stimme klang müde, aber nicht niedergeschlagen.

»Sie erwarten Wunder von uns«, murmelte Quentel.

»Dann müssen wir Wunder wirken«, erwiderte Jirrl.

»Du hast gut reden, Frau«, gab Nicos zurück. »Wir anderen können das Eisen nicht bezaubern, wie du es kannst. Wir brauchen Hämmer.«

Justen lächelte. Das einzig Nachgiebige an Jirrl waren ihre Umgangsformen und ihr Tonfall. Die Muskeln der Arme waren so hart wie das Schwarze Eisen, das sie scheinbar mühelos zu schmieden wusste.

Der Vorraum des Gasthofes war, abgesehen von den Abenteurern aus Recluce und ihrer Führerin, völlig leer.

»Die fünf Zimmer im ersten Stock sind für Euch vorgesehen. Heute wird niemand sonst hier übernachten. In der Schankstube«, sie drehte sich um und deutete auf einen Bogengang, »werden aber auch Offiziere der Streitkräfte der Tyrannin und einige andere Leute bedient. Das Abendessen beginnt mit dem ersten Läuten. Es ist nicht mehr lange bis dahin.« Sie verneigte sich vor Altara.

»Vielen Dank.« Altara erwiderte die Verbeugung. »Also bringt eure Sachen in die Zimmer und wascht euch, wenn ihr wollt. Danach können wir zusammen essen.«

Die schmale Treppe knarzte, als sie nach oben gingen. Das dunkle Holz war frisch gestrichen, aber sichtlich abgenutzt.

Altara und Krytella nahmen das Eckzimmer, Clerve und Justen bekamen eines, das an eine Speisekammer erinnerte und außer zwei Betten und einem offenen Regal mit drei Fächern völlig leer war. Auf dem Regal standen eine leere Schüssel und ein Krug, daneben lagen zwei zusammengefaltete Handtücher.

Nachdem er die Matratzen überprüft hatte, warf Justen seine Sachen auf das Bett, das ihm etwas härter als das andere vorkam, und stellte den Stab in die Ecke. Dann öffnete er die Fensterläden und blickte zur Rückseite der Kaserne hinaus. Die beiden Gebäude wurden durch eine schmale Gasse voneinander getrennt.

»Ich hole Wasser, Ser«, bot Clerve an.

»Danke.« Justen nickte und setzte sich auf die Bettkante. Er hätte gern geduscht oder sogar gebadet, aber beides schien in Candar nicht üblich zu sein. Zum Glück gewöhnte sich seine Nase allmählich an die landestypischen Gerüche, die zum größten Teil etwas aufdringlich waren.

Er stand wieder auf und kehrte mit zwei Schritten zum Fenster zurück. Als sein Ärmel über das Fensterbrett streifte, musste er beinahe husten, weil eine Staubwolke aufstieg.

Wenn er sich setzte, tat ihm der Hintern weh, wenn er stand, die Beine.

»Hier wäre das Wasser. Ich habe gleich einen ganzen Eimer geholt.«

Justen erwiderte das Lächeln des Jungen und langte nach dem Eimer.

Auch wenn das Wasser kalt war, wusch er sich nicht nur, sondern rasierte sich auch und fühlte sich, als er den Rest des Wassers aus dem Fenster gekippt hatte und zu den anderen nach unten in den Vorraum ging, beinahe erfrischt.

Es hatte schon vor einer ganzen Weile zum ersten Mal geläutet, aber bisher waren nur zwei kleine Tische besetzt. An einem saß eine sarronnesische Offizierin, am anderen ein Paar aus dem Ort.

Altara begutachtete die Schankstube. »Es gibt hier keine großen Tische. Nehmen wir die beiden da in der Ecke ...«

Nicos, Berol und Jirrl setzten sich mit Ninca und

ihrem Mann an den Ecktisch. Krytella gesellte sich am Nachbartisch zu Altara, Clerve, Justen und Quentel. Sie saß mit dem Rücken zum unebenen, rosafarbenen Gemäuer. Eine Schankmaid mit frischem Gesicht und flammend rotem Haar, das hinter dem Kopf zu einem dicken Pferdeschwanz zusammengebunden war, trat an ihren Tisch. »Wir haben Dunkelbier, helles Bier ... etwas Rotbeerensaft und Rotwein.«

»Was gibt es zu essen?«, fragte Altara.

»Wir haben Fischeintopf oder Burkha. Es könnten auch noch ein paar Hammelkoteletts da sein ...« Sie sah sich über die Schulter zur Küche um. »Aber die Koteletts sind ziemlich deftig geraten, wenn Ihr wisst, was ich meine.«

Justen nickte nur. Wenn er deftige Hammelkoteletts aß, bekam er den Geschmack mehrere Tage nicht mehr aus dem Mund.

Altara schürzte die Lippen. »Was ist besser, die Burkha oder der Eintopf?«

»Beides schmeckt gut, aber unsere ... nun die Reisenden nehmen meist lieber den Eintopf. Die Burkha ist ziemlich scharf. Sie kosten beide drei Kupferstücke, genau wie die Getränke. Nur der Rotbeerensaft kostet zwei.«

»Schmeckt der Fischeintopf denn nach Fisch?«, fragte Justen.

Die Schankmaid lächelte. »Es ist doch ein Fischeintopf, Ser.«

»Ich nehme Burkha und das dunkle Bier.«

Altara hob eine Augenbraue und sagte: »Fischeintopf und Rotbeerensaft.«

Auch die anderen bestellten Rotbeerensaft, und neben Justen war Castin der Einzige, der Burkha haben wollte.

»Rothaarige sind hier selten«, bemerkte Krytella, als die Schankmaid in der Küche verschwunden war.

»Und ihr Haar ist sogar noch auffälliger als deines«, meinte Jirrl. »Findest du nicht auch, Justen?«

Justen fummelte an der schartigen Tischkante herum und nickte. Krytellas dunkleres Haar gefiel ihm besser.

Das Paar in der hinteren Ecke sah mehrmals zu den Freiwilligen aus Recluce herüber, dann standen die beiden abrupt auf und gingen hinaus.

Die sarronnesische Offizierin grinste und schüttelte den Kopf. Sie trank ihren Becher leer und hob ihn, um der Schankmaid zu zeigen, dass sie Nachschub brauchte.

»Ein dunkles Bier.« Der schwere Bierkrug wurde mit einem Knall vor Justen auf den Tisch gesetzt. »Der Rotbeerensaft für die anderen kommt sofort.« Sie sah Justen an. »Das macht drei für Euch und je zwei für die anderen.«

Justen kramte in der Börse herum und fischte drei Münzen heraus. Die Schankmaid sammelte das Geld mit einer raschen fließenden Bewegung ein, drehte sich um und holte den leeren Becher der sarronnesischen Offizierin.

Nachdem er einen Schluck vom warmen, bitteren Bier getrunken hatte, massierte Justen sich die Muskeln über dem linken Knie. Im Augenblick tat ihm nichts mehr weh. Während der ersten paar Tage ihrer Reise hatte er schon befürchtet, die Schmerzen würden überhaupt kein Ende nehmen.

»Immer noch wund gerieben?« Quentel stellte seinen Becher, der in den riesigen Händen beinahe verschwand, wieder auf den Tisch.

»Es wird allmählich besser.«

»Du hättest wohl noch einige andere altmodische Fertigkeiten erlernen sollen, wie zum Beispiel das Reiten«, meinte Altara. »Wie wäre es mit einem Übungskampf nach dem Essen?«

»Nein, ich muss mich ausruhen.«

»Ich bin dabei«, bot Quentel an.

Altara zuckte zusammen. »Wenn ich es mit deinem Übungsschwert und deinem Stab zu tun habe, fühle ich mich immer, als würde ich gegen eine Eisenstange kämpfen.«

»Ich könnte es ja versuchen«, bot Krytella an.

»Mir würde es wahrscheinlich auch gut tun«, räumte Justen ein.

Altara grinste. »Also du mit Quentel und ich übe mit der Heilerin.«

»Das hört sich nach blauen Flecken an«, grollte Justen.

»Ich glaube nicht«, gab Quentel polternd zurück. »Du bleibst ja nicht lange genug stehen, um getroffen zu werden.«

»Ganz so beweglich bin ich jetzt nicht mehr.«

»Das freut mich!«

Justen stöhnte nur.

Die Schankmaid servierte Justen einen braunen Steingutteller. Altara, die rechts neben ihm saß, bekam den zweiten, und so ging es weiter rings um den ersten und dann um den zweiten Tisch. Als Letztes stellte sie in die Mitte jedes Tischs je einen Korb mit frischem, noch dampfendem braunem Brot.

Altara betrachtete erst ihren und dann Justens Teller. »Mir scheint, sie mag dich.«

Auch Justen sah jetzt zwischen den Tellern hin und her. Auf seinem lag ein großer Berg von braun gebratenem Fleisch mit einer weißen Soße. Die Ingenieurin hatte zu ihrem Eintopf nur zwei kleine Stücke Fisch bekommen. Bei Justen lag neben dem Fleisch ein halbes Beet Grünzeug, auf Altaras Teller fanden sich nur drei kleine Blättchen.

»Sieht ganz so aus.« Krytella starrte ihren Teller an, der ebenso bescheiden aussah wie Altaras Teller. Die beiden Frauen schüttelten den Kopf.

Justen spießte ein kleines Stück Fleisch auf, schnitt es durch und schob sich die Hälfte in den Mund. Dann griff er hastig nach seinem Glas und nahm einen großen Schluck.

»Wie ich sehe, schmeckt dir die Burkha«, meinte Altara amüsiert. »Nimm Brot dazu, wenn es zu scharf ist.«

Justen trank noch einen Schluck und aß etwas warmes Brot hinterher. Immer noch kauend, hob er den leeren Bierkrug, um die Schankmaid auf sich aufmerksam zu machen. »Das Brot hilft ... ich hätte nicht gedacht, dass es *so* scharf ist«, murmelte er.

»Es kommt öfter vor, dass man etwas erst zu spät bemerkt«, fügte Ninca hinzu. Die ältere Heilerin beugte sich vom Nachbartisch herüber und fragte die Leitende Ingenieurin: »Weißt du, wie wir in Sarron untergebracht werden sollen?«

»Man hat mir versichert, dass wir standesgemäße Quartiere bekommen sollen«, antwortete Altara trocken. »Und es gibt reichlich sauberes Wasser, wie Merwha mir verraten hat. Sie glauben wohl, wir litten an einer Art Waschzwang.«

»Tun wir doch«, meinte Quentel lachend.

Die Schankmaid nahm Justens leeren Bierkrug und ließ den Zopf dicht vor seiner Nase vorbei wippen, als sie sich umdrehte, um den Krug aufzufüllen.

Justen schüttelte den Kopf. Die Mädchen, die er nicht wollte, wollten ihn, und die Einzige, die er wollte, war nicht bereit, in ihm irgendetwas anderes zu sehen als Gunnars kleinen Bruder. Gunnar wiederum war an Krytella höchstens wie an einer guten Freundin interessiert, während Krytella mit Justen freundschaftlich umging und keinesfalls mehr im Sinn hatte. *Warum muss im Leben immer alles so verdreht sein? Oder liegt es daran, dass die Menschen grundsätzlich Dinge haben wollen, die sie nicht bekommen können?* Er betrachtete die restlichen Fleischstücke, schnitt sich ein kleines Stück ab und schob es sich vorsichtig in den Mund. Er schwitzte heftig, aber er begann den Geschmack zu genießen. Es war eine seltsame Mischung: süß, nussig und scharf.

Er aß einen weiteren Löffel Burkha und erlaubte der Schankmaid nickend, den leeren Krug gegen einen vollen auszutauschen. Sogar das Gemüse schmeckte ihm inzwischen.

»Ich glaube, er mag das Zeug wirklich, Krytella«, sagte Altara.

»Ein heißer Atem wird dir beim Übungskampf nicht helfen«, neckte Quentel ihn.

Justen dachte an die bewundernden Blicke, die Krytella so oft seinem Bruder zugeworfen hatte, und aß noch einen Happen Burkha. Der Übungskampf war vielleicht sogar eine willkommene Abwechslung.

XXII

Justen zügelte seine Stute und blickte bergauf zur Südmauer der Schmiede. Neben der Hauswand lief ein altmodischer Mühlgraben entlang. War er noch in Betrieb oder nur die Hinterlassenschaft einer aufgegebenen Mühle?

Eine gezackte Linie weißer Bretter hob sich von den verwitterten Balken ab, die in der Wand der Schmiede in der Überzahl waren. Er blickte zum weitläufigen Haus, dann zu den Nebengebäuden. Alle waren auf die gleiche Weise repariert worden. Auch auf dem Dach des Hauses war ein Flecken mit frischen, roten Ziegeln zu sehen, der sich deutlich von den ausgebleichten, fast rosafarbenen alten Dachpfannen abhob.

»Das ist ziemlich eilig repariert worden.«

»Ser?«, fragte Clerve.

Hinter der Schmiede stand ein einzelnes neues Gebäude, niedrig und langgestreckt. Es erinnerte an die sarronnesischen Kasernen, in denen sie fast jeden Abend hatten absteigen müssen. Das ganze Anwesen lag beinahe zwei Meilen vor der Außenmauer von Sarron und stand einsam inmitten von hügeligem Weideland, das sich bis zu den rosafarbenen Stadtmauern erstreckte. Justen nickte. Die Tyrannin nahm zwar ihre Hilfe in Anspruch, aber die Helfer würden abseits und außerhalb der Stadt untergebracht werden.

»Dies ist ... Euer Reich, Leitende Ingenieurin«, verkündete Merwha.

»Vorsichtshalber außerhalb von Sarron, wie ich sehe«, meinte Altara trocken.

»Die Menschen aus Recluce sind dafür bekannt, dass sie die Abgeschiedenheit suchen.«

»Es liegt uns fern, diese Vorstellung Lügen zu strafen.« Altara lenkte ihr Pferd zur Schmiede.

Justen und Clerve folgten ihr, die sarronnesischen Offiziere bildeten den Abschluss.

Nachdem sie abgestiegen war und das Pferd angebunden hatte, schob Altara die breite Schiebetür der Schmiede auf und betrachtete die beiden Schmiedeöfen. Obwohl die Schmiede vor kurzem gereinigt und der gestampfte Lehmboden gefegt worden war, spürte Justen die Metallstücke, die tief im Boden vergraben waren. Die beiden großen Blasebälge waren mit neuen Lederbeuteln ausgestattet worden, die Metallteile glänzten hell.

»Seit Jahren nicht benutzt und dann in aller Eile aufgeräumt.« Die Leitende Ingenieurin schnaubte. »Aber für den Anfang wird es reichen. Wahrscheinlich brauchen wir noch einen weiteren Schmiedeofen.« Sie wandte sich an Nicos. »Lasst uns alles abladen. Wir haben reichlich zu tun ... jede Menge Arbeit, so wie ich es sehe.« Sie hielt inne. »Justen, du kümmerst dich mit Clerve um das Werkzeug. Packe alles aus und baue ein paar anständige Werkzeugbretter und was man sonst noch braucht.«

Justen nickte.

Dann wandte sich die Ingenieurin an Quentel. »Würdest du den Wagen abladen und die Kisten hierher schaffen, damit Justen die Sachen einsortieren kann?«

Justen sah sich nach den Heilern um. Castin schleppte gerade mit einer Hand einen großen Sack. Justen runzelte die Stirn, aber dann wurde ihm bewusst, dass der Sack Futter für die Hühner enthielt, die Castin unbedingt halten wollte.

Clerve seufzte und ließ die Finger über den Gitarrenkasten wandern.

»So schlimm ist es doch gar nicht«, erklärte Justen grinsend. »Oder willst du lieber das alte Bauernhaus ausfegen?«

»Ich helfe mit dem Werkzeug, Ser.«

XXIII

Justen tippte auf den Setzhammer, mit dem er versucht hatte, die Metallplatte auf dem Amboss zu glätten. Er wünschte, Clerve käme bald mit der Holzkohle. Mit der Hilfe eines Zuschlägers war es viel leichter, die Platten zu den dünnen Folien auszuwalzen, die für die Gehäuse der Raketen benötigt wurden.

Hinten in der Schmiede kämpften Altara und Quentel mit dem großen Rad, das zu dem provisorischen Hammerwerk gehörte, welches sie einbauen wollten. Justen holte tief Luft. Ein Hammerwerk würde bei den groben

Arbeiten sicher helfen, aber ohne ein Schmiedefeuer mit zusätzlichem Gebläse mussten sie die Teile kalt schmieden und das war selbst mit der Kraft des Mühlbaches fast so anstrengend wie das Heißschmieden.

Berol und Jirrl wechselten sich an der kleinen Drehbank ab. Sie stellten die Köpfe der Raketen her und waren darauf angewiesen, dass Justen und Nicos regelmäßig neue Raketenhüllen nachlieferten. Ihre Aufgabe war es dann, die vernieteten Hüllen über die Form zu ziehen und die Außenflächen zu glätten und nachzuarbeiten, damit, wenn die Rakete abgefeuert war und flog, möglichst wenig Chaos entstand.

Justen hob den Hammer und verschob den Setzhammer. Vielleicht war das Hammerwerk doch eine Hilfe.

Hufschläge übertönten das Hämmern und eine Wolke aus rotem sarronnesischen Staub flog der Botin voraus. Sie betrat die Schmiede, sah sich kurz zwischen den Ingenieuren um und rief: »Ich suche die Leitende Ingenieurin Altara.«

Altara legte die Greifzange beiseite und wischte sich die Stirn ab. »Ja, bitte?«

»Seid Ihr die Leitende Ingenieurin?«

»Die bin ich. Wir sind gerade mitten in der Arbeit. Die Ingenieursarbeit ist eine schmutzige Sache. Was wünscht Ihr?«

»Äh ... Ser ... Abschnittskommandantin Merwha möchte Euch wissen lassen, dass eine Abteilung Marineinfanteristen und der Wetter-Magier aus Recluce in Kürze eintreffen werden. Sie sind gerade von der Uferstraße auf die Straße der Tyrannen abgebogen.«

Altara nickte. »Danke.«

Die Botin wartete.

»Danke«, sagte Altara noch einmal. »Ich kann nicht viel tun, so lange sie nicht hier eintreffen. Übermittelt der Abschnittskommandantin meinen allerhöflichsten Dank.«

Justen musste grinsen, als die Botin verlegen den gestampften Lehmboden anstarrte, salutierte und wortlos ging.

»Kein Wunder, dass sie nicht imstande sind, den Krieg zu gewinnen. Immer nur diese Höflichkeiten und all das Getue ...«, murmelte Nicos, der am Schmiedefeuer nebenan arbeitete.

»Das gilt für euch alle. Ihr könnt die Freunde begrüßen, wenn sie da sind.«

Justen hob den Hammer ... wieder und wieder.

Auch nachdem Hufgetrappel und zwei Trompetenstöße zu hören waren, hämmerte Justen weiter, bis die letzte Hülle so weit erkaltet war, dass sie wieder ins Schmiedefeuer geschoben werden musste. Dann erst legte er seinen Hammer zur Seite und wischte sich die schweißnasse Stirn mit dem zerlumpten Hemdsärmel ab.

»Du hältst nicht viel von Formalitäten und Ritualen, was?«, fragte Quentel.

Justen fuhr auf, weil der große Ingenieur leise hinter ihn getreten war.

»Ich wünschte, ich könnte dich so springen lassen, wenn wir einen Übungskampf machen«, scherzte Quentel.

»Du hast dich doch wacker geschlagen.« Justen betastete die Prellung auf der Schulter, die noch nicht ganz abgeheilt war.

Quentel lachte. »Ich habe ein halbes Dutzend davon. Für einen Mann, der behauptet, Nahkampfwaffen wären altmodisch, schlägst du dich ziemlich gut. Die Dunkelheit stehe mir bei, wenn du ernsthaft gegen mich kämpfen würdest.«

»Aber das tue ich doch«, gab Justen achselzuckend zurück. »Ich kann gar nicht anders, weil es die anderen genau so machen.« Er tupfte sich erneut das Gesicht mit dem Ärmel ab. »Sollen wir hinausgehen und die Neuankömmlinge begrüßen?«

Die beiden waren die Letzten, die die Schmiede verließen.

Krytella redete bereits mit Gunnar.

»... Sarronnesen ... verstehen nicht einmal, wie Astra die Wirkung von kochendem Wasser verstärkt ... außerdem ...«

»Justen!« Gunnar sah über den Kopf der Heilerin hinweg zu seinem Bruder. »Du siehst aus, als hättest du einen ganzen Fluss ausgeschwitzt!«

»Wir haben viel zu tun. Wie war die Reise? Aber du hast sicher dafür gesorgt, dass es nicht zu stürmisch wurde.«

»Turmin hatte darauf bestanden, dass ich mich nicht ins Wetter einmischte, solange das Schiff nicht in Gefahr war.« Gunnar zuckte mit den Achseln. »Das Wetter war gut, also habe ich den Sonnenschein genossen.«

»Bei unserer Überfahrt war es kalt, da gab es nichts zu genießen.« Justen lächelte seinen Bruder wissend an. »Und wie war der Ritt von Rulyarth?«

»Ich kann keine Pferde mehr sehen und mir tut der Hintern weh.«

»So ging's mir auch. Das geht vorbei.« Eine Gestalt im Schwarz der Marineinfanteristen erregte Justens Aufmerksamkeit. Der Mann führte gerade sein Pferd zu den Ställen, die sich hinter der erst vor kurzem errichteten Kaserne befanden. Justen sah ihm einen Augenblick nach, ehe er sich wieder an Gunnar wandte.

»Was macht Firbek denn hier?«

»Er ist Marineinfanterist und dies ist der erste richtige Kampf seit ein paar Jahrhunderten.« Gunnar sah sich zur Kaserne um, wo die Soldaten sich gerade einrichteten. »Ich glaube aber, dass der gute Ratsherr Ryltar Firbek einen entsprechenden Wink gegeben hat.«

»Aber warum?«

»Ich dachte, das wäre dir klar«, schaltete sich Krytella ein. »Firbek ist Ryltars Vetter. Er wollte, dass Firbek dabei ist, damit er einen Bericht aus erster Hand bekommt, dem er vertrauen kann. Ryltar ist alles andere als begeistert darüber, dass Freiwillige aus Recluce hier sind. Die Leute sagen, es hätte im Rat einen heftigen Streit gegeben.«

»Hmm ...« Justen schürzte die Lippen.

»Nun ja, die Politik des Rates hilft uns nicht dabei, die Pferde zu striegeln und zu tränken«, meinte Gunnar lachend.

»Ich helfe dir«, bot Krytella ihm an.

»Ich kümmere mich dann mal wieder um meinen Schmiedeofen.« Justen holte tief Luft. »Wir können uns beim Nachtmahl unterhalten – oder beim Abendessen, wie es hier heißt.« Er sah Gunnar und Krytella noch einen Augenblick nach, als die beiden zu den Ställen gingen. Dann räusperte er sich und kehrte in die Schmiede zurück.

XXIV

Dankbar für die hohen Wolken, die die Mittagshitze etwas minderten, so dass es nicht mehr drückend heiß, sondern nur noch ungemütlich warm war, ging Justen quer über den Hof von der Schmiede zum alten Haus, in dem die Heiler untergebracht waren. Dort hatte man auch ein behelfsmäßiges Esszimmer eingerichtet – eine Art Treffpunkt für die Marineinfanteristen und die Soldaten.

Nördlich des Hauses war der kleine Pferch abgetrennt, in dem die Küken fiepten. Sie waren halb ausgewachsen und hatten schon beinahe ihr vollständiges Gefieder. Zwischen den Fütterungen pickten sie im

Lehmboden herum. Eins piepste triumphierend, als es ein getrocknetes Blütenblatt fand.

»Wie lange wird es wohl noch dauern, bis wir Hühnchen essen können?«, wollte Clerve wissen.

Justen betrachtete die mehrfarbigen Vögel. »Ich würde sagen, das dauert noch eine Weile.«

»Ich bin die Kartoffelsuppe, die Nudeln und das getrocknete Rindfleisch allmählich leid.«

Justen nickte, dann wischte er sich die Stirn ab. Wolken hin oder her, es war immer noch ziemlich warm. Viel wärmer als auf Recluce. Er blickte kurz zum Garten. Trotz der schweren, lehmigen Erde gediehen die Pflanzen recht gut. Er stieg die Verandatreppe hinauf zur offenen Tür und wich einem jungen Marineinfanteristen aus, der gerade herauskam und sich Wasser von den Händen schlenkerte.

»Viel Spaß, meine Herren Ingenieure. Es gibt schon wieder Nudeln und gewürztes Fleisch. Falls man das überhaupt Fleisch nennen kann.«

Der Ingenieur nickte dem Marineinfanteristen höflich zu. Castin kochte nicht ganz so schlecht, wie der Soldat angedeutet hatte, aber Justen nahm an, dass der Mann einfach verärgert war, weil man ihn offenbar zum Putzen eingeteilt hatte. Die Marineinfanteristen aßen immer zuerst, denn trotz der beiden langen Klapptische, die man in den Raum gequetscht hatte, war es für das Dutzend Soldaten zu eng, ganz zu schweigen von den Ingenieuren und Heilern.

Die meisten Ingenieure und die anderen Freiwilligen hatten sich schon gesetzt, als Justen und Clerve den Raum betraten. Wegen der Hitze, die vom Ofen ausstrahlte, den Castin in einen Kochherd verwandelt hatte, und wegen des Geruchs von verbranntem Fett waren an den langen Tischen die Plätze unmittelbar neben der Küche frei geblieben. Justen vermutete, dass im Winter die Plätze am anderen Ende dicht vor den zugigen Fenstern frei blieben. Nicht, dass die Ingenieure wirklich damit rechneten, den ganzen Winter in Sarronnyn zu verbringen. Dazu würde es so oder so nicht kommen.

»Schau mal an, wenn das nicht Justen ist.«

Justen wollte nicht erröten, aber natürlich konnte er es nicht verhindern. Es war doch nicht seine Schuld, dass er ständig mehr Arbeit als Zeit hatte. Er setzte sich neben Jirrl und gegenüber von Gunnar und Krytella an den Tisch. Clerve nahm links neben ihm Platz.

Aller Augen richteten sich auf Castin, als dieser große Schüsseln mit Nudeln an den Enden des Tischs abstellte.

»Schon wieder Nudeln?«, fragte Berol.

»Das sind Eiernudeln. Die sind gut für dich. Meine Hühner legen jetzt Eier.«

»Es sind immer noch Nudeln«, wandte Nicos ein.

»Ich weiß, ich weiß«, erklärte Castin. »Es sind nur Nudeln mit gewürztem Fleisch. Aber die Nudeln sind viel besser als alles, was du in Sarron findest ...«

»Das hat allerdings nicht viel zu bedeuten, Meisterkoch.« Quentels Stimme klang grantig, aber die Augen blitzten.

Castin zuckte mit den Achseln und verschwand wieder in seiner Küche. Kurz darauf kam er mit zwei weiteren Schüsseln zurück, in denen eine dampfende braune Soße schwappte. Kleine Fleischstücke schwammen darin.

Justen goss sich lauwarmes Wasser in seinen Becher. Er sehnte sich nach einem Dunkelbier oder wenigstens nach etwas Rotbeerensaft. Immerhin spülte das Wasser den Staub weg.

Auf seiner letzten Runde brachte Castin zwei große Körbe mit frisch gebackenem Brot mit. Er setzte sich neben Ninca ans Ende des Tisches.

»Bist du sicher, dass dies hier Rindfleisch ist und

kein Tang? Und woher wissen wir eigentlich, dass es echte Nudeln sind und nicht irgendeine eigenartige Zubereitungsform von Quilla, das du uns in Gestalt von Nudeln vorsetzt?« Nicos starrte den dunkelhaarigen Heiler mit dem breiten Gesicht in gespielter Empörung an.

»Kein Ingenieur hat an meinem Tisch jemals Kaktuswurzeln essen müssen.« Castin hielt inne und runzelte die Stirn. »Aber eigentlich ist es gar keine so schlechte Idee ...«

Gunnar lachte wiehernd.

»Und was ist nun mit den Hühnchen?«

»Das sind nicht einfach nur Hühnchen, junger Mann. Das ist köstliches Geflügel und so zart, dass du es nicht glauben wirst.«

»Ich werde es glauben, wenn ich dazu komme, eins zu essen«, witzelte Nicos.

»Können wir Meister Castin nicht einfach essen lassen?«, unterbrach Altara bissig. »Oder möchtet ihr ihm helfen, ein paar Quilla-Wurzeln in die Nudeln zu mahlen? Oder habt ihr vielleicht sogar Lust, in Zukunft für Firbek und die Marineinfanteristen zu kochen?«

»Ich bestimmt nicht, vielen Dank«, murmelte Clerve. Er sprach so leise, dass nur Justen ihn hören konnte.

»Castin macht seine Sache sehr gut und es ist ausgesprochen nachsichtig von ihm, dass er sich mit alledem hier abfindet.« Jirrl langte nach den Nudeln und versorgte sich selbst, ehe sie die Schüssel an Krytella weiterreichte.

Die Heilerin bediente Gunnar und nahm sich eine kleine Portion, dann gab sie die Schüssel an Justen weiter.

»Schon wieder Nudeln?«, fragte Berol, die sich gerade neben Clerve auf die Bank setzte.

»Natürlich. Aber es sind Eiernudeln, nicht einfach

nur Nudeln.« Justen häufte sich Nudeln auf den Steingutteller, der vor ihm stand, und grinste die große Frau an. »Seine Soßen sind hervorragend. Damit würde sogar Quilla schmecken.« Er reichte die Schüssel an Clerve weiter.

Krytella schöpfte ein wenig Soße auf ihren Teller und hob die Augenbrauen. »Ach ja, du magst ja sogar Burkha und ... äh ... andere scharfe Sachen.«

Gunnar schluckte und musste husten. »Nur gut, dass sie eine Heilerin ist, Bruder.«

»Was hast du denn gemacht, Justen?«, wollte Berol wissen.

»Nichts. Ich habe nur gesagt, dass Castin gute Soßen kocht.«

»Bist du sicher, dass du nicht gesagt hast, du magst saftiges junges Fleisch?«

Justen lief rot an. Neckten sie ihn immer noch wegen des Mädchens in der Schenke in Lornth?

»Er sieht aus wie das leibhaftige schlechte Gewissen, Krytella. Schau ihn dir nur an.« Berol klatschte vor Vergnügen die flache Hand auf den Tisch.

Justen zuckte schließlich übertrieben mit den Achseln und wandte sich an Clerve. »Auf so etwas muss man hier wohl gefasst sein.«

»Aber nur, wenn man es scharf und saftig mag.«

Justen nahm sich die Schüssel mit Fleisch und Soße und schöpfte sich eine ordentliche Portion über die Nudeln.

»Er mag es wirklich scharf.«

»Ist das nicht bei allen Männern so?«

»Sogar bei Magiern ... jede Wette«, fügte Jirrl hinzu.

Justen konnte grinsend beobachten, wie zur Abwechslung nun einmal Gunnar errötete.

Clerve nahm sich nur wenig Soße, fischte sich aber ein paar Stücke Fleisch heraus.

»Die jüngeren Männer sind anscheinend etwas... etwas wählerischer, was die scharfen Sachen angeht.«

Justen und Gunnar lachten.

XXV

»Nun gut. Die Tyrannin war also einverstanden, Unterkunft, Vorräte und eine Entschädigung für die Leute zu zahlen, die Recluce schickt, damit sie gegen uns kämpfen?« Histen lachte heiser.

»So sieht es wohl aus.« Renwek sah sich zu den verhängten Bogengängen um, die zum leeren Sitzungssaal des Rates führten.

»Und wie viele sind geschickt worden?«

»Nur eine Handvoll Leute haben sich als Freiwillige gemeldet. Die meisten sind Ingenieure und Heiler. Lediglich ein junger Sturm-Magier ist dabei.«

»Nur ein junger Sturm-Magier? Klärt mich auf, Renwek. War es zu Zeiten von Jenred dem Verräter nicht auch bloß ein einziger junger Schwarzer Sturm-Magier?« Histen lächelte ironisch, während er auf die Antwort wartete.

»Ah... gewiss doch, Erzmagier. Aber dieser hier scheint lange nicht so mächtig zu sein wie Creslin.«

»Und trotz seiner Macht konnte Creslin Fairhaven in Candar nicht aufhalten. Ich nehme an, er könnte es nicht einmal heute. Offenbar wollte Recluce Sarronnyn nicht enttäuschen und hat sich zu einer bloßen Geste entschlossen. Genauso offensichtlich ist es, dass sie sich nicht besonders energisch ins Zeug legen. Aber wenn ein Sturm-Magier mit von der Partie ist, sollte man besser vorsichtig sein.« Histen schüttelte den Kopf. »Ich habe eine Nachricht von Zerchas bekommen.«

»Und was hat der ehrenwerte Zerchas zu berichten?«

»Er schlägt vor, wir sollen einige der vorlauten Heißsporne – etwa Derba und Beltar – an die Front schicken, damit sie helfen, Sarronnyn zu unterwerfen.«

»Ist das wirklich ein aufrichtig gemeinter Vorschlag oder führt er womöglich etwas ganz anderes im Schilde?«

»Wahrscheinlich, aber er ist zudem vorsichtig. Er fürchtet, der Eisernen Garde könnte etwas zustoßen.«

»Was ist mit den Lanzenreitern?«

Histen kniff die Augen zusammen. »Zerchas hat in diesem Punkt völlig Recht. Die Eiserne Garde ist der Schlüssel unseres Erfolges, vor allem, wenn die Ingenieure aus Recluce eine große Menge Schwarzes Eisen schmieden.«

»Aber die Lanzenreiter haben die Rebellen in Kyphros ausgelöscht ...«

Histen seufzte laut und schwer. »Renwek, bitte denkt nach, bevor Ihr sprecht. Anderen gegenüber bin ich erheblich ungeduldiger.« Er drehte sich halb um, dann blickte er wieder den untergebenen Magier an. »Findet heraus, was Derba und Beltar in der letzten Zeit getrieben haben. Lasst es mich wissen. Ich bin heute Abend im Turm.«

Renwek verneigte sich.

Der Erzmagier drehte sich um und ging zum Turm.

XXVI

Justen legte den Hammer zur Seite, als er Gunnar die Schmiede betreten sah. Er wischte sich die Stirn mit dem Ärmel ab und wartete, bis sein Bruder zu ihm kam.

»Woran arbeitest du gerade?«, fragte Gunnar.

»Das ist ein Teil einer Abschussrampe. Firbek glaubt, die Raketen könnten gegen die Eiserne Garde sehr wirkungsvoll eingesetzt werden.« Justen streckte die Hand aus und ließ die Finger müßig über das glatte Holz des Hammerstiels gleiten. Dann blickte er zum Schmiedefeuer nebenan, wo Clerve Nicos zur Hand ging. Der Lehrling hob den Hammer und schlug zu. Justen lächelte leicht und konzentrierte sich wieder auf seinen Bruder.

»Mag sein.« Gunnar strich mit dem Daumen über sein Kinn. »Mag sein. Willst du irgendwann einmal nach Sarron hinein?«

»Wann denn?« Justen wischte sich wieder den Schweiß von der Stirn und starrte zum hinteren Bereich der Schmiede, wo Altara gerade die Achslager des immer noch nicht fertig gestellten Hammerwerks geglättet und nachgearbeitet hatte. »Wir haben eine Menge zu tun.«

»Später ... gleich nachdem du hier fertig bist.«

Die Brüder unterbrachen das Gespräch, als Clerve eine Reihe von Schlägen auf das Metall setzte, das Nicos auf dem Amboss hin und her schob. Justen rümpfte die Nase, weil ihn der Geruch von Metall, Ruß und heißem Öl zum Niesen reizte.

»Das wird aber noch eine Weile dauern.«

»Ganz gewiss, so ist es.« Altara hatte sich unbemerkt zu ihnen gesellt. »Er muss an diesem Raketenwerfer arbeiten, bis die Schatten sich auf die rosafarbenen Wände senken. Eigentlich hätte er sogar erst übermorgen Zeit, dich zu begleiten. Und jetzt störst du uns auch noch bei der Arbeit ...«

Gunnar gab sich schuldbewusst. »Ich wollte doch nicht ...« Er hielt inne. »Aber er könnte mir helfen ...«

»Ihr seid mir zwei.« Altara schüttelte den Kopf. »Also gut. Er kann ausnahmsweise mitkommen, wenn diese Querstrebe angeschweißt ist und die Klammern richtig sitzen. Das wird aber trotzdem noch eine Weile dauern.«

»Danke.« Gunnar nickte höflich.

»Warum willst du ...« Altara hielt inne. »Ein Trinker bist du ja wohl nicht gerade, junger Magier. Hat Justen dich dazu angestiftet?«

»Dieses Mal war er es wirklich nicht.« Gunnar presste die Lippen zusammen, als müsste er sich ein Grinsen verkneifen.

»Und was hast du überhaupt vor, dass du Justen brauchst?«

»Ich möchte ein Gefühl für Sarron bekommen. Wenn ich allein gehe ...« Der blonde Mann zuckte mit den Achseln.

»Ich weiß nicht, ob es eine gute Idee ist, in die Stadt zu gehen. Man hat uns mehr als deutlich zu verstehen gegeben, dass die Sarronnesen nicht gerade begeistert sind, uns in der Nähe zu haben. Aber anbinden kann ich dich ja wohl kaum, Gunnar, und vielleicht schafft ihr es, nicht in Schwierigkeiten zu geraten, wenn ihr aufeinander aufpasst.«

»Wie wäre es um drei?«, fragte Justen. Er blickte zu der Kaserne, auf der ein grünes Banner flatterte. »Außerdem wird uns wohl auch eine Dame begleiten ...«

»Ach, ihr wollt also die junge Heilerin mitnehmen und uns damit aller begabten Menschen berauben?«

»Das ist wirklich eine gute Idee«, fügte Gunnar hinzu. »Sarron ist eine der letzten Trutzburgen der Legende.«

»Na schön. Vorausgesetzt natürlich, Krytella will euch junge Schurken überhaupt begleiten. Aber jetzt lass Justen mit seiner Arbeit fortfahren.«

Gunnar nickte, verneigte sich und ging.

Altara schürzte die Lippen, tupfte sich die Stirn ab und zeichnete sich dabei einen dunklen Strich, wahrscheinlich Ruß, auf die Haut. Sie runzelte die Stirn und rieb noch einmal mit der Rückseite ihres schwer mit Muskeln bepackten, leicht gebräunten Unterarms darüber.

»Wenn ich euch zwei so sehe ...« Sie schüttelte den Kopf. »Ich kann förmlich riechen, wie der Ärger um euch schleicht. Ich meine nicht die gewöhnliche Sorte Ärger. Es ist etwas anderes.« Die Leitende Ingenieurin hustete. »Aber vielleicht liegt es ja auch nur an der Umgebung.«

Justen nickte und legte die Teile der Querstrebe wieder ins Schmiedefeuer.

»Jedenfalls kannst du gut schweißen und deine Gehäuse müssen kaum nachgearbeitet werden, wie Berol mir sagte.« Altara schaute dem jungen Ingenieur in die Augen. »Aber lass es dir nicht zu Kopf steigen. Wirklich feine Arbeiten wie Turbinenblätter beherrschst du noch nicht.«

»Ja, Meister-Ingenieurin«, erwiderte Justen grinsend. »Heißt das, du willst mir bei ... bei den Feinarbeiten helfen?«

»Justen, deine Arbeit hier ist nicht besonders fein.« Sie lächelte kurz, ehe sie sich an Nicos und Clerve wandte. Der Lehrling legte den Hammer beiseite, als die Ingenieurin zu ihnen trat.

Sobald die Metallteile im Schmiedefeuer einen Farbton heller glühten als das Kirschrot, das fürs Auswalzen richtig war, ließ Justen seine Wahrnehmung über das Metall gleiten. Er wartete, bis die Temperatur noch eine Spur höher war, dann brachte er die beiden Teile in die richtige Position und schrägte sie ab, bevor das Metall wieder auskühlte. Anschließend kamen die Teile wieder ins Schmiedefeuer. Nachdem er die Stücke noch weiter aufgeheizt hatte als zuvor, legte er sie wieder auf den Amboss und schweißte sie mit drei gleichmäßigen Hammerschlägen zusammen.

Die Sonne stand noch über dem Horizont, wenngleich nur einige Handbreit, als er endlich die Schmiede verlassen und sich waschen und umziehen konnte.

Gunnar und Krytella saßen auf Hockern auf der schmalen Veranda des Hauses, das die Heiler und Gunnar sich teilten. Die Ingenieure kamen in den zweifelhaften Genuss, in der eilig zusammengezimmerten Kaserne neuere, aber kleinere Quartiere bewohnen zu dürfen. Wenn es regnete, zog der Geruch aus den Ställen, die am nördlichen Ende des Gebäudes untergebracht waren, durch alle Kammern.

»Entschuldigt bitte«, sagte Justen, als er die Veranda betrat. »Die Arbeit an den Klammern hat länger gedauert, als ich dachte. So ist das wohl bei den meisten Eisenarbeiten, denke ich.«

»Das macht nichts. Hast du deinen Wochenlohn bekommen?«, fragte Gunnar.

»Die ganzen fünf Kupferstücke. Damit werde ich aber nicht weit kommen. Die Tyrannin ist zu großzügig ...«

»Wir sollen ihnen helfen, wir sind keine Söldner, die man bezahlt.« Krytella stand auf und rückte den Gürtel, die grüne Jacke und das Messer zurecht. Sie hatte einen kurzen Stab dabei, ungefähr halb so lang wie der, den Justen in seiner Kammer zurückgelassen hatte.

»Manchmal glaube ich, das Wort ›Hilfe‹ hat für verschiedene Leute eine ganz unterschiedliche Bedeutung.« Auch Gunnar stand auf. Der Hocker wackelte auf den verzogenen, unebenen Bohlen, bis er eine Hand auf die Sitzfläche legte und ihn festhielt.

»Es ist ein weiter Weg.« Justen blickte zu den Steinmauern von Sarron, die in der späten Nachmittagssonne rosafarben leuchteten.

»Wir sollten die Pferde besser hier lassen. Du kannst sowieso etwas Bewegung brauchen.« Gunnar wandte sich zur Straße.

»Du hast gut reden, du hast schließlich nicht den ganzen Tag Eisen gehämmert.«

»Ich bin zu den Sümpfen von Klynstatt geritten und habe den halben Tag damit verbracht, mich durch die Eisenholzwälder zu quälen.«

»Könntet ihr zwei endlich aufhören, damit zu prahlen, wer den schlimmeren Tag hinter sich hat?« Krytella trat an den Straßenrand und blieb stehen, um ein Pferdefuhrwerk vorbeizulassen.

»Männer ... es ist doch immer das Gleiche mit ihnen.« Die Kutscherin, eine ältere Frau mit hellblonden Haaren, grinste die Heilerin an, dann ruckte sie an den Zügeln und der mit Binsen beladene Wagen rumpelte an den drei Gefährten vorbei. Die linke Achse quietschte so herzerweichend, dass Justen zusammenzuckte. Sogar in so einfachen mechanischen Geräten mangelte es an Ordnung.

»Du kannst die Unordnung in Geräten auf die gleiche Weise fühlen, wie Heiler sie in Menschen fühlen können.« Gunnar rieb sich das Kinn, während er mit langen Schritten bergauf marschierte.

»Manchmal kann ich es.« Justen bewegte die Schultern und versuchte, die verkrampften Muskeln zu lockern.

Als die drei die Pflasterstraße vor der Mauer erreichten, waren sie vor Anstrengung und wegen der feuchten Luft bereits nass geschwitzt.

Der weibliche Wachtposten musterte die beiden schwarz gekleideten Männer und die grün gekleidete Frau. »Ihr seid aus Recluce? Von dort unten?« Die Wächterin deutete hinunter zur Enklave der Besucher aus Recluce. Hinter einem grasbewachsenen Hügel waren gerade eben noch die Dächer zu sehen.

»Ja«, antwortete Gunnar mit höflichem Lächeln. »Wir haben noch nie eine so große, wohlhabende Stadt gesehen.«

Die Frau, die steife, dunkelblau gefärbte Ledersachen trug, ignorierte Gunnars Bemerkung und wandte sich an die Heilerin. »Wohin wollt Ihr?«

Krytella schluckte, dann grinste sie. »Zum Markt. Die Jungen haben noch nie einen richtigen Markt gesehen. Und dann wollen wir essen. Gibt es eine Schenke, die Ihr empfehlen könnt?«

»Die Gasthöfe am Platz der Händler sind ziemlich gut ... abgesehen vom *Messingstier*. Dorthin würde ich zwei nette junge Burschen nicht führen.«

»Der Platz? Ist er vielleicht ...«

»Folgt der Hauptstraße, bis Ihr die Kaserne der Garde erreicht. Der Platz der Händler ist dann gleich zur Linken.« Die Wächterin trat zur Seite und winkte sie weiter. »Gebt gut auf die beiden Acht, meine Dame. Wir wollen hier keinen Ärger haben.« Sie nickte Krytella noch einmal zu, als die drei Gefährten weitergingen.

»So langsam beginne ich zu verstehen, warum Creslin nicht viel von der Idee gehalten hat, nach Sarronnyn zu gehen«, bemerkte Justen ironisch.

»Und warum er Bedenken hatte, sich mit einer Rothaarigen einzulassen?«, fügte Gunnar hinzu.

Krytella wurde rot.

Selbst jetzt, am Spätnachmittag, war die Straße, die zum Hauptplatz führte, noch sehr belebt. Sie schoben sich an einem Wagen vorbei, von dem gegerbte Felle abgeladen und in ein Gebäude gebracht wurden. Justen rümpfte die Nase, weil von der Ladefläche ein beißender Gestank aufstieg.

»Sie müssen mit dem Wagen auch noch etwas anderes als gegerbtes Leder transportiert haben«, meinte Gunnar.

Justen ließ seine Sinne in das Holz eindringen. »Es fühlt sich ähnlich an wie Beize, aber es ist schärfer.«

Krytella und Justen wechselten einen raschen Blick. Justen ignorierte den stummen Austausch.

Nicht lange, und die drei betraten den Marktplatz, der trotz der nahenden Abenddämmerung noch voller Händler war.

»Teppiche ... Teppiche aus der besten Hochlandwolle ...«

»Klingen ... die besten Klingen ... so gut wie die Klingen aus Hamor ...«

»Die besten Teppiche in Sarron ... seht sie euch an ... weich wie ein Babypopo ... fester gewebt als gesponnenes Messing.«

»Gewürze ... frische Gewürze. Holt euch hier euer Astra ... frischer als die frischeste Ware der Schwarzen ...«

Als sie die letzte Bemerkung hörte, blieb Krytella stehen, drehte sich zur Händlerin um und hob die Augenbrauen. Die Frau, die vor einem kleinen Karren aus dunklem Holz stand, auf dem fast ein Dutzend Beutel zum Verkauf feilgeboten wurden, verstummte auf der Stelle.

»Sie kommen aus Hamor und sind trotzdem frischer als die aus Recluce?«

»Sie sind frisch ... meine Dame.«

Krytella lächelte leicht, dann nickte sie Gunnar und Justen zu. Sie ging ans andere Ende des Platzes zu einem schmalen, grauen Gebäude, das ein paar Ellen höher war als die anderen.

Justen unterdrückte ein Stirnrunzeln und folgte den beiden.

»Seht euch die Dame an ... zwei solche Kerle!«

»Der Blonde da gefällt mir ...«

»Nein, der Dunkle hat einen hübscheren Hintern. Der Blonde ist ein bisschen dürr.«

Justen schielte grinsend zu Gunnar, aber sein Bruder war in Gedanken versunken und hatte die Unterhaltung der Passantinnen nicht gehört.

»Etwas dürr? Neben dem sieht dein Fiedner aus wie

ein halb verhungertes Kalb. Ich möchte wetten, den würdest du nicht aus dem Bett werfen. Aber der Dunkle ist natürlich auch nicht übel ...«

Justen wurde rot. Er drehte sich um und sah, dass auch Krytella errötet war.

»Die Leute hier sind ziemlich ... direkt.« Justen bemerkte das geschmackvolle Schild eines Gasthofs. Es zeigte einen silbernen, schwarz eingefassten Schild. »Da ist ein Gasthof und es ist nicht der *Messingstier*.«

In der Schankstube des *Silberschild* roch es ein wenig nach verbranntem Öl, aber die Fensterläden waren nicht geschlossen, und Justen wusste die kühle Brise an einem Nachmittag wie diesem durchaus zu schätzen. Die meisten Tische waren frei und die drei setzten sich in einer Ecke an einen runden Tisch, von dem aus sie die Tür im Auge behalten konnten.

Gunnar winkte einem Schankburschen, der schmächtiger und jünger war als die meisten Lehrlinge auf Recluce. »Könnten wir etwas zu trinken bekommen?«

Der Bursche ignorierte Gunnars Frage und wandte sich an Krytella. »Ja, meine Dame?«

Krytella grinste Gunnar an, dann wandte sie sich an den Jungen. »Was habt ihr hier?«

»Wir haben Rotwein, dunkles Bier, helles Bier und Rotbeerensaft.« Der Junge sprach mit schriller, fast quiekender Stimme. Er räusperte sich und wartete.

Krytella nickte Gunnar und Justen zu.

»Ich nehme ein dunkles Bier«, sagte Justen. Er hatte Mühe, sich das Grinsen zu verkneifen.

»Ich nehme Rotbeerensaft«, erklärte Gunnar.

Der Junge sah Krytella einen Moment an, schließlich fragte er: »Und Euer Wunsch, meine Dame?«

»Rotbeerensaft.«

Der Junge sah zwischen ihr und den beiden Männern hin und her und hob eine Augenbraue.

»Zwei Rotbeerensaft und ein dunkles Bier«, bekräftigte Krytella.

»Sehr wohl.« Der Junge eilte zum hinteren Zimmer. Seine Füße flüsterten beinahe auf den ausgetretenen Holzdielen.

An einer Wand saßen zwei weißhaarige Frauen an einem Tisch. Sie spielten ein Brettspiel und hielten sich an ihren Trinkbechern fest. Justen beobachtete die beiden, konnte aber nicht bestimmen, welches Spiel sie mit ihren roten und schwarzen Steinen spielten.

»Kannst du etwas herausfinden?«, fragte Krytella leise.

»Abgesehen davon, dass hier zuviel Chaos ist, als dass es die Heimat der Legende sein könnte?« Auch Gunnar sprach mit gedämpfter Stimme. »Nein.«

Justen leckte sich die Lippen und versuchte, seinen Kopf von allen Gedanken zu leeren, um ein Gefühl dafür zu bekommen, was gerade in Sarron vor sich ging.

Neben der Tür saß eine Frau, die das Blau der Soldaten der Tyrannin trug, allein an einem Tisch und nippte hin und wieder an einem angeschlagenen grauen Krug. Sie trug das schwarze, stellenweise schon ergraute Haar kurz geschnitten. Auf der linken Wange hatte sie eine weiße Narbe. Am Rand der Tischplatte standen zwei leere Krüge.

Als seine Wahrnehmung die ältere Soldatin berührte, spürte Justen etwas wie Bedauern, eine Art innerer Leere. Aber es war eine ehrliche Leere, die geordneter Trauer nicht unähnlich war.

Justen spürte draußen auf dem Platz noch etwas anderes, das ihm vorkam wie ein leichter, unsichtbarer weißer Dunst, der an den Ecken der Gebäude zerrte, über Gehwege wehte und aus abgedeckten Abwasserkanälen lugte.

»Euer Bier, Ser.« Der Bursche stellte einen Krug vor Krytella ab.

»Das ist für meinen Freund.« Sie nickte zu Justen hin, der auffuhr, als die Krüge polternd auf den Tisch gesetzt wurden.

Der Junge lächelte höflich und stellte einen Krug Rotbeerensaft vor der Heilerin und einen vor Gunnar ab. »Das macht dann ein Silberstück und vier Kupferstücke, bitte.« Das Bier blieb stehen, wo es war.

»Ein Silberstück und vier Kupferstücke?«

»Da die Weißen Teufel jetzt durch die Berge kommen, fangen die Leute an zu horten. Es heißt, sie würden jeden verbrennen, der sich an die Legende hält.«

Justen gab Krytella ein halbes Silberstück, Gunnar folgte ihrem Beispiel. Die Heilerin gab dem Burschen drei halbe Silberstücke. »Der Rest ist für dich.«

»Vielen Dank, meine Dame.« Er zwinkerte ihr mit langen, schwarzen Augenbrauen zu. »Vielen Dank auch.«

Justen sah dem Jungen nach, der sich zufrieden in die Küche trollte.

»Starr die Leute nicht so an, Justen. Das steht dir nicht.«

Krytella hatte laut genug gesprochen, um noch am anderen Ecktisch gehört zu werden, wo zwei Händlerinnen mit runden Gesichtern – eine grau, die andere braun gekleidet – gestikulierend vor einem Tablett mit funkelnden Steinen saßen. Die Frauen unterbrachen die Verhandlungen für einen Augenblick und musterten die drei aus Recluce. Dann lächelte die braun gekleidete Frau Krytella kurz an und nahm das Gefeilsche wieder auf.

»War das wirklich nötig?« Justen war nicht sicher, ob er lachen oder wütend werden sollte.

»Allerdings.« Krytella zwinkerte und sah Gunnar an.

»Es gibt hier unter der Oberfläche zuviel Chaos, aber ich konnte es bisher nicht mit bestimmten Orten in Verbindung bringen.« Der Luft-Magier hob den Krug an die Lippen und trank einen Schluck. »Und es herrscht Angst.«

Krytella schob das Bier zu Justen hinüber, der seine eigenen, offensichtlich viel erfolgloser verlaufenen Versuche, das Chaos aufzuspüren, vorsichtshalber verschwieg. Er trank einen großen Schluck Bier und lauschte der leisen Unterhaltung.

»Glaubst du, die Weißen haben die Stadt schon in ihre Gewalt gebracht?«, fragte Krytella.

Gunnar schüttelte den Kopf. »So stark sind die Spuren nicht. Aber wenn sie kommen, werden sie vermutlich nicht auf starken Widerstand stoßen.«

»Warum nicht?«

Diese Frage hätte auch Justen beantworten können, aber er beschränkte sich darauf, einen Schluck Bier zu trinken, das mit den Spuren von Chaos, die es enthielt, noch bitterer schmeckte als sonst.

»Ordnung braucht gewöhnlich einen Brennpunkt. Wenn du Leute bestichst oder entfernst, um die herum sich Ordnung aufbauen würde ...« Gunnar zuckte mit den Achseln.

Justen nickte. Gunnar hatte es noch deutlicher formuliert, als er selbst es vermocht hätte.

Krytella trank ihren Rotbeerensaft. Die drei schwiegen eine Weile und nippten hin und wieder an ihren Getränken.

»Wollt Ihr sonst noch etwas?« Wieder ließ der Schankbursche für Krytella die Wimpern klimpern.

Der dreiste Annäherungsversuch drehte Justen beinahe den Magen um, zumal der Junge keineswegs vom Chaos getrieben war. Jedenfalls nicht stärker, als es bei einem gesunden Jungen mit entsprechenden Bedürfnissen der Fall war.

»Ich glaube nicht, vielen Dank.« Krytella strahlte ihn an, und obwohl das Lächeln alles andere als echt war, zwinkerte der Junge noch einmal, ehe er sich verneigte und sich zurückzog.

»Hier ist wirklich einiges anders als daheim«, bemerkte Gunnar.

»Ich kann gut verstehen, dass Creslin nicht herkommen wollte«, nahm Justen die Heilerin auf den Arm.

»Wenn du es so siehst ... nun ja«, erwiderte Krytella nachdenklich. »Aber ich glaube, ich bin einfach nur froh, dass wir auf der Seite der Legende stehen.«

»Stehen wir wirklich dort?«, gab Justen zurück.

Die Soldatin, die allein am Tisch saß, stellte den dritten Krug zur Seite, stand auf und ging übertrieben vorsichtig durch die offene Tür auf den Platz hinaus. Der Schankbursche holte die drei Krüge und die Münzen, die neben ihnen lagen.

»Das will ich doch hoffen.« Krytella senkte die Stimme. »Die Sarronnesen konnten die Weißen nicht aufhalten und deshalb haben sie darum gebeten, dass Firbek und die Marineinfanteristen auf der nördlichen Straße, die nach Mitteltal führt, zu ihnen stoßen. Ich wollte mich ihnen mit dir und Justen eigentlich anschließen, aber Ninca ist der Ansicht, dass jemand hier bleiben muss.«

»Ich habe nicht einmal die Gelegenheit bekommen, mich für das eine oder das andere zu entscheiden«, sagte Justen trocken. »Und bisher konnte mir noch niemand verraten, was ich hier eigentlich zu suchen habe, abgesehen davon, dass ich mir irgendetwas überlegen soll, das helfen könnte, den Angriff der Weißen zurückzuschlagen. Gunnar hier kann wenigstens die Winde dazu nutzen, um die Positionen der Weißen auszuspionieren oder einen Nebel aufziehen zu lassen oder so.«

»Ich bin sicher, dass du noch deine Aufgabe finden wirst, Justen. Dorrin war in dieser Hinsicht sehr erfolgreich«, beruhigte Krytella ihn.

»Das ist schon Jahrhunderte her. Wer weiß schon, wie erfolgreich er wirklich war?«

»Das klingt aber ausgesprochen skeptisch, Bruderherz.«

»Ich bin immer skeptisch, wenn es um Legenden und Geschichten über alte Helden geht.«

Das Scharren der Stühle unterbrach ihr leises Gespräch. Die beiden Händlerinnen hatten sich von ihrem Tisch erhoben und gingen hinaus. Justen sah sich in der leeren Schankstube um. Jetzt waren nur noch er und seine Gefährten da – und natürlich der Schankbursche mit den langen Wimpern, der in der Tür des Hinterzimmers wartete. »Die anderen sind alle gegangen.«

»Ich bin fertig«, sagte Krytella. »Ich hoffe nur, deine Eindrücke von Sarron waren den viel zu teuren Rotbeerensaft wert.«

»Wahrscheinlich nicht.« Gunnar trank seinen Becher aus.

»Das Bier war nicht übel«, meinte Justen. »Bitter, aber nicht übel.«

»Wie kannst du nur so etwas trinken ...«, murmelte Gunnar.

Die Heilerin schüttelte den Kopf, sagte aber nichts dazu und ignorierte nun auch das einladende Lächeln und die angestrengt arbeitenden Wimpern des Burschen.

Nur eine Handvoll Händler waren noch draußen auf dem Platz vor dem *Silberschild* zu sehen und selbst sie waren schon dabei, ihre Waren in Kisten und Rucksäcke zu packen, als die drei zum Haupttor zurückkehrten. Die Teppichhändler hatten ihre Waren zu langen, schweren Rollen zusammengelegt. Zwar war der Wagen der Gerberei schon lange fort, aber Justen konnte immer noch die Lösungsmittel und den Dung riechen, als sie an der versperrten Tür des Lederwarengeschäfts vorbeikamen.

Die Wächter am Tor schenkten den dreien, die Sarron verließen, kaum einen Blick. Draußen auf der Straße liefen sie hinter einem leeren Bauernkarren, der von einem alten Klepper gezogen wurde.

Gunnar sprang zur Seite, um einem Haufen frischer Pferdeäpfel auszuweichen. »Es ist keine gute Idee, direkt hinter Pferden zu wandern.«

»Zu Fuß sicher nicht.« Justen schauderte, als er wieder die Ausstrahlung des Chaos spürte, die hinter den hellen, rosafarbenen Granitwänden von Sarron zu lauern schien. Es kam ihm vor, als würde ein viel zu früher, winterlicher Nebel aus den Westhörnern herabwallen und das grüne Land zudecken.

»Ist dir kalt? Du wirst doch nicht krank werden, oder?«, fragte Krytella.

»Wenn du dich zu sehr um mich kümmerst, könnte das leicht geschehen.« Er zwang sich zu einem verschlagenen Grinsen, das ihm aber sofort verging, als er den besorgten Gesichtsausdruck seines Bruders sah.

Irgendwo in der Dämmerung hörten sie die Hufschläge eines einzelnen Pferdes. Die drei blickten den Hügel hinunter, wo ein einzelner, schwarz gekleideter Reiter soeben dem Bauernkarren auswich.

»Heilerin!« Firbek zügelte sein Pferd. »Die Ingenieurin braucht dich. Einer der Ingenieure hat sich mit dem Arm im Hammerwerk verfangen.«

Irgendetwas an dem Soldaten beunruhigte Justen, auch wenn er spüren konnte, dass der Mann die Wahrheit sagte.

»Dann lass mich aufsteigen.«

Krytella gab dem Soldaten die Hand und schwang sich, von Gunnar gestützt, hinter ihm aufs Pferd. Die Brüder sahen dem schwer beladenen Pferd nach, das gleich darauf wieder bergab lief.

»Wo sind die anderen beiden Heiler?«, fragte Justen, während er eine unsichtbare Stechmücke verscheuchte.

Er schlug noch einmal nach dem Tier, viel zu zerstreut, um einen Schutzbann gegen die hungrigen Insekten zu sprechen.

»Sie wurden gebeten, die Tyrannin aufzusuchen. Anscheinend hat ihre Tochter, die Thronerbin, eine Krankheit, bei der die Heiler nach Nincas Ansicht helfen können. Im Interesse der guten Beziehungen hat die Leitende Ingenieurin zugestimmt.« Gunnar deutete zu ihrer Enklave. »Wir sollten uns besser beeilen.«

Justen nickte und sie wanderten mit schnellen Schritten bergab.

»Du hast es auch gefühlt, nicht wahr?«, fragte Gunnar.

»Was denn?«

»Firbek. Er hat sich nicht richtig angefühlt. Es ist nicht das Chaos, es ist ... irgendetwas anderes.«

»Ich habe mich in Firbeks Nähe noch nie wohl gefühlt«, sagte Justen mit rauem Lachen.

»Da magst du ja auch deine Gründe gehabt haben. Aber trotzdem...« Gunnar zuckte mit den Achseln. »Wir müssen ihn beobachten, wenn wir in die Westhörner ziehen.«

Die Brüder liefen weiter.

XXVII

Justen rieb sich den rechten, dann den linken Oberschenkel. Schließlich zog er einen Fuß aus dem Steigbügel, streckte ihn und versuchte, den Krampf zu lösen. Er war zwar in der letzten Zeit viel geritten, aber er fragte sich ernsthaft, ob er sich jemals wirklich daran gewöhnen würde.

Rechts unter ihm, am Fuß des felsigen Hügels, gurgelte ein Flüsschen, das am Ende seines gewundenen Laufs in den Sarron mündete. Links erhoben sich die Westhörner. Sogar im Sommer waren die Gipfel noch vom ewigen Eis bedeckt, das selbst nach der Großen Veränderung nicht geschmolzen war. Die Stadt Sarron lag inzwischen fünf Tagesreisen hinter ihnen.

Wie war er nur in diese Lage geraten? Er war noch nicht oft geritten und nicht daran gewöhnt, so viele Tage nacheinander im Sattel zu sitzen.

Die graue Stute tappte um eine von unzähligen Kurven, während Justen mit seinem Schicksal haderte. Was hatte er hier zu suchen? Quentels rechter Arm war zerquetscht und für mehrere Jahreszeiten, wenn nicht für immer, unbrauchbar. Warum musste er, Justen, jetzt mit Bewaffneten reiten, die doch sicher mehr vom Abschlachten anderer Menschen verstanden als er? Daran würde sich auch dann nichts ändern, wenn er bei mehreren Kämpfen zugesehen hätte.

Ein kalter Wind pfiff durch die Schlucht und zerrte an seiner Jacke. Er schüttelte den Kopf.

»Es ist kalt, was?«, meinte Yonada, die schwarzhaarige Offizierin, die neben ihm ritt.

Justen drehte sich, so gut er konnte, im Sattel zu ihr herum. »Es ist nicht die Kälte, es ist das Reiten.« Er strich mit einer behandschuhten Hand über den Schwarzen Stab, der im Lanzenköcher steckte, und spürte die Wärme der Ordnung sogar noch durch das Leder und obwohl ihm der Kopf pochte, nachdem er so ausweichend geantwortet hatte. Irgendwie machten ihm die kleinen Ausflüchte und Täuschungen in letzter Zeit mehr zu schaffen als früher. Lag es etwa daran, dass die Weißen so nahe waren?

»Man gewöhnt sich daran.«

Die Wagen fuhren holpernd hinter Justen. Unsicher schwankend drehte er sich noch einmal um und vergewisserte sich, dass die Raketen und die Abschussrampe gut festgemacht waren.

Yonada hatte seinen Blick bemerkt. Sie leckte sich nervös die Lippen. »Ich kann gar nicht verstehen, dass du in der Nähe einer solchen Menge von Schießpulver reitest.«

»Du tust es doch auch«, gab Justen grinsend zurück.

»Aber nur, weil du hier bist, Ingenieur. Wie kannst du sicher sein, dass nicht ein Weißer Magier daherkommt und alles in die Luft jagt?«

»Ich bin nicht sicher. Aber seit Dorrin vor einigen Jahrhunderten auf die Idee gekommen war, war noch keiner in der Lage, Pulver zur Explosion zu bringen, das in Schwarzem Eisen lagert.« Justen blickte nach vorn zur Spitze des Zuges, wo Gunnar neben Dyessa ritt, der vierschrötigen Anführerin der Truppe. Sie erinnerte Justen an ein Bündel Eisenstäbe, das nicht ordentlich zusammengeschweißt worden war.

Kurz bevor die beiden hinter einer Straßenbiegung verschwanden, konnte Justen beobachten, wie Dyessa über eine Bemerkung lächelte, die Gunnar gemacht hatte.

Justen schüttelte den Kopf.

»Dieser Magier ist wirklich etwas Besonderes.« Yonada ruckte leicht an den Zügeln. »Dyessa lächelt sonst so gut wie nie.«

»O ja, er ist wirklich etwas Besonderes.«

»Kennst du ihn?« Die schwarzhaarige sarronnesische Offizierin lachte. »Aber das war wohl eine dumme Frage. Ihr kommt ja beide aus Recluce.«

»So klein ist Recluce im Grunde genommen gar nicht. Man braucht immerhin sechs Tage, um von einem Ende der Insel zum anderen zu reiten. Das ist beinahe so weit wie von Rulyarth bis zum Palast der Tyrannin in Sarron. Es gibt dort viele Leute, die ich nicht kenne. Aber der Magier ist mein Bruder. Er heißt Gunnar.«

»Dein jüngerer Bruder?«

»Älter«, berichtigte Justen sie mit einem amüsierten Lächeln. »Luft-Magier sehen immer jünger aus, als sie sind. Ich weiß nicht, warum das so ist.«

Yonada lenkte ihr Pferd näher neben seines. Justen konzentrierte sich auf die Straße, als sie sich der Kurve näherten, hinter der die anderen soeben verschwunden waren. Rechts neben der Straße hatte sich der Bach ein enges Bett von nur wenigen Ellen Breite ins Gestein gegraben. Direkt hinter der Kurve stürzte das Wasser über dunkelroten Fels fast dreißig Ellen tief in eine enge dunkle Schlucht. Der Weg wurde schmaler, bis gerade noch genug Platz für einen einzigen Karren war. Links erhob sich der Fels senkrecht fast hundert Ellen hoch, rechts war die Klamm, an deren Grund der Bach rauschte. Jenseits der Schlucht ragte die gegenüberliegende Felswand fast lotrecht zum grünblauen Himmel auf, über den vereinzelt dunstige weiße Wolken zogen.

Selbst jetzt, zur Mittagszeit, war es kühl. Die Straße lag völlig im Schatten. Nur hin und wieder spürte Justen eine Bö mit warmer feuchter Luft, die von irgendwo in die Schlucht eindrang.

»Wir sind fast da«, erklärte die sarronnesische Offizierin.

»Wo denn?«

»In Mittelltal.« Yonada holte tief Luft. »Es könnte sein ...« Sie unterbrach sich mitten im Satz.

Justen spürte ihre Angst. Was war der Grund dafür, dass die Sarronnesen die Weißen so sehr fürchteten? Lag es wohl daran, dass sie die Invasion der Weißen als deren Kreuzzug gegen die Legende betrachteten?

Hinter der Kurve wurde die Straße sogar noch schmaler, dann öffnete sie sich in ein kleines Tal mit steilen Wänden aus rötlichem Gestein. Mittelltal war ein hügeliger, etwa zwei Meilen langer Einschnitt voller felsiger, mit Büschen und Krüppeleichen bewachsener Buckel. Ein kleiner einstöckiger Gasthof mit nur zwei Schornsteinen stand geduckt nicht weit von der staubigen Straße entfernt zwischen zwei größeren Hügeln. An einem entrindeten Baum, der zwischen dem Stall und dem Gasthof selbst stand, flatterte der blaue Wimpel von Sarronnyn.

Justen wandte sich mit geschürzten Lippen an Yonada. »Ich verstehe nicht, warum ihr nicht einfach hier den östlichen Zugang versperrt.« Er deutete zum anderen Ende des Tals, wo die Weißen Truppen sich durch einen schmalen Spalt würden kämpfen müssen.

»Wir haben es versucht, als wir gezwungen waren, Westwind zu räumen. Aber der Chaos-Magier hat einfach die Steine in der schmalen Schlucht gelockert und Derlas gesamte Streitmacht wurde vom herabfallenden Gestein zerquetscht. In offenem Gelände sind die Weißen dazu nicht in der Lage.«

»Aber wenn sie Felsen herunterstürzen lassen, dann blockieren sie sich doch selbst den Weg.«

»Sie sprengen die Felsen später einfach weg. Es dauert zwar eine Weile und hält sie auf, aber es funktioniert. Wir können so etwas nicht.«

Justen nickte. Er hatte sich noch nicht richtig überlegt, was ein Chaos-Magier bei einem Feldzug im Gebirge anzurichten vermochte.

Zwei Reiter galoppierten durchs Tal. Hinter ihnen stiegen dicke Staubwolken auf wie roter Nebel. Justen blinzelte, um zu erkennen, was sich vorn tat, als die Späher etwa in der Mitte des sarronnesischen Trosses die Pferde zügelten. Hauptsächlich bestand der Heerzug aus Fußsoldaten, die in der Mitte und an den Flanken von einigen Abteilungen Kavallerie verstärkt wurden. Im Augenblick hielten sich die meisten Berittenen im Gehölz in der Nähe verborgen.

»Da drüben!« Firbek stellte sich in den Steigbügeln auf und deutete zu einem größeren Hügel im Zentrum der sarronnesischen Truppen. »Wir müssen uns dort aufstellen. Bringt den Wagen in Bewegung!«

Der Unteroffizier, der den Wagen lenkte, ließ die Zügel knallen und der Wagen fuhr ächzend am Gasthof vorbei zu dem Hügel, auf den Firbek gedeutet hatte.

Ein schmaler, bärtiger Mann, der einen Besen in der Hand hielt, und eine grauhaarige Frau sahen schweigend vom Eingang des Gasthofes aus zu.

»Warum fliehen sie nicht? Es wird hier doch zu einer Schlacht kommen.« Justen blickte zum Zentrum der sarronnesischen Truppen, wo Gunnar, Dyessa und die Verstärkungseinheiten sich gesammelt hatten.

»Ich weiß es nicht. Wir haben allen gesagt, sie sollten verschwinden. Wo es zum Kampf kommt, brennen die Weißen alles nieder.«

Der Schlachtwimpel wurde zweimal kurz gehisst, dann waren drei kurze Fanfarenstöße zu hören.

»Abteilung Zwei! Abteilung Zwei!« Yonada stellte sich in den Steigbügeln auf und winkte. »Formiert euch!« Sie senkte die Stimme und wandte sich wieder an Justen, indem sie zum Hügel deutete, wo Firbek mitten zwischen Büschen und roten Felsen stand. »Wir sehen uns dann dort oben.«

Justen sah Yonadas davonsprengenden Soldaten nach. Dann ritt er allein zu den Marineinfanteristen hinüber. Er kam sich überflüssig vor und irgendwie bedauerte er, dass die freundliche Yonada nicht mehr bei ihm war. Außerdem fragte er sich, warum er in eine Schlacht ritt, in der er doch nichts ausrichten konnte. Einfach nur, um zu beobachten? Er strich mit den Fingern über den Schwarzen Stab und lächelte leicht über die Wärme der Ordnung, die er darin spürte.

Worauf sollte er hier denn stoßen? Auf eine neue

Waffe, als wäre er eine Art zweiter Dorrin? Und wer konnte schon sagen, ob die Geschichten über den großen Dorrin überhaupt der Wahrheit entsprachen? Justen hatte nicht das Gefühl, sich mit dem geehrten alten Schmied vergleichen zu können. Wenigstens war Gunnar in der Lage, mit den Winden zu fliegen und den Sarronnesen zu sagen, wo die feindlichen Streitkräfte standen.

Justen versuchte, seine Wahrnehmung über das Tal hinausgreifen zu lassen, aber er kam nur ein paar hundert Ellen weit. Er trieb die graue Stute an. Sie bewegte sich erst, als er ihr nachdrücklich mit den Hacken der Stiefel in die Flanken trat. Dann schritt sie gemächlich zum Hügel, wo Firbek gerade den Raketenwerfer vom Wagen lud. Justen ließ das Pferd noch einmal die Hacken spüren und es setzte sich tatsächlich in Trab, was ihn erschrocken den Sattelknauf packen ließ. Er hoffte nur, dass der Stab nicht aus dem Lanzenköcher sprang.

Große Ingenieure hielten nicht ängstlich den Sattelknauf umklammert, oder? Justen aber hielt sich fest, bis sein Pferd kurz vor der Steigung wieder in den Schritt verfiel. Dicht unter der Hügelkuppe hieß Justen das Pferd stehen und blickte nach Osten.

Ein Strom weiß gekleideter Gestalten ergoss sich aus dem fernen Zugang des Tals auf die Ebene.

Wieder erklang das sarronnesische Fanfarensignal und die Fußsoldaten knieten hinter eilig aufgetürmten Wällen aus Erde und Sand nieder. Sie legten die langen Piken an und machten sich bereit.

Die blaue Kavallerie legte den Pferden Scheuklappen an.

Die Weißen Streitkräfte marschierten noch ein paar hundert Ellen weiter und machten dann Halt – gerade außerhalb der Reichweite der blauen Bogenschützen.

Aus der Deckung einiger mannshoher rosa-grauer Felsblöcke kam zischend die erste Feuerkugel der Weißen Magier geflogen.

Justens Stute wieherte erschrocken und wollte ausbrechen, aber der Ingenieur drängte sie ein Stück den Hügel hinab, wo er abstieg und sie an einen Busch band, an dem schon Firbeks Pferd stand.

Die nächste Feuerkugel kam von den weißen Bannern her geflogen und ging knapp vor der vordersten sarronnesischen Linie zu Boden. Noch bevor sie zischend ein Stück Erde versengt hatte, flog in hohem Bogen die nächste Feuerkugel mitten in die sarronnesischen Linien.

Ein Schrei erhob sich über Mitteltal.

Am östlichen Ausgang des Tals wurden große Trommeln geschlagen, und die Weißen Fußsoldaten und Lanzenreiter stürmten vor, während eine weitere Feuerkugel in die linke Flanke der kleinen sarronnesischen Streitmacht schlug.

»Macht die Raketen bereit«, brüllte Firbek.

Justen runzelte die Stirn. Die Weißen hielten sich außerhalb der Reichweite der Raketen, die gewöhnlich eingesetzt wurden, um Schiffe zu bombardieren. Er lief zu Firbek. »Die Raketen sind auf diese Entfernung nicht genau genug.«

»Schießt die erste ab!«, befahl Firbek, ohne sich um Justens Einwand zu kümmern.

Die Rakete flog aus dem kleinen Werfer, näherte sich den Weißen Linien, schwenkte nach rechts ab, zog an den grau gekleideten Soldaten vorbei und explodierte in einem Flammenmeer an einem Felsblock.

»Noch eine«, befahl Firbek.

Die beiden Marineinfanteristen hoben die nächste Rakete in die Röhre aus Schwarzem Eisen.

»Es ist zu weit«, wandte Justen noch einmal ein.

»Näher kommen wir nicht heran«, antwortete Firbek. Er wandte sich an die Frau, die den Zündstein hielt. »Abfeuern.«

Die zweite Rakete flog der Eisernen Garde entgegen, explodierte aber über den Köpfen der Soldaten und ließ einen Schauer von brennenden Eisenteilen auf sie herabregnen.

Die Weißen Lanzenreiter drangen mit gleichmäßiger Geschwindigkeit weiter vor. Sie trugen Lanzen aus Neusilber, an deren Spitzen Flammen züngelten. Justen überblickte die Linien und erkannte, dass die Weißen fast im Verhältnis von zwei zu eins überlegen waren.

Wieder ertönte ein Trommelwirbel und die Weißen Lanzenreiter griffen an.

Auf der sarronnesischen Seite waren abgehackte Fanfarenstöße zu hören und überall außer an der linken Flanke wurden die Piken gehoben.

Die Lanzenreiter wichen vor den Piken zurück, aber direkt vor der Stellung der Marineinfanteristen brach ein fast vollständiger Trupp durch und begann die Pikenkämpfer von hinten niederzumetzeln. Die linke Flanke löste sich auf.

»Dort. Zielt mit dem Werfer niedriger.« Firbek deutete auf die Weißen Lanzenreiter.

Es zischte und eine Feuerkugel explodierte direkt vor dem Raketenwerfer. Einer der Marineinfanteristen stürzte als lebende Fackel den Hügel hinab.

Justen ignorierte den üblen Geruch von verbranntem Fleisch und griff nach dem linken Einstellrad des Raketenwerfers. Während er kurbelte, lud die Marineinfanteristin ein Geschoss nach.

»Feuer!«

Justen ließ das Rad los und konzentrierte sich, um die Luft zu spüren, durch die die Rakete glitt, aber das Geschoss prallte nutzlos auf den Felsboden, rollte weiter und steckte eine Fichte in Brand.

»Nun unternimm doch etwas, Ingenieur!«, grollte Firbek.

»In Deckung!«, befahl Dyessa.

Die Sarronnesen gingen hinter Felsblöcken, niedrigen natürlichen Wällen und Baumstümpfen im unebenen Gelände in Deckung.

Die Kavallerie der Eisernen Garde teilte sich am anderen Ende der Schlucht in kleine Trupps auf.

Justen sah sich um und suchte Gunnar, aber sein Bruder war nirgends zu sehen.

»Die nächste Rakete!«, befahl Firbek.

Justen und die Marineinfanteristin richteten den Raketenwerfer aus und ließen sich fallen, als eine Feuerkugel das Schwarze Eisen traf, ohne jedoch Schaden anzurichten.

Sobald die Flammen erloschen waren, stellte Justen den Werfer ein, bis er direkt auf die nächsten Lanzenreiter zielte. Er zwang sich zur Ruhe. Dieses Mal konzentrierte er sich auf die Rakete und versuchte, der Hülle noch etwas mehr Ordnung zu geben, damit sie reibungslos und vor allem in die richtige Richtung flog. Er flößte der Waffe immer noch Ordnung ein, als die Marineinfanteristin die Rakete zündete.

Die vierte Rakete explodierte tatsächlich an der Stelle, die sie treffen sollte – genau im Zentrum des führenden Trupps der Weißen Lanzenreiter. Bruchstücke aus Schwarzem Eisen bohrten sich in Dutzende von Körpern. Die Weißen Lanzenreiter, selbst jene, die vom Schrapnell nicht direkt getroffen worden waren, brannten lichterloh.

Eine Woge von Weiß strömte vom Zerstörungswerk zurück und überflutete Justen. Er taumelte und legte eine Hand auf den Raketenwerfer, um nicht das Gleichgewicht zu verlieren.

»Alles in Ordnung?«, fragte die Marineinfanteristin.

Justen zwang sich zu einem Nicken. Er kämpfte

gegen das in ihm aufbrandende Chaos an und richtete sich auf.

Nur ein einziger Weißer Lanzenreiter war noch zu sehen. Er nahm gerade sein Pferd herum und galoppierte zu den dunkelgrauen Reihen zurück, zurück zur Eisernen Garde, die sich zusammenballte wie ein Sturm über dem Ostmeer. Sogar auf der linken Flanke hatten sich die Weißen Lanzenreiter zurückgezogen, auch wenn Justen den Grund nicht erkennen konnte.

Für ein paar lange Augenblicke schien das Schlachtfeld eingefroren und wie erstarrt.

Dann war im Osten wieder ein Trommelwirbel zu hören und die weiß gekleideten Fußtruppen marschierten ein gutes Stück vor der Eisernen Garde den Hügel herauf, einer Schaumkrone ähnlich, die einer großen Welle vorauseilt.

»Noch eine Rakete!«, befahl Firbek.

Justen ordnete wieder den Strom der Luft um die Rakete und konnte einen Augenblick später sehen, wie ein ganzer Abschnitt der Weißen Streitmacht in Flammen aufging, als das Geschoss explodierte. Aber die weiß gekleideten Soldaten rückten weiter gegen den Hügel vor. Justen kämpfte unterdessen gegen die schmerzhafte weiße Woge an, die ihn auch dieses Mal zu überschwemmen drohte.

»Feuer!«

Die nächste Rakete flog los.

»Feuer!«

Wieder eine Rakete.

»Feuer ... Feuer!«

Justen wusste nach einer Weile nicht mehr, wie viele Raketen – deren Weg zu Zerstörung und Chaos er geebnet hatte – gezündet worden waren. Aber irgendwann brach die Serie ab.

»Ser, wir haben nur noch wenige Raketen übrig.«

Justen betrachtete das Tal, die schmierigen schwarzen Flecken im Osten, die anscheinend endlosen Reihen der Weißen und der grauen Truppen, die sich unter den roten Felsen versammelt hatten.

Die Sonne stand nur noch knapp über dem Westrand des Tals. War wirklich schon so viel Zeit vergangen?

Wieder war ein doppelter Trommelwirbel zu hören und jetzt marschierte die grau uniformierte Eiserne Garde den gesammelten sarronnesischen Fußtruppen entgegen, die von einigen Bogenschützen und etwa zwei Abteilungen Kavallerie unterstützt wurden.

Die Sarronnesen hielten nur noch die beiden Hügel in der Mitte des Tals und die Senke zwischen ihnen.

»Warum kreisen sie uns nicht einfach ein?«, fragte Justen, ohne sich an jemand Bestimmten zu wenden.

»Wir könnten sie nicht daran hindern.«

»Wenn sie erst einmal zu kämpfen beginnen, Ingenieur, gibt es keine Überlebenden.«

Justens Magen verkrampfte sich. Eigentlich hätte er nur zusehen und etwas lernen sollen. Stattdessen hatte er Menschen getötet und würde gleich selbst getötet werden.

»Dann können wir ebenso gut auch noch die restlichen Raketen verschießen«, sagte Firbek heiser.

Justen half, den Werfer noch ein Stück tiefer zu stellen und wartete, bis die Frau den Zündstein anschlug. Wieder glättete Justen den Strom der Luft um die Rakete. Das Geschoss aus Schwarzem Eisen flog den vorrückenden Eisernen Gardisten entgegen. Eine Handvoll ging wie bleierne Puppen oder Marionetten, deren Fäden man durchschnitten hatte, zu Boden, aber im Gegensatz zu den Weißen Lanzenreitern gab es in ihrer Mitte weder Flammenmeere noch Explosionen.

Und immer noch strömten neue Truppen aus dem östlichen Zugang ins Tal.

Justen sah sich nach links und rechts um. Mehr als die Hälfte der sarronnesischen Streitkräfte war bereits niedergemetzelt, zu Asche verbrannt oder verschwunden.

»Noch eine Rakete!«, verlangte Firbek.

Wieder konzentrierte Justen sich darauf, die Rakete durch die Zugabe von Ordnung zu stärken und wieder fielen einige Eiserne Gardisten. Aber die Hauptmacht der Eisernen Garde bahnte sich langsam und unbeirrt wie eine Flutwelle ihren Weg.

Noch drei Feuerkugeln kamen von den Felsblöcken am östlichen Eingang des Tals in ihre Richtung geflogen. Zwei schlugen bei den felsigen Hügeln im Tal ein. Auf den Einschlag der dritten folgten Schreie, denn diese Feuerkugel hatte zwei berittene Soldaten am Rande der Befehlsstellung getroffen, die von Dyessa und Gunnar gehalten wurde. Die beiden saßen noch auf ihren Pferden, aber dicht neben ihnen brannte eine ramponierte Fichte.

»Nun schieb schon die verdammte Rakete in den Werfer!« Firbek blickte wild zu den weißen Bannern am Ausgang des Tals. »Ziel mitten zwischen die weißen Banner.«

Die Marineinfanteristin schob die Rakete in den Lauf und richtete sich, den Zündstein in der Hand haltend, wieder auf. »Könntet Ihr uns helfen, Ser?«

Firbek machte ein finsteres Gesicht, aber dann ging er zur letzten Kiste mit Raketen.

Die Marineinfanteristin zündete das Geschoss.

Zu spät richtete Justen seine Wahrnehmung auf die Rakete. Sie schlingerte im Flug und pflügte dann durch eine Reihe von Infanteristen, die unter einem rot gerahmten, grauen Banner marschierten. Wieder strömte eine Woge von Weiß vom Zerstörungswerk zu Justen zurück. Er musste sich erneut am Raketenwerfer festhalten, um nicht das Gleichgewicht zu verlieren.

»Alles in Ordnung, Ingenieur?« Die Marineinfanteristin sah ihn an.

»Mehr oder weniger.«

Firbek hob die nächste Rakete aus der Kiste.

»Sollten wir uns nicht welche aufheben?«, fragte Justen.

»Wozu? Wenn wir noch länger warten, haben wir sie hier am Hals. Es wird sowieso nicht mehr lange dauern, wenn die Magier nicht noch ein Wunder vollbringen.« Firbek schob die Rakete ins Rohr.

Ein lauter Trommelwirbel, und eine Welle dunkelgrauer Kavalleristen stürmte vor, bewegte sich durch die Reihen der dunkelgrauen Fußsoldaten und setzte sich an die Spitze des Angriffs.

Eine Frau im Blau der Sarronnesen kam den Hügel heraufgerannt.

»Die Kommandantin möchte noch ein Sperrfeuer auf die Eiserne Garde haben«, erklärte die Botin ruhig.

»Wir haben fast keine Raketen mehr. Wir feuern weiter, bis es keine mehr gibt.«

»Ich werde es ihr übermitteln.« Damit eilte die Meldegängerin wieder den Hügel hinab und duckte sich beinahe gelassen, als eine weitere Feuerkugel über sie hinweg flog.

»Feuer!«

Die nächste Rakete flog zischend aus dem Werfer.

»Feuer ...«

»Das war's dann, Ser. Das war die letzte Rakete.«

Justen sank am heißen Metall des Raketenwerfers zusammen. Er war nicht sicher, was schlimmer war – die Benommenheit, die Übelkeit oder die grausamen Kopfschmerzen. Er richtete sich auf, taumelte zu seiner grauen Stute hinunter und tastete nach dem Schwarzen Stab.

»Wir hätten mehr Raketen brauchen können, Ingenieur. Ich habe darum gebeten, dass wir mehr bekommen.«

Justen hielt sich einen Moment am Schwarzen Stab fest, ehe er antwortete. »Wir haben getan, was wir konnten, Firbek. Sie sind verdammt schwer zu schmieden.«

»Schwer zu schmieden? Ist es etwa einfacher zu sterben?« Nach einem kurzen Blick zu den Eisernen Gardisten, die unbeirrt bergauf vorrückten, zog Firbek sein Schwert blank.

Justen packte unwillkürlich den Stab fester.

Ein Donnergrollen – dieses Mal wirklicher Donner und keine Trommeln – hallte durchs Tal, und ein kaltes Gefühl von Schwärze folgte. Justen torkelte zum Raketenwerfer zurück und starrte hinunter.

Wie ein schwarzer Turm stand Gunnar auf dem zweiten kleinen Hügel rechts neben der Anhöhe, wo Firbek, Justen und die Marineinfanteristin sich mit den Raketen abgemüht hatten.

Ein weiteres dumpfes Grollen erfüllte den Himmel und die dünnen Wolken über ihnen schienen mit jedem Augenblick dicker zu werden. Ein drittes, längeres Rumpeln, und Dunkelheit senkte sich über das Tal, als wäre vorzeitig die Dämmerung eingebrochen. Gleichzeitig peitschten kalte Böen über das Schlachtfeld.

Jetzt wurde sogar die Eiserne Garde langsamer und die Weißen Banner am Ostrand Mitteltals hingen trotz des Windes schlaff herab.

Es begann zu regnen, vereinzelte Tropfen zuerst, dann immer heftiger. Wie ein Schwarm kalter Pfeile stürzten die Tropfen vom Himmel und schließlich, als der Nachmittag endgültig in stumpfes Zwielicht überging, hatte es den Anschein, als würde eine Wand von Wasser vom Himmel fallen.

Justen hielt sich am Stab fest und kämpfte sich zu seinem grauen Pferd. Er band die Zügel beider Pferde los und warf Firbek dessen Zügel zu. Dann stieg er auf und trieb die Stute mit ein paar Tritten seiner Hacken an, um zum Hügel gegenüber zu gelangen, wo sein Bruder stand wie ein kleiner, dunkler Turm.

Er konnte kaum weiter als ein paar Ellen sehen und musste seine Ordnungs-Sinne gebrauchen, um die Stelle zu finden, von der aus Gunnar verschwenderisch die Ordnung um sich verteilte. Er senkte den Kopf vor dem Ansturm von Wind und Wasser.

Ob die Weißen ähnliche Schwierigkeiten hatten wie er? Spielte es überhaupt eine Rolle? Er lenkte sein Pferd durch die Senke zwischen den Hügeln und den gegenüberliegenden Hang wieder hinauf.

»Verschwinde!«, rief Gunnar. Seine Stimme drang wie ein Blitz durch die Dunkelheit. »Die anderen sollen sich zurückziehen!« Gunnar stieg auf seinen Braunen.

»Aber sie werden in der Schlucht ertrinken, wenn du den Regen gerufen hast!«, rief Dyessa laut, um das Heulen des Windes zu übertönen.

Justen lenkte die graue Stute näher an Gunnar, der leicht im Sattel schwankte.

»Nein, das wird nicht geschehen. Aber hier werden sie ganz sicher sterben.« Gunnar hielt sich am Sattel fest und fing sich wieder.

Dyessa winkte der Frau mit der Trompete. Drei kurze, doppelte Fanfarenstöße übertönten den Sturm. Das Banner wurde dreimal kurz gesenkt.

»Noch einmal! Und dann oben halten!« Dyessa lenkte ihr Pferd zum Fuß des Hügels.

Justen zwang ein wenig Ordnung in den Schwarzen Stab und reichte ihn Gunnar, der jedoch den Kopf schüttelte.

»Berühre ihn!«

Wieder schüttelte Gunnar den Kopf.

»Verdammt, nun sei nicht so eigensinnig. Du

brauchst es und wir brauchen dich, um hier herauszukommen! Nun mach schon!«

Gunnar griff nach dem Stab und Justen drückte ihn in die Handfläche seines Bruders. Der Luft-Magier richtete sich etwas auf und Justen konnte sehen, wie seine Sinne sofort wieder zu schweifen begannen. Justen lenkte sein Pferd neben den Braunen seines Bruders und führte ihn zum Gasthof und weiter zum westlichen Ausgang des engen Tals. Die Marineinfanteristin, die mit ihm zusammen am Raketenwerfer gearbeitet hatte, lenkte höchstens ein Dutzend Ellen vor ihm den Wagen. Firbek führte das Wagenpferd am Geschirr. Justen versuchte, nicht weiter auf seine zitternden Knie zu achten. Er konnte nicht einmal sagen, ob es Erschöpfung oder Angst war oder ein wenig von beidem.

Das Donnergrollen schien sogar durch seinen Schädel zu hallen und der Regen ließ seine ungeschützte Haut sich zusammenziehen. Aber Justen hielt die beiden Pferde in Bewegung und achtete nicht auf Dyessa, die ihre Truppen beim Rückzug antrieb.

Der Wind heulte, der Donner dröhnte und Justen ritt langsam am Gasthof vorbei. Die Dachbalken waren freigelegt, die Gewalt des Sturms hatte das Strohdach weggerissen.

Hinter ihm war wieder ein zitternder Fanfarenstoß zu hören.

Der Regen trommelte so hart auf seine schwarze Jacke, dass es ihm vorkam, als wäre er nackt, und mit jedem Schritt wurde die Stute langsamer, während sich die Straße in einen roten Morast verwandelte.

Vor ihm ragten die steilen roten Klippen auf. Er lenkte die Pferde nach links und durch die schmale Lücke. In der Schlucht selbst ließ die Gewalt von Wind und Regen nach, aber immer noch fielen ungeheure Wassermassen vom Himmel.

Ungefähr ein Dutzend sarronnesische Fußsoldaten

schleppten sich hinter Firbek und dem leeren Wagen um die scharfe Kurve.

Das dumpfe Donnergrollen hallte über Mitteltal hinweg bis in die Schlucht. Der kleine Wasserlauf war zu einem reißenden Strom geworden, der nur wenige Ellen unterhalb der Straße schäumte. Wie weit würde das Wasser noch steigen?

»Das sollte fürs Erste reichen.« Gunnar richtete sich auf und blickte über seine Schulter.

Justen folgte dem Blick seines Bruders. Die sarronnesische Kommandantin lenkte gerade ihr hellbraunes Pferd an der Nachhut ihrer fliehenden Truppen vorbei, bis sie Gunnar und Justen erreicht hatte.

»Und was jetzt? Das Unwetter wird sie nicht lange aufhalten.« Dyessa musste schreien, damit die Worte in Wind und Regen zu verstehen waren.

»Sind alle aus dem Tal heraus?«

»Jedenfalls alle, die überlebt haben.«

Gunnar hob die Schultern, ließ sie wieder sinken und schloss die Augen.

Justen streckte rasch den Arm aus, damit sein Bruder nicht aus dem Sattel fiel.

Der Boden bebte, ein Rauschen war zu hören, und ein trommelndes Geräusch übertönte das Prasseln des Regens. Der Himmel wurde noch dunkler. Selbst aus der Tiefe der Schlucht konnte Justen den wirbelnden Schwarzen Turm sehen, der sich im Tal erhob.

»Beim Licht!«

Sogar Dyessas Gesicht wurde bleich, als sie sich umsah.

Das Tosen wurde lauter, als würden die Steinmauern wie Trommeln geschlagen.

Die Felsen bebten noch einmal, dann senkte sich das Tosen zu einem Flüstern und der Himmel hellte sich wieder auf. Der Regen fiel weiter, aber jetzt war es nur noch ein gewöhnlicher schwerer Schauer.

Gunnar sank auf seinem Pferd zusammen.

»Ihr da!«, rief Dyessa. »Soldaten aus Recluce!«

Firbek und die Marineinfanteristin drehten sich um.

»Haltet an.« Die sarronnesische Kommandantin zielte mit dem Finger auf den bewusstlosen Sturm-Magier. »Packt ihn auf den Wagen. Er kann nicht mehr reiten.«

Dyessa sah aufmerksam zu, wie Justen und Firbek Gunnar auf den Wagen legten.

Nachdem er Gunnar mit dessen eigenem wasserdichten Mantel zugedeckt, den Schwarzen Stab an sich genommen hatte und wieder aufgestiegen war, blickte Justen in die Klamm. Der Wasserspiegel war gefallen und lag jetzt wieder auf der früheren Höhe.

»Was ist passiert?«, fragte Dyessa.

»Ich muss ein Stück zurückreiten. Ich glaube, Gunnar hat das Tal blockiert.«

»Gut. Die verdammten Weißen kommen mit Wasser nicht zurecht.«

»Und wenn der Damm bricht, bevor wir hier heraus sind?«

Dyessa blickte die Schlucht hinunter zur unsichtbaren Mauer aus Steinen und Schutt. »Das wäre äußerst ungünstig.«

Justen war schon auf dem Rückweg. Er ließ sein Pferd sich den Weg zwischen den letzten sarronnesischen Nachzüglern, die sich durch Schlamm und Regen kämpften, selbst suchen. Als er den geraden Abschnitt der Schlucht unterhalb der Kurve erreichte, konnte er die Masse von Steinen und Büschen spüren, die Gunnars Wirbelsturm in die Schlucht hatte stürzen lassen. Er ritt weiter, bis er die Kurve fast erreicht hatte.

Dunkles Wasser quoll durch die Lücken zwischen den Steinen und stürzte aus einem Dutzend Löchern in die Klamm hinunter, wo es sich mit dem Bach vereinte und dem fernen Fluss Sarron entgegen strömte.

Justen prüfte mit seinen Ordnungs-Sinnen die Barriere, die Gunnar errichtet hatte. Nachdem er sich eine Weile umgesehen hatte, schüttelte er erstaunt den Kopf. Für einen Sturm-Magier war sein Bruder gar kein so schlechter Ingenieur. Er wischte sich ein paar Tropfen aus dem Gesicht und lenkte sein Pferd durch die Schlucht zurück. Kalte Bäche rannen ihm unter der schwarzen Kleidung über die Haut und ließen ihn bis auf die Knochen frieren. Sogar die Stiefel waren klatschnass.

Dyessa wartete auf ihn, aber Firbek und der Wagen, auf dem Gunnar lag, waren schon außer Sicht. Nur das Holpern der Räder war hin und wieder durch das Rauschen des Regens in der Ferne zu hören.

Die sarronnesische Kommandantin sah Justen fragend an. »Wird das, was er gemacht hat, halten?«

Justen wischte sich wieder die Regentropfen aus dem Gesicht. Eine sinnlose Bewegung. Er schüttelte sich. »Ewig ... oder bis eine Dürre kommt und mehrere Chaos-Magier sich an die Arbeit machen.«

Als er Dyessas zweifelnden Gesichtsausdruck sah, fügte er hinzu: »In Mittelal oder in der Gegend, die so hieß, baut sich jetzt ein See auf. Eine so große Menge Wasser enthält viel Ordnung. Ein oder zwei gute Chaos-Magier könnten die Steine wegsprengen, wenn die Ordnung des Wassers selbst sie nicht daran hindern würde. Der See muss entleert oder ausgetrocknet werden, ehe die Magier etwas unternehmen können. So lange dieser Regen nicht aufhört, können sie ohnehin nichts tun – und das wird noch eine ganze Weile dauern. Mindestens einige Tage. Außerdem dürften nicht sehr viele überlebt haben.«

»Gut. Wir können inzwischen Zerlanas Truppen verstärken.« Dyessa nahm die Zügel und sagte energisch: »Lass uns weiterreiten.«

Aber bevor sie sich in Bewegung setzen konnte, hob Justen die Hand. »Warte. Hast du Yonada gesehen?«

»Sie ist beim ersten Angriff gefallen, Ingenieur. Sie hat euch Magiern die Zeit gekauft, die nötig war, um uns andere zu retten.«

Justen schluckte. Yonada war gefallen? Einfach so?

»Ich glaube, euch Magier werde ich niemals wirklich verstehen.« Dyessa schüttelte den Kopf. »Da entwickelt ihr Schwarze Waffen, die ganze Schwadrone zerstören, und ruft Stürme herbei, die Täler in Seen verwandeln und ganze Heere ersäufen – und dann wundert ihr euch darüber, dass jemand gestorben ist.«

Justen zog unglücklich an den Zügeln. Er musste zu Gunnar. Wenigstens sein Bruder war noch da.

Auch Dyessa machte sich auf den Weg, ermutigte hier und organisierte dort, während die Reste der vereinten Streitkräfte sich zurück nach Sarron schleppten. Den Schwarzen Stab umklammernd, ritt Justen weiter, um zu seinem Bruder aufzuschließen. Er wünschte, er könnte etwas tun, und wusste nicht, was.

XXVIII

Ein harter Ruck ging durch den Wagen, als er vom ebenen Pflaster der rosafarbenen Steinbrücke in die tiefen Rinnen im Lehm der unbefestigten Straße fuhr. Gunnar stöhnte, öffnete aber nicht die Augen. Justen hob instinktiv die linke Hand, mit der er sich am Sattel der lammfrommen grauen Stute festgehalten hatte, aber der Wagen fuhr gleich darauf ruhiger weiter und Gunnar fiel wieder in tiefen Schlaf.

Während er, neben dem Wagen reitend, nur wenige Schritte von seinem Bruder entfernt war, konnte Justen spüren, wie sehr die Ordnungs-Kräfte in Gunnar zur Neige gegangen waren. Er blickte zur schwarz gekleideten Marineinfanteristin, die vorn neben Dyessa ritt. Firbek war bei ihnen und lenkte sein Pferd nur mit den Knien, während er aufgeregt mit beiden Händen gestikulierte. Aus seinen Bewegungen schloss Justen, dass er über die begrenzte Reichweite und sonstige Mängel der Raketen sprach.

Justen schnaubte. Ein Teil des Problems war Firbeks fehlender Mut. Wenn die Treffsicherheit einer Waffe mit der Entfernung zum Ziel abnahm, musste man entweder näher an den Feind heran oder den Feind näher kommen lassen, ehe man die Waffe einsetzte. Firbek hatte keines von beidem getan. Er hatte wie ein Besessener Raketen abgefeuert und Justen gezwungen, seine begrenzten Fähigkeiten darauf zu verwenden, ein paar Raketen irgendwo in der Nähe der Stelle landen zu lassen, wo sie landen sollten. Und das hatte dazu geführt, dass Gunnar sich bei dem Versuch, einen gewaltigen Sturm herbeizurufen, beinahe selbst umgebracht hätte.

Nun denn ... während Firbek seine eigenen Fehlleistungen überging, machte Justen sich Sorgen um seinen Bruder. Wann immer es möglich war, legte er den Schwarzen Stab neben Gunnar und hoffte, die Nähe der Ordnung würde ihm helfen.

Die unbefestigte Straße, die aus dem früheren Mitteltal herausführte, mündete ein Stück vor ihnen in die Hauptstraße nach Sarron. Bald würden sie über den letzten Abschnitt der Straße reisen, auf der Justen von Rulyarth nach Sarron gekommen war.

Dyessa ritt an ihm vorbei zum Ende der Marschkolonne. Sie ignorierte die Marineinfanteristin, die den Wagen lenkte, und den bewusstlosen Mann unter der alten blauen Wolldecke. Justen verfolgte sie mit seinen Blicken, als sie am Ende des Zuges nach dem Rechten sah und sich anschließend wieder an die Spitze setzte.

Nachdem Dyessa ihre Runde beendet hatte, bog die Truppe auf die Hauptstraße ein. Justen blickte nach

Nordwesten, wo Lornth liegen musste, aber die Stadt am Ufer des Sarron war hinter der Hügelkette nicht auszumachen.

Gunnar stöhnte wieder und Justen versuchte, ihn nicht nur körperlich, sondern auch mit den Ordnungs-Sinnen zu berühren, doch er stieß ein weiteres Mal auf die Barriere, die ihn sanft abgewiesen hatte, seit sie die Schlacht in Mitteltal geschlagen hatten. Aber nein, eine Schlacht war das Gemetzel eigentlich nicht gewesen.

Justen wischte sich die Stirn ab und rutschte ein wenig im Sattel hin und her. Er bemühte sich, Firbeks Unterhaltung mit der sarronnesischen Kommandantin nicht weiter zu beachten. Der Wagen holperte, Gunnar stöhnte gelegentlich und die Stute trug Justen nach Sarron.

Lange bevor die Truppe die letzte Steigung der Straße in Angriff nahm, kam ihnen eine grün gekleidete Gestalt auf einer braunen Stute in vollem Galopp entgegen. Krytella hielt einen Augenblick bei Firbek und Dyessa an, dann zügelte sie ihr Pferd neben dem Wagen, stieg ab und reichte Justen ohne ein Wort der Begrüßung die Zügel.

Erst nachdem sie sich eine Weile auf Gunnar konzentriert und dem unruhig schlummernden Luft-Magier soviel Ordnung eingegeben hatte, dass ihr Gesicht sogar im trüben Nachmittagslicht blass wirkte, kletterte sie vom Wagen herunter, der nicht angehalten hatte, nahm Justen die Zügel ab und stieg wieder auf. Mit kalter Stimme fragte sie ihn: »Warum hast du das zugelassen? Warum hast du es nicht verhindert? Er ist doch dein Bruder.«

»Ich habe getan, was ich konnte. Ich habe ihm etwas Ordnung eingeflößt, bevor er den Sturm gerufen hat, aber nachdem er zusammengebrochen war, konnte ich nicht mehr zu ihm durchdringen.« Justen wischte sich wieder die Stirn ab. Seit in Sarronnyn der Sommer gekommen war, schwitzte er fast unablässig. »Ich habe es jedenfalls versucht.«

Krytella runzelte die Stirn. »Du hast etwas Ordnung auf ihn übertragen, auch wenn ich nicht verstehe, wie du das gemacht hast.« Sie blickte kurz zum bewusstlosen Luft-Magier.

»Ich habe den Stab benutzt.« Justen räusperte sich. Er fragte sich, ob die Wolken, die sich im Westen auftürmten, durch den von Gunnar herbeigerufenen Sturm entstanden waren und ob sie noch mehr Regen bringen würden. »Er wird doch wieder gesund werden, oder?«

»Überleben wird er jedenfalls. Ob er wieder wird sehen oder klar denken können, ist eine andere Frage.«

»Wie Creslin?«

»Ich weiß nicht. Ich weiß es einfach nicht.«

Dyessa lenkte ihr Pferd neben Krytellas braune Stute. »Seid gegrüßt, Heilerin.«

Justen schaute an ihr vorbei nach vorn. Firbek war an der Spitze des Zuges geblieben.

»Seid gegrüßt.«

Die sarronnesische Kommandantin deutete zum Wagen. »Ich hoffe, er wird sich wieder erholen.«

»Ich hoffe es auch.« Krytella hielt inne, dann brachen die Worte unbeherrscht aus ihr hervor. »Wozu waren Gunnars Anstrengungen denn nun gut? Offensichtlich hat es doch nicht ausgereicht, um die Schlacht zu gewinnen, nicht wahr?« Krytella warf einen Blick auf die armseligen Reste der Truppe, die auf höchstens ein Drittel ihrer ursprünglichen Stärke geschrumpft war.

»Nein, Heilerin. Es war aber immerhin seit mehr als einer Jahreszeit das erste Mal, dass wir die Weißen Teufel für längere Zeit aufhalten konnten.« Dyessa drehte sich zu Krytella herum. »Jeder Sieg gegen die Weißen ist ein teuer erkaufter Sieg. Ich dachte, das wäre Euch in Recluce längst bekannt. Dieser Sieg hier hat mich nur zwei Drittel meiner Streitkräfte gekostet – und dabei haben wir lediglich eine kleine Abteilung der Weißen Teufel aufgehalten.«

Krytella sah wieder zur reglosen Gestalt des Luft-Magiers auf dem Wagen. »Habt Ihr denn keine Gefühle?«

»Heilerin, ich bin froh, dass Euer Luft-Magier überleben wird. Er und der Ingenieur haben uns gerettet. Sie haben sich unsere Dankbarkeit wirklich verdient.« Dyessa holte tief Luft. »Allerdings ist mir nicht klar, was dies für die kommenden Jahreszeiten überhaupt bedeuten wird, denn letzten Endes werden wir die Weißen Teufel doch nicht aufhalten können.«

»Ich ... ich war wohl etwas voreilig ...«

»Nein.« Die dunkelhaarige Kommandantin lächelte traurig. »Wahrscheinlich habt Ihr sogar Recht. Aber wir müssen eben das tun, was zu tun ist.«

Krytella und Justen sahen Dyessa nach, als die Anführerin ihr Pferd wieder nach vorn lenkte. Die Truppe bog jetzt nach Osten ab, dem letzten Hügel vor Sarron entgegen.

Die Wolken wurden dichter, vereinzelt war bereits Donnergrollen zu hören.

»Er hat es wirklich geschafft ...«, murmelte die Heilerin.

Als die ersten Regentropfen fielen, lenkte Justen sein graues Pferd näher an Krytellas braune Stute. Die Heilerin starrte ins Leere.

»Krytella ... du musst mir etwas zeigen.«

»Was denn?«

»Wie ich die Kraft der Ordnung von mir direkt auf jemand anders übertragen kann ...«

»Das ist etwas, das nur Heiler ...«

»Ich habe es versucht, aber es ist mir nicht gelungen. Und Gunnar wäre fast gestorben.«

Krytella sah Justen lange an. »Du bist eifersüchtig auf Gunnar, aber du liebst ihn auch, nicht wahr?«

Justen schlug die Augen nieder. »Er brauchte Hilfe und ich konnte sie ihm nicht geben.«

»Oh, Justen ...« Die Heilerin legte kurz ihre Hand auf die seine – so leicht, dass er nicht einmal sicher war, ob es überhaupt geschehen war. Aber er spürte, wie ein warmer Strom von ihr zu ihm floss. »So fühlt es sich an.«

Justen versuchte, die Nähe zu ignorieren und sich auf die Muster der Ordnung zu konzentrieren. Er schob ihre Wärme und den süßen Duft beiseite und erfasste den Fluss der Ordnung mit den Sinnen. Dies war er Gunnar schuldig. Zumindest dies.

XXIX

Der Donner draußen vor der Schmiede war so laut, dass er sogar das Klingen des Metalls und das langsame Pochen des Hammerwerks übertönte. Quentel, dessen linker Arm geschient und verbunden war, kümmerte sich aufmerksam um die Maschine.

Justen hob den Hammer und berührte die eiserne Pfeilspitze im Schmiedefeuer. Er runzelte die Stirn. Zu schade, dass die Ingenieure kein Schwarzes Eisen gießen und dass die sarronnesischen Schmiede kein Schwarzes Eisen verarbeiten konnten. Wie alles andere hatte auch Schwarzes Eisen seine Nachteile. Da es nicht gegossen werden konnte, hatten die Schwarzen bisher nicht mehr als eine Handvoll Geschütze aus Schwarzem Eisen herstellen können – genauer gesagt nur jene, die sich an Bord der Mächtigen Zehn befanden –, und da die Weißen Cammaborke oder Schießpulver zünden konnten, wenn es sich in gewöhnlichem Eisen befand, musste jeder Gegner der Weißen, der sich nicht auf einem Schwarzen Schiff aufhielt, befürchten, dass ihm die Kanone unter den Händen explodierte.

Wahrscheinlich konnte nur die Eiserne Garde Gewehre oder Kanonen benutzen, die Weißen Truppen und Magier jedoch nicht. Aber diese Beschränkung verschaffte den Sarronnesen keinen Vorteil. Die Ingenieure hatten ein paar Musketen für die Jagd hergestellt, die für den Einsatz im Krieg jedoch nicht tauglich waren. Pfeilspitzen waren ein anderes Kapitel.

Justen holte tief Luft, als ihm einfiel, dass er selbst auf die Idee gekommen war, Pfeilspitzen aus Schwarzem Eisen zu schmieden. Er zog die nächste Eisenplatte aus dem Schmiedefeuer. Vier rasche Schläge mit dem Setzmeißel und die grobe Form war herausgearbeitet. Dann entgratete er die Kanten und hielt das Eisen wieder ins Feuer, bis es heiß genug zum Schweißen war und der Pfeilschaft, der eine entsprechende Aussparung hatte, mit der unteren Kante verbunden werden konnte. Noch ein Schlag mit dem Setzmeißel und dann konnte er mit dem Steckdorn, der im Ambossloch befestigt war, die letzte Formgebung vornehmen.

»Man sollte meinen, du hättest dein ganzes Leben lang nichts anderes getan«, sagte Nicos, der nach einer kurzen Pause soeben wieder die Werkstatt betreten hatte. Der ältere Ingenieur wischte sich den Schweiß aus dem Gesicht. »Es ist hier heißer als in Recluce, bevor Creslin das Wetter manipuliert hat. Ich kann schon verstehen, warum er nie hierher kommen wollte.«

Justen nickte und als ihm sein Ausflug zum *Silberschild* in Sarron wieder einfiel, fügte er hinzu: »Mir fallen sogar mehrere gute Gründe dafür ein.«

»Glaubst du, die Pfeilspitzen werden funktionieren?«

»Sie werden funktionieren. Ich hoffe nur, die Sarronnesen verstehen auch, wie gut sie sind.«

»Sie stecken in großen Schwierigkeiten. Eigentlich müssten sie bereitwillig alles aufgreifen, was ihnen hilft.«

»Sollte man meinen ...« Justen räusperte sich und versuchte, den Geschmack von Holzkohle und Metall aus dem Mund zu bekommen. Er langte nach dem Krug und trank einen Schluck lauwarmes Wasser.

»Aber bei den treuen Anhängern der Legende weiß man nie genau, woran man ist.« Nicos lächelte und ging zum Hammerwerk.

Justen nahm seine Schmiedearbeit wieder auf. Nachdem er ein Dutzend Pfeilspitzen vorgeformt hatte, nickte er Clerve zu, der das Feilen und Schleifen übernahm, bis Justen die Stücke mit Hilfe von Hitze und Ordnung endgültig in Schwarzes Eisen verwandelte. Danach musste der Zuschläger sie am Schleifstein ein letztes Mal polieren.

Während Clerve mit Feilen und Schleifen beschäftigt war, bereitete Justen das nächste Dutzend vor. Dann ordnete er sorgfältig die Teile, die Clerve inzwischen bearbeitet hatte.

Gegen Mittag waren die Arbeiter wegen der Hitze in der Schmiede und der heißen, feuchten Luft, die förmlich aus dem Boden zu quellen schien, in Schweiß gebadet. Aber Justen hatte mehr als drei Dutzend der kostbaren Pfeilspitzen fertiggestellt.

»Das reicht für den Augenblick.« Er wischte sich die Stirn ab und legte den Hammer auf die Werkbank.

Hinten, am neuen Schmiedeofen, legte auch Altara das Werkzeug beiseite und kam zu Justen herüber, der inzwischen sein Schmiedefeuer überprüfte.

»Wie geht es voran?«

Justen nickte zum letzten halben Dutzend schimmernder schwarzer Pfeilspitzen hin, die im Schmiedefeuer lagen. »Ungefähr drei Dutzend habe ich heute Morgen geschafft. Das reicht nur für ein paar kurze Augenblicke in der Schlacht.«

»Dyessa will sie aber vorher ausprobieren. Firbek meint, du solltest mit der nächsten Abteilung ausreiten.«

»Ich bin kein Marineinfanterist.« Justen blinzelte, als ihm salziger Schweiß ins linke Auge lief. Er wischte ihn ab, dann trat er vor die Schmiede, wo es jetzt, im Hochsommer, kaum kühler war als drinnen.

Die Leitende Ingenieurin folgte ihm nach draußen. »Ich würde gern deine Meinung zu der Frage hören, ob wir mehr Pfeilspitzen schmieden sollten. Firbek verlangt mehr Raketen.«

Justen schnaubte verächtlich und schöpfte eine Handvoll Wasser aus dem Eimer, der vor der Schmiede auf einem kleinen Tisch stand. Altara wartete, während er sich das Wasser ins Gesicht spritzte.

»Wir könnten mit den Pfeilspitzen mehr erreichen«, sagte Justen schließlich.

»Diese Antwort werde ich sicher nicht von Firbek bekommen. Besonders nicht, wenn du Dyessa nicht begleitest.«

»Also ... also muss ich mitreiten, weil Firbek Raketen will?« Der junge Ingenieur setzte sich auf die grob gezimmerte Bank und heftete den Blick auf die Straße, wo zwei schwer beladene Wagen bergab rumpelten. Sie kamen von Sarron und fuhren nach Osten. Justen schüttelte den Kopf.

»Ich könnte auch Clerve bitten, die Abteilung zu begleiten. Krytella hat übrigens angedeutet, die Sarronnesen könnten vielleicht eine Heilerin gebrauchen«, erklärte Altara.

»Nein, ich komme schon mit. Clerve würde sich nur

unnötig in Gefahr begeben. Ich weiß wenigstens, wann ich den Kopf einziehen muss.«

»Also meinst du, ich soll auch die Heilerin nicht mitreiten lassen?«

»Lieber nicht. Wenn die Weißen kämpfen, gibt es nicht viele Verletzte.«

»Den Eindruck habe ich allerdings auch schon gewonnen.« Altara sah Justen in die Augen. »Danke.«

»Wann will Dyessa aufbrechen?«

»Im Laufe des nächsten Achttages. Wahrscheinlich schon früher.« Altara wartete einen Augenblick. »Warum bist du so niedergeschlagen? Immerhin ist es uns doch gelungen, den Vorstoß der Weißen über den nördlichen Pass zu vereiteln.«

»Das ist schon richtig.« Justen schnaubte leise. »Wir hatten Erfolg – falls man es einen Erfolg nennen kann, dass drei Viertel der sarronnesischen Soldaten gefallen sind. Wir haben die Hälfte unserer eigenen Ausrüstung verloren und der einzige echte Magier, der bei uns ist, wäre beinahe ums Leben gekommen.«

»Justen, geh nicht so hart mit dir ins Gericht.«

Justen stand auf. »Ich hole noch etwas kaltes Wasser und sehe nach Gunnar. Die Heiler bringen gerade Vorräte von der Anlegestelle am Fluss.«

»Willst du dann weiter an den Pfeilspitzen arbeiten?«

Justen lächelte und zuckte unsicher die Achseln. »Ich glaube nach wie vor, dass sie nützlicher sind als Firbeks Raketen.«

Justen stieg von den ausgetretenen Brettern der Veranda herunter und lief über den fest getrampelten roten Lehm des Hofes zum Wohnhaus. Zuerst ging er hinter dem Gebäude zur Pumpe, wo er sorgfältig einen Eimer ausspülte und sogar eine Spur Ordnung dazugab, um sicherzustellen, dass das Wasser sauber blieb. Mit dem zur Hälfte gefüllten Eimer kehrte er zur vorderen Veranda zurück. Als er die Tür des alten Hauses öffnete, sah er sich noch einmal um, aber Altara war schon wieder in die Schmiede zurückgekehrt.

Beinahe auf Zehenspitzen stieg er die Treppe hinauf. Trotz seiner Vorsicht knarzte eine Treppenstufe. Er blieb wie angewurzelt stehen, dann ging er noch vorsichtiger weiter. Leise huschte er in die kleine Dachkammer, in der Gunnar ruhte. Justen blieb einen Augenblick stehen und betrachtete das arglose, offene Gesicht seines Bruders.

So leise wie möglich füllte er den Krug auf dem Nachttisch, dann setzte er sich auf den Hocker ans Bett. Auf einmal spannte sich Gunnars Gesicht, und er biss die Zähne zusammen. Aus dem geschlossenen Mund drang eine Art leises Murmeln. Gunnar schauderte am ganzen Körper und wand sich auf dem Lager hin und her.

Justen spürte das Weiß des Chaos, das mühsam im Zaum gehalten wurde. Er hielt sich still und wünschte sich, er hätte seinen Schwarzen Stab mitgebracht. Es kostete ihn große Überwindung, gelassen zuzuschauen. Dann erinnerte er sich an die Lehren des alten Dembek über die Tiefe und Ordnung des Ostmeeres und über die stabilen Fasern des Eisens. Langsam ließ er sich von der Ordnung einhüllen. Wie Krytella es ihm gezeigt hatte, streckte er die Hand aus und strich sanft über die Stirn seines Bruders. Dann ließ er noch behutsamer ein wenig konzentrierte Ordnung aus seinen Fingerspitzen strömen.

»... mmh ...« Die Spannung wich aus Gunnars Gesicht und der Atem ging etwas tiefer. Das Flattern der Augenlider wurde langsamer, hörte aber nicht völlig auf.

Justen wartete eine Weile und ließ seine Wahrnehmung wandern, um zu prüfen, ob die Ausläufer des Chaos zurückkehrten, aber die unsichtbare, dunkle Ruhe der Ordnung behielt die Oberhand.

Nach einer Weile ging der Ingenieur so leise, wie er gekommen war, die Treppe wieder hinunter. Er tupfte sich den Schweiß von Augenlidern und Stirn und versuchte, nicht versehentlich den Eimer gegen die Wand zu schlagen, während er am Rand der Treppe ging, damit die alten Stufen nicht noch einmal knarzten.

XXX

Justen konnte schon die Stürme spüren, die sich im Westen von Sarron her zusammenbrauten, aber bis jetzt war die Luft in der Schmiede unverändert heiß, feucht und drückend. Das monotone Dröhnen des Hammerwerks bereitete ihm wie schon öfter in der letzten Zeit Kopfschmerzen.

Er hustete, legte für einen Augenblick den Hammer beiseite und sah Clerve zu, der mit dem Schleifstein die Pfeilspitzen aus Schwarzem Eisen glättete und polierte. Er atmete tief durch, schob das Roheisen ins Schmiedefeuer und wartete, bis es heiß genug war. Dann nahm er den Hammer wieder zur Hand und begann den nächsten Satz der tödlichen Pfeilspitzen zu formen. Pfeilspitzen, immer nur Pfeilspitzen ... allmählich träumte er schon von den verdammten Dingern.

»Ich glaube, jetzt hast du genug Pfeilspitzen, um beweisen zu können, wie gut sie sind«, meinte Altara.

»Ich bin nicht so sehr an den Beweisen, sondern eher am Schutz interessiert, den sie bieten sollen.«

»Nach der letzten Schlacht kann ich das gut verstehen.«

»Das dachte ich mir. Gunnar hat den größten Teil allein bestritten, und er ist immer noch nicht wieder richtig in Form.« Justen ließ den Hammer los und lockerte seine Finger. Nach einer Weile verkrampften sich die Hände sogar schon beim Grobschmieden der Pfeilspitzen. »Ein paar Feinde konnten fliehen. Firbek war nicht sehr begeistert.« Die Nase juckte ihm vom Ruß und Staub in der Schmiede und er konnte das Niesen gerade noch unterdrücken.

»Ich weiß.« Die Leitende Ingenieurin hatte dunkle Ringe unter den Augen. »Er jammert ständig wegen der Raketen. Er sagte, wegen der Überschwemmung hätte er außerdem zwei Maultiere und einen Raketenwerfer verloren. Er scheint vergessen zu haben, dass die Überschwemmung des Tals sein Leben gerettet hat.« Sie unterbrach sich, als das Hämmern am anderen Amboss lauter wurde.

»Firbek kann man es einfach nicht recht machen. Gunnar hat die Weißen fast allein aufgehalten und dafür bezahlt. Firbek hat wohl schon vergessen, dass wir Gunnar auf dem Karren transportieren mussten. Wahrscheinlich würde er sich auch darüber noch beschweren. Ein Missbrauch guter, ordentlicher Geräte oder so etwas ...« Justen wischte sich die Stirn trocken und blickte zum benachbarten Schmiedefeuer, wo Berol und Jirrl an neuen Sprengköpfen für Raketen arbeiteten.

»Manchmal kann er durchaus verständnisvoll sein.« Altara lächelte leicht.

»Das hält sich in Grenzen. Gunnar war am ersten Tag völlig blind und selbst jetzt ist er noch benommen.«

»Krytella sagt, sein Augenlicht sei wieder in Ordnung.«

»Beim nächsten Mal wird es schlimmer kommen. So läuft es jedenfalls normalerweise.« Justen seufzte. »Allmählich beginne ich zu verstehen, warum Dorrin das Ordnungs-Schmieden erfunden hat.«

»Firbek ist überzeugt, dass die Raketen das einzige Mittel sind, um die Eiserne Garde der Weißen aufzuhalten.«

»Raketen sind gut geeignet, wenn man auf kurze Entfernung gegen feindliche Schiffe kämpfen will, aber gegen Truppen nützen sie überhaupt nichts«, bemerkte Justen.

»Dennoch hast du sie äußerst wirkungsvoll eingesetzt.« Altara kniff die Augen zusammen. »Firbek sagt, du hättest irgendetwas mit den Raketen gemacht. Er hat darauf bestanden, dass du am nächsten Feldzug teilnimmst.«

»Es freut mich, dass ich so beliebt bin. Du willst, dass ich gehe. Firbek will, dass ich gehe. Aber ob ich es auch will, hat mich noch niemand gefragt.«

»Das wird Firbek sicher auch nicht tun. Er will niemandem einen Gefallen schuldig sein. Er glaubt nur an Befehl und Gehorsam. Es hat ihm schon gereicht, dass er nachfragen musste, ob es eine Möglichkeit gibt, die Treffsicherheit der Raketen zu verbessern.«

Justen schnaubte. »Präziser können wir die Gehäuse nicht machen und die Raketen mit Leitwerken sind auch nicht besser.« Er räusperte sich. »Kanonen sind viel genauer. Warum können wir nicht eine Kanone herstellen und auf einen großen Karren statt auf ein Schiff setzen? Ich weiß ... wir können die Kanone nicht aus Schwarzem Eisen gießen, aber wir können die Geschosse auf ähnliche Weise herstellen wie die Raketen, so dass das Pulver im Innern geschützt ist.«

»Zuerst einmal heißt so etwas Kanonenwagen und nicht Karren und zweitens ist es sehr aufwendig, einen solchen Kanonenwagen ordentlich zu bauen. Wir könnten es zwar tun«, räumte Altara ein. »Der Aufwand wäre nicht das Problem. Aber die Frage ist, wo wir das Pulver lagern, damit die Magier es nicht zünden können. Bei Raketen ist das gesamte Pulver in Schwarzem Eisen geschützt.«

»Steckt das Pulver in Magazine aus Schwarzem Eisen und bewahrt es dort auf, bis ihr es in die Kanone ladet. So schnell können die Weißen Magier es nicht aufspüren und zünden.«

»Aber wie sollen die Magazine transportiert werden, wenn es regnet? Wie viele würde man schon für eine einzige Kanone brauchen? Außerdem musst du weiter an den Pfeilspitzen arbeiten. Du kannst nicht alles gleichzeitig machen.«

»Ich weiß. Ich werde bis heute Abend noch einmal drei Dutzend fertig stellen.«

»Meinst du, unsere Marineinfanteristen oder die Sarronnesen können die Pfeile über Nacht mit Federn versehen? Du wirst ja schon morgen früh aufbrechen.«

»Ja«, seufzte Justen. »Sie werden funktionieren, sobald sie befiedert sind.« Er zog das Stück Eisen aus dem Schmiedefeuer und nahm den Hammer.

Altara trat einen Schritt zurück. Sie lächelte traurig.

Justen legte das kirschrote Eisen auf den Amboss und hob den Hammer.

Clerve war wie üblich damit beschäftigt, die gröbsten Grate von den ausgestanzten Pfeilspitzen zu entfernen. Ringsum in der Werkstatt war der Lärm der anderen Arbeiter zu hören.

Nachdem er ein weiteres halbes Dutzend Spitzen vorgeformt hatte, wurde Justen unterbrochen, als eine schwarz gekleidete Gestalt durch den Vordereingang die Schmiede betrat. Er hielt das Werkstück, an dem er gerade arbeitete, ins Schmiedefeuer und drehte sich halb zu Firbek um. »Sei gegrüßt, o du gerühmter und heldenhafter Heeresführer.«

Firbek strahlte ihn an. »Sei gegrüßt, du hervorragender Herrscher über Metall und Feuer. Wir freuen uns darauf, dich morgen in unserer Mitte zu sehen.«

»Ich freue mich nicht minder.« Justen zwang sich zu einem Lächeln.

Der Offizier antwortete mit einem gleichermaßen gekünstelten Lächeln und ging weiter zum zweiten

Schmiedefeuer in der Ecke, wo inzwischen eine neue Welle in das Getriebe des Hammerwerks eingebaut worden war. Altara und Nicos plagten sich gerade mit der kleinen Drehbank, die an die Welle angeschlossen werden sollte.

Justen holte tief Luft und zwang sich, ruhiger zu werden. Es war nutzlos, wie ein Wilder auf die Pfeilspitze einzudreschen. Warum erzürnte Firbek ihn immer so sehr? Der Ingenieur holte noch einmal tief Luft und winkte Clerve zu. »Ich bin gleich wieder da.« Er verließ rasch die Schmiede und trat auf die Veranda hinaus.

Der Wassereimer war leer. Mit heiserem Lachen hob er ihn auf und wanderte durch die schwüle Luft zur Handpumpe. Nachdem er den Strahl in Gang gebracht hatte, spritzte er sich Wasser ins dreckverschmierte Gesicht, bis er sich halbwegs sauber fühlte und ein wenig abgekühlt hatte. Dann füllte er den Eimer und kehrte in die Schmiede zurück. Unterwegs sah er, dass die Bohnen im Garten schon kniehoch waren und blühten.

Hinter Justen verließ ein großer, blonder Mann langsam das Haus. Gunnar deutete auf die Bank und Justen nickte und stellte den fast vollen Eimer ab, um auf seinen Bruder zu warten.

»Wie geht's? Nun setz dich doch, um der Dunkelheit willen«, begrüßte er Gunnar.

»Ich glaube, damit hast du deine Frage gleich selbst beantwortet«, meinte Gunnar trocken. »Immerhin kann ich inzwischen ein paar Dutzend Schritte weit gehen, ohne das Gefühl zu bekommen, ich würde gleich zusammenklappen.« Er setzte sich bedächtig an ein Ende der Bank, Justen ans andere.

»Und wie geht es dir?«, wollte Gunnar wissen.

»So weit ganz gut – nur, dass ich bei diesem Feldzug gegen die Weißen mitziehen muss.«

»Ihr werdet morgen aufbrechen, nicht wahr?«

»Ja.« Justen schüttelte den Kopf. »Ich habe über einiges nachgedacht, Gunnar.«

»Das ist eine gefährliche Tätigkeit für einen Ingenieur.«

Justen ignorierte die ironische Bemerkung. »Du weißt, dass die Kräfte der Ordnung kein Schießpulver verwenden können, ohne Gefahr zu laufen, dass ein Weißer Magier es explodieren lässt. Warum können wir es ihnen nicht auf die gleiche Art heimzahlen?«

»Willst du mit Chaos arbeiten?«

»Nein, das meinte ich nicht. Wenn du einen Sturm rufst – wie Creslin es getan hat –, dann ist Zerstörung die Folge. Gibt es eine andere Möglichkeit, die gleiche Wirkung zu erzielen?«

»Halte du dich lieber an die Ingenieursarbeit, Justen.« Gunnar schüttelte den Kopf und zuckte dabei zusammen. »Bei der Dunkelheit, ich kann nicht einmal den Kopf schütteln, ohne dass mir dabei schwindlig wird.«

»Wenn du genau wie Creslin mit Hilfe der Ordnung etwas zerstören kannst, dann ...«

»Bei der Dunkelheit!« Wieder zuckte Gunnar zusammen. »Ich weiß es nicht. Vielleicht gibt es einen Weg. Denk dir meinetwegen etwas aus, aber vergiss nicht, dass es dir so gehen könnte wie mir ... oder wie Creslin. Bei den Dämonen, es ist wirklich beängstigend, wenn man aufwacht und auf einmal blind ist und so benommen, dass man sich kaum bewegen kann.«

Justen wischte eine Tasse aus, füllte sie zur Hälfte mit Wasser und reichte sie seinem Bruder. »Hier.«

»Danke.« Gunnar trank langsam. »Wir stehen hier vor einem großen Problem.«

»Das merke ich allmählich auch.«

»Ich habe die Eiserne Garde der Weißen beobachtet. Was ist, wenn sie das Gleiche mit Schiffen machen?«

Justen runzelte die Stirn, dann nickte er. »Du meinst, wir werden nicht ewig die Einzigen bleiben, die sich auf die tiefe Ordnung des Meeres verlassen. Aber würde das wirklich etwas verändern?«

Gunnar stellte die Tasse zwischen ihnen auf der Bank ab. »Es gibt keinen Grund, dass die Eiserne Garde nicht ebenfalls Schwarze Schiffe entwickelt.«

»Aber würde sich damit nicht einfach das wiederholen, was zu Zeiten Creslins geschehen ist?«

»Vielleicht. Wie viele Creslins gibt es? Möchtest du Recluces Zukunft davon abhängig machen, dass wieder einer auftaucht?«

Justen grinste traurig. »Natürlich nicht. Aber woher der Sinneswandel? Bisher hast du doch immer gemeint, die Weißen wären keine große Bedrohung für uns.«

»Ich glaube, der Grund ist, dass ich verstanden habe, was ich getan habe.« Gunnar starrte betreten die Holzdielen zwischen seinen Stiefeln an.

Justen wartete.

»Ich habe einen der größten Stürme seit Creslins Zeiten heraufbeschworen. Und was ist passiert? Vielleicht – nur vielleicht – habe ich tausend Soldaten getötet, aber das hat den Vormarsch der Weißen kaum verzögert, wenn überhaupt. Ohne dich wäre ich wahrscheinlich gestorben ...«

»Das ist nicht ...«

»Doch, es ist wahr, Bruder. Und wir wissen beide, dass es so ist.« Gunnar hielt inne. »Ich war dumm und jetzt würde ich es besser machen. Wahrscheinlich könnte ich einen Sturm auf ein wirklich großes Heer oder eine Flotte konzentrieren. Aber es ist niemand sonst hier, der es tun könnte, und ich kann so etwas offensichtlich nicht sehr oft machen.« Er zuckte die Achseln.

»Also meinst du, dass Recluce letzten Endes unterliegen wird?«

»So schlimm wird es vielleicht nicht werden, aber es spielt im Grunde keine Rolle mehr, sobald Fairhaven Hamor, Nordla und Austra übernommen hat. Dazu wird es zu unseren Lebzeiten jedoch noch nicht kommen.«

»Was sollen wir denn nun tun?«

Gunnar sah Justen in die Augen. Wieder wäre er beinahe zusammengezuckt. »Was morgen auf diesem Feldzug auch passieren mag, sieh zu, dass du wohlbehalten wieder hierher kommst. Du kannst lebendig erheblich mehr ausrichten als tot. Sieh zu, dass du nicht in einer Schlacht umkommst, die im Ganzen gesehen nicht viel zu bedeuten hat.«

»Vielleicht ist es nicht ganz so einfach.«

»Das ist es nie«, gab Gunnar seufzend zurück. »Das ist es nie.«

XXXI

»Komm schon, altes Mädchen.« Justen tätschelte den Hals der Stute und ließ aus den Fingerspitzen eine Spur Ordnung auf sie übergehen. Bis jetzt war es in der Schlucht angenehm kühl, aber die Mittagszeit hatte bei weitem noch nicht begonnen.

Das Pferd wieherte.

»Ich weiß, ich weiß. Du magst diese Gefechte auch nicht.« Der Ingenieur sah sich in der Schlucht um. Wie die meisten Schluchten in den Westhörnern, durch die Straßen verliefen, war auch diese von fließendem Wasser ausgewaschen worden – oder das fließende Wasser hatte in ihr den leichtesten Weg zum Nordmeer vorgefunden.

»Du musst wirklich nicht mit deinem Pferd reden, Ingenieur«, bemerkte Firbek. Der Marineinfanterist, der neben dem Wagenpferd ritt, drehte sich im Sattel um.

Eine Soldatin namens Deryn schnalzte mit den Zügeln, um ihr Pferd neben Firbek zu halten, als die Kolonne sich bergauf in eins der vielen Täler in den Westhörnern schlängelte. Dyessa hoffte, dort die Truppen der Kommandantin Zerlana zu verstärken, ehe die Weißen Truppen eintrafen.

»Das Pferd gibt mir wenigstens keine Widerworte«, antwortete Justen lachend.

»Du hast allerdings auch nicht viel gesagt, auf das man antworten könnte«, scherzte Firbek.

»Das stimmt auch wieder«, gab Justen zu, während er noch einmal den Hals seiner Stute tätschelte.

An einer Stelle, wo der Wasserlauf auf eine Wand aus massivem Granit gestoßen war, machte die Straße einen scharfen Knick. Justen prägte sich den schmalen Durchgang und die nicht ganz so steilen, mit Felsbrocken übersäten Hänge ein. Das Wasser strömte, kaum eine halbe Elle tief, über eine breite Granitfläche und der Wasserspiegel lag kaum zwei Ellen unterhalb der Straße. Der Ingenieur lächelte. Vielleicht brauchte man hier gar keine Magie, um einen See entstehen zu lassen. Dann aber runzelte er die Stirn. Warum dachte er darüber nach, wie man die Weißen aufhalten könnte, wenn die Sarronnesen sich zurückziehen mussten?

Weil er sich Sorgen machte. Dyessa war grimmig und verschlossen und redete nicht einmal mit Firbek. Die sarronnesischen Truppen verhielten sich, als würden sie zur Schlachtbank geführt, und nicht einmal Gunnar war fähig gewesen, für Dyessa in Mitteltal einen echten Sieg herauszuschlagen. Bei der Dunkelheit, sein Bruder hatte immer noch Mühe, längere Zeit auf den Beinen zu bleiben.

Justen rutschte im Sattel hin und her, den er nach wie vor als ungemütlich hart empfand. Aber er sagte nichts, als er den Soldaten am Wasserlauf entlang in die Berge folgte. Gelegentlich konnten sie über die Wände der Schlucht hinweg die eisbedeckten Gipfel der Westhörner sehen.

Mit schrillem Kreischen flog eine schwarze Aaskrähe vom toten Ast einer Fichte auf und zog schwerfällig ihre Kreise aus der Schlucht heraus, um nach Osten zu fliegen.

War es eine normale Aaskrähe gewesen oder einer jener Vögel, von denen die Weißen Magier gelegentlich Besitz ergriffen? Justen tastete unwillkürlich nach dem Schwarzen Stab.

Unzählige Kurven später erreichte die Truppe ein kreisrundes Tal, das von sanften Hängen begrenzt und von felsigen Buckeln durchzogen war wie Mitteltal. Dieses Mal gruben sich die Sarronnesen kaum eine halbe Meile vom westlichen Zugang entfernt ein. Erdwälle und Felsen schützten die Pferde der Kavallerie, während die sarronnesischen Fußtruppen eine Art Steinmauer in Form eines Halbkreises errichteten.

Weiße Banner – und dazwischen auch grüne, goldene und scharlachrote Wimpel – wurden am anderen Ende des Tals geschwenkt.

Eine Reiterin in blauer Lederuniform kam im Trab zu Firbek geritten. »Die Kommandantin meint, der Hügel auf der linken Seite bietet den besten Überblick über unsere Linien. Folgt mir bitte.«

Justen grinste. Die Botin hatte Zerlanas Einladung übermittelt, als wäre sie ein Befehl.

»Danke«, antwortete Firbek ebenso kühl wie höflich. Er wandte sich an Deryn, dann an Fesek, den zweiten Marineinfanteristen an seiner Seite. »Folgt der Botin.« Dann sah er Justen an. »Kommst du mit, Ingenieur?«

»Wie könnte ich da widerstehen?«

»In der Tat ... wie könntest du dich widersetzen?«

Justen drückte der grauen Stute die Hacken in die

Flanken. Das Pferd wieherte leise und setzte sich wieder hinter den Wagen. Auf halber Höhe des Hügels stieg der Ingenieur ab und band das Pferd an eine verkrüppelte Eiche, ehe er zu Fuß bis auf die Hügelkuppe weiterging, wo die Marineinfanteristen bereits den Raketenwerfer aufbauten. Den Schwarzen Stab hatte Justen im Lanzenköcher neben dem Sattel zurückgelassen.

»Baut den Werfer auf.« Firbek blieb im Sattel sitzen, als Deryn und Fesek den Raketenwerfer in Position brachten. Dann stapelte Fesek die Raketen neben dem Werfer, während Deryn die Verankerungen festzog.

Justen zuckte mit den Achseln und rollte wortlos mehrere Felsbrocken herbei, um einen behelfsmäßigen Schutzwall zu errichten. Nachdem er beinahe ein Dutzend große Steine bewegt hatte, schaute er auf. Firbek war abgestiegen und hatte sein Pferd unten neben Justens Grauem angebunden. Die Pferde versuchten, so gut sie konnten, die Grasbüschel abzuzupfen, die zwischen den Felsblöcken wuchsen.

Von Osten wehte ein leichter Wind, der feinen Staub und den schwachen Geruch von Pferden mitbrachte. Und vielleicht auch, dachte Justen, den Geruch von Angst.

»Bereit?«, fragte Firbek.

»Ja, Ser.«

»Und du, Ingenieur?«

»Ich bin bereit.«

Ein lauter Trommelwirbel grollte wie Donner über dem Tal und eine Angriffswelle Weißer Lanzenreiter, hunderte von berittenen Soldaten, rückte gegen die sarronnesischen Linien vor. Hinter ihnen marschierten gleichmäßig die Fußtruppen unter grün-goldenen Bannern.

Die erste Feuerkugel prallte gegen den Hügel, auf dem sich die blauen Banner von Sarronnyn versammelt hatten, und verwandelten mehrere Zwergeichen in Holzkohle.

Die zweite Feuerkugel schlug höher ein, verbrannte aber nur die Flechten auf den Felsen, hinter denen Zerlana mit ihrem kleinen Stab ihren Beobachtungsposten bezogen hatte.

Die dritte Feuerkugel landete hinter den Steinen, aber als keine Schreie zu hören waren, atmete Justen erleichtert auf.

Die grauen Banner der Eisernen Garde fielen zurück, während die Weißen Lanzenreiter durchs Tal galoppierten. Erst als die Lanzenreiter bis auf zweihundert Ellen an den Steinwall heran waren, konnte man auf der Seite der Sarronnesen eine Bewegung ausmachen. Klar und hell erklangen zwei Fanfarenstöße, die gleich darauf wiederholt wurden.

Der erste Schwarm Pfeile flog hinter den Wällen hervor, wo sich die vordersten Linien der sarronnesischen Truppen verschanzt hatten.

Justen hielt den Atem an, als die mit Spitzen aus Schwarzem Eisen versehenen Pfeile sich auf die Weißen Lanzenreiter senkten, die über den Talboden herankamen.

Die Pfeile schlugen ein, und offenen Mundes konnte der Ingenieur zusehen, wie jeder Weiße Lanzenreiter, der von einem Pfeil getroffen wurde, lichterloh in Flammen aufging und barst.

Vereinzelt waren Jubelrufe in den sarronnesischen Linien zu hören, als eine zweite Salve der gleichen Pfeile durch den dunstigen Morgenhimmel flog. Wie Feuerkugeln brannten sich die Pfeile in die Weißen Lanzenreiter hinein. Herrenlose Pferde, einige von ihnen brennend, rannten wiehernd umher. Der leichte Wind trug den beißenden Geruch von versengtem Haar und verkohltem Fleisch herüber. Justen schüttelte die Benommenheit ab, die ihn zu übermannen drohte, und wartete.

Kurz hintereinander rasten drei Feuerkugeln durchs Tal und schlugen an den Schanzen ein. Eine allzu vorwitzige Soldatin wurde getroffen und verbrannte kreischend.

Justen schluckte schwer.

»Macht die Raketen bereit.« Firbek sah sich zu Deryn und Fesek um. »Wir warten, bis die Eiserne Garde marschiert, es sei denn, die gewöhnlichen Fußtruppen kommen uns zu nahe.«

Eine Handvoll Weißer Lanzenreiter floh zum östlichen Zugang des Tals, gefolgt von herrenlosen Pferden.

Am westlichen Ende des Tals herrschte unterdessen eine angespannte Stille, die nur vom Flüstern des Windes und hin und wieder vom Murmeln eines Soldaten durchbrochen wurde.

Dann waren am östlichen Ausgang wieder Trommelwirbel zu hören und ein weiterer Trupp Lanzenreiter überholte die Fußtruppen und stieß gegen die Sarronnesen vor.

Feuerkugeln gingen zischend nieder, setzten aber nur einige Büsche in Brand.

Gleich darauf flog eine weitere Salve von Pfeilen den Lanzenreitern entgegen und wieder gingen die Reiter in Flammen auf und barsten. Justen schluckte, zum einen wegen der Zerstörungskraft, die das Schwarze Eisen entwickelte, und zum anderen angesichts der Tatsache, dass nur noch wenige dieser wirkungsvollen Schwarzen Pfeile übrig waren. Wieder überkam ihn eine Benommenheit, die er abermals kopfschüttelnd zu vertreiben suchte.

Dieses Mal ritten die überlebenden Lanzenreiter im Bogen zurück, formierten sich neu und griffen, durch einen Trupp frischer Kavallerie verstärkt, sogleich noch einmal die Sarronnesen an.

Nach wie vor wurden die Angreifer von Pfeilen getroffen, aber einige der Getroffenen ritten weiter.

Andere dagegen fielen, aber sie fielen wie normale Soldaten. Die Wucht des Angriffs, die schiere Überzahl der mehr als fünfhundert verbleibenden Lanzenreiter, ließ die Abwehr der blau uniformierten Sarronnesen zu einer dünnen Linie zusammenschmelzen.

Die weiß gekleideten Männer und ihre Pferde bauten sich weniger als hundert Ellen vor dem unzulänglichen sarronnesischen Schanzwerk auf.

Wieder ertönte ein lauter Trommelwirbel und die Lanzenreiter stürmten, durch leichte, weiße Schilde gedeckt, gegen die sarronnesischen Linien vor. Ihnen folgten Weiße Bogenschützen und ein Schwarm weißer Pfeile flog den Sarronnesen entgegen.

»Jetzt!«, befahl Firbek.

Justen warf sich gerade noch rechtzeitig zu Boden, bevor ihn die Rakete treffen konnte. Zitternd lag er da und fragte sich, warum er nicht schon längst aus der Schusslinie verschwunden war. Und warum hatte er sich nicht geduckt, um den Pfeilen auszuweichen?

»Habe ich dir nicht gesagt, du sollst vorsichtig sein?« Firbek schlug heftig nach Deryn, die zu Boden ging und sich den Arm hielt.

Der große Marineinfanterist drehte den Raketenwerfer herum und nickte Fesek zu, der den Zündstein anschlug und die Rakete abfeuerte.

Justen richtete sich wieder auf und versuchte, Erde und Pferdemist abzustreifen, der an seinem Hemd klebte. Schweiß lief ihm über die Stirn, als ihm bewusst wurde, wie knapp ihn die Rakete verfehlt hatte. Er drehte sich um und beobachtete die Truppen von Fairhaven.

Das Geschoss aus Schwarzem Eisen pflügte links neben der Hauptmacht, die unter grünen Bannern ritt, den Boden auf. Ein dunkles, grollendes Geräusch begleitete den Vorstoß der Weißen. Hier und dort war Gemurmel zu hören, auch einige Schreie und das Knirschen der Stiefel auf dem harten Boden, als die Fußsoldaten über die Leichen stiegen und die dünne blaue Verteidigungslinie hinter den niedrigen Steinwällen angriffen.

Wieder wurde eine Salve weißer Pfeile abgefeuert und Justen ging hinter dem Steinwall in Deckung. Deryn krabbelte unbeholfen hinter den Karren.

Firbek, der hinter dem Eisengerüst des Raketenwerfers stand, richtete den Werfer neu aus und nickte. Fesek zündete die Rakete und dieses Mal versuchte Justen, den Luftstrom rings um die Rakete zu ordnen. Ihre gemeinsame Anstrengung war von Erfolg gekrönt, denn die Rakete schlug inmitten der Weißen Fußtruppen ein. Eine Feuerkugel entstand und im Umkreis von einem Dutzend Ellen verglühten die Soldaten.

Wieder erhob sich ein zögernder Siegesruf auf der Seite der Sarronnesen, während die Woge der Zerstörung zu Justen zurückdrängte. Er hielt sich am obersten Stein des Walls fest, den er selbst errichtet hatte, und kämpfte gegen die Übelkeit und Benommenheit an, die das Gemetzel, das er geschaffen hatte, ihm bescherte. Er blickte zu Deryn, die versuchte, den gebrochenen Unterarm behelfsmäßig zu schienen. Keinen Zorn spürte er in ihr, nur Trauer.

Auf beiden Seiten schlugen jetzt Pfeile ein, durchbohrten weiß gekleidete Gestalten und blau uniformierte Soldaten gleichermaßen. Justen sank auf die Knie, damit er die Schlacht überblicken konnte, ohne den Bogenschützen ein Ziel zu bieten.

»Die nächste.« Firbek hievte die Rakete in den Werfer.

Die Rakete vergrößerte das Loch in der Mitte der Weißen. Justen lehnte sich stöhnend gegen die Steine.

Die Feuerkugel, die als Antwort abgeschossen wurde, war zu kurz gezielt und hätte beinahe einen Weißen Fußsoldaten verkohlt.

»Noch eine. Der Weiße Magier wird müde.«

»Und noch eine ...«

Irgendwie schaffte es der Ingenieur, die Raketen mit Ordnung zu tränken und zugleich außerhalb des Sichtfeldes der Weißen Bogenschützen zu bleiben. Die ganze Zeit über kämpfte er gegen das anbrandende Chaos und seine eigene Übelkeit an.

»Halt.«

Die verbleibenden Angriffstruppen von Fairhaven und die Soldaten, die unter dem grünen Banner von Certis kämpften, zogen sich hinter behelfsmäßige Barrikaden aus Leichen, Büschen und Steinen zurück. Eine Zeit lang ging ein Seufzen durchs Tal, das sich aus dem Geräusch des Windes und dem Stöhnen und den Schreien der Verletzten und Sterbenden zusammensetzte.

Dann war im Westen wieder ein lauter Trommelwirbel zu hören und eine neue Angriffswelle, dieses Mal unter roten Bannern, setzte sich in Bewegung.

Wieder hoben die Weißen Bogenschützen ihre Bögen, die Sarronnesen taten es ihnen gleich und der Morgenhimmel war von tödlichen Geschossen erfüllt.

»Wir müssen sie aufhalten! Nun mach schon!« Kaum dass die Rakete die Mündung verlassen hatte, schob Firbek schon die nächste ins Rohr.

Justen holte tief Luft und gab dem Geschoss etwas Ordnung mit auf den Weg, gerade genug, damit es links neben dem Mittelpunkt der angreifenden Truppen einschlug.

Die Antwort ließ nicht lange auf sich warten. Die Feuerkugel des Magiers landete direkt vor dem Raketenwerfer.

Firbek kurbelte die Mündung des Raketenwerfers höher. »So, er steht also da drüben auf dem kleinen Hügel. Feuer!«

Die Rakete schlug dicht vor dem Weißen Magier ein,

der sofort verschwand. Firbek stellte den Raketenwerfer auf ein neues Ziel ein. »Feuer!«

Die nächste Rakete riss eine große Lücke in die Reihen der Weißen.

Die Feuerkugel, die gleich darauf in ihre Richtung geflogen kam, verfehlte wiederum ihr Ziel.

»Da ist noch einer. Die sollen nur kommen. Sie werden müde.« Firbek änderte den Winkel des Werfers und die Rakete versengte den Hügel, auf dem der Magier gestanden hatte.

»Und noch eine...«

»Und Feuer...«

Der Ingenieur gab jedem Geschoss etwas Ordnung mit.

Doch trotz der Raketen erreichten die Weißen Fußtruppen bald darauf die vordersten sarronnesischen Stellungen und allenthalben war das metallische Klingen des Kampfes Mann gegen Mann zu hören. Es roch nach verkohltem Fleisch und Schießpulver und überall waren die Schreie und das Stöhnen von Soldaten und Pferden zu hören. Die sarronnesischen Bogenschützen feuerten manchmal aus so kurzer Entfernung, dass ein Pfeil gleich zwei Soldaten aus Fairhaven durchbohrte.

Feuerkugeln und Raketen flogen zwischen den Schlachtreihen hin und her. Firbek konzentrierte sich jetzt vor allem auf die Weißen Fußtruppen.

»Feuer!«

Endlich trat eine kurze Gefechtspause ein, als die Weißen Truppen zurückgedrängt waren und ein neuer Trommelwirbel erklang. Gleich darauf wurden die grauen Banner gehisst und kurz gesenkt.

Drei kurze Fanfarenstöße übertönten die Rufe und Schreie der Verletzten und das Zischen der Feuerkugeln. Der Wimpel wurde dreimal gehoben und gesenkt.

»Das ist das Signal zum Rückzug«, rief Fesek.

»Aber wir haben noch Raketen«, protestierte Firbek.

Justen deutete auf die wenigen noch lebenden blau gekleideten Kämpfer. »Zerlana hat nicht mehr viele Soldaten. Und jetzt lassen sie die Eiserne Garde angreifen.«

Firbek richtete sich für einen Augenblick auf, dann ließ er die Hände sinken.

Justen packte den Arm des Marineinfanteristen und riss ihn zu Boden.

»Dummer Hund ...«

Auf die Feuerkugel, die über ihre Köpfe hinweg flog, folgte beinahe ein Dutzend Pfeile.

»Jetzt sind wir das Ziel.«

»Dann lass uns verschwinden.«

Justen duckte sich hinter den Raketenwerfer und zog die Verankerungen aus dem Boden, während Fesek und Firbek die verbliebenen anderthalb Dutzend Raketen in Leinensäcke packten und zum wartenden Maultier schleppten. Dann setzten sie den Raketenwerfer auf den Wagen. Deryn zog mit einer Hand die Zünder aus den Raketen und steckte sie in einen Lederbeutel, der neben dem Leinenbeutel auf dem Rücken des Maultiers hing.

Justen billigte die Vorsichtsmaßnahme mit einem Nicken und stieg auf seinen Grauen.

Eine Feuerkugel erfasste das Maultier, das noch drei taumelnde Schritte machte, ehe es zusammenbrach.

Dann gingen wieder Pfeile auf sie nieder.

»Weiter!«, befahl Firbek.

»Geht schon!« Justen sprang von der grauen Stute und versuchte, den Leinensack von dem toten Maultier zu lösen. Mit einem Gefühl, als würde er durch tiefen Schnee waten, band er die Raketen los, bis er den Leinensack unter dem toten Tier hervorziehen und über den Rücken seines Pferdes legen konnte.

Eine Feuerkugel zischte dicht an ihm vorbei, als er den ersten Riemen des Sacks festband ...

Wieder eine Feuerkugel ...

Der nächste Riemen ...

Weiße Pfeile strichen knapp über seinen Kopf hinweg.

Der letzte Riemen ...

Mit einem Seufzen, das beinahe ein Schluchzen war, packte der Ingenieur die Zügel seiner Stute und rannte los, wobei er den Hügel als Deckung nutzte, um einem direkten Angriff des Weißen Magiers zu entgehen.

Hinter ihm waren wieder Trommelwirbel zu hören. Neben ihm trabten drei blau gekleidete Kämpferinnen. Weiter vorn konnte er gerade noch den Wagen und die beiden Marineinfanteristen zwischen zwei Reihen Bogenschützen und anderen Kämpferinnen, die den Rückzug deckten, in der Schlucht verschwinden sehen.

Eine weitere Salve von Pfeilen ging rings um die Kämpfer nieder. Einer traf die Frau, die direkt neben Justen lief, und nagelte ihren Arm in den Schmutz. Justen bückte sich automatisch, brach den Pfeil ab, hob sie auf die graue Stute, bis sie direkt auf den Raketen saß, zog das andere Ende des Pfeils aus dem Arm und reichte ihr ein Stück Tuch.

»Verbinde den Arm damit.«

Die Soldatin starrte ihn verständnislos an.

»Wickle das um die Wunde, wenn du überleben willst.« Er zog an den Zügeln der Stute, damit sie nicht stehen blieb.

»Zäher Hund ...«, murmelte die Soldatin, die links neben ihm lief.

Zäh? Justen hatte noch nicht einmal ein Schwert oder einen Stab eingesetzt, fühlte sich aber trotzdem wie durch den Fleischwolf gedreht. Der Boden schien unter seinen Füßen zu beben und sein Kopf schmerzte, als hätte man ihm eins mit dem Knüppel übergezogen. Er hustete und ging weiter, bis er selbst, die graue Stute und die verletzte Soldatin wohlbehalten die Schlucht erreicht hatten.

Da die dezimierte Truppe einfach weitermarschierte, schloss Justen sich den anderen an und führte sein Pferd tiefer in die Schlucht hinein.

»Ingenieur!«

Justen hob den Kopf und sah sich um, wer ihn gerufen hätte. Es war eine sarronnesische Offizierin, die ein reiterloses Pferd führte, einen Schecken.

»Steig auf!«

Mechanisch stieg er in den leeren Sattel. Mit einer Hand hielt er noch die Zügel seiner Stute.

»Danke ... Freund. Aber ich laufe jetzt.« Die verletzte Soldatin glitt von der grauen Stute herunter und schauderte, als sie das Schwarze Eisen der Raketen berührte. Sie schleppte sich mühsam bergab.

Justen lenkte den Schecken mitsamt seiner Stute an ihr vorbei. Während er tiefer in die Schlucht eindrang, wurde sein Kopf klarer. Nach einer Weile sah er sich zur Marschkolonne um.

Was konnte er tun, um die Weißen aufzuhalten? Es würde nicht mehr lange dauern, bis sie die Verletzten töteten, ihnen die Waffen und Vorräte abnahmen und die Toten ausplünderten.

Was Gunnar mit Hilfe seiner Magie erreichen konnte, konnte er selbst vielleicht dank seiner Beherrschung der Ordnung und mit Hilfe des Schießpulvers in den Raketen erreichen, denn seine Sinne verrieten ihm, dass die Weißen nicht unmittelbar zur Verfolgung der überlebenden Sarronnesen angesetzt hatten.

Auf dem Weg hierher hatte er mindestens eine Handvoll Stellen in der schmalen Schlucht bemerkt, an denen man einen primitiven Damm errichten konnte. Wenn er sich richtig erinnerte, war die Stelle, wo der Wasserlauf vor der Granitwand abrupt die Richtung wechselte, besonders gut geeignet.

Weniger als eine halbe Meile vom Eingang der Schlucht entfernt hielt Justen an einer engen Stelle an und betrachtete den überhängenden Fels. Doch dann runzelte er die Stirn, als er sah, wie tief das Wasser drunten war. In den Wassermassen war zwar viel Ordnung gespeichert, aber sie würden andererseits auch das Gestein schlucken, das er lossprengte.

Er ritt weiter und bemerkte, dass die Soldaten auf ihn gewartet hatten. Schweigend setzten sie den Weg gemeinsam fort.

Als Justen die schmale Granitwand erreichte, an die er sich erinnert hatte, lenkte er den Schecken und die graue Stute von der Straße herunter an das schmale Flussufer, um die Wände noch einmal gründlich in Augenschein zu nehmen. Was er sich ausgedacht hatte, schien durchaus machbar.

»Warum bleibst du stehen, Ingenieur?« Firbek kam im Bogen zu ihm zurück.

»Ich werde einen Damm bauen.«

»Wie denn? Mit Magie?«

»Schwerlich. Ich dachte an die Raketen.«

»Ich brauche die Raketen.« Firbek legte die Hand auf den Schwertgriff. Weiter bergab hatte Deryn den Wagen angehalten. Fesek saß neben ihr auf dem Pferd. Die beiden blickten gleichmütig über den Zug der überwiegend verwundeten Soldaten hinweg zu Justen und Firbek.

»Ich auch.« Justen lächelte und fasste den Schwarzen Stab fester. »Und ich habe sie aufgespart. Im übrigen habe ich sie auch geschmiedet.«

Firbek blickte zu Deryn, die sich den gebrochenen Arm hielt, dann zur Stute und zum Leinensack, in dem die Raketen steckten. Schließlich lachte er. »Na gut, dann mach, was du willst.« Er sah wieder zu Deryn. »Es ist seine Entscheidung.«

Justen sah den dreien einen Augenblick nach, wie sie

die Pferde herumnahmen und den Karren wieder auf die staubige Bergstraße lenkten, um den anderen Soldaten hinunter in die Vorberge und zum Fluss zu folgen. Justen band die Pferde an eine knorrige Wurzel, die aus dem losen Gestein ragte.

»Ingenieur ... was macht Ihr da?« Von einem halben Dutzend schwer bewaffneter Kavalleristen umgeben, zügelte Zerlana direkt vor ihm das Pferd. »Wir brauchen die Raketen auf der Ebene.«

»Ich bitte um Verzeihung, Kommandantin, aber hier werden sie mehr ausrichten.«

»Könntet Ihr das erklären?«

Justen zuckte mit den Achseln und deutete auf den mit Felsbrocken übersäten Hang rechts neben der Straße. »Die meisten Steine sind ziemlich locker.«

»Das wissen wir. Wir müssen jedes Frühjahr die Straße frei räumen. Aber die Weißen Magier können die paar Brocken, die Ihr herunterfallen lasst, ohne weiteres sprengen.«

»Aber nicht, wenn ich genug davon ins Flussbett kriegen kann.«

Die Kommandantin betrachtete die Straße. »Ich würde sagen, Ihr könnt den Fluss um nicht mehr als drei Ellen ansteigen lassen. Wie soll das helfen?«

»Würdet Ihr Eure Truppen durch drei Ellen tiefes Eiswasser führen?«

»Seid Ihr denn dazu in der Lage?«

»Ich weiß es nicht.« Justen zuckte mit den Achseln. »Es ist jedoch einen Versuch wert. Wenn es gelingt, müssen sie die Straße nehmen, die von der Hauptstraße abzweigt, und würden in Cerlyn herauskommen. Damit wären sie recht weit von Sarron entfernt.«

»Und wenn es nicht funktioniert?«

»Dann werdet Ihr im schlimmsten Fall ein paar Raketen und einen Ingenieur verlieren.«

»Wie viele Helfer braucht Ihr?«

»Drei. Wenn es mehr wären, würden wir uns nur gegenseitig im Weg stehen.«

Zerlana ritt bergab zu einem Trupp leichter Kavallerie, der an der Biegung Halt gemacht hatte, als Zerlana sich Justen zugewandt hatte.

Der Ingenieur stand neben dem Schecken und streichelte abwesend den Hals des Wallachs, während er seine Wahrnehmung durch die Wände der Schlucht wandern ließ, um schwache Stellen im Fels und in der dünnen Erdschicht auszumachen.

Noch bevor er die Felsen und das Erdreich ganz erforscht hatte, ritten drei Soldatinnen zu ihm, zwei in blauem Leder, eine in grauer Uniform.

»Die Kommandantin sagt, Ihr braucht Hilfe.« Die blonde Frau mit dem harten Gesicht hatte einen dünnen, von Blut gesäumten Schnitt auf der rechten Seite des Unterkiefers. Sie zügelte ihren Braunen im letzten Augenblick, bevor sie Justen über den Haufen ritt. »Was habt Ihr vor?«

»Die Steilwände sprengen, damit ein Damm entsteht, sobald unsere Leute weiter flussabwärts sind.«

»Unsere Leute?«, fragte die zweite, braunhaarige Soldatin. Die grau uniformierte Frau schwieg.

»Jeder, für den ich kämpfe, zählt zu meinen Leuten.« Justen verkniff sich ein enerviertes Seufzen.

»Wie lange werdet Ihr brauchen?«, fragte die Blonde mit dem harten Gesicht.

»Den größten Teil des Nachmittags.«

»Das ist zu lange. Die Weißen werden hier sein, bevor Ihr fertig seid.«

Justen schüttelte den Kopf. »Kaum. Sie haben nicht einmal das Schlachtfeld verlassen. Sie haben noch einiges aufzuräumen.«

Die Braunhaarige schnaubte. »Die Schwarzen Pfeile haben ihnen überhaupt nicht geschmeckt. Ich wünschte, wir hätten mehr davon gehabt.«

»Wenn die Kommandantin der Leitenden Ingenieurin eine entsprechende Nachricht schickt, wird man sie schmieden.«

»Es werden nicht genug sein.«

»Wir sind hier, um zu helfen. Auch dies hier hilft. Wenn wir die Wände der Schlucht sprengen, gewinnen wir etwas Zeit, um Waffen zu schmieden und die Truppen zu sammeln«, erinnerte Justen die drei Soldatinnen. »Untersucht jetzt die Felsblöcke dort oben darauf hin, ob sie sich mit einem festen Stoß lösen lassen. Wir müssen sie irgendwie markieren ...«

»Hier ist etwas weißes Tuch. Das wird wohl eine Weile reichen.« Die Blonde lachte beinahe gackernd.

Justen nickte. »Ich werde unterdessen die Raketen vorbereiten.«

Er zog eine kleine eiserne Brechstange aus dem Leinensack, in dem die Raketen steckten, und schob sie sich hinter den Gürtel. Dann lud er vier Raketen ab. Er hielt sich an der vorstehenden Wurzel fest und zog sich auf den ersten Sims in der Böschung hinauf. Von dort aus konnte er den nur spärlich mit Gras bewachsenen und mit Felsen übersäten Hang hinaufklettern. Elle für Elle kämpfte er sich hoch, so weit es ging.

»Der hier sieht aus, als könnte er sich bewegen, Ser«, meinte die braunhaarige Soldatin.

Justen legte eine Hand auf den Felsblock, einen von der Witterung abgeschliffenen Monolithen, der senkrecht aus der Wand hervorstand. Er tastete mit den Sinnen den Granit ab und schüttelte den Kopf. »Er ist noch mit dem Gestein darunter verbunden. Lasst uns den da drüben probieren.«

»Der ist aber nicht so groß.«

»Sie müssen sich bewegen lassen.«

Nach drei Versuchen hatte Justen zwei Felsblöcke gefunden, die seinen Vorstellungen zu entsprechen schienen. Mit der Brechstange kratzte er an der Bergseite des ersten Felsblocks ein langes Loch in die Erde, legte zwei Raketen hinein und stampfte die sandige Erde so gut wie möglich wieder fest, bis nur noch die zusammengedrehten Zünder zu sehen waren.

»Geht hinter dem Felsen dort in Deckung! Ihr alle!«

Justen schlug den Zündstein an und brachte sich dann auch selbst in Sicherheit. Er rutschte aus und schürfte sich die Wange auf, als er hinter den Felsblock hetzte, von dem die Braunhaarige gesagt hatte, er würde sich bewegen lassen.

Die Sprengladung explodierte, Sand spritzte in alle Richtungen, der Stein wackelte, blieb aber an seiner alten Position liegen.

»Bei der Dunkelheit ...« Das Blut, das ihm über die Wange lief, ignorierend, näherte Justen sich vorsichtig dem Felsblock. Er berührte den Stein, dann begann er zu schieben. Die Blonde schloss sich ihm an, und der Felsen bewegte sich knirschend ein Stück weiter ... und dann rollte er bergab und riss mehrere kleinere Felsen und etwas Sand mit.

Auch für den zweiten Felsblock brauchten sie zwei Raketen. Er landete mitten auf der Straße, ein paar kleinere Felsen fielen in den Fluss.

Als er weitere Raketen geholt und den steilen Hang hinaufgeschleppt hatte – wobei er zweimal hinfiel und sich noch einmal das Gesicht aufschürfte –, war Justens schwarze Kleidung von der Hüfte aufwärts schweißnass. Ein rascher Blick nach oben zeigte, dass die dichte Bewölkung sich nicht verändert hatte.

Weitere Löcher und noch mehr Raketen ließen schließlich unten in der schmalen Biegung der Schlucht einen kleinen Berg von Geröll anwachsen.

Nachdem sie sich die Gesichter gesäubert hatten, rasteten die vier am Fluss. Aber schon nach ein paar Augenblicken stand Justen wieder auf.

»Lasst uns die Pferde hinter die Biegung führen. Und

dann müssen wir etwas Ordnung in die Felsen bringen.«

»Das hier ist schlimmer, als in der Schlacht zu kämpfen. Dort kann man nur sterben. Hier wird man gefoltert.« Die Blonde schüttelte den Kopf.

Justen zuckte die Achseln. »Mir tut es auch weh.«

Mit Hilfe des Ersatzpferdes, das kräftiger war als die graue Stute, eines Flaschenzuges und der drei Soldatinnen gelang es Justen, die größeren Felsblöcke direkt vor dem scharfen Knick der Schlucht in einer Reihe aufzubauen. Dank der Steine im Flussbett war das Wasser inzwischen bis fast auf die Höhe der Straße gestiegen.

»Und jetzt werden wir noch einige kleinere Steine herunterstürzen lassen.«

Die drei wechselten einen Blick, die Blonde und die grau uniformierte Frau zuckten mit den Achseln.

Die Braunhaarige dagegen grinste. »Also gut, Ingenieur. Wir helfen Euch dabei.«

Als nur mehr vier Raketen übrig waren und die Sonne schon ein gutes Stück hinter dem Rand der Schlucht versunken war, richtete Justen sich auf. »Lasst uns nach unten gehen und das Werk vollenden.«

Die vier wateten ein Stück durch knietiefes Wasser, bis sie über den improvisierten Damm steigen konnten. Sie kletterten auf Vorsprünge oberhalb der Straße, weil das Wasser inzwischen über die Straße lief.

»Verdammt auch, kein Wunder, dass bisher noch niemand Recluce eingenommen hat. Es macht einfach zuviel Arbeit.«

»Immer noch besser, als Dyessa und Zerlana beim Keifen zuzuhören …«

»Dyessa … ich werde sie vermissen. Sie war eine gute Anführerin.«

Justen sah fragend zu den drei Frauen, doch sie schwiegen.

»Was ist ihr denn zugestoßen?«, fragte er schließlich.

»Ein von den Dämonen verdammter Weißer Magier hat sie, so glaube ich, beim letzten Angriff erwischt.«

Der Ingenieur schürzte die Lippen und schluckte schwer, um sich die trockene Kehle anzufeuchten. Dyessa hatte Recht gehabt. Warum überraschte es ihn so sehr, dass Menschen starben?

Er kehrte zum niedrigen Damm zurück, stieg hinauf und betrachtete die Böschung über dem Wasserlauf. Dann löste er den Raketenwerfer vom Rücken seiner Stute und brachte die Waffe zu einer ebenen Stelle, um sie im knöcheltiefen Wasser sorgfältig auszurichten. Er zielte auf eine Stelle oberhalb des Wassers.

»Warum macht Ihr das jetzt noch? Warum habt Ihr nicht gleich damit angefangen?« Die Blonde in der blutverschmierten, rissigen blauen Ledermontur hustete, nachdem sie gesprochen hatte.

»Erst müssen die größeren Felsen richtig liegen, damit sie die kleineren Brocken und den Schlamm aufhalten können.« Justen schlug den Zündstein an und ließ seine Wahrnehmung hinausgreifen, um den Flug der Rakete zu verbessern.

Sie schlug an der richtigen Stelle ein und nachdem er eine zweite auf die gleiche Stelle abgefeuert hatte, stürzte eine ganze Wand von Felsen, Sand, Erdreich und sogar Wurzeln in den Wasserlauf, bis das vorher klare Wasser sich rotbraun verfärbte. Wenige Augenblicke danach stieg der Wasserspiegel rasch an.

Justen schleppte den Raketenwerfer die Straße hinunter und zielte die nächste Rakete auf den Überhang, der sich über die Straße wölbte. Obwohl schon beim ersten Schuss eine große Menge Gestein herunterkam, feuerte er auch noch die letzte Rakete ab, um den Erdrutsch zu vergrößern.

Dann band er den Raketenwerfer auf den Schecken und stand einen Augenblick keuchend, die schwarze

Kleidung von Wasser und Schweiß durchnässt, mit aufgeschürftem blutigen Gesicht, aber lächelnd mitten auf der Straße.

»Ihr seht aus wie ausgekotzt, Ingenieur. Was gibt es zu grinsen?« Doch noch während sie die Frage stellte, musste die grau uniformierte Soldatin selbst grinsen. Dann stieg sie auf.

Justen zog sich in den Sattel und tätschelte den Hals der grauen Stute. »Braves Mädchen. Und jetzt bring deinen alten Papa Justen wieder nach Sarron.«

»... zäher Bastard ...«

»... sieht ihm aber ähnlich ...«

Justen sah sich noch einmal zum niedrigen Damm um und ließ die Wahrnehmung durch die Felsen, die Erde und die abgerissenen Äste gleiten. Der Damm war nicht so massiv wie derjenige, den Gunnar geschaffen hatte, aber er würde mindestens ein oder zwei Jahre halten. Die Weißen waren jetzt gezwungen, ihre Truppen über die südliche Straße zu leiten, die durch Cerlyn führte.

XXXII

Die beiden Weißen Magier stiegen auf den Hügel. Der kleinere stieß mit der Stiefelspitze gegen einen dunklen Gegenstand, der halb im Staub verborgen lag. Er zuckte etwas zusammen, als es zischte.

»Schon wieder einer dieser Schwarzen Pfeile?«, fragte der größere, stämmige Magier.

»Die von der Dunkelheit verdammten Dinger sind wohl überall.«

»Erzählt mir mehr darüber. Ihr braucht vorerst keine Boten zu Histen zu schicken, um noch einmal zweitausend Lanzenreiter zu verlangen.«

»Sie haben doch nicht ... haben sie wirklich so viele erledigt?«

»Jehan, ich würde sagen, dass sie ungefähr achthundert dieser Schwarzen Pfeilspitzen hatten. Was schätzt Ihr, wie viele sie geschmiedet haben, bis wir Sarronnyn auf der Südroute erreichen?« Zerchas holte tief Luft, als sie auf der Hügelkuppe standen. Er wandte sich nach Westen und betrachtete den flachen See, der den westlichen Ausgang des Tals blockierte.

»Die Eiserne Garde könnte auf diesem Weg vorstoßen«, sagte Jehan. Zerchas betrachtete Jehan, der seinerseits die Wagenspuren im Boden anstarrte, mit milder Nachsicht.

»Könnt Ihr nicht die Chaos-Quellen anzapfen?«, fragte der kleinere Magier.

»Ich?«, schnaubte Zerchas. »Vielleicht hätte es der große Jeslek gekonnt, aber diese Barriere des Schwarzen Ingenieurs besteht aus kaltem Wasser, das über massiven Granit läuft. Schickt Histen eine Botschaft und lasst ihn einen dieser Heißsporne hierher abordnen. Beltar zum Beispiel. Soll er sich damit abplagen, die Ordnungs-Kräfte zu überwinden. Ich würde lieber darauf verzichten, herzlichen Dank auch.«

»Glaubt Ihr denn, dass es wirklich so schwierig ist?«

»Möchtet Ihr es versuchen, großer Jehan?«

»Äh ... nein, ich glaube nicht.«

»Dann deutet auch nicht an, ich könnte es tun.« Zerchas starrte eine Weile ins Leere.

Jehan blickte unterdessen nach unten zur Kutsche und der Abteilung Weißer Lanzenreiter, die sich ringsherum aufgebaut hatten, dann zum langsam anschwellenden See und zum östlichen Ausgang des Tals, wo die grauen Banner eingerollt und die Zelte abgebrochen wurden. Er leckte sich die Lippen.

Zerchas räusperte sich. »Der Damm ist nicht besonders gut gebaut. Sobald wir in Sarronnyn sind, kann eine kleine Truppe von der anderen Seite das Wasser ablassen. Wenn sich das Wasser beruhigt hat und wir das Material dazu hätten, könnten wir sogar jetzt schon ein Boot darauf fahren lassen.«

»Wir haben aber kein ...«

»Ich weiß. Wir müssen eben den Umweg in Kauf nehmen. Die Straße ist sowieso besser.«

»Immer dauert es länger als geplant. Wie es aussieht, wird der Winter vor der Tür stehen, ehe wir Sarron erreichen.« Jehan spie aus. Die Spucke zischte, als sie ein Stück Schwarzes Eisen traf.

»Das wage ich zu bezweifeln. Die Sarronnesen haben inzwischen die Hälfte ihres Heeres verloren.«

»Sie ziehen einfach neue Wehrpflichtige ein.«

»Sarronnyn war von Anfang an nicht gut für den Krieg gerüstet. Wer sich an die Legende hält, muss den Krieg verachten.«

»Und was ist mit Westwind oder Südwind?«

»Das eine ist lange tot, das andere liegt im Sterben.« Nach einem letzten Blick zum flachen Wasser drehte Zerchas sich um und lief langsam den Hügel hinunter. »Lasst uns gehen. Ihr müsst Histen Eure Botschaft schicken. Und bittet ausdrücklich um Beltar.«

»Wie Ihr wünscht.«

XXXIII

Vier Reiter kamen von der Uferstraße die Steigung in Richtung Sarron herauf. Sie hielten sich ein Stück hinter dem Gros der Berittenen, waren aber den Fußsoldaten ein gutes Stück voraus. Im Gegensatz zum Großteil der anderen Reisenden in den letzten Tagen kamen sie von Süden. Wie an den meisten Sommertagen in Sarronnyn zogen hohe, dunstige Wolken über den Himmel, die das Brennen der weiß-gelben Sonne kaum lindern konnten, den Himmel jedoch leicht grünlich färbten.

Justen zügelte sein Pferd und zog am Zaumzeug des Schecken, um ihn neben seiner grauen Stute anzuhalten. Er hätte sich gern den Schweiß aus dem Gesicht gewischt, aber von all den Kratzern und Prellungen war seine Stirn sehr empfindlich. So tupfte er nur die Schweißtropfen mit der Rückseite des Ärmels vorsichtig ab und ignorierte das Jucken und Kratzen an der rechten Schläfe.

Er drehte sich im Sattel zu den sarronnesischen Soldatinnen um. »Vielen Dank.«

»Kommt mir jetzt nur nicht mit diesem weichlichen männlichen Unsinn, Ingenieur. Ich wünschte, es gäbe mehr wie Euch.« Die Blonde nickte. »Wir sehen uns.«

»Ich hoffe, das wird nicht zu bald sein«, meinte Justen trocken.

»Das hoffen wir auch, was gewiss nicht als Beleidigung an Eure Adresse gemeint ist, Ingenieur. Nicht, dass Ihr nicht willkommen wärt.« Die grau uniformierte Soldatin blickte nach Südosten. »Ich fürchte nur, es wird nicht sehr lange dauern. Ich würde allerdings gern ein paar Köcher voller Schwarzer Pfeilspitzen mein Eigen nennen, bevor wir die Weißen Teufel wiedersehen.«

Die anderen sarronnesischen Soldatinnen nickten zustimmend.

»Wir tun, was wir können.« Justen sah den dreien nach, als sie die Pferde herumzogen, um sich den Überbleibseln der sarronnesischen Kavallerie anzuschließen.

Dann ritt er zur hinteren Ecke der Kaserne, wo der Stall angebaut war. Er nickte bei sich, als er das metallische Klingen der Schmiedehämmer und das dumpfe

Pochen des Hammerwerks hörte. Der Geruch von Öl und Kühlwasser kitzelte ihn in der Nase. Zwei von Castins Küken flohen aus dem Stall, als er den Schecken und die graue Stute davor zum Stehen brachte und abstieg.

Nachdem er den Schecken abgeladen und in die Box gestellt hatte, führte er die Stute in den letzten Stand. Dann ging er zur Pumpe und füllte einen Eimer mit Wasser, um sich den schlimmsten Dreck abzuwaschen. Der zweite Eimer war für die Pferde gedacht. Er schleppte ihn über den von der Sonne festgebackenen Lehmboden des Hofes zum Stall und teilte ihn auf zwei kleinere Stalleimer auf, mit denen er die Pferde versorgte.

Nachdem die Tiere getrunken hatten, striegelte er rasch den Schecken. Als er schließlich die Stute absattelte, hörte er Schritte hinter sich. Altara stand vor der Box.

»Ich bin gerade erst zurückgekommen.« Er löste den Sattelgurt.

»Ich hab's gesehen. Firbek sagte, du hättest gute Raketen für etwas verwendet, das er als lichtbesessene Narrheit bezeichnet.«

Justen zog den Riemen aus der Gurtschnalle und richtete sich auf. »Ich habe die Raketen genommen, um einen Damm zu bauen. Also war es wohl wirklich eine Narrheit.«

»Was hat Zerlana dazu gesagt?«

»Das weiß ich nicht. Ich habe danach nicht mehr mit ihr gesprochen. Sie war zu beschäftigt.«

»Justen, manchmal ... manchmal bist du so schlimm wie dein Bruder. Ihr zwei ... ihr macht etwas sehr Wichtiges und dann redet ihr mit niemandem darüber.« Altara schüttelte den Kopf. »Es ist gut zu wissen, dass wir uns jetzt nicht mehr wegen der Handelsrouten sorgen müssen.«

»Das mag sein. Allerdings habe ich daran noch gar nicht gedacht.«

»Kannst du so schnell wie möglich neue Pfeilspitzen herstellen? Zerlana hat eine Botin geschickt. Sie hat uns mitgeteilt, dass die Pfeilspitzen aus Schwarzem Eisen die Weißen Lanzenreiter regelrecht explodieren lassen. Sie will so viele haben, wie wir liefern können.«

»Ich sagte doch, dass sie funktionieren würden.« Justen trat aus der Box ins Tageslicht hinaus.

»Bei der Dunkelheit, was ist mit dir passiert?« Altara blickte zum Wohnhaus auf der anderen Seite des Hofes. »Du brauchst einen Heiler, der sich diese Kratzer ansieht. Was hast du gemacht, dass du dir so das Gesicht zerschnitten hast?«

»Ich habe mit einem Berg gekämpft. Das war, als ich die restlichen Raketen eingesetzt habe – die ich vorher übrigens aufgespart hatte –, um den von Dämonen verdammten See zu schaffen. Er ist nicht so tief wie der, den Gunnar aufgestaut hat, aber er sollte den mittleren Zugang für die Weißen praktisch unpassierbar machen.« Justen verstaute die Satteldecke und den Sattel im Regal und holte sich die Striegelbürste.

»Firbek meinte, du würdest es nicht schaffen.«

»Ich kann ihn ja zum Schwimmen einladen.« Der junge Ingenieur trat wieder in die Box und striegelte die graue Stute, die wiehernd seitlich auswich.

»Immer mit der Ruhe, Mädchen.« Er streichelte sie und das Tier beruhigte sich wieder.

Altara lugte über die Tür der Box hinein. »Ist das die graue Stute, die man dir neulich gegeben hat?«

»Sie ist es.« Justen bürstete weiter. Bei der Dunkelheit, das arme Tier hatte es wirklich verdient.

»Sie kommt mir beinahe vor wie ein anderes Pferd. Der Hohlrücken ist besser geworden... sie sieht irgendwie jünger aus.«

»Wahrscheinlich war es die anständige Behandlung und genug zu fressen.« Justen setzte die Bürste neu an.

»Ich weiß nicht. Ich frage mich, ob du nicht vielleicht auch ein Heiler sein könntest. Krytella sagte, du hättest tatsächlich geholfen, Gunnar zu heilen.«

»Er ist doch mein Bruder.«

»Ich sage Ninca Bescheid, dass sie sich dein Gesicht ansehen soll.« Altara verließ kopfschüttelnd den Stall.

Justen bürstete weiter und die graue Stute wieherte noch einmal leise.

»Ich weiß, ich weiß. Der Sommer ist noch lange nicht vorbei und es wird noch heißer werden.« Noch bevor er zu Ende gesprochen hatte, ließ die Stute ihm ihr Wasser über seine Stiefel rinnen. »Schönen Dank auch.«

Die Stute wieherte wieder und Justen betrachtete das Tier. War es möglich, dass er ihr genügend Ordnung eingeflößt hatte, um – ohne es selbst zu bemerken – ihren Gesundheitszustand zu verbessern? Er zuckte die Achseln. Möglich war es sicherlich, aber ein wenig Ordnung war eine geringe Gegengabe für die Geduld, mit der das Pferd ihn quer durch Sarronnyn getragen hatte.

Er legte die Bürste weg und kramte im fast leeren Fass mit Haferkuchen herum, bis er ein paar Brocken für die beiden Pferde gefunden hatte. Die Stute wieherte und stupste ihn am Arm, der Schecke fraß einfach.

Justen schloss die Boxen, schulterte seinen Packen und schlurfte durch die staubige Nachmittagshitze zu seiner Kammer in der Kaserne. Unterwegs wurde ihm bewusst, dass er dringend etwas essen musste. Ob vom Mittagsmahl noch ein wenig übrig war?

»Justen! Ninca muss sich dein Gesicht ansehen.« Altara winkte ihm von der Seitentür der Schmiede aus zu.

Der junge Ingenieur lief in Richtung der beiden Frauen. Altara machte Platz, als Justen die Verandatreppe heraufkam.

Noch bevor er sich auf die Bank fallen ließ, betrachtete die ältere Heilerin schon aufmerksam sein Gesicht. Er konnte spüren, wie die zarten Fäden der Ordnung die Kratzer und den Schorf im Gesicht berührten.

»Du hast die Wunden schön sauber gehalten, wie ich sehe. Nirgends eine Spur von Chaos. Besser hätte ich es selbst kaum machen können. Achte nur darauf, dass kein Schmutz in die Kratzer dringt. Du wirst eine Zeit lang nicht sehr hübsch aussehen, junger Ingenieur, aber ich habe schon schlimmere Verletzungen gesehen. Vergiss nicht, dich abends gründlich zu waschen und ein bisschen von dieser Salbe auf die Schnitte und Kratzer aufzutragen.«

»Danke.« Justen nahm den kleinen Tiegel mit der Salbe entgegen. Er nahm sich vor, auch seine Eigenbehandlung mit Gaben von Ordnung fortzusetzen.

Ninca lächelte ihn noch einmal kurz an, bevor sie sich an Altara wandte. »Wenn ich schon einmal hier bin, kann ich mir auch gleich den Arm des großen Ingenieurs ansehen.« Sie runzelte die Stirn. »Es scheint, als wären die Sarronnesen in der Heilkunst völlig unerfahren. Ständig will irgendjemand im Palast der Tyrannin geheilt werden und Krytella wird auf der Straße immer wieder von Frauen angesprochen.«

»Es gibt nicht genug zu essen.« Altaras Stimme klang beiläufig, während sie Justen fest in die Augen sah. »Wir brauchen mehr Pfeilspitzen ...«

»Ich weiß. Doch erst muss ich meine Sachen verstauen und mir etwas zu essen besorgen.« Er deutete auf die zerkratzten Ledertaschen.

»Castin hat vielleicht etwas übrig«, meinte Ninca.

»Wir sehen uns dann später«, sagte Altara.

Justen sah den beiden Frauen nach, die in die

Schmiede zurückkehrten, dann stand er auf und schulterte seine Sachen.

»Warte«, hielt Gunnar ihn auf. Er war soeben in der Tür zur Schmiede aufgetaucht, durch die Altara und Ninca verschwunden waren. »Setz dich lieber wieder.« Gunnar deutete mit der linken Hand aufs andere Ende der Bank. Im rechten Arm trug er einen abgedeckten Korb. »Altara wird dich nicht zwingen, in den nächsten Minuten schon wieder den Hammer in die Hand zu nehmen.«

Justen blickte kurz zur Schmiede, dann zu seinem Gepäck. »Ich wollte eigentlich die Sachen in mein Zimmer bringen und mich dann nach etwas Essbarem umsehen.«

»Ich dachte mir schon, dass du hungrig bist, als ich dich kommen sah.« Gunnar stellte den Korb auf die Bank. »Ich habe ein paar Scheiben Hähnchenfleisch, braunes Brot, Käse und einen Birnapfel für dich. Zu trinken habe ich nichts mitgebracht, aber dort ist ein Becher und das Wasser im Krug ist kalt.« Der Sturm-Magier setzte sich seinem Bruder gegenüber rittlings auf die Bank.

»Das Wasser ist nie kalt«, protestierte Justen. Aber er stellte seinen Packen gehorsam wieder ab.

»Jetzt ist es kalt.«

Justen setzte sich ebenfalls und schenkte sich Wasser in den Becher, den Gunnar mitgebracht hatte. Er nippte daran. »Du hast Recht. Wie hast du das gemacht? War da der Sturm-Magier am Werk?«

Gunnar nickte und lächelte leicht, doch das Lächeln verblasste sofort wieder, als Justen ihn länger ansah. Justen runzelte die Stirn.

»Es fällt dir immer noch schwer, die Ordnung einzusetzen, was?«, fragte Justen, während er schon an einem Stück Huhn kaute.

»Es kommt darauf an. Ich kann die Winde zum

Spähen benutzen, das tut nicht weh. Aber wenn ich etwas bewegen will ... wenn ich etwas ordnen will, und sei es nur die Luft, dann ist das immer noch etwas ... etwas schwierig.«

»Es ist nicht ... tut weh wie ... Dämonen des Lichts«, murmelte der jüngere Bruder mit vollem Mund. Zusätzlich zum Hühnchen hatte er sich noch etwas warmes Brot in den Mund gestopft.

»Es fühlt sich eher an wie Kopfschmerzen oder als würde mir der Schädel aufgeschnitten. Aber es wird allmählich besser.« Gunnar hielt inne und wartete, bis Justen noch ein paar große Bissen heruntergeschlungen hatte, ehe er weitersprach. »Du bist nicht ganz so weiß wie die Verbände der Heiler.«

»Ich habe Hunger. Auf dem Rückweg war nicht mehr viel Proviant da.« Justen betrachtete den Rest des Brotlaibs. »Castin backt aber kleine Laibe. Und sie schmecken bitter.«

»Er sagt, wir merken den Unterschied, ob sie groß oder klein sind, sowieso nicht. Wir essen in der letzten Zeit ohnehin so ziemlich alles.« Gunnar wurde ernst. »Es sind kaum noch Lebensmittel da. Das Korn kommt jetzt aus den untersten Schichten der Speicher. Manchmal ist es sogar schon ein wenig verschimmelt.«

»Der Winter hat noch nicht begonnen. Warum sind die Kornspeicher nicht gefüllt?«

Gunnar sah Justen an »Es ist eben so. Sarronnyn bezieht die Früchte aus den Hainen im Bergland und dort blühen die Bäume spät. Das Korn ist noch nicht einmal ausgewachsen.«

»Also sind die Nahrungsmittel von Mitte des Sommers bis zum Spätsommer am knappsten. Aber nach deinem Gesichtsausdruck zu urteilen würde ich meinen, dass Fairhaven versucht hat, die Handelsrouten nach Sarronnyn zu unterbrechen.«

»Das ist nicht das Schlimmste. Das größte Problem

sind die Menschen. Sarronnyn baut seit alters her vieles an. Aber wenn du da draußen Bauer wärst«, Gunnar deutete nach Westen, »würdest du viel verkaufen wollen, wenn du den nächsten Winter fürchten musst und Angst hast, die Weißen könnten deine Felder anstecken, wie sie es im Süden von Kyphros und in Spidlar getan haben?«

»Also horten die Leute Lebensmittel.« Justen schluckte einen Bissen herunter und langte nach dem Wasser.

»Genau. Und das hat noch etwas anderes zu bedeuten.«

Justen trank eine halbe Tasse kaltes Wasser und schnitt sich mit dem Messer, das er am Gürtel trug, ein Stück harten gelben Käse ab. Er wartete, dass Gunnar seine Erklärung fortsetzte.

»Es bedeutet, dass die Sarronnesen jede Hoffnung verloren haben.«

Justen nickte. Er kaute den zähen Käse, der an den Zähnen kleben blieb, und trank rasch noch einen Schluck kühles Wasser. Bei aller Magie, die Gunnar aufgewendet hatte, konnte das Wasser in der Sommerhitze doch nicht lange kalt bleiben.

»Du machst dir Sorgen«, meinte Justen schließlich.

»Ja, mein junger Bruder. Ich mache mir Sorgen. Auch wenn du den Damm gebaut hast, wird es nicht länger als drei oder vier Achttage dauern, bis die Weißen kurz vor Sarron stehen.«

»Das ist genug Zeit, um eine Menge Schwarze Pfeilspitzen zu schmieden.«

»Bei der Eisernen Garde wirken sie nicht besser als normale Pfeilspitzen und die Weißen ziehen jetzt ihre gesamte Eiserne Garde auf der Straße der Magier zusammen.«

Justen schürzte die Lippen. »Vielleicht hatte Firbek doch Recht. Vielleicht brauchen wir mehr Raketen.«

»Vielleicht.«

Die beiden Brüder saßen noch eine Weile schweigend auf der Bank und blickten nach Süden, wo über der Straße am Fluss die Hitze flimmerte.

XXXIV

»Kommt herein.«

Der breitschultrige Weiße Magier betrat das Turmzimmer.

Der schmalere weiß gekleidete Mann betrachtete noch eine Weile eine Glasscheibe auf einem anscheinend sehr alten weißen Eichentisch, ehe er sich umdrehte.

»Ihr wünschtet mich zu sprechen?« Beltar verneigte sich tief vor dem Erzmagier.

»So ist es.« Histen deutete zu seinem Spähglas, auf dem inmitten wirbelnder weißer Nebel eine Gruppe von Gebäuden zu sehen war.

»Eine kleine Abteilung von Ingenieuren aus Recluce ist in Sarronnyn eingetroffen.« Wieder machte Histen eine Geste und das Abbild im Glas verschwand. »Sie haben bereits – im übrigen nicht gänzlich ohne Erfolg – versucht, den Vorstoß der Weißen Gesellschaft und der Eisernen Garde zu verlangsamen.«

Beltar wartete.

»Sie haben auch einen Nachkommen von ... von Creslin mitgebracht.«

Der jüngere Magier hob fragend die Augenbrauen.

»Er hat Mitteltal in einen recht tiefen See verwandelt. Leider hielt sich in diesem Augenblick gerade eine Abteilung der Eisernen Garde dort auf.«

»Und die anderen Streitkräfte?«

»Die anderen Truppen sind ... wie soll ich sagen ...

leichter ersetzbar. Ungefähr vierzig Kämpfer konnten fliehen, aber wir müssen damit rechnen, dass die nördliche Route für längere Zeit blockiert ist.«

»Dann muss es wirklich ein ziemlich tiefer See sein.« Beltar schürzte die Lippen. »Was gibt es sonst noch?«

»Reicht das nicht?«

Beltar lächelte höflich. »Ein einziger See wäre für den furchtbaren Zerchas kein großes Hindernis.«

»Genau genommen sind es jetzt sogar zwei Seen. Der zweite ist auf der mittleren Straße entstanden. Er ist flacher.«

»Aber er hat zweifellos ausgereicht, um den Weißen Truppen die Benutzung der Straße zu verleiden.«

»Eine kleine Behinderung, würde ich meinen.«

»Gewiss«, stimmte Beltar lächelnd zu. Er wartete.

»Nun, Ihr werdet verstehen, dass ...«, dehnte Histen. »Das zweite Problem ist nun, dass die Ingenieure Waffen bauen.«

»Ihr meint die Raketen?«

Histen runzelte die Stirn. »Sie haben kürzlich begonnen, Pfeilspitzen aus Schwarzem Eisen herzustellen.«

Beltar nickte bedächtig. »Ich nehme an, die Verluste unter den Weißen Lanzenreitern waren beträchtlich.«

»Wir haben fast vierhundert verloren, ehe ihnen die Pfeile ausgegangen sind.«

»Und Ihr wollt nun verhindern, dass die Lage außer Kontrolle gerät?«

»Äh... ja. Die Eiserne Garde soll ihre Kanonen bekommen.«

»Dann sind die Gerüchte also wahr, dass die Lydier Kanonen gegossen haben.« Beltar verneigte sich. »Offensichtlich habt Ihr die Angelegenheit sehr gründlich durchdacht, Erzmagier. Wie kann ich Euch von Diensten sein?«

Der Erzmagier nestelte an dem goldenen Amulett herum, das an seinem Hals hing. »Ihr habt angedeutet, dass ... dass womöglich eine direktere Vorgehensweise, wie der ehrwürdige Jeslek sie bevorzugt hat ... von größerem Erfolg beschieden sein könnte.« Der Erzmagier hielt inne.

Beltar wartete.

»Habt Ihr das nicht angedeutet?«

»Ich glaube, ich habe hier und dort eine Bemerkung fallen lassen, dass viele wichtige Dinge, die Jeslek erreicht hat, in Vergessenheit geraten könnten.«

»Ihr verfügt jedenfalls über die gleiche Überheblichkeit wie Euer Vorbild. Wir glauben, dass Eure Fähigkeiten, so weit es darum geht, diesen Sturm-Magier zu bekämpfen, durchaus von Nutzen sein könnten. Vielleicht auch, um die Pfeilspitzen und Geschosse aus Schwarzem Eisen abzuwehren, die von den Ingenieuren aus Recluce für die Sarronnesen hergestellt worden sind.«

»Kurz und gut, ich soll zusammen mit den neu entwickelten Kanonen die Ingenieure und den Sturm-Magier vernichten, ehe die Welt erkennt, wie verletzlich unsere Truppen sind?«

»Sagen wir einfach, dass ein rascher Sieg in Sarronnyn uns allen sehr zum Vorteil geraten würde.«

»Ich bedanke mich für Euer Vertrauen und stehe Euch zur Verfügung.« Beltar verneigte sich.

XXXV

Justen sicherte den Schwarzen Stab im Lanzenköcher, schwang sich in den Sattel der grauen Stute und ritt über den trockenen Lehm und die einzelnen Grasbüschel durch den Hof, bis er das halbe Dutzend Marineinfanteristen erreichte. Auf dem wackligen Zaun, der den Garten der Heiler schützte, gluckste ein Huhn. Abwesend fragte Justen sich, warum die Heiler, wo sie auch waren, immer Gärten anlegten oder die Gärten anderer Leute pflegten.

Firbek blickte kurz zum Karren und der Soldatin, die ihn lenkte, danach zu Justen. »Alles bereit, Ingenieur?«

»Ich bin bereit.« Justen nickte und hob die Zügel. Die Stute tänzelte zur Seite, dann trug sie ihn gehorsam zum Offizier.

»Wo ist nun diese Quelle oder was immer es auch ist?«

»Nach den Angaben von Merwha ...«

»Merwha?«, unterbrach Firbek ihn.

»Sie ist die sarronnesische Offizierin, die eingeteilt wurde, um uns bei der Beschaffung von Vorräten zu helfen. Sie meinte, wir sollten die rückwärtige Straße nehmen, die im Osten an der Stadt vorbei führt, bis wir eine Gabelung erreichen. Dort sollen wir etwa fünf oder sechs Meilen weit der rechten Abzweigung folgen. Ungefähr auf halbem Weg werden wir dann auf den Gelben Arm stoßen – so nennen sie ihn hier. Der Nebenfluss riecht nach Schwefel und der Schwefel kommt aus den Quellen ...«

»Ich habe es begriffen.« Firbek wandte sich an die Marineinfanteristen. »Also los. Bergauf bis zur zweiten Abzweigung.«

Justen ließ sein Pferd mit dem des Soldaten Schritt halten, als Firbek die Truppe auf die Hauptstraße lotste, die nach Sarron hinein führte.

Eine blau lackierte Kutsche, auf deren Dach Lederbeutel geschnallt waren, überholte Justen auf dem Weg zur Uferstraße. Der Kutscher lenkte mit gut geöltem Geschirr zwei zueinander passende Braune. Neben ihm saß eine blau und cremefarben gekleidete Gardistin, die mit einer Armbrust bewaffnet war.

»Ein Kupferstück ... bitte ein Kupferstück, edle Herren.« Ein Junge, der nichts weiter als einen zerlumpten Lendenschurz trug, streckte Firbek die Hand entgegen. Wie er bergab aus der Stadt heraus humpelte, schleppte er ein verwachsenes, verdrehtes Bein hinter sich her. »Nur ein Kupferstück, ein Kupferstück ...«

Firbek achtete nicht weiter auf den Bettler und lenkte sein Pferd mitten auf die Straße. Justen fischte eine Kupfermünze aus der Börse und warf sie dem Jungen zu.

Sie waren noch nicht einmal fünfzig Ruten weit bergauf geritten, als sie erneut zum Straßenrand ausweichen mussten. Dieses Mal war ein leerer Bauernwagen der Grund, der einen hoch mit Haushaltswaren beladenen, von einem kleinen Esel gezogenen Karren überholte. Eine weißhaarige Frau und ein Mann mit weißem Bart liefen neben dem Esel. Keiner schaute zu den berittenen Soldaten aus Recluce auf und sie beachteten nicht einmal den Bauernwagen, der an ihnen vorbeiratterte.

Justen schluckte und strich mit den Fingern über das schwarze Holz des Stabs.

»Macht Platz ... macht Platz!«, rief eine große Frau, die an der Spitze von zwei Dutzend berittenen Gardisten ritt. Hinter den Gardisten kamen zwei mit Segeltuch abgedeckte Wagen aus Richtung Sarron heran. Sie waren so schwer beladen, dass die Ladung die berittenen Soldaten um gut vier Ellen überragte. Sechs Pferde waren vor jeden Wagen gespannt und die schweren Räder ließen dicke Staubwolken aufwallen.

Justen folgte Firbek und den übrigen Soldaten vom Granitpflaster der Straße auf die Böschung. Misstrauisch beäugte er die durchgebogene Ladefläche.

»Verdammt!«, murmelte die rothaarige Soldatin, die den Karren lenkte, als die Räder durch die tiefen Schlaglöcher am Straßenrand polterten.

Justen war neugierig, was unter dem Segeltuch verborgen war, und griff mit den Ordnungs-Sinnen hinaus, um die vorbeirollenden Wagen zu erforschen. Es war Stoff – schwerer, gewebter Stoff, zu Rollen zusammengebunden. Stoff? Nein, Teppiche waren es. Die sarronnesischen Teppiche waren berühmt und Teppiche waren natürlich schwer. Aber die Wagen trugen genügend Teppiche, um ein kleines Lagerhaus zu füllen.

Justen runzelte die Stirn.

»Was transportieren sie, Ingenieur?«, wollte die Soldatin hinter Justen wissen.

»Teppiche«, antwortete er abwesend, während er sich überlegte, was die beiden Wagenladungen Teppiche und die zwei Dutzend Gardisten zu bedeuten hatten, die als Eskorte neben den Wagen ritten.

»Die Händler verdrücken sich aus Sarron«, knurrte Firbek. »Sie bitten uns um Hilfe, aber dann wollen sie nicht einmal in der eigenen Hauptstadt bleiben.«

»Wir waren schließlich nicht gerade erfolgreich darin, die Weißen aufzuhalten«, bemerkte Justen trocken.

»Dort an der Gabelung abbiegen«, befahl Firbek, indem er zur Seitenstraße deutete, die auf der rechten Seite nach Südosten abzweigte, während die Hauptstraße, die nach Sarron führte, als erhöhter Fahrdamm mit geteilten Fahrbahnen weiterlief.

Die schmale Nebenstraße, die mit gestampftem Lehm bedeckt war, verlief in etwa einer Meile Abstand parallel zu den rosafarbenen Stadtmauern.

»Kein Burggraben«, meinte Firbek, als sie eine weitere Meile zurückgelegt hatten.

»Wahrscheinlich haben sie hier nicht genug Wasser«, erwiderte Justen stirnrunzelnd. Doch dann bemerkte er die Steinbögen eines alten Aquädukts. »Nein, das kann nicht der Grund sein. Wahrscheinlich liegt es an der Hitze.«

»Was soll die Hitze damit zu tun haben?«

»Wenn man bei dieser Hitze Wasser in einem Graben stehen lässt, dann wärmt es sich auf und verdirbt. Es wird trüb und die Algen wachsen. Und dann gedeihen dort massenhaft Mücken, Fliegen und anderes Ungeziefer, und das wiederum lässt Krankheiten ausbrechen.«

»Hmm ...«, machte Firbek mit geschürzten Lippen. »Die Wände sind nicht hoch genug. Nicht mehr als fünfzehn oder zwanzig Ellen. Auch die Tore würden einem Rammbock nicht lange standhalten, denke ich.«

»Wahrscheinlich nicht«, antwortete Justen. »Aber es ist mehr als tausend Jahre her, vielleicht sogar länger, dass jemand Sarron bedroht hat.« Er verscheuchte eine Fliege einmal und noch einmal, bis ihm einfiel, dass er ebenso gut einen kleinen Schutzschirm gegen die Insekten aufbauen konnte. Er war dankbar, dass Krytella ihm diesen Kunstgriff gezeigt hatte.

»Ich muss immer daran denken, dass die Weißen auf lange Zeit vorausplanen. Ganz anders als die Sarronnesen. Ha! Diese Teppichhändler.«

Justen ritt weiter, ohne ihm zu antworten. Gelegentlich sah er sich nach den Stadtmauern um, und hin und wieder zuckte er zusammen, als die Wagenräder quietschten. Die Nebenstraße verlief weiterhin höchstens zwei Meilen von der östlichen Stadtmauer entfernt.

Nach einer Weile, noch lange vor der Mittagszeit, stieg vom Wasserlauf neben der Straße ein leichter Schwefelgeruch auf. An diesem Gewässer standen keine hohen Bäume, obwohl die Steinmauern der Felder ringsum vom Alter der Landschaft zeugten.

»Es riecht nach faulen Eiern.« Die Soldatin, die den Karren lenkte, rümpfte die Nase.

»Eier riechen besser«, antwortete eine Reiterin hinter Justen. Die Bemerkungen schienen den anderen, die bisher geschwiegen hatten, die Zungen zu lockern.

»... wozu das Zeug wohl gut ist?«

»... Ingenieure benutzen es ... Raketen ...«

»... riecht ziemlich übel. Bist du sicher, dass es kein Chaos in sich trägt?«

Sie ritten eine weitere Meile, bis sie die Steinmauern der Enklave der Heiler erreichten. Die Tore aus Roteiche waren weit geöffnet und mit Ketten festgestellt.

Drinnen sahen sie einen weiten, gepflasterten Hof, in dem der Schwefelgeruch fast nicht mehr wahrnehmbar war. Rechts stand ein mit Stroh gedeckter Steinbau, der anscheinend als Stall diente, dahinter erstreckte sich ein Garten mit sorgfältig gestutzten Bäumen neben einem langgestreckten Gebäude mit rotem Ziegeldach.

Justen stieg ab und band seine Stute am Geländer fest, das gleichzeitig als Zaun zwischen dem gepflasterten Hof und dem Garten diente. Ein leichter Wind spielte mit den langstieligen blauen Blumen, die ringsum das Pflaster begrenzten.

Eine mit grünem Hemd und grünen Hosen bekleidete Gestalt kam ihnen aus dem ziegelgedeckten Haus über den gepflasterten Weg entgegen, der den Garten in der Mitte teilte. Justen wandte sich zu Firbek um.

»Wir werden hier warten«, meinte der Soldat.

Justen ging der grün gekleideten Frau entgegen. Ein Stück weiter rechts, zwischen dem Stall und dem Hauptbau, konnte er Trockenschalen sehen, die mit orangegelbem Schwefel gefüllt waren. Er blieb mehrere Schritte vor der grauhaarigen Heilerin stehen.

»Ihr müsst der Ingenieur aus Recluce sein. Ich heiße Marilla, und ich bin die Leitende Heilerin aus Kyphros.« Sie verneigte sich vor ihm.

Justen verbeugte sich ebenfalls und wunderte sich über die tiefen, dunklen Ringe unter den Augen der Frau. »Wie die Tyrannin Euch wahrscheinlich schon hat ausrichten lassen, sind wir gekommen, um Schwefel zu holen.«

»Wir wünschten, es wäre nicht nötig.«

»Das wünschte ich auch«, gestand Justen.

»Der Schwefel ist schon in Säcke abgefüllt, Ser.« Die Frau deutete rechts neben Justen den Weg hinunter. »Die Säcke sind auf der anderen Seite der Ställe hinter den Trockenschalen gestapelt. Ich bedaure, dass wir hier keine Zufahrt für einen Wagen haben, aber die Säcke sind nicht schwerer als ein halber Stein. Wir haben außerdem noch unseren ganzen Vorrat an Salpeter abgefüllt, insgesamt fünf Säcke.«

»Wie viele Säcke Schwefel sind es?«

»Achtzig.« Die Heilerin sah ihn etwas verlegen an. »Wir mussten ungefähr einen Stein zurückhalten, den wir unbedingt zum Heilen brauchen.«

»Das ist schon viel mehr, als wir erwartet haben.« Justen verneigte sich wieder. »Und Ihr habt es sogar schon abgefüllt.«

»Wir hatten früher einen Außenposten in Mitteltal, Ingenieur. Die Weißen haben all unsere Leute umgebracht, obwohl sie keinen Widerstand geleistet haben. Wir haben den ganzen letzten Achttag an den Säcken genäht.« Das Gesicht der Heilerin wurde härter. »Auch wenn Ihr Euch nicht so an die Legende haltet, wie wir es tun, seid Ihr gekommen, als wir Hilfe gebraucht haben. Richtet Eure Waffen nur auf die Legionen des verfluchten Lichts.«

»Wir werden tun, was wir können.« Justen betrachtete den Stapel Säcke, dann den Karren. »Kann ich die Soldaten zum Aufladen herbeirufen?«

»Natürlich. Danach könnt Ihr unter dem Baum dort Brot, Fleisch und Käse essen.« Wieder sah die Heilerin ihn verlegen an. »Wir haben aber nur Rotbeerensaft und Wasser.«

Justen lächelte. »Das ist mehr als genug. Vielen Dank.«

»Ihr braucht Euch nicht zu bedanken.« Damit wandte sich die Heilerin wieder um.

Justen kehrte zu den Soldaten zurück.

»Was war denn los?« Firbek, immer noch im Sattel sitzend, starrte Justen unfreundlich an.

»Der Schwefel ist schon in Säcke gefüllt, etwa achtzig von jeweils einem halben Stein Gewicht. Außerdem fünf Säcke Salpeter.« Justen hustete, dann fuhr er fort. »Wenn deine Soldaten den Karren beladen haben, werden uns die Heiler auf dem Tisch neben der Stelle, wo die Säcke jetzt liegen, ein Mahl richten.«

»Achtzig?« Firbek runzelte die Stirn.

»Achtzig«, wiederholte Justen. Er unterdrückte ein Lächeln, als er sah, wie die Kunde von der bevorstehenden Mahlzeit unter den berittenen Soldaten die Runde machte.

»Also gut. Folgt dem Ingenieur. Und trödelt nicht herum, wenn ihr etwas zu essen haben wollt.«

Justen tätschelte der Stute die Schulter und blickte zur Heilerin, die vom Rand des Gartens aus zusah, wie die Soldaten die mit Schwefel gefüllten Säcke zum Karren trugen. Zwei weitere Heiler, zwei Männer und eine Frau, brachten unterdessen große Teller zum Tisch, danach stellten sie Krüge und Becher aus Steingut dazu.

Als der letzte Sack Schwefel verladen und festgezurrt war, tätschelte Justen den Grauen noch einmal und ging zum Tisch. Er war so hungrig wie die Soldaten.

»Ser?« Die ältere Heilerin nickte zur grauen Stute hin.

»Ja?«

»Ist das Euer Stab?«

»Oh ... ja, sicher. Es war ein Geschenk, aber er gehört mir.«

»Ihr seid viel mehr als nur ein Ingenieur, junger Mann. Aber setzt nicht zuviel Vertrauen in den Schwarzen Stab.«

Justen errötete.

Die Heilerin lächelte. »Ich weiß, was in Eurem Buch geschrieben steht ...«

»In meinem Buch?«

»In dem Buch Eures Schutzherrn – *Die Basis der Ordnung*. Wir mögen in den Hügeln leben, aber das bedeutet nicht, dass wir ungebildet sind.« Die ältere Frau deutete zum Tisch, wo die Soldaten bereits zu essen begonnen hatten. »Ihr müsst auch etwas zu Euch nehmen. Aber vergesst nicht, dass der Stab dazu da ist, benutzt zu werden, und nicht bloß, um sich aufzustützen.«

Justen hätte beinahe unwillig den Kopf geschüttelt. Zuerst Firbek mit seinem Missvergnügen angesichts der Menge Schwefel, die sie bekommen hatten, und jetzt dies. Er musste mit Gunnar reden. Ja, das musste er unbedingt tun.

XXXVI

Justen lehnte sich zurück und ließ sich von der abendlichen Brise, die von Osten, von den Westhörnern her wehte, die willkommene Kühlung zufächeln.

Am anderen Ende der Veranda mühte Clerve sich mit seiner verkratzten Gitarre ab, ein altes Lied zu spielen.

... unten am Gestade, wo weiße Wellen sich kräuseln,
dort setz dich hin und lausche der Winde Säuseln.
Der Ostwind liebt der Sonnen Licht,
dem Westwind ist lieber des Mondes Gesicht.
Der Nordwind des Nachts einsam stürmt, mein Lieb.
Und ich fürchte das Licht.

Erobert hast du mein Herz, mein Lieb,
des Nachts im Wind, wie ein Dieb.
Die Feuer, die du entfacht,
bringen Licht, vertreiben die Nacht.

... vertreiben die Nacht, mein Lieb,
unten am Gestade, wo weiße Wellen sich kräuseln,
dort setz dich hin und lausche der Winde Säuseln.
Die Feuer, die du entfacht,
überdauern auch meine Nacht.

Justen lauschte den Worten und der Musik, die schon zur Zeit der Gründung von Recluce komponiert worden waren. Er vermied es, zur Treppe zu schauen, wo Gunnar und Krytella beisammen saßen und leise redeten. Sie waren zwar nahe genug, dass er die Worte mit Hilfe seiner Sinne von einem Lufthauch hätte zu sich tragen lassen können, aber er beherrschte sich. Der kühle Wind zauste sein Haar, das viel zu lang gewachsen war. »Kennst du nicht ein fröhlicheres Lied?«

Obwohl nur geflüstert, übertönte der Wunsch mühelos das Rauschen des Windes. Clerve rückte auf dem Hocker herum, den er nach draußen mitgebracht hatte.

... sing ein Lied von gold'nen Münzen
und der Vögel frohem Zwitschern,
wie der Sänger sich nach Lieb' verzehrt
und hinausschreit seine Liebesworte ...

»Das ist schon besser. Kennst du auch ein Lied über die Weißen Teufel? Oder über diese wunderbaren Bewahrer der Legende?«

Justen grinste, als er Quentels neckenden Unterton hörte.

»Also, weißt du, wenn die Legende nicht wäre ...«, schaltete Berol sich prompt ein.

»Ich weiß«, grollte Quentel. »Dann wäre ich nicht hier, um Raketen für die Tyrannin zu schmieden.«

»Es wäre besser, wenn wir viel mehr davon hätten.« Firbeks kühle Bemerkung übertönte Clerves Gitarrenspiel.

Justen drehte sich zu Firbek um. Irgendwie hatte sich der große Marineinfanterist fast lautlos in einer Ecke der Veranda niedergelassen. Der junge Ingenieur runzelte – unsichtbar in der Dunkelheit – die Stirn, weil ihm irgendetwas an Firbeks Worten seltsam vorkam.

»Wir arbeiten jetzt schon bis spät in den Abend. Weitere Unfälle können wir uns wirklich nicht leisten.« Altaras Antwort kam genauso kalt.

»Können wir nicht einfach die Musik genießen?«, fragte Castin. »Lasst doch diesen alten Koch, der Tag für Tag in einer Küche steckt, die heißer ist als eure Schmiedeöfen, einfach dem jungen Burschen hier zuhören.«

»Aber unbedingt, unbedingt.« Firbek schlenderte die Treppe hinunter und überquerte den dunklen Hof. Auf dem Rückweg zur Kaserne der Marineinfanteristen verfehlte er nur knapp den Gartenzaun.

»... immer alles verderben.«

»Sing noch etwas, Junge!«, befahl Castin.

Clerve griff in die Saiten und seine klare Stimme brachte die anderen zum Schweigen.

Meinen Liebsten sah ich fahren zur See
Er winkte mir zu mit kräftiger Hand
Aber dann schäumte das wilde Wasser, o weh,
Und ich stand einsam am Strand.

Oh, die Liebe ist wild, die Liebe macht kühn.
Wie schön sind die Blumen, wenn frisch sie erblühn,
Aber die Liebe wird alt, die Liebe wird kalt
Und schwindet dahin wie im Feuer der Wald.

»Genau wie die jungen Leute, die immer jammern, wie traurig die Liebe sei.« Castin schlang einen Arm um Nincas Hüfte. Die Heilerin ließ sich scheinbar nichts anmerken, aber Justen konnte im Dunklen spüren, dass sie lächelte.

»Noch eins, und dann ...«
»Und dann was?«
»Schon gut.«

Als Clerve wieder zu spielen begann, huschte Quentel in die Dunkelheit davon, kurz darauf folgte ihm Altara.

O hätt' ich Körbe voll Blumen
Ums Lager der Liebsten
Würd' ich sie weben
O wär' ich ein mächtiger König
Ihr zu Gefallen ließe
Die Türme der Dämmerung ich beben.

Als die letzten, silberhell gesungenen Töne verklangen, standen Castin und Ninca auf und schließlich erhoben sich auch Berol und Jirrl.

Krytella streckte sich. »Clerve singt gut. Es hat mir gefallen, ihm zuzuhören. Aber ich bin müde und morgen müssen wir nach den Töchtern der Sub-Tyrannin sehen. Schon wieder ...«, fügte die Heilerin mit übertriebenem Stöhnen hinzu.

»Damit muss man leben, wenn man eine gute Heilerin ist«, meinte Gunnar kichernd. Er hatte die rechte Hand aufs Geländer der Verandatreppe gelegt.

»Es war ein schöner Abend.« Justen streckte sich und ging einen Schritt auf Krytella zu.

»Gute Nacht, Gunnar ... Justen.« Die Heilerin wich Justen aus, der ihr nachsah, als sie im Haus verschwand. Er schluckte und wünschte, sie hätte wirklich ihn gemeint. Als Clerve zu ihm kam, drehte er sich um. »Danke. Du singst schön.«

»Danke, Meister Justen.« Clerve nickte, stieg die Treppe hinunter und machte sich auf den Weg zu der Seite der Kaserne, wo die Ingenieure untergebracht waren. Gunnar und Justen blieben allein auf der Treppe zurück.

»Wir werden nicht mehr viele schöne Abende haben.« Gunnar blickte nach Süden. »Die Weißen haben die Westhörner überwunden und die obere Uferstraße erreicht.«

»Die Tyrannin hat noch nichts verlauten lassen.« Justen hustete.

»Hast du die Trupps mit Rekruten und die Leute gesehen, die geflohen sind?«

»Das klingt beinahe, als wollte die Tyrannin in Sarron alles auf eine Karte setzen. Dabei ist es ein Ritt von sieben Tagen bis Rulyarth.«

»Der Glaube an die Legende ist nicht mehr so stark wie früher.« Gunnar zuckte mit den Achseln. »Alle fürchten die Grausamkeit der Weißen. Wenn Sarron fällt, wird ganz Sarronnyn fallen.«

Justen schauderte, als er die kalte Gewissheit in der Stimme seines Bruders wahrnahm.

Wenn Sarron fällt, wird ganz Sarronnyn fallen. Noch lange, nachdem er sich auf seine Matratze gelegt hatte, konnte er die Stimme seines Bruders im Kopf hören, wieder und wieder, bis er irgendwann am frühen Morgen in einen unruhigen Schlummer fiel.

XXXVII

Justen legte die Pfeilspitze aus Schwarzem Eisen zur Seite. Es sollte für diesen Morgen die letzte sein. Nachdem Gunnar Altara Bericht erstattet hatte, stellten die

Ingenieure abwechselnd Raketen und Pfeilspitzen her. Sie arbeiteten abends sogar noch länger als bisher, während auf der Uferstraße ständig blau uniformierte Boten geritten kamen, um vom Vorstoß der Weißen zu berichten.

Firbek bestand darauf, dass die Eiserne Garde nur mit Raketen aufzuhalten wäre. Justen schürzte die Lippen. War die Eiserne Garde wirklich eine so hervorragende Truppe? Bisher hatte er nur die Weißen Truppen kämpfen sehen. Wurde die Eiserne Garde für die unmittelbare Auseinandersetzung mit der Ordnung geschont? Vielleicht sogar für eine Invasion von Recluce?

Der Ingenieur holte tief Luft. Spekulationen und Grübeleien halfen ihm nicht, die benötigten Waffen zu schmieden. »Hol dir etwas zu trinken«, sagte er zu seinem Lehrling. »Dann nehmen wir uns wieder die Raketen vor.«

Clerve wischte sich die Stirn ab, nickte und legte den Hammer weg.

Justen folgte dem jüngeren Mann in Richtung Veranda. Er brauchte einen Schluck Wasser und die frische Luft genauso dringend wie sein Zuschläger. Er hob den leeren Krug hoch, der neben der Werkbank stand.

Nicos drehte sein Schmiedestück im Schmiedefeuer herum und blickte kurz auf, als Justen an ihm vorbeikam. »Na, wie geht's denn so?«

»Ich habe gerade wieder ein Dutzend Pfeilspitzen fertig. Für die Raketen brauche ich länger.«

»So geht es uns allen. Beim Licht, sie sind wirklich schwer zu schmieden.« Der drahtige Ingenieur blickte am Hammerwerk vorbei. »Quentel ist auch nicht sehr glücklich darüber, dass wir jetzt so viel Schießpulver hier haben, auch wenn es im Wurzelkeller in Kästen aus Schwarzem Eisen aufbewahrt wird.«

»Ich bin auch nicht gerade froh darüber.«

»Und dann dieser Firbek.« Nicos kicherte. »Er hat geheult wie die Dämonen, als Altara ihm erklärt hat, dass die Soldaten helfen sollen, das Pulver in die Raketen zu füllen.«

»Firbek jammert doch immer. Vor allem hinter dem Rücken der Leute, die es eigentlich angeht. Ich mag den Mann nicht besonders, auch wenn ich den Grund nicht nennen kann.« Justen zuckte die Achseln und hob seinen Krug.

»Man kann nicht alle mögen. Aber was soll's, so lange er seine Arbeit gut macht.« Nicos drehte das Schmiedestück noch einmal herum. »Das hier – dass wir nach Sarronnyn gegangen sind – schien damals eine gute Idee zu sein. Jetzt sieht es nicht mehr ganz so gut aus.«

»Ich weiß.«

Nicos legte das Stück Eisen auf den Amboss und Justen ging auf die überdachte Veranda hinaus. In der heißen, reglosen Luft lungerte Clerve auf der Bank. Seine Kleidung war dunkel vor Schweiß. Justen betrachtete seine eigenen Sachen, die sogar noch stärker durchgeschwitzt waren als die des jungen Mannes.

Schließlich, nachdem sie sich eine Weile schweigend ausgeruht hatten, nahm Justen den Eimer und den Krug und trat in die spätsommerliche Sonne hinaus. Er fragte sich, ob und wenn ja wann der Sommer hier in Sarronnyn in den Herbst übergehen und wann die zeitweise fast unerträgliche Hitze ein Ende nehmen würde. Er schlurfte durch den Staub zur Pumpe. Drei Hühner, die an der Nordseite des alten Gebäudes im Schatten hockten, starrten ihn an.

»Zu heiß zum Gackern? Dann ist es wirklich heiß.« Er füllte den Eimer und kehrte zur Veranda zurück, wo er für Clerve einen Becher füllte.

»Danke, Justen. Ich weiß gar nicht, wie Ihr das schafft. Ihr seid immer in Bewegung.«

»Das macht die Übung.« Justen runzelte die Stirn, weil er beinahe vergessen hätte, dem Wasser im Eimer und in Clerves Becher etwas Ordnung einzugeben. Nachdem er Krytella fast einen Achttag lang auf die Nerven gegangen war, hatte sie ihm endlich gezeigt, wie man einen Ordnungs-Spruch gegen die Krankheiten, die im Wasser lauern konnten, anbringen konnte. Natürlich half das alles nichts, wenn er vergaß, den Spruch auch zu sprechen. Justen warf einen Blick zu Clerve. Er hoffte, dass der Schluck, den der Zuschläger schon genommen hatte, ihm keinen Schaden zufügen würde.

Der Ingenieur wischte sich die Stirn mit dem Hemdsärmel ab, bevor er sich auch selbst einen Becher einschenkte. Er musste sich zwingen, das lauwarme Wasser langsam zu trinken und nicht einfach herunterzustürzen.

Schließlich hob er den Krug und sah seinen Zuschläger an. »Nun komm. Wir müssen uns wieder an die Raketengehäuse machen.«

Clerve richtete sich auf. »Werden die Raketen überhaupt etwas nützen? Rücken die Weißen nicht trotzdem immer weiter vor?«

»Ich weiß es nicht. Aber Raketen zu haben wird auf jeden Fall besser sein, als keine zu haben.«

Die beiden kehrten in die Schmiede zurück, wo die Hämmer schlugen und das Hammerwerk rumpelte.

Justen stellte den vollen Krug auf die Werkbank und holte sich eine Eisenplatte. Clerve pumpte am Blasebalg, während Justen das Metall ins Schmiedefeuer legte und zusah, wie es langsam die Farbe wechselte.

Nach einer Weile hatte es den richtigen kirschroten Farbton.

Clerve hob den Hammer ... und ließ ihn fallen, hob ihn wieder ... ließ ihn fallen und hob ihn wieder. Ab und zu hielt er inne und wischte sich die Stirn trocken.

Zwischen den Hammerschlägen rückte Justen das Schmiedestück auf dem Amboss hin und her und sah zu, wie das Eisen immer dünner wurde.

Als Clerve wieder einmal eine Pause machte, wischte Justen sich mit dem Ärmel den Schweiß von der Stirn, nahm den Greifzirkel und maß die Dicke nach, dann nickte er Clerve zu und schob die Platte wieder ins Schmiedefeuer. Als das Eisen heiß genug war, nahm Justen den kleineren Hammer und den Setzhammer. Nach ein paar letzten Schlägen trat er zurück und ließ das Metall abkühlen.

Wieder nickte er Clerve zu und der junge Helfer stäubte das Metallstück mit Kreide ein. Dann kam die Lehre auf das Blech, ein paar rasche Schläge folgten und der Umriss der Geschosshülle erschien in Weiß auf dem beinahe papierdünnen Metall.

Mit der schweren Blechschere schnitten sie langsam die Form heraus. Dabei verzogen sich zwar die Kanten ein wenig, aber das behinderte die Funktionstüchtigkeit der Rakete nicht sonderlich. Bei Turbinenblättern oder Pumpenteilen, die sehr präzise gearbeitet werden mussten, sah die Sache anders aus. Justen legte das Blech wieder ins Schmiedefeuer und trank einen großen Schluck aus dem Wasserkrug.

Ob die Raketen etwas nützten? Was war mit den Kanonen, die, wie Gunnar gesagt hatte, auf der Uferstraße bewegt wurden? Wie konnten die Raketen gegen Kanonen helfen? Gab es nicht doch noch einen anderen Ausweg?

Justen atmete tief durch und legte das Blech für den Geschossmantel ins Schmiedefeuer. Das Metall musste noch einmal erhitzt werden, ehe er die Löcher für die Nieten anbringen und das Blech in die endgültige zylindrische Form biegen konnte. Später musste er dann noch über die Kanone und das Schießpulver nachdenken. Irgendwann später.

XXXVIII

Justen beförderte weniger als einen Fingerhut des fein gemahlenen Pulvers auf die Eisenplatte neben dem Schmiedefeuer, stöpselte die Flasche zu und stellte sie auf die Werkbank. Dann nahm er einen Span Fichtenholz aus der Kiste und schob ihn in die Kohlen. Er blies ein wenig, bis das Holz brannte, und nahm den Span wieder heraus.

Aus sicherer Entfernung warf er den brennenden Span ins Pulver, schloss die Augen und konzentrierte seine Sinne darauf, als es zu brennen begann. Nachdem er die Augen wieder geöffnet hatte, klaubte Justen den glühenden Span vom Schmiedeofen und schürzte nachdenklich die Lippen.

Wieder kippte er eine winzige Probe des Pulvers aufs Metall und verschloss die Flasche. Wieder schloss er die Augen und konzentrierte sich. Dieses Mal blieb das Pulver unverändert liegen.

Seufzend hob er den Span wieder auf und warf ihn in die Kohlen, bis er brannte. Dann schloss er wie zuvor die Augen, schickte seine Wahrnehmung aus und zündete das Pulver. Einen Augenblick später kräuselte sich ein nach Schwefel riechender Rauch über der Metallplatte.

Justen musste niesen. Er rieb sich die juckende Nase, runzelte die Stirn und legte den Span beiseite, ehe er nach der Pulverflasche griff.

Wieder und wieder nieste er und rieb sich zwischendurch heftig die Nase. Als er sich einigermaßen beruhigt hatte, kippte er den nächsten Fingerhut Schießpulver auf die Fläche, konzentrierte sich und versuchte, das Muster zu wiederholen. Nichts geschah.

Er schnaufte leise, holte den Holzspan, zündete ihn an und warf die Flamme auf den kleinen Haufen Pulver. Dabei versuchte er, sich die Kombination der Wechselwirkungen einzuprägen, die zum Chaos der Zerstörung geführt hatten.

Wieder versagten die Ordnungs-Muster. Justen runzelte die Stirn. Die Muster existierten. Er musste nur die richtigen Muster an der richtigen Stelle erschaffen. Was brauchte ein Feuer? Etwas, das brennen konnte, und natürlich Luft. Ein nasser Ofen oder Herd konnte nicht brennen. Gab es eine Verbindung zur Luft? Oder konnte er eine herstellen?

Er langte wieder nach dem Pulver ... und konzentrierte sich ... langte nach dem Pulver ... und konzentrierte sich.

Seine Augen brannten und die Beine taten ihm weh, als er endlich mit einem Zischen belohnt wurde. Die kleine Explosion war so grell, dass sie ihn sogar durch geschlossene Augenlider blendete. Einen Augenblick lang schien die ganze Schmiede unter seinen Füßen zu beben.

Verdutzt betrachtete er die Eisenplatte. Keine Spur Pulver lag mehr auf der Platte. Nicht einmal Rauch war zu sehen. Er kippte wieder eine kleine Menge Pulver auf die Metallplatte und versuchte, das Muster zu wiederholen.

Ein Zischen, und wieder blendete ihn eine kleine, grelle Explosion, wieder schien die Schmiede einen Satz zu tun, obwohl seine Füße fest auf dem Boden standen.

Justen schüttelte den Kopf. Wollte er dieses Muster wirklich verwenden? Sein Gehirn schien sich im Schädel zu drehen. Er holte tief Luft, fegte die Eisenplatte sauber und wandte sich zur Tür.

Die Sterne leuchteten kalt, als Justen in den frühherbstlichen Abend hinaustrat. Ein beißender Geruch, nicht von Pulver, sondern von fernen Bränden, stach ihm in die Nase. Er zog am Fluss entlang nach Norden und kündigte das Kommen der Weißen Truppen an. Sein Hemd raschelte im leichten Wind. Er drehte sich zur Tür um und schob sie so leise wie möglich zu. Doch das Quietschen war laut genug, um die Insekten einen Moment verstummen zu lassen.

»Justen? Was, bei der Hölle der Dämonen, machst du denn hier?« Gunnar stand keine zehn Schritte entfernt in der Dunkelheit.

»Das Unmögliche.«

Gunnar schnüffelte und starrte die leere Pulverflasche an, die Justen in der Hand hatte. »Ich hätte es mir doch denken können. Weißt du, wie es sich angefühlt hat?«

»Wie es sich angefühlt hat?« Justen holte tief Luft.

»Ich bin wach geworden. Es hat sich angefühlt, als hättest du die Ordnung ins Chaos verdreht.«

»Es war anders. Du baust zwei kleine Muster der Ordnung auf, und wenn du sie verbindest ... nun ja, dann erzeugen sie das Chaos ganz von selbst.«

»Ordnung *erzeugt* Chaos? Das ist unmöglich.«

»Ganz so einfach ist es nicht«, versuchte Justen zu erklären. »Es ist eher so, dass zuviel Ordnung für die Struktur vorhanden ist, und weil sie das nicht aushält, erzeugt die Ausdehnung das Chaos. Ungefähr so, als würdest du Wasser aufheizen, bis Dampf entsteht.«

Gunnar nickte im Dunkeln, was jedem anderen außer einem Magier oder einem Ingenieur verborgen geblieben wäre. »Wenn man einem Ingenieur vertraut ...«

»Du scheinst nicht begeistert.«

»Allerdings. Ich glaube, in dem, was du getan hast, steckt erheblich mehr, als dir selbst bewusst ist.« Der ältere Bruder wischte sich das Haar aus der Stirn und stand eine Weile schweigend im dunklen Hof.

Justen wartete.

»Du hast Aufbau und Zerstörung oder Ordnung und

Chaos miteinander verbunden.« Gunnar lachte nervös. »Es hat noch niemals Graue Magier gegeben, weil keiner herausgefunden hat, wie man Ordnung und Chaos vereinen kann. Du hast es geschafft, Ordnung in Chaos zu verwandeln. Aber die Graue Magie muss in beide Richtungen funktionieren. Kannst du auch Chaos in Ordnung verwandeln?«

»Ich glaube, das möchte ich lieber nicht versuchen. Nicht einmal, um der Legende Genüge zu tun.«

Sie blickten beide nach Osten, bergauf in Richtung der dunklen Mauern. Nur vereinzelte zitternde Fackeln erleuchteten einige Fenster in der Stadt.

»Na schön. Vielleicht reicht nicht einmal dies, um hier zu siegen«, sagte Gunnar trocken. »Aber könntest du mich jetzt etwas schlafen lassen, ohne die Ordnung aus den Fugen geraten zu lassen?«

»So war es aber nicht.«

»Es hat sich so angefühlt.«

»Also gut.« Justen seufzte. »Wir sehen uns morgen früh.«

»Nein, das glaube ich nicht. Ich reite nach Süden, um herauszufinden, wie weit die Weißen vorgestoßen sind. Die Tyrannin will Einzelheiten über die Kanonen oder die großen Geschütze in Erfahrung bringen. Ich müsste gegen Abend wieder zurück sein.«

»Nun ja, wie du schon einmal zu mir gesagt hast: Sieh nur zu, dass du in einem Stück wieder hier ankommst.«

»Genau.« Gunnar lachte und nahm Justen einen Moment in die Arme. »Gute Nacht. Nur, dass es schon beinahe Morgen ist.«

Justen sah seinem Bruder, der ins alte Haus zurückkehrte, einen Moment nach. Dann drehte er sich um und ging zur Kaserne, wo seine kleine Kammer war.

XXXIX

Justen blieb draußen vor der Schmiede stehen und sah zu den grauen Wolken hinauf. Er spürte den leichten Wind im Nacken, der versprach, die Schmiede endlich etwas abzukühlen. Vielleicht würde der Herbst doch noch kommen.

Er drehte sich um und blickte die Straße hinunter. In den letzten Tagen hatte das Rumpeln von Wagenrädern und das Klappern der Hufe jede Pause erfüllt, wenn es in der Schmiede kurz etwas stiller geworden war. Der Verkehr auf der Hauptstraße hatte stark zugenommen. Karren und Kutschen rollten gen Norden nach Rulyarth, Truppen und Vorräte wurden nach Sarron geschafft und von dort aus auf die Befestigungen und Schanzgräben südöstlich der Stadt verteilt. Weniger glückliche Seelen humpelten in Richtung Nordwesten, zum Meer, die Straße hinunter.

Justen schüttelte den Kopf und betrat die Schmiede. Dabei hatte er das Gefühl, jemand spähte ihm über die Schulter in die Werkstatt hinein. Er drehte sich um, konnte aber niemanden entdecken.

»Na, dann mach dich mal nützlich.« Altara, die mit Nicos am zweiten Schmiedeofen stand, setzte den Hammer und den Lochstempel ab. »Hier müssen überall Nieten eingesetzt werden.«

Justen betrachtete die quadratischen Rahmen aus Schwarzem Eisen und blickte zwischen den fertiggestellten Teilen, die schon in Regalen lagen, und den dunklen Holzteilen hin und her. Dann ging er zu den Werkbänken, nahm sich ein Stück Holz und noch eines und besah sich die drei Stapel mit jeweils unterschiedlich geformten Teilen.

Hinter dem Holz standen die kleinen Fässer mit Nägeln und Stiften.

Wieder sah sich der junge Ingenieur über die Schulter um, aber an der Vordertür der Schmiede war niemand. »Habt ihr Gunnar gesehen?«, fragte er.

»Er ist westlich von Klynstatt in den Bergen und versucht mit Hilfe der Winde auszuforschen, wo die verdammten Magier ihre Truppen und vor allem die Eiserne Garde postieren.« Altara räusperte sich. »Wir müssen das hier fertig stellen. Es muss aufgebaut sein, bevor die Weißen zu nahe sind.«

Justen nickte. »Ich wundere mich bloß, dass Firbek nicht jammert, wir hätten immer noch nicht genug Raketen.« Er blickte durch die offene Tür in den Hof, wo die Marineinfanteristen am neuen verstellbaren Raketenwerfer arbeiteten. »Hat Firbek etwas über ...« Er brach mitten im Satz ab.

»Darüber, dass du den Flug der Raketen mit Hilfe der Ordnung geglättet hast, damit sie besser fliegen konnten?« Altara schnaubte. »Er hat beschlossen, dass er mich lieber mag als dich, und du weißt ja, wie gut er auf mich zu sprechen ist. Er hat mich gefragt, ob ich mit den Raketen helfen würde, wenn die Weißen die Verteidigungslinien in den Sümpfen erreichen.«

»Das ist wohl nur noch eine Frage der Zeit.«

»Ich teile deinen Optimismus.« Die Leitende Ingenieurin zuckte mit den Achseln. »Ich habe zugesagt. Nicos wird sich dann um die Landminen kümmern. Du kannst helfen, wo du es für richtig hältst, oder dir irgendwelche bösen Sachen für die Weißen ausdenken.«

Justen sah die ältere Ingenieurin scharf an.

»Gunnar sagte, du müsstest frei sein. Den Grund hat er nicht genannt. Einem Wetter-Magier widerspricht man nicht und deinen Mut und deine Findigkeit wird sowieso niemand in Frage stellen.« Altara räusperte sich und erwiderte seinen Blick. »Aber jetzt musst du helfen, die Gehäuse zu vernieten.«

Justen hängte sein Hemd auf und ging zum Schmiedefeuer. Er betrachtete die Gehäuse der Landminen. War die Seite der Ordnung womöglich gar nicht so verschieden von der des Chaos, wenn es ums nackte Überleben ging? Beide Seiten schienen nur darauf aus zu sein, bessere Mittel zu finden, um die jeweiligen Feinde umzubringen.

Nachdem er die Holzkohle neu verteilt und am großen Blasebalg gepumpt hatte, bis das Feuer beinahe weißglühend war, holte er sich die Greifzange und legte das erste Teil des Gehäuses ins Schmiedefeuer. Er ließ es dort, bis es kirschrot war, so dass er ohne große Kraftanstrengung die Löcher für die Nieten stanzen konnte.

Draußen auf der Straße rumpelten die Wagen und blau uniformierte Truppen marschierten. Männer, Frauen und Kinder zogen nach Norden.

Justen nahm das Eisen aus dem Schmiedefeuer und legte es auf den Amboss. Er hob den Hammer und setzte den Lochstempel an.

XL

Die Schanzanlagen der sarronnesischen Truppen bildeten knapp unter der Hügelkuppe einen Halbkreis. Rechts lagen die Sümpfe von Klynstatt, durch die der Fluss Sarron lief. Links, im Nordosten, waren die Eisenholzwälder, ein dämmriger Dschungel unter knorrigen Ästen, voller dicker, verdrehter Wurzeln und verborgener Sumpflöcher. Der Gestank von fauligem Wasser und die schrillen, zitternden Schreie der Nadelechsen wehten hin und wieder nach Süden.

Schwarze Rauchfäden stiegen im Südosten in die Luft und markierten den Vorstoß der Weißen Truppe, die inzwischen das gegenüberliegende Ende des Tals von Klynstatt erreicht hatte. Zwischen den Weißen und den sarronnesischen Truppen verlief die Handelsstraße gleich einer braunen Achse, die zwei Gegengewichte miteinander verband.

Hinter Justen flatterte auf dem alten, gemauerten Wachturm auf der Hügelkuppe das blaue Banner mit dem Adler, der Schlachtwimpel Sarronnyns. Justen stand am rechten Rand des Schanzwerks und betrachtete die Straße nicht nur mit den Augen, sondern auch mit den Sinnen.

Etwa zwei Meilen entfernt, teilweise abgeschirmt von einer flachen Erhebung, die zu niedrig war, um als Hügel bezeichnet zu werden, hatten sich die Weißen Truppen unter ihren verschiedenen Bannern gesammelt: Das Rot von Hydlen war zu sehen, das Purpur von Gallos, das Grün von Certis, das Gold von Kyphros und natürlich die rot eingefassten, weißen Fahnen von Fairhaven sowie die rot gerahmten, grauen Fahnen der Eisernen Garde.

Justen sah sich zum Wachturm um, den Zerlana als Kommandoposten eingerichtet hatte. Krytella und die anderen Heiler warteten hinter einem niedrigen Erdwall links neben dem Turm. Weiter im Nordwesten, ungefähr vier Meilen entfernt auf der anderen Seite der Ebene, lag die Hauptstadt Sarron. Nur einige verdorrte Felder trennten die Stadt mit ihrem letzten Verteidigungsring noch von den Angreifern.

Von Osten her wehte ein gleichmäßiger Wind, kühl vom ewigen Eis der Westhörner, und ließ die wenigen blauen Banner der Sarronnesen und die grün-schwarze Flagge der kleinen Abteilung aus Südwind flattern. Von der jüngsten Soldatin bis zur ergrauten Kommandantin waren es Frauen mit harten Gesichtern, die dem Kampf entgegensahen.

Schwere Wolken ballten sich droben zusammen und schienen den nahen Untergang anzukündigen. Trotz des kühlen Windes musste Justen sich den Schweiß von der Stirn wischen. Wurde dieses bedrückende Gefühl durch den Geruch der brennenden Felder und Häuser noch verstärkt? Oder war das, was er empfand, nichts weiter als seine eigene Unerfahrenheit? Er packte den Schwarzen Stab, der vor Schweiß schlüpfrig geworden war, unwillkürlich fester.

Ein leiser, dumpfer Trommelwirbel drang von den Truppen des Chaos herüber und hallte durchs Tal den Verteidigern entgegen.

Dann war der dröhnende Hufschlag der Weißen Lanzenreiter zu hören, die auf der anderen Seite des Tals ihre Stellungen für den Angriff einnahmen. Hinter den Lanzenreitern warteten die Truppen aus Gallos und Certis und die Eiserne Garde. Über einem Wall auf dem gegenüberliegenden Hügel wurde eine einzige weiße Fahne gehisst. Die Kälte, die von diesem kleinen Wall ausging, erregte Justens Aufmerksamkeit und er konzentrierte sich darauf, während er hinter dem Erdwall in Deckung ging.

Die Weißen Lanzenreiter näherten sich jetzt dem Fuß des Hügels, der von den Sarronnesen gehalten wurde, und stießen rechts von Justen und oberhalb des Sumpfes in höheres Gelände vor – gerade außerhalb der Reichweite der Bögen und knapp vor den Minen, die im Gras des Hügels und auf der Straße vergraben worden waren.

Eine einzelne Feuerkugel kam aus der Richtung des weißen Banners geflogen, prallte gegen den sarronnesischen Hügel und detonierte, wie eine reife Frucht. Mehrere dünne Fäden von schmierigem, schwarzem Rauch stiegen in den Himmel, aber kein Verwundeter schrie auf.

Dann bebte der Boden. Hinter dem Wachturm hielten sich die blau uniformierten Reiter neben den mit Scheuklappen ausgerüsteten Pferden bereit.

Justen nickte. Bis jetzt hatte Zerlana die Taktik der Weißen Magier richtig vorausberechnet.

Es wurde still auf dem Hügel. Justen wartete.

Dann folgte ein Knall und an der Hügelflanke explodierte ein kreisrundes Stück Erde.

»Geschütze!«

»Sie haben Kanonen!« Clerve sah Justen erschrocken an.

»Gunnar hat damit gerechnet.« Justen rieb sich die Stirn. »Das war zu erwarten, denn wir haben die Raketen.« Er sah sich aufmerksam um.

»Aber sie können doch kein Schwarzes Eisen schmieden«, protestierte der Lehrling.

»Nun ... die Eiserne Garde kann einfaches Eisen oder Bronze nehmen, und wir können trotzdem nicht die Kräfte des Chaos einsetzen, um ihr Pulver explodieren zu lassen«, gab Justen unwirsch zurück.

Wieder schlug eines und dann noch ein Geschoss ein und die ersten Verletzten schrien vor Schmerzen auf.

Justen betrachtete die Weiße Stellung. Es waren drei Kanonen, die links neben der Hauptmasse der Weißen Truppen hinter einem niedrigen Hügel aufgestellt waren.

Wieder schlug ein Geschoss ein.

»Versucht es mit den Raketen«, brüllte Firbek mit rauer Stimme.

Justen spürte eher, als dass er hörte, wie der Zündstein mit dem Stahl angeschlagen wurde. Mit lautem Zischen startete die erste Rakete. Er bemerkte, wie Altara dem Geschoss etwas Ordnung mitgab. Eine Rauchfahne und eine brennende Stelle in dem Hügel, der die Kanonen schützte, verriet ihm, wo die Rakete aufgeschlagen war.

Gleich darauf folgte die zweite Rakete, die so wenig Schaden anrichtete wie die erste.

Wieder flog ein Teil der Schanzen auf ihrem Hügel in

die Luft und Holz, Erde und Leichen wurden in alle Richtungen geschleudert.

Justen streckte die Sinne zu den Kanonen aus, bis er Kopfschmerzen bekam, aber er konnte sie nicht erreichen.

Ein Knall, und der nächste Abschnitt ihrer Gräben explodierte.

»Unten bleiben!« Justen kroch durch den Graben nach links und hielt sich am Stab fest, während er knienden Bogenschützen auswich.

»Pass doch auf! Oh ... Entschuldigung, Ser.«

Aber Justen war längst an der Anführerin der Bogenschützen vorbei und die anderen Kämpferinnen machten ihm bereitwillig Platz. Als er das Ende des Grabens erreichte, atmete er schwer.

Fast eine halbe Meile offenes Grasland lag vor ihm. Höchstens kniehoch war das Gras, das zwischen den Gräben und den verkrüppelten Eichen und Dornbüschen am Rand des Eisenholzwaldes stand.

»Willst du das wirklich tun?«

Niemand antwortete ihm. Er holte mehrmals tief Luft und packte den Stab fester.

Noch bevor die Erschütterungen des nächsten Einschlags völlig abgeklungen waren, sprang Justen aus dem Graben und rannte zum Wald. Er hoffte nur, dass er außerhalb der Reichweite der Bogenschützen war und die Weißen es für eine Verschwendung hielten, einen einzelnen Mann mit Kanonenschüssen einzudecken.

»Wer da?«, bellte eine Stimme aus dem Staub, der vor den Stellungen der Weißen aufgewirbelt worden war.

Justen ignorierte den Ruf und rannte weiter. Die ganze Zeit wurde er das Gefühl nicht los, dass er etwas Wichtiges vergessen hatte.

Wieder schlug eine Granate ein, aber Justen konnte endlich in den Schutz einer verkrüppelten Eiche huschen. Beinahe wäre er auf dem unebenen Untergrund ausgerutscht und der Länge lang hingefallen. Bis jetzt schienen die Weißen sich darauf zu beschränken, die Sarronnesen zu beschießen und abzuwarten.

Vor dem Hügel, hinter dem die Weißen Kanonen saßen, explodierten wieder ein paar Raketen.

Justen fragte sich kopfschüttelnd, warum Firbek nicht versuchte, die Raketen über den Hügel hinweg zu schießen. Aber wie konnte man die Flugbahn berechnen? Jedenfalls nützte es nicht viel, von dieser Seite auf den Hügel zu schießen.

Justen holte noch einmal tief Luft, schickte seine Sinne aus und ging weiter bergab. Er hoffte, dass nicht zu viele Weiße Späher oder Bogenschützen unterwegs waren. Kaum dreihundert Ellen weiter spürte der Ingenieur einen Weißen Bogenschützen im Wald. Er drückte sich hinter eine kleine Eiche und hielt den Atem an. Die Kanonen konnte er immer noch nicht fühlen, er konnte nur die Einschläge der Geschosse und die Schreie der Verwundeten hören.

Die Sarronnesen steckten in der Klemme. Wenn sie angriffen, würden die Weißen Magier sie mit Feuerkugeln braten. Wenn sie in den Gräben blieben, würden die Geschosse sie der Reihe nach töten. Wenn sie sich zurückzogen, würden sie von den Weißen Lanzenreitern oder der Eisernen Garde niedergemetzelt werden.

Justen versuchte unterdessen, sich an dem Bogenschützen vorbei zu schleichen. Er war völlig wehrlos, während er sich den Kanonen weit genug näherte, um zu sehen, ob er seinen Trick mit dem Pulver wiederholen könnte.

Er kroch durchs Gras und ignorierte das Stechen der spitzen Steine und die Mühe, die es ihm bereitete, seinen Stab mitzuschleppen. Nach weniger als dreißig Ellen musste er unter der nächsten verwachsenen Eiche eine Pause einlegen.

Hinter ihm schlugen pausenlos die Granaten ein.

Denk nach, sagte er sich. *Wie wäre es mit einem Schild, wie wir sie auf den Schwarzen Schiffen einsetzen? Kann ich so einen Schild aufbauen und halten, ohne hinzufallen, während ich halb blind durch die Büsche und das unebene Gelände laufe?*

Er holte noch einmal Luft.

Ein Pfeil zischte dicht über seinen Kopf hinweg.

Justen duckte sich und konzentrierte sich darauf, den lichtabweisenden Schild um sich zu weben.

Mit einem lauten Knall explodierte hinter ihm am Hügel eine weitere Granate.

Langsam wob er den Schild, bis er nichts mehr als Schwärze vor Augen hatte. Mit den Sinnen konnte er nur noch ein grobes Abbild des Bodens und der niedrigen Bäume in der Umgebung gewinnen.

»Der verdammte Schwarze Magier! Er ist weg!«

»Schieß trotzdem.«

»Aber wohin?«

Justen eilte vorsichtig bergab, bis die ersten Bogenschützen aus der Reichweite seiner Wahrnehmung gerieten – und stieß sofort auf die nächsten zwei. Er holte noch einmal tief Luft und ging weiter zur Geschützstellung. Hinter ihm schlugen die Granaten ein.

Ein leises Rascheln und das Knirschen von Stiefeln schien aus der Richtung des Eisenholzwaldes zu kommen, aber aus dieser Entfernung konnten seine Sinne ihm keine klaren Bilder mehr übermitteln.

Er ging weiter bergab.

Die nächste Granate, wieder ein Knall.

»Da ist irgendwo ein Schwarzer Späher an der Flanke! Schießt auf die Büsche dort!«

Justen drückte sich flach auf den Boden, während die Pfeile mehr oder weniger in seine Richtung flogen. Dann richtete er sich wieder auf und eilte etwas schneller bergab. Sogar das Gras schien jetzt an seinen Stiefeln zu zerren.

»Er kommt näher. Versucht es dort!«

Justen kroch in eine kleine Senke, vielleicht ein trockenes Bachbett, und eilte weiter bergab.

»Habe ihn verloren ... beim Licht!« Die Stimme, die aus der Richtung des Waldes kam, war jetzt weiter entfernt. Justen hoffte, er könnte außerhalb der Reichweite des Weißen Magiers bleiben, der ihn aufgespürt hatte.

Die Geschützstellung war immer noch hundert Ellen entfernt, als er endlich die Kanonen spüren konnte. Aber die Wahrnehmung war so unzusammenhängend, dass er sich in selbst auferlegter Dunkelheit weiter nach unten arbeiten musste. Schließlich stand er direkt vor dem Hügel, der die Kanonen abschirmte, und hatte ebenso große Angst vor Firbeks nutzlosen Raketen wie vor den Pfeilen und Kanonen der Weißen.

Justens Beine zitterten, als er sich ins Gras setzte und auf das Pulver in den Geschossen der Weißen konzentrierte. Würde der Trick noch einmal funktionieren? Es musste einfach gelingen.

Er rieb sich die Stirn und holte tief Luft, konzentrierte sich auf die ganz besondere Ordnung von Schießpulver und Luft ...

Die Druckwelle der rasch aufeinander folgenden Explosionen rollte über den Hügel hinweg und die Hitze versengte nicht weit über der Stelle, wo Justen saß, die Grasnarbe. Die zuckende, sich windende, irgendwie aber doch unsichtbare Konfrontation von Ordnung und Chaos schien wie ein überhitzter Dampfkessel in seinem Kopf zu pfeifen. Er fiel mit dem Gesicht voran ins Gras und in den Staub.

XLI

Die Erde grollte und eine riesige Flammenzunge leckte zum Himmel hinauf.

Einer der drei Weißen Magier, die hinter dem behelfsmäßigen Wall standen, von dem aus die Weißen Truppen befehligt wurden, taumelte und sank in sich zusammen. Die anderen beiden wechselten einen Blick.

»Die von der Dunkelheit verdammten Schwarzen!« Zerchas blickte zum Flammenmeer, wo vor wenigen Augenblicken noch eine Kanone der Eisernen Garde gestanden hatte. »Wie ... was ... Habt Ihr diese Verwerfung gespürt?«

Beltar wischte sich die Stirn ab. »Ich ... so etwas habe ich noch nie erlebt. Es war wie ein Blitz der Ordnung, der sich in Chaos verwandelt hat.«

»Das hat jeder Weiße in Candar gefühlt«, fauchte Zerchas. »Ihr seid der übermächtige Chaos-Meister. Was war das?«

»Ich weiß es nicht.«

Der stämmige Magier stocherte mit einer weißen Stiefelspitze im Dreck herum. »Ich denke, Ihr solltet Euch bemühen, es schleunigst herauszufinden.«

Beltar blickte quer übers Tal und beobachtete die kleinen Explosionen, die entstanden, wenn eine Pfeilspitze aus Schwarzem Eisen einen Weißen Lanzenreiter traf. »Es kann jedenfalls nicht noch einmal passieren.«

»Seid Ihr sicher?«

»Ja. Was der Schwarze gemacht hat, war nur mit Hilfe von Pulver möglich, und es ist keines mehr da.«

»Natürlich nicht. Es sind auch keine Kanonen mehr da.«

»Hmm ...«, machte Eldiren. Er richtete sich langsam zum Sitzen auf.

»Nun?« Zerchas starrte den am Boden sitzenden, schlanken Magier an. »Wisst Ihr, was gerade passiert ist?«

»Hmm ...« Eldiren leckte sich die Lippen. »Haben wir Wasser?«

Beltar gab ihm seine Wasserflasche und Eldiren trank gierig.

»Aber es ist ohnehin egal. Wir haben schon die Hälfte ihrer Truppen erledigt.« Zerchas wandte sich an den weiß gekleideten Boten. »Richte Jekla aus, er soll die Fünfte und Dritte mit dem Angriff beginnen lassen. Die Fünfte und Dritte. Hast du verstanden?«

»Ja, Ser. Marschall Jekla soll die Fünfte und Dritte mit dem Angriff beginnen lassen.«

Beltar wandte sich an Zerchas. »Soll ich mich denn immer noch zurückhalten?«

»Welchen Sinn hätte es, Feuerkugeln gegen Erdwälle zu schleudern?«

»Ich könnte die Stadt einstürzen lassen.«

»Schön ... aber dann würden die Sarronnesen umso verzweifelter kämpfen und wir würden noch mehr Soldaten verlieren. Mit Magie kann man keine Schlachten gewinnen«, schnaubte Zerchas. »Dazu braucht man Truppen.«

»Aber was ist mit Jehan? Er hat Magie eingesetzt, um die Flanke der Eisernen Garde frei zu halten.«

»Die Garde wird die Schlacht gewinnen, nicht die Magie.« Zerchas drehte sich um und marschierte den Hügel hinunter zu den Marschällen, die ihn schon erwarteten.

Eldiren sah Beltar an und Beltar zuckte die Achseln. Sie sahen zu, wie die purpurnen Banner gegen die Schanzanlagen der Sarronnesen vorrückten.

XLII

Der Geruch von Rauch und Schwefel, von brennendem Gras und verkohlten Körpern brannte Justen in Nase und Hals. Im Gras liegend, musste er husten und hatte Mühe, den Brechreiz niederzukämpfen.

Hinter dem Hügel war eine letzte, schwächere Explosion zu hören.

Langsam rollte sich der Ingenieur herum und setzte sich auf. Er rieb sich die pochende Stirn. Jetzt musste er nur noch zur anderen Seite des Schlachtfeldes zurückkehren. Er baute seinen Lichtschild wieder auf und ging nach Norden.

Auf der Seite der Weißen herrschte Verwirrung und überall waren Schreie zu hören. So fiel es ihm nicht schwer, unbemerkt den langen Hang zu den Stellungen der Sarronnesen hinaufzuklettern. Ein Stück weit konnte er wieder das trockene Bachbett als Deckung benutzen, um den wachsamen Magiern zu entgehen. Dann musste er anhalten. Seine Augen, die nichts sahen, brannten und das Pochen im Kopf drohte ihm den Schädel zu spalten.

Das Rascheln und Knirschen, das er auf dem Hinweg bemerkt hatte, war auch jetzt wieder zu hören. Es schien aus dem Eisenholzwald zu kommen. Er runzelte die Stirn. Ob die Weißen ihre Truppen durch den Wald schickten? Aber wie? Die Stacheln der Bäume zerrissen die Lederwämse der Soldaten wie zarte Blütenblätter und stellenweise war im Dorngebüsch kaum genug Platz für einen einzelnen Mann, ganz zu schweigen von einer ganzen Truppe.

Während er lauschte, schienen die Geräusche schwächer zu werden. Er schüttelte den Kopf und ging weiter bergauf. Den Schild hielt er aufrecht, bis er die Gräben der Sarronnesen erreicht hatte.

»Ser ... woher kommt Ihr auf einmal?«

»Die Kanonen«, antwortete Justen, ohne nachzudenken. Er rieb sich unablässig die Stirn.

»Ihr wart das?« Die Anführerin der Bogenschützen deutete mit dem Daumen zum schwarzen Hügel, wo die Kanonen gestanden hatten. Hinter dem Hügel stiegen Rauchwolken auf.

Justen zuckte mit den Achseln und kämpfte sich weiter zu Clerve.

»Wo wart Ihr?«, wollte der Lehrling wissen.

»Ich habe einen Trick mit den Kanonen versucht.« Justen setzte sich auf den feuchten Lehmboden im Graben.

»Ihr wart das?« Clerve sah den Ingenieur staunend an. »Das ganze Gewebe der Ordnung hat gebebt. Da war ein falscher Ton, wie eine Kupferglocke mit einem Sprung.«

»Danke. Mehr wollte ich nicht wissen.«

Ein Trommelwirbel hallte durchs Tal.

»Justen! Die Weißen greifen an! Sie kommen direkt in unsere Richtung!«

»Sie werden nicht bis hierher kommen. Noch nicht.« Justen hockte sich auf die Knie und blickte über den dicken Balken des Schanzwerks hinweg zum Abhang hinunter.

Eine Reihe purpurn uniformierter Rekruten stürmte bergauf gegen die vordersten Gräben, wo die sarronnesischen Piken und Hellebarden sie schon erwarteten.

Mit lautem Knall flog unten am Hügel ein Stück Straße in die Luft. So heftig war die Explosion, dass sogar die mit Holz verkleidete Lehmwand des Grabens direkt vor Justen und Clerve erbebte. Die Erschütterung warf sie gegen die Rückwand des Grabens.

Justen kam schwankend wieder auf die Beine und lugte mit brennenden Augen nach unten. Das aufgeworfene Erdreich war bergauf geflogen und hatte die vorderste Linie der Verteidiger in ihren Gräben verschüttet. Eine Woge von Weiß schwappte ihm von der Stätte der Zerstörung entgegen. Er sackte, gefangen in seiner eigenen Dunkelheit, in die sich weiße Qualen mischten, mit pochendem Schädel in sich zusammen.

Justen wusste nicht, wie lange es dauern würde, bis er sich aus dieser weißen Pein befreien könnte. Er spürte nur den dicken Balken, an dem er sich festhielt.

»Mutter des Lichts!«, rief ein Soldat aus den Befestigungen weiter unten, knapp oberhalb der Stelle, wo seine Gefährten lebendig begraben worden waren.

Justen kniff die Augen zusammen und versuchte, die Schmerzen der verletzten Soldaten auszublenden. Ihre Qualen brandeten unablässig gegen seine Sinne an. Dann bemerkte er, dass sein Oberarm pochte. Ein Holzsplitter war durch die Jacke und das Hemd geschlagen. Er hockte hinter der Holzbarriere des Grabens und starrte die Wunde benommen an, sich immer noch gegen den brennenden Schmerz im Schädel wehrend. Wie hatte Dorrin dies damals nur ausgehalten?

Er schluckte und zog vorsichtig an dem Splitter, der in seinem Arm steckte. Erleichtert stellte er fest, dass es nur eine oberflächliche Wunde war. Trotz der brennenden Augen und des hämmernden Schädels zog er das Stück Holz heraus und sah sich nach Clerve um, der auf der anderen Seite des Grabens reglos auf dem Bauch lag. Die weißen Hämmer pochten jetzt so heftig in seinem Kopf, dass er sich nicht mehr konzentrieren und kaum einen Schritt weit sehen konnte.

In der trügerischen Stille, die auf die Zerstörung folgte, bückte Justen sich, berührte Clerve, spürte den unregelmäßigen Atem und flößte dem Zuschläger ein wenig Ordnung ein. Der Atem des jungen Mannes beruhigte sich und eigenartigerweise wurde auch das Pochen in Justens Kopf zu einem dumpfen Schmerz gedämpft. Er hätte beinahe den Trommelwirbel überhört, der den nächsten Angriff ankündigte.

Er lugte hinunter und sah eine Angriffswelle, rot und purpurn, vorstoßen.

Eine Salve von Schwarzen Pfeilen flog den Weißen Reihen entgegen und hier und dort kam es zu kleinen Explosion. Justen nickte bei sich. Nicht alle Weißen Kämpfer waren vom Chaos erfüllt. Wahrscheinlich nicht einmal die Mehrheit. Eine Ausnahme bildeten nur die Weißen Lanzenreiter, die direkt aus dem Chaos entstanden waren.

Ein leises Stöhnen erregte seine Aufmerksamkeit. Er kniete sich neben Clerve.

»Oh ...«

Justen gab Clerve einen Schluck Wasser und der Lehrling richtete sich in eine sitzende Position auf.

»Tut weh ...«, murmelte Clerve, während er trank.

Justen berührte die klebrige rote Stelle in der Seite und im Rücken des Jungen. Wie hatte er nur die Blutung übersehen können? Der Ingenieur blickte sich zwischen den Trümmern im halb zusammengebrochenen Graben um, aber er konnte nichts finden, um die Wunde zu verbinden.

Schreie der Verwundeten und das Klirren der Schwerter hallten den Hügel herauf, als die Truppen Fairhavens durch die erste Abwehrlinie stießen und in die Gräben eindrangen, denen sie bis zu den höheren Stellungen folgen wollten.

Als die Banner der Angreifer auf halber Höhe der oberen Verteidigungslinie waren, flogen ihnen aus den Gräben unter dem Wachturm Pfeile entgegen – nicht viele, aber genug –, die den Ansturm etwas aufhielten.

Justen kaute nervös an der Unterlippe und wandte sich schließlich wieder zu Clerve um. »... müssen hier verschwinden.«

Der Lehrling blinzelte, verdrehte die Augen und

kippte nach hinten. Das Blut strömte ungehindert aus den Wunden in Arm und Schulter. Justen nahm den Jungen auf die Arme. Er blickte zurück. Trotz der Pfeile der Verteidiger waren die Angreifer schon wieder ein Stück weiter vorgestoßen.

Justen ignorierte die Warnungen der Soldaten, an denen er vorbeikam, und arbeitete sich durch einen schräg nach oben führenden Graben aus der Gefahrenzone. Dabei fragte er sich die ganze Zeit, wie er Clerves Verletzung hatte übersehen können.

Gebeugt vom Gewicht des Jungen, schob er sich durch den feuchten, schmierigen Lehm in den Gräben. Er war fest entschlossen, die Heiler zu erreichen. Wie lange es dauerte, vermochte er nicht zu sagen. Er wusste nur, dass sein Kopf wieder heftig pochte, als er Clerve endlich auf ein freies Lager betten konnte.

»Bäh ...« Der Soldat auf der benachbarten Matratze musste sich übergeben.

»Der sieht ja aus wie ein Nadelkissen.« Eine kühle Stimme, deren Besitzer er nicht ausmachen konnte.

»Da ist Justen! Und Clerve ist auch da!«

Als er Krytellas Stimme hörte, wollte Justen den Kopf herumdrehen, aber sofort nahm ihm eine schwarze Wolke die Sicht. Er hielt sich fest.

»Kannst du ...«

Aber die Heilerin hatte schon begonnen, den zerfetzten Stoff von der Haut des Verletzten zu ziehen. Justen kehrte langsam zur Hügelkuppe zurück. Die Füße trugen ihn von selbst in diese Richtung.

Links neben dem Wachturm stand Altara an einem Raketenwerfer. Der starre Blick ihrer Augen verriet ihm, dass ihre Sinne auf ein fernes Ziel gerichtet waren, vermutlich auf die Raketen, mit denen die Angreifer ausgeschaltet werden sollten.

Zwei Trompetenstöße waren vom Wachturm zu hören, es folgten zwei weitere.

Eine Rakete wurde abgefeuert.

»Niedriger. Noch ein Stück tiefer«, befahl Firbek.

Eine Marineinfanteristin lud eine Rakete in den Raketenwerfer, eine zweite stellte den Werfer nach. Am zweiten Raketenwerfer war eine weitere Einheit auf ähnliche Weise beschäftigt.

»Feuer!«

Zwei Raketen flogen los.

Justen verfolgte die Bahn der Schwarzen Raketen und sah die Rauchwolken, als sie einschlugen und explodierten. Certische und gallische Rekruten wurden wie leblose Puppen in alle Richtungen geschleudert.

»Laden und feuern!«

Wieder flog eine Rakete los und wieder ließ eine weiße Woge, die nach Tod schmeckte, Justen einen Schritt zurücktaumeln. Er wäre beinahe gegen Altara geprallt. Doch die Leitende Ingenieurin wankte nicht um Haaresbreite, denn sie hielt sich mit einer Hand an einem Balken ihrer Deckung derart fest, dass die Hand und der ganze Arm unnatürlich weiß waren.

Er zuckte zusammen, als er die Schmerzen spürte, die von ihr ausstrahlten, und wich einen weiteren Schritt zurück.

»Bei der Dunkelheit ...«

Er blickte zum langen Abhang hinunter, dann zu der Böschung an der rechten Flanke, wo die sarronnesische Kavallerie zwischen dem Sumpf und dem Rand des Schanzwerks die Weißen Streitkräfte angriff. Der Kampf wogte hin und her.

Dann ertönten drei rasche Trompetenstöße und die blau uniformierten Reiter machten kehrt und zogen sich zurück, aber sie waren nicht schnell genug. Zwei Feuerkugeln verwandelten ein halbes Dutzend Reiter und ihre Pferde in verkohlte Haufen.

Jetzt flogen Pfeile – gewöhnliche Pfeile, wie Justen abwesend bemerkte – und die Reihen der Galler lichteten sich.

Justen zog sich noch ein paar Schritte zurück und lehnte sich gegen die kühlen Steine des Wachtturms.

Ein junger Mann kam zu ihm gerannt und drückte ihm ein Stück Käse in die Hand. »Die Heilerin hat gesagt, Ihr sollt das essen.« Er war schon wieder weg, ehe Justen auch nur den Mund geöffnet hatte.

Wieder flog eine Rakete den Hügel hinunter, gleich darauf die nächste.

Der Ingenieur setzte sich auf den feuchten Lehm und biss vom Käse ab, während er die Marineinfanteristen und die Raketenwerfer beobachtete.

»Halt!« Altara hatte sich aus ihrer Konzentration gerissen.

»Was ist?«, fragte Firbek.

»Wir treffen mehr von unseren als von ihren Soldaten. Außerdem ziehen sie sich zurück. Warte ab ... entweder, bis die Eiserne Garde oder die Lanzenreiter kommen.«

»Feuerpause«, befahl Firbek müde.

Justen aß mechanisch den Käse und trank etwas lauwarmes Wasser aus der Flasche an seinem Gürtel, die er beinahe vergessen hatte. Das Pochen im Kopf war weitgehend abgeklungen. Jetzt, in der Mittagshitze, wurde es buchstäblich totenstill auf dem Schlachtfeld.

Altara kam zu ihm und setzte sich neben ihn. »Wir müssen die Pausen nehmen, wie sie kommen. Aber sie werden wieder angreifen. Außer den Raketen haben wir nicht mehr viel.«

Justen bot ihr die Wasserflasche an.

Die Leitende Ingenieurin nahm einen Schluck und gab ihm die Flasche zurück. »Danke. Was hast du mit den Kanonen gemacht? Ach, eigentlich will ich es gar nicht so genau wissen. Es hat sich angefühlt, als hättest du mit dem Chaos gespielt, aber du hast keine Spur von Chaos an dir.«

»Ich habe mir einen Weg überlegt, wie man Ordnung und Pulver kombinieren kann, um Chaos entstehen zu lassen.« Justen holte tief Luft. »Geht das immer so?«

»Was meinst du damit? Du hast doch viel mehr erlebt als ich.« Altara lächelte ihn traurig an.

»Ich meine, ist es ... ist es immer so unorganisiert? Ich meine nicht die Kämpfe ... aber es passiert so viel auf einmal, dass ich nicht mehr nachkomme. Clerve wurde verwundet, aber ich habe ihm nur Wasser gegeben und ihn eine Weile angestarrt. Irgendwie habe ich überhaupt nicht bemerkt, dass er verwundet war. Wie kann man hier im Auge behalten, was alles geschieht?«

»Ich möchte wetten, dass hier kaum jemand die Übersicht behält.« Altara blickte zu den Marineinfanteristen, die bis auf Firbek inzwischen alle hinter den Querbalken saßen, mit denen die Schanzen auf der Hügelkuppe verstärkt worden waren. »Firbek hat einfach aufs Geratewohl seine Raketen abgefeuert.«

Ein dumpfer Trommelwirbel dröhnte herauf.

»So ein Mist, das werden wohl wieder die Weißen Lanzenreiter sein.« Altara rappelte sich mühsam auf.

Der Trommelwirbel ging weiter und die Antwort bestand aus vier kurzen Fanfarenstößen auf der Seite der Sarronnesen.

Wie in den früheren Schlachten ritten die Weißen Lanzenreiter mit gleichmäßiger Geschwindigkeit heran. Die aus Neusilber gefertigten Lanzenspitzen glitzerten in kaltem Feuer. Die Angreifer formierten sich außerhalb der Reichweite der Bögen fast fünf Reihen tief.

»Bereit machen!«, befahl Firbek.

»Warte«, gab Altara zurück. »Warte, bis sie näher sind. Ziele auf die flache Stelle dort unten, wo der

Hang beginnt. Dort müssen sie langsamer reiten und wahrscheinlich ballen sie sich etwas zusammen.«

Wieder ertönte ein Trommelwirbel und die Weißen Lanzenreiter griffen an.

»Bereit machen!«

Vom sarronnesischen Wachturm her erklang ein abgehacktes Fanfarensignal und die noch lebenden Pikenträger gingen auf der linken Seite der dritten Verteidigungslinie in Stellung. Die unteren Gräben waren längst verlassen und von den Kämpfen, den Feuerkugeln, den Einschlägen der Granaten und den Explosionen der Minen beinahe völlig zugeschüttet.

Die erste Rakete flog zischend über die Lanzenreiter hinweg und explodierte am Hügel hinter der Weißen Kavallerie.

»Da ... auf dem flachen Stück. Haltet niedriger!« Firbek deutete auf die Weißen Lanzenreiter.

Zwei weitere Raketen flogen hinunter. Eine zerbarst harmlos in der Luft, weit von den Lanzenreitern entfernt. Die zweite explodierte am rechten Rand der angreifenden Reiter. Schmutzig weiße Asche stieg zwischen den Rohrkolben und dem Sumpfgras auf.

Wieder ein Trompetenstoß – und die Pfeile mit den Schwarzen Spitzen wurden gegen die Lanzenreiter abgeschossen.

»Feuer!«

»Feuer!«

Die Schreie der Männer und Pferde hallten zum ersten Mal an diesem Tag von der Seite von Fairhaven herüber. Aber die Lanzenreiter stießen unbeirrt weiter vor, vorbei an der flachen Stelle und bis zu den ersten sarronnesischen Gräben. Doch sie umgingen die Gräben und benutzten den schmalen Raum zwischen dem Ende des Schanzwerks und dem Abhang am Sumpf, um die Pferde zu wenden und die Pikenkämpfer von hinten anzugehen.

»Zielt aufs Ende der Gräben! Dort!«, rief Justen. Er wusste, dass Altara vollauf damit beschäftigt war, mit ihren Sinnen den Flug der Raketen zu ebnen.

»Feuer!« Firbek hörte nicht auf den Ingenieur.

Justen tippte dem Soldaten auf die Schulter. »Zielt aufs Ende des Grabens. Dort!«

Firbek funkelte ihn böse an, gab dann aber den Befehl an die anderen Soldaten weiter. »Ein Stück bergauf und etwas nach rechts, das Ende der Gräben!«

Die Rakete wurde abgefeuert und verbrannte einen Flecken mit Rohrkolben im Sumpf. Die zweite Rakete, die mit einer Zugabe von Ordnung von Justen besser gezielt war, explodierte genau im Zentrum der Weißen Lanzenreiter, die die Flanke der sarronnesischen Truppen angreifen wollten.

Es zischte, als eine einsame Feuerkugel über die Wälle geflogen kam und vor dem rechten Raketenwerfer explodierte.

»Aaaah...« Die Marineinfanteristin, die den Raketenwerfer ausgerichtet hatte, fiel wie eine lebendige Fackel rücklings um.

Justen schluckte schwer. Er hatte Mühe, sich nicht zu übergeben, als er den Gestank von verkohltem Fleisch roch.

Während er noch um die Kontrolle über seinen polternden Magen rang, übernahm eine zweite Marineinfanteristin das linke Stellrad des Raketenwerfers und richtete die Waffe ein. Die Soldatin schob eine Rakete in den Lauf.

»Feuer!«

Die Rakete explodierte mitten im Flug, die nächste ebenfalls.

Justen runzelte die Stirn. Hatten die Weißen einen Weg gefunden, das Schießpulver trotz des Schwarzen Eisens zur Explosion zu bringen?

Der Trommelwirbel wurde lauter und die Rekruten

aus Hydlen und Lydiar marschierten hinter den Weißen Lanzenreitern vor.

»Feuer!«

Altara konzentrierte sich wieder auf die Raketen.

Trotz der riesigen Lücken in den Reihen der Lanzenreiter – mindestens zwei Drittel waren getötet, verbrannt oder sonst wie gefallen – kämpften sich die Überlebenden weiter bergauf, ohne sich um die Schäden zu kümmern, die Schwarze Pfeilspitzen und Raketen anrichteten. Hinter ihnen marschierten stur die Weißen Rekruten, die kleine weiße Schilde hochhielten, um sich vor den Pfeilen zu schützen.

Die Strategie der Angreifer aus Fairhaven ging auf, wie Justen jetzt erkannte. Während die Sarronnesen versucht hatten, die Lanzenreiter abzuwehren, hatten sie sich nicht um die Fußtruppen kümmern können, und diese waren inzwischen halb den Hügel herauf gekommen.

Aber trotzdem ... die rot gesäumten, grauen Banner hatten sich noch nicht bewegt. *Warum wird die Eiserne Garde nicht in den Kampf geworfen? Und warum schießen die Weißen Magier so wenig Feuerkugeln ab?* Justen überblickte das Schlachtfeld.

Ein neuer Trommelwirbel hallte über das Tal. Jetzt rückten die goldenen und grünen Banner vor. *Wie viele Truppen haben die verdammten Weißen eigentlich?*

»Feuer!«

Immerhin ... die Raketen wurden pausenlos abgefeuert und die Hälfte traf ihr Ziel. Die andere Hälfte verpuffte wirkungslos in der Luft.

Justen hatte schon wieder heftige Kopfschmerzen. Er konnte nicht verstehen, wie Altara sich auf den Beinen halten konnte.

Er musste sich rasch ducken, als eine Feuerkugel der Weißen Magier über ihm vorbeiflog und auf den alten Steinen des Wachturms aufschlug. Dann blickte er wieder zum unteren rechten Rand des Schlachtfeldes, wo die Weißen sich bergauf kämpften. Es schien beinahe, als wäre der Sumpf hinter ihnen auf einmal fester Boden. Aber als ihm klar wurde, dass die dunklen Massen die Leichen der Gefallenen waren, schmeckte Justen Galle im Mund und musste schwer schlucken. Überall lagen Leichen, verbrannte Körper, Aschehaufen, Gefallene, in denen Pfeile steckten, Tote, die dunkelrot verfärbt waren.

Wieder hallte ein Trommelwirbel über den Hügel. Justen drehte sich schaudernd um. Das Geräusch war von Nordosten gekommen, aus der Richtung des Eisenholzwaldes.

Keine fünfhundert Ellen entfernt im Norden hatten sich am Rande des Eisenholzwaldes Hunderte dunkel gekleideter Soldaten aufgebaut.

»Bei der Dunkelheit!«, fluchte Justen. Die Banner unten auf dem Schlachtfeld waren ein Ablenkungsmanöver gewesen. Er hätte seinen Gefühlen trauen sollen.

Wieder ein Trommelwirbel – und die Eiserne Garde rückte vor. Aus der Deckung hinter der Garde wurden Pfeile in Richtung der Sarronnesen abgeschossen. Justen ließ sich gegen eine Holzstrebe sinken und überlegte, was er tun könnte.

Auf einmal tauchte neben dem Wachtturm eine Gestalt auf, die er kannte. Justen schauderte, als er spürte, wie Gunnar um sich Netze der Ordnung flocht und die großen Winde und Stürme vom Dach der Welt rief.

Ein kalter, heulender, pfeifender Wind peitschte von Südosten heran und fegte über den Hügel. Der sarronnesische Schlachtwimpel flatterte heftig.

Hinter Justen zielte Firbek, der die Bedrohung aus der Richtung des Eisenholzwaldes offenbar nicht bemerkt hatte, weiterhin auf die Reste der Weißen Lanzenreiter.

»Feuer!«

Justen sah sich zu Gunnar und der anrückenden Eisernen Garde um. Wieder schauderte er, als der Wind noch heftiger wurde und der Himmel sich verdunkelte.

Gunnar stand ein Stück vom Turm entfernt wie ein alter Baum, der in der Zeit selbst verwurzelt war.

Die ersten Hagelkörner prasselten gegen die Steine des Turms. Dunkle Wolken brodelten am vorher noch klaren Himmel und das Grollen schwerer Donnerschläge hallte durchs Tal, als der Sturm über die Weißen Truppen hereinbrach.

Der Trommelwirbel riss für einen Moment ab.

Dann kam wieder eine Feuerkugel geflogen, dieses Mal von einer Position hinter der Eisernen Garde, und prallte gegen den Wachturm.

Justen versuchte, seine Kopfschmerzen und die wachsende Verzweiflung niederzukämpfen. Er bemühte sich, einen Schild der Ordnung um Gunnar zu errichten.

Mit lautem Zischen kam die nächste Feuerkugel geflogen, die den Sturm-Magier aber zum Glück weit verfehlte.

Justen konzentrierte sich und hielt sich am schweren Balken fest, als könnte dieser ihm die Kraft geben, eine Barriere aufrecht zu halten, die Gunnar schützen würde, während er die Stürme rief.

»Formiert euch dort unten!«

Justen runzelte die Stirn, als er den Befehl hörte. Eine weitere Gestalt – kräftig gebaut und schwarz gekleidet – verließ die Stellung der Raketenwerfer und ging rasch an Justen vorbei zum Schwarzen Wetter-Magier hinauf.

Justen schüttelte die Benommenheit ab und richtete sich auf. »Gunnar!«

Auf die Winde konzentriert, blieb Gunnar stehen, ohne ihn zu hören. Justen rannte zu seinem Bruder. Er wünschte, er hätte den Stab, aber der war beim Erdrutsch an der Hügelflanke verschüttet worden. Er zog das Messer aus dem Gürtel, wusste aber schon, dass er Gunnar nicht vor Firbek erreichen würde.

»Firbek!«

Der große Soldat hob die Klinge.

Die Winde heulten, der Hagel fiel und hämmerte auf die Truppen ein. Die Eiserne Garde kam nur noch mühsam voran.

Justen schob den Schild zwischen Firbek und Gunnar. Firbek hielt inne und Justen sprang los und stieß Firbek das Messer in die rechte Schulter. Der Mann ließ das Schwert fallen, schlug Justen aber mit der linken Hand nieder. Im Sturz musste Justen nicht nur das Messer, sondern auch den Ordnungs-Schild fallen lassen. Doch jetzt packte Justen das Schwert, das Firbek aus der Hand geglitten war.

Firbeks flache Hand knallte in Gunnars ungeschütztes Gesicht, gerade als Justen die Klinge hob. Firbek sprang zurück, aber Gunnar taumelte und stürzte ins platt getrampelte braune Gras.

Justen griff den Soldaten an. Firbek wich in Richtung der inzwischen verlassenen Stellungen der Raketenwerfer aus. Justen stürmte weiter vor und fragte sich, ob Firbek die Marineinfanteristinnen entlassen hatte oder ob sie geflohen waren, als sie die Eiserne Garde gesehen hatten. Dann sah er die schwarz gekleideten Gestalten, die jetzt Klingen trugen und die höchsten Anführer der sarronnesischen Truppen umringten.

Der Wind ließ nach, der Hagel wurde schwächer.

»Wähle, Ingenieur! Ich oder dein Bruder.« Firbek deutete zur vorrückenden Eisernen Garde.

Justen konnte die vorstoßenden Weißen Truppen spüren. Blau uniformierte Gestalten eilten den Hügel herauf und rannten der Stadt Sarron entgegen, die unglaublich weit entfernt schien.

Justen drehte sich zum nächsten Raketenwerfer um, immer noch Firbeks Schwert haltend. Er wäre beinahe über die reglos am Boden liegende Altara gestürzt. Die Augen auf Firbek geheftet, bückte Justen sich. Die Leitende Ingenieurin war bewusstlos, aber sie atmete noch. Er flößte ihr ein wenig Ordnung ein, ehe er sich wieder aufrichtete.

»Und nun ... was willst du jetzt tun, Firbek?« Justen versuchte, den Raketenwerfer auf die anrückenden, grau uniformierten Gestalten auszurichten. »Willst du dich der Eisernen Garde anschließen?«

Der große Soldat richtete den zweiten Raketenwerfer auf Justen. »Das wäre gar keine so schlechte Idee. Wenigstens gibt es in Fairhaven nicht so viele Heuchler.«

»Glaubst du das wirklich?«

»Sieh dir nur die Mächtigen Zehn an! Sie könnten jedes Schiff auf dem Meer zerstören und der Rat lässt jedes Jahr ein Schiff bauen, das größer ist als das letzte, meint aber gleichzeitig, wir könnten niemandem helfen. Wir haben elende Raketen, wo wir Granaten brauchen würden.«

»Dies ist nicht der Augenblick zum Philosophieren. Warum richtest du den Werfer nicht auf den Hügel, wo die Lanzenreiter anrücken?«

»Warum sollte ich?« Firbek fummelte mit dem Zündstein herum.

Justen ignorierte die stechenden Kopfschmerzen, legte einen Licht-Schild um sich und trat zur Seite.

Zischend flog die Rakete an ihm vorbei. Justen wich mit einem Sprung aus und drehte sich wieder zu Firbek herum.

Firbek zündete die zweite Rakete und riss den Raketenwerfer zu dem Ingenieur herum, den er nicht mehr sehen konnte.

Auch diese Rakete zischte an Justen vorbei, der inzwischen rannte.

Justen hob das Schwert, drehte es aber im letzten Augenblick herum, so dass es nur mit der flachen Seite Firbeks Kopf traf.

Der Soldat ging zu Boden.

»Aaaah …«

Ein sengender weißer Blitz blendete Justen vorübergehend. Er schüttelte den Kopf, um wieder zu sich zu kommen. Offenen Mundes starrte er zum Kommandozelt neben dem Wachturm, das lichterloh brannte. Brennende sarronnesische Soldaten stürzten heraus.

Nach einem kurzen Blick zum bewusstlosen Marineinfanteristen rannte Justen zum brennenden Zelt am Wachturm. Von der Hitze gebremst – anscheinend war es hier heißer als an jedem Schmiedefeuer –, sah er sich um. Gunnar kam zu ihm gewankt.

»Mach schon!«, brüllte Justen. »Ruf einen Sturm … irgendetwas!« Seine Haarspitzen knisterten, als er sich den Flammen weiter näherte.

»Spürst du es nicht?« Gunnar schüttelte traurig den Kopf.

Justen öffnete den Mund, schloss ihn wieder. Im Zelt waren nichts als Leichen. »Dieser Bastard …«

»Wer?«, fragte Gunnar blinzelnd.

Eine Feuerkugel traf die alten Steine des Turms. Justen taumelte, dann drehte er sich wieder zu den Raketenwerfern um. Er hatte kaum drei Schritte gemacht, da erreichte das erste rote Banner – und dahinter mehr als zwei Dutzend Lanzenreiter – die Hügelkuppe. Er sah zum Eisenholzwald hinüber. Auch die in Reih und Glied marschierende Eiserne Garde war höchstens noch zweihundert Ellen vom Wachturm entfernt.

Wo die überlebenden Marineinfanteristen sich gesammelt hatten, konnte er jetzt Altaras große Gestalt ausmachen. Sie war mit einem Schwert bewaffnet. Die schwarz gekleideten Marineinfanteristen aus Recluce und die überlebenden sarronnesischen Soldaten marschierten eilig nach Sarron zurück, die Schilde gehoben, um sich vor den Pfeilen zu schützen.

»Schirm dich ab«, rief Gunnar. »Sie kreisen uns ein. Geh nach Sarron zurück.«

Gunnar verschwand direkt vor Justens Augen, aber der Ingenieur konnte die Verformung der Lichtstrahlen deutlich fühlen.

Eine weitere Feuerkugel flog vorbei – so dicht, dass Justen die Hitze spüren konnte.

Er packte die Klinge, die er Firbek abgenommen hatte, und drehte sich zu den letzten sarronnesischen Truppen um, die neben dem Wachturm standen. Um eine große, blonde Anführerin geschart, wichen die Sarronnesen vor den Weißen Streitkräften zurück. Beinahe rannten sie zur Straße, um der Zangenbewegung der Lanzenreiter und der Eisernen Garde zu entgehen.

Zwei weitere Feuerkugeln flogen zischend an Justen vorbei.

»Aaah ...« Eine sarronnesische Soldatin stieß einen letzten Schrei aus, bevor sie als verkohlter Haufen zu Boden sank. Vier weitere fielen stumm.

Mit einem Gefühl, als würde er durch dicken, klebrigen Sirup waten, drehte Justen sich um, ging in Richtung Sarron und bog das Licht um sich herum. Sogar die Dunkelheit bebte jetzt.

Gefangen! Wenn er sich nicht abschirmte, würden die Bogenschützen oder die Lanzenreiter ihn erwischen. Aber wenn er sich verbarg, hatte er nicht mehr genug Kraft übrig, um den Weißen Truppen zu entkommen.

Er knirschte mit den Zähnen, als die Kopfschmerzen wieder zunahmen. Mit wackligen Beinen machte er einen Schritt ... dann noch einen. Bergab ... zum Sumpf. Zum Wasser, dem einzigen Element, das die Weißen Magier nicht verdrehen oder in Brand stecken konnten. Zum Wasser, das viel näher war als die Mauern Sarrons.

Er machte einen Schritt ... und der Licht-Schild hielt ... noch einen Schritt ... der Schild hielt immer noch ...

In seinem Kopf pochte es heftig. Wenn das Pochen unvermittelt nachließ, hatte er das Gefühl, in seinem Schädel würde ein Feuer brennen. Aber er tappte weiter bergab. Er durfte auf keinen Fall stürzen. Die Weißen Magier verbrannten alles, was auf ihren Schlachtfeldern lag, ob tot oder lebendig.

Noch ein Schritt und noch einer ... bis er spürte, dass der Boden nicht mehr abschüssig, sondern eben und weich war. Jedenfalls war er dort weich, wo keine Leichen lagen.

Am Rand des Sumpfes blieb er inmitten der Toten stehen. Draußen im tieferen Wasser quakte ein einsamer Frosch und hier und dort konnte Justen Fliegen summen und Mücken schwärmen hören, hin und wieder auch marschierende Füße und das Zischen der Feuerkugeln.

Der Weg nach Norden war zu steil. In der eigenen Dunkelheit gefangen, tastete er sich vorsichtig im zähen Morast nach Süden. Eine scheinbar endlos lange Zeit wich er all den Leichen aus.

Irgendwann ließ er den Licht-Schild fallen, weil er zu müde war, um ihn noch zu halten, und sah sich um. Er schluckte, als ihm bewusst wurde, dass er sich weniger als zwei Meilen vom Schlachtfeld entfernt hatte. Die Weißen waren gerade dabei, die Toten auszuplündern und alle Waffen an sich zu nehmen. Niemand blickte in seine Richtung, oder wenn, dann interessierte sich niemand für ihn. Er torkelte nach Süden, fort vom Schlachtfeld und den Weißen und fort von Sarron.

Wenigstens stieß er jetzt nicht mehr ständig auf Tote. Nur Sumpf und Schlamm, Mücken, Fliegen und eine feuchte Welt voller Gerüche, die er nicht kannte, lagen vor ihm.

Als die Abenddämmerung kam, erreichte er eine höher gelegene Stelle. Hinter einer Steinmauer, nicht weit entfernt von einer Straße, deren Ziel er nicht kannte, schlief er ein.

XLIII

»Justen! Wo ist Justen?«, fragte Gunnar mit vor Aufregung heiserer Stimme.

»Das wissen wir nicht.« Altara blickte nach Süden, aber die Rauchwolken über dem Schlachtfeld waren inzwischen zu weit entfernt, um noch mit bloßem Auge sichtbar zu sein.

»Verdammt! Ich kann kaum den Kopf bewegen.« Gunnar schwieg benommen und schloss zögernd die Augen, als wolle er sich gegen den Schlaf wehren. Wie er auf dem leeren Raketenwagen der Marineinfanteristen lag, schien er eher lebendig als tot. Die blutverschmierte Soldatin neben ihm stöhnte, als der Karren um eine Ecke rumpelte und sich dem tiefer gelegenen Gelände näherte, wo die Helfer aus Recluce sich darauf vorbereitet hatten, Sarron zu verteidigen.

Die Leitende Ingenieurin ging schneller, um mit dem Wagen Schritt zu halten, und legte dem Magier ein kühles Tuch auf die Stirn. Dann stieg sie auf ihr Pferd.

»Keine Heiler?«, fragte Deryn, deren Arm immer noch in einer Lederschlinge steckte.

»Nein. Sie ... sie sind tot.«

»Die verdammten Weißen. Warum haben sie auf die Heiler gefeuert?«

Altara zuckte mit den Achseln. »Warum tut das Chaos dieses und jenes?«

»Ich kann noch gar nicht richtig glauben, was Firbek getan hat.«

»Er liebt das Kämpfen«, schaltete sich eine dritte Stimme ein. »Ich möchte wetten, dass er sich gut in der Eisernen Garde machen wird.«

»Wir fahren nach Hause«, erklärte Altara. »Wir fahren, sobald wir können.«

»Nach Hause?«

»Allerdings. Wir haben hier einen Sturm-Magier, der beinahe gestorben wäre. Fast die Hälfte unserer Ingenieure und all unsere Heiler sind tot oder vermisst. Sarron wird in wenigen Tagen fallen, wenn nicht schon eher.« Sie sah sich über die Schulter zu den rosafarbenen Granitmauern um. »So viel zum Wert der Legende.«

Unter ihren Füßen bebte der Boden.

XLIV

Im grauen Licht vor Einbruch der Dämmerung setzte Justen sich auf die Steinmauer und kaute langsam die Handvoll überreifer Rotbeeren, die er von einem Busch gepflückt hatte, der trotz der späten Jahreszeit noch Früchte trug. Er lauschte dem Zirpen der Insekten und dem Flüstern des Nordwindes. Der Wind trug einen leichten Geruch von Asche mit sich.

Die Bäume veränderten sich, aber die Blätter färbten sich nicht golden oder rot, sondern schmutzig braun. Lag es daran, dass die Bäume in Sarronnyn anders waren als daheim, oder war es der Einfluss des Chaos?

Der Ingenieur schüttelte müde den Kopf. Die Weißen hatten den Bäumen nichts angetan. Wie leicht es doch war, sich in allem und jedem auf die eigenen Belange zu beziehen. Die Bäume und Steine würden überdauern, ob nun Ordnung oder Chaos den Sieg in Sarronnyn davontrugen.

Er schluckte die letzten Beeren herunter. Nachdem er schlecht geschlafen und nichts als ein paar Beeren zum Frühstück gefunden hatte, war er nach wie vor müde und hungrig. Er hatte keinen Tornister, keinen Stab, kein Messer. Ihm blieben nur ein Schwert ohne Scheide, die Kleider, die er am Leibe trug, drei Gold- und einige Silberstücke und ein paar Kupfermünzen. Er hatte kein Pferd und zwischen ihm und Sarron stand die Hauptmacht der Weißen Truppen.

Wenigstens konnte er, nachdem er die Rotbeeren gegessen hatte, aufstehen, ohne das Gefühl zu haben, gleich wieder umzukippen. Eines aber war ihm völlig klar. Er würde zu Fuß keinesfalls die Weißen umgehen und nach Sarron oder Rulyarth zurückkehren können. Er holte tief Luft und sah sich um. Im Südosten, höchstens eine Meile entfernt, stand eine kleine Kate mit zwei Nebengebäuden. Da aus dem Schornstein kein Rauch aufstieg und die ganze Umgebung völlig still war, nahm er an, dass die Bewohner das Haus verlassen hatten.

Justen wandte sich nach Nordwesten, aber die Sümpfe von Klynstatt erstreckten sich noch etwa zwei oder drei Meilen weit am Fluss entlang. Dieses Sumpfgebiet war auch der Grund dafür, dass der Schiffsverkehr knapp oberhalb von Sarron nicht mehr möglich war. Es war zwar höchst unwahrscheinlich, dass man ihn durch den Sumpf verfolgen würde, aber andererseits legte er keinen großen Wert darauf, diesen Weg zu nehmen, weil die großen Wasserechsen für ihren Heißhunger bekannt waren.

Er kletterte auf die Steinmauer und hielt sich im Gleichgewicht, indem er einen Zweig einer verwachsenen kleinen Eiche neben der halb eingestürzten Mauer packte. Dann sah er nach Norden. Eine niedrige Wolke, Rauch oder Nebel, hing über dem nördlichen Ende des Sumpfes. Selbst aus dieser Entfernung konnte er noch die Weißen Truppen östlich vom Fluss und dem Sumpf spüren. Wahrscheinlich bereiteten sie gerade den Angriff auf Sarron vor.

Er sprang von der Mauer herunter und lief zwanzig Ellen weit durch braunes Gras, bis er die verlassene Straße erreichte. Als er auf dem Streifen Lehm stand, denn mehr war es nicht, untersuchte er die Spuren. Es gab nicht viele und alle führten nach Süden, fort vom Schlachtfeld.

Im Süden würde er keine Pferde finden, nur Flüchtlinge. Justen wandte sich nach Norden und bereitete sich darauf vor, jederzeit einen Licht-Schild um sich zu legen, während er mit Ohren und Sinnen nach Weißen Spähern oder anderen Reisenden forschte.

Nur das Summen der Insekten, das gelegentliche Zwitschern unsichtbarer Vögel und das Rauschen des Sumpfgrases neben der Straße und hinter der Mauer auf der linken Seite durchbrach die Stille des frühen Morgens.

Justen hatte ungefähr zwei Meilen zurückgelegt, als die gewundene Straße unter seinen Füßen zu beben schien. Nachdem er das Gleichgewicht wiedergefunden hatte, blieb er stehen und legte sich die Hand an die Stirn. War er schwächer, als er selbst gedacht hatte? Er hob seine Hand hoch, betrachtete sie und konzentrierte sich. Wieder schwankte die Straße. Er blickte nach Norden und sah eine Eiche, deren obere Äste schwankten, als würden sie vom Wind gepeitscht. Aber die Luft war still und beinahe drückend.

Der Boden hörte nicht auf zu zittern, als Justen zum nächsten Hügel eilte, von dem aus er den Angriff auf Sarron besser überblicken konnte.

Als er dort oben stand, schürzte er die Lippen. Er

konnte den Brennpunkt des Chaos am alten Wachturm, wo Zerlanas Befehlsstand gewesen war, deutlich erkennen. Sarron selbst konnte er nicht sehen, aber er hatte keinen Zweifel, was dort vor sich ging.

Sollte er weitergehen? Er lächelte traurig. Je mehr das Chaos um sich griff, desto besser wurden seine Chancen, ein herrenloses Pferd zu ergattern oder sich wenigstens unbemerkt bewegen zu können. Außerdem hatte er nicht die geringste Lust, den größten Teil Candars zu Fuß zu durchqueren. Vielleicht gab es ja doch noch eine Möglichkeit, den Weißen auszuweichen und zu den Ingenieuren zu stoßen, die überlebt haben mochten.

Justen ging ein wenig schneller in Richtung Norden.

XLV

Im frühen Morgenlicht betrachtete Beltar die beiden blau uniformierten Körper vor dem Wachturm. Die Augen der dunkelhaarigen Serjantin waren offen, aber blicklos. Die andere Soldatin lag auf dem Bauch. Keine hatte viel über die Ingenieure aus Recluce verraten können. Beltar hob eine Hand und eine kleine Flamme züngelte um die Körper. Nur weißes Pulver blieb zurück, das der Wind schnell verwehte.

»So sieht es doch gleich viel sauberer aus«, murmelte er.

Der kleinste Magier runzelte die Stirn und kratzte mit einem weißen Lederstiefel über den vom Feuer gehärteten Lehm. »Vergeudet nicht Eure Kräfte.«

Der dritte Magier rieb sich das Kinn und blickte nervös zwischen Eldiren und Beltar hin und her.

»Ich bin nicht gerade ein Schwächling, Eldiren.« Beltar sah den anderen Magier an. »Oder was meint Ihr, Jehan?«

»Ich glaube, nur wenige haben ähnliche Kräfte wie Ihr, Beltar«, bestätigte Jehan trocken. »Ausgenommen vielleicht Zerchas, der jedoch immer darauf hinweist, dass auch die Zauberei ihre Grenzen hat.«

Beltar schnaubte verächtlich und trat durch den offenen Bogengang, um die zwei Dutzend Stufen des Wachturms hinaufzusteigen. Die anderen Weißen Magier folgten ihm. Von droben konnten sie im Nordwesten die ganze Stadt überblicken. Die rosafarbenen Türme der Stadt strahlten im Licht der Morgensonne.

Der Wachturm warf einen langen Schatten, einem Pfeil gleich, der auf Sarron zielte. Über dem Ort stand eine dünne, braune Rauchwolke, und obwohl es noch sehr früh war, konnte man eine Reihe Gestalten erkennen, die vom Tor bergab zum Fluss Sarron liefen.

»Was plant Ihr nun?«, fragte Jehan.

»Sarron schleifen, natürlich.« Beltars Mund lächelte, aber die Augen blieben kalt.

Beltar drehte sich um und stand eine Weile reglos mit geschlossenen Augen auf dem Turm. Ein feiner weißer Nebel schimmerte rings um ihn.

Jehan schluckte und sah fragend zu Eldiren, doch der zuckte nur mit den Achseln und blickte nach Nordwesten zur Stadt.

Einmal, zweimal bebte der Boden. Eine leichte Welle lief durch das Erdreich, hob das zertrampelte Gras und ließ im getrockneten Schlamm des Schlachtfeldes Risse entstehen. Dann bewegte sich die Welle durch die Felder und verschwand vorübergehend, als sie sich hügelabwärts vom alten Wachturm entfernte.

Als die nächste Welle kam, schwankte der ganze Turm und Jehan musste die Hand ausstrecken, um sich an der Mauer festzuhalten. Eldiren schaute unterdessen zu den Feldern im Tal, das sich zwischen dem

Turm und Sarron erstreckte. Die erste Serie von Wellen lief gerade durch den grünen Talboden.

Eine weitere Reihe von Erschütterungen brach unter dem Turm hervor. Anscheinend wurden die Wellen sogar noch größer, je weiter sie sich von den Weißen Magiern entfernten. Die Pferde, die unten vor dem Turm von den Lanzenreitern festgehalten wurden, wieherten erschrocken. Einige tänzelten herum, als wollten sie fliehen.

»Bleib doch stehen, du ...«

»... Scheuklappen anlegen ...«

»Daran hätten wir früher denken sollen ...«

Noch ein Erdstoß, und die ganze Landschaft schien sich ein Stück zu heben. Aus dem Turm fiel ein Stein herab, ein Pferd stieg hoch und gab einen Laut von sich, der kein Wiehern mehr, sondern beinahe schon ein Kreischen war. Ein dumpfes Grollen hallte von unten herauf. Im Nordwesten schwankten die Türme Sarrons. Das Bersten der Mauern war im Stampfen und Wiehern der Pferde und über den leisen Flüchen der Lanzenreiter am Turm gerade eben noch zu hören.

Mit einem lauteren Krachen brach schließlich eine ganze Außenmauer aus einem Turm in der Stadt. Das Mauerwerk schien einen Augenblick reglos zu verharren, ehe es langsam zur Seite kippte und hinter Sarrons Stadtmauern versank. Eine Staubwolke stieg auf, wo die Wand zusammengebrochen war.

Beltar bewegte sich ein wenig und eine weitere Serie von Erdstößen lief durch den Boden nach Sarron.

Die Stadtmauern schwankten hin und her und immer mehr hellrosafarbene Steine brachen heraus.

Jehan schluckte wieder, Eldiren lächelte grimmig. Beltars Gesicht blieb ausdruckslos, nur auf der Stirn über den fest geschlossenen Augen sammelten sich Schweißperlen.

Wieder fiel ein loser Stein aus dem Wachturm. Als

Jehan den Blick von der neu entstandenen Lücke in der Brustwehr abwandte und noch einmal nach Sarron schaute, brach ein ganzer Abschnitt der Stadtmauer in einer Kaskade aus Steinen in sich zusammen. Gleichzeitig stieg eine riesige Staubwolke auf.

Die Rauchwolken über Sarron wurden dichter und versperrten schließlich den Blick auf die geschundenen Mauern, während die Gestalten auf der Hauptstraße wie Ameisen aus einem zerstörten Bau zum Fluss rannten. Die fernen Schreie und Rufe und das Grollen der einstürzenden Mauern verschmolzen zu einem allgegenwärtigen qualvollen Summen.

Die Sonne stand schon ein gutes Stück über dem Horizont, als Beltar die Augen öffnete und sich den fernen, rauchenden Schutthaufen ansah. Immer noch liefen Nachbeben durch die Erde und hier und dort brannten Häuser. Schmieriger schwarzer Rauch mischte sich mit weißem Qualm und besudelte den Himmel. Die Flammen schienen am Horizont selbst zu lecken.

»Habt Ihr jemanden am Leben gelassen?«, flüsterte Eldiren.

Beltar drehte sich zu ihm um. »Möglicherweise haben einige überlebt, die sich nicht in der Nähe von Gebäuden oder Mauern aufhielten.«

»Warum habt Ihr das nicht schon während der Schlacht gemacht?«, fragte Jehan.

Beltar drehte sich zu ihm um und deutete mit einer ausholenden Geste auf die mit Asche bedeckte aufgewühlte Erde südlich des Turms. »Es ist fast unmöglich, Schanzen zu zerstören.«

»Aber Ihr hättet Euch doch durch den Wald anschleichen und die Stadt zerstören können«, widersprach Eldiren. »Das Heer hätte sich dann sicher ergeben.«

»Dann hätten wir uns tausenden von wütenden bewaffneten Männern und Frauen gegenüber gesehen, die nichts mehr zu verlieren gehabt hätten... Da die Sarronnesen unsere Bedingungen ablehnten, durften wir ihre Stadt zerstören. So etwas wird von den Menschen akzeptiert – eine Stadt zu zerstören, ohne eine Schlacht geschlagen zu haben, jedoch nicht. Es ist nötig, zuerst zu kämpfen.«

»Aber das ist doch verrückt.« Eldiren schüttelte den Kopf.

»Nein, so ist der Krieg.« Beltar starrte die Treppe hinunter, während sich schwere Wolken über Sarrons rauchenden Trümmern sammelten.

Ein leichtes Lächeln spielte um seine Lippen. Jehan nickte, bevor er den anderen beiden die schmale Treppe des Wachturms hinunter folgte.

XLVI

Direkt hinter einer Kurve, neben einem Hain verwachsener Weiden, war etwas Lebendiges. Justen griff mit den Sinnen hinaus und lächelte erfreut, als er ein Pferd spürte. Stirnrunzelnd versuchte er festzustellen, ob auch ein Reiter in der Nähe wäre, aber er konnte niemanden ausfindig machen.

Vorsichtig legte er die Hülle aus Licht um sich und ging so leise wie möglich weiter... blieb stehen und lauschte, schob sich weiter... blieb stehen und lauschte und schob sich noch ein Stückchen weiter, bis er an den Weiden vorbei war.

Als er sich überzeugt hatte, dass dort wirklich nur ein Pferd stand, ließ er den Schild fallen und sah sich um. Ein kastanienbrauner Wallach stand neben der Straße und rupfte das kurze Gras ab, das am Rand des Sumpfes wuchs. Justen grinste, dachte an seine wund gelaufenen Füße und näherte sich langsam dem Pferd. Als er die dunklen Flecken auf dem Sattel, der Decke und der Mähne sah, blieb er stehen.

Der Wallach wieherte. Justen machte noch einen Schritt und blieb stehen. Der Wallach schnaubte, machte einen Schritt von der Straße herunter ins Stoppelfeld und zog sich von der Hecke zurück, die unter den verkrüppelten Weiden begann.

»Ruhig, mein Junge. Ganz ruhig ...« Der Ingenieur machte wieder einen Schritt.

Der Wallach beobachtete ihn. Dann hob er den Kopf und wich weiter aus.

»Ruhig ...« Justen machte einen kleinen Schritt. Der Wallach wich aus. Justen versuchte es noch einmal, und das vorsichtige Tier wich weiter zurück.

Schließlich flößte Justen dem nervösen Pferd eine Spur Ordnung ein, um es zu beruhigen.

Der Wallach wieherte laut, als hätte Justen ihm eine Brandwunde zugefügt, warf sich herum und galoppierte über das Stoppelfeld davon. Dicke Staubwolken stiegen auf, wo die Hufe den Boden trafen.

Narr! schalt Justen sich. *Jetzt hast du ihm Angst eingejagt. Das ist ein Pferd der Weißen.* Der Ingenieur runzelte die Stirn. *Ob ich mit allen Pferden solche Schwierigkeiten haben werde?* Er schüttelte den Kopf. Nicht alle Weißen waren gleichermaßen vom Chaos erfüllt und angesichts der großen Zahl Gefallener und Verwundeter mussten hier etliche herrenlose Pferde herumlaufen. Oder etwa nicht?

Zwei Straßenbiegungen weiter begegnete er einem weiteren Pferd, aber das Gefühl von Weiß war so stark, dass der Ingenieur nur seufzte und weiterging. Er fragte sich, ob die Weißen Sarron dem Erdboden gleich machen würden, bevor er auch nur fünf Meilen zurücklegen konnte.

Nach einer Weile blieb Justen stehen und überblickte

Sumpfland und Straße. Der Weg, der am Sumpf entlang führte – diesen Weg hatte er am vergangenen Abend genommen –, war kaum mehr als drei Meilen lang gewesen. Die Straße jedoch wand sich wie eine Eidechse und war deshalb beinahe doppelt so lang wie der Weg. Er holte tief Luft, als er wieder ein Pferd vor sich spürte.

Eine zierliche braune Stute graste neben der Straße am Rand des Sumpfes. Justen runzelte die Stirn, als er den blutüberströmten Sattel sah. Hinter einer kleinen Eiche blieb er stehen und lauschte, aber außer den fernen Geräuschen der Wagen und Truppen konnte er nichts hören. Dann machte er einen Schritt.

Die Satteldecke war grau. Justen ließ die Sinne hinausgreifen, aber er konnte kein Anzeichen von Chaos aufspüren. Nur einen Hauch von Weiß fing er auf, als hätte sich ein mit Unordnung erfüllter Mensch hier aufgehalten und wäre nach einer Weile weitergezogen. Einen lebenden Menschen konnte er in der Umgebung nicht spüren.

Langsam schob sich der Ingenieur weiter. Die Stute schaute kurz auf. Justen blieb stehen. Die Stute wieherte, bewegte sich aber nicht. Sie sah Justen nur an.

Zwischen Straße und Mauer lag ein dunkelgraues Bündel im Gras.

Justen runzelte die Stirn, ging langsam zur Mauer und setzte sich einen Augenblick.

»Na, bist du ganz allein?«, fragte er beiläufig, wobei er jedoch das graue Bündel betrachtete, das niemand anders als die Reiterin der Stute war. Er berührte die Gestalt mit seinen Ordnungs-Sinnen, aber die Soldatin war tot... eine ganze Weile schon, wie ihm gleich darauf bewusst wurde. Möglicherweise schon seit der Schlacht des vergangenen Tages.

Im Gegensatz zu dem anderen Pferd wurde die Stute nicht nervös, als sie die Ausstrahlung seiner Ordnungs-

Sinne spürte. Es war ein gutes Zeichen, dass sie nicht in Panik geriet. Er blieb vorerst auf der Mauer sitzen.

»Du bist aber wirklich eine treue Seele, ganz anders als die anderen Tiere. Du wartest, dass deine Reiterin wieder aufsteht, nicht wahr? Ich fürchte bloß, das wird nicht geschehen.«

Die Stute wieherte wieder.

Justen rutschte auf den nächsten Stein, ein Stück weiter in Richtung der Stute und der toten Kämpferin.

»Ich wünschte, du könntest dich entschließen, mich näher heran zu lassen.« Er schob sich noch einmal zwei Steine weiter. Jetzt konnte er mit den Spitzen der mit Schlamm verschmierten Stiefel beinahe die ausgestreckte Hand der toten Eisernen Gardistin berühren.

Langsam beugte Justen sich vor und drehte die Tote halb herum. Trotz des im Tode stumpfen Gesichtsausdrucks hatte die Frau mit dem kurzen schwarzen Haar einmal recht gut ausgesehen. Und jung war sie gewesen. Irgendwie erinnerten ihn die breiten, kräftigen Schultern und das dunkle Haar an Altara. Die tote Eiserne Gardistin hätte die Schwester der Leitenden Ingenieurin sein können. In der linken Hand hielt sie einen Pfeil mit einer Spitze aus Schwarzem Eisen, die rechte Schulter und der Brustkorb waren mit Blut verkrustet.

Justen musste sich zwingen, die Hände ruhig zu halten, als er sie auf den Rücken drehte. Er schloss einen Augenblick die Augen, als er an seine Pfeilspitzen aus Schwarzem Eisen dachte. Wie stolz er doch auf ihre Wirkung und seine Geschicklichkeit gewesen war.

Die Stute schnaubte und stupste seine Schulter an.

»Also gut, ich werde tun, was ich kann. Aber ich werde dich festbinden, damit du mir nicht wegläufst.«

Er band die Stute an einen kleinen Baum, der schräg aus der Mauer wuchs, und durchsuchte den Tornister und die Satteltaschen. Doch er konnte nichts finden, was er als Schaufel hätte benutzen können.

Du bist ein verdammter Narr. Er zog die Tote herum und schleppte sie zu einer Vertiefung auf der anderen Seite der Mauer. Dort nahm er ihr die Börse mit fünf Goldstücken und einem Silberstück ab, ein Gürtelmesser, das in seine eigene Scheide wanderte, und die leere Schwertscheide. Firbeks Klinge ragte aus der Scheide etwas hervor, aber eine zu kleine Scheide war immer noch besser als überhaupt keine. Dann wickelte er die tote Eiserne Gardistin in die Plane, die hinter dem Sattel zusammengerollt war. Die Decke rollte er anschließend wieder zusammen und verstaute sie hinter dem Sattel.

Du bist trotzdem ein sentimentaler Narr. Er stapelte Steine auf, um die Tote zu bedecken. Jedes Mal, wenn er einen Stein dazugelegt hatte, sah er sich besorgt auf der Straße um. Als das Hügelgrab fertig war, war er in Schweiß gebadet und zitterte.

Dann blickte er hilflos zur Wasserflasche, die hinter dem Sattel festgebunden war, und lachte. Der Beutel mit Vorräten war leer bis auf ein kleines, altes Stück Käse und drei trockene Brötchen. Er zwang sich, nicht alles auf einmal herunterzuschlingen, sondern langsam zu kauen und dazwischen immer wieder einen Schluck Wasser zu trinken.

»Das war das beste Essen seit einigen Tagen«, erklärte er der Stute, als er sie losband und sich in den Sattel schwang.

Er lenkte das Pferd nach Norden, in Richtung der rauchenden Trümmer, die einst Sarron gewesen waren, und warf noch einen Blick zurück zum Grab. Die Augen brannten ihm, als er an die Frau dachte, die Altaras jüngere Schwester hätte sein können, und an den Schwarzen Pfeil, den sie im Tod umklammert hielt.

»Dann mal los, Mädchen.«

Die Stute brach aus, trabte dann aber ruhig nach Norden.

Am nächsten Wasserlauf hielt Justen an und ließ das Pferd trinken. Dabei füllte er auch die Wasserflasche nach und pflückte ein paar späte Rotbeeren von einem kleinen Busch neben dem Bach. Er war immer noch hungrig und unsicher auf den Beinen.

Dann stieg er wieder auf und blickte nach Nordosten. Dicke, schwere Rauchwolken stiegen dort in den Himmel.

Weniger als eine Meile vom Bach entfernt verlief die Straße bergab, dann wieder bergauf und nach rechts. Justen zügelte das Pferd und betrachtete die verkohlten Flecken und die verstreuten Metallteile auf der Rückseite des Hügels. Ohne es zu bemerken, war er wieder in die Nähe des Schlachtfelds gelangt. Auf der anderen Seite der Senke verriet die aufgewühlte Erde, wo sich zuvor die vordersten sarronnesischen Linien befunden hatten. Jetzt war alles mit einer Schicht dicker grauer Asche überzogen.

Direkt hinter der Kurve, die zur ebenen Fläche zwischen den beiden Hügeln führte, konnte er etwas Weißes spüren. Es war beinahe, als wäre eine Barriere über die Straße gelegt worden, die vom Eisenholzwald auf der rechten Seite bis fast zum Sumpf reichte.

Dutzende von Berittenen bewachten die Straße – offenbar eine Nachhut der Weißen Streitkräfte, die zur Hauptstadt Sarron marschiert waren.

Er runzelte die Stirn. Wie standen seine Aussichten, die nächsten fünf oder zehn Meilen unentdeckt durch die Weißen Reihen zu gelangen, selbst wenn er die ganze Zeit einen Schild aufrecht erhielt? Er saß nachdenklich auf dem Pferd, streichelte den Hals der Stute und überlegte sich, welche Möglichkeiten ihm jetzt noch offenstanden.

Es wäre schon ein unglaubliches Glück, wenn er die

nächsten paar Meilen hinter sich bringen könnte, ohne von den Chaos-Magiern entdeckt zu werden, die sicherlich das schmale Gebiet zwischen dem Sumpf und dem Wald und wahrscheinlich auch einen Teil des Waldes überwachten. Und selbst wenn er durchkam, was dann? Sarron war bloß noch ein rauchender Schutthaufen. Die Ingenieure und Gunnar waren entweder tot oder nach Rulyarth unterwegs. Aber wenn Gunnar gefallen wäre, hätte er es sicher irgendwie gespürt.

Wenn er aber nicht die direkte Route nahm, musste er weit nach Süden und Westen ausweichen, und dann würde er die fliehenden Sarronnesen und die noch lebenden Ingenieure und Soldaten aus Recluce nicht mehr einholen.

Er schob den Gedanken zur Seite, legte den Licht-Schild um sich und das Pferd und streichelte das Tier beruhigend am Hals. »Alles ist gut ... es wird jetzt dunkel werden, aber dein Justen will nach Hause.«

Die Stute wieherte und er streichelte sie noch einmal und beruhigte sie, so gut er konnte, während sie vorsichtig weiterlief.

Die Hässlichkeit der Weißen Truppen nahm noch zu, als er das Pferd um die Biegung und auf die Böschung lenkte, wo die Staubwolken, die von den Hufen aufgewirbelt wurden, hoffentlich nicht ganz so auffällig waren.

Wenn er sich anstrengte, konnte Justen sogar ein paar gemurmelte Worte der Weißen Soldaten belauschen.

»... hier herumhängen ...«
»... nichts zu plündern ... keine Frauen ...«
»... Girta hat auch immer Glück ...«
»... nicht, ob es Glück ist, bei Zerchas zu sein ...«

Auf der dem Sumpf zugewandten Böschung der Straße, ein höchstens zehn Ellen breiter Streifen, der zum Sumpf hin sanft abfiel, stand zum Glück kein einziger Weißer Soldat.

Justen versuchte, ruhig und gleichmäßig zu atmen.

»Achtung! Bogenschützen!«

Die Weißen Lanzenreiter verstummten sofort. Justen zügelte abrupt sein Pferd und die Stute wieherte empört.

»Da! Die Staubwolken! Dort ist ein Schwarzer Spion!«

Das unsichtbare rot-weiße Feuer verriet Justen, dass ein Weißer Magier in der Nähe war – kein besonders starker, aber angesichts der zahlreichen Soldaten, die sich in der Nähe aufhielten, brauchte er das auch nicht zu sein. Der Ingenieur zog das Pferd herum und lenkte es die Straße hinunter. Er drückte sich flach auf seinen Rücken.

»Bogenschützen! Eine volle Salve!«

Die Pfeile sausten an Justen vorbei.

»Wohin denn, verdammt?«

»Was …«

»Höher halten! Es ist ein Reiter!«, fauchte der Magier.

Der Ingenieur lenkte das Pferd dicht an den Rand des Sumpfes und trieb es an, damit sie sich so schnell wie möglich von den Soldaten entfernten.

Er spürte, wie die Pfeile über ihn hinweg flogen. Dann erreichte er die Kurve und war vorerst in Sicherheit.

»Halt! Wir wissen nicht, was für Tricks er im Ärmel hat. Denkt an die Fallen in Spidlar! Halt!«

Justen holte tief Luft, ließ das Pferd traben und nahm den Licht-Schild herunter. Ein Glück, dass die Weißen solche Angst vor einem Hinterhalt hatten.

Nachdem er die leere Straße hinter sich überprüft hatte, drehte er sich im Sattel um und blickte zum Fluss Sarron hinunter. Jenseits der Sümpfe im Süden gab es vielleicht eine Brücke oder eine Furt. Er hatte keine sehr genauen Vorstellungen von der Geographie Sarronnyns, aber er wusste, dass es in der Stadt Clynya einen Übergang geben musste. Justen schüttelte den Kopf. Clynya war mehr als drei Tagesreisen entfernt.

Er betrachtete noch einmal die unsichtbare Ausstrahlung der Weißen hinter sich und hoffte, die Nachhut würde ihn nicht verfolgen. Dann musterte er die gewundene Straße. Er würde mindestens den halben Vormittag brauchen, um die Stelle zu erreichen, wo die Straße wieder am Fluss entlang führte.

Er tätschelte dem Pferd noch einmal den Hals, als es leise wieherte. »Immer mit der Ruhe ... wir haben einen weiten Weg vor uns.« Er hoffte nur, dass er nicht zu weit würde.

Als ihm bewusst wurde, dass er noch einmal am Grabhügel der toten Eisernen Gardistin vorbeikommen würde, musste er schlucken. Er holte tief Luft, als er für einen kurzen Moment das Abbild einer lachenden, dunkelhaarigen Frau vor sich sah.

Mit Ordnung verstärkte Schwarze Pfeile? Wundervolle Schmiedearbeit, auf die er stolz sein konnte?

Er tätschelte dem Pferd den Hals und ritt weiter.

XLVII

Justen wischte sich die Stirn mit dem Ärmel ab und tätschelte wieder einmal den Hals seines Pferdes. Rechts wand sich der Fluss durchs Flachland. An den toten Nebenarmen wuchs dichtes Gebüsch, am Westufer des Sarron sah er Stoppelfelder und mit Steinmauern eingefriedete braune Wiesen, auf denen einige Schafherden standen, als wüssten die Schäfer, dass die Tiere am kalten fließenden Wasser gut geschützt waren.

Sollte er versuchen, eine Furt zu finden? Justen blickte zum fast hundert Ellen breiten Fluss hinunter. Obwohl es lange nicht geregnet hatte, war das schmutzige Wasser unruhig und aufgewühlt. Der leichte Wind trug einen dumpfen, feuchten Herbstgeruch vom Wasser herüber.

Der Ingenieur blickte nach Westen, wo die Sonne auf halber Höhe zwischen dem Zenit und dem dunstigen Horizont stand. Er seufzte und trank einen Schluck aus der Wasserflasche.

Der felsige Abhang oberhalb der Straße wurde hier und dort von kleinen Wiesen und Spalieren mit Reben unterbrochen. Die Weintrauben waren schon gelesen und die paar Häuser, die er hier und dort entdeckte, waren verrammelt. Ein paar Beeren fand er noch und stieß sogar auf einen Birnapfelbaum, der genug Früchte trug, dass er sich nicht nur satt essen, sondern auch noch einige in die sonst völlig leeren Satteltaschen stecken konnte. Danach war er zwar nicht mehr heißhungrig, hätte aber dennoch gern wieder einmal den Geschmack von Brot und Käse gekostet.

»Also los, Mädchen.« Er klopfte der Stute auf den Hals und rückte ein wenig im Sattel hin und her, als sie den nächsten Hügel in Angriff nahm.

Er wusste nicht, wie lange sie schon geritten waren, ehe er vom Schornstein eines kleinen Anwesens eine Rauchsäule aufsteigen sah. Es musste später Nachmittag sein, denn die Sonne stand bereits tief am Himmel.

»Sollen wir versuchen, etwas zu kaufen?«, fragte er die Stute. Da er keine Antwort bekam, lenkte er sie von der Straße herunter und über den Weg zum niedrigen, mit Stroh gedeckten Steinbau. Der Rauchfaden über dem Schornstein schien etwas dünner zu werden, aber er konnte das brennende Holz riechen.

Eine Steinmauer, die von einem einfachen, offenstehenden Tor durchbrochen wurde, friedete das Haus und ein Nebengebäude ein, das eine strohgedeckte Scheune zu sein schien. Irgendwo hinter der Mauer hörte Justen eine Säge.

»Vater!«, rief eine helle, etwas schrille Stimme.

»Hallo, ihr da!«, rief Justen so fröhlich er konnte. Er zügelte das Pferd etwa zwanzig Ellen vor dem Tor.

»Bleib genau dort, wo du bist, Bursche!« Ein Mann mit schmalem Gesicht tauchte hinter der Mauer auf. Er hatte sich auf irgendeine Erhöhung gestellt, so dass nun auch seine Brust und der Langbogen, den er hielt, über der Mauerkrone sichtbar wurden.

»Ich hatte gehofft, bei Euch Vorräte kaufen zu können.«

»Hab nichts zu verkaufen.« Der Mann zielte auf Justens Brust.

»Ich kann bezahlen. Ich kann Euch die Münzen irgendwo offen hinlegen.«

»Will Eure Münzen nicht.«

»Ich bin kein Weißer... ich bin ein Ingenieur aus Recluce...«

»Erzählt mir nichts. Ihr reitet ein Pferd mit grauer Satteldecke. Das heißt, dass Ihr entweder ein Weißer Späher oder ein Deserteur seid, oder sogar noch Schlimmeres. Wenn ich sicher wäre, dass Ihr ein Taugenichts wärt, dann wärt Ihr jetzt schon tot. Außerdem... falls Ihr wirklich von der Teufelsinsel kommt, so macht das auch keinen Unterschied. Ihr wollt ja doch nur unsere Leichen fleddern.« Er hob den Bogen ein Stück höher.

Justen runzelte die Stirn, dann zog er den Mantel aus Licht um sich und das Pferd, führte die Stute rasch ein Stück zur Seite und legte sich flach auf ihren Hals.

Der Pfeil zischte knapp über seinem Kopf vorbei, er spürte sogar den Luftzug.

»Verdammter Magier! Kommt nur in meine Nähe, dann werde ich es Euch zeigen!« Der Mann legte den nächsten Pfeil ein. »Ich kann Eure Spuren im Staub sehen. Ihr könnt Euch mit Euren Tricks nicht verstecken. Und jetzt verschwindet von hier! Ich habe reichlich Pfeile und ich könnte Euch wohl ein paar Mal verfehlen – vielleicht aber auch nicht.«

Justen schüttelte im Schutz seines Licht-Schildes den Kopf und gebrauchte all seine Sinne, um das Pferd in die richtige Richtung zu lenken.

»Ja, reitet nur weiter! Wir wollen hier nichts mit Euresgleichen zu schaffen haben. Wenn Ihr zurückkommt, werde ich Euch bis in die Steinhügel scheuchen!«

Justen hielt den Kopf unten, während er das Pferd den Weg hinunter zurück zur Straße lenkte. Als er außer Reichweite des Bogens war, ließ er den Schild fallen. Er zitterte am ganzen Leib.

»Die Leute hier sind nicht gerade freundlich. Er wollte uns bis in die Steinhügel scheuchen? Dort ist es sicher heiß und es klingt nicht gerade, als wäre es ein angenehmer Ort.«

Die Stute wieherte leise.

»Ja, und du willst sicher nicht, dass schon wieder jemand, der dich reitet, von einem Pfeil aufgespießt wird.« Noch bevor er die Worte ausgesprochen hatte, stand wieder das Bild der toten, dunkelhaarigen Gardistin vor seinem inneren Auge. Ob sie den Bogenschützen, der sie getötet hatte, überhaupt bemerkt hatte? Vielleicht war es ja nicht einmal einer der Pfeile gewesen, die er selbst hergestellt hatte. Er schüttelte den Kopf. Nein – es war seine Idee gewesen und das bedeutete, dass alle Pfeile die seinen waren.

Die frühere Reiterin der Stute hatte keinen Funken Chaos in sich gehabt, aber am Ende hatte das keine Rolle gespielt. Sie war genau wie tausende von Sarrónnesen gestorben. Genau wie Clerve und Krytella. Justens Augen wurden feucht, als er an die rothaarige Frau und die dunkelhaarige Gardistin dachte.

Eine Weile ritt er, ohne den Weg vor sich zu sehen.

Er stieß zwar noch auf einige weitere Anwesen, aber so weit er es von der Straße aus erkennen konnte, waren alle verlassen und machten einen beinahe feindseligen Eindruck. Nachdem er drei weitere Hügel hinauf und wieder hinunter geritten war, entdeckte er endlich nicht weit von der Straße entfernt einen weiteren Birnapfelbaum, an dem noch einige Früchte hingen. Er pflückte sie und sammelte noch ein paar späte Beeren, die an einem kleinen Bach wuchsen. Dann aß er einen Birnapfel und die Beeren und trank etwas Wasser aus dem Bach dazu, das er vorsichtshalber mit einer Gabe Ordnung gereinigt hatte. Er hoffte, sein Magen würde nach all den Früchten nicht rebellieren. Während er aß, wehrte er eine surrende Mücke und ein paar Fliegen ab. Die Stute graste unterdessen friedlich in der Nähe.

Schließlich stand er auf und streckte sich.

»Es wird Zeit, wir müssen aufbrechen.«

Die Stute hob langsam den Kopf und ein paar grüne Gräser verschwanden in ihrem Maul.

Sie folgten der Straße weiter nach Süden – auf der einzigen Straße, die dem Lauf des Flusses folgte –, bis sie einen Hügel erreichten, der etwas höher war als die anderen. Auf der Hügelkuppe hielt Justen an und betrachtete das Flusstal und die kleine Stadt am Westufer. Der Fluss teilte sich hier in zwei schmalere Seitenarme. Statt den Sarron selbst mit einer großen Brücke zu überspannen, hatte man sich entschlossen, über die Seitenarme jeweils eine kleinere Brücke zu bauen. Soweit Justen es sehen konnte, war der westliche Arm beinahe doppelt so breit wie derjenige, der sich auf seiner Seite befand. Die Stadt, an deren Namen Justen sich nicht erinnern konnte, lag am Westufer des westlichen Armes.

Auch hier waren die Häuser und Scheunen, die in

den Hügeln verstreut lagen, verschlossen und verlassen. Auf der anderen Seite des Sarron konnte er jedoch Rauch und Bewegungen ausmachen.

Nachdem er die Szenerie drunten eine Weile beobachtet hatte, trieb er das Pferd weiter zu den Brücken. Vielleicht konnte er hier endlich den Fluss überqueren und nach Sarron und Rulyarth zurückkehren.

Als die Straße ebener wurde, kam er an einigen Gebäuden vorbei, die zu einem Gasthof gehören mochten, doch von den Pfosten, die an der Straße standen, waren die Schilder entfernt worden und sogar die Stalltür war mit Brettern vernagelt. Frische und ziemlich tiefe Wagenspuren führten vom geschlossenen Gasthof zur Brücke.

Justen sah sich kurz um und ritt auf einer aufgeschütteten Zufahrt weiter zur Brücke. Von der erhöhten Position aus konnte er das umliegende Sumpfland überblicken.

Eine Aaskrähe krächzte, flog von ihrem Ausguck auf einem kahlen Baum auf und flatterte in Richtung Sarron.

Justen zügelte das Pferd vor der Steinbrücke. Der mittlere Teil des Brückenbogens, der offenbar aus Holz bestanden hatte, war entfernt worden. Die Lücke war ungefähr zehn Ellen weit. Die Einwohner der Stadt hatten anscheinend keine große Mühe darauf verwendet, die östliche Brücke zu blockieren, aber er vermutete, dass die Sache auf der westlichen Brücke anders aussah.

Das Wasser unter der Brücke schien flach genug, um es zu durchwaten. Justen nickte und betrachtete die Lücke mitten auf der Brücke. Sie war beinahe schmal genug, um sie zu Fuß zu überspringen. Wollte er es wirklich mit dem Pferd wagen? Würde er es schaffen, sich im Sattel zu halten? Oder wäre es besser, den Weg durch den Fluss zu versuchen?

»Na, wie wär's mit einem kleinen Sprung, Mädchen?« Er klopfte ihr auf den Hals, aber die Stute antwortete nicht. Er seufzte und lenkte sie auf den festgefahrenen Lehm vor der Brücke zurück. Dann betrachtete er noch einmal die Lücke. Sie schien größer als vorher.

»Bei der Dunkelheit!«, rief er. »Los jetzt!« Er trieb die Stute zu vollem Galopp an. Die Hufe klapperten über die Steine. Sie sprang, ohne dass Justen sie drängen musste, und landete wohlbehalten auf der anderen Seite.

Justen wurde wild im Sattel hin und her geworfen. Er packte mit der einer Hand die Mähne und mit der anderen den Sattel, kippte aber trotzdem so weit zur Seite, dass er fast mit den Kopf gegen die seitliche Mauer der Brücke geschlagen wäre. Sein Magen drehte sich um und er keuchte schwer, als das Pferd wieder langsamer wurde und er sich im Sattel aufrichten konnte. Die Rippen taten ihm weh. Anscheinend war er auf den Griff von Firbeks großem Schwert geprallt.

Der Lehm auf der Straße war von tiefen Wagenspuren durchzogen, vermutlich von den Wagen, mit denen man die Balken aus der Mitte der Brücke entfernt hatte. Die Spuren liefen an einer schmalen Seitenstraße vorbei, die nach Süden ins trockene Bergland führte.

Justen ritt zur größeren Brücke, vor der ein Meilenstein den Namen der Stadt verriet: ROHRN stand darauf. Wie erwartet waren hier sämtliche aus Holz gebauten Mittelteile der drei Brückenbögen entfernt worden. Glaubten die Menschen in Rohrn denn wirklich, das Fehlen einer Brücke könnte die Weißen aufhalten?

Er grinste. Sah man, wie tief der Fluss war, so musste man annehmen, dass es sie tatsächlich aufhalten würde. Kopfschüttelnd machte er kehrt. Wie sollte er auf die andere Seite gelangen? Auf der Seite, auf der er sich jetzt befand, gab es nicht einmal einen Weg, der dem Flussufer folgte. Wahrscheinlich würde die kleinere Seitenstraße, an der er gerade vorbeigekommen war, früher oder später auf einen Weg stoßen, der ihn zum Fluss führen würde. Wahrscheinlich ... aber aus Sarronnyn herauszukommen war schwieriger, als er gedacht hätte. Andererseits war ja daran gewöhnt, dass alles schwieriger wurde als anfangs angenommen.

Er lenkte die Stute zur letzten Abzweigung zurück und blickte nach Westen, wo die Sonne halb hinter dem Horizont versunken war. Rechts neben der Straße lag ein schmales, frisch gepflügtes Feld am Fluss, im Westen erhob sich ein niedriger Hügel. Ein Lattenzaun trennte das Feld von der Straße und das hintere Ende des Feldes war ebenfalls von einem Zaun begrenzt. Wegen der leichten Steigung konnte Justen nicht sehen, was hinter dem Feld kam. Er konnte nur eine Reihe regelmäßig gepflanzter Bäume erkennen.

Er musste einen Platz zum Lagern finden, er brauchte etwas zu essen und Futter für sein Pferd. Wahrscheinlich war es aber nicht klug, in der Nähe der Stadt Rohrn mit ihren zerstörten Brücken zu bleiben.

Justen ruckte an den Zügeln und sah zur Kreuzung.

Dann blieb er stehen und drehte sich im Sattel um. Eigentlich hätte es irgendwo noch eine weitere Straße geben müssen, aber er hatte nichts dergleichen entdeckt. Vielleicht hatte er sie übersehen. Aber nachdem zweimal Bogenschützen auf ihn geschossen hatten und ohne ein anständiges Essen im Bauch konnte er nicht mehr klar denken.

Schließlich ritt er auf den Weg, der ihn noch weiter weg von Rohrn, Sarron und Rulyarth führte. Er holte tief Luft und tätschelte den Hals der Stute.

Dieses Mal schnaubte sie zur Antwort.

XLVIII

Der schlankere der beiden weiß gekleideten Magier zuckte zusammen, als er die Dunstwolken betrachtete, die durch das flache Glas auf dem Tisch wallten. Die Kerze, die das Glas beleuchtete, flackerte, als er sich vorbeugte und versuchte, die verschwommenen Gestalten im Nebel zu erkennen.

»Bei der Dunkelheit«, murmelte Beltar, »was ist das?«

»Eine Frau und ein Baum. Eine Art Gesandte, nur dass sie irgendwie aus der Ordnung lebt, andererseits aber auch nicht. Es fühlt sich an, als käme es von Südwesten.«

»Aus Naclos? Von den Druiden? Das gefällt mir überhaupt nicht.«

»Was gefällt Euch nicht?«, unterbrach sie eine harte Stimme. Zerchas betrat das Zelt. »Ich hatte das Gefühl, dass jemand mit meinem Glas gespielt hat.«

Direkt hinter ihm folgte Jehan mit unbewegtem Gesicht.

»Von Naclos her kommt eine Art Projektion der Ordnung«, bemerkte Eldiren leise.

»Aus Naclos? Nach Naclos konnten wir noch nie hineinschauen.« Zerchas drehte den Kopf, spuckte in eine dunkle Ecke und machte eine wegwischende Geste. Wo die Spucke gelandet war, züngelte eine kleine Flamme hoch.

»Das ist aber ... seid Ihr in dieser Hinsicht nicht übertrieben vorsichtig?« Beltars Stimme war kühl und höflich.

»Ihr meint, ich sei abergläubisch? Hinter manchem Aberglauben steckt ein guter Grund, mein junger Beltar.« Zerchas lachte grob. »Und was war das jetzt für ein Unsinn mit den Druiden?« Er betrachtete den dunklen Baum durch das Glas.

Jehan folgte seinem Blick.

Abrupt verschwand das Bild.

Eldiren schwankte auf seinem Hocker und legte sich eine Hand an die Stirn. Im flackernden Licht schien er leichenblass.

Beltar und Zerchas wechselten einen Blick. Unbemerkt von ihnen taumelte auch Jehan einen Moment, ehe er sich wieder fangen konnte.

»Die Druiden? Eine so starke Ordnung? Aber warum?«, platzte der stämmige Weiße Magier heraus.

»Es muss mit dem Ingenieur zu tun haben, der die Schwarzen Pfeilspitzen geschmiedet und den zweiten Damm aufgeschüttet hat«, murmelte Eldiren.

»Ist er nicht mit den anderen geflohen?«

»Nicht auf der Uferstraße nach Rulyarth. In dieser Gruppe waren nur fünf Ingenieure.« Beltar legte Eldiren eine Hand auf die Schulter. »Gebt das Glas frei«, fügte er leise hinzu.

»Er hätte sich als Marineinfanterist ausgeben können. Es muss derjenige sein, von dem der Soldat aus Recluce – ich glaube, sein Name war Firbek – sagte, er könne gut mit Waffen umgehen«, meinte Jehan.

»Firbek hat sie alle im Glas betrachtet«, sagte Eldiren mit einem Nicken zum Spähglas hin, das jetzt wie ein ganz gewöhnlicher Spiegel auf dem Tisch lag.

»Dann findet ihn und schaltet ihn aus, wenn er so wichtig ist«, höhnte Zerchas. »Eure Kräfte werden doch wohl hoffentlich ausreichen, um mit einem einzigen Ingenieur fertig zu werden, oder? Fangt ihn oder tötet ihn. Dann braucht Ihr Euch wegen der Naclaner keine Sorgen mehr zu machen.«

Beltar setzte sich vor das leere Glas und runzelte einen Augenblick die Stirn, als der weiße Nebel wieder auftauchte. Nicht lange, und sie sahen das Bild eines Mannes, der an einer Steinmauer saß.

Dann wirbelten wieder Nebel über das Bild und das Glas war leer.

»Was ...«

»Er hat eine Barriere aufgebaut. Ich glaube nicht, dass er nur ein einfacher Ingenieur ist.« Beltar schloss die Augen und massierte sie leicht.

Eldiren warf Jehan einen Blick zu, der leicht den Kopf schüttelte.

»Wo ist er?«, fragte Zerchas.

»Nicht weit von hier«, antwortete Beltar. »Irgendwo auf der Straße nach Clynya.«

»Oh ... dann lasst ihn doch in Ruhe. Was kann ein einzelner Ingenieur schon ausrichten?«, fragte Zerchas. Er spuckte durch die Zeltklappe nach draußen. Dieses Mal brannte die Spucke schon, bevor sie den Boden erreichte. »Selbst wenn er ein zweitklassiger Schwarzer wäre, könnte er nicht viel unternehmen.«

»Angeber ...«, murmelte Eldiren.

Jehan zuckte zusammen.

»Allerdings«, fuhr Zerchas fort, »könnte dieser Ingenieur, wenn ich es mir recht überlege, vielleicht doch eine Bedrohung darstellen. Eldiren, Ihr könnt die Zweite und Dritte Abteilung der Lanzenreiter nehmen und ihn aufstöbern.«

»Aber ... bisher haben wir unsere Truppen noch nie so weit vorgeschickt.« Beltar erhob sich vom Hocker.

»Jetzt werden wir es tun. Eldiren, Ihr könnt auch die Fünfte nehmen, beziehungsweise das, was von ihr übrig ist. Auf dem Weg nach Clynya gibt es ohnehin keine Anwesen mehr – nur noch ein paar Obstgärten und Schafe. Reitet einfach am Sarron entlang und hinter Rohrn kommt Ihr dann nach Clynya. Wahrscheinlich könnt Ihr sowieso nicht vor Clynya an das andere Ufer gelangen. Dabei solltet Ihr Euch auch gleich vergewissern, ob das Land ruhig ist, während Beltar und ich mit dem Marsch auf Rulyarth beginnen.« Zerchas lächelte. »Jehan wird unterdessen Euren Platz hier bei Beltar einnehmen.«

»Der Schwarze könnte sich auch in den Steinhügeln verstecken«, wandte Eldiren ein.

»Nicht einmal ein Ingenieur aus Recluce wäre so dumm«, schnaubte Zerchas. »Sobald Ihr diesen aufsässigen Ingenieur geschnappt habt, könnt Ihr am südlichen Arm des Jeryna entlang nach Norden marschieren. Lasst Euch nur Zeit. Wir treffen uns dann in Jerans.«

»Das ist aber viel verlangt.« Eldiren schluckte betreten.

»Ich bin sicher, dass Ihr es schafft. Aber ich würde kein Schießpulver mitnehmen.« Zerchas verneigte sich und bevor er hinausging, sagte er: »Guten Abend.«

Jehan sah Eldiren an und zuckte hinter Zerchas' Rücken mit den Achseln.

»Kommt mit, Jehan, noch ist dies nicht Euer Platz.«

Jehan drehte sich gehorsam um und folgte dem älteren Magier.

Einen Augenblick lang blieben die anderen beiden Weißen Magier sprachlos im Zelt stehen. Nur vereinzelt waren die Stimmen der lagernden Weißen Soldaten zu hören. Insekten zirpten, hier und dort quakte ein Frosch.

»Beltar ...« Eldiren rieb sich die Stirn. »Das sind genau die Einheiten, die wegen dieses Ingenieurs dezimiert wurden. Ich glaube, es sind höchstens noch hundert Männer. Und die Sarronnesen, die in den Bergen leben, können Fremde nicht ausstehen.«

»Ich weiß.«

»Könnt Ihr nicht etwas tun?«

Der breitschultrige Weiße Magier zuckte die Achseln. »Was denn? Zerchas hat nach wie vor die Befehlsgewalt. Deshalb setzt er mir auch Jehan vor die Nase. Er will dafür sorgen, dass ich fügsam und artig bleibe.«

Eldiren schürzte die Lippen und sah Beltar ratlos an. Beltar erwiderte den Blick. Nach ein paar Sekunden ließ Eldiren die Schultern sinken und ging in die Dunkelheit hinaus.

Als er allein in seinem Zelt war, holte Beltar tief Luft.

XLIX

Justen streckte den Arm zum Baum aus, der von einem Teppich aus kurzem grünen Gras umgeben war. Die Borke des Lorkenbaumes war tief zerklüftet und fast so schwarz wie das Holz, das unter ihr lag. Auf seinem ganzen Ritt durch Sarronnyn hatte er noch keinen so großen Lorkenbaum gesehen. Allerdings hatte er auch kaum Muße gehabt, über Bäume nachzusinnen.

»Du hast nicht viel Zeit gehabt, den Baum zu finden.« Die schlanke junge Frau mit dem silbernen Haar war auf einmal neben dem dicken, dunklen Stamm aufgetaucht. Sie trug ein braunes Kleid.

»Ist das schon wieder ein Traum?«, fragte er.

»Nein. Nicht, wenn du Träume als Bruchstücke von Gedanken verstehst, die im Schlaf unzureichend wahrgenommen und verstümmelt erinnert werden.« Ihre Stimme klang silberhell und doch traurig.

»Aber wer bist du?« Justen wollte ihr einen Schritt entgegen gehen, aber er stand da wie angewurzelt.

»Du wirst meinen Namen in Naclos finden. Dorthin musst du gehen, wenn du dich selbst finden willst.« Ihr Gesicht verriet keinerlei Regung. »Aber es zwingt dich niemand zu gehen. So lange du dich nicht selbst gefunden hast, ist es dir bestimmt ... aber nein, das darf ich nicht sagen.« Sie hielt inne. »Nur so viel, dass du nie zur Ruhe kommen wirst. Denn du hast das Chaos aus der Ordnung erschaffen und das wird dein ganzes Sein verfälschen, bis du das Gleichgewicht findest.«

Justen dachte einen Augenblick darüber nach.

Das Rascheln von Schritten, das Knacken eines Astes und das leise Flüstern des Windes weckten den Ingenieur. Er richtete sich vorsichtig neben der Steinmauer auf und suchte mit Sinnen und Augen ringsum die Dunkelheit ab.

Er blinzelte, als höchstens drei Ellen über ihm in der Luft ein Licht zu schimmern begann, das doch kein Licht war. Das Gesicht eines dunkelhaarigen Mannes sah ihn aus dem wallenden weißen Nebel an.

Viel zu spät erinnerte Justen sich an seine Ausbildung, in der er gelernt hatte, sich gegen die forschenden Blicke der Weißen Magier zu schützen. Er konzentrierte sich, wob das Sternenlicht um sich und hoffte, er könne sich damit vor natürlichen wie vor magischen Suchern verbergen.

Eine Zeit, die ihm sehr lang vorkam, blieb er in seinem dunklen Kokon sitzen, bis er sicher war, dass der Weiße Magier ihn nicht mehr sehen konnte. Wer auch immer auf der Straße herumgeschnüffelt hatte, war inzwischen ebenfalls verschwunden. Als er den Schild fallen ließ und wieder ungeschützt in der dunklen Nacht an der Mauer saß, fröstelte er. Trotz der warmen Herbstluft hörten die Schauder nicht einmal auf, als er sich in den Mantel hüllte, weil die Wärme der Decke nicht ausreichte.

Er fröstelte die ganze Nacht bis in den Morgen und war am Ende so müde, dass er sich erst aufrappelte, nachdem die Sonne aufgegangen war und im Osten schon ein Stück über den Wipfeln der knorrigen Bäume stand.

Als er sich in der Morgensonne reckte und streckte, um sich aufzuwärmen, erwartete er schon halb, dass er seinen Atem würde sehen können. Mit Sinnen und

Augen erforschte er die Umgebung, aber er konnte nur ein paar Vögel, einige kleine Nagetiere und die Stute spüren.

Er wusch sich im Bach, der eigentlich nicht mehr als ein kleines Rinnsal war, aber das beste Wasser führte, das Justen in der Gegend hatte finden können. Er trank einen Schluck und verzog ob des metallischen Geschmacks das Gesicht. Sein sprießender Bart juckte. Er wünschte, er hätte ein Rasiermesser, aber das war ein Luxus, den er schon lange nicht mehr hatte genießen können.

Zum Frühstück gab es einen angestoßenen Birnapfel aus der Satteltasche, den Justen bewusst langsam aß. Er hoffte, die Säure der Frucht würde seinen leeren Magen nicht zu sehr belasten. Als er fertig gegessen und sich den klebrigen Saft von den Fingern gewaschen hatte, hörte er schwere Flügel rauschen, dann schrie ein Vogel.

Ungefähr fünfzig Ellen stromaufwärts war eine Aaskrähe auf einer halb abgestorbenen Weide gelandet. Irgendetwas an dem Vogel störte ihn und so griff er mit den Sinnen hinaus, bis er eine weiße Aura spürte, die seine Befürchtungen bestätigte. Der ferne Weiße Magier stand auf irgendeine Weise mit dem Vogel in Verbindung.

Die Aaskrähe schrie noch einmal und flog nach Süden davon.

»Das sieht ja fast so aus, als würden sie uns suchen«, murmelte Justen. Aber warum war der Vogel nach Süden geflogen?

Er striegelte die Stute rasch mit der Bürste, die er in der linken Satteltasche gefunden hatte, und legte ihr die Decke auf den Rücken. Er wünschte, der Stoff wäre nicht auf beiden Seiten dunkelgrau. Und egal, wie er sie legte, der rote Streifen schimmerte immer durch. Anschließend sattelte er die Stute. Sie wieherte kurz, wehrte sich aber nicht.

Nachdem er seine Decke zusammengerollt und hinter dem Sattel verstaut hatte, stieg er auf und sah sich noch einmal nach der Aaskrähe um, aber der Vogel war nirgends mehr zu sehen.

Er ließ die Stute gemächlich laufen und hielt nach einer Abzweigung Ausschau, die ihn entweder nach Clynya bringen würde oder zu einem Weg, der nach Westen abzweigte und zurück zum Fluss führte. Er wünschte, er wäre dem Fluss gefolgt, aber er hatte nicht über die Felder der Einwohner reiten wollen, ob sie nun abgeerntet und umgepflügt waren oder nicht, und die kürzliche Begegnung mit dem Mann und seinem Bogen hatten ihm jegliche Hoffnung ausgetrieben, die Einwohner könnten sich neutral verhalten. Seine schwarze Kleidung schien ebenso unbeliebt wie die Uniform der Weißen oder der Eisernen Garde.

Justen drehte sich im Sattel um und blickte nach Westen, aber er konnte die Baumlinie am Ufer des westlichen Flussarms nirgends erkennen. Im Osten konnte er allerdings gerade eben ein paar Bäume ausmachen, die möglicherweise den Verlauf des kleineren Flussarms markierten.

Warum gab es keine Straße, die ihn nach Clynya bringen würde? Oder hatte er sie übersehen?

Hundert Ellen voraus hockte die dunkle Aaskrähe auf einem Stein und wartete offenbar auf ihn.

Justen leckte sich die Lippen. Nur noch ein paar Kilometer und er würde nach Westen abbiegen, ob es eine Straße gab oder nicht.

L

»Wie sollen wir ihn fangen, ehrwürdiger Magier?« Der Anführer der Weißen Lanzenreiter wandte sich mit höflichem Nicken an Eldiren.

»Es dürfte nicht allzu schwer sein. Er ist noch nicht wach und er wird vorläufig nicht wach werden.« Der Weiße Magier blickte zum grauen östlichen Horizont. »Er scheint nicht viel zu essen zu haben und weiß nicht, dass wir ihm auf den Fersen sind. Außerdem folgt er nicht dem kürzesten Weg. Er hat die erste Abzweigung nach Clynya verpasst ...«

»Aber wie ist das möglich? Er ist doch auch ein Magier.«

Eldiren lachte nur.

Der Offizier wich ein wenig zurück.

»Er hat nicht mit dem Einfallsreichtum der Einwohner gerechnet. Sie haben die Straße umgepflügt, einen Zaun gesetzt und sogar ein paar Büsche gepflanzt.«

»Aber wie ...«

»Wenn man mit Hilfe von Aaskrähen die Dinge aus der Luft überblicken kann, fällt einem sofort auf, dass mit einer Straße, die mitten auf einem Hügel beginnt, etwas nicht stimmen kann.« Eldiren reichte dem Offizier ein Stück Pergament. »Nimm die schnellste Unterabteilung und führe sie den markierten Weg entlang. Ihr müsst vor ihm an der Weggabelung eintreffen, die hier mit einem roten Kreuz markiert ist.«

Im Gegensatz zu Zerchas und Beltar zog Eldiren es vor, sich nicht mit einer Kutsche fahren zu lassen, sondern selbst zu reiten. Er stieg in den Sattel seiner weißen Stute. »Ihr müsst nur den kürzeren Weg nehmen, den er übersehen hat, und euch sputen. Wartet an der Kreuzung, bis wir zu euch stoßen oder bis ihr eine Nachricht bekommt. Wenn der Ingenieur auftaucht, so fasst ihn. Mehr habt ihr nicht zu tun.«

»Mehr nicht? Einen Magier-Ingenieur mit einem halben Trupp fassen? Wir müssen noch eine ganze Tagesreise aufholen.«

»Nein. Wenn ihr vor ihm dort seid, wird er wieder umkehren. Er wird nicht bis zu euch kommen.«

»Aber zwei Tagesreisen an einem Tag?«

»Es ist in Wirklichkeit etwas weniger. Ich bin sicher, dass ihr es schafft.« Eldiren wartete, dass der Offizier aufstieg, und betrachtete einen Augenblick das Pferd des Soldaten. »Ich glaube nicht, dass uns jemand ernstlich aufhalten wird, so lange wir nicht Clynya erreichen und versuchen, dort den Fluss zu überqueren. Das würde aber eine Weile dauern und bis dahin kann sich die politische Situation grundlegend geändert haben.«

»Ich bitte um Verzeihung, werter Magier, aber das klingt, als würdet Ihr den Ingenieur lieber in die Steinhügel jagen, als nach Clynya zu gehen.«

»Der große Magier Zerchas hat uns die Aufgabe gegeben, diesen Magier, wenn möglich, aufzuspüren.« Eldiren grinste kurz. »Und jetzt stell deinen Trupp zusammen und mach dich auf den Weg.«

»Jawohl, Ser ...«

»Es sei denn, du willst lieber bei Zerchas bleiben ...«

»Wir sind schon unterwegs, Ser.« Der Offizier stieg auf sein Pferd.

LI

Justen zügelte das Pferd an einer Stelle, wo ein Trampelpfad beginnen mochte – oder vielleicht nicht einmal das. Er hatte immer noch keine Straße entdeckt, die zum Fluss oder nach Clynya führte und inzwischen war er weitere drei Meilen geritten – mehr, als er sich eigentlich vorgenommen hatte. So weit er sehen konnte, verlief die Straße, der er gefolgt war, inzwischen direkt nach Süden, und so hatte er sich mit jedem Schritt der braunen Stute weiter vom Fluss entfernt.

»Sollen wir hier abbiegen?«

Da die Stute geduldig auf seine Entscheidung wartete, lenkte er sie schließlich auf einen Weg, der zwischen zwei Feldern begann. Der staubige Pfad lief an einer Steinmauer entlang, die ein paar hundert Ellen weit quer über einen sanften Hügel lief. Etwa alle fünfzig Ellen musste Justen die Stute ausweichen lassen, sich ducken oder Äste zur Seite drücken, damit ihm nicht die Blätter der kleinen Eichen ins Gesicht schlugen.

»War wohl doch bloß ein Trampelpfad«, murmelte er, als ein Zweig zurückfederte und ihm seitlich ins Gesicht klatschte.

Hinter der Hügelkuppe knickten Mauer und Fußweg ab und liefen in Richtung Rohrn zurück. Justen zügelte das Pferd. Anscheinend lief der Pfad jetzt mehrere hundert Ellen weit parallel zur Straße und bog dann zum Fluss hin ab, aber keineswegs so geradlinig wie das Stück, das er gerade hinter sich gebracht hatte. Er zuckte die Achseln. Irgendwie ... irgendwie lief es immer wieder darauf hinaus, dass es so oder so nicht gerade leicht war, nach Clynya zu gelangen.

Die Aaskrähe mit der weißen Aura saß höchstens zwei Dutzend Schritte entfernt auf einem Ast eines toten Birnapfelbaums, fast auf Augenhöhe mit Justen, und kreischte.

Der Ingenieur holte tief Luft, wandte den Blick von dem schwarzen Vogel ab und betrachtete den Weg. Der staubige Pfad sah jedenfalls aus, als würde er mehr oder weniger in Richtung des Flusses verlaufen.

»Also gut. Weiterreiten ist auf jeden Fall besser, als hier herumzusitzen.« Er hielt inne. Was war nun mit dem Weißen Magier? Und mit dem Traum? Warum schickte dieser Magier seine Helfer aus, um Justen zu beobachten? Sollte er nicht doch in Betracht ziehen, nach Naclos zu gehen? Naclos lag irgendwo im Süden, entweder hinter den Gipfeln der Westhörner oder jenseits der Steinhügel. Die Steinhügel aber waren so ziemlich die trockenste und heißeste Gegend in ganz Candar. Oder war der Traum eben doch nichts als ein Traum gewesen?

Er ruckte an den Zügeln. »Lass uns den Fluss finden und sehen, dass wir auf die andere Seite gelangen.«

Wieder schrie die Aaskrähe und stieg hoch in den Mittagshimmel auf, ein schwarzer Punkt vor den hellgrauen Wolken, die weder Regen noch Sonne versprachen.

Die Stute trug ihn bergab und nach einer Weile zu einer Weggabelung, wo er das Pferd erneut zügelte. Die rechte Abzweigung schien zurück nach Rohrn zu führen. Wohin die rechte verlief, konnte er nicht sagen, nur so viel, dass sie dem Saum eines Stoppelfeldes folgte, das hinter den Schafweiden begonnen hatte. Dahinter, ungefähr eine halbe Meile entfernt, standen einige kleine Gebäude.

Mit niedergeschlagenem Seufzen lenkte Justen die Stute auf die linke Abzweigung.

Sein Magen knurrte. Schade, dass nicht mehr Essen in den Satteltaschen gewesen war. Warum eigentlich nicht? War die Eiserne Garde hungrig in die Schlacht gezogen? Oder war die Gardistin unerfahren gewesen und hatte sich die Vorräte ungeschickt eingeteilt? War sie irgendwie anders als der arme Clerve gewesen, der überhaupt nicht hatte kämpfen wollen? Justen schüttelte den Kopf. Wieder brannten seine Augen.

»Muss in Bewegung bleiben ...«, teilte er dem Pferd murmelnd mit. Er überblickte die Gebäude, die vor ihm auf dem kleinen Hügel standen, wischte sich nach einer Weile die Augen trocken und schluckte. Wieder knurrte sein Magen und die Stute wieherte klagend.

»Also gut.« Justen lachte über seine absurde Lage.

Ihm knurrte der Magen und die Stute wieherte, während sie sich auf einem Weg befanden, der ins Nichts zu führen schien. Er versuchte, einen unauffindbaren Fluss zu erreichen und dabei einem verborgenen Weißen Magier auszuweichen, wobei ihn eine unsichtbare, ihm im Traum erschienene Druidin beobachtete. »Also gut. Dann wollen wir mal sehen, ob wir etwas zu essen bekommen.«

Als er sich der Kate näherte – es war nicht einmal ein richtiges Haus –, erforschte er mit den Sinnen die Umgebung. Hinter den unebenen Steinen des Brunnens, zwischen der Kate und dem windschiefen Bau, der vermutlich als Scheune diente, hielt sich ein einziges menschliches Wesen versteckt. Sogar aus mehreren hundert Ellen Entfernung konnte Justen die Angst und die Schmerzen des Menschen spüren.

Er holte tief Luft und ritt langsam in den Hof. Spuren im Staub zeigten ihm, wo die Tiere, gewiss schon vor einigen Tagen, zusammen- und dann fortgetrieben worden waren.

Was auf den ersten Blick wie ein achtlos weggeworfenes Bündel neben dem Brunnen gelegen hatte, bewegte sich nun.

»Bist du verletzt?«, fragte Justen.

»Es geht mir blendend. Du musst ein Priester sein ... dass du so eine Frage stellst ... Dummheit ...«

Justen musste sich anstrengen, um die scharf hervorgestoßenen Worte zu verstehen. Es war das erste Mal, dass er die ältere, niedere Tempelsprache gesprochen hörte. Er stieg ab und sah sich nach einer Stelle um, wo er die Stute festbinden konnte.

»Rahmra ... zu große Angst ... dass meine alten Knochen nicht mithalten ... hat einen jungen Burschen geschickt.« Der Haufen Lumpen entpuppte sich als grauhaarige Frau, die blicklos in Justens Richtung starrte.

Justen runzelte die Stirn und wusste nicht, was er antworten sollte. Was machte die Frau am Brunnen und was sollte er nun tun?

»Bist du ... bist du vom Tempel?«

»Ja, aber aus einer weit entfernten Gegend, Frau«, antwortete er schließlich. Inzwischen hatte er mit den Sinnen herausgefunden, dass sie sich ein Bein gebrochen hatte. »Wie hast du dir das Bein verletzt?«, fragte er.

»Das erste vernünftige Wort, das du sprichst. Bist du vielleicht ein Heiler? Schön, dass du der alten Lurles helfen willst.«

Justen band das Pferd hinter dem Brunnen an einen Pfahl und betrachtete die Steinmauer des Brunnens. Ein gerissenes Seil pendelte im leichten Herbstwind hin und her. »Ich kenne mich ein bisschen aus. Bist du gestolpert, als das Seil gerissen ist?«

»Gestolpert! Dieser Schurke Birsen hat die Stufe unterhöhlt und vergessen, dass die Mutter seiner Frau ... vergessen, sage ich, dabei bin ich sicher, dass er es ganz gewiss nicht vergessen hat. Er hat gehofft, die Weißen oder sein mieser Trick würden mich erwischen. Du bist keiner von denen, was?«

Justen kicherte. »Nein. Ein Weißer Magier verfolgt mich, aber er müsste ein gutes Stück hinter mir sein.« *Jedenfalls hoffe ich es*, fügte er in Gedanken hinzu. »Lass mich sehen, was ich für dich tun kann.«

Lurles versuchte, sich an dem schrägen Stein aufzurichten, der einmal eine Stufe gewesen war, aber die Welle von Schmerz, die durch ihren Körper fuhr, ließ Justen wie angewurzelt stehen bleiben. »Oh... aaaah...«

»Ruhig...« Er tastete vorsichtig über die zerlumpte Kleidung – die überraschenderweise fast sauber war – und die faltigen, von der Sonne gebräunten Beine. »Es ist gebrochen.«

»Natürlich ist es gebrochen. Sonst hätten sie mich doch nicht hier zurückgelassen. Aber ich konnte nicht mit dem Vieh laufen und Firla musste Hyra tragen.«

»Also gut. Dann werde ich dich auf ... zu deinem Lager tragen.«

»Ich habe ein richtiges Bett. Es ist vielleicht nicht schön, aber es ist ein Bett und es gehört mir.«

Justen musste grinsen. Die alte Frau gefiel ihm. Aber dann verblasste sein Grinsen. So alt sie auch aussah, sie war gewiss nicht so alt wie seine Mutter und Cirlin wirkte bei weitem nicht alt und verwittert. Sie wog nicht viel und Justen hatte keine Mühe, sie hochzuheben und in die Kate zu tragen.

»Es ist schon lange her, dass mich das letzte Mal ein kräftiger junger Bursche hochgehoben hat. Das ist es beinahe wert.« Sie lachte rau, um die Schmerzen zu überspielen. »Meines ist das Bett mit dem hohen Kopfende dort in der Ecke.«

In der Kate gab es nur einen langgestreckten Raum. An einem Ende stand ein Kochherd, in den Ecken gegenüber dem Herd standen zwei Betten. Zwei Tische, vier Stühle und drei einfache Holzkisten an der hinteren Wand vervollständigten die Einrichtung. Auf dem kleineren Tisch waren einige Eimer und Krüge und verschiedene Kochutensilien gestapelt.

Justen legte die Frau aufs Bett und betrachtete mit Sinnen und Augen das Bein. Sollte er es versuchen? Natürlich, denn wie konnte er es bleiben lassen? »Ich glaube, ich kann es einrichten.«

»Einrichten? Was denn?«

»Die Knochen so stellen, dass sie gut verheilen.«

»Dann rede nicht lange herum und mach es. So seid ihr Tempel-Leute und Männer eben ... immer nur reden und reden.«

»Es wird weh tun.«

»Es kann nicht mehr weh tun, als es weh getan hat,

Firla zur Welt zu bringen. Daran wäre ich fast gestorben.«

Justen holte tief Luft. Was sollte er tun? Wenn er das Bein nicht richtete und schiente, würde sie wahrscheinlich sterben oder zumindest nie wieder richtig laufen können.

Er brauchte drei Anläufe, die mit drei Wellen von weißem, heißem Schmerz einhergingen, um die Knochenenden zusammen zu bringen. Beim letzten Versuch wurde die Frau bewusstlos und Justen wäre beinahe selbst zusammengebrochen.

Als er wieder gerade stehen konnte, sah er sich nach etwas um, mit dem er das Bein schienen konnte. Nach kurzer Suche in der Kate ging er nach draußen zur Scheune, wobei er versuchte, dem Dung und dem schlimmsten Gestank einigermaßen auszuweichen. Ein einzelnes Huhn, das die Besitzer anscheinend übersehen hatten, saß gackernd auf einem Dachsparren.

Ein Seil fand er nicht, aber dafür drei Stangen und eine alte Tierhaut, die fest genug schien, um in Streifen geschnitten zu werden.

Lurles war noch bewusstlos, als er zurückkehrte. Eine der Stangen war zu lang. Er brach sie durch und schnitt das Ende mit dem Messer zu. Dann bereitete er eine Reihe Riemen vor, um die Stäbe an ihrem Bein festzubinden. Er runzelte die Stirn. Er konnte das Bein nicht schienen, ohne es noch einmal zu bewegen. Außerdem musste die Bruchstelle besser abgestützt werden. Wieder durchsucht er die Kate, bis er etwas gefunden hatte, das nach einem alten Schneidebrett aussah. Er schnitt den Rest des Fells zu einem Rechteck, das er aufs Brett legte. Das Brett schob er unter den Bruch. Schließlich wickelte er die restliche Haut um das Bein, befestigte die Stäbe und band sie mit den Riemen so fest, wie er es für sicher hielt. Als er fertig war, flößte er ihrem Bein etwas Ordnung ein, wobei er sich auf die Bruchenden konzentrierte.

»Ooooh ...«

»Bleib ruhig. Das Schlimmste ist vorbei.«

»Hat nicht so weh getan wie bei Firla.«

»Das freut mich.« Justen schüttelte den Kopf. Wenn sie bei diesem ungeschickten Einrichten des Beinbruchs weniger Schmerzen gehabt hatte als bei der Geburt ihres Kindes, dann wollte er vorläufig mit Geburten nichts zu tun haben. »Ich muss etwas finden, das dir hilft, dich zu bewegen, sobald du aufstehen kannst. Im Augenblick darfst du aber das Bein überhaupt noch nicht bewegen.«

»Wenn ich hier liegen bleibe, muss ich verhungern.«

»Nicht sofort.«

»Birsen hatte noch einen Stab. Er liegt unter dem Bett.«

Justen holte den schweren Stab und stellte ihn neben ihr Bett. »Hier ist er.«

Sie tastete herum, bis sie ihn gefunden hatte. Dann sagte sie: »Durst.«

»Ich versuche, den Eimer heraufzuholen und das Seil zu flicken.«

»In der dritten Kiste ist noch ein Stück Seil.«

Justen öffnete die Kiste und fand ein kurzes Hanfseil, zwei Schlegel und ein in geölte Lumpen gewickeltes Sägeblatt. Er nahm das Seil, schloss die Kiste und drehte sich um. »Ich bin gleich wieder da. Ich muss den Eimer heraufholen und mein Pferd tränken.«

»Keine Sorge, ich laufe nicht weg.«

»Das ist freundlich von dir.«

Draußen hatte inzwischen ein leichter Nieselregen eingesetzt. Er sah nach Norden, wo sich dicke Wolken zusammenballten. Es war noch früh am Nachmittag und der Regen würde wohl bis zum Abend nicht aufhören. Er hatte nicht einmal einen wasserdichten

Umhang oder eine Plane. Er schluckte, als er sich an die Soldatin erinnerte, die er in eine Plane eingewickelt und begraben hatte. Nein, diese kleine Geste hatte sie verdient. Er schüttelte den Kopf und schaute in den Brunnen.

Die Stute begrüßte ihn mit empörtem Wiehern.

»Ich weiß, Mädchen, ich weiß. Du bist durstig und hungrig«, antwortete Justen ihr.

Der Brunnen war höchstens acht Ellen tief und das abgerissene Seil hatte sich fast in Reichweite seiner Arme verfangen.

Während er sich am stabilen Pfosten neben dem Brunnen festhielt, konnte Justen sich weit genug vorbeugen, um das Seil zu packen. Er runzelte die Stirn, als er es heraufgezogen hatte. Es war nicht gerissen, sondern beinahe glatt durchgeschnitten. Um zu verhindern, dass die Weißen Wasser bekamen? Oder um die alte Frau loszuwerden?

Justen stellte fest, dass er Birsen nicht leiden konnte. Er schnitt vier Ellen vom anderen Seil ab und knotete es an das abgeschnittene Stück. Das kurze obere Stück löste er und steckte er sich hinter den Gürtel, ehe er den Eimer hinunterließ, wieder hochhob und am Brunnenrand abstellte. Er prüfte das Wasser mit seinen Sinnen und gab der leicht trüben Flüssigkeit etwas Ordnung ein. Als er den Ordnungs-Spruch sagte, wurde ihm fast schwindlig, und ihm wurde bewusst, wie groß sein Hunger inzwischen war.

Dennoch kam der erste Eimer in den kleinen Trog. Er holte das Pferd und band es wieder fest, wo es trinken konnte. Den zweiten Eimer ließ er auf den Steinen stehen, weil er nichts mitgebracht hatte, um das Wasser nach drinnen zu tragen.

»Da habe ich doch den Wassereimer vergessen«, erklärte er dem Pferd.

Drinnen legte er den Rest des Seils, den er nicht

gebraucht hatte, wieder in die Kiste. Das obere Stück Seil, das er vom Brunnen entfernt hatte, legte er auf eine Ecke des großen Tischs.

»Ihr seid aber wirklich nicht sehr praktisch veranlagt, ihr Tempel-Leute.«

»Nein«, gab Justen lachend zu. Er nahm zwei Krüge vom kleineren Tisch und ging wieder zum Brunnen. Kurz danach kehrte er mit zwei vollen Krügen mit reinem, kaltem Wasser wieder ins Haus zurück.

Als Erstes half er der alten Frau auf, bis sie sich setzen und an das Kopfende des alten Betts lehnen konnte. Dann ging er zum kleinen Tisch und goss etwas Wasser in einen angeschlagenen Steingutbecher, den er Lurles reichte.

»Hier.«

Sie tastete, bis sie den Becher umfasste, dann trank sie gierig.

Justen zog sich einen Stuhl heran und setzte sich, um die zitternden Beine zu entlasten, ehe er sich selbst einschenkte. Das Wasser half ein wenig und seine Benommenheit schwand.

»Wir müssen dir etwas zu essen besorgen.«

»Und für dich selbst wohl auch, junger Bursche?«

»Wenn ich ehrlich sein soll – ja, ich brauche auch etwas zu essen. Ich bin kein Engel, der ohne feste Nahrung auf einem Berggipfel leben kann.«

»Pah ... was für ein Unsinn. Nicht der Teil der Legende über die Männer, sondern dass die Freuen ganz unschuldig wären. Wer eine Klinge hat, benutzt sie auch, ob es nun ein Mann oder eine Frau ist. Da gibt's keinen Unterschied. Nur, dass Männer gehässiger sind.«

»Essen«, erinnerte Justen sie.

Schweigen breitete sich zwischen ihnen aus.

»Du bist kein Tempelpriester, was?«

»Nein. Und ich bin auch kein Heiler. Ich verstehe ein

bisschen davon und wenn du das Bein nicht belastest ... wenn du es eine Weile schonst, dann müsste es ordentlich zusammenwachsen.«

»Du musst ein Schwarzer Teufel sein ... und kein Weißer.«

»Wenn du es unbedingt so ausdrücken willst – ja, es ist richtig«, gab Justen zu. »Ich komme aus Recluce.«

»Und warum hast du dich mit der alten Lurles abgegeben?«

»Ich brauche etwas zu essen und du brauchst Hilfe.« Justen verfluchte sich innerlich, weil er mit dieser alten, kranken Frau so schonungslos ehrlich war, aber irgendwie war es ihm wichtig, wenigstens sie nicht zu täuschen.

»Du hättest mich einfach liegen lassen können.«

»Nicht nachdem ich gesehen habe, dass du verletzt bist.«

»Warum brauchst du etwas zu essen?«

»Ich wurde bei den Kämpfen von meinem Bruder getrennt. Ich habe versucht, eine Stelle zu finden, wo ich den Fluss überqueren kann, aber in Rohrn waren die Brücken zerstört. Ich hatte gehofft, hier irgendwo eine Furt zu finden, aber ich muss die Straße zum Fluss übersehen haben.«

»Wahrscheinlich war Magie im Spiel. In Rohrn gibt es eine Abzweigung mit drei Wegen – die beiden Brücken und die Straße am Fluss entlang. Aber Furten gibt es vor der Brücke in Clynya nicht. Dort ist der Fluss ziemlich tief. Wenn du von hier aus den Weg weitergehst, geht es allmählich bergauf. Unmerklich nur, es sei denn, du bist müde.«

Justen füllte ihr nachdenklich den Becher nach und reichte ihn ihr noch einmal.

»Im Loch neben dem kleinen Tisch sind Brot und Käse.«

»Bist du sicher?«

»Du riechst wie ein anständiger Bursche. Du redest wie ein anständiger Bursche und du handelst wie ein anständiger Bursche. Ich habe mich schon mehr als einmal geirrt und ich könnte mich wieder irren. So ist das Leben.« Sie lachte und trotz der geschwärzten Zähne und der Zahnlücken konnte Justen sehen, dass sie einmal hübsch gewesen sein musste. Er schluckte, stellte den Krug beiseite und ging zum kleinen Tisch.

Im Loch lagen mehrere alte Brotlaibe und zwei in Wachs eingewickelte große Stücke Hartkäse. Ein Paket war geöffnet und ungeschickt wieder verschlossen worden. Er nahm dieses Stück und einen Brotlaib und deckte den Stein wieder auf das Versteck, ehe er sich aufrichtete.

»Wie viele Scheiben Käse und Brot willst du?«

»Meine Güte, von einem jungen Burschen im eigenen Bett Käse und Brot serviert bekommen ...« Sie lachte wieder. »Eine dicke Scheibe, eine nur.«

Justen schnitt von Brot und Käse je drei dicke Scheiben ab und legte sie auf einen Holzteller. Er nahm Lurles den Becher ab, schob ihr das Brot und den Käse zwischen die Finger und setzte sich auf den Hocker.

»Kräftige Finger hast du – wie ein Schmied. Bist du Schmied?«

»Ja. Ich arbeite am Schmiedefeuer.«

»Das ist gut. Einen bösen Schmied habe ich noch nie gesehen«, erklärte Lurles, während sie mit vollen Backen kaute.

Das Brot und der Käse schmeckten weit besser als alle Mahlzeiten, an die Justen sich erinnern konnte. Kein Wunder bei dem Hunger, den er gehabt hatte.

»Hast du das Seil gerichtet, so dass ich Wasser holen kann?«

»Du solltest aber nicht ...«, murmelte er gleichfalls mit vollem Mund.

»Was kümmert es dich. Du bist ein Schwarzer

Schmied und du kannst dich hier nicht länger aufhalten. Nicht, wenn du am Leben bleiben willst. Diese Stangen, die du mir ans Bein gebunden hast – wie lange muss ich sie dran lassen?«

»Ich würde sagen, vier bis fünf Achttage. Aber es wird eine Jahreszeit dauern, ehe es ganz ausgeheilt ist.«

»Das soll nicht deine Sorge sein.«

»Belaste es so wenig wie möglich, sonst verschiebt der Knochen sich wieder.« Justen verdrückte die zweite Scheibe Brot mit Käse. Er staunte, wie schnell er gegessen hatte.

»Ihr Männer...« Lurles tastete herum und Justen füllte ihren Becher nach und reichte ihn ihr. Sie leerte ihn mit einem Zug und bückte sich, um ihn auf den Boden zu stellen.

»Du sprichst, als würdest du an die Legende glauben.«

»Zum Teufel mit der Legende. Sieh dir nur Birsen an.«

Justen räusperte sich. Schließlich sagte er: »Das Seil am Brunnen ist nicht gerissen...«

»Der Eimer ist ins Wasser gefallen. Ich habe es gehört.«

»Das Seil war fast ganz durchgeschnitten. Ich habe das Stück mitgebracht.« Er ging zum Tisch und drückte der alten Frau das Seil in die Hand. Mit geschickten Fingern erforschte sie das Stück.

»Ich muss etwas wegen dieses Jungen unternehmen.«

»Welchen Jungen meinst du?«

»Birsen. Er ist ein großer, selbstsüchtiger Junge.« Lurles bewegte sich ein wenig und zuckte zusammen. »Ich habe Firla gleich gesagt, dass er viel zu gut aussieht. Bei Tomaz war es nicht anders. Siehst du gut aus, Junge?«

»Äh... darüber habe ich noch nie nachgedacht. Mein Bruder sieht auf jeden Fall besser aus.«

»Männer ... und ob du darüber nachgedacht hast. Du bist ziemlich hübsch, ich gebe dir mein Wort darauf.« Lurles grinste. »Also ... ich bin hier gut aufgehoben und du verschwindest am besten, ehe die Weißen Teufel dich holen.«

»Aber ... aber was wird aus dir?«

»Du kannst mich doch sowieso nicht mitnehmen, oder? Wenn du mir die Wassereimer füllst, dann kann ich mich hier ausruhen.« Sie lachte. »Mit so armen Leuten geben sich die Weißen Teufel nicht ab.«

»Ich hole das Wasser.«

»Und nimm dir ein Stück Käse und einen Brotlaib mit.«

»Du brauchst es aber.«

»Brauchst du es etwa nicht? Wertlos wie ich bin, hast du mein Bein geheilt und mich versorgt, und das ist *mir* etwas wert, du hübscher Schwarzer Bursche.«

Justen zuckte mit den Achseln, holte die beiden kleinen Wasserkrüge und ging in den Regen hinaus. Die Stute wieherte, als er den Schöpfeimer heraufzog.

»Ja, ich weiß. Du hast sicher auch Hunger.«

Wieder drinnen, streifte er sich den Regen aus dem Gesicht und von den Haaren und stellte die Krüge ab. »Das Wasser steht auf dem Tisch. Brauchst du sonst noch etwas?«

»Nein.« Sie überlegte. »In einer kleinen Kiste hinter dem Pfosten in der vorderen Ecke der Scheune könnte noch etwas Korn sein. Nimm es für dein Pferd.«

»Wenn es für dich kein großer Verlust ist, würde mir etwas Korn sicher helfen.«

»Junger Bursche ... ich kann Firla nicht sagen, wer du bist, wenn ich deinen Namen nicht weiß.«

»Justen. Einfach nur Justen.«

»Dann mach, dass du fortkommst. Du hast schon genug Zeit mit einer alten Frau vertrödelt.«

Justen berührte sie leicht an der Stirn, gab ihr noch etwas Ordnung und hoffte, es würde helfen.

»Und du bist ganz bestimmt kein Tempelpriester?«

»Nein, das bin ich nicht. Ich bin nur ein Schmied.«

»Nimm dir das Brot, den Käse und das Korn und dann verschwinde.«

Justen nahm den Rest des Stücks Käse, das er angeschnitten hatte – ungefähr halb so groß wie das Stück, das er liegen ließ – und einen von drei Brotlaiben an sich. Er schluckte, als er von der Tür aus einen letzten Blick zu Lurles warf.

»Ich bin hier gut aufgehoben. Nun geh schon.«

Er schloss leise, aber fest die Tür und ging in die Scheune, um das Korn für sein Pferd zu holen. Der Regen war zu einem feinen, dunstigen Nieselregen abgeklungen.

LII

Wie Lurles vorhergesagt hatte, wand und kurvte sich der Weg eine sanfte Steigung hinauf. So gemächlich war der Anstieg, dass Justen, als er sich einmal über die Schulter umsah, zu seiner Überraschung feststellte, dass er den östlichen Arm des Sarron überblicken konnte, wie er sich ein Stück von Rohrn entfernt nach Südosten wand. Die Rundung des Hügels versperrte ihm jedoch den Blick auf Rohrn und den Zusammenfluss der Wasserläufe.

Justen suchte nach der Kate, konnte aber nur noch ein Reetdach entdecken. Er hoffte, Lurles würde es gut ergehen. Er holte tief Luft und drehte sich gerade rechtzeitig wieder um, um sich unter einem überhängenden Ast hindurch zu ducken. Der Weg schlängelte sich weiter nach Süden.

War es ein Fehler gewesen, diesem Weg zu folgen? Wahrscheinlich, aber da er schon so weit gekommen war, wäre es ein noch größerer Fehler, den gleichen Weg zurück zu nehmen.

Wie auch immer, es war ein bedrückender Ritt.

Die wenigen Katen und das einzige größere Anwesen, an denen er vorbeikam, waren verrammelt und still, auch wenn er das Gefühl hatte, der größere Hof sei nicht verlassen, sondern vielmehr befestigt. Er wich den Gebäuden aus.

Die Träume machten ihm zu schaffen, besonders der zweite, in dem er die Frau wiedergesehen hatte. Es war ein sehr klarer Traum gewesen, in dem die erste Botschaft in gewisser Weise wiederholt worden war. Der erste Traum hatte sich um die Bäume gedreht, der zweite um Naclos. Was wusste er über Naclos, außer dass es die Heimat der Druiden war, die angeblich etwas mit Bäumen zu tun hatten? Manchmal kamen Lieferungen mit wundervollem Holz aus Diehl, dem einzigen Hafen in Naclos, und manchmal redeten die Leute über die Druiden. Aber niemand wusste wirklich etwas über sie ... und trotzdem träumte er von einer wunderschönen Druidin.

Wieder einmal schrie vor ihm eine Aaskrähe. Der Vogel hockte auf einem Haufen halb überwucherter Steine am Rand einer Wiese, die einst vielleicht ein bestellter Acker gewesen waren.

Justen runzelte die Stirn. War es derselbe Vogel, den er schon mehrmals gesehen hatte? Er dehnte seine Wahrnehmung zu dem schwarzen Vogel aus, dann hielt er inne. Entweder, der Weiße Magier hatte mehr als einen Helfer, oder es war dieselbe Aaskrähe.

Sein Magen krampfte sich zusammen. Waren die Weißen tatsächlich hinter ihm und nur hinter ihm her? Aber warum? Hatten sie entdeckt, dass er derjenige war, der ihre Kanonen gesprengt und die Pfeile aus

Schwarzem Eisen geschmiedet hatte? Oder lag es an seinem lächerlichen Versuch, sich an ihnen vorbeizuschleichen?

Er drehte sich im Sattel um, konnte aber in dem kleinen Abschnitt der Straße, den er zu überblicken vermochte, keine anderen Reisenden entdecken. Wolken verdeckten die Sonne, doch er spürte, dass der Nachmittag schon ein gutes Stück fortgeschritten war. Und er streifte immer noch durch die sanften Hügel und suchte die Straße nach Clynya.

Ob er jemals dort ankommen würde?

Wieder gabelte sich der Weg. Er lenkte die Stute nach Westen, in die Richtung also, wo der Fluss liegen musste.

Noch einmal sah er sich über die Schulter um und schauderte in der Stille und der feuchtkühlen Herbstluft.

LIII

»Er hat außerhalb von Rohrn eine Weile Halt gemacht. Ich habe ihn im Regen verloren, aber er ist der Straße nach Clynya bisher noch nicht einmal nahe gekommen.« Eldiren ruckte ein wenig an den Zügeln, um seinem Pferd zu verstehen zu geben, dass es den schnellen Schritt beibehalten sollte.

»Glaubt Ihr, dass Yurka ihn erwischt?«, fragte der Unteroffizier in leisem, unterwürfigem Tonfall.

»Wie es aussieht, wird Yurka die Kreuzung wohl vor dem Schwarzen erreichen. Der Weg, auf dem der Ingenieur reitet, ist länger und langsamer als die Hauptstraße.« Eldiren lachte. »Deshalb baut Fairhaven gute Straßen. Und deshalb hat Creslin, der große Held der Schwarzen, darauf bestanden, auch auf Recluce gute

Straßen zu bauen. Aber dieser bedauernswerte Ingenieur hat die Lektion wohl noch nicht gelernt.«

»Was werdet Ihr mit ihm tun?«

»Mit Yurka? Nichts. Er wird den Ingenieur nicht fassen.«

»Wirklich nicht? Aber nein, ich meinte den Ingenieur, Ser.«

»Der Ingenieur wird Yurka und seine Truppen spüren und zurück zu der Kreuzung eilen, die er übersehen hat und an der er schon vorher hätte abbiegen müssen.« Der Weiße Magier schüttelte den Kopf. »Wir müssen möglicherweise sogar langsamer reiten.«

Eldiren ignorierte den verwirrten Gesichtsausdruck des Unteroffiziers und fuhr fort: »Weißt du, wenn wir diesen Ingenieur wirklich fassen wollen, müssen wir womöglich einen Angriff auf Clynya durchführen. Ich bin ziemlich sicher, dass die Brücke dort stark befestigt ist. Vielleicht zerstören die Einwohner sie sogar.«

Der Unteroffizier schluckte.

»Wenn diese Hetzjagd aber zuviel Zeit verschlingt und die Pferde zu sehr beansprucht, müssen wir vielleicht auch umkehren und nach Rohrn oder bis zu der sarronnesischen Straße zurückreiten.«

»Aber der Magier Zerchas wird ...«

»Allerdings. Der Magier Zerchas wird ...« Eldiren schürzte die Lippen und lächelte leicht.

LIV

Justen blinzelte im Zwielicht und versuchte, im Dunst und im trüben Licht die Straße nach Clynya zu finden, die sich nun schon so lange vor ihm zu verbergen schien.

Das Pferd schnaubte, als hätte es genug von Fußwegen und schmalen Straßen, die ins Nichts führten.

Justen atmete tief durch und wünschte, er könnte die Wahrnehmung mit dem Wind fliegen lassen, wie Gunnar es tat. Leider lag seine Begabung aber nicht auf diesem Gebiet: Ohne seine Augen konnte er höchstens ein paar hundert Ellen weit sehen.

Irgendwo im feuchten Zwielicht war ein metallisches Klingen zu hören. Justen zog die Zügel an und brachte die Stute unter einer Eiche, die bereits die Hälfte ihrer Blätter verloren hatte, zum Stehen. Während er angestrengt lauschte, fiel ein gelbes Blatt vom Baum und landete auf seinem Handrücken. Er schüttelte es ab.

Vor ihm befand sich eine fast acht Ellen hohe Steinwand, die sich mindestens zweihundert Ellen weit über die Hügelkuppe erstreckte. Im Wachturm an der Ecke saßen zwei Mann, einer war mit einer Armbrust bewaffnet. Justen lauschte weiter und versuchte, das Murmeln aufzufangen.

»... ein paar Deserteure aus den Truppen der Tyrannin in der Gegend von Rohrn aufgetaucht... versucht, den Fluss zu überqueren.«

»... wünsche ich ihnen alles Gute.«

»... glaubt, die Weißen kämen hierher... Lanzenreiter vielleicht.«

So ein Pech aber auch! Justen war auf ein Anwesen oder die Fluchtburg eines Würdenträgers aus der Umgebung gestoßen, der eine eigene bewaffnete Truppe unterhielt. Wieder fiel ein gelbes Blatt vom Baum, das knapp am rechten Auge der Stute vorbeiflog. Ihre Ohren zuckten und sie schüttelte den Kopf. Justen klopfte ihr auf den Hals. »Ruhig... ganz ruhig, Mädchen«, flüsterte er.

»... glaube, sie werden angreifen...«

»Früher oder später gewiss. Aber nicht jetzt gleich.

Sind nur acht bis zehn Dutzend ... nicht genug, um uns gefährlich zu werden ...«

»... aber ein Magier dabei ...«

»... Mauern ... sind wir hier sicher ...«

»Na, hoffentlich ...«

»Wünschte, Bildar wäre endlich da ...«

Justen tätschelte noch einmal den Hals des Pferdes und lenkte es zurück, bis er die letzte Abzweigung erreichte. Er war zwar sicher, dass die Uferstraße nicht weit von der Festung entfernt war, aber er hatte keine Lust, an einem Anwesen vorbei zu schleichen, das hundert Weißen Lanzenreitern widerstehen konnte, zumal der Nebel sich jederzeit lichten konnte und es noch nicht einmal dunkel war.

Er wagte kaum zu atmen, bis er sich fast eine halbe Meile entfernt und die letzte Abzweigung erreicht hatte. Als er dort anhielt, musste er gähnen. Warum war er nur so müde?

Grinsend schüttelte er den Kopf. Abgesehen von Nahrungsknappheit, Schlafmangel, ständiger Angst und dem Versuch, eine alte Frau zu heilen – ganz zu schweigen von den körperlichen Strapazen der Schlacht um Sarron – hatte er doch wirklich keinen Grund, müde zu sein.

Achselzuckend lenkte er die Stute den Weg auf der linken Seite hinunter. Der schmale Fußweg schien parallel zur unsichtbaren Straße zu verlaufen, statt sich mit ihr zu vereinigen. Als er durch die zunehmende Dunkelheit ritt, beobachtete er das Gelände auf der rechten Seite: die ordentlichen, aus Steinquadern gebauten Mauern, die gestrichenen Zäune, die viel besser unterhalten waren als das meiste, was er bisher in diesem Land gesehen hatte. Wahrscheinlich gehörte das ganze Land in der Umgebung dem Besitzer des umfriedeten Anwesens, dem er ausgewichen war.

Erst als der gewundene Pfad ihn und die Stute wieder zu buckeligen, felsigen Schafweiden mit verfallenen Mauern und Zäunen geführt hatte, dachte Justen daran, sein Nachtlager aufzuschlagen, obwohl er die ganze Zeit gegähnt hatte und alle Muskeln weh taten. Ein paar Bissen Käse und ein Happen vom alten Brot im Reiten hatten die Kopfschmerzen halbwegs vertrieben, aber die Müdigkeit war geblieben.

Schließlich bog der Weg ein wenig nach Westen ab – oder Justen hatte wenigstens das Gefühl, es sei diese Richtung – und führte den ersten von mehreren Hügeln hinauf. Hauptsächlich damit beschäftigt, nicht im Sattel einzuschlafen und daher nicht sehr aufmerksam, hatte Justen die Hügel nicht mitgezählt, aber irgendwann machte der Pfad eine weitere Biegung und lief durch einen Einschnitt zwischen zwei Hügeln fast schnurgerade nach Süden.

Eine Spur von Ordnung, eine unsichtbare Aura der Ordnung, schien an Justen zu zerren. Er zügelte das Pferd und sah kopfschüttelnd den Hügel hinunter, aber die Augen wollten ihm einfach kein scharfes Bild übermitteln. Er konnte dort unten einen Bach hören, der anscheinend neben einem kleinen Kiefernhain gurgelte. Er kniff die Augen zusammen und versuchte, mit den Sinnen zu forschen. Soweit er es fühlen konnte, gab es dort zwischen den Bäumen eine Lichtung, aber es waren keine Tiere oder Menschen in der Nähe. Der baumlose Teil des kleinen Tals, das zwischen den Hügeln lag, schien eine tiefe Ruhe auszustrahlen.

Justen betrachtete den Hügel. Unterhalb seines Standortes war das Gelände fast frei von Büschen und Bäumen. Von den wenigen Bäumen, die es gab, schienen seine Augen immer wieder abzuirren. Hauptsächlich mit Hilfe seiner Sinne lenkte er die Stute durch die Lücken zwischen den hohen Bäumen hindurch. Als er abstieg und mit den Füßen den Boden berührte, auf dem eine dicke Schicht Kiefernnadeln lag, gaben fast die Knie unter ihm nach.

»Oooh …«

Die Stute schnaufte.

»Vielen Dank für die Aufmunterung, Mädchen.«

Die Stute wollte Justen zum Bach zerren, der zwischen Findlingen und größeren Felsblöcken über Kieselsteine plätscherte.

»Nicht dort entlang, Dummchen. Da wirst du dir nur die Hufe aufschlagen. Hier entlang.«

Während die Stute trank, sah Justen sich aufmerksam um. Es waren nicht mehr als ein halbes Dutzend hohe Kiefern, die beinahe kreisförmig angeordnet waren und den zwischen ihnen frei gebliebenen Raum mit ihrem Astwerk überdachten. Der Bach tauchte aus einem Gewirr von Dornenbüschen und Rotbeeren auf, lief über die Lichtung und verschwand auf der anderen Seite in ebenso dichtem Bewuchs.

Justen schürzte die Lippen und forschte noch einmal mit den Sinnen. Schließlich schüttelte er den Kopf. Abgesehen von einer Ausstrahlung von Ordnung, die sogar die Felsen und Bäume zu durchdringen schien, konnte er nichts feststellen. Offenbar war die Lichtung vor Jahren zu einem Zweck geschaffen worden, der mit der Ordnung zu tun hatte, aber jetzt war keine Spur mehr davon zu erkennen. Oder besser, er konnte nichts auffangen.

Nachdem die Stute getränkt war, lief er eine Weile auf der Lichtung herum, konnte aber keine Anzeichen dafür finden, dass hier in der letzten Zeit jemand angehalten oder gelagert hätte. Schließlich sattelte er die Stute ab und band sie an eine Kiefer. Er ließ ihr genug Spielraum, damit sie das dichte Gras hinter den Bäumen und auf dem schmalen Streifen vor den dichteren Büschen abrupfen konnte.

Inzwischen war es beinahe stockdunkel und er

musste sich ganz auf seine Sinne verlassen, um seine Vorräte zu finden und auszupacken. Gegen einen Kiefernstamm gelehnt, lauschte er dem sanften Gurgeln des Bachs und dem Rauschen der Kiefernäste in der abendlichen Brise.

Sein Nachtmahl, das in Sarronnyn wohl Abendessen hieß, bestand aus einem Birnapfel, etwas Käse und einem Stück Brot. Dazu gab es reichlich kühles Wasser aus dem Bach. Das Wasser schien zwar klar und sauber zu sein, aber er hatte es trotzdem vorsichtshalber mit einem Ordnungs-Spruch gereinigt. Wer wusste schon, durch welche Schafweiden es vorher geflossen war?

Die Kiefernnadeln ergaben zusammen mit der Decke ein weiches Bett, wie er es seit Tagen – oder waren es Jahre? – nicht mehr hatte genießen können. Im Kiefernhain fühlte er sich zwar einigermaßen sicher, aber er baute trotzdem einen einfachen Schutz auf – den einzigen, den er kannte –, um gewarnt zu werden, falls irgendetwas Großes sich nähern sollte. Dann wickelte er sich in die Decke und ließ sich erschöpft niedersinken.

Das Erwachen war schwer, er fühlte sich benommen. Anscheinend befand er sich nicht mehr im Wald. Er war der Stute nachgelaufen, die ihm tänzelnd immer wieder auswich und knapp außerhalb seiner Reichweite blieb. Auf einem benachbarten Hügel marschierte Gunnar nach Norden und ignorierte ihn, obwohl Justen seinen Namen rief.

Mit einem Schrei stieß die schwarze Aaskrähe aus dem Himmel auf ihn herab. Justen hob einen Arm, um den Vogel abzuwehren.

Zwei Feuerkugeln flogen zischend an ihm vorbei, eine so nahe, dass ihm die Hitze das Haar versengte.

Er sah sich über die Schulter um. Eine Abteilung weiß uniformierter Reiter donnerte den Hügel herunter. Er rannte zum Pferd.

Gerade als seine Finger sich um die Zügel schließen wollten, stolperte er ... und sein Blick fiel auf einen dunkel gekleideten Körper.

»Krytella!« Er bückte sich. Das rote Haar wurde dunkler und kürzer und er hielt schaudernd nur noch ein Stück verrottetes Tuch in den Händen und ließ entsetzt die tote Eiserne Gardistin fallen, deren verfaultes, verflüssigtes Fleisch in den Boden sickerte.

Mit einem Ruck wurde er wach. Er wischte sich den Schweiß von der Stirn. War es nur ein Traum gewesen? Einen Augenblick lang war es ihm sehr real vorgekommen. Oder war schon wieder der Weiße Magier hinter ihm her?

In der feuchten, klammen Luft schaudernd, erforschte er mit den Sinnen die Stille ringsum und vergewisserte sich, dass jenseits des Hains nichts Böses in der Dunkelheit lauerte. Außer dem schwachen, alten Gefühl von Ordnung konnte er nichts spüren. Weder Chaos noch Tod drohten in der Nähe.

Er tastete nach der Wasserflasche, die er neben sich an den Baumstamm gelehnt hatte, und trank mehrere Schlucke der kühlen Flüssigkeit. Was wollte der Traum ihm sagen – falls er überhaupt eine tiefere Bedeutung hatte? Er wusste sicher, dass Krytella und die Gardistin tot waren. Wollte der Traum ihm erklären, dass er Gunnar nicht mehr erreichen konnte? Oder dass der Weiße Magier und sein Gefolge ihm trotz der Ruhe an diesem Ort auf den Fersen waren? Er verschloss die Wasserflasche und lehnte sie wieder an den Baum. Dann zog er sich die Decke bis zu den Schultern hoch und legte sich hin.

Nach einer Weile beruhigte sich sein heftig schlagendes Herz und er schloss die Augen.

Über ihm rauschten die Äste der Kiefern im Wind.

LV

Im ersten Morgengrauen war Justen auf den Beinen. Zuerst striegelte er die Stute, die hinter dem Bett aus Kiefernnadeln, auf dem Justen geschlafen hatte, das Gras abrupfte. Dann tränkte er sie und schließlich wusch er sich auch selbst im Bach. Zum Frühstück gab es den vorletzten Birnapfel, zwei Handvoll beinahe trockener Beeren, die er von den Büschen pflücken konnte, ohne sich die Hände zu zerkratzen, etwas Brot und Käse. Er füllte die Wasserflasche nach und streckte sich.

Die Stute begrüßte ihn mit einem Wiehern.

»Na, können wir aufbrechen?« Er legte ihr die graue Satteldecke auf den Rücken und sattelte sie. Die Stute blieb geduldig stehen, während er an Gurt und Schnalle herumnestelte. Nachdem er den Sattel noch einmal überprüft hatte, rollte er seine Decke zusammen und band sie hinter dem Sattel fest. Er streckte sich wieder und blickte zum hellen, blaugrünen Himmel hinauf.

Auf dem Abhang über dem Bach wirbelte eine Wolke gelber Blätter von einer gedrungenen Eiche. Der Wind, in dem sich kalte und warme Luftströmungen zu mischen schienen, zauste Justens dunkles Haar. Er klaubte sich die Blätter von der Stirn. »Jetzt wird's wohl endlich Herbst.« Er betastete die juckenden Bartstoppeln auf dem Kinn und schüttelte den Kopf.

Die Stute wieherte wieder.

»Ja, wir brechen ja schon auf.« Justen vergewisserte sich, dass er alles eingepackt hatte, und schwang sich in den Sattel. Die Stute tänzelte zweimal zur Seite, ehe sie sich beruhigte.

»Na, du bist aber ziemlich ausgelassen.« Er tätschelte ihr den Hals.

Die Wärme der Sonne war mehr als willkommen, als er den Schatten der Bäume verließ und wieder auf den schmalen Weg einbog.

Justen sah sich noch einmal zum Wäldchen um, und wie am vergangenen Abend musste er blinzeln. Obwohl der kleine Platz ein Gefühl von Ordnung ausstrahlte, wollten seine Augen rasch über ihn hinweggleiten, besonders über die Kiefern.

»Das ist wirklich eigenartig«, murmelte er. Was war denn Besonderes an den Bäumen? Oder war er immer noch so müde, dass er Trugbildern aufsaß? Doch obwohl er einen beunruhigenden Traum gehabt hatte, fühlte er sich längst nicht mehr so müde wie am vergangenen Tag.

Der Weg lief über ein paar sanfte Hügel hinweg fast geradlinig nach Süden, um anschließend nach Westen abzubiegen. Hier war das braune Gras auf den Wiesen höher, als wäre es nicht so stark abgegrast worden, und an den Hügelflanken und in den Tälern lagen nur noch wenige bestellte Felder. Seit er von seinem Lagerplatz im Hain aufgebrochen war, hatte Justen keine Bäume mehr gesehen, nur ein paar gedrungene Büsche, und außer einer armseligen Kate mit einer baufälligen Scheune war er auf keinerlei Spuren menschlicher Besiedlung gestoßen. Auch diese Kate war, wie alle anderen mit Ausnahme von Lurles' Haus, verrammelt und verlassen.

In der stillen Morgenluft schien sogar das Zirpen der Insekten gedämpft und nur wenige Vögel flogen umher und landeten auf den Stoppelfeldern, um die Reste aufzupicken.

Als er eine Weile nach Westen geritten war und zwei weitere niedrige Hügel überwunden hatte, verbreiterte sich der Pfad zu einem Weg oder einer schmalen Straße. Justen zügelte sein Pferd kurz vor der zweiten Hügelkuppe, als er unter sich, links von der Straße, einen kleinen Obstgarten bemerkte. Eine halbe Meile entfernt standen auf dem beinahe ebenen Boden knapp ein Dutzend Bäume mit fast kahlen Ästen, die von einer niedrigen, teils eingefallenen Mauer geschützt wurden. Zwei Gebäude, deren Wände mit Grassoden verkleidet waren und die so verfallen waren wie die Mauer, standen, innig einander zugeneigt, am westlichen Rand des Obstgartens. Zwischen den Gebäuden erblickte Justen einen Steinhaufen, der ein mit Mauern eingefasster Brunnen sein konnte.

Als er die Straße hinuntersah, entdeckte Justen unter einer dünnen Staubschicht eine Menge Spuren. Er nickte. Natürlich. Die Schafe oder Ziegen oder was auch immer hatte man nach Westen getrieben, vielleicht über die Brücke bei Clynya. Stand die Brücke noch oder hatten die Einwohner sie ebenfalls zerstört? Würde er jemals nach Rulyarth zurückkehren und nach Recluce übersetzen können?

Die Sonne und die stille Luft hatten die Hochebene erwärmt, als wäre es ein Sommertag. Er wischte sich den Schweiß von der Stirn, holte tief Luft und betrachtete weiter die Straße. Frische Spuren gab es anscheinend keine, aber er war kein Fährtenleser. Er folgte der Straße langsam zum augenscheinlich verlassenen Obstgarten.

An der Mauer blieb er stehen und besah sich die Bäume. Er hielt sie für Olivenbäume. Als er der Straße in Richtung der Häuser folgte, schickte er seine Wahrnehmung aus und nickte erleichtert, als er feststellte, dass die Gebäude tatsächlich verlassen waren.

Er warf einen Blick zu den beinahe leeren Satteltaschen, dann zu den Häusern. Schließlich, nach einem letzten Blick zur staubigen Straße, ob ihm auch niemand folgte, bog er ab und ritt über die kurze Zufahrt zu den beiden kleinen Gebäuden.

»Hallo!«

Schweigen folgte auf seinen Ruf, aber er hatte auch nicht mit einer Antwort gerechnet.

Er stieg am Brunnen ab und war erfreut, als er einen alten Eimer und ein Seil fand. Wenige Augenblicke später hatte er einen Eimer voll Wasser hochgezogen, mit einem Ordnungs-Spruch gereinigt und seine Wasserflasche nachgefüllt. Er trank einen Schluck und wusch sich den Straßenstaub aus dem Gesicht. Da es keine Tränke gab, füllte er den Eimer noch einmal und stellte ihn der Stute hin. Sie schlürfte lautstark.

Justen musterte die Gebäude. Das erste rechts neben dem Brunnen sah aus wie ein Wohnhaus, um das man sich allerdings seit Jahren nicht mehr gekümmert hatte. Die Tür des fensterlosen zweiten Gebäudes war eher neu und mit einem Eisenriegel gesichert. Neben dem zweiten Gebäude begannen Wagenspuren, die über den Hof zur Zufahrt und vermutlich weiter zur Straße führten.

Wieder sah Justen sich zur Straße um, ehe er hinüberging und die Tür öffnete. Ein leichter Geruch nach Salzwasser schlug ihm entgegen, als er in das leere Gebäude blickte. Nein, ganz leer war es nicht, erkannte er. Unter einem Regal lagen die Überreste eines erst vor kurzem aufgeschlagenen großen Fasses.

Nach einem weiteren Blick über die Schulter betrat Justen die Scheune und sah ins Fass. Der Deckel fehlte und auf dem Boden des Fasses lagen kleine, runde Oliven. Er kostete vorsichtig eine. Die Frucht war durchaus essbar, wenngleich sie wegen der Salzlake, in der sie der Haltbarkeit wegen eingelegt gewesen war, etwas an Geschmack verloren hatte.

Die Olivenbauern hatten ihr Haus offenbar in großer Eile verlassen und nur mitgenommen, was sie leicht auf ihren Wagen hatten laden können.

Da es nichts gab, um die übrigen Oliven zu transportieren, kehrte Justen zum Pferd zurück, band die leere

Satteltasche los und ging wieder ins Lagerhaus. Er beugte sich mit dem Oberkörper tief ins Fass, wobei er darauf achtete, den beiden gebrochenen Fassdauben auszuweichen, und klaubte die feuchten Oliven auf. Vorsichtig, um sich nicht an den Kernen die Zähne auszubeißen, aß er zwischendurch einige der Früchte.

Als er sich schließlich wieder aufrichtete, war die Satteltasche mehr als halbvoll. Er wollte schon hinausgehen, doch dann schüttelte er den Kopf. Auch wenn die Oliven, hätte er sie einfach dort gelassen, in kurzer Zeit verdorben wären, konnte er sie nicht einfach mitnehmen. Er legte zwei Kupferstücke aufs Regal.

Als er wieder auf den Hof trat, wieherte die Stute, wanderte zu einem Grasbüschel und begann zu fressen. Justen setzte die Satteltasche auf die Brunnenmauer und ließ noch einmal den Eimer hinunter, um sich die Salzlake von den Händen zu spülen. Anschließend trocknete er sich die Hände an den Hosen ab.

Dann warf er wieder einen Blick zur Satteltasche. Er hatte nicht alle Oliven mitnehmen können, weil einige bereits schimmelten. Er zuckte mit den Achseln und konzentrierte sich, um den Früchten ein wenig Ordnung einzugeben, damit sie nicht zu schnell verdarben.

Ihm wurde etwas schwindlig und er musste sich neben die Satteltasche auf die Steine setzen, um sich auszuruhen.

»Dafür, dass du nur ein Ingenieur bist, machst du dich gar nicht so schlecht.«

Der Schrei eines Vogels ließ ihn auffahren.

Die Aaskrähe hockte auf einem toten Ast eines Olivenbaums und hatte den Kopf schräg gelegt, als wolle sie den Ingenieur gründlich mustern.

Die Stute wieherte leise.

»Ich weiß, ich weiß. Wir stecken in Schwierigkeiten, Mädchen.« Er sah zur Straße, aber dort war niemand. Dann stand er auf, nahm die Satteltasche, ging zum

Pferd und befestigte sie wieder an ihrem alten Platz. Er holte noch ein paar Oliven heraus und schob sich eine in den Mund, bevor er aufstieg.

Wieder schrie die Aaskrähe im Olivenbaum.

Justen ruckte an den Zügeln und das Pferd trug ihn gehorsam auf die Straße hinaus. Die Luft war immer noch heiß und still.

Weniger als zwei Meilen weiter bog die Straße wieder nach Süden ab. Justen hatte seine Jacke inzwischen so weit wie möglich geöffnet. Er schwitzte am ganzen Körper, dabei hatte die Sonne am blaugrünen Himmel noch nicht einmal den Zenit erreicht.

Das Gras, das neben der Straße wuchs, war hier kürzer, brauner und spärlicher. Zwischen den Büscheln waren immer wieder Flecken von Sand oder nacktem Fels zu sehen. Hier gab es keine Mauern mehr, die Obstgärten einfriedeten, und keine Wasserläufe durchzogen die Ebene, über die er jetzt ritt. Nur die Spuren von Wagen und von Schafen bewiesen, dass die Straße vor einiger Zeit noch benutzt worden war.

Er öffnete die Wasserflasche und trank einen großen Schluck.

Wieder eine Meile weiter sah er ein paar niedrige Büsche in einer Reihe stehen, die fast im rechten Winkel zur Straße verlief, auf der er ritt. Über den Büschen schien die Luft zu flimmern, dass es beinahe aussah wie die Luftspiegelung eines Sees. Justen blickte nach Westen, aber die Ebene blieb unverändert, als er sich der Illusion näherte, die zurückzuweichen schien, während die Büsche verharrten, wo sie waren.

Die Büsche markierten die Kreuzung mit einer anderen Straße, die breiter und in regelmäßigen Abständen mit Wegsteinen ausgestattet war. Auf dieser Straße gab es auch zahlreiche Spuren von Tieren und Wagen, die, wie Justen hoffte, alle nach Clynya führten.

»Vielleicht kommen wir jetzt endlich doch ans Ziel.«

Justen trank noch etwas Wasser und berührte den Hals der Stute, um zu fühlen, wie es ihr in der Wärme erging. Bisher zeigte sie keine Anzeichen von Schwäche.

Obwohl die Sonne hoch am nach wie vor wolkenlosen Himmel stand, wehte ein etwas kühlerer Wind von Westen, als Justen in die Uferstraße einbog. Die wenigen verstreuten Katen waren, genau wie alle anderen, die er gesehen hatte, verlassen.

Justen runzelte die Stirn. Warum hatten die Sarronnesen nur solche Angst vor den Weißen? Trotz ihrer Abneigung gegen jeden, der sich der Legende verschrieben hatte, machten die Weißen gewöhnlich nur die Städte dem Erdboden gleich, die ihnen Widerstand leisteten. Dann lachte Justen trocken. Da sie an die Legende glaubten, blieb den meisten Sarronnesen wohl nichts anderes übrig, als sich gegen die Weißen aufzulehnen.

Aber gab es überhaupt eine Möglichkeit, die Weißen aufzuhalten? Er schüttelte den Kopf, tätschelte abwesend den Hals der Stute und ritt weiter.

Gegen Mittag begann er sich nach einem verlassenen Hof mit einem Brunnen umzusehen, wo er für die Stute und sich etwas Wasser finden konnte.

Ungerufen tauchte wieder das Bild der toten Eisernen Gardistin vor seinem inneren Auge auf, die einen Schwarzen Pfeil umklammert hatte. Er schürzte die Lippen und blinzelte im grellen Licht, als er Ausschau hielt, ob die Erhebung, die er weiter voraus auf der Ebene sah, Wasser für ihn und die Stute verhieß.

Die Erhebung entpuppte sich tatsächlich als eine weitere mit Grassoden verkleidete Kate. Sie hatte zwar einen Brunnen, aber das Wasser war abgestanden, und nachdem Justen zwei Eimer mit einem Ordnungs-Spruch gereinigt hatte, war ihm so schwindlig, dass er sich auf den heißen Boden setzen, ein paar Oliven essen und aus der aufgefüllten Flasche trinken musste, während die Stute aus dem anderen Eimer trank.

Bevor er die Kate und den Brunnen verließ, trank er, obwohl er eigentlich nicht mehr durstig war, noch etwas Wasser und füllte die Flasche bis zum Rand auf.

Gegen Mittag wurde das Gras wieder dichter und in der Ferne schienen sanfte Hügel aufzutauchen, auf denen einige Bäume standen. Steinsäulen markierten die Grenzen des Weidelandes. Er ritt an drei Häusern vorbei, die beinahe wie die Keimzelle eines Dorfes beisammen standen. Die Läden waren vernagelt, aber die Häuser waren solide gebaut und offenbar gut unterhalten. Er nutzte die Gelegenheit, die Stute zu tränken und seine Flasche nachzufüllen, nachdem er draußen auf der Ebene keine weiteren Wasserstellen gefunden hatte.

Danach ritt er durch Kornfelder und erblickte nun häufiger vereinzelte Häuser. Die Katen waren verrammelt, aber er hatte das Gefühl, dass einige dennoch bewohnt waren.

Noch später ging es sogar bergab. Wieder kam er an einer Seitenstraße vorbei und diese war nicht bloß ein Fußweg. Sie war fast so breit wie die Straße, auf der er reiste, aber sie führte gerade nach Süden, was nicht unbedingt die Richtung war, in die er sich begeben wollte. Auch auf ihr waren Wagenspuren zu sehen. Justen nickte und lenkte das Pferd weiter zum Fluss. Von Westen her wehte ein leichter Wind, der ein wenig feucht schien und vielleicht auch nach Heu roch.

Als er eine weitere Hügelkuppe hinter sich gelassen hatte, konnte Justen am Horizont im Dunst eine Baumlinie erkennen. Zweifellos war dort unten der Fluss. Er blickte zu einem kahlen Baum und schluckte, als er wieder die Aaskrähe sah, die ihn anstarrte und zu warten schien.

Der Vogel stieß zwei Schreie aus und flatterte über

einen Acker davon, als Justen in gleichmäßigem Tempo nach Westen ritt. Er wischte sich wieder die Stirn ab. Er konnte zwar einen leichten Luftstrom spüren, aber die Nachmittagssonne brannte unerbittlich auf die Straße und ihn selbst herab.

Als Justen den nächsten Hügel erreichte, konnte er vor sich, etwas nach rechts versetzt, zwischen den Bäumen am Flussufer einige Staubwolken erkennen. Der Magen zog sich ihm zusammen. Wenn dort Pferde unterwegs waren, so bedeutete es, dass es Soldatenpferde waren. Es waren schätzungsweise zwanzig und zwanzig Soldaten in diesem Teil Sarronnyns, das konnte wiederum nur bedeuten, dass es sich um Weiße Lanzenreiter oder Eiserne Gardisten handelte. Da sie jetzt schon beinahe vor ihm waren, würden sie die Kreuzung auch vor ihm erreichen.

Die Aaskrähe des Weißen Magiers konnte er zwar nicht sehen, aber zweifellos lauerte der Vogel irgendwo in der Nähe.

Er zügelte sein Pferd. Was würden die Soldaten tun, wenn sie die Kreuzung erreichten? Würden sie weiter nach Clynya reiten oder in seine Richtung abbiegen? Waren sie wirklich hinter ihm her?

Er schürzte die Lippen und streichelte abwesend den Hals der Stute. Er war viel zu müde und nicht stark genug, um einen Licht-Schild längere Zeit aufrecht zu halten, und bis zur Kreuzung waren es beinahe noch zwei Meilen. Er lenkte die Stute unter eine kleine Eiche und stieg ab. Wenn die Soldaten in seine Richtung kamen, konnte er einfach abwarten, den Licht-Schild einsetzen und sie vorbeiziehen lassen. Wenn sie weiter nach Clynya ritten, konnte er ihnen in gebührendem Abstand folgen.

Lächelnd öffnete er die Wasserflasche. Dann holte er noch einige Oliven aus der Satteltasche, die er mit einer Scheibe Brot und einem Stück Käse aß. Ein wenig Käse hielt er für den nächsten Tag zurück, vom Brot blieb nur noch ein Kanten übrig.

Sein Lächeln verblasste, als die Sonne den Horizont berührte. Ohnmächtig musste er mit ansehen, wie die Weißen Truppen an der Kreuzung ein Lager aufschlugen.

Über ihm kreiste die Aaskrähe und schrie.

Justen schluckte. Falls er noch irgendwelche Zweifel gehabt hatte …

Er betrachtete die ebene Straße, auf der er gekommen war. Wohin sollte er jetzt reiten? Konnte er einfach abwarten? Wenn er auf dem gleichen Weg zurückkehrte, würde er der Streitmacht des Weißen Magiers begegnen. Aber gegen ein Dutzend Weiße Lanzenreiter konnte er nichts ausrichten und der sanfte Hang vor der Kreuzung war viel zu gut zu überblicken, als dass er hätte hoffen können, ihn unbemerkt zu überqueren. Seine Sinne waren nicht scharf genug, als dass er hätte über einen Acker reiten können, den er nicht kannte. Ein Loch, und die Stute würde sich ein Bein brechen. Außerdem waren die Weißen bereits gewarnt und würden in die Luft oberhalb der Staubwolken feuern. Er schluckte und fragte sich, ob er warten sollte, bis es tiefe Nacht war.

Wieder schrie die Aaskrähe über ihm.

Er drehte sich um und blickte die Straße zurück, die er gekommen war.

Hinter dem zweiten Hügel stieg eine Staubwolke auf.

»Bei der Dunkelheit!«

Die Krähe schrie erneut.

Justen stieg müde auf seine Stute und entfernte sich von der Kreuzung. Ein Stück zurück hatte er eine Seitenstraße gesehen. Da die Weißen aber diese Stelle früher als er erreichen würden – er nahm die Staubwolke jedenfalls als Zeichen dafür, dass Weiße Truppen ihn verfolgten, und zwar allem Anschein nach sogar eine größere Gruppe –, blieb ihm nichts anders übrig, als querfeldein zu reiten.

Er widerstand dem Impuls, die Stute traben oder im Galopp laufen zu lassen, und ritt den sanften Hang hinunter, den er kurz vorher erklommen hatte. Dabei musterte er genau das Gelände auf der rechten Seite, im Süden, und versuchte, sich alle Einzelheiten einzuprägen.

Am Fuß des Hügels legte er den Licht-Schild um sich und die Stute, wandte sich quer über das offene Weideland nach Süden und hoffte, sein Gedächtnis würde ihn nicht im Stich lassen.

LVI

Eldiren runzelte die Stirn.

»Was ist geschehen, werter Magier?«

»Er ist verschwunden. Es war einer dieser feigen Schwarzen Tricks. Aber das wird ihm jetzt nicht mehr helfen. Wir haben ihn geortet.«

»Ich bitte um Verzeihung, Ser?«

Eldiren schüttelte unwillig den Kopf.

Der Offizier zuckte entschuldigend und etwas ängstlich mit den Achseln.

Eldiren seufzte. »Es ist ganz einfach. Er weiß, dass die anderen die Kreuzung halten und er ist Ingenieur, kein Magier. Also wird er entweder versuchen, unsere Leute umgehen und hinter ihnen auf die Uferstraße zu kommen, oder er wird versuchen, da vorn auf die Seitenstraße zu gelangen.«

»Aber ... aber nach allem, was Ihr gesagt habt, ist er mehr als eine Meile von der Straße entfernt, wir jedoch nur ein paar hundert Ellen.«

»Er wird querfeldein reiten, aber er muss es halb blind tun und dadurch wird er langsamer. Nimm ein Dutzend Leute, die Vierte zum Beispiel. Reite an der Kreuzung vorbei, bis du die Gabelung auf dieser Seite des Flusses erreichst. Du wirst die Stelle erkennen. Von dem Punkt an, wo die Straßen sich vereinigen, sind es nur noch ein paar hundert Ellen bis zu der großen Zugbrücke, die den Sarron überquert und nach Clynya hinein führt. Die Brücke ist natürlich hochgezogen. Besetze einfach die Kreuzung so nahe wie möglich an der Brücke, wie es sicher ist, und warte auf uns. Wenn nötig kannst du Häuser plündern und Vorräte mitnehmen.«

»Was ist mit dem Ingenieur?«

»Wenn ihr die Abzweigung haltet, kann er nicht den Fluss überqueren. Er muss sich mindestens noch einen Tag lang, wenn nicht länger, durch die Wildnis schlagen. Sobald ihr an ihm vorbei seid und auf der Uferstraße wartet, kann er diesen Weg nicht mehr nehmen. Wir werden uns direkt hinter ihn setzen. Falls ihr Staubwolken seht, wisst ihr ja, wohin ihr zielen müsst.« Eldiren lächelte.

Der Offizier schauderte.

LVII

Justen tupfte sich den Schweiß vom Gesicht und fragte sich, wie weit er und die Stute noch würden reiten können. Er war genau so müde wie das Pferd. Wann immer er versuchte, sich dem Fluss zu nähern, hatte es den Anschein, als wären neue Weiße Truppen dort eingetroffen. Er hatte nicht mehr die Kraft, sich vor der verdammten Aaskrähe abzuschirmen, und die Sonne hatte den ganzen Tag unbarmherzig am Himmel gelodert. Seine ungeschützte Haut war verbrannt, vor allem im Gesicht. Der salzige Schweiß schien sich ihm wie Säure in die Wangen zu fressen und sogar unter dem Hemd juckte ihn seine gereizte Haut. Er wünschte, er könnte sich endlich rasieren. Manche Männer nahmen dazu ihre Messer, aber das wollte er nicht, zumal er nicht einmal Seife oder Öl hatte. Er rieb sich wieder und wieder die schmerzende Stirn und versuchte, das Ziehen in den Beinen zu vergessen.

Warum ritt er überhaupt noch weiter?

Ein Teil der Antwort lag in dem Staub, der hinter ihm von der Straße aufstieg. Ein Dutzend oder mehr Weiße Lanzenreiter und ein Weißer Magier jagten ihn. Das war ein guter Grund weiterzureiten.

Über ihm kreiste die Aaskrähe und verriet dem Weißen Magier, wo er war. Beinahe war es ein Spiel, wenngleich ein tödliches. Es schien so, als hielte der Weiße Magier sich im Augenblick noch zurück. Indem er in den letzten zwei Tagen weniger geschlafen hatte und länger geritten war, hatte Justen den Vorsprung vor den Weißen halten können. Aber mit jedem Tag erwachte er mit weniger Energie aus einem unruhigen Schlummer und es gab keine Möglichkeit, rasch und auf einfache Weise an Brot und Käse zu gelangen. Die wenigen Anwesen und Katen im versengten Weideland waren nicht verlassen, sondern verrammelt und voller bewaffneter, ängstlicher Menschen.

Er hatte fast keine Oliven mehr und nur noch Brackwasser, das er mit Ordnungs-Sprüchen trinkbar machen musste. Wenigstens gab es noch Gras – braun, aber genießbar – für die Stute.

Auf dem Gipfel einer der vielen trockenen, endlosen Erhebungen drehte Justen sich um und holte tief Luft. Die Weißen kamen schon wieder näher, dabei war die Mittagszeit gerade erst vorbei.

Er drehte sich nach vorn, wo die Straße sich gabelte. Die linke Abzweigung war schmaler und führte direkt in die einsamen, grauen Hügel. Links neben der Straße stand eine Steinmauer. Die Hauptstraße, die eben und verlassen schien, lief nach Westen.

Justen nahm die linke Abzweigung.

In den Hügeln würde er vielleicht eine Möglichkeit finden, sich irgendwo zu verbergen.

Weniger als eine halbe Meile weiter stand an einem Hang über der Straße ein langgestrecktes Gebäude aus Stein, das mit verwitterten Lehmziegeln gedeckt war. Justen lenkte die Stute die Zufahrt hinauf. Sie wieherte empört.

»Ich weiß, es ist steil. Aber wir brauchen das Wasser.«

Als er in den Hof ritt, rannte eine Gestalt ins Haus. Die Tür wurde zugeschlagen, ein Riegel fiel mit lautem Knall ins Schloss. Justen grinste. Er ritt bis vor die Tür des Hauses.

»Wenn es Euch nichts ausmacht«, sagte er laut, »würde ich gern etwas Wasser haben, und wenn Ihr Reiseproviant habt, möchte ich etwas kaufen.«

Er bekam keine Antwort.

»Also gut. Dann nehme ich nur Wasser und lasse ein paar Kupfermünzen am Brunnen liegen.«

Justen beugte sich im Sattel vor, um die wunden Schenkel und die verkrampften Muskeln zu entspannen. Er fiel mehr vom Pferd, als dass er abstieg, und musste sich am Sattel festhalten, um nicht das Gleichgewicht zu verlieren.

Schließlich tauchte er einen Finger ins Wasser und kostete. Es schmeckte etwas abgestanden, war aber sauber genug, um ohne Ordnungs-Spruch genießbar zu sein. Er war ohnehin nicht sicher, ob er in seinem gegenwärtigen Zustand noch genug Kraft für einen Spruch hätte.

Neben dem Brunnen stand eine runde Tränke. Er schöpfte der Stute etwas Wasser hinein. Sie begann sofort gierig zu trinken.

»Langsam, Mädchen, langsam ...«

Dann trank auch er etwas Wasser, spritzte sich den Rest ins Gesicht und über den Hals, um sich abzukühlen und Staub und Dreck notdürftig abzuwaschen. Sein Versprechen fiel ihm wieder ein und er nahm zwei Kupferstücke aus der Börse und legte sie auf den Rand des Brunnens. Dann ließ er den Eimer in den Schacht fallen und zog ihn wieder hoch. Er holte seine Wasserflasche und füllte sie auf.

»Verschwinde! Geh jetzt!«

Justen blickte zur Tür des Hauses, wo eine Frau stand, die mit einer altmodischen Armbrust auf ihn zielte. Dunkles, grau durchsetztes Haar umrahmte das schmale Gesicht.

»Ich gehe schon«, beschwichtigte Justen sie. »Die Kupferstücke liegen dort.«

»Die sind der einzige Grund dafür, dass du noch nicht tot bist.«

Justen verschloss die Wasserflasche und steckte sie in die Halterung am Sattel. Dann zwang er sich, noch einen großen Schluck aus dem Eimer zu trinken. »Sei lieber vorsichtig. Da auf der Straße sind ein paar Dutzend Weiße hinter mir her.«

»Ich werde schon aufpassen. Aber deine Weißen ... die hast du hergeschleppt, du Deserteur. Sollen sie dich doch in die Steinhügel jagen, das geschieht dir nur recht.«

»Ich bin kein Deserteur. Ich bin ein Schwarzer Ingenieur.«

»Ist mir auch egal. Jetzt nimmt deine Mähre da und verschwinde.«

»Die Steinhügel?«, fragte Justen, während er etwas Wasser aus dem Eimer in die bereits geleerte Tränke kippte. Er spürte, dass die Stute noch mehr brauchte, und das Wasser war warm genug, so dass sie keine Krämpfe bekam.

»Vielleicht bist du doch nicht so übel... aber egal. Genau wie das Dach der Welt der kälteste Ort in Candar ist, so sind die Steinhügel der trockenste. Und das ist der einzige Ort, zu dem die Straße hier führt... da ist höchstens noch die alte Kupfermine, aber die ist schon lange nicht mehr in Betrieb.« Ihr Gesicht verhärtete sich. »Sobald dein Pferd fertiggetrunken hat, verschwindest du.«

»Könnte ich vielleicht noch einen Laib Brot oder sonst etwas kaufen?«

»Ich will dein Geld nicht.« Sie hob die Armbrust.

»Danke.« Halb kletterte er, halb zog er sich auf die Stute. Er konnte schon beinahe den Bolzen im Rücken spüren. Aber der Bolzen kam nicht geflogen, als er bergab ritt und sich in Richtung der Steinhügel wandte. Vielleicht würden ihm die Weißen nicht weiter als bis zur Kupfermine folgen.

Ein Blick über die Schulter verriet ihm, dass die Staubwolke höchstens noch zwei Meilen entfernt war. Er lachte heiser.

LVIII

»Beltar nach Sarronnyn zu schicken war ein meisterhafter Streich, Histen.«

»Nein, es war noch besser, Gold nach Recluce zu schicken. Hätte dieser Soldat sich nicht gegen den Sturm-Magier gewandt, so hätten wir am Ende noch ein ganzes Heer verloren.« Histen trat einen Schritt von dem Spiegel auf dem weißen Eichentisch zurück.

»Was wird geschehen, wenn der Sturm-Magier sich wieder erholt?«

Renwek rückte abwesend seinen Ledergürtel zurecht.

»Nichts. Er ist anscheinend zusammen mit den übrigen Ingenieuren, mit Ausnahme des Mannes, der noch allein in Sarronnyn herumirrt, bereits auf dem Rückweg nach Recluce.«

»Das klingt aber nicht sehr günstig.«

»Es ist sogar ziemlich günstig, weil Zerchas und Beltar streiten, was als Nächstes zu tun sei. Und der junge Derba, der sogar noch heißblütiger ist als Beltar, wird keinen Ärger machen, so lange er nicht sicher ist, wer gewinnt.«

»Und was ist mit Jehan?«

»Um den armen Jehan mache ich mir wirklich Sorgen. Er denkt zuviel nach. Eldiren übrigens auch. Genau wie Ihr, Renwek.« Der Erzmagier lächelte leicht, als er ans Fenster trat. Nachdem er eine Weile den Herbstregen betrachtet und sich die Stirn gerieben hatte, schloss er langsam das Fenster. »Manchmal wünsche ich mir, wir hätten einen Wetter-Magier.«

Renwek hüstelte nervös. »Wird dieser Wetter-Magier nicht Eure ... Eure Einflussnahme aufdecken?«

»Meine Bestechung, meint Ihr? Was gibt es da aufzudecken? Der einzige Verräter, von dem der Magier weiß, hat sich der Eisernen Garde angeschlossen.« Histen schenkte zwei Gläser Rotwein ein. »Es läuft ausgesprochen gut.«

»Da bin ich anderer Meinung. Wir haben ein kleines Heer und beinahe die Hälfte eines weiteren verloren.«

»Wir haben Sarron und werden bald schon ganz Sarronnyn eingenommen haben – jedenfalls die Gebiete, die Beltar nicht in Trümmer legt. Außerdem bleibt Zerchas angesichts seiner Verluste so demütig, wie es sich gehört.«

»Zerchas ist ziemlich gerissen.« Renwek schürzte die Lippen. »Aber andererseits ... Beltar ist stärker als Zerchas. Wenn er sich gegen Zerchas wendet, dann ...«

»Dann könnte er Zerchas' Rang einnehmen? Natürlich wird er das tun. Nicht alle Pläne, die Zerchas schmiedet, gelingen. Jehan ist zu klug, um Zerchas zu hintergehen, und Zerchas weiß das. Aber was noch wichtiger ist, Jehan wird es irgendwie auch vermeiden, Beltar zu verraten.«

»Ihr glaubt, Ihr kennt sie alle, nicht wahr?«

»Das ist das Wichtigste, wenn man Erzmagier ist. Jeder junge Narr, der über genug Kraft verfügt, kann seine Rivalen einäschern.«

»Und was werdet Ihr tun, wenn Beltar den Sitz im Weißen Turm anstrebt, wie Jeslek es getan hat?«

»Wenn er so weit kommt... hmm.« Histen dachte nach. »Ich würde ihm, wie Sterol es getan hat, das Amulett überlassen. Im Gegensatz zu Sterol würde ich allerdings keine Ränke schmieden, sondern ihm meine volle Unterstützung anbieten, bevor ich nach Lydiar aufbreche – und dies so schnell wie möglich.«

»Das ist aber nicht gerade sehr ehrenhaft.«

»Es ist ein großer Unterschied, ob man sein Wort bricht – was ich übrigens nicht getan habe – oder ob man weiß, wann und vor wem man sich in Sicherheit bringen muss. Beltar wird mir nicht nachjagen. Derba würde es tun, der überhebliche Narr.« Histen leerte sein Glas. »Schickt inzwischen die nächste Lieferung nach Recluce.«

»Aber warum? Ihr braucht doch nicht mehr ...«

»Renwek ... man muss die Verräter immer gut bezahlen, selbst nach ihrem Verrat. Wenn niemand es erfährt, werden sie dankbar sein, und vielleicht braucht man sie ja noch einmal. Falls es jemand herausfindet, gilt die Aufmerksamkeit dem Gold und nicht dem Geber.« Der Erzmagier lachte. »In diesem Fall war das Gold wohl nicht einmal nötig. Ich bin sicher, dass er ohnehin nur seinen eigenen Neigungen gefolgt ist. Es war preiswert, seinen Neigungen den richtigen Weg zu weisen.«

Renwek nickte, schürzte aber dennoch unsicher die Lippen.

LIX

Justen ließ das Pferd anhalten und versuchte herauszufinden, was die Ursache seiner Unruhe war. Die Sonne stach nach wie vor mit sommerlicher Hitze und schien mit jedem Schritt, der sie tiefer in die Steinhügel führte, heißer zu brennen. War er überhaupt schon in den Steinhügeln?

Er blickte die Straße hinauf, die auch hier noch breit genug für schwere Wagen war. Nur an den Rändern bröckelte sie etwas ab. Wo war denn nun diese Kupfermine, ob verlassen oder nicht?

Die Aaskrähe schrie und landete vor ihm auf dem Arm eines vertrockneten grauen Kaktus, der halb über die Straße ragte. Der Vogel starrte Justen einen Augenblick an, dann flog er in den wolkenlosen Himmel davon.

Ein dumpfes Pochen, beinahe wie ein Trommelwirbel, schreckte Justen auf. Er blickte über die Schulter zurück. Weniger als eine Meile entfernt ließ ein Trupp Weißer Lanzenreiter die Pferde galoppieren, um ihn einzuholen. Sie kamen rasch näher.

Justen sah sich um. Die Straße lief zwischen zwei niedrigen Hügeln an einem ausgetrockneten Wasserlauf entlang. Ein paar braune Grasbüschel, einzelne Kakteen, Sand und Felsen bedeckten die Hügelflanke. Der heiße Wind wehte Justen Sandkörnchen ins wunde, verbrannte Gesicht.

Rechts, etwa zweihundert Ellen vor ihm, schnitt eine Straße durch den Hügel; hinter der Abzweigung verengte sich die Hauptstraße und lief kaum mehr als ein Fußweg weiter.

Die Kupfermine? Justen trieb die Stute mit den Hacken an. So müde sie auch war, sie begann zu traben. Der Ingenieur sah sich noch einmal um. Die Lanzenreiter waren schneller als er und inzwischen so nahe, dass einige schon die Waffen gehoben hatten.

Justen konzentrierte sich wieder auf die Straße. Sollte er den schmalen Weg oder die Straße zur Mine nehmen?

Er entschied sich für die Zufahrt des Bergwerks und lenkte die Stute zur Schlucht. »Nun komm schon, Mädchen.« Wahrscheinlich war die Anstrengung sowieso sinnlos, aber da ein Weißer Magier so dicht hinter ihm war und nach ihm suchte und es keine Vegetation gab, in der er sich verbergen konnte, würde ihm nicht einmal ein Licht-Schild helfen.

Dicht vor Justen stieß die Aaskrähe kreischend herunter, ein Flügel streifte beinahe sein Gesicht.

Die Stute rutschte aus und wäre fast gestürzt. Justen hielt sich an der Mähne fest, um nicht aus dem Sattel zu fallen, als das Tier direkt vor der Schlucht stehen blieb.

Wieder stieß die Aaskrähe herab.

Justen ruckte an den Zügeln. »Bitte ... Mädchen.«

Ein Pfeil zischte an seinem Ohr vorbei.

»Verdammt ...«, murmelte er, als ihm bewusst wurde, dass dieser Pfeil von vorn gekommen war. Er drückte sich flach auf die Stute und versuchte gleichzeitig, einen Licht-Schild um sie beide zu legen.

Doch schon kam der nächste Pfeil geflogen und Justen zuckte zusammen, als die Stute herzerweichend wieherte.

»Ich habe wenigstens das Pferd erwischt. Ohne Pferd wird der Bursche nicht weit kommen.«

»Schieß doch auf den verdammten Vogel!«

Wieder kam ein Pfeil geflogen.

Als die Stute zusammenbrach, tastete Justen sich über den Boden, schnappte die halbvolle Wasserflasche und die Decke und versuchte, mit den Sinnen einen Weg zu finden, um sich von der Straße zu entfernen.

Die Lanzenreiter hielten auf die gestürzte Stute zu, die für sie aus dem Nichts erschienen war. Justen taumelte unterdessen von der Straße weg.

Wieder flogen Pfeile.

»Ein Hinterhalt!«

»... die Pfeile. Passt auf!«

»Ruft den Magier!«

Als die Lanzenreiter sich neu formierten, humpelte Justen langsam zum schmalen Weg, den er eher fühlen als sehen konnte. Die Aaskrähe flatterte unbeholfen über der Straße. Ein Pfeil hatte einen ihrer Flügel durchbohrt. Ein Lanzenreiter lag im Staub. Justen sah nicht zurück, als er bergauf kroch.

Er glaubte nicht, dass das sarronnesische Bergvolk, so tapfer es auch sein mochte, die Lanzenreiter lange aufhalten konnte.

Hinter Justen explodierte eine Feuerkugel auf der Straße.

Blind tappte er weiter und entfernte sich nicht nur von Sarronnyn, sondern auch von den letzten Wasserstellen. Andererseits entfernte er sich aber auch von dem Weißen Magier, während er über den rasch schmaler werdenden Weg lief.

Der Weg hörte nicht auf, sondern vereinigte sich zwischen zwei Hügeln mit einem trockenen Bachbett, in dem braunes Gras stand, und führte leicht bergauf.

Justen erreichte den höchsten Punkt und versteckte sich hinter einem trockenen Kaktus, wo er den Licht-Schild fallen ließ.

Drunten hatten sich die Lanzenreiter aus der Reichweite der Pfeile zurückgezogen und warteten.

Einer der sarronnesischen Bogenschützen, die vor dem Braun und dem stumpfen Rot des Untergrundes kaum zu erkennen waren, legte den nächsten Pfeil ein und schoss.

Aber sofort flog eine Feuerkugel den Weg zurück, den der Pfeil gekommen war.

»Aaaaah....« Der kreischende Bogenschütze brannte lichterloh, dann brach er als verkohlter Haufen zusammen.

Ein weiterer Bogenschütze schoss einen Pfeil auf die Lanzenreiter ab, ohne dabei aber die Deckung der Felsblöcke zu verlassen.

Die Feuerkugel, die zur Antwort abgeschossen wurde, schlug harmlos auf dem roten Sandstein ein.

Justen nickte und zog sich bergab zurück. Da er nur eine einzige Aaskrähe gesehen hatte, mochte es eine Weile dauern, bis der Weiße Magier ihm die nächste nachschicken konnte. Er hoffte es jedenfalls.

Unterhalb der Anhöhe blieb er stehen und trank einen großen Schluck aus der Wasserflasche, die er anschließend an seinem Gürtel befestigte. Nachdem er den Gurt der Deckenrolle etwas gelockert hatte, konnte er sich ihn über die Schulter hängen und die Rolle unter dem Arm pendeln lassen.

Er blickte zu den grauen Hügeln vor ihm und hoffte, dass es eine Menge Kakteen gab, denn ob es ihm gefiel oder nicht, er war jetzt nach Naclos unterwegs. Justen machte sich keine Illusionen. Wahrscheinlich würde er unterwegs sterben. Aber Naclos bot ihm immerhin eine Chance und er hatte keinen Zweifel, dass er in den Hügeln von Sarronnyn nicht lange überleben würde. Vielleicht konnte er sich durch die Steinhügel schlagen, bis er das grüne Land von Naclos erreichte. Vielleicht hatte der Traum, seine Vision von der Druidin mit dem silbernen Haar, doch etwas zu bedeuten. Vielleicht.

Schnaufend ging er weiter und forschte unablässig mit den Augen nach Pflanzen, die Wasser oder Nahrung versprachen.

LX

Die beiden Frauen mit den silbernen Haaren – die ältere war von der jüngeren nur durch die Dunkelheit hinter den Pupillen und die feinen, kaum sichtbaren Linien zu unterscheiden, die von den Winkeln der weisen Augen aus strahlten – standen einander an der Sandtafel gegenüber. Keine von ihnen sprach ein Wort.

Die ältere Frau konzentrierte sich und aus dem Sand schälte sich eine kleine Nachbildung der Steinhügel heraus.

Dann konzentrierte sich die jüngere Frau, deren Haar bis zu den Schultern reichte. Schweißperlen bildeten sich auf ihrer Stirn. Sie presste die Lippen zusammen und hielt die Augen geschlossen, aber die Hände hingen scheinbar völlig entspannt an ihrer Seite.

Ein leichtes Lächeln spielte um die Lippen der älteren Frau, als sie die Bemühungen der jüngeren Frau beobachtete.

Nach einer Weile geriet ein Teil der Reliefkarte in Bewegung und am nördlichen Rand erschien ein kleiner Turm aus Sand. Die Frau mit dem kürzeren Haar lächelte erfreut. »Da ist er.«

Die andere nickte traurig und hob die Augenbrauen. »Er ist stark, aber ist er stark genug?«

»Ich glaube schon«, erwiderte die jüngere Frau, »aber wir können natürlich nicht sicher sein. Erst wenn ...«

»Ja ... nur wenige halten es in den Steinhügeln länger als ein paar Tage aus. Bist du sicher, dass du gehen willst?«

»Ja«, antwortete die jüngere Frau. »Es ist meine Bestimmung und meine Pflicht.«

Die ältere Frau atmete tief durch und die scharfen Konturen der Reliefkarte fielen in sich zusammen. »Deine Pflicht ... es könnte lange dauern.«

»Hast du es bereut, die deine auf dich genommen zu haben? Ich habe seine Lieder immer gemocht.«

Das Lächeln der älteren Frau verblasste. »Er hat viel verloren. Genau wie wir alle. Und die Zeiten der Trennung sind schwer, besonders wenn du ihn mit anderen teilen musst.«

»So wird es nicht kommen.«

»Wenn die Engel es wollen.«

Die jüngere Frau nickte und strich mit den Fingern leicht über die Hand der älteren Frau, bevor sie sich daran machte, die Dinge zusammenzustellen, die sie für die Reise brauchen würde. Da er schon der Gluthitze der Steinhügel ausgesetzt war, durfte sie keine Zeit verschwenden.

LXI

Eldiren blickte zu dem halben Dutzend verkohlter Haufen, die vor kurzem noch lebende Menschen gewesen waren. »Die fünf hier waren sarronnesische Bergbewohner.« Er deutete auf die vorderen Gestalten, die auf der Zufahrt zum Bergwerk lagen. »Das dort war der Schwarze Ingenieur.«

»Sollten wir ihn nicht fangen?«, fragte der Unteroffizier der Lanzenreiter.

»Ich glaube nicht, dass Beltar und Zerchas enttäuscht

sein werden, wenn sie hören, dass er tot ist«, meinte Eldiren trocken. »Nicht, nachdem er uns bis fast in die Steinhügel gelockt hat. Beinahe hätte er es geschafft. In die Hügel selbst hätten wir ihm nicht lange folgen können.« Der Weiße Magier lachte. »Andererseits glaube ich, dass er auch selbst nicht lange überlebt hätte. Aber wie auch immer... wäre es euch denn lieber, er wäre noch da und könnte seine verfluchten Pfeilspitzen schmieden?«

Drei Lanzenreiter in der Nähe schüttelten heftig die Köpfe.

»War er nicht auch derjenige, der die Kanonen zur Explosion brachte?«, fragte der Unteroffizier, während er nervös zu den baufälligen, verwitterten Gebäuden der Mine blickte, die hinter dem Weißen Magier auf ebenem Gelände standen.

»Höchstwahrscheinlich«, erklärte Eldiren, indem er die Hände hob.

Es zischte und weißes Feuer waberte über die fünf Körper, die den Minenanlagen am nächsten waren. Sie verbrannten zu weißer Asche.

Der Weiße Magier wandte sich zu den Gebäuden um und ließ sein Feuer über die Anlagen spielen. Er sah einen Augenblick zu. »Damit dürfte dieses Dreckloch ausgeräuchert sein.«

Dann wandte er sich zur letzten Leiche um und nickte. »Er hat uns eine schöne Jagd geliefert. Mögen all ihre guten Leute so jung sterben.« Wieder hob er die Hände und äscherte mit seinem Weißen Feuer die letzte Leiche ein. Nur ein wenig weiße Asche und ein dunkler Fleck auf dem sandigen Boden blieben zurück.

»Lasst uns gehen.«

»Ja, Ser.« Der Unteroffizier wandte sich an sein halbes Dutzend Lanzenreiter. »Aufsitzen und zurück. Wir können wieder am gleichen Gehöft Wasser nehmen.«

Der Weiße Magier drehte sein Pferd zu den Hügeln

herum und salutierte. Dann ritt er den Lanzenreitern hinterher.

LXII

Justen vermisste die Stute, und dies nicht nur, weil seine Füße wund waren. Sie hatte ihm alles gegeben und vorher hatte sie wahrscheinlich das Gleiche für die tote Eiserne Gardistin getan. Und was war ihr Lohn gewesen? Der Tod in Form eines Pfeils, der für ihn bestimmt gewesen war.

Er schlurfte im dünnen Schatten der Schlucht dahin. Während er in Richtung Süden ging, versuchte er der direkten Sonneneinstrahlung möglichst auszuweichen.

Wenn er zurückschaute, konnte er dunklen Rauch zum Himmel aufsteigen sehen. Wahrscheinlich hatten die Weißen die alten Bergwerksgebäude in Brand gesteckt. Dadurch würde er etwas Zeit gewinnen. Er schüttelte den Kopf. Zeit gewinnen? Wozu?

Die Weißen würden ihn nicht weiter verfolgen, denn hier gab es keine vernünftige Straße und keine Möglichkeit, ein Dutzend Lanzenreiter und ihre Pferde mit Wasser zu versorgen. Im Übrigen würden sie vermutlich sowieso annehmen, dass er in den Steinhügeln nicht überleben konnte.

Justen sah zwischen den Steinen hin und her, die in dem trockenen Bachbett lagen. Alles schien vertrocknet, sogar die Kakteen. Die einzigen Geräusche waren sein rasselnder Atem und das Knirschen seiner Schritte auf dem harten Sandboden.

Der erste Hügel stieg nur sanft an, aber die Sonne auf der anderen Seite traf ihn wie die Feuerkugel eines Magiers. Er blinzelte, als er all die trockenen, grauen Steine vor sich sah. Irgendwo im Süden lag Naclos, irgendwo jenseits der Hügel – als ob er diesen Ort mit einer halb vollen Wasserflasche und ohne jede Erfahrung, was das Überleben in der Wüste anging, jemals würde erreichen können.

Eines aber war völlig klar. Er konnte nicht in der Gluthitze des Tages wandern, sondern musste sich eine kühle Stelle suchen, wo er rasten konnte. Er suchte die Flanke des Hügels ab und forschte nach einem Unterschlupf, der hoffentlich nicht von einem Geschöpf bewohnt war, das ihn als Mittagessen betrachtete.

Soweit er wusste, gab es in den heißeren Gegenden keine großen Felsenkatzen, und die gefährlichen Eidechsen brauchten mehr Wasser, als sie in den Steinhügeln finden konnten. Aber auch Schlangen und Stachelratten mochten ihm durchaus gefährlich werden.

Er ging den Abhang langsam an, einen Schritt nach dem anderen, und blinzelte im grellen Licht, bis er eine Senke zwischen den endlosen Hügeln erreicht hatte. Statt die nächste Steigung sofort in Angriff zu nehmen, folgte er der Senke nach Osten in Richtung der Westhörner, die allerdings außerhalb seiner Sichtweite lagen. Weiter im Süden wurden die Steinhügel flacher.

Er schlurfte noch fast eine ganze Meile weiter, bis er auf einen großen Felsblock und zwei graue Kakteen am Ostrand der Senke stieß. Die Pflanzen waren jeweils etwa so groß wie ein kleiner Eimer. Justen nickte und betrachtete die Nische, die vom Felsblock geschaffen wurde. Er zog das Schwert, das er inzwischen durch halb Sarronnyn geschleppt hatte, und stocherte herum, um den losen Sand wegzukratzen und festzustellen, was sich sonst noch im kühlen Schatten versteckt haben mochte. Ein rötliches Insekt kroch hervor, das er mit einem Tritt tötete und ins volle Sonnenlicht schob. Er kratzte noch etwas herum, bis er den Untergrund aus hartem roten Lehm und Sandstein sehen konnte, aber sonst ließ sich nichts blicken. Daraufhin entrollte er die Decke und nahm ein paar Steine, um sie am Rand des Felsblocks festzuklemmen, damit eine Art primitiver Sonnenschutz entstand.

Anschließend betrachtete er eine der grauen Kakteen. Schließlich schnitt er die Pflanze mit der langen Schwertklinge quer durch. Eine klebrige Substanz blieb an der Klinge haften.

Er setzte sich in den Schatten des Felsblocks unter die Decke und untersuchte zuerst mit den Augen und dann mit den Ordnungs-Sinnen die Scheibe Kaktus.

Die sirupartige Flüssigkeit enthielt Wasser und seine Sinne verrieten ihm, dass er sie ablecken oder essen konnte. Er kostete das graue Fruchtmark.

»Ooooh ...« Es war saurer als ein unreifer Birnapfel und bitterer als frisch geernteter Tang. Justen knabberte ein wenig davon und wartete ab, um zu sehen, wie sein Magen darauf reagieren würde.

Wenn er die Steinhügel durchqueren wollte, brauchte er Wasser und Nahrung. Hier draußen war niemand, der ihm etwas bringen würde.

So döste er vor sich hin und verträumte die Zeit, bis er spürte, dass die Luft kühler wurde. Er kroch unter dem Baldachin hervor und sah, dass die Sonne schon beinahe untergegangen war. Im Westen erfüllte ein orangefarbenes Glühen den Himmel. Die Luft war sogar jetzt noch wärmer als in Nylan im Hochsommer, aber immerhin erheblich kühler als zur Mittagszeit.

Er betrachtete den Kaktus, schnitt ein größeres Stück ab und zwang sich, es zu essen. Es schmeckte wie Sägemehl mit verfaultem Tang, aber er würgte einen halben Mundvoll hinunter. Er beschloss, im Augenblick nichts weiter zu essen, und rollte die Decke zusammen.

Ein leises Zirpen war in der Senke zu hören, also lebten hier wohl doch einige Insekten. Nach einem kleinen Schluck aus der fast leeren Wasserflasche wanderte Justen nach Süden. Wo immer es möglich war, vermied er es zu klettern, und unterwegs hielt er ständig Ausschau nach allem, was essbar schien oder Wasser versprechen mochte.

Er sah noch mehrere der grauen Kakteen, verzichtete aber auf weitere Versuche, weil er zunächst seinen Magen entscheiden lassen wollte, ob sie tatsächlich genießbar waren, wie seine Sinne ihm verraten hatten.

Aus einer Felsspalte huschte ein braun-graues Nagetier hervor und verschwand sofort wieder, als es Justens Stiefel im Sand knirschen hörte. Ein leichter Luftzug strich über sein von der Sonne verbranntes Gesicht und er atmete tief durch.

Vielleicht ...

LXIII

Aber vielleicht auch nicht.

Justen wollte sich bewegen, denn er wusste, dass die größte Hitze eines weiteren Tages fast vorbei war, aber die Augen wollten sich einfach nicht öffnen. Mit den Fingern erforschte er die weiche Masse im Innern einer Kaktee und entfernte vorsichtig die brauchbaren Teile. Drei Tage, in denen er verschiedene Sorten von Kakteen probiert hatte, hatten ihn nicht umgebracht, aber sein Gesicht war aufgedunsen und er fühlte sich die meiste Zeit über benommen.

Er hatte gehofft, dem trockenen Bachbett folgen zu können, bis er Wasser unter dem Sand spürte, aber das Wasser war entweder nicht da oder es war zu tief, um auf diese Weise aufgespürt zu werden. Als die geschwollenen Augenlider erst das eine und dann das andere Auge freigaben, bis er das Licht des Spätnachmittags sehen konnte, versuchte er, sich die Lippen zu befeuchten, aber die Zunge war trocken. Es gab einfach nicht genug Wasser und er hatte den Gürtel so eng schnallen müssen, dass seine Hose in alle Richtungen geflattert wäre, wenn es hier Wind gegeben hätte.

Der Rücken tat ihm weh und über die Blasen an den Füßen oder im Gesicht dachte er lieber nicht weiter nach. Er kam auf die Knie und schaffte es, sich langsam aufzurichten. Dann schüttelte er die endgültig leere Wasserflasche und schnallte sich das Schwert mit der Scheide um die Hüften. Die Klinge war nützlich, um die Kakteen in Scheiben zu schneiden, denn sie war lang genug, dass er nicht mit den Dornen in Berührung kam, aber sowohl das Messer als auch die Klinge waren inzwischen klebrig und ließen sich auch durch noch so viel Wischen nicht mehr säubern.

Er rollte die Decke so eng wie möglich zusammen und hängte sie sich über die Schulter, dann wanderte er flussabwärts oder wenigstens bergab weiter. Die Spuren im Sand verrieten ihm, dass dieses Bachbett tatsächlich irgendwann einmal Wasser geführt hatte. Flussabwärts zu gehen bedeutete zugleich, mehr oder weniger Richtung Süden und damit nach Naclos zu laufen. Ein Ende der steinigen Hänge und Täler war allerdings nirgends abzusehen.

Während er lief, öffneten sich seine Augen allmählich immer weiter. Er suchte im Gehen nach Kakteen, die eher grün als grau waren. Die grüne Sorte enthielt mehr Wasser, war aber natürlich seltener. Doch in der Dämmerung waren nun weder ein grüner Kaktus noch ein Wasserlauf oder gar ein Wasserloch zu entdecken.

Er schleppte sich weiter und versuchte immer wieder aufs Neue, mit seinen Sinnen Wasser zu finden, einen Beweis dafür, dass die Steinhügel doch kein so trockenes Gebiet waren, wie man es ihnen nachsagte. Inzwischen konnte er das Rascheln der Stachelratten und das Zischen und Klicken der roten Insekten mit den böse aussehenden Schwänzen unterscheiden. Selbst eine Stachelratte wäre jetzt ein willkommener Leckerbissen, aber die Nagetiere kamen ihm niemals nahe genug, um mit einem Stein oder der Klinge erlegt werden zu können.

Der trockene Sand war einfach überall – in den Stiefeln, in den schwärenden Blasen, in den Ohren. Wo er nicht juckte, brannte er. Justen hielt an und schnitt eine Scheibe von einem grauen Kaktus ab, dem einzigen, den er finden konnte. Im Fruchtmark war kaum noch Feuchtigkeit. Er kaute und ging im Licht der Sterne langsam weiter.

Schließlich sackte er an einem Felsblock mitten in dem Bachbett, das wahrscheinlich seit der Gründung von Recluce kein Wasser mehr geführt hatte, zusammen. Er ließ die Füße ausruhen und starrte abwesend auf einen dunklen Fleck auf einer Felsplatte neben dem trockenen Bachbett.

Er ließ die Sinne zum Felsblock wandern, dann fuhr er auf, humpelte eilig hinüber und betastete das dunkle Moos. Moos? Er zog das Messer aus der Scheide, hielt inne und erforschte mit den Sinnen, so trügerisch sie in seiner Verfassung auch waren, die weiche Stelle, die bei Tageslicht grün gewesen wäre.

Er öffnete die Wasserflasche und steckte den Deckel in seine Börse. Dann schnitt er vorsichtig, mit zitternden Fingern, die oberste Schicht Moos weg und legte einen schmalen Spalt frei. Er grub sich tiefer hinein, bis seine Finger feucht wurden. Gierig leckte er den Stein ab, ohne auf den schlammigen, moosigen Geschmack zu achten. Dann drückte er das Messer tiefer hinein und ein dünner Wasserfaden rieselte heraus. Er bückte sich und fing ihn mit dem Mund auf, weil er fürchtete, dass der Strahl sofort wieder versiegen würde. Er trank weiter, bis sein voller Magen keine Flüssigkeit mehr aufnehmen wollte.

Dann hielt er die Flasche an den Stein, aber das Rinnsal lief an der Öffnung vorbei. Er schob das Messer tiefer in den Spalt; das Kratzen hallte laut durch das trockene Bachbett. Aber tatsächlich, jetzt sprudelte ein kleiner Wasserstrahl aus dem Stein heraus, gerade weit genug, dass er die Wasserflasche an den Stein halten und hören konnte, wie das Wasser hineinrieselte.

Seine Finger zitterten, als die Flasche voll und zugestöpselt war, und er füllte wieder und wieder seinen Mund. Da er kein Wasser verlieren wollte, stopfte er etwas Moos in den Spalt, bis es nur noch tröpfelte.

Dann suchte er sich einen Platz, um zu ruhen und zu warten, bis das Wasser seinen Körper gestärkt hatte.

Dreimal stand er in der Nacht auf und trank, soviel er konnte.

In der trüben, grauen Morgendämmerung setzte er sich auf und zog die Decke eng um sich. Wie lange sollte er an dieser tröpfelnden Wasserquelle rasten? Wie lange würde sie Wasser spenden?

Er kehrte zum Felsen zurück, um noch etwas zu trinken, aber als er den Stopfen aus Moos entfernte, kam kaum mehr als Tropfen heraus und er konnte mit den Sinnen nicht tief genug in den Felsen eindringen, um zu sehen, ob tiefer und außerhalb der Reichweite seines Messers noch mehr Wasser wäre.

»Muss noch mehr finden ... irgendwo ...«, teilte er einer Stachelratte murmelnd mit. Das Tier huschte hinter einen Sandhaufen.

Nachdem er die Decke zusammengerollt und den Sand aus den Stiefeln geschüttelt hatte, leckte er noch eine Weile an dem dünnen Wasserfaden, der aus dem Stein rieselte. Dann lockerte er den Gürtel ein wenig und marschierte wieder mehr oder weniger in südlicher Richtung durch das trockene Bachbett. Ein Stück wollte er noch wandern, ehe die Sonne den Sand und Fels in einen Backofen verwandelte.

Der kleine Wasserspeicher im Fels hatte ihm etwas Zeit eingehandelt, und jetzt war sein Schritt fester und der Kopf klarer, auch wenn er sich schwerer fühlte. Er lief im Bachbett auf dem nackten Fels, soweit es möglich war, denn im weichen Sand versanken seine Stiefel.

Als die Sonne aufging und am ewig klaren, blaugrünen Himmel ihre Farbe von Orange zu Weiß wechselte, hörte sogar das leichte Rascheln der Insekten auf und um ihn herum gab es nur noch Hitze und drückende Stille.

LXIV

Die dunkelhaarige Ingenieurin schritt unruhig auf den schweren Holzplanken der Pier hin und her und schaute immer wieder zu den weißen Rauchwolken, die aus den Schornsteinen der *Stolz von Brysta* in den Himmel stiegen. Sie blickte zu den Lagerhäusern, vorbei an den beiden hamorischen Handelsschiffen und dem schlanken, dampfgetriebenen Schoner ohne Namensschild, der mit schwarzer Takelage und schwarzen Segeln fuhr – allem Anschein nach das Schiff eines Schmugglers.

Zu allen vier Schiffen rollten unablässig Wagen und spien einen Strom von Waren aus, der verladen werden sollte.

»Passt auf die Wagen auf! Achtung, das Fuhrwerk!«

Altara wich dem Fuhrmann aus und musste noch ein Stück weiter zur Seite treten, als zwei Frauen, die dunkelblaue Uniformen trugen und mit Schwertern bewaffnet waren, ihre Gatten und drei Kinder über die dicken Balken führten. Hinter der Familie kamen drei Handkarren, die hoch mit Ballen und Säcken bepackt waren. Und hinter den Karren folgten drei Wächterinnen mit harten Gesichtern, jede mit zwei Klingen bewaffnet und mit einem Rucksack ausgerüstet.

Eine der Wächterinnen nickte Altara zu und die Ingenieurin erwiderte den Gruß. Dann blickte sie wieder zum Anfang der Pier.

Rauchwolken stiegen aus den hohen Schornsteinen des zweihundertfünfzig Ellen langen hamorischen Dampfers. *Kaiserin Dafrille* hieß das Schiff. Altara runzelte die Stirn, als sie spürte, dass die Kessel bis an die Grenzen der Ordnung belastet waren. Als der blonde, schlaksige Gunnar die Pier herunterkam, seufzte sie. Wieder musste sie einem Wagen ausweichen – dieses Mal einem, der mit sarronnesischen Teppichen beladen war, die offenbar für eines der hamorischen Schiffe bestimmt waren.

»... Taue lösen!«

»... nach Atla in Hamor unterwegs ...«

Altara lugte über das Gewirr der Menschen und Frachtstücke hinweg und winkte Gunnar zu.

Der Wetter-Magier erwiderte den Gruß und ging weiter. Einen Moment lang verschwand er hinter einem Wagen, der mit Holzkisten beladen war.

Gunnar schüttelte den Kopf, als er vor Altara stand.

»Immer noch keine Spur von ihm?«, fragte sie.

»Nein. Er lebt noch. Ich glaube, ich hätte es gespürt, wenn er gefallen wäre. Aber wo er sich jetzt auch befindet, er ist sehr weit weg.« Gunnar stieg auf einen Poller, um einem schlingernden Handkarren auszuweichen, auf dem drei Kisten gestapelt waren, dann sprang er wieder zu Altara auf die Pier hinunter.

»Du hast lange gebraucht.« Sie blickte zur *Stolz von Brysta*, wo zwei Soldaten gerade die Taue einholten. »Wir müssen uns beeilen.«

»Ich bin da drüben auf die Klippe gestiegen, weil ich dachte, die Höhe würde meine Wahrnehmung verbessern. Aber beeilen müssen wir uns nicht, wir legen erst in einer Weile ab.« Gunnar wich einer vierschrötigen Frau aus, die einen leeren Handkarren zurück zum Anfang der Pier lenkte.

»Die Hafenmeisterin muss die Piere räumen, weil zwei weitere Dampfer anlegen wollen. Sie haben alle Schiffe angewiesen, so schnell wie möglich zu laden.« Altara ging weiter zum Ende der Pier, ohne sich umzusehen, ob Gunnar ihr folgte.

»Anscheinend haben sich die Leute hier aufgegeben.«

»Was würdest du an ihrer Stelle tun? Die Tyrannin ist tot, die Thronerbin ist gerade mal fünfzehn Jahre alt und ein Heer gibt es nicht mehr. Sarron ist ein Schutthaufen und die Weißen sind noch drei Tagesmärsche von Rulyarth entfernt.« Altara schnaubte. »Wie dir sicher schon aufgefallen ist, werden auch wir nicht länger hier bleiben.«

»Eine schöne Hilfe waren wir ihnen.« Gunnar blieb kurz vor dem Laufsteg der *Stolz von Brysta* stehen, als eine kräftige Packerin einen leeren Handkarren herunterrollte.

»Ganz erfolglos waren wir nicht. Du und Justen, ihr habt allein eine ganze Truppe ausgelöscht. Was hättest du noch tun können?«

Gunnar zuckte hilflos mit den Achseln.

»Ihr zwei Schwarzen da, kommt jetzt an Bord. Wir nehmen die Laufplanke hoch«, rief der Zweite Maat herunter.

Altara und Gunnar wechselten einen Blick. Altara nickte Gunnar zu und der hellblonde Mann ging die Laufplanke hinauf. Die Ingenieurin folgte ihm.

LXV

Mit einem letzten tiefen Atemzug blieb Justen auf der felsigen Anhöhe stehen. Er kaute langsam ein Stück grünen Kaktus, wischte sich vorsichtig einen trockenen Hautfetzen aus dem Gesicht und ließ sich auf einen hellen Stein sinken, der einladend flach war. Die viel zu große Klinge in der zu kleinen Scheide knallte gegen den Felsblock und dann gegen sein aufgeschlagenes Bein.

»Ooooh...« Sogar jetzt schon, am frühen Morgen, hatte der Stein genug Sonnenlicht aufgenommen, um unangenehm heiß zu sein. Justen drehte sich um und sah zurück nach Norden. Über dem grauen Stein der Hügel, die sich einer wie der andere bis zum Horizont erstreckten, flimmerte die Hitze. War die dünne Linie am Horizont der Große Wald von Naclos? Oder war es doch wieder nur ein Trugbild?

Er blinzelte und wischte sich die Stirn ab. Der Boden schien zu beben, während er auf dem heißen Stein saß und die Wasserflasche vom Gürtel löste. Er trank etwa die Hälfte des Rests und betrachtete nachdenklich die Flasche. Wie lange würde er noch durchhalten, wenn er kein neues Wasser fand?

Seine Benommenheit ließ etwas nach. Nach einer Weile stand er auf und ging langsam bergab. Im lockeren Geröll setzte er vorsichtig einen Fuß vor den anderen und suchte nach einem Überhang oder einem schattigen Platz, wo er während der größten Mittagshitze rasten konnte. Vielleicht fand er auch eine der kleinen grünen Röhrenkakteen, die immer etwas Feuchtigkeit enthielten, oder einen Wasserspeicher im Fels oder wenigstens ein kleines Wasserloch.

Seinen mehr als groben Berechnungen und seinem Richtungssinn zufolge war der Große Wald von Naclos noch mehrere Tagesmärsche entfernt. Alles, was hinter oder auch vor ihm lag, war Stein – der endlose, graue Stein der Steinhügel, ein staubtrockenes Felsenmeer.

»Felsenmeer oder Ozean aus Stein... trinken kann ich beides nicht.« Er lachte heiser und schleppte sich durch trockene Wasserläufe, die wenigstens halb im Schatten lagen, mehr oder weniger nach Süden, während er ständig nach Wasser oder den wenigen genießbaren Kaktusfrüchten Ausschau hielt.

Ein Fuß... dann der andere Fuß... ein Fuß... dann wieder der andere... und droben loderte die weißorangefarbene Sonne im wolkenlosen blaugrünen Himmel. Ein Fuß... dann der andere Fuß...

LXVI

»Die Weißen haben Rulyarth und den Hafen eingenommen. Suthya ist damit vollständig eingekreist.« Claris rieb sich kurz die Stirn, ehe sie aus dem schwarzen Kelch trank, der vor ihr auf dem Tisch im Ratssaal stand.

Das Tosen der Brandung unten am Strand vor der Schwarzen Residenz bildete das Hintergrundgeräusch für das Prasseln des kalten Regens an den geschlossenen Fenstern. Nur zwei der Öllampen in den Wandhaltern waren entzündet worden.

»Jetzt versteht Ihr hoffentlich, warum ich es für unüberlegt hielt, der Tyrannin ein größeres Truppenkontingent zur Verfügung zu stellen.« Ryltar wischte sich eine Locke des schütteren braunen Haars aus der Stirn.

»Ryltar...« Die dritte Ratsherrin hustete, dann leckte sie über ihre schmalen Lippen. »Unsere wenigen Freiwilligen haben den Weißen großen Schaden zugefügt.

Vielleicht hätte eine größere Anzahl die Sarronnesen sogar retten können.«

»Jenna, meine Liebe, haben wir denn in den Jahrhunderten seit der Zeit der Gründer nichts dazugelernt? Sogar der große Creslin konnte trotz seiner gewaltigen Kräfte nur diejenigen retten, die willens waren, sich selbst zu retten. Die Sarronnesen waren nicht bereit zu kämpfen, jedenfalls nicht in dem Maße wie Südwind oder Suthya.« Ryltar hob seinen Kelch, setzte ihn aber wieder ab, ohne zu trinken.

»Und jetzt stehen Suthya und Südwind allein da, voneinander getrennt von einem Sarronnyn, das von den Weißen Teufeln gehalten wird. Das ist nicht gerade eine vielversprechende Ausgangsposition.« Die schwarzhaarige, breitschultrige ältere Frau schüttelte den Kopf und trank wieder einen Schluck aus ihrem Kelch.

»Seien wir doch ehrlich, meine Damen. Woher hätten wir genügend Truppen nehmen sollen, um in Sarronnyn entscheidend einzugreifen? Ohne dabei Recluce selbst wehrlos zurückzulassen? Alles in allem haben wir ... wie viele sind es? Vierzig Züge Marineinfanteristen? Dazu noch einmal vierhundert Studenten, die im Waffenhandwerk eine gewisse Erfahrung besitzen. Die Kampfkunst genießt bei uns nicht unbedingt den Vorrang.« Ryltar lächelte.

»Wie kommt es nur, dass es mir bei Euren Schlussfolgerungen immer kalt den Rücken hinunterläuft, Ryltar?« Jenna sah nach draußen, als ein Blitz durch den Himmel zuckte, der einen Augenblick lang heller war als die Öllampen. »Vielleicht liegt es daran, dass Ihr derjenige seid, der sich immer dagegen gesträubt hat, die Marineinfanteristen oder die Lieferungen von Eisenerz aus Hamor zu verstärken.«

Ryltar zuckte mit den Achseln. »Ich streite es ja nicht ab. Aber Truppen kosten Geld und ich habe mich immer gegen Steuererhöhungen ausgesprochen.«

»Lasst uns heute Abend nicht darüber streiten«, schaltete Claris sich ein. »Wichtig ist jetzt nur, dass Fairhaven einen weiteren Abschnitt des großen Plans, ganz Candar zu erobern, verwirklicht hat. Die Frage ist, was wir dagegen unternehmen sollen.«

»Ach ja, der große Plan.« Ryltar lächelte ironisch.

»Ryltar ...«, seufzte Jenna.

»Wir müssen den Tatsachen ins Auge sehen. Zunächst einmal können unsere Schiffe Fairhaven daran hindern, uns gefährlich zu werden, selbst wenn ganz Candar fallen sollte. Zweitens haben wir, wie gerade gesagt wurde, nicht genügend Truppen, um großen Eindruck damit zu machen. Und im übrigen, wohin sollten wir sie eigentlich schicken? Ins umzingelte Suthya? Nach Südwind, das Fairhaven womöglich erst in einigen Jahren angreifen wird, wenn überhaupt?« Ryltar drehte sich auf dem dunklen Lehnstuhl um und starrte die Öllampe neben dem Bildnis eines Mannes mit silbernen Haaren an, das hinter dem Tisch hing. »Was könnte Fairhaven uns schon antun?«

»Unsere Grundlage der Ordnung zerstören ...«

»Jenna«, unterbrach Claris, »darüber haben wir nun schon so oft gesprochen. Ihr werdet Ryltars Meinung weder heute noch an irgendeinem anderen Abend ändern. Habt Ihr irgendwelche konkreten Ideen?«

»Nein, eigentlich ... ach, schon gut.« Jenna hielt inne. »Wenigstens könnten die Ingenieure einen großen Vorrat an Pfeilspitzen aus Schwarzem Eisen schmieden, die wir nach Suthya schicken könnten.«

»Wie sollen wir die Arbeit und das Eisen bezahlen?«, fragte Ryltar.

»Angesichts ihrer Wirksamkeit wären die Suthyaner sicher gern bereit, für solche Waffen zu bezahlen«, gab Claris trocken zurück. »Das ist eine gute Idee.«

»Mir gefällt das nicht. Wir dürfen nicht die Waffenhändler dieser Welt werden.«

»Das werden wir nicht. Und wie Ihr richtig bemerkt habt, könnten wir keinesfalls eine große Streitmacht aufbauen... aber wir könnten ein paar tausend Pfeile schicken.« Jenna lächelte zuckersüß.

»Mir gefällt es nicht, aber...« Ryltar lächelte grimmig. »Es ist auf jeden Fall besser, als unsere Leute in den Tod zu schicken. Wir haben, wie Ihr wisst, mehr als die Hälfte unserer Freiwilligen verloren.«

»Ich weiß. Einschließlich Eures Neffen, falls Ihr das überhaupt als Verlust betrachtet.«

»Jenna...«

»Ich bitte um Verzeihung, Ryltar.«

»Ich akzeptiere Eure Entschuldigung, Ratsherrin.«

Ein weiterer Blitz des Unwetters, das draußen über dem Ostmeer tobte, flackerte im Ratszimmer und die Fenster klapperten im Donner, der direkt danach einsetzte.

»Ich glaube, das war alles für heute Abend«, erklärte Claris. »Ich werde in einigen Tagen mit Altara und Nirrod über die Pfeile sprechen.«

Ryltar stand auf, nickte und zog sich schweigend zurück.

Jenna sammelte einige Dokumente ein und steckte sie in eine Ledermappe.

»Ihr seid hart mit Ryltar umgesprungen.« Claris sah vom Fenster zu der jüngeren Frau.

»Er ist auch ein harter Brocken. Warum versteht er es denn nicht?« Jenna schüttelte den Kopf. »Manchmal denke ich, wir hätten nicht damit aufhören sollen, junge Leute ins Exil zu schicken. Die Idee, sie müssten eine Probezeit durchlaufen und in der Gefahrenbrigade dienen, war durchaus sinnvoll. Manche Leute begreifen einfach nicht, was wir hier haben, wenn sie die Alternativen nicht kennen gelernt haben.«

»Es würde aber viel größere Gefahren brauchen als

jene, denen wir uns stellen mussten, um die Leute davon zu überzeugen.«

»Genau deshalb gibt es ja den Rat«, antwortete Jenna aufgebracht. »Um ungeliebte Entscheidungen zu treffen, die nun einmal getroffen werden müssen.«

»Jenna ...«

Aber die jüngste Ratsherrin hatte schon ihre Mappe geschnappt und war hinausgestürmt.

LXVII

Nachdem er die Decke festgeklemmt hatte, kroch Justen in den Schatten und scharrte den heißen Sand weg, bis er den kühleren Fels und Lehm freigelegt hatte. Er sah sich um, ob Insekten oder Stachelratten in der Nähe wären, löste den Gürtel und legte die Klinge zur Seite. Dann zog er sich die Stiefel aus, wobei er versuchte, nicht noch mehr Blasen an den Füßen aufzureißen. Es war kein Problem, das Chaos aus den offenen Wunden herauszuhalten, aber er hatte nicht mehr die Kraft, die Verletzungen wirklich zu heilen.

Schließlich drehte er sich um, lehnte sich an den Stein und öffnete die noch zu einem Viertel gefüllte Wasserflasche. Er trank davon die Hälfte und hob sich den Rest für den nächsten Abschnitt der Wanderung auf, mit dem er in der Dämmerung beginnen wollte. Dann verschloss er die Flasche sorgfältig.

Er hatte kaum die Augen zugemacht, als er den Baum sah. Wieder legte Justen den Arm um den Lorkenbaum, aber dieses Mal war der Stamm mit der dunklen Rinde nicht von einem Teppich aus kurzem, grünem Gras umgeben, sondern von Sand, der in der Sonne zu glühen schien. Er wollte einen Schritt machen, aber der Sand brannte sich durch die Sohlen seiner Stiefel.

»Versuche, diesen Baum zu finden, und ich werde dich finden.« Die schlanke junge Frau mit dem Silberhaar war auch dieses Mal mit braunen Sachen bekleidet und barfuß. Sie erschien neben dem dunklen, massiven Stamm, der Kühle und Ordnung ausstrahlte.

Er wollte etwas sagen, aber seine Zunge war so trocken, dass er kein Wort herausbekam.

»Der Weg, um den Baum und dich selbst zu finden, wird noch schwieriger werden.« Wie im letzten Traum klang ihre Stimme silberhell und traurig zugleich.

»Noch schwieriger?«, murmelte Justen mit aufgequollenen Lippen. »Noch schwieriger?«

»Die Ordnung, in der die Wahrheit liegt, ist kälter als das Dach der Welt im Winter, trockener als die Steinhügel und unzugänglicher als Naclos für einen Weißen Magier.«

Baum und Frau verblassten, aber die Sonne brannte weiter, und Justen fuhr erschrocken auf. Irgendetwas hatte eine Ecke seiner Decke gelöst und die Sonne traf auf den bloßen Unterarm mit der Hitze eines rot glühenden Eisenstücks.

Er stand auf und kroch hinaus, um das notdürftige Dach neu auszurichten und den Stein, der eine Ecke der Decke halten sollte, wieder an seinen Platz zu legen. Die nackten Füße brannten und er verschwand eilends wieder in seiner Deckung. Während er unruhig vor sich hin döste, fühlten sich die Füße immer noch heiß an und in den Augen spürte er stechende Körner, aber er schaute keine weiteren Bilder mehr von Bäumen oder der Frau mit dem Silberhaar.

Als in der Abenddämmerung die etwas kühlere Luft die Decke, die ihm tagsüber als Sonnenschutz diente, flattern ließ, beugte Justen sich vor und versuchte, mit der viel zu trockenen Zunge seine Lippen zu befeuchten. Er hatte nicht genug Wasser finden können und seine Augen waren geschwollen und brannten, wenn er sie öffnete.

Er tastete nach der Wasserflasche und konzentrierte sich darauf, die Hände ruhig zu halten, während er den Rest austrank.

Nachdem er den Sand aus den Stiefeln geschüttelt hatte, zog er sie an und stand auf. Er blickte nach Westen. Der orangefarbene Schein verriet ihm, dass die Sonne bald untergehen würde.

Er zog die Decke vom Felsblock. Als er sie zusammenrollte, zitterten seine Finger, und als er versuchte, sie mit dem Lederriemen zusammenzubinden und die Schnalle zu schließen, rollte sie sich wieder auf und fiel in den Sand.

»Bei der Dunkelheit ...« Er hustete und versuchte zu schlucken, aber sein Hals war geschwollen, und hätte er tatsächlich etwas zum Schlucken gehabt, so hätte er daran ersticken können.

Schließlich war die Decke zusammengerollt und er tappte wieder durch ein trockenes Bachbett weiter nach Süden.

Noch bevor der orangefarbene Schein ganz verschwunden war, stolperte er und fiel auf die Knie. Ein scharfkantiger Stein schnitt durch die Hose und verletzte sein rechtes Knie, das dumpf zu pochen begann.

Er richtete sich langsam wieder auf und sah sich nach Kakteen oder einer Wasserstelle um. Da er nichts entdecken konnte, lief er weiter.

Ein schriller Pfiff ertönte und er blickte viel zu spät zu dem kleinen Felsblock, auf dem die Stachelratte gesessen hatte. Seine Füße bewegten sich automatisch weiter. Dann verfing sich die linke Stiefelspitze an einem Vorsprung und er stürzte.

Lange Zeit lag er auf dem harten, felsigen Boden.
Wieder ertönten Pfiffe.

Irgendetwas zupfte an seiner Hose. Er rollte sich auf die Seite und sah die Stachelratte hinter einem Stein verschwinden.

Etwas später, als das Zwielicht verging und tiefer Dunkelheit wich, war er stark genug, um sich zu setzen und sogar aufzustehen.

»Muss ... Wasser ... finden.«

Er stand mitten im Wasser, mitten im kühlen Wasser, das durch die Steinhügel floss, aber er konnte den Mund nicht öffnen und trinken. Er konnte nur einen Fuß vor den anderen setzen.

Dann konnte er nicht einmal mehr dies. Er sank neben einem Felsen zusammen.

»... es nun so enden?« Hatte er die Worte ausgesprochen oder nur gedacht? Spielte das überhaupt eine Rolle?

Immer noch strömte das wundersame Wasser durch die Hügel, das Wasser, das er weder berühren noch trinken konnte, obwohl er es betrachten und mitten in seinen Wirbeln und der Gischt sitzen konnte.

»Gunnar ... Krytella ...«

Die tote Eiserne Gardistin kam mit ihrer braunen Stute durchs flache Wasser zu ihm geritten, aber die Strömung trug Reiterin und Pferd davon. Ein schwarzer Lorkenbaum wuchs aus der Mitte des Flussbettes und die schwarzen Äste breiteten sich über ihm aus.

LXVIII

Der große Mann warf einen und dann noch einen Stein über den Sandstrand hinweg ins Wasser des Golfs von Candar. Er hob einen weiteren flachen Stein auf, ließ ihn aber wieder fallen und ging zum Wasser, wo kleine Wellen mit winzigen Schaumkronen am weißen Sand von Recluce leckten.

Er schaute zu den schweren grauen Wolken hinauf, die das Kommen des Winters ankündigten. Draußen über dem Wasser brauten sie sich zusammen, um später übers Land zu ziehen. Dann schüttelte er den Kopf und ging nach Süden, wieder nach Nylan hinein. Mit den Stiefeln warf er Sand auf, als er schweren Schrittes den schmalen Strand hinunter ging, vorbei an den Klippen und in Richtung der größeren Sandfläche, hinter der wiederum die Wellenbrecher des Hafens begannen.

Als er sich dem ersten Wellenbrecher näherte, gesellte sich eine schwarz gekleidete Gestalt zu ihm.

»Alles in Ordnung?«, fragte Altara.

»Mir geht es gut.«

»Und deshalb schleichst du die ganze Zeit am Strand herum? Deshalb erkundigst du dich bei Turmin, ob auch Schwarze mit Spiegeln spionieren können?«

»Mir geht es gut.«

»Du machst dir Sorgen. Er ist dein Bruder und du weißt nicht, wo er ist.« Die Leitende Ingenieurin nickte in die Richtung, wo Candar liegen musste.

»Wenigstens sprichst du noch in der Gegenwartsform von ihm.«

»Ich dachte, du würdest es spüren, wenn ihm etwas zustößt.«

»Er steckt in Schwierigkeiten, Altara, und ich weiß einfach nicht, wo er ist. Ich hätte bei ihm bleiben sollen.«

»Du konntest doch nicht wissen, was geschehen würde.«

»Er hat mich vor Firbek gerettet. Wenn er nicht ...«

»Er wird heil herauskommen, Gunnar. Er kommt immer heil heraus.« Altara legte dem Magier für einen Augenblick die Hand auf den Unterarm.

»Ich glaube, was er gerade durchmacht, haben noch nicht viele Menschen überlebt.«

»Ist es so schlimm?«

»Wahrscheinlich sogar schlimmer, als wir es uns überhaupt vorstellen können.« Gunnar blickte zu den Stürmen und zum Zwielicht hinaus. Er dachte an den langen Winter, der bald beginnen würde.

»Viel schlimmer.«

II

ORDNUNGS-HEILER

LXIX

Justen erwachte schaudernd. Es war dunkel. Wie konnte er in der Hitze der Steinhügel schaudern? Hatte er sich das Wasser nur eingebildet? Was war mit all dem Wasser geschehen? Und mit der Eisernen Gardistin? Als er den Kopf drehte, brannte sich ein glühender Faden von den Augen bis zum Hals und er schauderte erneut.

»Nicht bewegen«, ermahnte ihn eine raue, doch melodische Stimme. »Du bist noch sehr krank.« Die Worte wurden in der hohen Tempelsprache gesprochen, aber sie klangen irgendwie anders – fließender, beinahe wie ein Lied.

»Wo…« Justens Hals war so trocken, dass er nicht mehr als ein einziges Wort krächzen konnte.

»Still. Bitte, trink das.«

Ihm wurde etwas auf die Lippen geträufelt und er leckte die Tropfen ab. Dann trank er mehrere Schlucke eines bitteren Gebräus. Nach einigen Augenblicken setzte ihm die unsichtbare Retterin die Flasche an die Lippen und er trank weiter.

Die warme Luft, die über sein Gesicht strich, verriet ihm, dass er sich nach wie vor an einem warmen Ort befand. Unerträglich heiß war es nicht, aber er konnte nichts sehen. War er blind geworden? War er in die Hölle der Dämonen gesteckt worden, weil er die Ordnung missbraucht hatte?

Er wollte sein Gesicht und die Augen abtasten, aber er konnte die Arme nicht bewegen.

»Deine Augen werden heilen, sie sind nur geschwollen«, erklärte die melodische Stimme.

Als hätten ihn schon diese kleinen Bewegungen völlig erschöpft, sank er zurück und ließ sich von der Dunkelheit einhüllen wie vom Schatten des Lorkenbaumes, den er in seinen Träumen gesehen hatte.

Als er wieder zu sich kam, war es kühler, und trotz der immer noch geschlossenen, geschwollenen Augenlider war ihm bewusst, dass es auch dunkler war. Er fühlte sich immer noch, als hätte man ihn durchgeprügelt und in der Sonne liegen lassen, wo er verwesen sollte.

Ohne ein Wort wurde ihm wieder die bittere Flüssigkeit angeboten und ohne ein Wort trank er sie.

Als er das dritte Mal aufwachte, konnte er leichter schlucken, aber die Augen fühlten sich immer noch aufgequollen an. Er versuchte nicht, sie zu öffnen, tastete aber mit den Fingern und fühlte auf den Wangen eine ölige Substanz, die auch die Augen und den größten Teil seiner Nase bedeckte.

Wieder schauderte er, während eine Woge von weißem Feuer von den Augen bis zum Hals lief.

»Bitte bewege dich noch nicht.«

»Meine Augen ...«, keuchte Justen.

»Sie werden heilen, aber du musst dich ausruhen. Bitte, trink noch etwas.«

Justen trank langsam die bittere Flüssigkeit. Es kam ihm vor, als würde sie ihn augenblicklich stärken. Oder hatte ihm jemand Ordnung eingeflößt?

Er schlief wieder ein.

Als er aufwachte, spürte er die volle Mittagshitze in der Luft, aber die Augen waren nach wie vor verschlossen und zeigten nur Schwärze. Hatte er nur geträumt, er hätte getrunken und die melodische Stimme gehört? Lag er in Wirklichkeit immer noch mitten in den Steinhügeln neben einem Felsblock?

Er leckte sich die Lippen. Die Schwellung war abgeklungen und wenn er schluckte, verkrampfte sich die

Kehle nicht mehr vor Trockenheit. Als er sich erinnerte, welche Schmerzen er vorher bei jeder Kopfbewegung gehabt hatte, berührte er leicht sein Gesicht und tastete die Narben auf den Wangen und den Verband über den Augen ab.

»Du fühlst dich besser.« Die Worte, die von der melodischen Stimme gesprochen wurden, waren keine Frage.

»Ja.« Justen schluckte.

»Kannst du das hier halten und trinken?«

Justen nahm die Wasserflasche, die sich anfühlte wie seine eigene, und schaffte es, daraus zu trinken und nur ein paar Tropfen aus dem Mundwinkel herausrinnen zu lassen.

»Trink soviel du kannst. Es fördert die Heilung.«

Schließlich protestierte sein Magen, aber noch bevor er etwas sagen konnte, zogen ihm kühle Finger die Flasche aus der Hand.

»Wer bist du?«, fragte er. »Und wo sind wir?«

»Du kannst mich Dayala nennen. Wir sind in den Steinhügeln.«

Justen runzelte die Stirn, als er der melodischen Stimme lauschte, die ihm irgendwie vertraut und doch völlig unbekannt vorkam. Er bewegte leicht den Kopf auf einer Art Kopfkissen. Unter dem Körper spürte er eine Matte.

»Wie ... wo hast du das Wasser gefunden?«

»Ich habe etwas Wasser mitgebracht, aber beizeiten hättest du auch selbst Wasser gefunden. Willst du dich aufsetzen?«

»Ja.«

Ein leichter Lufthauch strich über sein Gesicht, er hörte Stoff leise rascheln und sah seine Vermutung, dass er in einer Art Zelt lag, bestätigt. Die Arme, die ihm halfen, waren glatt, aber kräftig wie die eines Ingenieurs oder Schmieds. Als er sich gegen die Rückwand lehnte, die auch das Kopfkissen gestützt hatte, fragte er: »Bist du eine Frau?«

»Diese Frage war aber wirklich überflüssig.«

»Ich kann doch nichts sehen.«

»Ist das denn nötig?«

Justen errötete, dann griff er mit seiner Wahrnehmung nach ihr. Eine Frau war sie ... und eine tiefe Schwärze umgab sie wie ein Quell der Ordnung. Er schauderte. Noch nie hatte er jemanden mit so viel Ordnung und Bestimmtheit gespürt. Und doch, inmitten der Ordnung schien noch etwas anderes zu liegen ... das Chaos etwa? Wieder schauderte er.

»Du ... du musst aus Naclos sein.«

Sie lachte leise.

»Mach dich nur lustig über mich ...« Justen musste grinsen, obwohl die Bewegung in den Mundwinkeln schmerzte. Er war gerettet worden und reagierte gereizt, weil sie sich über ihn amüsierte?

»Möchtest du etwas Brot?«

Das Wasser, das ihm schlagartig im Mund zusammenlief, beantwortete die Frage, ehe er etwas sagen konnte. »Ja, bitte.«

»Wie ich sehe, erinnerst du dich an deine Manieren, auch wenn du dich noch nicht herabgelassen hast, mir zu sagen, wer du bist.«

Justen wurde schon wieder rot. »Entschuldige. Ich heiße Justen und bin ein Ingenieur, und zwar ein sehr unerfahrener, aus Recluce.«

»Danke. Jetzt musst du essen.« Dayala drückte ihm ein Stück Brot in die Hände. Ihre glatten Finger strichen leicht über seine Haut.

Justen kaute ein Stück Brot, das saftig war und ein wenig nach Nüssen schmeckte. Das Kauen fiel ihm schwer, aber nach einer Weile hatte er aufgegessen und tastete nach der Wasserflasche, um noch etwas zu trinken.

»Morgen ... wenn es dir besser geht ... werden wir unsere Reise fortsetzen.«

»Wohin geht es denn?« Justen hatte Mühe, die Frage zu formulieren, weil er gähnen musste.

»Nach Rybatta.«

»Rybatta?« Er gähnte noch einmal.

»Das ist ... das ist meine Heimat. Du wirst dort willkommen sein.«

Ins Kissen gelehnt, zuckte Justen leicht mit den Achseln, unterbrach die Bewegung aber sofort, weil seine Schultern schmerzten. Er schlief wieder ein.

LXX

Justen wachte auf, weil über ihm die Zeltplane im leichten Wind flatterte. Er bemerkte, dass Dayala – oder sonst jemand – ihn mit einer weichen Decke zugedeckt hatte. Erst jetzt wurde ihm bewusst, dass man ihm, von den Unterhosen abgesehen, alle Sachen ausgezogen hatte. Er streckte sich vorsichtig und war erleichtert, als nichts knackte und seine Glieder keinen scharfen Schmerz durch seinen Körper jagten. Langsam richtete er sich auf und lehnte sich ans Kissen.

Aus dem Flattern der Zeltplane, der kühlen Luft, die sein Gesicht streichelte, und dem grauen Licht, das trotz des Verbands in seine Augen drang, schloss er, dass es die Zeit der Morgendämmerung sein musste. Er blieb unter der Decke sitzen; es war die weichste, die er je gefühlt hatte. Justen fragte sich, wo seine Sachen steckten oder ob sie vielleicht von seiner Wanderung durch Sand und Steinhügel hoffnungslos verschlissen waren.

Er ließ seine Wahrnehmung schweifen und entdeckte

die Wasserflasche. Durstig langte er nach ihr, nestelte ein wenig herum, bis er sie geöffnet hatte, setzte sie an und trank einen tiefen Schluck. Es war Wasser darin, in das man etwas Bitteres gemischt hatte. Als er die Flasche wieder verschloss, hörte er Schritte.

»Du bist wach. Ich habe deine Kleider geholt. Sie zu flicken war, so könnte man sagen, eine echte Herausforderung.« Dayala legte einen Stapel Sachen neben seine Hand. »Du müsstest heute eigentlich wieder fähig sein zu reisen.«

»Ich werde aber nicht weit kommen, wenn ich nichts sehen kann.«

»Wenn du dich angezogen hast, werden wir den Verband abnehmen.« Sie drehte sich um und entfernte sich.

Justen zuckte mit den Achseln. Er konnte sich auch anziehen, ohne etwas zu sehen.

Er langte nach seinem Hemd, hatte aber auf einmal die Jacke in der Hand. Dann hatte er das Hemd schon halb angezogen, bis er merkte, dass er es verkehrt herum versucht hatte. Endlich hatte er es geschafft und quälte sich in die Stiefel.

Schwer atmend schlurfte er aus dem Zelt, wobei er fast eine Stange umgerissen hätte.

»Vielleicht wäre es keine schlechte Idee, dir jetzt den Verband von den Augen zu nehmen. Du solltest dich besser setzen.« Dayala führte ihn zu einem Felsblock, der trotz des frühen Morgens schon recht warm war. Er setzte sich, schloss die Augen und ließ sie den Knoten lösen, der den Verband auf seinem Kopf festgehalten hatte.

Als seine Augen sich ans grelle Licht gewöhnt hatten, blinzelte er einmal, zweimal und starrte zuerst den Sand vor seinen Füßen an. Die Stiefel schienen wie neu, die Hosen ebenso.

Dayala stand neben ihm, aber vorerst schaute er

nicht in ihre Richtung. Erst als er das Licht einigermaßen ertragen konnte, wandte er ihr den Kopf zu.

Das Gesicht der Frau schien in einem Kranz aus Licht zu schweben. Sie trug, so weit er es sehen konnte, ein hellbraunes Hemd und ebensolche Hosen, dazu einen geflochtenen dunklen Gürtel.

Justen blinzelte und schielte sie an. »Kann dich nicht richtig sehen...« Dann aber bemerkte er das glänzende, schulterlange silberne Haar. Er blinzelte heftiger und schluckte schwer. Dann schloss er einen Moment die Augen, rieb sich verlegen die Hände und ließ seine Wahrnehmung vorsichtig zu ihr wandern.

Er schüttelte den Kopf. Sie schien eine Säule aus tiefster Schwärze zu sein – und doch spürte er wieder etwas anderes, das ihm beinahe vorkam wie ein an der Kette gehaltenes Chaos, das hinter der Dunkelheit, so tief und undurchdringlich sie auch war, zu lauern schien. Endlich öffnete er die Augen einen Spalt weit und sah sie an. Er holte tief Luft.

»Dann war es wohl doch kein Traum, was?«

Dayala schüttelte langsam den Kopf. »Wieso fällt es dir so schwer zu glauben, dass ich wirklich bin?«

»Ich bin nicht daran gewöhnt, dass Träume mit einem Mal zum Leben erwachen.«

Sie schüttelte lächelnd den Kopf, als fände sie seine Bemerkung amüsant, wie die eines Kindes. Justen presste die Lippen zusammen. Sein Magen knurrte.

»Du musst etwas essen.«

Der Ingenieur nickte hilflos. »Und du?«

»Ich habe schon gegessen.« Sie kramte in ihrem Gepäck herum, bis sie ein Stück Käse und einen halben Brotlaib gefunden hatte. Er nahm beides entgegen und wollte zuerst den Käse durchschneiden, stellte aber fest, dass sein Messer nicht mehr am Gürtel hing. Mit einiger Mühe brach er ein Stück Käse ab. Dayala hatte inzwischen die Wasserflasche geholt und ohne ein weiteres Wort vor seine Füße gestellt. Er aß abwechselnd Käse und Brot, aber nach ein paar Bissen war sein Magen schon voll.

»Du hast lange nichts gegessen.«

Justen warf einen Blick auf den eng gestellten Gürtel. »Das ist richtig.«

»Ich muss jetzt packen. Wir sollten aufbrechen, so lange es noch kühl ist.«

Justen bemerkte Dayalas nackte Füße. »Keine Stiefel?«

»O nein. Sie würden mich zu sehr trennen.«

Sie ging zum Zelt und ließ Justen zurück, der langsam aus der Wasserflasche trank. Als Erstes löste sie die Schnüre, mit denen die seitlichen Zeltstangen festgezurrt waren. Mit raschen, geübten Bewegungen hatte sie das Zelt niedergelegt, bevor er zu Ende getrunken und die Flasche wieder verschlossen hatte.

»Warte mal«, sagte er.

Dayala, die gerade niedergekniet war, hielt inne und sah ihn an.

»Du hast mich gerettet. Du hast mir die Träume geschickt. Du hast genau gewusst, wo ich bin. Nicht, dass ich die Rettung nicht zu schätzen weiß, und …« Er schluckte. »Und hübsch bist du auch, aber ich wüsste wirklich gern …« Er zuckte mit den Achseln.

Dayala drehte sich um und setzte sich mit überkreuzten Beinen auf das zusammengefaltete Zelt. »Die Ehrwürdige hat dich in den Träumen der Engel gefunden. Dies geschieht nicht sehr oft und eine Aussendung muss einer … bestimmten Person entsprechen. Deshalb rief die Ehrwürdige jene, die … die sich möglicherweise dafür eigneten.« Die Druidin leckte sich die Lippen. »Sie hat mir bei den Traumbotschaften geholfen. Wir wussten nicht, ob du wirklich nach Naclos kommen würdest.«

»Und wenn ich nicht gekommen wäre?«

Dayala schlug die Augen nieder. »Dann hätte ich in einigen Jahreszeiten zu dir kommen müssen.«

Justen dachte nach. Schließlich fragte er: »Hast du mich dazu gebracht, in die Steinhügel zu gehen?«

»Nein! Wir üben niemals Zwang aus ... niemals.«

»Aber wie hast du mich gefunden?«

»Eine der ... eine der Ehrwürdigen hat mir geholfen.«

»Aber warum?«

»Das Gleichgewicht hält eine Aufgabe für dich bereit. Ich weiß nicht, worin sie besteht, ich weiß nur, dass du ... dass du etwas Besonderes bist.«

»Das klingt nach einem Opfergang.«

Sie erbleichte, als hätte er sie geschlagen.

»Es tut mir Leid.« Jetzt fühlte er sich, als hätte man ihn geschlagen. Er schüttelte den Kopf. »Es tut mir Leid. Es kommt mir einfach so vor, als wüssten alle außer mir, was vor sich geht, und als würden mich die anderen auf der Welt ... herumstoßen.«

Ein Schatten verdunkelte die strahlend grünen Augen. »Ich weiß, dass du sehr wichtig bist, viel wichtiger, als ich es je sein werde. Das ist schwer zu ...«

»Ich soll wichtig sein? Ich bin doch bloß ein unerfahrener Ingenieur.« Justen lachte.

»Die Kraft liegt nicht in deiner Bezeichnung, sondern in den Taten und der Fähigkeit zu handeln. Haben deine Taten nicht jetzt schon den Lauf der Welt verändert?«

Das Bild der toten Eisernen Gardistin, die den Pfeil aus Schwarzem Eisen umklammert hatte, stand wieder vor seinem inneren Auge. Er schauderte. »So habe ich es bisher noch nicht gesehen.«

»Die Ehrwürdigen schon.«

Justen schüttelte den Kopf. War dies die Wirklichkeit oder träumte er und lag im Sterben?

Dayala stand wieder auf.

»Ich kann dir helfen, das Zelt zusammenzurollen«, meinte Justen. Da er sich allmählich wieder lebendig fühlte, konnte er sich auch nützlich machen, dachte er.

»Ich bin daran gewöhnt, es allein zu tun.« Dayala lächelte. »Könntest du das Ende hier halten, während ich die Zeltschnur darum lege?«

Justen hielt die Zeltplane fest. Sie war auf irgendeine Weise behandelt und behielt ihre Form bei, bis Dayala alles verschnürt hatte. Dann stand er auf. »Wo kommt das hier hin?«

»Du bist schwächer, als du denkst.«

»Na schön, wir können es ja zusammen tragen.« Er hob ein Ende des Zelts hoch, das zusammengelegt eine Rolle von weniger als vier Ellen Länge und höchstens einer Elle Dicke ergab.

Dayala hob das andere Ende mühelos hoch.

Als sie durch die Felsen zum immer noch im Schatten liegenden Bachbett gingen, wo die Pferde warteten, rieb Justen mit den Fingern über den Stoff. Angesichts der Größe des Zelts war das Bündel leicht. »Aus was für einem Stoff besteht das Zelt?«

»Aus einer Art ... Seide.« Dayala lachte, während sie sprach. »Es gehört auf den Braunen dort hinten.«

Justen schluckte, als er die drei Pferde sah. Keines trug Zaumzeug, nicht einmal eine Hirtentrense, und keines hatte einen Sattel. Es gab nur weiche, geflochtene Bänder. Die beiden Stuten waren schon mit leichten Lasten beladen. Eine trug mehrere Krüge. Er trat neben den Hengst, der den Kopf drehte und zusah, wie Justen sein Bündel auf das Gurtzeug legte. Justen fand die richtigen Riemen und befestigte das Zelt.

»Nicht zu fest. Nur gerade fest genug, damit es nicht runterrutscht.«

»Äh ... und wie reisen wir nun?«, fragte Justen.

»Auf die gleiche Weise wie sie. Auf die gleiche Weise, auf die du hergekommen bist. Zu Fuß.« Sie kramte in einem Packen herum und nahm schließlich einen Gegenstand heraus, den sie entfaltete und Justen reichte. »Hier, das sollte dich vor der Sonne schützen.«

Justen nahm den weichen Hut, der anscheinend aus einer Art Gras geflochten war, und schob ihn sich auf den immer noch wunden Kopf. Der Hut war leicht und drückte nicht und das Tränen seiner Augen ließ ein wenig nach.

»Danke, es hilft wirklich.« Justen rückte den Hut zurecht. »Doch etwas verstehe ich nicht. Du hast Pferde, aber du läufst barfuß. Wie kannst du nur durch ... wie kannst du hier nur laufen?« Oder träumte er noch?

»Die Pferde waren bereit, mir zu helfen.« Dayalas Stimme klang beiläufig, als teilte sie ihm etwas Selbstverständliches mit. »Hoffentlich geht es dir gut mit deinen Stiefeln. Sie scheinen so beengend zu sein.« Die Frau schauderte.

»Ich hoffe, es ist nicht zu weit bis Rybatta.« *Bin ich das, der dies sagt*, fragte Justen sich, *und bilde ich mir nur ein, ich könnte zu einer Stadt wandern, von der ich noch nie gehört habe, in Begleitung einer Frau, die ich aus meinen Träumen kenne?* Er schüttelte den Kopf. Die staubtrockenen Steinhügel und die Blasen an den Füßen waren mit Sicherheit kein Traum.

»Ich würde sagen, dass wir etwa einen Achttag brauchen. Wir werden allerdings schneller wandern können, wenn du stärker wirst.«

Justen wusste nicht, ob er hoffen sollte, dass der Heilungsvorgang schnell oder langsam verlief, während Dayala vor ihm über heißen Sand und felsigen Boden schritt, als steckten ihre Füße in den besten Lederstiefeln.

Nachdem sie zwei Hügel umrundet hatten und Justens Schritte allmählich langsamer wurden, legte Dayala eine Pause ein. Sie kniff die Augen zusammen –

offenbar fester, als die grelle Sonne es erfordert hätte. Justen und die Pferde blieben stehen.

Schließlich zog Dayala eine kleine Schaufel aus dem Packen, den der Braune trug, und ging zu der Seite des Hügels, die im Schatten lag. Auf einem trockenen, sandigen Flecken hielt sie inne. Sie hob die Schaufel und stieß sie in den Sand. Es sah aus, als fiele es ihr schwer.

Justen ging zu ihr. »Soll ich graben?«

»Ja. Du und die Pferde, ihr braucht Wasser. Aber ... selbst hier ...«

Justen ignorierte den Satz, den sie unvollendet in der Luft hängen ließ, und begann zu graben. Nach vier Schaufeln voll schwitzte er. Noch einmal vier und er musste eine Pause machen, weil er außer Atem war. Er betrachtete den Sand in dem kleinen Loch, der auf einmal feucht wurde. Er grub weiter. Nachdem er noch fünf oder sechs Schaufeln ausgehoben hatte, hörte er auf.

Der Boden des Lochs füllte sich mit verhältnismäßig sauberem Wasser. Dayala hielt eine flache Schale mit einem zugespitzten Ende in das Loch.

Mit Hilfe der Schale füllte sie die beiden großen Krüge, die eine der Stuten trug, dann füllte sie die Wasserflaschen nach. Zwischen ihr und den Pferden ging etwas hin und her – eine Art von der Ordnung erfülltes Grün schien zwischen ihnen zu flackern. Sie trat zur Seite und ließ die Pferde trinken. Das Loch füllte sich immer wieder nach.

»Jetzt müssen wir vorläufig nicht mehr anhalten.«

Justen trank vorsichtig vom Wasser. Es schmeckte ein wenig nach Sand und seine Sinne verrieten ihm, dass es keinerlei Chaos enthielt. Er trank noch einen Schluck, verschloss die Flasche wieder und hängte sie an seinen Gürtel.

Der Hengst wieherte und die Pferde entfernten sich vom Wasserloch. Der Rest der Flüssigkeit versickerte im Sand. Justen schluckte, blinzelte und drehte sich um. Er folgte Dayala, die schon in südlicher Richtung losmarschiert war.

LXXI

»Ihr wünschtet mich zu sprechen?« Beltar verneigte sich am Eingang des Raumes, der früher einmal die Schreibstube des Hafenmeisters gewesen war.

Zerchas betrachtete unverwandt die Unterstadt von Rulyarth unterhalb der Klippe. Dort lag der verlassene Hafen.

»In der Tat. Wir haben lange genug ausgeruht. Ihr sollt Euch jetzt mit Eurem Freund, wie war noch gleich sein Name, in Clynya treffen – oder wohin die Suche nach dem Schwarzen Ingenieur ihn auch verschlagen hat.« Zerchas trank einen Schluck Rotwein direkt aus der Flasche. »Nehmt den Weg, der quer durchs Land führt. Ihr sollt Berlitos erobern und dann werden wir beide ...«

»Das scheint mir ein wenig umständlich«, wandte Beltar ein. »Soll Eldiren sich doch allein mit Clynya abgeben. Wenn ich Bornt einnehme und dem Fluss bis Berlitos folge, sind Clynya und Rohrn abgeschnitten. Dann kann ich immer noch nach Clynya gehen, falls Eldiren Schwierigkeiten hat. Aber Clynya und Rohrn sind nicht besonders groß. Oder wollt Ihr Bornt selbst einnehmen?«

»Eure Idee gefällt mir sogar noch besser«, räumte Zerchas grinsend ein. »Und wenn sie sich nicht ergeben, dann könnt Ihr mit ihnen verfahren ... nun ja, wie Ihr mit Sarron verfahren seid. Jera würde ich gern unzerstört lassen, denn es ist eine hübsche Stadt und der Hafen ist auch nicht schlecht. Später könnt Ihr dann mit Eurem Freund die kleineren Orte erledigen. Ihr habt Stil, das muss ich Euch lassen. Die Einwohner nennen Euch schon den ›Weißen Schlächter‹.« Zerchas lachte. »Im Vergleich dazu wirke ich ja nachgerade milde.«

Beltar schwieg.

»Wisst Ihr, mein junger Freund«, fuhr Zerchas fort, »wenn Ihr Gewalt anwendet, so steht Ihr vor dem Problem, dass man bald nichts anderes mehr von Euch erwartet, und wenn Ihr einmal nicht zur Gewalt greift, dann könnte man annehmen, Ihr hättet Eure Kräfte oder Eure Willenskraft verloren. Ihr könnt das Amulett nicht mit roher Gewalt allein erwerben und behalten.« Zerchas schüttelte den Kopf. »Aber das versteht Ihr nicht. Ihr werdet es wohl erst verstehen, wenn es zu spät ist. Geht nur und zerstört, was immer Ihr zerstören wollt, aber lasst Jera in Frieden.«

»Ich versichere Euch, dass ich nicht mehr zerstören werde, als unbedingt nötig ist.« Beltar verneigte sich tief. »Ich nehme an, für diesen Feldzug werden die restlichen Lanzenreiter und die certischen und gallischen Rekruten eingeteilt?«

»Ihr seid sehr aufmerksam, mein junger Beltar.«

»Und Jehan? Wird er mich begleiten?«

»Ich glaube nicht. Für Jehan habe ich ... einige andere Aufgaben. Noch mehr Zerstörung würde ihm nicht gut tun.«

»Ich verstehe.« Beltar verneigte sich noch einmal, ehe er ging.

Zerchas dachte eine Weile stirnrunzelnd über den jungen Magier nach. »Sie begreifen es einfach nicht«, murmelte er. Dann trank er wieder einen Schluck Rotwein. »Bäh. Schon fast umgeschlagen ...«

LXXII

Justen öffnete die Augen, als er die Stachelratte kreischen hörte. Einen Augenblick lang starrte er in die Dunkelheit, ehe seine Augen sich umgestellt hatten. Wenigstens nachts konnte er jetzt wieder einigermaßen sehen.

Doch als er etwas erkennen konnte, war die Stachelratte schon verschwunden und es war kein Laut mehr von ihr zu hören. Schläfrig fühlte er sich eigentlich nicht, wohl weil seine Füße immer noch stark schmerzten.

Die einzigen Geräusche, die er noch hören konnte, waren das leichte Rauschen des nächtlichen Windes über dem Sand der Steinhügel und Dayalas noch leisere Atemzüge. Selbst jetzt, in der Stille kurz vor der Morgendämmerung, war es noch recht warm.

Er blickte zu der Frau, die barfüßig und ohne Decke auf einer geflochtenen Matte lag. Sie trug immer noch die gleiche Hose und das Hemd, die anscheinend niemals schmutzig wurden. Ihre Lippen waren leicht geöffnet, das Silberhaar fiel über die breiten Schultern.

War sie schön? Eigentlich nicht – jedenfalls nicht in dem Sinne, wie Krytella schön gewesen war. Dayalas Gesicht war im Schlaf völlig offen, beinahe leer. Wenn sie wach war, schien ein großer Teil ihrer Lebendigkeit den grünen Augen zu entspringen, die jetzt hinter den Augenlidern verborgen waren. Das Kinn war beinahe elfenhaft, aber ihr fehlten die hohen Wangenknochen, die nach Justens Ansicht zu einem solchen Gesicht gehört hätten. Dennoch ... sie hatte etwas an sich ...

Er schüttelte den Kopf. Vielleicht reagierte er auch nur auf ihre Freundlichkeit.

Sie zuckte leicht im Schlaf, murmelte und runzelte die Stirn.

»... meine Aufgabe ...«

Justen wartete, aber sie fiel wieder in tieferen Schlaf. Nicht lange, und auch er schlief wieder ein.

Dayala war schließlich vor ihm aufgestanden. Sie hatte ihm schon Wasser, Brot und Käse hingestellt.

»Du musst zuerst etwas essen.«

»Weit gefehlt.« Er lächelte schief, tappte aus dem Zelt und zuckte bei jedem vorsichtigen Schritt der nackten Füße zusammen, bis er hinter einem niedrigen Felsblock verschwunden war. Die Bartstoppeln juckten schrecklich und er vermisste das Rasiermesser ebenso wie das Gürtelmesser.

Als er zurückkehrte, aß Dayala ein Stück Brot. Er setzte sich, fegte den Sand von den Füßen und klaubte einen kleinen Stein aus der Hautfalte unter dem großen Zeh. Er hatte sich viel größer angefühlt. Dann betrachtete er das linke Handgelenk. Er hatte dort einen schmalen Kratzer, weniger als eine Spanne lang, der beinahe tief genug war, um eine Schnittwunde genannt zu werden. Es war ein sauberer, gerader Schnitt. Er schüttelte den Kopf. Wie hatte er sich diese Verletzung zugezogen? Er runzelte die Stirn, zuckte mit den Achseln und trank aus der Wasserflasche, bevor er sich ein Stück Käse abbrach.

»Ich wünschte, ich hätte mein Messer ...«

Dayala schlug die Augen nieder und errötete leicht.

»Was hast du ...«, begann Justen.

»Es ist im Gepäck, das die braune Stute trägt. Ich habe es mitgenommen. Das mit dem Schwert tut mir leid, aber ich ... ich konnte einfach nicht ...«

Justens Hand, die mit dem Käse zum Mund unterwegs war, hielt mitten in der Bewegung inne. »Was konntest du nicht?«

»Es ist Folgendes ...« Die Naclanerin senkte wieder den Blick. »Das Messer ist ein Werkzeug und wir haben sogar selbst einige Messer. Ich habe deines benutzt, wo es nötig war. Aber das Schwert ist kein Werkzeug. Ich meine ... es ist nicht als Werkzeug gemacht und ich konnte es nicht berühren. Ich dachte, du hättest es verstanden, als du die Schaufel genommen hast.«

Justen sah zwischen dem Stück Käse und der silberhaarigen Frau hin und her. Die unglaublich tiefen grünen Augen erwiderten seinen Blick. Einen Moment lang schwiegen sie. Dann knurrte sein Magen und Dayala lächelte. »Eins nach dem anderen«, meinte er schließlich achselzuckend.

Nach dem Käse aß er ein Stück Brot, das immer noch saftig war und nach Nüssen schmeckte. Als er schließlich noch etwas Wasser getrunken hatte, wandte er sich wieder an sie. »Wie war das nun mit den Schwertern und Messern?«

»Wir kämpfen nicht, jedenfalls nicht auf diese Weise. Schwerter trennen die Dinge von ihren Wurzeln ab. Schaufeln tun das manchmal auch – nur, dass es hier nicht ganz so schlimm ist.«

»Wie kämpft ihr dann?«

»Du wirst es noch sehen. Es geht dabei um ... um Zurückhaltung und Gleichgewicht.«

Justen kaute und schluckte noch einen Happen Käse und Brot. Er fragte sich, ob in Naclos alle Leute so geheimnisvoll waren wie diese Frau. Aber statt weitere Fragen zu stellen, aß er sich satt. Heute bekam er schon etwas mehr herunter als am vergangenen Tag.

»Das Gleichgewicht ist uns wichtig, viel wichtiger als ... als den anderen«, erklärte Dayala. Sie nahm einen Schluck aus ihrer eigenen Wasserflasche. »Das Gleichgewicht kann man nicht erzwingen und nicht mit Gewalt über längere Zeit bewahren.«

»Warum habt ihr mich gerufen? So nennt ihr es doch, oder? Du wolltest, dass ich nach Naclos komme. Hattest du irgendetwas mit dem Weißen Magier zu tun, der mich gehetzt hat?«

»Nein.« Dayala schauderte. »Du bist ... du bist nicht im Gleichgewicht, aber sie ... sie sind ...« Wieder schauderte sie.

»Böse?«, half Justen ihr aus.

»Das ist dein Wort dafür, und es ist ... es ist nicht völlig falsch.«

»Wie würde man es völlig richtig ausdrücken?«

»Unfähig, ins Gleichgewicht zu kommen ...« Dayala schwieg, als wäre sie mit ihrer Erklärung unzufrieden, wüsste aber auch keinen besseren Weg, es ihm zu verdeutlichen.

Justen blickte seufzend auf seine Stiefel. »Wenn die Menschen dafür gemacht sind, so weit zu wandern, warum haben uns die Engel dann keine Hufe gegeben?« Er rieb den Spann und den Ballen des rechten Fußes. »Das tut gut ...« Er wiederholte die Berührung am linken Fuß und schüttelte die Stiefel aus, um Sand und womöglich auch Insekten, die sich dort versammelt hatten, zu entfernen.

»Möchtest du wirklich Hufe haben?« Dayala hob die Augenbrauen. »Angeblich hatten die Lichtdämonen Hufe.« Sie dachte einen Moment nach. »Du schläfst ohne deine Stiefel. Das ist ein gutes Zeichen.«

»Warum?«

»Ein guter Naclaner muss immer mit der Erde in Berührung sein.«

»Aber ich bin kein Naclaner.«

»Du wirst es sein, bis du uns verlässt.« Sie grinste, aber der Ausdruck verwandelte sich rasch in ein trauriges Lächeln.

Justen hätte beinahe unwirsch den Kopf geschüttelt. Welche Fragen er auch stellte, jede Antwort warf immer nur neue Fragen auf und er war müde, viel zu müde, um allen auf den Grund zu gehen. Er zog den zweiten Stiefel an, stand auf und bückte sich, um die dicke, gewebte Schlafmatte hochzuheben und auszuschütteln, damit sie mit den geflochtenen Bändern verschnürt werden konnte.

LXXIII

Justen setzte einen Fuß vor den anderen. Die Füße fühlten sich in den Stiefeln an wie Klumpen aus Gusseisen oder Blei, dabei war es noch nicht einmal Mittag. Sein Blick wanderte über die Hügel. Hier und dort schienen ein paar vereinzelte braune Grasbüschel zu stehen. Er runzelte die Stirn. Waren die Hügel hier flacher? Kamen sie endlich aus den verdammten Steinhügeln heraus?

Sie folgten einer weiteren Kurve in einem der endlosen Täler zwischen den Hügeln. Das dumpfe Tappen der unbeschlagenen Pferdehufe war das einzige Geräusch in der Hitze. Der Hügel vor Justen sah aus wie alle anderen, vielleicht sogar steiler. Hitzewellen flimmerten über den dunkelbraunen Felsen.

»Wir müssen klettern. Das Tal läuft von hier aus zu weit nach Norden.«

Justen konnte sich gerade noch ein Stöhnen verkneifen.

»Brauchst du eine Pause?«

»Noch nicht.«

Sie hatten in den letzten drei Tagen jeweils gegen Mittag das Zelt aufgebaut und gerastet, weil er noch zu schwach gewesen war, um sich den ganzen Tag auf den Beinen zu halten. Dayala konnte, obwohl sie barfüßig ging, länger und schneller wandern als er. Wahrscheinlich war sie dazu sogar dann noch in der Lage, wenn er wieder ganz bei Kräften war.

»Bist du sicher?«

»Ich bin sicher.«

Dayalas lange Beine streckten sich anmutig, als sie den Hügel hinaufstieg. Justen trampelte mit seinen Stiefeln grimmig über den sandigen Boden.

Der Hengst wieherte und trottete an Justen vorbei, als wolle er ihn wegen seiner Langsamkeit verspotten.

»... habe nur zwei Beine, danke für das Mitgefühl ...«, murmelte er.

Der Hengst drehte kurz den Kopf zu ihm herum, ehe er sich zu Dayala gesellte. Auch die braune Stute überholte Justen.

Er sah sich zur zweiten Stute um, aber das rotbraune Tier lief mit vorsichtigen Schritten und blieb hinter ihm.

»Wenigstens sind nicht alle Pferde Angeber ...«

Er schleppte sich weiter den Hügel hinauf.

Dayala und die beiden Pferde warteten oben. Sie deutete nach Süden, wo hinter höchstens einem Dutzend Wellenkämmen des grauen Steinmeeres eine dünne, dunkle Linie zu sehen war. »Wir haben es nicht mehr weit bis zum Grasland. Heute Abend oder morgen werden wir dort sein.«

Justen schätzte die Entfernung ab. »Morgen, spät am Tag.«

»Vielleicht. Fühlst du dich immer noch nicht gut?«

»Mir geht es prächtig«, keuchte Justen. Er öffnete die Wasserflasche und trank einen großen Schluck. Das Wasser half ihm. Dann nahm er den leichten Hut vom Kopf und fächelte sich Luft zu.

Als er sich abgekühlt hatte und wieder normal atmen konnte, goss Dayala Wasser aus einem der Krüge in die flache Schale und bot sie dem Hengst an, dann tränkte sie die Stuten auf die gleiche Weise und verstaute die Schale im Gepäck.

»Wir werden diesem Tal dort folgen. Es führt ein

wenig weiter nach Westen und dort gibt es kurz vor dem Grasland eine Quelle.«

Justen setzte müde einen bleiernen Fuß vor den anderen. Halb ging er und halb rutschte er den Hang hinunter, der fernen grünen Landschaft entgegen.

Dayala ging neben ihm, ihr Atem war ruhig.

LXXIV

Aus der Nähe betrachtet, war das Grasland doch nicht so üppig, wie es vom Hügel aus erschienen war. Eigentlich waren es nur einzelne Büschel von hartem, kurzem Gras.

Justen trat nach einem der Büschel, dann blieb er stehen und wandte sich an Dayala. »Das stört dich, nicht wahr?«

Sie nickte.

»Weil es keinem Zweck dient?«

Sie antwortete nicht, aber er wusste, dass dies der Grund war. Was er nicht wusste, war, wie er hatte spüren können, dass sein impulsiver Tritt in ihr diese Reaktion ausgelöst hatte. Er hatte sie ja nicht einmal angesehen.

Die Hügel waren jetzt leichter zu bezwingen – oder seine Beine waren stärker geworden. Vielleicht auch beides. Gegen Mittag waren sie tief im Grasland und die Steinhügel verschwanden hinter ihnen am nördlichen Horizont. Selbst wenn Justen auf einer Anhöhe stehen blieb und sich umsah, konnte er sie nicht mehr entdecken. Dayala hatte sich kein einziges Mal umgedreht, sie blickte nach vorn.

Auf dem Gipfel einer der vielen kleinen Hügel hielt er an, trank aus der Wasserflasche und kaute ein Stück vom anscheinend unerschöpflichen Vorrat an Brot. »Wie viel hast du eigentlich mitgenommen?«

»Drei Dutzend Laibe. Wir könnten allein davon leben, aber der Käse bietet etwas Abwechslung.« Die Naclanerin wischte sich eine Strähne des feinen Silberhaars aus der Stirn. »Die meisten Männer lieben die Abwechslung.« Ihre Stimme klang harmlos.

Justen nickte und verschloss die Wasserflasche. »Lebt hier jemand?«

»Es gibt ein paar Leute, die das Grasland lieben. Sie haben Wagen und folgen dem Gras. Auf meinem Weg zu dir habe ich aber keinen von ihnen gesehen.«

Justen schürzte die Lippen. »Du hast mir noch nicht erklärt, wie du mich gefunden hast und warum du mich überhaupt gesucht hast. Eigentlich hast du bisher so gut wie nichts erklärt ... nur, dass die Ehrwürdigen dir geholfen hätten.«

»Du hast mir auch geholfen«, gab sie lächelnd zurück. »Du hast eine starke ... Ausstrahlung, selbst wenn du geschwächt bist.«

»Ihr Druiden müsst aber eine sehr feine Wahrnehmung besitzen.«

»Das ist noch gar nichts im Vergleich zu den Ehrwürdigen.«

»Die Ehrwürdigen ... du sprichst immer von den Ehrwürdigen. Wer sind sie? Sind sie Druiden?«

»Druiden? Du redest über Druiden, obwohl ich kaum etwas gesagt habe. Du nimmst wohl an, es wäre ein anderes Wort für die Leute aus Naclos. Aber ...« Sie zuckte unsicher mit den Achseln und ging weiter den sanften Hügel hinauf.

Abwesend bemerkte Justen, dass die Grasbüschel jetzt dichter beisammen standen und sich beinahe berührten. »Druiden sind Leute, die Bäume lieben. Angeblich sind alle Druiden anmutige Frauen, von denen jede einen, äh, einen ganz besonderen Baum hat.«

»Und warum ist dieser Baum etwas Besonderes?«

»Wenn er stirbt, dann ...« Justen fiel es schwer, den Satz zu beenden.

»Wenn er stirbt, dann stirbt auch die Druidin.« Dayala blieb stehen und sah sich um, wo der Hengst und die Stute blieben. Die Pferde hielten sich nicht mehr in ihrer unmittelbaren Nähe, seit sie die Steinhügel hinter sich gelassen hatten. »Du wirst Ehrwürdige und andere Menschen in Naclos treffen und für uns alle sind die Bäume von großem Wert, vor allem als Teil des Großen Waldes. Sogar in Sarronnyn finden sich noch einige Teile des Großen Waldes, auch wenn nur wenige sie erkennen würden. Übrigens gibt es auch viele Männer, die du Druiden nennen würdest.« Sie grinste. »In einiger Zeit werden manche sogar glauben, dass du ein Druide bist.« Das Grinsen verblasste. »Und manche von uns, vor allem die Ehrwürdigen, sind gebunden, aber nicht an Bäume.«

»Die Ehrwürdigen? Du hast immer noch nicht erklärt ...«

»Du wirst es sehen, wenn du ihnen begegnest. Sie sind ein Teil deiner Legende. Welcher Teil, das musst du selbst entscheiden. Aber wir werden nicht zu einer Entscheidung gelangen, wenn wir nicht weitergehen.« Als die drei Pferde in der Ferne zu grasen aufhörten und in ihre Richtung galoppiert kamen, drehte Dayala sich um und wanderte auf der flachen Hügelkuppe weiter.

Justen holte tief Luft. Irgendwie fühlte er sich verletzt oder sie war verletzt, aber er konnte den Grund nicht nennen. Er rannte fast, als er zu ihr aufschloss. »Es tut mir leid. Ich wollte nicht ... aber du weißt alles und ich weiß überhaupt nichts. Nur, dass eine schöne Frau mich gerettet hat und mit mir durch ganz Candar laufen will.«

»Nicht durch ganz Candar. Nicht einmal durch ganz

Naclos. Nur bis nach Rybatta.« Sie warf den Kopf zurück und das fliegende Silberhaar nahm einen Augenblick die Form einer Glocke an, die gleichzeitig in seinem Kopf zu hallen schien. Was war geschehen? Hatte sie ihn mit einem Bann belegt?

Ein beinahe schüchternes Lächeln erhellte ihr Gesicht. »Wir wenden hier keine Magie an. So nahe am Großen Wald ist das viel zu gefährlich.«

Die Pferde kamen bergauf gerannt; Justen beobachtete sie und staunte über die Anmut der Tiere.

»Im Grunde deines Herzens bist du ein Druide, Justen ... und ich bin froh darüber. Du fühlst, was ich fühle, wenn ich die Pferde beobachte.«

»Wir haben bisher noch keine anderen Pferde gesehen.«

»Nein. Die meisten leben im Leeren Land. Dort ist das Gras saftiger und höher.«

»Wie hoch?«

Sie bückte sich und hielt die flache Hand in Höhe ihrer Knie. »Sie müssen sich natürlich vor den Steppenkatzen und den Trugnattern in Acht nehmen.«

»Das Leere Land?« Justen verstaute die Wasserflasche.

»Es sieht ähnlich aus wie die Große Steppe von Jerans, aber außer dem Pferdevolk und den Wanderern lebt dort niemand. Es gibt kaum Quellen und nur wenige Flüsse.«

Der dunkelhaarige Mann holte tief Luft. »Wie kann dort saftiges Gras wachsen, wenn es keine Gewässer gibt?«

»Das Gras hat tiefe Wurzeln und es gibt ergiebige Regenfälle, aber der Boden besteht meist aus Sand. Einst war es ein Wald, bevor die ... bevor die Alten kamen. Sie haben die Bäume abgeholzt und das Land zur Wüste gemacht. Die Ehrwürdigen haben es wieder in Grasland verwandelt und jedes Jahr dringen die

Bäume ein Stück weiter nach Westen vor.« Sie zuckte im Gehen mit den Achseln. »Eines Tages wird der Wald zurückkehren.«

Justen hielt eine Weile mit ihr mit. Bergab war es leichter, weil seine Beine etwas länger waren als ihre. Schließlich fragte er: »Und wie war das nun mit den Trugnattern?«

»Sie fressen meist nur Nagetiere, aber die größten können auch ein Fohlen oder ein Kind töten.«

Er blickte zum niedrigen Gras drunten im sanften Tal hinab. »Wie groß werden sie denn?«

»So groß sie können, natürlich. Die Wanderer behaupten, der König der Schlangen wäre zwanzig Ellen lang und hätte einen Durchmesser von fast einer Elle.«

Justen schauderte, als er sich eine so lange Schlange vorstellte, dann sah er seine Führerin schräg von der Seite an.

»Da ich den Schlangenkönig noch nie gesehen habe, kann ich es aber nicht aus eigener Erfahrung bestätigen.« Dayalas Gesicht blieb offen und freundlich, als sie fortfuhr. »Allerdings habe ich einmal eine große Schlangenhaut gesehen, eine sehr große sogar ...« Sie wartete.

»Wie groß?«, fragte Justen schließlich.

»Oh, ungefähr zwei Ellen lang.«

Justen musste lachen. Er schüttelte den Kopf. Und da hatte er geglaubt, sie hätte überhaupt keinen Humor. Schließlich keuchte er: »Oh, warte nur ... warte nur ...«

»Ich kann's kaum erwarten«, gab sie grinsend zurück.

Seine Füße schritten leichter aus, als sie die nächsten Hügel überquerten. Am beinahe wolkenlosen Himmel stand die Sonne, die hier keine erbarmungslos glühende Kugel mehr war wie in den Steinhügeln, sondern ein angenehm warmes Licht verbreitete.

Manchmal galoppierten die Pferde voraus, umkreisten sie und tollten übermütig herum, aber sie kehrten immer wieder zurück. Von Zeit zu Zeit rasteten Dayala und Justen auf einer Anhöhe, um etwas zu essen oder zu trinken.

Als die Sonne im Südwesten dicht überm Horizont stand, deutete Dayala nach unten in ein Tal, wo sich zwischen zwei kleineren Hügeln eine grünlich schimmernde Wasserfläche ausbreitete. »Ich hatte gehofft, dass wir diese Stelle erreichen. Ich würde gern baden und im Wasser planschen.«

»Badet und schwimmt ihr oft in Rybatta?«

»Wir alle lieben die Bäume und das Wasser.« Sie blickte nach Osten zu den grasenden Pferden und sofort hob die braune Stute den Kopf und kam zu ihnen getrabt.

Justen spürte den kurzen Impuls der Ordnung und fragte sich, ob er ihn nachahmen könnte.

Die Pferde blieben am grasbewachsenen Hang vor dem Teich stehen. Dayala lud den Hengst ab, Justen begann mit der rotbraunen Stute.

»Ruhig, Mädchen ...«

Die Stute schnaubte.

»Sie sagt, sie sei eine Stute, kein Mädchen.«

»Wie kann ich sie denn nennen?«

»Threealla kommt ihrem Namen recht nahe«, sagte Dayala fröhlich. Sie trillerte den Namen beinahe.

»Also gut, Threealla. Woher sollte ich das auch wissen? Ich werde das gleich abladen. Dann kannst du trinken oder dich im Gras rollen ...«

Sie antwortete mit einem Wiehern.

Justen zuckte mit den Achseln. Wie kam er nur dazu, mit einer Stute zu reden?

Dann zuckte er noch einmal mit den Achseln. Warum eigentlich nicht? Er hatte schon immer mit Pferden gesprochen. Das Neue war nur, dass diese hier ihn auch verstanden ... oder besser, dass Dayala die Stute verstehen konnte. Er löste den letzten Packen und stellte ihn ins Gras. Als er die rotbraune Stute von ihren Lasten befreit hatte, war Dayala längst mit dem Hengst und der braunen Stute fertig.

Er sah den Pferden nach, die zum anderen Ende des Teichs trabten, wo es zwischen Schilfhalmen einen kleinen, sumpfigen Flecken gab.

»Unsere Kleider sind schmutzig und auch wir müssen uns waschen. Wir sind zuerst an der Reihe.« Dayala zog sich gleich an Ort und Stelle das Hemd aus. Sie trug nichts darunter.

Justen schluckte.

»Willst du denn nicht baden?« Sie sah ihn fragend an.

»Oh ... äh ... sicher.« Er zog die Jacke aus und balancierte dann auf einem Bein, um den ersten Stiefel auszuziehen. Dann wiederholte er die Prozedur mit dem zweiten.

Dayala kicherte.

Justen weigerte sich, den Blick zu heben. Er zog sich das Hemd, die Hose und die Unterhose aus, faltete die Sachen linkisch zusammen und legte sie ins Gras.

»Du hast ausgesehen wie ein mürrischer alter Kranich, der auf einem Bein steht.«

Justen sah Dayala an und schluckte. Er konnte kaum atmen, als er ihren Anblick in sich aufnahm: die bronzefarbene Haut, die kleinen Brüste, das silberne Haar, die dunkelgrünen Augen, die von innen zu leuchten schienen. Hilflos sah er an sich hinab, sah die bleiche Haut und einen Körper, der mit viel zu vielen dunklen Haaren bewachsen schien, einen eckigen und trotz der breiten Schultern zu schmalen Körper. Schließlich blickte er wieder zu Dayala und konzentrierte sich auf den einzigen Makel, den er an ihr finden konnte, eine dünne weiße Linie auf der Innenseite ihres linken Handgelenks. Sein Atem ging immer noch schnell.

Sie lächelte. »Wie ich sehe, gefalle ich dir.«

Justen schluckte. »Ja ...«

»Du gefällst mir auch und das ist gut, aber jetzt musst du ins Wasser kommen.«

Justen brauchte nicht nach unten zu sehen, um zu wissen, was sie meinte. Er errötete und dann sah er, dass auch Dayala rot geworden war.

Auf der anderen Seite des Teichs wieherte der Hengst und scharrte im Gras herum.

Justen grinste und rannte zum Wasser. Dayala folgte ihm und hätte ihn beinahe überholt, als er im Wasser langsamer wurde. Er sprang hoch und tauchte im hüfttiefen Teich kurz unter.

»Oooh ... ist das kalt!«

»Du jammerst zu viel.« Dayala legte sich zurück und ließ sich auf dem Rücken treiben, die Schultern knapp unter der Wasseroberfläche.

Justen wandte den Blick ab und konzentrierte sich auf die Pferde, die am Teich zu grasen begonnen hatten. Dann schwamm er langsam zum kleinen Sumpf am anderen Ufer, wo Schilf wuchs. Er blickte nach unten, sah aber nur grünlichen Sand am Boden des Teichs. Ein einsamer Fisch, kleiner als sein Fuß, huschte im klaren Wasser davon.

»Der Sumpf ist das Herz des Teichs.« Dayala war wie ein Fischotter durchs Wasser geglitten und schob sich neben ihn. »Wenn du es versuchst, kannst du es fühlen.«

Zuerst war Justen unsicher, ob er seine Wahrnehmung überhaupt ausschicken konnte, während er unbeholfen im Wasser paddelte. Er nickte nur, ignorierte die Wärme und Schwärze neben sich und konzentrierte sich auf den Sumpf.

Das Schilf bestand aus dünnen, zierlichen Schwarzen

Speeren. Rings um sie herum saßen Flecken von Weißem Chaos im Sumpf. Winzige Schwarze Flocken trieben zwischen den Gräsern durchs Wasser. Ein Wesen mit einem Panzer zupfte am Chaos – ein totes Tier, das als unförmiger Brocken am Boden lag –, aber irgendwie schienen alle Teile miteinander verbunden zu sein. Schwarz und Weiß waren zu einem grünen Netz verflochten.

Justen vergaß zu schwimmen und ging sofort unter. Er schluckte etwas Wasser und suchte im Sand unter sich einen festen Stand. Er drückte sich wieder hoch und spuckte das Wasser aus.

Dayala hätte beinahe ebenfalls Wasser geschluckt, so sehr musste sie lachen. »Du hast so komisch ausgesehen ... du kannst doch nicht zu schwimmen aufhören, wenn du oben bleiben willst ...«

Justen spuckte noch etwas vom sauberen Wasser aus und schwamm weiter. »Ich bin nicht ans Schwimmen gewöhnt.«

»Du machst dich aber ganz gut.« Ihr Lächeln war warm. Sie tauchte und glitt pfeilschnell unter Wasser dahin.

Justen schwamm langsam zurück, bis er wieder stehen konnte. Er ließ sich vom Wasser einweichen und genoss das kühle Gefühl auf der Haut, als könnte dies die Hitze der vergangenen Tage wettmachen.

Nach einer Weile holte er seine Sachen, ließ aber den Gürtel und die Börse bei den Stiefeln liegen. Als er die Sachen hob, drückte ihm die tropfnasse Dayala etwas Grünes in die Hand.

»Wurzelseife.«

Sie wuschen die Kleidung, schlugen das Zelt auf und hängten die Sachen auf die Leinen, die sie zwischen den Zeltpfosten aufgespannt hatten. Justen versuchte, nicht in Dayalas Richtung zu sehen, aber er konnte hin und wieder ihre Blicke spüren.

Die Pferde blieben in der Nähe der sumpfigen Stelle, wo ihr leises Wiehern, das Schnaufen und Schnauben über dem Wasser widerhallten. Als es dunkelte, wurden auch die Geräusche am Sumpf leiser. Gelegentlich ließ sich ein Frosch hören.

Justen und Dayala saßen in der kühlen Abendluft im Gras und aßen, in seidenweiche Decken gehüllt, ihr Abendessen. Dazu tranken sie klares Wasser aus dem Teich.

»Du bist schön ...«, sagte er leise.

»Nein«, antwortete sie belustigt. »Du findest meinen Körper schön.«

Er wurde rot und war froh, dass ihm die Verlegenheit im Licht der Sterne nicht anzusehen war.

»Und ich finde deinen Körper schön. Das lässt hoffen.«

Er versuchte, nicht an sie zu denken, wie sie getaucht war und sich im Teich bewegt hatte, schlank und anmutig, als wäre sie ein Geschöpf des Wassers. Schließlich trank er noch einen großen Schluck und lehnte sich zurück. Verträumt blickte er zum tiefen, glänzenden Baldachin mit den kleinen weißen Lichtpunkten hinauf.

»Ich frage mich, wo der Himmel ist ...«

»Man sagt, wir können den Himmel von hier aus nicht sehen. Er sei für immer verloren.«

»Vielleicht können wir ihn eines Tages wiederfinden.«

»Es heißt, die Lichtdämonen hätten ihn zerstört.«

»Dann müssen wir uns einen neuen bauen.«

»Sind alle Ingenieure auch Baumeister?«

»Die meisten. Ich bin allerdings kein guter Ingenieur ...« Er unterbrach sich. »Ich bin ... ich bin nur gut, wenn es darum geht, etwas zu zerstören.« Die Worte blieben ihm fast im Hals stecken. »Bis jetzt wusste ich noch gar nicht, wie sehr mich das belastet hat.«

Sie berührte ihn kurz und die Wärme lief seinen

ganzen Arm hinauf. Er saß da, betrachtete den silbern schimmernden Teich und lauschte den nächtlichen Geräuschen. Als im Sumpf ein leichtes Summen zu hören war, runzelte Justen die Stirn. Er staunte, dass es keine Mücken gab.

»Sie spüren, dass du sie abwehren könntest.«
»Was?«
»Die Mücken. Sie spüren deine Kraft.«
»Das müssen aber eigenartige Mücken sein. Oder Naclos ist ganz anders als alles, was ich kenne.«
»Naclos ist anders.«

Justen stimmte ihr innerlich zu.

Sie schwiegen eine Weile. Justens Augenlider wurden schwer. Schließlich stand er auf, ging ins Zelt, wickelte sich in die Decke und schlief rasch ein.

Dayala schlief eine Armeslänge entfernt, aber irgendwie konnte er sie spüren, als wäre sie ganz dicht bei ihm. Einmal streckte er im Schlaf die Hand nach ihr aus – und fand sie nicht.

LXXV

Die Atmosphäre der Landschaft veränderte sich, als hätten sie eine unsichtbare Grenze überschritten.

Sie stiegen einen Hügel hinauf, bis sie einen Weg erreichten, der sich durchs Gras schlängelte. Eigentlich war es nur ein schmaler Pfad, der auf der rechten Seite dem Umriss des Hügels folgte.

»Auf diesem Weg werden wir morgen nach Rybatta wandern.« Dayala nickte zum Weg hin.

Justen sah nach Westen zu den grasbewachsenen Hügeln, wo die Sonne beinahe schon den Horizont berührte. Er schwieg nachdenklich. Es musste inzwischen beinahe tiefer Winter sein, aber die Bäume waren grün. Lag der Große Wald denn so weit im Süden?

»Am ersten Tag wird es langsamer gehen, bis wir das Zelt und die Krüge in Merthe lassen können.«

»Und die Pferde?«

»O nein, das wäre nicht richtig, nicht hier. Wir haben den Saum des Großen Waldes beinahe erreicht. Spürst du es nicht?« Sie fasste seine Hand und zog ihn mit sich, hüpfte beinahe die letzten Schritte zur Hügelkuppe hinauf und wich einigen Schößlingen und Büschen aus, die Justen nicht kannte.

Vor zwei langen flachen Findlingen blieben sie stehen. Ob die glatten Oberflächen von Generationen von Beobachtern abgewetzt worden waren?

Justen bemerkte eine Vertiefung im Gras – fast ein Weg –, die direkt zum Großen Wald zu laufen schien. »Wäre es nicht einfacher, diesen Pfad zu nehmen?«

»Dieser Pfad ist für später bestimmt. Im Augenblick führt er dich nirgendwo hin.«

»Er sieht aber aus, als würde er nach Merthe führen.«

Dayala zuckte die Achseln. »Wenn du möchtest, können wir ihm morgen folgen, aber er endet nicht weit nach dem Waldesrand. Mit jeder Generation reicht er ein Stück weiter.«

»Oh.« Justen betrachtete kopfschüttelnd den Pfad, der noch keiner war.

Dayala setzte sich und betrachtete den grünen Wald, dem die untergehende Sonne einen goldenen Schein verlieh. Justen überblickte das dichte grüne Dach, das sich unter dem Hügel ausbreitete und, so weit er schauen konnte, eine fast ebene Fläche bildete.

»Manchmal komme ich hierher und betrachte einige Tage lang den Großen Wald.«

Justen öffnete den Mund und schloss ihn sogleich wieder. Tage? Aber Dayala war nicht der Typ, bei so etwas zu übertreiben.

»Nicht Tage, vielleicht nicht einmal einen ganzen Tag«, fuhr Dayala lachend fort. »Aber der Wald lässt einen jedes Zeitgefühl verlieren. Das ist eine der Prüfungen, aber es passiert nichts, wenn man ihn einfach nur anschaut.«

Prüfungen? Justen hatte das Gefühl, direkt vor einem unsichtbaren Abgrund zu stehen. Wieder schüttelte er den Kopf.

»Wir können hier eine kurze Rast einlegen. Später werden wir drüben auf der Wiese das Zelt aufbauen. Dort unter der Hügelkuppe wird es auf der Seite des Graslandes stehen. Die Pferde werden erst später kommen.« Dayala rutschte ein wenig auf dem Felsblock herum. »Die Steinhügel sind interessant und es ist immer angenehm, durchs Grasland zu wandern, denn das Gleichgewicht ist dort so einfach, aber es ist schön, wieder hier zu sitzen.«

Jedes Mal, wenn er das Gefühl hatte, er könne Dayala verstehen, bezog sie sich auf irgendetwas, das er nicht kannte, und machte Andeutungen, die er sich nicht zu erklären wusste.

Warum war das Gleichgewicht im Grasland einfacher als im Großen Wald? Justen ließ die Sinne über das grüne Gewirr gleiten, das hundert Ellen vor dem Felsblock begann, auf dem sie im Sonnenuntergang saßen. Nach dem Tagesmarsch taten ihm die Füße weh. Aus den Augenwinkeln sah er, dass Dayala die nackten Füße neben seinen Stiefeln baumeln ließ. Wieder schüttelte er den Kopf.

Er verstand es nicht ... ein einfacheres Gleichgewicht? Er runzelte die Stirn und erforschte mit seiner Wahrnehmung das goldene Grün des Großen Waldes.

Eine Mischung aus Ordnung und Chaos, die miteinander verwoben waren, erregte seine Aufmerksamkeit, und er ließ sich hineinfallen. Dort ... ein Ausbruch von reinem Schwarz, das zugleich auch strahlend grün war, wand sich um eine weiße Fontäne, die grün durchsetzt war ... und dort ... ein sanftes Pulsieren zweier Quellen der Ordnung vor einem flacheren, runderen Chaos, nur – wie konnte das Chaos überhaupt irgendeine Form oder Gestalt annehmen?

Hatte er jemals eine solche Mischung und Verflechtung von Ordnung und Chaos gesehen? Justen folgte den Linien der Kraft bis zu einer kleinen Quelle der Schwärze, die wie eine Art Geysir den Felsen tief unter Naclos zu entspringen schien. Es kam ihm beinahe vor wie ein rasch wachsender Baum, dessen Wurzeln alles durchdrangen.

Dort drunten brodelte aber auch eine weiße Eruption um den Ursprung einer schwarzen Strömung.

Ein kühler grüner Faden winkte ihm und er hatte das Gefühl, er könnte beinahe verstehen, wie die Muster geflochten wurden ...

Eine weiße Peitsche sauste aus dem Nichts heran und er glaubte, von tausend Nadeln durchbohrt zu werden. Ein zweites, dickeres weißes Band begann sich um ihn zu legen, während das dünne weiße Band weiter nach ihm schlug. Ein schwarzes Band zerrte an ihm und er wollte sich losreißen, aber eine neue weiße Linie, die rot durchsetzt war, schlug nun nach ihm. Seine Seele und sein Gesicht brannten.

Der kühle grüne Faden zupfte und winkte ...

»Dayala?«

»Justen ...«

Seine Gedanken verschmolzen mit dem Grün, aber die Peitschen schlugen weiter nach ihm, schwarz und weiß, schwarz und weiß, und verblassten langsam, während er und Dayala ihre Wahrnehmung aus dem Großen Wald zurückzogen.

»Dieses Paradies hat Stacheln«, keuchte er. Er ließ Dayalas Hände los und riss die Augen auf, als er die Verbrennungen sah, die zerrissenen Ärmel und Hosenbeine, die Blasen, die im Zickzack über Dayalas Gesicht liefen. Er sah rasch zum Wald, aber das grüne Dach war still wie zuvor. »Was ... was ist dir zugestoßen?«

»Still ...« Sie reichte ihm die Wasserflasche.

Der Kopf tat ihm weh, als würde er in der Schraubzwinge eines Schmieds stecken. Aber er weinte wegen der Blasen und Verbrennungen, die sie sich zugezogen hatte. Er rappelte sich auf und legte ihr die Hände auf die Schultern, wo ihre Haut nicht darunter leiden konnte. »Zuerst ... zuerst du.«

Sie trank, dann gab sie ihm die Flasche und sagte: »Du bist zu stark, eine zu große Versuchung für den Wald.«

Erst jetzt, während er selbst trank, sah er, dass auch seine Ärmel zerfetzt waren und rote Brandwunden und Striemen kreuz und quer über seine Haut liefen. Sein Gesicht und die Stirn brannten beinahe so schlimm wie in den Steinhügeln.

»Wir müssen hinunter.«

Er folgte ihr zur Lichtung, wo die drei Pferde warteten. Der Hengst scharrte unruhig auf dem Boden. Die braune Stute knabberte an einer niedrigen grünen Pflanze, die kaum höher war als das Gras ringsum.

»Ich weiß, Threealla. Du musstest schon wieder auf uns Menschen warten, weil wir so langsam sind.« Justen ging zur kastanienbraunen Stute weiter.

Sie begrüßte ihn mit einem Wiehern und schüttelte den Kopf.

Justen schüttelte ebenfalls den Kopf, um ihr zu antworten, aber er hielt sofort inne, als brennende Pfeile durch Hals und Arme schossen. Dayala wandte sich ab und lehnte sich einen Augenblick gegen die Flanke des Hengstes.

Er holte tief Luft und sie luden schweigend die Pferde ab.

»Das hier wird helfen.« Dayala zog ein kleines, in

Ölpapier gewickeltes Päckchen aus einer Tasche, nahm etwas Salbe auf die Finger und kam zu Justen.

Er blieb still stehen, während sie die Salbe auf die Blasen in seinem Gesicht rieb. Fast sofort ließ das Stechen nach, bis er nur noch ein dumpfes Pochen spürte.

Als sie fertig war, nahm er ihr das Päckchen ab und strich auch ihr so sachte er konnte die Salbe ins Gesicht.

»Danke«, sagte sie.

Er schluckte. Wie konnte sie ihm danken, wenn seine Achtlosigkeit und seine Unfähigkeit, ihre Warnung zu verstehen, ihr diese Verletzungen erst zugefügt hatten?

»Ich habe es nicht gut genug erklärt.«

Justen schüttelte den Kopf. »Ich habe nicht richtig zugehört.«

Sein Magen knurrte.

Sie lächelte leicht. »Ich höre deinen Magen. Wir sollten etwas essen.«

»Ich hole Wasser. Vom Bach dort unten?«, fragte er.

»Der ist sicher ... sogar für dich.« Das leichte Lächeln hielt sich.

Während Justen einen großen Krug mit klarem kühlen Wasser füllte, sahen die Pferde Dayala zu, die gerade das Zelt aufbaute.

Er blickte zu den Pferden. »Sie warten.«

»Natürlich.«

Justen verstand, aber wie bedankte man sich bei einem Pferd? Schließlich neigte er den Kopf und konzentrierte sich darauf, seinen Dank mit Hilfe seiner Wahrnehmung auszudrücken, indem er einen warmen Impuls der Ordnung aussandte.

Die kastanienbraune Stute warf den Kopf hoch und wieherte, dann senkte sie ihn und drehte sich um, gefolgt von der braunen Stute. Der Hengst scharrte einmal im Gras ... und war auf und davon.

»Das war sanft. Du wirst einen guten Druiden abgeben.« Dayala saß schon mit untergeschlagenen Beinen auf einer Schlafmatte vor dem Zelt und bedeutete Justen, sich auf die zweite zu setzen. Zwischen ihnen standen zwei saubere Becher.

Als er sich setzte, bot sie ihm einen halben Laib Brot an. Er goss Wasser in die Becher und bemerkte, dass die Blasen in ihrem Gesicht die zornige rote Farbe verloren hatten. Wieder knurrte sein Magen.

»Du solltest jetzt wirklich essen«, meinte Dayala. »So eine Prüfung macht hungrig.«

»Müssen das alle Druiden über sich ergehen lassen? Wird die ganze Reise durch den Großen Wald so werden?«

»O nein.« Dayala nuschelte, weil sie den Mund voller Krumen hatte. »Wenn du nicht die Ordnung oder das Chaos suchst, wird überhaupt nichts passieren. Es ist das Suchen, das wie eine Einladung wirkt. Wenn du bei dir selbst bleibst ...«

Justen nickte. Offenbar wäre es mit großen Gefahren verbunden, wenn er die Ordnung – oder das Chaos – als Hilfe gebrauchte, um etwas wahrzunehmen oder sich die Reise leichter zu machen. Er runzelte die Stirn. »Aber was ist, wenn eine Dschungelkatze ...«

»Wenn sie dich angreift, so ist das eine Form von Chaos und du darfst entsprechend reagieren. Wenn du angreifst, nimmt der Wald dich als Chaos wahr.«

»Also werden wir wohl kaum zum Jagen kommen, oder?«

»Nein.«

Justen aß ein paar Bissen, ehe er wieder das Wort ergriff. »Aber Katzen müssen doch auch fressen. Was können sie dann noch jagen?«

»Alles, was kleiner ist oder nicht fliehen kann. Die Pfeifschweine oder die Hasen, manchmal auch ein Reh.«

»Das scheint aber sehr unordentlich. Hier regiert wohl die überlegene Kraft und nicht die Ordnung.«

Dayala leckte sich über die Lippen und trank aus dem Becher.

»Ich bin immer noch verwirrt«, erklärte Justen ihr. »Du hast mir gesagt, dass jeder, der als Erster etwas tut, ob mit Hilfe von Ordnung oder Chaos, eine Reaktion hervorruft, dass aber diejenigen, die stark genug sind, unbeschadet davonkommen können.«

Dayala nickte.

»Warum greift der Wald nun seinerseits nicht die Katze an?«

»Er gebraucht keine reine Ordnung und kein reines Chaos.«

»Oh. Aber wenn ich auf einen körperlichen Angriff reagiere, dann, so sagst du, verwandelt meine Reaktion die rein physische Handlung in eine Frage von Ordnung und Chaos?«

»Nein. Du ... jeder Druide verwandelt das Körperliche in eine Frage des Gleichgewichts zwischen Ordnung und Chaos.«

Justen schluckte.

»Deshalb hat der Große Wald dich angegriffen. Die Natur widersetzt sich jedem Versuch, ihr ... ihr Gleichgewicht in zwei Seinsebenen aufzuspalten. Was du siehst und wahrnimmst und was du jenseits von alledem fühlst ...«

Justen verdrückte nachdenklich zwei weitere Bissen vom nussigen, sättigenden Brot.

»Also ... die Ordnung von der Welt zu trennen, die sie geschaffen hat, ist eine Form von Gewalt?«

Dayala nickte. »Auch das Chaos von ihr zu trennen ist gewalttätig und böse ... wenngleich es leichter ist.«

»Warte mal. Du sagst gerade, dass es böse wäre, das Chaos oder die Ordnung von der ... von der Alltagswelt zu trennen?«

Die Druidin ließ sich Zeit und trank noch einen Schluck Wasser, ehe sie antwortete.

»Es ist schwer zu erklären. Wenn du die Ordnung in einem Baum stärkst, dann ist das nicht böse, weil ein Baum wächst, um die Ordnung zu stärken. Es ist auch nicht böse, das Chaos existieren zu lassen, aber der Versuch, eine Ordnung zu schaffen, die vom Baum getrennt ist, oder Chaos herzustellen, wo es normalerweise nicht vorkommen würde ...«

Justen legte sich die Hände an den Kopf, ließ sie aber sofort wieder sinken, als er die Blasen berührte. »Dann ... was sollte dann die Prüfung? Ich meine, wenn es einem sowieso verboten ist ...«

»So einfach ist das nicht.« Dayala blickte nach Westen zum letzten grauen Schimmer der Abenddämmerung. »Wir haben in der Wüste nach Wasser gegraben. Damit haben wir dem Boden Gewalt angetan, aber zu sterben, obwohl das Wasser dort war, hätte noch mehr Chaos erzeugt, als den Boden aufzureißen. Ganz richtig ist es nicht ... aber ...«

Justen holte tief Luft. »Die Prüfung besteht also darin, dass man lernt ...«

»Du sollst lernen, dass du stark genug bist, die Ordnung klug einzusetzen. Wenn du dem Wald nicht widerstehen kannst, so ...« Sie zuckte mit den Achseln und Justen spürte ihre Trauer und Sorge.

Nachdem er eine Weile ins Zwielicht gestarrt hatte, sagte er: »Wie kann man dem Wald Widerstand leisten? Wie hast du es gemacht?«

»Es war schwer. Ich habe das Chaos in die Ordnung gebunden und bin durch die Quellen von beidem gegangen. Jeder geht einen anderen Weg ... jeder, der zurückkehrt.« Sie schlug die Augen nieder. »Ich bin müde. Morgen müssen wir viel schleppen und es ist ein weiter Weg bis Merthe.«

Später, als er sich die seidenweiche Decke bis zum

Kinn hochgezogen hatte, starrte Justen die Zeltplane über sich an. »Hast du dies gemeint, als du gesagt hast, Magie sei im Großen Wald gefährlich?«

»Jede Anwendung von Ordnung oder Weißer Kraft ist gefährlich, wenn sie nicht im Gleichgewicht geschieht. Innerhalb des Großen Waldes ist es sogar noch gefährlicher.« Dayala drehte sich herum. Justen konnte beinahe körperlich spüren, wie sehr ihr die Arme weh taten.

»Ich verstehe immer noch nicht, warum du dir die Verbrennungen und Schnitte zugezogen hast. Du sagtest, es sei nicht gefährlich. Hast du denn deine Prüfung noch nicht hinter dich gebracht?«

Dayala schwieg und sie war auf eine Weise still, die Justen aufmerken ließ. Er zuckte zusammen, weil die Arme schmerzten, als er sich aufrichtete, um sie anzusehen.

Sie hatte sich nicht bewegt, aber er wusste, dass sie lautlos weinte. Silbern erschienen die Tränen in seiner Wahrnehmung.

»Bei der Dunkelheit.« Mit brennenden Augen betrachtete er die Narbe auf seinem Handgelenk, die Narbe, die genau so aussah wie ihre. Beide schienen mit der gleichen Schwärze zu brennen. »Bei der Dunkelheit …« Und ganz sachte legte er die Finger auf ihre Hand.

Ihre Tränen strömten noch lange, nachdem Justen dicht an sie gerückt war, damit sie ihre Hände halten konnten.

Von draußen drangen die leisen Geräusche des Großen Waldes ins Zelt.

LXXVI

Eldiren konzentrierte sich auf das Spähglas, bis sich Schweißperlen auf seiner Stirn bildeten, aber er konnte den weißen, wirbelnden Nebel im Spiegel nicht durchdringen.

»Einer dieser Orte ...«, murmelte er, als er es aufgab. Das Glas nahm sogleich das Aussehen eines gewöhnlichen Spiegels an. Er räusperte sich.

»Es liegt wohl an all diesen Bäumen«, erklärte Beltar, indem er zum alten Wald unterhalb des Weißen Lagers deutete. »Sind sie nicht der Grund dafür, dass niemand nach Naclos hineinspähen kann?«

»So sagt man.« Eldiren tupfte sich die feuchte Stirn mit dem Zipfel eines zusammengefalteten Tuches ab. »Wann sollen wir uns mit Zerchas treffen?«

»Nachdem wir Berlitos eingenommen haben.«

»Wie wollen wir das anfangen?«, fragte Eldiren. »Ich kann wegen der Ordnung in den Bäumen nicht einmal die feindlichen Truppenbewegungen verfolgen. Der Angriff würde uns die letzten Kämpfer kosten, die wir noch haben. Könnt Ihr die Stadt nicht einfach zertrümmern?«

Beltar schüttelte den Kopf.

»Ebenfalls wegen der Bäume?«, fragte Eldiren.

»Ich bin nicht sicher, aber ich kann nicht genügend Chaos-Ströme im Boden anzapfen. Ich kann nicht mehr erzeugen als kleine Erschütterungen. Hier gibt es sehr viel alte Ordnung.«

»Aber so schlecht macht Ihr Euch doch gar nicht. Wir halten nach wie vor Clynya und Bornt. Nur dieser kleine Ort am Hauptarm des Sarron, wie heißt er noch gleich ...«

»Rohrn«, half Beltar aus. »Vergesst es. Rohrn muss warten. Wir müssen durchkommen, ohne noch mehr

Truppen zu verlieren. Clynya war nicht gerade ein rauschender Erfolg. Wenn Ihr es nicht geschafft hättet, die Stadt durch die Hügel zu umgehen und die Brände zu legen ...«

Ein Bote betrat das Zelt mit den weißen Wänden.

Beltar schaute auf. »Ja?«

»Die Sarronnesen haben alle Bedingungen abgelehnt, Ser.«

»Oh?«

»Sie gaben sich höchst überheblich, Ser.« Schweiß lief dem Mann über das Gesicht und sogar die blaue Kappe, die er mit beiden Händen vor dem Gürtel hielt, hatte dunkle feuchte Flecken. »Sie ... sie haben gesagt, Berlitos habe sich noch nie ergeben, nicht einmal dem größten Tyrannen der Geschichte, und sie würden sich auch jetzt nicht ergeben.«

»Diese Narren!«, fauchte Beltar.

Der Bote wartete.

»Nein, sie werden sich nicht ergeben. Natürlich nicht. Eine Frage der Ehre und all dieser Mist!« Beltar schritt ungestüm im Zelt hin und her.

Der Bote blickte fragend zu Eldiren.

»Und was jetzt?«, fragte Beltar.

Eldiren deutete zum Boten.

»Ach so.« Beltar nickte. »Du kannst gehen.«

»Danke. Danke, Ser.« Der Bote floh.

»Ihr scheint sie alle in Angst und Schrecken versetzt zu haben, Beltar.«

»Mir wäre es lieber, die von der Ordnung verdammten Sarronnesen wären in Angst und Schrecken versetzt. Aber nein. Es ist, als wollten sie mich zwingen, meine Kräfte einzusetzen.«

»Ihr habt doch gerade gesagt, dass Ihr dies hier nicht tun könnt«, widersprach Eldiren.

»Ich sagte, dass ich nicht die ganze Stadt zertrümmern kann, und das wissen sie wahrscheinlich auch.«

Der Weiße Magier rieb sich das Kinn. »Wir haben da doch gerade über etwas geredet ... genau, die Brände. Ich frage mich, aus welchem Material die Häuser in Berlitos gebaut sind. Hier gibt es nicht viel Stein.«

»Wollt Ihr die Stadt niederbrennen?«

»Warum denn nicht? Das ist immer noch besser, als ein ganzes Heer zu verlieren. Jera ist die einzige Stadt, die ich retten muss.« Beltar lächelte. »Sie können ja die verdammten Bäume nehmen, um den Ort wieder aufzubauen ... falls dann noch genug davon da sind. Außerdem ziehen bald ein paar Stürme auf.«

»Ihr wollt die Stadt wirklich niederbrennen?«, fragte Eldiren noch einmal.

»Warum nicht? Mir bleibt anscheinend nichts anderes übrig, als Gewalt anzuwenden. Zerchas will Ergebnisse sehen. Ich werde dafür sorgen, dass er sie bekommt.«

Beltar ging zum Eingang des Zeltes und blickte zur Stadt Berlitos hinunter, die mitten im Wald lag. »Ich werde dafür sorgen, dass er seine von der Ordnung verdammten Ergebnisse bekommt.«

Eldiren sah zwischen dem leeren Spiegel und Beltars Rücken hin und her. Er schürzte die Lippen, hob aber nicht die Hand, um sich den Schweiß abzuwischen, der auf einmal wieder auf seiner Stirn stand.

LXXVII

Die Straße war gerade breit genug für einen einzelnen Wagen. Nicht, dass Justen einen gesehen hätte, seit sie kurz nach der Morgendämmerung in den Großen Wald eingedrungen waren. Handkarren waren ihnen begegnet, die von Männern oder Frauen gezogen wurden.

Große Büffel mit glattem Fell hatten sie gesehen, die mit gepolsterten Geschirren ausgerüstet waren und Säcke oder Fässer trugen und anscheinend ohne direkten Befehl einem Druiden folgten. Fast ein Dutzend Fußgänger waren ihnen begegnet, die unter den turmhohen Bäumen mit den braunen Stämmen hierhin und dorthin unterwegs waren.

Unter den grünen Dächern der riesigen Bäume, die sich mehr als hundert Ellen hoch erhoben, wuchsen kleinere Bäume und Büsche, die beinahe den Eindruck erweckten, sie wären absichtlich gepflanzt worden. Immer standen sie weit genug auseinander, um sich nicht gegenseitig zu behindern. Einige waren gedrungene Lorkenbäume mit dunkler Rinde, andere waren Eichen, wie Justen sie als Kind im Hochland jenseits von Wandernicht kennengelernt hatte. Bis er den Wald von Naclos gesehen hatte, waren ihm diese Bäume riesengroß vorgekommen.

Das Laubdach verwandelte die Straße und alles andere drunten in einen Tempel, der von grünem Licht erfüllt war und beinahe nach Gebeten verlangte.

Da er hier vor den Strahlen der Sonne sicher war, hatte Justen den geflochtenen Hut hinter den Gürtel gesteckt. Er hatte unter dem Hut geschwitzt, aber er hatte ihm immerhin geholfen, unbeschadet die Steinhügel und das Grasland zu durchqueren.

Als sie tiefer in den Großen Wald eindrangen, flüsterte Justen unwillkürlich. »Wie weit ist es noch bis Merthe?«

»Es dauert noch eine ganze Weile. Der Vormittag ist noch lange nicht vorbei.«

Er rückte die schweren Tornister auf der Schulter zurecht und war froh, dass er kein Packtier und kein Soldat war, jedenfalls normalerweise nicht. Er sah sich um. Im Augenblick waren sie allein auf der Straße.

Hundert Ellen vor ihnen huschte eine dunkel gefleckte Waldkatze über den Weg und verschwand lautlos im Unterholz. Das Tier reichte Justen fast bis zur Hüfte. Er tastete nach dem Messer am Gürtel, das ihm allerdings bei einem so großen Raubtier sowieso nichts genützt hätte. »Bist du sicher, dass uns hier nichts geschieht?«

»Jedenfalls solange du nicht wieder anfängst, mit der Ordnung zu spielen.«

»Aber was ist, wenn ...«

»Du bist bei mir.«

Justen schluckte. Er kam sich wie ein dummer kleiner Junge vor und hätte am liebsten trotzig »Ja, Mama« gesagt. Doch er beschränkte sich darauf, lediglich die Eindrücke von Ordnung aus der Umgebung zu empfangen, statt zu senden oder aktiv zu forschen. Die wunden Stellen in seinem Gesicht waren eine unmissverständliche Erinnerung an seine Grenzen.

Die Straße lief sanft bergab und folgte einem Gewässer, das nach und nach breiter wurde und lauter rauschte. An den Ufern wuchsen Büsche und hier und dort sogar Blumen. Einmal blieb er stehen, um eine purpurne, trompetenförmige Blüte mit einem Stempel zu betrachten, der wie eine goldene Note aus dem Bauch des Blumeninstruments aufzusteigen schien. Auch wenn sie zart und zerbrechlich schien, die purpurne Blume hatte genau wie alle anderen Pflanzen einen Platz ganz für sich allein.

Er wandte sich an Dayala, die geduldig gewartet hatte, bis er die Untersuchung beendet hatte, und fragte sich, wer der unsichtbare Gärtner sei, der die Bäume und die Blumen pflegte, die so ordentlich voneinander getrennt wuchsen. Ganz zu schweigen von der Straße – oder von den Straßen, da es sicher nicht nur diese eine gab. »Wer kümmert sich um all dies hier?«

»Der Große Wald gibt auf sich selbst Acht. Genau wie es sein sollte.«

Genau wie es sein sollte? Justen sprach die Frage nicht laut aus, als er sich beeilte, um mit Dayala Schritt zu halten. Die Straße folgte dem Fluss und mehr und mehr Menschen begegneten ihnen. Alle waren Erwachsene, die mit dem gleichen, raumgreifenden Schritt liefen wie Dayala.

»Hier gehen alle zu Fuß.« Er hob die Schultern, um den schweren Tornister, der ihm die Haut wund rieb, ein wenig zu verlagern.

»Es sei denn, wir fahren auf dem Fluss. Wie sollte es denn sonst sein?«

Wie sonst sollte es sein, wenn die Naclaner keine Tiere zum Reiten oder zum Ziehen von Wagen einsetzten?

Es war beinahe schon Mittag, als die Straße eine Kurve beschrieb und auf einer Steinbrücke den Fluss überwand. Als sie auf der Brücke standen, konnte Justen am anderen Ufer ein kleines Gebäude sehen, das beinahe völlig im Schatten der Bäume zu verschwinden schien. Hinter den glatten, dunklen Wänden fiel das Sonnenlicht auf niedrigere Bäume und das Gras, das er nicht mehr gesehen hatte, seit sie den Großen Wald betreten hatten.

Auf der etwa eine Meile weiten Lichtung, in welcher Merthe lag, gab es keinen einzigen der riesigen Bäume des Waldes, sondern nur eine Reihe kleinerer Bäume, die meist direkt neben den niedrigen Häusern standen. Mehr als zwei Dutzend Häuser lagen an kurvigen, gepflasterten Straßen.

Ein silberhaariger Mann, der einen großen, abgedeckten Korb trug, nickte Justen und Dayala zu, als sie die Brücke verließen und über die sonnige Straße ins Dorf gingen.

»Der Ort sieht freundlich aus.«

Ein leichter Wind wehte aus dem Großen Wald nach Merthe hinein und zauste Justens Haar von hinten. Er schob sich die Locken aus der Stirn. Die Haare waren viel zu lang geworden, aber er war dennoch froh, nicht länger den Hut tragen zu müssen.

»Warum auch sollte es anders sein?«

Darauf wusste Justen keine Antwort. Er blickte zum zweiten Haus des Ortes, an dem sie gerade vorbeikamen. Zwei Kinder spielten ein Hüpfspiel. Das ältere Mädchen grüßte sie mit ernstem Nicken, das jüngere winkte fröhlich.

Hinter dem Haus war ein Garten mit hübschen Beeten und Spalieren angelegt, auf denen die Pflanzen bis in die Höhe von Justens Schultern wuchsen. Die Gewächse im Garten waren saftig und grün.

»Friert es hier denn nie?«

»Selten.«

»Also wachsen die Pflanzen das ganze Jahr über?«

»Die meisten schon.«

Justen betrachtete nachdenklich die beiden Kühe, die hinter dem benachbarten Haus gemächlich das saftige Gras kauten. Die Tiere waren weder angebunden noch durch Zäune in ihrer Bewegungsfreiheit eingeschränkt. Er zuckte mit den Achseln und versuchte erneut, die steifen Schultern zu lockern, nachdem er den ungewohnt schweren Tornister so lange geschleppt hatte.

Dayala steuerte bereits ein niedriges Gebäude an, neben dem drei gedrungene Eichen standen. »Hier werden wir die Reiseausrüstung lassen.«

Ein Bogengang, in dem es keine Tür gab, führte ins Innere des Geschäfts. Als sie eintraten, betrachtete Justen die an der Seite festgebundenen Vorhänge. Keine Tür? Er hätte beinahe verwundert die Stirn gerunzelt. Warum gab es hier keine Türen? Auf Recluce gab es zwar so gut wie keine Diebe, aber selbst dort hatten die Häuser und Geschäfte Türen.

»Dayala! Du hast ihn also gefunden! Das freut mich aber.«

Justen hob die Augenbrauen, als eine stämmige junge Frau hinten im Raum von einem Tisch mit einem kleinen Webstuhl aufstand.

»Justen«, sagte Dayala, indem sie auf die Frau deutete, »das ist Lyntha.«

»Es ist mir eine Ehre.« Justen verneigte sich leicht.

»Nein, *mir* ist es eine Ehre. So wenige Menschen kommen nach Merthe und in die nördlichen Regionen des Großen Waldes.« Lyntha lächelte erfreut.

Dayala legte ihre Lasten mit einer Anmut ab, die Justen nur bewundern konnte. Erheblich weniger anmutig, wenngleich mit größerer Erleichterung, folgte er ihrem Beispiel.

»Hier ist das Zelt ... ordentlich gepackt ... hier die Wasserkrüge ...«

Der Ingenieur rieb sich die Schultern, während er zusah, wie Dayala die Sachen aus den Tornistern zusammensuchte. Einige Gegenstände kamen auf den fast leeren Holztisch am Eingang, während andere, wie die großen Wasserkrüge, von Lyntha ins Hinterzimmer befördert wurden.

»Den Rest verstauen wir selbst. Du bist gerade beim Weben, wie ich sehe ...«

»Meine Schwester wird bald einen Sohn zur Welt bringen. Sie braucht eine warme Decke für ihn.«

»Sie hat aber lange damit gewartet.«

»Bei weitem nicht so lange wie du«, gab Lyntha lachend zurück.

Dayala errötete. Es ging so schnell, dass Justen es beinahe übersehen hätte. »Manche haben eben mehr Glück als die anderen.«

Lyntha kehrte an den Webstuhl zurück, während Dayala weitere Gegenstände auf die Regale im Raum verteilte. Justen betastete einen Stab. Er war aus fein gemasertem, glattem Lorkenholz, das beinahe samtweich in der Hand zu liegen schien.

»Was machen wir mit dem restlichen Brot?«, fragte er laut.

»Das bekommen die Kühe und die Hühner.« Dayala brachte einige der mit Wachspapier versiegelten Päckchen in den hinteren Teil des Hauses und Justen folgte ihr mit dem Rest.

Als alles ausgeräumt und in die Regale verteilt war, wandte Dayala sich an ihn. »Es wäre angebracht, wenn du deine Wasserflasche hier lassen würdest...« Sie nickte in Richtung eines Holzregals, auf dem neben der Flasche, die sie daraufgelegt hatte, nur noch eine weitere lag.

Justen löste die Lederbänder der Flasche vom Gürtel. »Was ist mit dem Wasser? Es ist noch etwas darin.«

»Lyntha?« Dayala winkte der Frau zu. »Justen hat vergessen, seine Flasche zu leeren. Kannst du dich darum kümmern?«

»Lasst sie einfach im Regal liegen. Er ist nicht der Erste und er wird nicht der Letzte sein. Erst vor einem Achttag hat die alte Fyhthrem einen Tornister voller Olffmoos hier gelassen. War das ein Durcheinander. Sie hat sich später entschuldigt und ein paar getrocknete und versiegelte Birnapfelschnitze als Reiseproviant gebracht. So etwas passiert manchmal. Etwas Wasser, das ist kein Problem.«

Justen legte die Flasche mit den Lederriemen ans Ende des Regals und sah sich nach Dayala um. Sie nickte und ging zum Tisch, an dem die kräftige Frau mit dem silbernen Haar schon wieder mit ihrem Handwebstuhl beschäftigt war.

»Wir müssen jetzt gehen.«

»Ihr werdet bald wieder da sein.«

»Natürlich. Alles zu seiner Zeit.«

Justen verabschiedete sich mit einer höflichen Verbeugung von Lyntha. Die Frau errötete ein wenig, antwortete aber mit einem höflichen Nicken. Dann folgte er Dayala in den warmen Sonnenschein hinaus. Als sie über eine Art Dorfplatz liefen, öffnete er seine Jacke.

Sie gingen zu einem anderen flachen Gebäude, das keinerlei Zeichen oder Hinweise besaß, an dem man seinen Zweck hätte ablesen können. Auch dieses Haus hatte keine Tür. Als sie drinnen standen, sahen sie ein halbes Dutzend Tische mit Stühlen, die alle unbesetzt waren. Ein Junge mit silbernen Haaren, der Justen gerade bis zur Schulter reichte, betrat gleich darauf den Raum.

»Dayala!« Er begrüßte die silberhaarige Frau mit fröhlichem Grinsen. »Mutter hat gesagt, dass du ...« Er brach mitten im Satz ab und verneigte sich vor Justen.

Justen verneigte sich ebenfalls.

»Du bist eifrig wie eh und je, Yunkin«, meinte Dayala kopfschüttelnd.

»Eines Tages werde ich so sein wie du.«

»Das will ich doch nicht hoffen«, gab Dayala lachend zurück. Sie sah sich im Raum um.

»Du solltest dich dort an den Ecktisch setzen. Es ist der kühlste Platz hier. Ich hole euch etwas zu trinken.«

Als sie sich die Stühle zurechtgerückt hatten, kam Yunkin an ihren Tisch. »Was möchtet ihr trinken?« Doch bevor Justen antworten konnte, wandte sich der Junge neugierig an Dayala. »Ist er der Ordnungs-Magier, der von jenseits der Steinhügel kommt, junge Ehrwürdige?«

»Ja. Dies ist Justen. Er ist in Recluce geboren.« Dayala errötete.

»Willkommen in Merthe, Ser.«

»Was habt ihr hier zu trinken?«

»Rotbeerensaft, Grünbeerensaft, helles Bier und dunkles Bier.«

»Ich nehme ein dunkles Bier.«

»Und Ihr, Ehrwürdige?«, fragte Yunkin etwas förmlicher.

»Ein helles Bier.«

»Mutter ... ich meine ... wir haben ...« Der Bursche grinste wieder, dann riss er sich zusammen und fuhr ruhiger fort: »Wir haben Käse und Bregan.«

»Das wäre schön«, sagte Justen. *Alles, nur kein Nussbrot.*

Dayala nickte und nachdem der Junge durch den Bogengang in die Küche geeilt war, hob sie fragend die Augenbrauen. »Wirklich alles?«

Justen studierte das glatte Holz der Tischfläche. Die Fugen, wo man die Bretter zusammengefügt hatte, waren nicht zu erkennen. Schließlich fragte er: »Was hat er damit gemeint, als er dich eine junge Ehrwürdige genannt hat?«

»Das war ein Zeichen der Ehrerbietung. Er wollte höflich sein. Ich ... ich bin alles andere als eine Ehrwürdige.«

Der Junge kam zurück und stellte durchsichtige Gläser vor ihnen ab, in denen das dunkle und das goldene, helle Bier schimmerten.

Justen wartete, bis Dayala ihr Glas hob, dann trank er einen kleinen Schluck Bier. Geschmack und Stärke des Gebräus ließen ihn einen stummen Dank sprechen, dass sein erster Schluck ein kleiner gewesen war. Sein Körper war an geistige Getränke nicht mehr gewöhnt. »Das tut gut.«

»Du bist einer der wenigen aus Recluce, die Bier trinken, nicht wahr?«

»Ich nehme an, ich bin sogar der einzige Ingenieur überhaupt, der es tut.«

»Das ist gut.«

»Die anderen sind gegenteiliger Meinung, vor allem mein Bruder.« Justen schluckte. Er fragte sich, wo Gunnar war und ob die anderen wohlbehalten Recluce erreicht hatten. Aber ihnen war gewiss nichts zugestoßen, denn wenn Gunnar verletzt worden wäre, hätte er es fühlen können. Oder etwa nicht?

»Sie sehen nur die Oberfläche des Gleichgewichts.« Sie trank langsamer als Justen.

Bevor er antworten konnte, war Yunkin schon mit zwei großen Tellern zurückgekehrt, die er vor ihnen abstellte.

Justen holte tief Luft und genoss das fruchtig-nussige Aroma der Backwaren und den Duft vom gekühlten Käse. Er hatte schon fast vergessen, dass Käse auch anders als warm, fad und etwas pappig schmecken konnte.

»Du siehst hungrig aus.«

»Das bin ich auch.« So schnell, dass er kaum den eigenen Augen trauen wollte, hatte er den Käse und das Gebäck aufgegessen und das Glas Bier fast geleert, ohne auch nur ein weiteres Wort mit Dayala gewechselt zu haben.

Der Junge kam mit einem Krug und füllte Justens Glas zur Hälfte. Als Yunkin wieder in der Küche verschwand, runzelte Justen die Stirn.

»Was stört dich?«, wollte Dayala wissen.

»Wie konnte er wissen, dass ich nur ein halbes Glas wollte?«

»Er hat es nicht gewusst. Er hat nur das Gleichgewicht gefühlt. Willst du denn mehr?«

»Nein.« Justen trank einen Schluck vom kühlen, köstlichen Dunkelbier. »Nein.« Aber er runzelte immer noch die Stirn. Nicht zum ersten Mal hatte er das Gefühl, etwas Wichtiges übersehen zu haben, das er unbedingt verstehen lernen sollte.

Er hielt das leere Glas zwischen den Händen, bis Dayala mit Essen fertig war. Sie hatte nichts weiter gesagt und er hatte keine Lust, weitere Fragen zu stellen, mit denen er doch nur wieder dumm oder kindisch dastehen würde.

»Wir sollten aufbrechen. Rybatta ist immer noch ein gutes Stück entfernt.«

Wieder runzelte Justen die Stirn. Sie hatten Yunkins Mutter nicht gesehen und noch etwas anderes kam ihm seltsam vor. »Sind wir ihnen denn nichts schuldig?«

»Natürlich. Ich werde Duvalla ein paar eingemachte Grünbeeren oder etwas Saft schicken. Du bist doch Schmied, oder? Yual... du musst ihn kennen lernen. Ich bin sicher, dass er dich seinen Schmiedeofen wird benutzen lassen. Schmiedearbeiten beherrschen nicht viele Leute hier und irgendein Wandschmuck aus Eisen wäre sicher höchst willkommen.« Dayala streckte die Beine und rutschte ein wenig auf dem Holzstuhl hin und her.

»Aber ... aber wie ist es möglich, dass es so funktioniert?«

»Justen, erinnerst du dich nicht, wie du dich im Großen Wald gefühlt hast? Wie sollte es denn nicht funktionieren?«

»Vergiss nicht, dass ich in gewisser Weise ein Kind bin. Bitte sei nicht so herablassend und geheimnisvoll. Erkläre es mir, als wäre ich ein dummes, begriffsstutziges Kind.« So fühlte er sich jedenfalls.

»Es ist das Gleichgewicht. Wenn du nicht aus freien Stücken zurückzahlst, was du schuldig bist, dann werden andere auf dieses Ungleichgewicht reagieren.«

»Du meinst ... wenn ich ihnen nichts bezahle, dann würde mich ein Nachbar oder sonst jemand daran erinnern?«

»Nur wenn du noch ein Beinahe-Kind wärst.«

»Ein Beinahe-Kind?«

»Das ist jemand, der seine Prüfung noch nicht hinter sich hat.«

Justen holte tief Luft. »Also gut, was ist die Prüfung? Erkläre es mir schlicht und einfach.«

Dayala richtete die grünen Augen auf ihn. »Nach der Prüfung bist du ein Erwachsener, ein Druide. Von da an kannst du allein und ohne Hilfe mit deinem Geist durch den Großen Wald streifen.«

Justen schauderte. »So, wie ich es neulich abends versucht habe?«

Dayala nickte.

»Müssen sich alle Druiden der Prüfung unterziehen?«

»Wer das nicht will, kann Naclos verlassen. Manche tun es auch. Diejenigen, die bleiben, müssen sich der Prüfung stellen.«

Justen tupfte sich die Stirn ab, die auf einmal feucht geworden war. »Also, was würde nun passieren, wenn ich meine Prüfung gemacht habe und für etwas nicht bezahle?«

Sie zuckte mit den Achseln. »Das geschieht nicht sehr häufig. Die meisten, sogar die vergesslichsten unter uns, werden erinnert.«

»Aber wenn ich nun nicht ...«

»Ich kann es nicht sagen. Eine Waldkatze, eine Weißmaulschlange ... der Große Wald kennt Mittel und Wege.«

Justen schauderte wieder einmal, als stünde er am Rande eines unermesslichen Abgrundes. »Also hat man eigentlich keine Wahl.«

»Warum auch? Entspricht es denn der Ordnung, dass jemand andere einfach betrügt oder mehr isst, als er zurückgeben kann?«

»Aber ein produktiver Mensch ...«

»Nein. Der Große Wald hat Verständnis, genau wie wir. Ein Kranker zahlt seine Schulden zurück, sobald er kann. Ebenso eine Mutter, die ihr Kind stillt. Wenn du dein Herz fragst, dann weißt du doch, was richtig ist, oder nicht?«

»Es gibt Menschen, die es nicht wissen.«

»Jeder, der in Naclos lebt, weiß es.«

Die kühle Sicherheit, die in Dayalas Worten zum

Ausdruck kam, jagte Justen einen kalten Schauer über den Rücken. Er hob das wunderschöne Bierglas, betrachtete einen Augenblick dessen Form und stellte es wieder ab.

Ein System der gnadenlosen, absoluten Gerechtigkeit? Wo war er da nur hineingeraten?

»Du bist verwirrt.« Sie berührte ihn am Arm. »Das ist ein gutes Zeichen, das ist ein Zeichen für dein gutes Herz. Der Wald schützt diejenigen, die ein gutes Herz haben.«

»Ich hätte nicht damit gerechnet.«

»Ich bin sicher, dass du so oder so auf das Gleichgewicht achten würdest.«

Justen war sich seiner Sache gar nicht so sicher, aber er wusste nichts mehr zu sagen und spielte nervös mit dem Bierglas.

LXXVIII

»Das ist mein Haus.« Dayala deutete auf eine aus Holz gebaute Hütte, die vor ihnen auf der Lichtung stand. Sie rückte den Tornister, der etwas Brot und Käse vom Markt von Rybatta enthielt, auf dem Rücken zurecht. Seit sie das Ortszentrum verlassen hatten, hatte sie sich schon dreimal für die bescheidenen Einkäufe entschuldigt.

Im Zwielicht betrachtete Justen das niedrige Gebäude, das zwischen vier dicken Eichen stand. Die Bäume waren bei weitem nicht so hoch wie die gewaltigen Monolithen des Großen Waldes. Dann schluckte er, weil ihm bewusst wurde, dass die Bäume die lebenden Eckpfosten des Hauses bildeten.

Wie viele Häuser hatte er eigentlich in Naclos schon betrachtet, ohne zu bemerken, dass sie in Wirklichkeit

Teile von Bäumen waren? Was hatte er sonst noch alles angeschaut, ohne es wirklich zu sehen? Er blickte die Druidin mit dem silbernen Haar von der Seite an.

»Es ist ... ordentlich.« Hinter dem Haus gab es ein kleines Stück Rasen und wieder dahinter standen einige niedrige Bäume oder eher Büsche, die sich über mehrere hundert Ellen bis zum Saum des Großen Waldes erstreckten.

»Was haben all die Bäume zu bedeuten? Oder sind es Büsche?«

»Sie sind das, was ich mache.«

Justen lachte unsicher, zupfte sich am Bart und überlegte, wie er die nächste Frage formulieren könnte. »Und was machst du nun, geheimnisvolle Druidin?«

»Ich arbeite mit Holz.«

»Also bist du Tischlerin?«

Dayala schüttelte den Kopf. »Nein ... ich arbeite mit der Ordnung. Werkzeug, das schneidet, könnte ich nicht benutzen.« Sie zog den Vorhang vor dem Eingang für ihn auf.

Wieder kratzte er sich am Bart, unter dem die Haut juckte. Er jedenfalls konnte ein scharfes Messer gut gebrauchen. Doch wo sollte er hier ein Rasiermesser finden?

»Yual stellt solche Dinge her. Vielleicht kann er dir helfen.«

Nachdem er verlegen und dankbar genickt hatte, betrat Justen den großen Hauptraum. Die Wände bestanden aus glatt poliertem Holz, das ohne sichtbare Fugen zusammengesetzt schien, und der Boden aus Hartholz passte zu den Wänden und der Decke. Zwei lange Holzbänke standen im rechten Winkel zueinander in der hinteren Ecke des Raumes. Durch einen Bogengang ging es in eine Küche, wo ein kompakter, aus Lehmziegeln und Eisen gebauter Herd stand. Justen betrachtete den in einen Alkoven gesetzten Ofen und nickte. Der Baum war gewachsen oder geformt worden, damit für den Herd und den gemauerten Schornstein dahinter Platz blieb.

Im Badezimmer gab es eine gekachelte, frei stehende Badewanne und eine offenbar fest eingebaute Toilette. Justen warf einen kurzen Blick zu Dayala, dann nickte er. Natürlich, die Bäume konnten solche ... Abfallprodukte gut gebrauchen.

Er lugte ins Gästezimmer, in dem es nicht viel mehr gab außer einem Hocker, einer Kommode und einem breiten Bett. Auf dem Bett lagen ein Kopfkissen und eine gefaltete Decke aus dem Material, aus dem auch die Reisedecke bestanden hatte. Der einzige Unterschied war der, dass die Decke auf dem Bett genau wie das Kopfkissen schwarz war. Ein gewebter, mit einem Muster aus Dreiecken geschmückter Läufer bedeckte den glatten Holzboden zur Hälfte. Auf dem Holzstuhl lagen braune Hosen und ein Hemd, die beide seiner Größe zu entsprechen schienen. Die Kleidung machte deutlich, wo er schlafen würde.

»Ich dachte, du brauchst vielleicht neue Sachen.«

»Du musst ziemlich sicher gewesen sein, dass ich den Weg durch die Steinhügel überleben würde.«

»Die Hoffnung kann Berge versetzen.«

Justen betrachtete sein eigenes und dann ihr zerlumptes Hemd. »Ich hoffe, du hast dir auch selbst ein paar neue Sachen besorgt.«

»Ich brauche nicht viel, aber ich bin hinreichend ausgestattet.«

»Ja, du bist wirklich gut ausgestattet.« Justen grinste schief.

Dayala unterdrückte ein Gähnen. »Wenn du dich noch waschen möchtest, der Brunnen ist hinten vor dem Haus, dort stehen auch die Eimer. Ich mache uns inzwischen etwas zu essen.«

»Brot und Käse sind gut genug und du bist müde.«

»Ich bin wirklich müde.« Dayala lächelte. »Also Brot und Käse und ein paar Früchte, das soll uns reichen.«

Justen erwiderte das Lächeln und ging hinaus, um Wasser zu holen.

LXXIX

Justen saß auf dem grauen Felsblock und ließ die Füße im Wasser baumeln.

Er verscheuchte eine Mücke, die sich mit bösartigem Summen genähert hatte, dann errichtete er einen schwachen Ordnungs-Schild, um die Mücke und andere Insekten, die sein Blut saugen wollten, abzuhalten.

»Du bist viel besser geworden.« Dayala stützte sich neben ihm auf den Stein und strich ihm leicht mit den Fingern über das Handgelenk.

»Vorsichtiger, meinst du?« Justen lächelte und drehte den Fuß, um sie mit einer kleinen Wasserfontäne nass zu spritzen.

»Vorsichtiger? Nein, eigentlich nicht. Sanfter bist du geworden, aber es wird Jahre dauern, bis du wirklich ...«

»Bis ich es wirklich vollkommen beherrsche?« Justen reckte sich. »Warum haben mich die Mücken im Grasland in Ruhe gelassen, während mich diese hier angreifen?«

»Weil es im Grasland ruhig ist.«

»Oh? Gibt es hier zu viele unterschiedliche Kräfte?«

»So ähnlich.«

»Ich habe Hunger.« Er gähnte.

»Nein, hast du nicht. Höre auf deinen Körper. Braucht er wirklich Nahrung?« Dayala strahlte ihn an.

Justen spürte, wie ihm die Röte ins Gesicht stieg. Er

starrte verlegen zum Ufer des Flusses, wo sich das strömende Wasser schäumend an den Felsen brach. Dann sah er Dayala an und sie schlug die Augen nieder.

»He, du wirst ja rot.« Er grinste. »Du wirst rot ...« Er drehte sich um und rutschte vom Felsblock auf den Boden hinunter, auf dem ein Teppich aus Kiefernnadeln lag. Er bot ihr die Hand an.

Sie nahm seine Hand, rutschte ebenfalls herunter und landete neben ihm.

»Nicht übel für eine alte Druidin.«

»Ich bin eine sehr junge Druidin. Ganz jung. Sonst ...« Sie ließ seine Hand los und strich ihr Haar zurück.

»Was sonst?«

»Sonst wäre ich nicht hier.«

Justen runzelte die Stirn. Ihm war bewusst, dass sie die Wahrheit gesagt, aber eine Kleinigkeit verschwiegen hatte. »Also begeben sich nur junge Druidinnen in den Steinhügeln auf die Suche nach Fremden?«

»So ist es.«

»Aber ... warum gerade du? Diese Frage hast du mir immer noch nicht beantwortet.«

Dayala starrte einen Moment auf den Boden. »Lass uns gehen.«

Justen folgte ihr durch den Wald, der beinahe wie ein Park angelegt schien. Als sie die sanft geschwungene Straße erreichten, die nach Rybatta und zu ihrem Haus auf der anderen Seite des Ortes führte, erinnerte er sie. »Du wolltest mir noch erklären, wieso ...«

»Das ist eine Geschichte, die du dir zu gegebener Zeit selbst erzählen musst, sobald du Naclos und uns, die wir hier leben, wirklich kennst. Aber ich kann dir eine andere Geschichte erzählen.«

Justen runzelte die Stirn, doch er holte nur tief Luft und hörte zu.

»Einmal hat ein kleines Mädchen seine Mutter gefragt, wie sein späteres Leben als erwachsene Frau aussehen würde. Würde sie viele Geliebte oder nur einen ganz besonderen haben? Würde sie den Engeln dienen und den riesigen Bäumen lauschen, den Stimmen unter der Erde und den Winden, die durch ganz Candar wehen und die denen, die es hören können, Geheimnisse anvertrauen? Wie lange würde es dauern, bis sie all dies erfahren würde?

Die Mutter lächelte nur und schwieg und das Mädchen fragte noch einmal. Wie wird mein Leben sein? Und wann werde ich es erfahren? Aber die Mutter schwieg weiter. Daraufhin weinte das Mädchen. Es weinte, wie nur ein Kind weinen kann, es schluchzte herzerweichend. Als es zu weinen aufhörte, gab die Mutter der Kleinen eine unreife Juraba-Nuss. Die grünen Nüsse sind so hart, dass man sie nur mit einem Schwert, einem Vorschlaghammer oder einer großen Mühle knacken kann. Die Mutter erklärte dem Mädchen, dass sein Leben sei wie die Juraba-Nuss.« Dayala unterbrach sich und grüßte mit einem Nicken einen älteren Mann, der einen Korb grüner Birnäpfel trug.

Der Mann erwiderte das Nicken und lächelte leicht, als er vorbeiging.

»Und weiter?«, fragte Justen.

»Das war die ganze Geschichte.«

Justen schürzte die Lippen und dachte nach. »Deine Geschichte scheint zu sagen, dass man alles zerstört, wenn man zu früh eine Antwort erzwingen will, genau wie man die grüne Nuss zerstören würde.«

Dayala nickte.

»Die Frage ist aber ... wie kann ein Fremder oder ein Beinahe-Kind, das noch nie eine Juraba-Nuss gesehen hat, erkennen, wann die Nuss reif ist?«

»Die harte Hülle platzt auf und du kannst darin die innere Schale mit der Nuss erkennen.«

»Wundervoll. War diese Mutter deine eigene Mutter?«

»Natürlich. Daher kenne ich die Geschichte.«

»Hast du die reife Nuss schon gesehen?«

»So wenig wie du, mein lieber Mann.«

Justen schauderte angesichts der Wärme ihrer Worte und des Eingeständnisses, das sie ihm vermittelten.

Vor ihnen lag ein kleiner Steg an einer Stelle, wo zwei Pfade zusammenliefen. Hinter dem Steg standen die Bäume weniger dicht beisammen und ließen Raum für den Ort Rybatta.

»Hallo, junge Engel.« Ein kleines Mädchen mit silbernem Haar, das stolz einen Korb mit Käse und einer Honigwabe hütete, nickte höflich und trat zur Seite, um ihnen auf der schmalen Brücke den Vortritt zu lassen.

»Die Harmonie sei mit dir, Krysera«, grüßte Dayala lächelnd.

Justen nickte und Krysera erwiderte die Geste feierlich.

»Dann bin ich jetzt ein junger Engel?«, fragte Justen, als sie außer Hörweite waren. »Was hat das zu bedeuten?«

»Das ist ein höflicher Gruß. Sie war nicht ganz sicher, wie sie dich anreden soll. Da du hier bei mir wohnst und nicht im Gästehaus, bist du kein Fremder. Du strahlst Ordnung und Kraft aus. Also musst du ein junger Engel sein.«

»Ihr habt ein Gästehaus?«

»Wenn jemand wirklich Fremdes zu Besuch kommt, wohnt er oder sie bei Yual oder Hersa. Hersa ist die Kupferschmiedin. In Diehl gibt es ein großes Gästehaus, das du wohl als Gasthof bezeichnen würdest. Wenn wir reisen, übernachten wir in Gästehäusern.«

»Und warum bin ich nun kein Fremder?«

Dayala berührte die Stelle an seinem Arm, wo nur noch eine dünne Narbe zu sehen war. *Du bist kein Fremder. Du bist es heute nicht ... du warst es nie.*

Die Klarheit, mit der er ihre Worte im Kopf hörte, brachte ihn aus dem Gleichgewicht und er stolperte. Dayala bot ihm die Hand, damit er sich wieder fangen konnte, aber er hatte das Gefühl, ihre Finger würden seine Haut beinahe verbrennen. Er sah sie schräg von der Seite an. Ihre Wangen waren feucht und auch seine Augen brannten.

Was war nur geschehen? Mit ihr und mit ihm selbst?

Sie waren ein paar hundert Schritte gelaufen, ehe Dayala wieder das Wort ergriff. »Lass uns zur Pier am Fluss gehen.«

»Gibt es dafür einen besonderen Grund?«

»Ich muss mit Frysa reden. Sie braucht Kisten.«

Sie kamen an einem kleinen Geschäft mit ordentlich aufgestapelten Birnäpfeln und Fässern mit Korn vorbei. Käse und die reifen Früchte waren im kühleren Keller gelagert, den man über eine kleine Treppe erreichen konnte. Dayala winkte Serga, dem Händler, und der rundliche Mann winkte zurück.

»Kisten? Deine Kisten? Wozu braucht sie Kisten?«

»Um zu handeln. Wir führen im Gegenzug auch manche Dinge ein, beispielsweise Kupfer und Wollsachen aus Recluce, auch wenn wir keinen großen Bedarf an warmen Kleidungsstücken haben. Meistens wird die Wolle für andere Dinge verwendet.«

»Dann sind also die Kisten dein Beitrag für den Handel, um zurückzuzahlen, was du dem Großen Wald und den anderen Menschen in Naclos schuldig bist?«

»Genau.« Dayala lachte leise. »Siehst du – allmählich verstehst du es.«

»Ein wenig, ja.«

Nur ein einziges Boot war an der steinernen Pier festgemacht und es war leer.

Dayala führte Justen an der Pier vorbei zu einem kleinen, runden Gebäude, das nur einen einzigen Baum in Anspruch nahm. Es war keine Eiche, sondern eine Art, die Justen nicht kannte. Drinnen saß eine Frau auf einem Hocker, die wie alle Menschen hier silberne Haare und grüne Augen hatte, aber tief gebräunt war. Als sie aufstand, erinnerte sie Justen an Dayala, auch wenn er den Grund nicht nennen konnte.

»Justen, das ist Frysa.«

Justen verneigte sich. »Es ist mir eine Ehre.« Und er fühlte sich tatsächlich geehrt, auch wenn er nicht verstand, warum Dayala ihm nicht erklärt hatte, wer Frysa eigentlich war.

»Einen hübschen Burschen hast du da.«

Justen lief rot an und sah zu Dayala. Auch sie schien verlegen.

»Er ist bescheiden und das ist gut für euch beide.«

Dayala nickte, ehe sie antwortete. »Ich habe ganz vergessen zu fragen, wie viele Kisten du brauchst.«

»Ein halbes Dutzend wird fürs Erste reichen. Du hast ja später Zeit, noch mehr zu machen.«

Justen blickte abwesend zum Fluss hinaus, der zwischen den von Bäumen gesäumten Ufern glatt und rasch dahinströmte. Er war hier beinahe dreißig Ellen breit und als er das kleine Boot betrachtete, überlegte er, dass es schwierig sein musste, stromaufwärts zu paddeln.

»Wie gefällt dir Naclos?«, fragte Frysa.

»Es ist sehr friedlich, aber auch sehr beunruhigend.«

»Ehrlich ist er auch.«

Justen wäre es lieber gewesen, er wäre nicht schon wieder rot geworden.

»Abgesehen von deinen Haaren siehst du eher aus wie einer von uns und nicht wie einer aus Recluce. Jedenfalls innerlich.«

Justen zuckte mit den Achseln, weil er nicht wusste, was er darauf antworten sollte. »So tief kann ich nicht in mich selbst hineinschauen. Ich muss dein Urteil also nehmen, wie es ist.«

Frysa berührte sein nacktes Handgelenk. »Vergiss nur nicht, dir selbst zu vertrauen.« Sie wandte sich an Dayala. »Du musst jetzt gehen. Ich danke dir. Du hattest großes Glück. Trotzdem, es wird nicht leicht für euch beide werden.« Sie wandte sich wieder an Justen. »Sie ist nicht so stark wie du, auch wenn es im Augenblick scheint, als wäre es anders.«

Justen brauchte nicht hinzusehen, um zu spüren, dass Dayala rot wurde.

Die beiden Frauen umarmten einander und als sie gingen, verneigte Justen sich noch einmal. »Es war schön, dich kennen zu lernen, und ich wünsche dir alles Gute.«

»Und er ist großzügig.«

»Ja.« *Eine großzügige Seele ... und weiß doch nicht, warum ...*

Justen schluckte, als er Dayalas unausgesprochene Worte auffing. Er fragte sich, ob diese Fähigkeit, gelegentlich ihre Gedanken aufzufangen, mit der Zeit stärker werden würde, und wie es dann sein würde ... er schauderte.

Schweigend gingen sie am einsamen Boot vorbei.

»Wie können die Boote hier stromaufwärts fahren? Ich kann mir nicht vorstellen, dass man so weit paddeln kann.«

»Manchmal bitten wir das Flussvolk – die Otter –, sie zu ziehen, aber nur, wenn die Boote keine Menschen tragen. Die Otter können leichte Frachten transportieren.«

»Und wenn jemand mit dem Boot flussabwärts fährt, muss er zurück laufen oder selbst paddeln?«

»Ja. Aber es ist nicht ganz so schlimm, wenn man die Strömungen spüren kann.«

Wieder schwiegen sie, als sie am Gästehaus auf dem Hauptplatz und einem kleinen Kurzwarenladen vorbeikamen, wo es Leinen und das feine, seidenähnliche Tuch zu kaufen gab.

»Ist Frysa eine Verwandte?«, erkundigte Justen sich.
»Ja.«
»Deine ältere Schwester?«
Dayala schüttelte amüsiert lächelnd den Kopf und daraufhin musste Justen den Kopf schütteln. »Also deine Mutter? Werden die Leute hier denn überhaupt nicht älter?«
»Aber gewiss doch. Nur eben langsamer. Das Altern ist eine Art des Chaos und dagegen kann man mit dem Gleichgewicht etwas tun.«
»Deine Mutter, natürlich. Wie dumm von mir.« Wieder schüttelte er den Kopf. »Warum hast du es mir nicht gleich gesagt?«
»Sie sollte dich so sehen, wie du bist. Du bist ehrlich und offen.« *Und das gibt es selten genug ...*
Justens Augen wurden feucht, als er die Aufrichtigkeit ihrer unausgesprochenen Worte spürte. Was geschah nur mit ihm?
»Der Große Wald besteht darauf, dass du dich selbst erkennst, und das ist sehr schwierig.«
»Schwierig ...« Er lachte heiser.
Sie wanderten am Rand Rybattas an einer langen Reihe Stangenbohnen entlang. Es dauerte eine Weile, bis Justen wieder sprach. »Wie stellst du deine Kisten her? Lässt du sie gleich auf den Büschen wachsen? Ich weiß, es ist natürlich etwas komplizierter, aber ist es wenigstens annähernd richtig?«
Dayala nickte.
»Und das ist mit Arbeit verbunden?«
Wieder nickte sie.
Er schüttelte den Kopf, als sie in die letzte Kurve vor ihrem Haus einbogen. »Es dauert eine Weile, bis man sich an all dies gewöhnt hat.«
»Ich verstehe.« Dayala blieb mitten im Hauptraum stehen und hob hilflos die Hände.
Justen sah sie lange an, das silberne Haar, die grünen

Augen, die dunkle, offene Ordnung, die aus ihr strahlte, die gewaltige Aufrichtigkeit. Dann nahm er sie in die Arme und sie legte die Arme um seine Hüften. Ihre Lippen berührten sich. *Will dich ... lieben ...* Justen errötete angesichts seiner alles andere als zurückhaltenden Gedanken.

Dayala küsste und drückte ihn noch einen Augenblick, ehe sie sich ihm entwand und ihn auf Armeslänge von sich hielt. Sie atmete schwer. »Die Nuss ... sie ist noch nicht ganz reif.« Dann befreite sie sich aus seiner Umarmung und lief in ihr Zimmer. *So schwer ... und ungerecht. Engel reden nie von Liebe ... noch nicht der richtige Augenblick. Weiß nicht ... weiß nicht wie lange ...*

Justen taumelte unter dem Ansturm ihrer Gedanken, die warm waren wie der Sommer und ihn dennoch trafen wie spitze Pfeile. Schließlich sackte er auf einen Hocker.

So rasch er auch lernte, noch rascher lernte er, dass es vieles gab, das er noch nicht wusste.

LXXX

Das Zentrum von Berlitos lag auf einem niedrigen Hügel, der sich aus dem umliegenden Wald erhob – ein Wald, der grau und still in der Winterkälte stand. Der Tempel der Engel, aus poliertem hellen Holz gebaut, lag neben einem dreistöckigen Gebäude. Selbst in der Stadtmitte auf dem Hügel lockerten noch einige graugrüne Bäume die niedrige Bebauung auf.

Beltar stand auf der eilig errichteten Plattform. Er räusperte sich nervös. Ein leichter, stetiger Wind wehte von Nordwesten her in Richtung der Stadt.

Eldiren, der nicht von Beltars Seite wich, sah angespannt zwischen der Stadt auf dem Hügel und den nicht gerade sehr zahlreichen Soldaten hin und her, die sich um die Plattform geschart hatten. Es waren alles in allem weniger als dreihundert. Und Zerchas wollte, dass sie damit den Westen Sarronnyns einnahmen?

»Bereit, Eldiren?«, fragte Beltar.

»Bereit? Wozu? Ihr erledigt doch die ganze Arbeit.«

»Ihr könnt mir wenigstens helfen«, fauchte Beltar.

Der schmächtige Weiße Magier zuckte nur mit den Achseln.

Kurz darauf schlug mehr als eine Meile entfernt eine Feuerkugel auf einem Haus ein. Das Strohdach fing sofort Feuer. Eine zweite Feuerkugel traf ein näher stehendes Gebäude unterhalb des Hügels, eine dritte Feuerkugel flog weiter und landete auf dem polierten Holz des Tempels. Weißer Rauch stieg auf, gefolgt von schwarzem, schmierigem Qualm.

Einmal, zweimal wurde eine große Glocke angeschlagen. Der Ton hallte schwer durch den grauen Morgen.

Beltar wischte sich grinsend die Stirn ab. »Anscheinend haben wir sie etwas unsanft geweckt.«

Eldiren runzelte die Stirn und konzentrierte sich. Eine kleine weiße Feuerkugel landete am Fuß des Hügels, doch kein Rauch stieg nach dem Einschlag auf.

Eine zweite, stärkere Ladung traf den Tempel und das Gebäude daneben. Flammen züngelten an den Holzwänden empor.

Das strohgedeckte Haus am Fuß des Hügels brannte jetzt lichterloh.

»Ser, da bewegen sich Truppen in unsere Richtung!«

Beltar wandte sich an Eldiren. »Das könnt Ihr erledigen. Eure Reichweite ist übrigens nicht besonders gut.« Dann sah er Yurka an, der inzwischen zum Kommandanten der Lanzenreiter befördert worden war. »Formiert euch vor der Plattform.«

»Jawohl, Ser.«

Wieder flog eine Feuerkugel in hohem Bogen durch die Lüfte und landete auf der rechten Seite des Hügels, wo sich kurz darauf eine neue Rauchsäule in den Himmel erhob.

Eldiren wandte sich an Yurka. »Halte die Bogenschützen bereit – die paar, die wir noch haben. Es wird wohl nicht mehr lange dauern, bis irgendjemand die Straße heraufmarschiert kommt.«

»Jawohl, Ser.« Yurka lenkte sein Pferd zur Nordseite des Hügels. »Kulsen! Bring deine Trupps hier herauf!«

Eldiren konzentrierte sich und eine weitere Feuerkugel flog zu den strohgedeckten Häusern in der Ortsmitte. Kurz danach brannte ein weiteres Dach. Der Weiße Magier lächelte grimmig.

Beltar ließ neben ihm eine gewaltige Feuerkugel in den Himmel steigen und wie einen Meteor auf das Gebäude neben dem Tempel niedergehen, so dass die Flammen in alle Richtungen stoben.

»Habt Ihr das gesehen?«, fragte Beltar grinsend. »Wer sagt, ich wäre nicht so mächtig wie irgendein Tyrann? Das lasse ich nicht auf mir sitzen.«

Er schoss die nächste Feuerkugel ab.

Auf der schmalen Straße unten im Tal zwischen den Stellungen der Weißen und den Vororten von Berlitos ertönte ein dünner, zitternder Fanfarenstoß.

Ein Trupp Soldaten in eisenverstärkten Lederuniformen mit blauen Schärpen marschierte auf der morastigen Straße den Weißen Streitkräften entgegen. Vor ihnen schritt ein einzelner Junge mit einem verblichenen blauen Banner.

»Bogenschützen!«, rief Yurka.

»Erste Reihe, Feuer!« Sofort nach Kulsens rauem Kommando ging ein Pfeilregen auf die sarronnesischen

Soldaten nieder. Eine Handvoll taumelte und zwei fielen, aber die anderen stürmten weiter bergauf.

Ein zweiter Pfeilhagel flog ihnen entgegen, direkt danach zwei Feuerkugeln. Ein Soldat mit blauer Schärpe brannte lichterloh; fettiger schwarzer Rauch stieg auf.

»Zweite Reihe!«

Die nächste Salve Pfeile flog nach Südwesten.

»Lanzenreiter!«, rief Eldiren. »Die Dritte und die Fünfte!« Er wischte sich mit dem Ärmel die Stirn ab. Wieder schlug eine Feuerkugel innerhalb der vorstoßende Infanterie ein.

Die zwei Dutzend Lanzenreiter griffen, gedeckt von einem neuen Pfeilhagel und zwei weiteren Feuerkugeln, die Sarronnesen an.

Unterdessen schlugen weitere Feuerkugeln im Zentrum von Berlitos ein. Inzwischen schien die ganze Stadtmitte in Flammen zu stehen. Der zunehmende Wind aus Nordosten fachte die Brände an.

Weniger als zwanzig Kämpfer der sarronnesischen Infanterie waren noch am Leben – darunter kein Einziger mit Hellebarde oder Pike –, als die Weißen Lanzenreiter durch ihre Reihen brachen und sich neu formierten, um auf dem Rückweg noch einmal anzugreifen.

»Die armen Hunde«, murmelte Yurka. »Laufen in den Tod und wissen nicht einmal, warum.«

»Genau wie wir«, bemerkte Eldiren halblaut. Er zuckte zusammen, als eine weitere Feuerkugel in den sarronnesischen Reihen landete. Drei Männer verließen die Schlachtordnung und flohen, wurden aber sofort von den zurückkehrenden Lanzenreitern niedergemacht. Dann standen nur noch zwei sarronnesische Soldaten. Ein Lanzenreiter hielt sich den Arm, die anderen Weißen schienen unverletzt.

Die beiden letzten sarronnesischen Soldaten machten kehrt und flohen.

»Lasst sie laufen«, meinte Yurka müde. »Es werden noch mehr kommen.« Sein Schnurrbart flatterte im Wind, der inzwischen beinahe schon ein Sturm war.

»Ich glaube nicht«, erwiderte Beltar. »Schaut!«

Eldiren und Yurka wandten sich nach Westen, wo eine Wand von Flammen den Hügel hinaufraste, um sich mit der Feuersbrunst zu vereinen, die dort wütete, wo Berlitos gestanden hatte. Eldiren ließ die Arme sinken.

Als es hinter ihm krachte, drehte Eldiren sich erschrocken um. Ein Blitz zuckte aus dem dunklen Himmel herab und die ersten Regentropfen prasselten aufs Holz der Plattform.

»Kann sein, dass der Regen sie rettet«, meinte Kulsen. Er löste die Sehne vom Bogen und steckte die Pfeile in eine gewachste Hülle. Dann wandte er sich an seine zwanzig Bogenschützen. »Packt die Bögen ein und holt die Pfeile, die ihr noch bergen könnt.«

Die älteren Bogenschützen hatten bereits damit begonnen.

Eldiren deutete auf die Stadt, während der Regen gleichmäßig fiel. Anscheinend unbeeindruckt vom Niederschlag, wurden die Flammen vom Wind weiter angefacht.

»Sie wollten sich uns nicht ergeben? Die nächste elende Stadt wird es tun.« Beltar drehte sich beifallheischend zu Eldiren um.

»Ich bin sicher, dass es so und nicht anders kommen wird, Beltar.« Der schmächtige Weiße Magier setzte sich langsam auf die Kante der Plattform und ließ die Beine in der Luft baumeln. Sein Atem ging abgerissen, als wäre er schnell gerannt.

»Ich bin von einem anderen Schlag als diese elende Tyrannin. Das soll ihnen eine Lehre sein.«

Eldiren nickte schweigend.

Der Regen fiel weiter und bald darauf stiegen

Dampfwolken aus den verkohlten Trümmern der Stadt auf. Dann spülten die Regentropfen den Ruß vom Himmel.

Die Weißen Lanzenreiter zogen Umhänge über ihre Rüstungen und ritten zum Rand der Lichtung, um im Schutz der Bäume dem peitschenden Regen zu entgehen.

Eldiren blieb eine Weile auf dem Rand der Plattform sitzen. Schließlich richtete er sich auf, stieg hinunter und ging über den schlammigen Boden zu seinem Pferd. Als der Regen nachließ, stieg er langsam in den Sattel, zog ein rotes Tuch aus der Tasche und wischte sich den unbedeckten Kopf trocken. Das Tuch wurde grau und schmierig vom Ruß.

»Lasst uns aufbrechen«, rief Beltar. »Hier gibt es nichts mehr für uns zu tun.«

»Formiert euch.« Yurkas Befehl klang ausdruckslos, während Beltar zu seiner Kutsche ging.

Eldiren lenkte sein Pferd neben den Anführer der Lanzenreiter.

Yurka sah den Weißen Magier lange und nachdenklich an. »Das ist kein Krieg.«

»Doch, es ist einer«, erwiderte Eldiren müde. »Krieg bedeutet Menschen abzuschlachten und damit kennt Beltar sich sehr gut aus.«

»Das Licht möge uns allen beistehen.«

Die zwei ritten schweigend neben den Überresten der Dritten Abteilung der Lanzenreiter. Nach Westen ging es, in einem Bogen um den Aschenhaufen herum, der einst eine Stadt gewesen war.

Als die Soldaten sich einer Kreuzung näherten, sahen sie vor sich eine Frau stehen. Die gerippte Bluse war mit Asche verschmiert. Sie rannte barfüßig, ein Küchenmesser in der erhobenen Hand. Yurka zog seinen Säbel und zügelte seinen Braunen.

»Bastarde! Weiße Teufel!« Sie hob das Messer noch

etwas höher und ging auf den anscheinend unbewaffneten Eldiren los.

Der Weiße Magier zog sein Pferd zur Seite, aber die Frau sprang auf ihn zu. Eldiren keuchte, konnte aber einen kurzen Flammenstoß auf die Frau abschießen.

Die verkohlte Gestalt bebte und stürzte direkt vor Eldiren in den Schlamm. Der Magier schwankte im Sattel und musste sich an der Mähne seines Pferdes festhalten.

»Alles in Ordnung, Ser?«, fragte Yurka.

»Alles in Ordnung.« Eldirens Stimme war tonlos.

»Es tut mir leid, dass diese Irre Euch angegriffen hat. Ich hätte sie aufhalten sollen.«

Eldiren schüttelte den Kopf. »Ich hätte ihr ausweichen sollen.«

»Sie hätte versucht, das Messer gegen jemand anders zu erheben.«

»Ich nehme an, ich an ihrer Stelle hätte das Gleiche getan. Ihr nicht?«

Yurka nickte. »So ist es eben.«

»Ja, so ist es.«

Hinter ihnen rollte die Kutsche um die tote Frau herum und auch die Reihen der Bogenschützen teilten sich, um ihr auszuweichen. Immer noch regnete es.

Eldiren schaute nicht zurück. Er schwankte leicht im Sattel und lauschte dem Holpern des Wagens und dem gelegentlichen Knallen der Peitsche des Kutschers.

Die leisen Unterhaltungen der Lanzenreiter mischten sich in das Zischen des Dampfes und das Prasseln der Regenschauer.

Nach einer Weile wischte Eldiren sich mit dem Handrücken den Ruß von der Stirn, dann putzte er sich die Hand an dem schmierigen Tuch ab, das er an den Sattel geknotet hatte. Vor gar nicht so langer Zeit war es einmal ein leuchtend rotes Tuch gewesen. Ganz egal, wie oft er sich die Stirn abwischte, immer war seine Hand danach schmutzig. Überall war Ruß, obwohl die Ruinen von Berlitos nun schon ein Dutzend Meilen hinter ihnen lagen. Selbst der Frühlingsregen schien jetzt grau vom Himmel zu fallen.

»Ich bin von einem anderen Schlag als eine elende Tyrannin«, hatte Beltar erklärt. Aber den Titel eines Tyrannen würde ihm jetzt ohnehin niemand mehr verleihen wollen. Nicht nach dieser Tat.

Trotz des schwachen Sonnenlichts, das zwischen den Wolken hindurch lugte, schauderte Eldiren. Hinter dem schmächtigen Weißen Magier holperte Beltars Kutsche, als die vier Pferde sie über die schlammige Straße nach Jera zogen.

LXXXI

»Yual muss dich kennen lernen. Er wartet schon auf dich. Außerdem muss ich arbeiten, genau wie du.« Dayala fasste Justen am Arm und zog ihn ein Stück die Straße hinunter. »Weißt du noch den Weg?«

»Über zwei Brücken und an der gesplitterten Eiche vorbei. Dann auf dem Weg, der bergauf führt, bis zur Lichtung.« Justen grinste. »Ist das auch erlaubt? Ich meine, darf ein Beinahe-Kind wie ich überhaupt ganz allein herumlaufen?«

»So lange du nicht ganz Naclos mit deiner Ordnungs-Kraft erkundest, wird nichts passieren. Außerdem bist du gerade bei Yual in keiner großen Gefahr.«

»Ich werde das Gefühl nicht los, dass es dir sehr wichtig ist, mich ihm vorzustellen.«

»So ist es.«

»Aber warum?«

»Darum.« Dayala grinste ihn an. »Du musst mit den

Händen arbeiten, nicht nur mit dem Kopf. Ich sehe doch, wie unruhig du bist, und dein Körper braucht die Bewegung.«

»Also gut, ehrwürdige Druidin. Ich verneige mich angesichts deiner Weisheit.« Er berührte ihre Hand und einen Moment lang begegneten sich ihre Blicke. Justen sah in die unglaublich tiefen grünen Augen, konnte sich nicht rühren und bekam kein Wort heraus.

»Justen ...« *Du musst jetzt gehen ...*

Er schüttelte sich wie eine nasse Katze. »Ich gehe jetzt. Ich gehe zu Yual.«

Er spürte Dayalas Blicke im Rücken, bis er die erste Kurve der Straße erreicht hatte und außer Sichtweite war.

Yuals Anwesen stand auf einem kleinen Hügel, in dessen Umgebung kein einziger hoher Baum wuchs.

Dicke, graue Wolken ballten sich über dem Wald zusammen, und schwerer Regen prasselte auf den Hügel und die beiden Gebäude nieder. Das Wohnhaus und die Schmiede waren im Gegensatz zu allen anderen Gebäuden, die Justen bisher gesehen hatte, nicht direkt aus Bäumen geformt worden.

Justen zuckte die Achseln und trat unter dem hohen Dach des Waldes heraus auf den gepflasterten Weg, um das letzte Stück durch den Regen zur Schmiede zu gehen.

Wie in Naclos üblich, stand der Eingang der Schmiede offen und Justen konnte einfach eintreten. Er wartete, bis der Mann mit den silbernen Haaren seine Arbeit unterbrechen konnte und eine grob geschmiedete Klinge zum Abkühlen neben das Schmiedefeuer legte. Dann erst trat Justen weiter vor.

»Du musst Justen sein.« Der Schmied hatte überraschenderweise keine grünen, sondern hellbraune Augen, die mindestens so durchdringend schienen wie die Augen der anderen Naclaner. Er lächelte gewinnend. »Dayala sagte mir schon, dass du hier bist, und ich hatte gehofft, dass du dich bald melden würdest. Meine Schmiede gehört dir.«

»Das ist zu freundlich.« Der junge Ingenieur verneigte sich.

»Ich bin überhaupt nicht freundlich. Ich mache mir große Hoffnungen. Nur wenige beschäftigen sich in Naclos mit dem Schmiedehandwerk und es ist viele Jahre her, dass ein Schmied von draußen in den Großen Wald gekommen ist.«

»Ich habe aber kein Werkzeug dabei ...«

»Ich habe genügend da und du kannst dir ausborgen, was du brauchst, um deine Sachen zu schmieden.«

Justen sah sich um. Neben dem Amboss, an dem der Schmied gearbeitet hatte, gab es einen zweiten, kleineren Amboss und einen großen Blasebalg, der etwas anders gearbeitet war als diejenigen, die er kannte. Dazu natürlich die üblichen Hämmer und Zangen, die ordentlich an zwei Ständern aufgehängt waren.

Im Schmiedefeuer brannte Holzkohle.

»Holzkohle?«

»Sogar im Großen Wald sterben Bäume.«

»Und Eisen?«

»In den Sümpfen gibt es reichlich Eisen.« Yual lächelte belustigt. »Im Gegensatz zu Sarronnyn verwenden wir hier in Naclos allerdings nur wenig Eisen.«

»In Recluce sieht es ähnlich aus.«

»Es ist eine Frage des Gleichgewichts.« Yual deutete zum Schmiedefeuer. »Wenn du erlaubst ...«

»Bitte, arbeite nur weiter.«

»Du kannst dir inzwischen meine bescheidenen Arbeiten ansehen und wenn ich hier fertig bin, können wir sehen, wie ich dir weiterhelfen kann.« Der Schmied nahm eine kleine Greifzange und legte die Klinge wieder ins Schmiedefeuer.

Justen hob einen Hammer auf und fuhr mit dem Finger über das glatte, geschwungene Metall. Er war der Hand des Schmieds vollkommen angepasst. »Wundervolle Werkzeuge.«

»Ach, ja ... ich bin vor allem Werkzeugmacher. Du bist Schmied. Das Schmiedefeuer ... es strahlt förmlich aus dir heraus, als hättest du das Schmiedefeuer der Götter in dir.«

Yual nahm das rot glühende Stück Eisen aus dem Feuer und legte es auf den Amboss, um es mit einem mittelschweren Hammer mit genau gesetzten gleichmäßigen Schlägen auszudünnen.

Hinten in der Schmiede lagen einige bereits fertiggestellte Schmiedearbeiten auf dem Tisch. Justen besah sie sich aus der Nähe: ein paar Messer, ein Kaninchengehege, ein Steinmetzhammer und passende Meißel, einige große, gekrümmte Nadeln. Geräte zum Bearbeiten von Holz oder wie man sie für den Ackerbau verwendete, gab es nicht. Werkzeuge zum Gärtnern gab es, solche für den Ackerbau nicht. Und keine Rasiermesser.

Was sollte er schmieden? Justen runzelte die Stirn. Er war vielen Leuten etwas schuldig, vom Geschäft in Merthe bis zum Gästehaus hier und natürlich auch Dayala und jetzt auch dem Schmied. Aber er sollte trotzdem ein Rasiermesser für sich schmieden können.

Er betrachtete ein kleines Stück Stabeisen. Das Material war weicher und dicker, als er es kannte. Er hielt inne, als ihm bewusst wurde, dass Yual vermutlich sogar sein Eisen selbst aus dem Erz einschmolz. Seine Hochachtung für den ›Werkzeugmacher‹ stieg noch weiter.

Was konnte er schmieden, um es den Leuten zu geben, denen er etwas schuldig war? Vielleicht einige

Schmuckgegenstände. Der Laden mit den Ausrüstungen für Reisende sollte einen Zündstein bekommen. Auch die Druiden hatten Lampen und Herde und sei es nur, um Brot zu backen, und Reisende mussten häufig Feuer machen. Womöglich würde es schwierig werden, den nötigen Feuerstein zu bekommen, aber er konnte Yual danach fragen, bevor er anfing. Wenn es keinen Feuerstein gab, konnte er vielleicht auch eine Laterne herstellen.

Für Duvalla konnte er einen hübschen Nussknacker schmieden, und für Dayala … er hatte schon eine Idee, auch wenn er noch nicht genau wusste, wie er sie umsetzen sollte.

Während Yual arbeitete, suchte Justen sich ein Zeichenbrett und ein Stück Holzkohle. Er zeichnete grob vor, was er brauchen würde, um sein Rasiermesser herzustellen.

»Schau an, ein Schmied, der nachdenkt, ehe er das Eisen in die Hand nimmt«, meinte Yual lachend. Er stand auf einmal hinter Justen.

»Oh …«

»Ich fühle mich doppelt geehrt, dass du nicht nur deine Ideen mit mir teilst, sondern mir auch vertraust.«

»Ich bin derjenige, der sich geehrt fühlen sollte.« Justen sagte die Wahrheit, denn seine Fähigkeiten waren nicht überragend und besonders vertrauensvoll war er meist auch nicht.

»Wie kann ich dir helfen?«, fragte Yual.

»Wenn ich dein Schmiedefeuer benutzen darf und einen Weg finde, dich für das Eisen und Werkzeug zu bezahlen … leider sind meine Fähigkeiten begrenzt. Und ich würde auch gern einen Amboss benutzen.«

»Du siehst mein Eisen. Was du benutzen willst, sollst du haben. Den großen Amboss brauche ich selbst, um ein paar Werkzeuge zu machen …«

»Der kleine reicht mir schon.«

Yual nickte.

»Und falls es nötig sein sollte, kann ich für dich den Blasebalg pumpen, damit du die größeren Stücke bearbeiten kannst.«

»Das wäre wirklich eine Hilfe«, meinte der ältere Mann. »Ich habe übrigens auch noch einen Lederschurz für dich.«

Justen zog das braune Hemd aus, das Dayala ihm gegeben hatte, und band sich den Lederschurz um.

Yual war schon zum Schmiedefeuer zurückgekehrt, während Justen sich noch die kleinen Hämmer und Lochstanzen zusammensuchte, die er brauchen würde.

Nicht lange danach hallte der Klang von zwei Hämmern durch die Schmiede.

Später, nachdem er vorgeschlagen hatte, eine Pause einzulegen und etwas zu essen, stellte Yual Brot und einen Korb mit Früchten und schließlich noch einen Krug auf den Tisch. »Das ist dunkles Bier, aber ich habe auch Wasser.«

»Ich trinke gern Dunkelbier.« Justen wischte sich die Stirn ab. Hände und Arme waren müde. Es war lange her, dass er das letzte Mal mit Eisen gearbeitet hatte, und seine Schläge kamen bei weitem nicht so sicher und zielgenau, wie er es sich gewünscht hätte. Er holte tief Luft, trank einen Schluck Bier, genoss den nicht mehr ganz kühlen Trunk und blickte zum grasbewachsenen Hügel und zum Großen Wald.

»Es ist schön hier.«

Yual trank einen Schluck Bier. »Manche finden, dass es ... dass mein Haus zu weit vom Wald entfernt ist.«

»Müssen denn alle Naclaner so nah am Wald leben?«

»Ich jedenfalls nicht«, gab Yual lachend zurück. »Meine Tochter entfernt sich auf ihren Reisen manchmal weit vom Wald, aber ihre Mutter wird unruhig, wenn sie zu lange keine Bäume mehr sieht. Jeder ist anders, das ist bei uns wie bei euch.« Der Schmied brach sich einen Brotkanten ab und reichte Justen den Laib.

»Danke.«

»Wie ich gesehen habe, belässt du das Eisen bis zu den letzten Verarbeitungsschritten so weich wie möglich, und du arbeitest immer mit der Körnung. So halte ich es auch, ganz im Gegensatz zu den sarronnesischen Schmieden.«

»Die können dem Metall keine Ordnung einflößen. Letzten Endes spielt es wahrscheinlich keine große Rolle, aber ich will vermeiden, dass es zu spröde wird. Das ist der Vorteil von Schwarzem Eisen gegenüber Stahl. Es ist geschmeidiger. Deshalb vertragen unsere Kessel auch einen höheren Druck als die Kessel der hamorischen Schiffe.«

»Dieses Doppelscharnier am Nussknacker ist eine komplizierte Arbeit.«

Justen nickte. »Es ist gröber geworden, als ich wollte, und die Griffe sind auch nicht ganz so, wie ich sie mir vorgestellt hatte. Ich bin etwas aus der Übung.« Er trank wieder etwas Bier. »Darf ich wiederkommen?«

»Natürlich. So lange du in Rybatta bleibst, bist du hier willkommen.« Die Worte klangen freundlich, aber Yual runzelte ein wenig die Stirn, als wunderte er sich, wieso Justen überhaupt eine so seltsame Frage stellen konnte. Das war zumindest der Eindruck, den Justen gewann.

»Ich bin vielen Menschen etwas schuldig und vielleicht kann ich dir etwas zeigen. Ich will es jedenfalls versuchen.«

»Ich bin sicher, dass du es kannst.« Yual füllte Justens Becher nach, holte sich einen grünen Apfel aus dem Korb und aß ihn.

Justen nahm sich einen festen Birnapfel und überlegte, was er noch zu tun hatte.

Die Sonne berührte schon die Baumwipfel, als Justen

endlich das Werkzeug einpackte und die Schmiede ausfegte. Dann ging er rasch durchs Zwielicht zurück. Das Rasiermesser steckte in einer dicken Hülle, die Yual ihm gegeben hatte.

Dayalas Haus lag still und dunkel im letzten Zwielicht, als Justen eintrat.

»Dayala?«

Als seine Augen sich an das Dämmerlicht gewöhnt hatten, bemerkte er Dayala, die auf dem kleinen Sofa im Hauptraum schlummerte. Er ging leise weiter und lauschte dem Atmen, das beinahe ein leises Schnarchen war.

Ob sie schon gegessen hatte?

»Oh ...« *Du denkst so laut ...*

»Entschuldige. Ich bin noch nicht daran gewöhnt, die Lautstärke meiner Gedanken zu steuern.«

Die Druidin setzte sich langsam auf.

»Alles in Ordnung?«, fragte Justen.

»Ich bin müde. Die Arbeit mit den kleinen Bäumen ist schwer und ich habe versprochen, ein paar Kisten zu liefern ...«

»Ich weiß.« Justen ging ums Sofa herum in die kleine Küche. Er nahm das Messer vom Gürtel und schnitt mehrere Scheiben Brot ab. Dann suchte er im kleinen Schrank nach Käse. »Ich glaube, am Baum hängt ein reifer Birnapfel. Ich bin gleich wieder da.«

Es waren sogar zwei. Er wusch sie in einem Eimer Wasser, den er aus dem Brunnen holte, und nahm sie mit hinein.

Dayala rieb sich immer noch die Augen, als er die Teller auf den Tisch stellte und mit seinem Zündstein die kleine Lampe anzündete. Im Krug war noch etwas Saft und so stellte er auch den Krug und zwei Becher auf den Tisch. Dann schenkte er ihr ein.

»Danke.« Sie gähnte wieder und zog sich einen Stuhl an den Tisch.

»Hast du heute überhaupt schon etwas gegessen?«

»Ich habe bis jetzt erst eine Schachtel gemacht. Sie steht dort auf dem kleinen Tisch. Sie ist nicht sehr gut geworden. Ich hatte es zu eilig.« Sie trank etwas Saft. »Wie ist es dir bei Yual ergangen?«

»Er war sehr freundlich. Ich muss morgen wieder zu ihm. Das Schmieden ist eine mühselige Arbeit. Vor allem, wenn man aus der Übung ist.«

»Es ist sicher gut, wenn du wieder zu ihm gehst. Ich habe auch eine Menge zu tun.«

Justen sah zum kleinen Tisch. »Darf ich mir die Schachtel ansehen?«

»Aber vergiss nicht, dass es bei weitem nicht meine beste Arbeit ist.«

Justen nahm die ovale Schachtel aus glattem, hellem Holz mit großer Maserung vom Tisch. Der Deckel ließ sich leicht abnehmen. Es gab keine Anzeichen von Zapfen oder Leim, als wäre die Kiste aus einem Stück gemacht. »Sie ist schön.« Er stellte sie vorsichtig wieder auf den Tisch und setzte sich ihr gegenüber auf einen Stuhl.

»Bitte ... sie ist ganz sicher nicht meine beste.«

Justen schluckte. »Dann müssen deine besten ...« Er fand nicht das richtige Wort.

»Du bist ...« *Du bist zu freundlich ...*

»Nein. So etwas Kunstvolles bekommt man wirklich nur selten zu sehen.«

Ohne ein weiteres Wort zu sagen, aß die Druidin eine Scheibe Brot und ein Stück Käse. Sie trank etwas Saft dazu und gähnte mehrmals.

Justen versuchte, das Gähnen zu unterdrücken, aber er riss den Mund fast ebenso weit auf wie sie.

»Wir sind beide müde.« Dayala schob ihren Becher weg.

»Es war ein langer Tag«, stimmte Justen zu. Er war verwirrt, weil Dayala ihm erklärt hatte, dass sie kein

Schneidewerkzeug verwendete. Sie war offensichtlich erschöpft und ihre Arbeit war schön. Aber wie hatte sie die Schachtel hergestellt?

Sie verstauten Brot und Käse im Schrank und gingen in ihre Betten.

»Gute Nacht.«

Justen war nicht einmal sicher, wer es gesagt hatte, er oder Dayala, aber er war eingeschlafen, bevor er weiter darüber nachdenken konnte.

LXXXII

»Du musst lernen, indem du beobachtest... und zuhörst.« Dayala drückte seine Hand, lockerte gleich darauf wieder den Griff, ließ aber nicht ganz los. »Er ist fast so alt wie einer der Alten und seine Lieder können dich viele Dinge lehren.«

»Junge Liebende... ich kann sehen, wie ihr euch da auf der Bank versteckt.«

Justen runzelte die Stirn, denn die Stimme klang jugendlich und kräftig. Der Mann mit dem silbernen Haar, der, eine Gitarre in Händen haltend, vor einer kleinen Fontäne saß, die scheinbar aus dem Nichts entsprang, schien kaum älter zu sein als Justen.

Justen spürte vorsichtig mit seinen Ordnungs-Sinnen, während er Dayala nicht aus den Augen ließ. Er bemerkte, wie sie ihn für seine Behutsamkeit wortlos lobte.

»Ich war auch einmal jung. Genießt es.« Das Lachen war freundlich und warm und mit ihm empfing Justen ein Gefühl von Ordnung, in der jedoch... in die noch etwas anderes eingebunden war.

Dayala berührte Justen am Arm, als der Sänger

die Saiten anschlug. Sie saßen auf einer Bank, die aus einem dunklen Lorkenbaum gewachsen war, und lauschten. Die Finger des Mannes tanzten über die Saiten und goldene Töne schwebten ins Zwielicht empor, beruhigend und zugleich ein wenig erschreckend, wärmend und doch kühl.

Die Druidin ließ die Hand in Justens Händen liegen und sie lauschten und weinten.

> *... unten am Gestade, wo weiße Wellen sich kräuseln,*
> *dort setz dich hin und lausche der Winde Säuseln.*
> *Der Ostwind liebt der Sonnen Licht,*
> *dem Westwind ist lieber des Mondes Gesicht.*
> *Der Nordwind des Nachts einsam stürmt, mein Lieb.*
> *Und ich fürchte das Licht.*
> *Erobert hast du mein Herz, mein Lieb,*
> *des Nachts im Wind, wie ein Dieb.*
> *Die Feuer, die du entfacht,*
> *bringen Licht, vertreiben die Nacht.*
> *... vertreiben die Nacht, mein Lieb,*
> *unten am Gestade, wo weiße Wellen sich kräuseln,*
> *dort setz dich hin und lausche der Winde Säuseln.*
> *Die Feuer, die du entfacht,*
> *überdauern auch meine Nacht.*
> *Bald werd ich sterben, mein Lieb,*
> *in der Berge eisiger Pracht.*
> *Der Stahlwind bringt Wahrheit, mein Lieb,*
> *mehr als meiner Klinge Macht.*
> *... mehr als meiner Klinge Macht, mein Lieb.*
> *Unten am Gestade, wo weiße Wellen sich kräuseln,*
> *dort setz dich hin und lausche der Winde Säuseln.*
>
> *Stets hab ich dir, mein Lieb,*
> *die Wahrheit gesagt.*
> *Deine Liebe zu erobern, mein Lieb,*
> *hab alles ich gewagt.*

*Zuweilen hast weh getan du mir, mein Lieb,
zuweilen wir kämpften sogar,
doch nun, da ich dich habe nicht mehr,
ist mein Leben öde und leer.
Mein Leben ist öde und leer, mein Lieb.
Unten am Gestade, wo weiße Wellen sich kräuseln,
dort setz dich hin und lausche der Winde Säuseln.*

Justen senkte den Kopf. Tränen drangen ihm in die Augen, als er die unendliche Sehnsucht hörte, die in dem Lied zum Ausdruck kam.

»Vielleicht könnt ihr euch an dieses Lied erinnern. Ich entschuldige mich, wenn die Aussprache nicht ganz stimmt, aber es ist lange her«, erklärte der Sänger.

Dayala räusperte sich leise.

»Du erinnerst mich ein wenig an sie, meine junge Dame. Wie ist dein Name?«

»Dayala.«

»Ein schöner Name.« Der Sänger richtete die kalten grünen Augen auf Justen. »Vergiss nicht, was du hier gehört hast, wenn du Naclos wieder verlässt, Bursche. Es ist schwer zu gehen, aber verlassen zu werden ist noch schwerer. Ich weiß es, ich habe beides erlebt.«

»Wer ... wer bist du? Ich habe das Gefühl, ich muss es unbedingt wissen.« Justen zuckte hilflos mit den Achseln. »Ich taste blind herum, als könnte ich nicht richtig sehen, was um mich herum geschieht.«

»Namen haben nicht viel zu bedeuten, nicht mehr nach so langer Zeit. Einst wurde ich Werlynn genannt und einst hatte ich Kinder.« Der Mann hob die Gitarre. »Der Abschied war schwer. Alle dachten, ich wäre auf der Reise gestorben. So war es besser. Jedenfalls für sie.«

Dayala nickte.

»Erinnerst du dich an dieses Lied?« Wieder schlugen seine langen Finger die Saiten an.

Bitte nicht das Lied, gesungen zu werden,
noch die Glocke, geläutet zu werden,
oder dass meine Geschichte zu Ende sei.
Die Antwort ist alles – und nichts.
Die Antwort ist alles – und nichts.

Oh, weiß war die Farbe meiner Liebe,
so hell und weiß, einer Taube gleich,
und weiß war er, so hell wie auch sie,
der mir mein Lieb entführt' ...

Frag nicht nach dem Ende der Geschichte,
ob der Reim weiter erklinge.
Frag nicht, ob die Sonne sie sang.
Die Antwort ist alles – und nichts.
Die Antwort ist alles – und nichts.

Oh, schwarz war die Farbe meiner Gedanken,
so schwarz und dunkel wie tiefste Nacht
und dunkel war ich, wie droben der Himmel,
dessen Blitz die Lügen uns sichtbar macht.

Bitte nicht das Lied, gesungen zu werden,
noch die Glocke, geläutet zu werden,
oder dass meine Geschichte zu Ende sei.
Die Antwort ist alles – und nichts.
Die Antwort ist alles – und nichts.

Sie saßen noch lange, nachdem der Sänger mit dem silbernen Haar gegangen war, auf der Bank, hielten ihre Hände und suchten mit Körper und Seele die Nähe des anderen.

LXXXIII

Justen legte die aus Eisen geschmiedete Blüte auf den Tisch und drehte sie, damit das Licht bei Sonnenaufgang sie treffen konnte.

Dann legte er die anderen Gegenstände auf den Esstisch: zwei Nussknacker, den Zündstein, einige Lampenhalter aus Gusseisen und zwei Reiselaternen, in die man entweder Öllämpchen oder Kerzen stecken konnte.

Selbst mit Yuals Hilfe und mit dem weichen Eisen hatte er den größten Teil des Frühlings und Frühsommers gebraucht, um die Teile herzustellen. Nebenbei hatte er allerdings auch an dem Wasserrad gearbeitet, für das Yual sich sehr interessierte.

Justen spähte in den Garten hinaus, wo Dayala zwischen den niedrigen Büschen, die eigentlich eher schon Bäume waren, umherging. Er berührte kurz sein sauber rasiertes Kinn. Nicht, dass Dayala auf den Unterschied großen Wert zu legen schien, aber er fühlte sich besser, wenn er gut rasiert war. Sie hatte ihm eine kleine Flasche mit einer Art seifigem Öl geschenkt, mit dessen Hilfe er die Anzahl der Schnittwunden, die er sich dank seines eigenen Ungeschicks zufügte, deutlich hatte verringern können.

Nachdem er eine Weile unruhig im Raum hin und her geschritten war und die Früchte seiner Anstrengungen mehrmals neu arrangiert hatte, ging er leise in den Garten hinaus. Am ersten Baum blieb er kurz stehen und betrachtete die faustgroße, geschlossene Schote. Sie schien etwas größer zu sein als vor ein paar Tagen, als er sie das letzte Mal betrachtet hatte.

Dayala stand weit hinten im Garten, hielt die Zweige eines Busches oder Baumes zwischen den Fingern und bemerkte Justen nicht, als er sich ihr näherte.

Er beobachtete sie mit Sinnen und mit Augen und schluckte, als er die langsame Übertragung der Ordnung von der Druidin auf den Baum bemerkte. Dann zog er sich kopfschüttelnd wieder in den vorderen Teil des Gartens zurück. Warum hatte er es nicht schon längst gesehen? Wenn man Bäume bewegen konnte, zu Häusern zu wachsen, dann konnten sie doch gewiss auch zu Schachteln und wer weiß was noch allem wachsen.

Anscheinend musste er in Naclos ständig damit rechnen, dass er die Dinge auf die eine Art verstand, während sie ganz anders gemeint waren. Wie oft mochte es schon vorgekommen sein, dass Dayala meinte, er hätte etwas verstanden, obwohl er in Wirklichkeit überhaupt nichts verstanden hatte?

Aufgewühlt schritt er auf dem kleinen, freien Platz vor dem Haus hin und her, während die Dämmerung sich über Haus und Garten senkte.

»Justen ... du hast mir gar nicht gesagt, dass du wieder da bist.« Dayala stand an der Eiche, die einen Eckpfosten des Hauses bildete. Sie hielt etwas in der Hand. »Ich wollte dir etwas zeigen.«

Sie lächelte, aber Justen konnte spüren, wie erschöpft sie war.

»Du bist müde. Du versuchst, im Garten zu viel auf einmal zu erreichen.« Und dieses Mal wusste er genau, wovon er sprach. Wenn sie stark genug war, um ihn aus den Steinhügeln zu retten, und dennoch nach der Arbeit mit den Bäumen zu müde war, um etwas zu essen, dann verwendete sie eindeutig zu viel Energie auf ihre Arbeit.

»Siehst du?« Sie hielt eine Schachtel hoch.

Er ging ihr entgegen und sie reichte ihm die längliche Schachtel.

Er berührte sie und schauderte, als er die Glätte, die Ordnung und die schlichte Anmut der Schachtel

spürte. Dann betrachtete er die feine Maserung und das Abbild von Hammer und Amboss auf dem Deckel.
»Sie ... sie ist wunderschön.« *Mehr als wunderschön ...*
»Ich habe sie für dich gemacht.«
Seine Augen brannten und er starrte den Boden an.
»Justen.«
Er hob den Kopf und erwiderte ihren Blick.
»Du kannst nicht alles auf einmal lernen. Und jetzt brauchen wir, glaube ich, beide etwas zu essen.«
Er nickte und folgte ihr nach drinnen, immer noch über die Schachtel, über die Politur, die Maserung und die Form staunend. Wie hatte sie es nur geschafft, die Umrisse von Hammer und Amboss wachsen zu lassen?
»Oh ...«, platzte er heraus. »Da liegt etwas für dich auf dem Tisch.«
Dayala hatte sich schon über die eiserne Trilia gebeugt. »Justen, das ist einfach wundervoll! Sie sieht so echt aus.«
Er schüttelte den Kopf, denn er wusste genau, dass sich seine bescheidenen Schmiedekünste nicht mit der Kunstfertigkeit messen konnten, die sie an den Tag gelegt hatte.
»Und die hier ... das ist für Duvalla und die anderen. Sie werden sich sehr darüber freuen. Aber die Blume ...«
Sie weinte vor Freude.
»Aber ... aber das ist doch gar nichts gegen dies hier.« Er hielt die Schachtel hoch, die sie ihm geschenkt hatte.
»Nein. Meine dumme Schachtel ist nichts ...« *Nichts ist sie dagegen ...*
Er stellte die Schachtel neben der eisernen Trilia auf den Tisch und ihre Hände berührten sich.
»Verstehst du es denn nicht? Es ist ganz einfach, die Bäume in bestimmten Formen wachsen zu lassen. Sie wollen ja von sich aus helfen. Aber kaltes Eisen? Das

wehrt sich und es ist unfassbar, dass du etwas so Schönes aus Metall hergestellt hast. Du hast das Feuer, das in dir ist, hier hineingegeben, und so wird es niemals sterben ...«

»Verstehst du denn nicht ...«, antwortete er heiser. »Die Trilia ist nur aus kaltem Eisen, das ist nichts gegen deine Kunstfertigkeit ...« *Nichts ist es dagegen ...*

»Aber das bist du, du selbst steckst darin.« Sie drückte seine Finger.

Mit verschwommenen Augen sah er und verstand endlich, dass nicht der Gegenstand das Geschenk war, sondern die Liebe, die er hineingesteckt hatte. Ein Gegenstand, der mit Hingabe gefertigt wurde, besaß innere Schönheit.

Eine Zeitlang standen sie Hand in Hand am Tisch.

Dann lachte Dayala leise. »Wir sollten etwas essen.«

Er nickte und betrachtete noch einen Moment die Schachtel, während sie die Trilia bewunderte. Er legte die Schachtel neben die Blüte aus Eisen und nahm die anderen Geschenke vom kleinen Tisch, während Dayala Früchte und einen Brotlaib deckte.

LXXXIV

Dayala legte das Beerenbrot auf das ovale Brett und schob den Laib mit einem langen hölzernen Schieber an die richtige Stelle. Die Lampe auf dem Tisch flackerte im Luftzug, als sie sich bewegte.

»Ich weiß nicht, ob ich noch einen Bissen essen kann«, schnaufte Justen. »Es riecht so gut.« Er legte die Hände um den halb vollen Becher mit dunklem Bier.

»Ich hab's von ihr gelernt.« Dayala nickte in Frysas Richtung.

»Mütter sind immer die Sündenböcke.« Frysas Augen blitzten. »Sogar dann, wenn sie mal gelobt werden.«

»Aber nur, wenn nicht die Väter einspringen«, fügte Justen hinzu. »Bei uns hat immer Vater gekocht. Gunnar ist in dieser Hinsicht nach ihm geschlagen und ich kann auch ein wenig kochen.«

»Gunnar?«, fragte Frysa.

»Mein älterer Bruder. Er ist ein Luft-Magier.«

»Er sucht dich noch«, murmelte Dayala. »Die Ehrwürdigen haben es mir gesagt.«

Justen schluckte. Gunnar suchte noch nach ihm?

»Er weiß, dass es dir gut geht.«

»Wahrscheinlich macht er sich trotzdem Sorgen.«

»Es muss schön sein, einen Bruder zu haben.«

»Ich habe auch eine jüngere Schwester. Sie heißt Elisabet und sie wird eines Tages eine Luft-Magierin sein.«

»Wir haben hier nur wenige Kinder«, antwortete Frysa langsam. »Nicht alle bleiben hier und der Große Wald kann nicht viele Menschen ernähren.«

Justen nickte. Irgendwo im Gleichgewicht zwischen Ordnung und Chaos mussten die Menschen ihr Auskommen finden. »Gibt es denn zu viele Menschen in anderen Ländern?«

Frysa und Dayala wechselten einen Blick, dann sahen sie Justen an.

Schließlich ergriff Frysa das Wort. »Es gibt immer ein Gleichgewicht. Wir kennen das Gleichgewicht hier bei uns, aber wir sind nicht so dumm, anderen darlegen zu wollen, wie bei ihnen das Gleichgewicht beschaffen sein muss.« Sie blickte kurz zur eisernen Trilia, die auf dem kleinen Tisch lag. »So schöne Dinge kann ich nicht machen. Kaum jemand in Naclos kann es. Wie könnten wir da hochnäsig sein?«

Justen trank einen kleinen Schluck Bier. »Ihr nehmt also an, dass es wenigstens an manchen Orten zu viele

Menschen gibt, dass es aber bei denen liegt, die dort leben, ihre Entscheidungen selbst zu treffen und mit dem Gleichgewicht zu ringen?«

»Mit dem Gleichgewicht kann man nicht ringen«, gab Dayala mit amüsiertem Lächeln zurück.

»Ich verstehe. Sie müssen also ihren eigenen Weg finden, mit dem Gleichgewicht zurechtzukommen, und wenn es ihnen nicht gelingt ...« Er zuckte die Achseln, dann schürzte er nachdenklich die Lippen. »Ist das der Grund dafür, dass ich hier bin? Damit jemand von draußen die Gelegenheit bekommt, das Durcheinander außerhalb von Naclos in Ordnung zu bringen?«

»Du hättest es sowieso versucht, ob wir dir nun geholfen hätten oder nicht. Du bist ein Former«, meinte Frysa beiläufig.

»Ihr versucht, denen zu helfen, die sich bemühen, nicht wahr? So tut ihr es schon immer, oder?«

»So weit wir es können. Viele haben sich aber geweigert, unser Wissen anzunehmen.«

Dayala trank einen kleinen Schluck aus ihrem Becher und verfolgte wortlos die Unterhaltung zwischen ihrer Mutter und Justen.

Justen holte tief Luft. »Wir sind diesem Sänger begegnet, er hieß Werlynn. Habt ihr auch ihm geholfen?«

»Nein. Er ist ausgezogen, um euch mit seinen Liedern und mit seinem Sohn zu helfen. Es ist ihm sehr schwer gefallen, und er ist ... er ist noch nicht ganz geheilt.«

»Wegen seines Sohnes?«

»Er hatte eine Tochter, die als junges Mädchen getötet wurde, und sein Sohn war die meiste Zeit seines Lebens blind. Sie sind beide jung gestorben ... jung für uns Druiden jedenfalls.« Frysa lächelte traurig. »Er gibt sich selbst die Schuld daran.« Sie schob ihren Stuhl zurück. »Ich muss jetzt gehen. Morgen fahre ich flussabwärts nach Diehl und da muss ich wachsam sein und auf die Strömungen im Fluss achten.«

Justen und Dayala standen ebenfalls auf und begleiteten Frysa zum vorderen Ausgang, wo Dayala die Vorhänge zur Seite zog, damit ihre Mutter in die laue Spätsommernacht hinaustreten konnte.

Nur ein leises Zirpen und das Krächzen eines Frosches waren zu hören, als die ältere, silberhaarige Frau zur Ortsmitte Rybattas ging.

Dayala schloss die Vorhänge wieder.

Nachdem sie an den Tisch zurückgekehrt waren, betrachtete Justen das Beerenbrot. »Es riecht so gut, aber ich kann einfach nicht mehr. Ich werde morgen früh noch etwas davon essen.«

»Du verstehst selbst am besten, was gut für deinen Körper ist.«

»So ist es wohl.« Er hielt inne, schluckte verlegen. »Ich habe beinahe Angst zu fragen.« Wieder hielt er inne, bevor er weitersprach. »Ich bin jetzt zweimal deiner Mutter begegnet, aber ...«

»Mein Vater?«

Justen nickte mit bangem Herzen.

Aber Dayala lachte nur. »Ich hätte es dir gleich sagen sollen, entschuldige. Du bist ihm schon begegnet. Aber ich wollte nicht ...« Sie schüttelte den Kopf. »Die Dinge sind hier anders, als du es gewohnt bist.«

Justens Gedanken rasten. Welcher Mann erinnerte ihn an Dayala? Wo war er ihm begegnet? Dann nickte er und fragte: »Yual?«

»Natürlich. Deshalb ...« **Deshalb kann ich die Flamme ertragen ...**

»Aber ... aber warum leben sie nicht zusammen?«

»Manchmal tun sie es. Aber Yual liebt den freien Raum und manchmal reist er sogar ins Leere Land oder ins Grasland. Vor meiner Geburt war er mehrmals in Sarronnyn.«

»Und deine Mutter ist stärker mit dem Großen Wald verbunden. Yual hat es mir erzählt, allerdings hat er nicht gesagt, dass es da um deine Mutter ging – er sprach nur von der Mutter seiner Tochter.« Justen schüttelte den Kopf. »Ihr scheint alle zu glauben, dass ich mehr sehe, als ich tatsächlich wahrnehme. Dabei habe ich bei weitem noch nicht alle Antworten, die ich zu brauchen glaube.«

»Ich könnte dich zu Syodra bringen. Sie ist mit dem Sand sehr begabt und ich habe dich damals mit ihrer Hilfe gefunden.« Dayala drückte seine Hand. »Es wäre leichter …«

»Leichter?«

»Der Sand am Rand der Steinhügel ist manchmal klarer, aber …« Dayala zuckte mit den Achseln. »Er ist nicht immer sehr … hilfreich. Bei dem, was du suchst, könnte dir der Sand des Waldes helfen.«

»Ich glaube, fast alles könnte mir helfen.« Justen drückte ihre Hand und vor Verlangen wurde sein Atem schwer. »Ist diese Nuss jetzt reif?«

Er spürte, wie traurig sie war.

»Nein … noch nicht.«

»Was ist denn nötig, damit sie reif wird?« Er versuchte, unbefangen zu fragen, aber er wusste doch genau, dass er sie nicht täuschen konnte.

»Eine Prüfung. Deine Prüfung, genauer gesagt.«

Er nickte, eigentlich nicht sonderlich überrascht. Wie konnte sie auch jemanden lieben, der nicht imstande war, dem Großen Wald allein zu widerstehen?

»Nein, so ist es nicht. Du musst verstehen und fühlen, bevor du bereit bist.«

Auch das begriff er nur zu gut. Ob sie es wollte oder nicht, Dayala liebte ihn und sie wollte ihn nicht drängen, wenn er noch nicht bereit war. Aber würde er jemals bereit sein, wenn er weiter wartete? Es war schon Spätsommer und bald würde der kalte Wind über den Golf nach Recluce wehen. In den Westhörnern war bereits der erste Schnee gefallen.

»Können wir bald zu Syodra gehen?«

»Morgen.«

LXXXV

»Syodra, das ist Justen. Kannst du ihm helfen?«

Die ältere Druidin hatte ebenfalls silbernes Haar, das aber länger war als Dayalas, und grüne Augen. Jacke und Hose waren aus silbern durchwirktem braunen Stoff. Sie stand neben einer erhöhten ebenen Sandtafel, die von den Wurzeln eines Lorkenbaumes begrenzt wurde.

»Ich kann ihm erklären, was der Sand mir sagt. Die Bedeutung muss er jedoch selbst herausfinden.« Syodra lächelte höflich und neigte den Kopf.

»Dann lasse ich euch zwei jetzt allein. Der Sand spricht deutlicher, wenn er nicht verwirrt wird.« Dayala berührte Justens Hand und ging.

»Wie lauten deine Fragen? Denke gut nach, ehe du sie stellst.« Syodra tauchte die Finger in den hellen Sand zwischen den Lorkenwurzeln.

»Man hat mich einen Former genannt. Ich will vor allem die Ausbreitung von Chaos, das dem Gleichgewicht zuwider läuft, aus Fairhaven unterbinden. Wie kann ich das tun?«

Der Sand bebte und verfärbte sich und Justen konnte sehen, wie ein dunkler Schatten über einen weißen Turm fiel und ihn verdeckte. Dann geriet der Sand in stärkere Bewegung und der Fleck wurde strahlend weiß.

»Dunkelheit legt sich über Fairhaven und darauf folgt Licht. Was hat das zu bedeuten?«

Syodra schwieg und Justen nickte nachdenklich. »Ich glaube, ich weiß, was es heißt.«

Er leckte sich die Lippen und fragte: »Ich soll mit der Ordnung in Verbindung sein, wenn ich die Prüfung erfolgreich ablegen will. Was muss ich dazu tun?«

Das zweite Bild war deutlicher. Es zeigte Justen, der ein blutiges Schwert und ein Skelett an sich drückte und den Kopf neigte.

»Das scheint mir etwas weit hergeholt, aber es muss wohl ein Körnchen Wahrheit darin verborgen sein ... irgendwo«, meinte Justen müde. »Was würdest du mir von dir aus zeigen wollen?«

Syodra nickte und blickte zum farbigen Sand, der noch einmal in Bewegung geriet, bis er zur Ruhe kam und eine rothaarige, schwarz gekleidete Frau zeigte. Neben dem Bild war eine Flagge zu sehen, auf der sich eine Rose und ein Schwert kreuzten.

»Willst du mir damit sagen, dass du irgendwie dafür verantwortlich bist, dass Megaera die Gründerin von Recluce wurde?«

Wieder geriet der Sand in Bewegung, dieses Mal weniger heftig, und zwei zerbrochene schwarze Armbänder ersetzten das Bild der Flagge.

Justen schüttelte den Kopf. »Das verstehe ich nicht. Aber wahrscheinlich spielt es auch keine Rolle. Entweder ich verstehe es, oder ...« Er zuckte mit den Achseln. »Wie kommt es nur, dass ich die Dinge immer nur halb verstehe?«

Wieder wallte der Sand auf und eine schwarze Säule erschien, die durch eine niedrige Mauer von einer weißen Säule getrennt war. Eine grüne Kette führte von der weißen zur schwarzen Säule, doch die Kette bestand aus zwei Teilen, die in Endgliedern auf der Mauer zwischen den Säulen ausliefen.

»Sonst noch etwas?« Er hatte noch das Bild vor

Augen, wie er das blutige Schwert und das Skelett hielt, und schauderte.

»Nein. Du hast genug gesehen.« Die silberhaarige Frau lächelte traurig und deutete zum Weg.

Justen neigte den Kopf, verbeugte sich leicht und zog sich ein paar Schritte zurück. Dann erst drehte er sich um und ging an der riesigen schwarzen Eiche vorbei. Auf einer Wurzel, die in der Form einer Bank gewachsen war, saß Dayala und betrachtete einen kleinen, natürlichen Teich neben dem Baum.

»Hast du gefunden, was du dir gewünscht hast?«

Als er die rauchige und gleichzeitig melodische Stimme der Druidin hörte, seufzte Justen und ließ sich langsam neben ihr auf die Bank sinken. »Nicht ganz. Es war so, wie alles hier in Naclos für mich ist. Alle sind hilfsbereit, aber die meiste Zeit verstehe ich die Antworten erst viel später.«

Statt sie anzusehen, langte Justen nach einem langen Grashalm. Er schauderte, als er wieder das Bild vom Schwert und dem Skelett vor sich sah.

Dayala berührte seine Hand.

»Entschuldige«, sagte er. »Ich habe es vergessen.«

»Wenn du es wirklich gebraucht hast ...«, begann sie.

»Ich weiß. Ich bin nervös. Ich denke immer, es wäre besser, wenn ich mehr wüsste ... aber dazu wird es nicht kommen. So viel mehr kann ich gar nicht lernen. Kannst du mir nicht noch etwas über die Prüfung erzählen?«

Dayala zuckte unsicher mit den Achseln. »Du weißt mehr als die meisten anderen. Bei deiner ersten Begegnung mit dem Großen Wald bist du schon fast durch die ganze Prüfung gegangen. Das macht es für dich schwerer und einfacher zugleich. Du weißt mehr und du hast mehr Gründe, dich zu fürchten. Aber du solltest dich nicht fürchten. Du bist stark genug, wenn du dir selbst vertraust.«

»Und wann soll ich diese Prüfung nun ablegen?«
»Wann immer du willst. Wir müssen dazu noch einmal nach Merthe gehen.«
»Können wir es gleich morgen tun?«
Dayala nickte.

LXXXVI

Justen saß auf der Kante des schmalen Betts und blickte durch die Dunkelheit zu Dayala hinüber, die auf ihrem Lager eine dünne Decke ausbreitete, die das Gästehaus ihnen zur Verfügung gestellt hatte.

Irgendwo konnte er Duvalla leise singen hören, und der Duft von frisch gebackenem Brot wehte durchs halb offene Fenster herein. Nur vereinzelte Stimmen waren draußen zu hören, Worte konnte er keine verstehen. Selbst im Zentrum von Merthe war es noch ruhiger als am Ortsrand von Rybatta.

»Es muss doch irgendwelche Regeln für die Prüfung geben«, flehte Justen beinahe verzweifelt. »Oder soll ich einfach zum Hügel vor dem Wald gehen und sagen: ›Hallo, Großer Wald, hier bin ich‹, und dann gehe ich wieder weg?«

»Wenn der Große Wald dich zur Prüfung annimmt, dann ist es nicht ganz so einfach. Sollte er dich aber nicht annehmen, so wird es auch keine Prüfung geben. Doch es gibt gewisse Regeln. Du musst den Großen Wald auf dem Weg betreten, der zwischen den schwarzen Felsen bergab führt. Du musst immer auf dem Weg bleiben, bis du das Ende erreichst oder nicht weiter kannst, und dann musst du auf dem gleichen Weg zur Straße und auf der Straße nach Merthe zurückkehren.« Dayala holte tief Luft und fügte hinzu: »Ich bin gebeten worden, dich zu unterrichten, dass du die Wahl hast.«

»Was für eine Wahl?«

»Du musst zwischen dem sicheren und dem ruhmreichen Weg wählen. Das ist die einzige Wahl, die du hast.«

»Der sichere oder der ruhmreiche Weg? Was hat das zu bedeuten?«

Dayala senkte den Blick.

Schließlich stellte Justen die nächste Frage. »Und wann ist die Prüfung beendet?«

»Wenn du den Fuß wieder auf die Straße nach Merthe setzt.«

»Also ist es alles in allem wohl ein Beweis für den Willen und die Bereitschaft, den richtigen Weg zu finden.« Justen nickte, dann runzelte er die Stirn und drehte sich auf dem schmalen Lager herum. »Dayala, bei dir klingt immer alles so einfach, aber in Wirklichkeit ist es das überhaupt nicht.«

»Einfach ist nicht das Gleiche wie leicht. Es war einfach, den Weg durch die Steinhügel nach Naclos zu finden, aber war es ein leichter Weg?«

»Warum gerade ich? Warum hast du dein Leben riskiert, um mich zu holen? Warum hast du es noch einmal riskieren müssen, als ich mich im Großen Wald verirrt habe?«

Sie senkte nur den Blick, ohne zu antworten.

Justen saß schweigend da, trommelte mit den Fingern auf dem Bettgestell und wartete.

»Justen, du siehst es, aber du erkennst es nicht. Wie könnte ich mein Leben mit deinem verbinden und dich dann unnötig in Gefahr bringen?« *... ich liebe dich doch ...*

Justen sah die Tränen in ihren Augen und er spürte ihre Trauer und die Verzweiflung dahinter. Auch seine Augen brannten. »Aber warum? Warum hast du dein Leben mit meinem verbunden?« Er bekam die Worte kaum heraus. »Du musstest ... du musstest mich doch nicht retten.«

»Aber du bist ein Former. Was du ... was du lernst, wenn du die Prüfung überlebst, wird dir helfen, die Welt zu verändern ... und kein Former, den die Engel auserwählt haben, darf allein sein.« Die letzten Worte waren eher ein Schluchzen als ein verständlicher Satz.

Ein kalter Schauer lief Justen über den Rücken, kälter als die Winde draußen auf dem Nordmeer.

LXXXVII

Justen ging allein, bekleidet mit einer braunen Hose, braunem Hemd und seinen alten, schwarzen Stiefeln. Er und Dayala waren von Rybatta aus über Viela nach Merthe gewandert, wo sie auf ihn warten würde. Jetzt lief er dem Saum des Großen Waldes entgegen zu dem Aussichtspunkt auf dem Hügel, wo sein Weg beginnen sollte, und bemühte sich, nicht zu sehr über das nachzudenken, was ihn wohl im Großen Wald erwarten mochte. Er versuchte, nicht an die Druidin zu denken, die für ihn empfand wie eine Geliebte und doch nicht seine Geliebte war. Noch nicht. Im Grunde wollte er überhaupt nicht nachdenken.

Einst hatte er sich Naclos als eine Art Park vorgestellt, wo Bäume, Tiere und Druiden einträchtig und friedlich miteinander lebten ...

An einer Weggabelung blieb er stehen. Eine Abzweigung führte ins Grasland hinaus, die zweite durch niedriges Gebüsch bergauf zum Aussichtspunkt. Er ging bergauf und fragte sich, wie viele andere die gleiche Entscheidung getroffen hatten wie er und wie viele als Wanderer ins Grasland gegangen waren, für immer aus der Heimat verbannt, in der sie geboren worden waren.

Kurz vor der Hügelkuppe auf der Lichtung, auf der sie vor wer weiß wie vielen Achttagen eine Nacht verbracht hatten, sah er sich zum letzten Mal zum Grasland um. Dort hinten lagen die Steinhügel, wo alles so einfach erschienen war.

Dann kletterte er die letzten Ellen hinauf und blickte zum Wald hinunter.

Es gibt zwei Wege ... den sicheren und den ruhmreichen ... den sicheren und den ruhmreichen ... den sicheren und den ruhmreichen.

Justen schluckte, dann schüttelte er den Kopf. Die Dunkelheit sollte ihn verdammen, wenn er jetzt kniff. Nicht vor den Weißen in Fairhaven würde er kneifen und nicht angesichts der Verflechtung von Ordnung und Chaos im Großen Wald von Naclos.

Die Sonne berührte den Horizont im Westen und Justen holte wieder einmal tief Luft ... Er holte zu oft Luft und dachte zu wenig nach.

Er runzelte die Stirn. Es kam nun darauf an, die Prüfung zu überstehen, was hieß, getragen von der Ordnung und körperlich unversehrt in den Wald einzudringen und ihn wieder zu verlassen.

Freilich hatte er keine Ahnung, wie er dies anfangen sollte. Nachdenklich schürzte er die Lippen und lehnte sich an einen glatten Stein, der dunkel war vor Ordnung ... und vor Blut.

Er schüttelte nervös den Kopf und blickte zum Großen Wald hinüber, über den sich die Abenddämmerung wie feiner Goldstaub senkte.

Dann bot er dem Großen Wald seine Herausforderung dar.

Hier bin ich! Ich bin da!

Nein ... oh, sei vorsichtig, Justen ...

Trotz der Entfernung konnte er Dayalas Gedanken leise, aber klar und deutlich vernehmen. Er hatte gerade noch Zeit, ihr einen beruhigenden Gedanken zurückzuschicken, bevor die erste weiße Peitsche aus dem Zwielicht in seine Richtung zuckte.

Er stellte sich vor, er wäre ein massiver eiserner Amboss, ein Brocken voller Ordnung. Die Peitsche traf ihn und weiße Blasen des Chaos zerplatzten rings um ihn in der Luft... es brannte, aber er nahm keinen Schaden.

Noch bevor die erste Peitsche nach ihm geschlagen hatte, hatten ihn zwei dünne Netze – eines weiß und eines schwarz – zu umkreisen begonnen. Sie zogen sich immer enger um ihn zusammen, als wollten sie die Ordnung in ihm erdrücken. Sein Atem ging rasselnd und wurde flacher.

Justen stellte sich vor, er wäre Eisen, weißglühendes Eisen, beinahe schon so heiß, dass es zu brennen begann. Er strahlte die Hitze aus...

Die beiden Geflechte strahlten die Hitze zu ihm zurück. Innerlich grinsend, ließ Justen seinen eisernen Kern die Hitze aufnehmen, zog sie in sich hinein, wie das nach Wärme gierende Eisen stets die Wärme in sich hineinzog. Indem er ihre Hitze zu seiner eigenen machte, ging er den ersten Schritt den Weg hinunter. Noch bevor er die niedrigen Büsche am Rand des Großen Waldes erreichte, schrumpften die Netze unter seinem eisernen Willen dahin, der hart war wie seine Hände, wie die Hände des Schmieds, der er ja auch war.

Ich bin Justen! Ich bin ich!

Es krachte und aus dem grünen Dach über ihm fiel ein schwerer Ast herunter, landete beinahe vor seinen Füßen und blockierte den Weg.

Justen hielt inne, dann gab er die Hitze frei, die er aus dem zweiten Angriff gewonnen hatte. Die Rinde des abgestürzten Astes verschmorte und fing Feuer. Die Flamme brannte sich durch das dicke Holz, wie eine Klinge durch ein Stück Käse geglitten wäre.

Er setzte den linken Fuß in den Wald, dann den rechten; Schweiß lief ihm über die Stirn. Dunkle Schatten erhoben sich im Licht, das er ausstrahlte.

Justen brannte noch einen zweiten Stamm weg, bevor dieser ihm gefährlich werden konnte, und drang tiefer ins grüne Dämmerlicht ein.

Mit jedem Schritt, den er weiterging, war der Weg schlechter zu erkennen, als verblasste er unter ihm, aber Justen setzte unbeirrt einen Fuß vor den anderen und blieb auf dem verschwindenden Weg.

Eine weitere Kraftentladung flammte in der Tiefe des Waldes auf und eine riesige Waldkatze griff Justen an. Er fuhr erschrocken zusammen. Die Zähne der Katze – länger als das Messer, das er am Gürtel trug – funkelten wie silberne Klingen und von den ausgefahrenen Krallen tropfte Blut.

Justen konzentrierte sich darauf, das Licht und die Kraft um sich zu biegen, und die Katze verschwand.

Eine graue Gestalt trat aus den Schatten. Sie hielt einen kurzen Stab. Justen wurde langsamer, aber die Soldatin, deren Gesicht im Schatten blieb, hatte kein Schwert und keinen Schild, nur das kurze Stück Eichenholz, das so dick war wie ein Finger.

Die blicklosen Augen der Eisernen Gardistin schienen durch Justen hindurchzuschauen, als sie den Pfeil mit der Spitze aus geordnetem Schwarzem Eisen ausstreckte. *Du bist ein Gesandter des Chaos, genau wie ich... denn der Tod ist das Chaos und du hast den Tod gebracht, nicht nur mit deinen eigenen Händen, sondern durch die Hände von hunderten anderer Kämpfer...*

Er schauderte und schaute mit Hilfe seiner Ordnungs-Sinne durch die Gestalt hindurch, konnte hinter dem Trugbild aber nur eine winzige Menge pulsierender Energie erkennen.

Nimm den Pfeil... er ist dein, großer Chaos-Meister.

Chaos-Meister? Nie im Leben! Er hob eine Hand, wie

um den Pfeil beiseite zu schieben, denn er wusste, dass auch dieses Bild nur ein Spiel war, das der Wald mit ihm spielte.

Nimm ihn ...

Die Eiserne Gardistin schleuderte den Pfeil auf seine ausgestreckte Hand und ein brennender Schmerz schoss durch seinen Arm, als hätte ihm eine Messerklinge vom Handgelenk bis zur Schulter die Haut aufgeschnitten.

Er ist dein, Chaos-Meister, und er soll zu dir zurückkehren ...

Justen blinzelte und versuchte erneut, hinter das Bild zu schauen, aber dort war nichts und Tränen drangen ihm in die Augen, als er an der Eisernen Gardistin vorbeiging, der Arm bleischwer vor Schmerzen.

Eine rothaarige Frau stand neben dem Weg. Lächelnd winkte sie ihm zu ... aber das Gesicht war zur Hälfte verkohlt und aus dem aufklaffenden geschwärzten Fleisch schauten die Stirn- und Wangenknochen hervor. Asche hüllte sie ein.

Komm mit mir, Justen. Du hast mich geliebt ... und ich musste dies wegen deiner Liebe erleiden ...

Nein! Justen knirschte mit den Zähnen. *Ich habe dieses Leiden nicht verursacht. Firbek war es. Du hast mich nie geliebt, du hast Gunnar geliebt.*

Sie streckte die Arme nach ihm aus und Justen legte weitere Schilde um sich, aber ein Finger, ein unwirklich langer Finger, erreichte ihn und wand sich um den unverletzten rechten Arm. Der Nagel drückte sich in sein Fleisch wie ein weiß glühender eiserner Dorn aus seinem eigenen Schmiedefeuer. Sein Fleisch verdampfte und der Gestank stieg ihm in die Nase.

Du hast mich geliebt und deine Liebe hat mich getötet.

Justen schleppte sich weiter, jetzt hingen beide Arme kraftlos herab. Tiefer hinein ging es in die dunklen Schatten, die über seinem Weg lagen.

Eine schwarzhaarige Frau, die eine blaue Lederuniform trug, nahm das Pferd herum und ließ es vor ihm auf dem Weg anhalten. Dampf stieg aus dem Nüstern des Tiers. Die Frau zielte mit einem Kurzschwert auf Justens Brust.

Komm ... du großer Zerstörer. Geselle dich zu uns.

Hinter ihr konnte Justen die Reihen der Toten spüren, er fühlte die weiß gewandeten Gestalten. Er blieb stehen.

Geselle dich zu uns ...

Blut tropfte von einem Arm, der andere hatte vier schwarze Male, wo sich vier scharfe Fingernägel durch Hemd und Haut und Fleisch gefressen hatten, und jedes einzelne brannte in unerträglichem Schmerz.

Geselle dich zu uns ...

Er betrachtete verständnislos die berittene Soldatin. Irgendetwas entging ihm hier. Sein Kopf pochte, er konnte die Arme nicht heben.

Geselle dich zu uns ... großer Täuscher ... der du allein an die Kraft der Ordnung glaubst ... nur an die Ordnung ...

Das Schwert berührte seine Brust und brannte sich durch sein Hemd. Rauch stieg ihm in die Nase.

Geselle dich zu uns. Du kannst nicht fliehen ...

Kannst nicht fliehen ... kannst nicht fliehen. Die Worte hallten ihm in den Ohren und im Kopf ... *kannst nicht fliehen.*

Dann musste Justen lachen. Er packte die Klinge und ignorierte die Schnitte, die sie seiner Handfläche zufügte. »Nein! Du gesellst dich jetzt zu mir! Ich akzeptiere dich! Du bist mein Chaos, das Böse in mir. Du bist ich!«

Ein dumpfes Wehklagen erhob sich und verstummte ... erhob sich und verstummte ... und Justen ließ die Schilde fallen, die ihn vor dem Großen Wald schützen sollten und die ihn gegen sich selbst hatten kämpfen lassen.

Er lag auf dem Weg und vor ihm knurrte die Waldkatze, nicht unglaublich groß, sondern überzeugend und wirklich, weniger als zehn Ellen entfernt.

Langsam richtete er sich auf. Sand klebte an seinen aufgeschnittenen Handflächen und brannte in den Wunden. Er konnte kaum seine Arme gebrauchen, um sich aufzurichten. Dann betrachtete er den linken Arm und den Schnitt, der vom Handgelenk bis zum Ellenbogen lief, und die vier verkohlten Male auf dem rechten Unterarm. Er schluckte.

Die Katze knurrte.

»Geh nach Hause, Katze. Ich will nicht mehr spielen.«

Er blinzelte. In der Dunkelheit schien der Weg vor ihm wegzukippen. Er richtete sich auf und setzte einen Fuß vor den anderen.

»Dieser vom Licht verdammte Wald wird mich ganz bestimmt nicht ...«

Die Katze knurrte noch einmal.

Er knirschte mit den Zähnen und starrte das Tier an.

Der Schwanz der Katze zuckte und sie hob eine Tatze.

»Ich will nicht ... ich will nicht!«, heulte Justen, und während er heulte, zog er die Ordnungs-Muster um sich zusammen, die er schon zweimal eingesetzt hatte. Er wusste jetzt, dass er weder Schießpulver noch Kanonen brauchte, sondern nur die Ordnung und seinen Willen, die Ordnung und seinen Willen ... *Ordnung und Willen!*

Der Boden bebte unter ihm, die Monolithen des Waldes schwankten und ein dünner Lichtfaden schoss aus Justens Hand und glitt über die große Katze. Nichts blieb von dem Tier übrig, nicht einmal Asche, und kein Schrei war zu hören. Vor Justen war, so weit er sehen konnte, der Weg freigebrannt.

Das Echo der Verlagerung von Ordnung und Chaos in ihm selbst hallte durch seinen Kopf, als würden zwei Spiegel die Sonne in einem unendlich langen Flur hin und her reflektieren, in einem Gang, der gleichzeitig tief in die Erde und bis zum Himmel hinauf reichte. Überall in diesem langen Gang weinten die alten Engel; und Ryba, die mit ihren schnellen Schiffen durch den Himmel gefahren war, hielt sich den Kopf, während die Lichtdämonen lächelnd in der Dunkelheit der strahlenden Ordnung untergingen.

Irgendwo legte eine Waldkatze sich nieder und leckte sich die Pfoten, um bald darauf einzuschlafen und den schrecklichen Alptraum von einem alten Engel zu vergessen.

Justen hustete, taumelte weiter, konzentrierte sich darauf, immer nur einen Schritt nach dem anderen zu machen. Einen Atemzug, einen Schritt, einen Atemzug, einen Schritt ...

Er wusste nicht, wie lange es dauerte, aber als er auf die Straße nach Merthe einbog, drang das erste Licht der Morgendämmerung in den Wald.

Dayala stand dort mit weißem Gesicht und roten Augen, mit Narben auf den Armen und im Gesicht, und von den Händen tropfte Blut.

»War es so schlimm?«

Mit einem letzten Schritt erreichte er die Straße und brach zusammen.

Ihre Arme waren stark und sanft zugleich, die Arme einer Geliebten. Sie legte sich zu ihm und ihre Tränen und ihr Blut mischten sich und sickerten in den Staub.

LXXXVIII

»Wisst Ihr, ich glaube, Zerchas hatte Recht.« Beltar nippte an seinem Wein und blickte zur Brandung hinter dem Wellenbrecher hinaus. »Jera ist viel zu schön, um es zu zerstören.«

Eldiren hob in schweigender Zustimmung sein Weinglas.

»Wahrscheinlich müssen wir bald nach Rulyarth zurückkehren, falls dieser Schlamm sich jemals von den Straßen zurückzieht. Es ist schwer zu glauben, dass wir schon den ganzen Sommer hier sind, beinahe ein halbes Jahr.«

»Manchmal denke ich... so lange wir immer noch Truppen verlieren, wenn wir irgendwo in der Wildnis eine unbedeutende Straßenkreuzung einnehmen, bedeutet dies, dass der Krieg noch nicht vorbei ist. Ihr könnt hier in Jera freilich nichts davon sehen.«

»Der Krieg ist hässlich, Eldiren. Genießt die Annehmlichkeiten, so lange Ihr könnt. Wenigstens braucht Ihr Euch keine Sorgen zu machen, dass Jehan herumschleicht und es Zerchas meldet, wenn Ihr pinkeln geht.« Beltar nahm einen kräftigen Schluck aus seinem Kelch.

»Jehan ist gar nicht so übel. Wahrscheinlich bleibt ihm sowieso nichts anderes übrig.«

»Bei Zerchas vermutlich nicht. Aber dennoch mache ich mir seinetwegen Sorgen. Sobald wir unterwegs sind, wird es nicht mehr so schlimm sein.« Er hob wieder den Kelch. »Angeblich überfrieren die Straßen einige Achttage vor den Schneefällen, falls überhaupt Schnee fällt.«

»Schnee? Die Erntezeit hat doch kaum erst begonnen.«

»Der Winter kommt hier früh. Wir müssen mit den Vorbereitungen für den Angriff auf Suthya beginnen, wenn wir direkt nach dem Tauwetter im Frühjahr angreifen wollen.«

»Sie werden sich nicht ergeben?«

»Zerchas meint nein. Die Suthyaner wollen wegen allem und jedem feilschen. Ich glaube aber, sie werden aufgeben, sobald unsere Truppen ihr Land einnehmen.«

»Wie Sarronnyn? Die Sarronnesen haben nicht bedingungslos kapituliert. Das werden sie nie tun. Sie hassen uns.«

»Man soll niemals nie sagen, Eldiren.«

Eldiren spielte mit dem leeren Weinglas, hielt es hoch und ließ das Licht einer Wandlampe vom durchsichtigen Kristall einfangen.

»Man sagt, mit einem guten Kristallkelch könnte man ebenso gut spionieren wie mit einem Spiegel.« Beltar lachte. »Habt Ihr es schon einmal versucht?«

»Nein, das habe ich nicht.« Eldiren warf einen Blick zur halbvollen Flasche Rotwein.

»Versucht doch mal, nach Naclos zu schauen. Vielleicht ist es mit dem Weinkelch einfacher.«

»Nach Naclos?«

»Findet heraus, was mit diesem Ingenieur geschehen ist.«

»Er ist tot.«

»Eldiren, ein Mann, der Ordnung in Chaos verwandeln kann, lässt sich nicht so einfach von unseren Feuerkugeln braten. Zerchas mag das glauben ... aber wir sind klüger. Nicht wahr?« Beltar lächelte. »Warum versucht Ihr nicht, ihn in Naclos ausfindig zu machen? Für mich und nicht für Zerchas?«

»Beltar ...«

»Er braucht es nicht zu erfahren. Niemand wäre bereit, Selbstmord zu begehen, nur um Zerchas einen Gefallen zu tun. Beim Licht, ich würde mir auch kein Bein für ihn ausreißen. Aber versucht doch bitte, diesen Ingenieur zu finden. Mir ist nicht wohl bei dem Gedanken an ihn und ich habe das Gefühl, er könnte etwas aushecken.«

Eldiren stellte den Weinkelch vor sich auf den Tisch, holte tief Luft und konzentrierte sich, um die Nebelschwaden zu beobachten, die sich zwischen den dünnen Kristallschichten bildeten. In der Mitte des Glases spiegelten sich für einen Augenblick die dunklen Ringe unter seinen tief eingesunkenen, müden Augen.

Die Schankmaid, eine Tochter des früheren Besitzers des Herrschaftshauses, drehte sich um und starrte offenen Mundes die wirbelnden weißen und schwarzen Säulen im Glas an, die sich im Dunst umeinander drehten.

Ein stummer Schrei ertönte im Zwielicht und der Weinkelch zersprang. Die Glassplitter flogen in alle Richtungen durch den Raum, Eldirens Kopf sank auf den Tisch. Sein Blut rann über die Leinendecke. Die Schankmaid brach an der Tür zusammen.

Beltar schüttelte benommen den Kopf, bevor er sich einen Glassplitter aus der Wange zupfte. »Bei der Dunkelheit …« Er hob Eldirens Kopf vom Tisch, zog ihm die Splitter aus dem Gesicht und tupfte die Schnitte mit einem Tuch ab, das er in den Wein getaucht hatte.

Danach legte der Weiße Magier den jüngeren Magier auf eine Liege an der Wand. Eldiren atmete langsam und schwer, als wäre er durch einen Schlag auf den Kopf betäubt worden.

Beltar betrachtete das leere Weinglas, dann die nach wie vor halb volle Flasche. Er schüttelte den Kopf und griff statt dessen zum letzten Stück altbackenem Brot im Korb.

Er musste nicht lange warten, bis draußen auf dem Pflaster Hufe klapperten.

»Wo ist dieser räudige Bastard, der vorgibt, ein Magier zu sein?« Zerchas stieg über die Schankmaid hinweg, die immer noch bewusstlos in der Tür lag. Er blickte zwischen dem Glas und dem Blut auf dem Tisch und dem Bewusstlosen auf der Liege hin und her.

»Tot soll er sein? Dieser angeblich tote Ingenieur hat gerade alle Spähgläser in ganz Candar zerstört. Ingenieur? Er ist so wenig ein Ingenieur, wie Eldiren ein Weißer Magier ist.« Zerchas drehte sich zu

Eldiren um. »Zu dumm, dass er bewusstlos ist, aber so ist es einfacher. Er würde mich ja doch nur anlügen, was?«

Beltar stand auf. »Ihr habt ihm auch kaum eine Wahl gelassen, Zerchas. Ihr wollt wirklich, dass ich mich höheren Ortes beschwere, nicht wahr? Damit Ihr einen Vorwand bekommt, uns beide loszuwerden?«

Die Schankmaid kam zu sich, schüttelte den Kopf und blickte mit aufgerissenen Augen zu den beiden Magiern.

»Worte, immer nur Worte.« Zerchas hob die Hände und eine Linie weißer Sterne fuhr blitzend in Beltars Richtung.

Weiße Flammen sprudelten aus Beltar hervor und trafen vor Zerchas auf die knisternden, funkelnden rotweißen Sterne. Weiße Asche fiel von irgendwo auf den Boden, als die weißen Flammen die Sterne näher und näher zu Zerchas drückten.

Die Wände bebten, in den Schränken barsten sämtliche Gläser.

Die Schankmaid öffnete den Mund und wollte schreien, aber sie wurde gegen die Wand gepresst und bekam keinen Ton heraus.

Einen Augenblick lang wichen die Weißen Flammen vor Zerchas zurück und die Weißen Sterne zuckten wieder in Beltars Richtung, aber dann schrumpften sie erneut zusammen und fielen als Ascheflocken zu Boden. Eine Mauer von Flammen erfüllte jetzt den Raum bis zur Tür. Dann lagen zwei Aschehaufen vor dem Eingang. Einer war ein Weißer Magier gewesen, der andere ein Mädchen.

Beltar grinste breit, bevor die Knie unter ihm nachgaben.

LXXXIX

Der große blonde Mann stand auf einer Schwarzen Klippe knapp diesseits der schwarzen Mauer, die quer über das Gras die Grenze zwischen Nylan und dem übrigen Recluce markierte, und schaute zum Golf von Candar hinaus.

Er stand dort, wie er im letzten Jahr schon oft gestanden hatte, die Augen geschlossen und die Sinne mit den Winden fliegend und hinausgreifend, suchend.

Die kniehohen Spitzen des braunen Grases streiften über seine schwarzen Hosen. Er stand in der Dunkelheit des frühen Abends und hielt Wache, nachdem er etwas aufgefangen hatte. Ein Gefühl von ... nein, er konnte nicht genau sagen, was er empfangen hatte. Nur, dass er etwas gespürt und das Gefühl bekommen hatte, er müsse antworten.

Von Westen her wehten die schneidend kalten Winde vom Dach der Welt herunter, fegten über Candars Süden und senkten sich zum Wasser hinunter, das Recluce von Candar trennte.

Ein dünner, gewundener schwarzer Strahl schien zum Himmel hinaufzuschießen und ein für Ohren unhörbarer Donner hallte in seinem Schädel.

Der Schmerzschrei – ein Laut, in welchem Schwarz und Weiß sich untrennbar zu verflechten schienen – ließ Gunnar taumeln. Unvorbereitet auf das starke Gefühl, verlor er das Gleichgewicht und stolperte über einen kleinen Felsen. Er ruderte mit den Armen, um sich irgendwo festzuhalten, aber sein Bein rutschte über den Stein und er stürzte nach vorn.

Langsam richtete er sich wieder auf und wischte das Blut aus einer Platzwunde auf der Stirn ab. Er zuckte zusammen, als sein Bein zu stechen begann. Die Prellung am Unterschenkel spürte er kaum. Trotzdem lächelte er. »Justen ...«

Justen lebte noch, das war sicher. Der Schrei hatte von Qualen und Triumph zugleich gezeugt. Justen lebte. Aber wo war er? Das war die Frage.

Er humpelte an der dunklen Mauer entlang zurück. Vielleicht hatte auch Turmin diese Verzerrung und Verdrehung von Ordnung und Chaos empfangen und gespürt, woher sie gekommen war. Vielleicht auch nicht. Aber Justen lebte noch.

XC

Justen beobachtete Dayala, die zwischen den Bäumen auftauchte und sich ihrem Haus näherte. Er lächelte. *Schöne Druidin ...*

Sie hob den Kopf und erwiderte sein Lächeln. *Schöner Druide ...*

»Bin ich jetzt ein Druide?«

»Jeder, der eine Prüfung ablegt wie du, ist ein Druide.« Sie blickte kurz zu den weißen Linien auf ihren Unterarmen. Eine Bö zauste ihr Haar und sie schauderte, nicht allein wegen der Kälte.

»Entschuldige«, murmelte er. Er beugte sich vor und hauchte ihr einen Kuss auf die Wange. »Ich wollte nicht ...«

»Ich weiß. Und der Große Wald hilft dir bei der Heilung.«

»Nein. Du hast uns bei der Heilung geholfen.«

Sie schüttelte den Kopf. »Ich wusste, wie es geht, aber du hattest die Kraft für uns beide.«

Justen zuckte mit den Achseln. »Dann zeig es mir doch.« Er lächelte.

Dayala berührte seine Hände. »Eigentlich solltest du es selbst wissen, aber ich will dir gern zeigen, was du schon weißt.«

»Ich warte.«

»Schau dich selbst an«, sagte Dayala.

Justen sah an sich hinab: die Kleidung aus braunem Tuch, dazu weiche, braune Stiefel, die nicht aus Leder bestanden.

»Nein, mit deinem Bewusstsein, mit deinen Sinnen.« Dayala lachte leise.

Justen folgte ihren Anweisungen und erforschte seinen eigenen Körper. Er sah die Verbindungen zwischen Muskeln und Knochen, die winzigen Spuren von weißem Chaos in seinem Körper, die in allen lebendigen Dingen existieren, und den Strom der Ordnung, der das Chaos in Schach hielt ... für eine begrenzte Zeit, bis er alt und grau wurde.

»Sieh dich an, wie du bist. Und jetzt sieh zu.«

Ihre Sinne berührten seinen linken Arm und er konnte sehen, wie die winzigen Spuren von Chaos sich irgendwie verdrehten. Sie blieben, wo sie waren, aber statt frei herumzustreifen, wurden sie in eine bestimmte Ordnung gefügt.

»Jetzt versuche es mit dem anderen Arm. Du sollst das Chaos nicht vernichten, sondern an die Ordnung binden, damit es nicht fliehen kann.«

Justen versuchte zu wiederholen, was Dayala ihm gezeigt hatte. Sie war mühelos in der Lage gewesen, das Chaos mit Ordnung zu umgeben, aber ihm gelang es nicht.

Er versuchte es noch einmal, erforschte seinen ganzen Körper und beobachtete die kleinen Veränderungen im Strom der Ordnung, der von einem Punkt zum anderen floss, von den Fingernägeln durch die Finger bis in die Arme. Er schüttelte den Kopf.

Sie wartete geduldig, während er es noch einmal

und dann ein weiteres Mal versuchte. Beim vierten Versuch gelang ihm die Verdrehung, aber nicht die Bindung. Er betrachtete die Muster in seinem linken Arm und versuchte es noch einmal.

Als er endlich nachvollzogen hatte, was sie ihm gezeigt hatte, war er in Schweiß gebadet. »...du bist wohl besser in Form als ich.«

Sie hob die Augenbrauen. »Du bist aber noch nicht fertig«, wandte sie lächelnd ein.

Justen schluckte und wiederholte, was er gerade gelernt hatte, in seinen übrigen Körperteilen. Die Sonne war untergegangen, als er fertig war.

»Es ist schwieriger, es bei sich selbst zu tun, aber es ist besonders wichtig.« *Vor allem für mich ... und für dich.*

Justen nickte. Er verstand jetzt, warum Druiden sich in ihrem Leben nur einen einzigen Gefährten nahmen. Denn wie könnte man die Qualen, die mit dem Verschmelzen der Seelen einhergingen, ein zweites Mal auf sich nehmen?

»Jetzt kannst du die Ehrwürdige sehen, denn sie empfängt niemanden, der sich nicht dem Großen Wald gestellt hat und ein echter Druide geworden ist.«

Justen betrachtete sich noch einmal. Äußerlich hatte er sich nicht verändert. Oder doch?

»Manche Leute würden sagen, dass du jünger wirkst. Aber das muss nicht sein. Du bist jedenfalls jünger als die meisten anderen, die den Weg von draußen zu uns gefunden haben.«

Justen dachte noch über ihre vorherigen Worte nach. »Wer ist denn diese Ehrwürdige?«

»Es ist diejenige, die dir helfen kann zu verstehen, was du tun musst.«

Justen spürte die Trauer, die in ihren Worten lag. Er drehte sich zu ihr herum und hielt sie im Dämmerlicht umfangen. Er wollte keine Fragen stellen, er wollte nur den Augenblick auskosten, wie er war, als ihre Lippen einander fanden.

XCI

Dayala deutete zum Hain. »Da ist es.«

»Aber warum gerade jetzt?« *Gerade jetzt, wo wir uns gefunden haben ...*

»Wenn die Ehrwürdige Gewissheit hat, ist der richtige Augenblick gekommen. Außerdem ist es sowieso schon spät.«

Justen blickte zum Himmel, der sich unsichtbar über dem Baldachin des hohen Waldes spannte. Der Vormittag war noch nicht zur Hälfte verstrichen. *Spät für Candar, spät für dich, spät für mich. Gunnar hat immer gesagt, ich käme ständig zu spät.* Der junge Mann, halb Ingenieur und halb Druide, holte tief Luft, drückte Dayalas Hand und löste sich von ihr.

»Ich warte auf dich«, sagte sie.

Er hatte schon vorher gespürt, dass sie warten würde, aber dennoch empfand er die Worte als willkommene Aufmunterung und dankte ihr mit einem Lächeln.

Mitten im Hain wuchs ein einzelner schwarzer Lorkenbaum, gedrückt vom Alter und nicht höher als Justen. Eine Frau mit silbernen Haaren, die ein silbernes Gewand trug, stand neben dem Baum.

Auf den ersten Blick schien sie kaum älter als Dayala zu sein, aber Justen spürte das Alter unter der glatten Haut und er begriff, dass ein äußerlich jugendliches Aussehen eine Folge der Lektion war, die er gerade von Dayala gelernt hatte.

Er neigte den Kopf. »Hier bin ich, Ehrwürdige.«

»Du hast Fragen, junger Druide.«

»Ich möchte wissen, wie das Böse, das die Meister des Chaos getan haben, wiedergutgemacht werden kann.«

»Warum sagst du, dass die Taten der Chaos-Meister böse sind? Chaos ist Chaos und Ordnung ist Ordnung. Kannst du das Chaos bitten, zur Ordnung zu werden, und die Ordnung, sich in Chaos zu verwandeln?« Die Frau sprach ruhig und gemessen, als teilte sie ihm höchst offensichtliche Dinge mit.

»Aber ...«, protestierte Justen. »Aber hat denn die Ordnung keine Bedeutung? Hat das Leben keinen Sinn? Warum bemühen sich so viele Menschen, Ordnung in ihr Leben zu bringen? Und sind nicht die alten Engel aus dem Himmel geflohen?«

»Du fragst nach dem Sinn des Lebens, als hätten die alten Engel die Antworten als Rätsel in Stein geritzt, damit jene, die nach ihnen kommen, das Rätsel lösen können. Doch weder die Welt noch die Engel haben einen Sinn. Die Welt ist einfach, wie sie ist. Sie braucht keinen Sinn. Es sind Männer und Frauen, die einen Sinn in ihrem Leben brauchen.«

»Aber was ist mit Ordnung und Chaos? Auch sie sind, wie sie sind«, sagte Justen.

»In der Tat, sie existieren ebenso wie die Welt. Allein die denkenden Wesen sind es, die Ordnung und Chaos einen Wert beimessen. Warum tut ein Mensch überhaupt irgendetwas?«

»Weil er oder sie es tun will«, erwiderte Justen stirnrunzelnd. »Oder weil er es tun muss.«

»Und wenn er sich weigert?«

»Dann könnte jemand anders Gewalt anwenden.«

»Könnte dieser andere im Körper dessen, den er zwingen will, die Muskeln bewegen?«

»Du sagst, dass jeder sich frei entscheiden kann, etwas zu tun. Das ist grausam. Was ist, wenn Kinder oder die Familie verhungern müssen oder gefoltert werden?«

»Auch dann hat man noch die Wahl.«

»Gibt es denn keine höheren Werte? Besteht nicht ein Unterschied zwischen einem Menschen, der dem Guten, und einem anderen, der dem Bösen dient? Oder zwischen einem, der zu unklugen Handlungen gezwungen wird, und einem anderen, der sie freiwillig begeht?«

»Natürlich besteht ein Unterschied. Aber nicht für die Welt, sondern nur für denkende Wesen.«

Justen hielt inne. »Wenn es der Welt sowieso egal ist, warum sollte ein Mensch dann nicht einfach tun, was immer ihm in den Sinn kommt? Aus welchem Grund sollte irgendjemand noch versuchen, Gutes zu tun? Wo es der Welt doch sowieso egal ist?«

»Selbstsucht kann einen Menschen genauso zerstören wie Selbstlosigkeit. Wenn jemand zu selbstsüchtig ist und nur an die eigenen Wünsche und Begierden denkt, wird er, falls er überhaupt so lange lebt, nach einer Weile feststellen, dass niemand ihn mehr unterstützt und viele ihm sogar zu schaden suchen. Um zu überleben, muss solch ein Mensch stark und herzlos genug werden, dass weder Liebe oder Zuneigung ihn noch erreichen können. Am Ende ist dieser Mensch kein richtiger Mensch mehr, sondern ein seelenloser Mechanismus wie die Maschinen in euren Schwarzen Schiffen.

Wer aber zu selbstlos ist, wird nach den Launen anderer Menschen hin und her geworfen, denn es gibt immer mehr Bedürfnisse, als selbst der mitfühlendste Mensch zu befriedigen vermag. Sollte ein solcher Mensch jemals stark genug werden, sich wenigstens um die wichtigsten und dringendsten Nöte zu kümmern, wird er entweder von den Anforderungen verzehrt oder in seinem mechanischen Bemühen, alle Bedürfnisse der Welt zu befriedigen, jegliche Wärme verlieren. Dadurch wird er so selbstlos, dass er im

Grunde nichts weiter ist als eine selbstsüchtige Seele auf der Suche nach Selbstlosigkeit.

Ein Mensch, der in seinem Leben einen Sinn sucht, muss sich auf den Kampf zwischen Selbstsucht und Selbstlosigkeit einlassen und darf nie zu fragen aufhören. Wenn er den Kampf aufgibt, erlaubt er den anderen, ihm sein Leben vorzuzeichnen. Womöglich ist ihm nicht einmal bewusst, dass er den Kampf aufgegeben hat, denn die anderen könnten durchaus einen Glauben an etwas vertreten, das man für besser und bedeutender hält, so dass man sich bereitwillig an die Regeln hält, die andere aufgestellt haben. Es können die Regeln der Engel sein, die Regeln der Lichtdämonen, die Regeln der Schwarzen Bruderschaft oder die Regeln des Weißen Rates. Wir haben erkannt, dass die meisten Menschen, die diesen Kampf aufgeben, besonders wenn sie Sorgen haben, als Erstes die Frage stellen, warum das Leben keinen Sinn habe.« Sie zog die Mundwinkel ein klein wenig nach oben.

»Du bist nicht gerade fröhlich und deine Philosophie ist nicht eben tröstlich.«

»Du hast nicht um Trost gebeten. Du hast um Weisheit gebeten. Weisheit ist selten tröstlich, weil vieles von dem, was Menschen tröstlich finden, nichts weiter als eine Illusion ist.«

Eine Weile sah Justen an dem alten, aber faltenlosen Gesicht vorbei. Schließlich schluckte er. »Ist es gut, dass die Chaos-Meister ganz Candar beherrschen?«

»Du misst solchen Dingen einen Wert bei. Wenn du diese Frage stellst, hast du bereits die Entscheidung getroffen, dass es schlecht ist, wenn die Chaos-Meister die Kontrolle über ganz Candar haben. Aber stellst du dir auch die Frage, ob es gut ist, wenn die Ordnungs-Meister Recluce und die umgebenden Meere völlig beherrschen?«

»Willst du mir sagen, eine solche Herrschaft sei auch

nur eine Illusion? Obwohl ich Städte fallen und Soldaten sterben sah?«

Die Frau schüttelte den Kopf. »Die Illusion ist die, dass die Herrschaft der einen oder anderen Seite etwas Gutes sei. Das Gleichgewicht sagt aber, dass die völlige Herrschaft der Ordnung oder des Chaos nur auf die eine oder andere Weise zu Tod und Verderben führt.«

»Meinst du denn, wir sollten das Chaos in unser Leben hereinlassen?«

»Auch das ist eine Illusion. Chaos existiert in jedem Leben, genau wie die Ordnung.«

Justen seufzte. »Was willst du mir damit sagen? Dass ich einer Illusion nachjage? Dass es sinnlos sei, die Ordnung zu suchen?«

»Ich habe nichts dergleichen gesagt, junger Druide.«

»Ich bin kein Druide.«

»Du bist ein Druide. Ob du es akzeptierst, ist eine ganz andere Frage.« Sie lächelte. »Du möchtest das, was du als böse betrachtest, aufhalten und die Ausbreitung des Chaos von Fairhaven aus unterbinden. Das wollen wir auch. Aber eine so große Tat ist nicht möglich, ohne das Gleichgewicht in Betracht zu ziehen. Hast du dich schon einmal gefragt, was dieses Chaos möglich macht?«

»Schon oft.« Justen zuckte mit den Achseln.

»Und?«

Er zuckte wieder mit den Achseln.

»Kann man Chaos erschaffen?«, fragte der alte Engel.

»Ich glaube nicht.«

»Damit hast du Recht. An manchen Orten muss die Ordnung aus dem Chaos entspringen. Hier aber muss das Chaos aus der Ordnung entspringen.«

»Was muss ich also tun, um die Macht des Chaos einzudämmen?«

»Das liegt ganz bei dir. Du weißt jetzt, was zu tun ist, aber den Willen und den Weg musst du in dir selbst finden.« Der alte Engel lächelte. »Begonnen hat es mit der Prüfung.«

»Wie das?«

»Du hättest Naclos im Zustand eines Kindes verlassen können, ohne dich an irgendetwas zu erinnern. Aber du gehst als Erwachsener, der sich an alles erinnert, der das Wissen behalten und die Verpflichtung spüren will, das zu tun, was getan werden muss.«

»Warum hätte ich nicht einfach gehen können?«

»Du bist immer noch kaum älter als ein Kind. Es fällt dir schwer, den Glauben zu akzeptieren ... deshalb werde ich das Mittel anwenden, das bei Kindern notwendig ist. Versuche zu gehen. Geh jetzt! Geh weg von mir.«

Justen wollte sich umdrehen, aber die Beine gehorchten ihm nicht. Er nahm seine ganze Willenskraft zusammen und hob ein Bein ... aber er konnte sich nicht umdrehen und setzte das Bein schwer wieder auf den Boden.

Er sah die Schwärze und das Chaos in den alten Augäpfeln des Engels und während er sich dieses altehrwürdigen Unsinns gewahr wurde, stand er wie angewurzelt da und konnte sich nicht rühren.

»Deshalb wirst du als wissender Erwachsener gehen. Deshalb hast du dich der Prüfung im Wald gestellt und es riskiert, sämtliche Erinnerungen an Naclos zu verlieren. Dayala hat ihr Leben aufs Spiel gesetzt, um dich zu retten. Vielleicht wirst du dich auch daran erinnern können.«

Der Druck ließ nach und Justen entspannte sich mit leichtem Schaudern.

»Du weißt, was getan werden muss.«

Justen nickte langsam.

»Dayala wird dir bei den Vorbereitungen helfen. Es gibt keinen anderen Weg.«

Justen sah die Macht in den Augen des Engels und

blickte in die tiefen Quellen, eine weiß und eine schwarz und beide grün gefärbt. Die Tiefe dieser Macht ließ Gunnars Beherrschung der Stürme wie ein Kinderspiel erscheinen und sein eigenes, gerade beginnendes Verständnis wie die Versuche eines Anfängers im Mancala-Spiel.

»Verstehst du?«

»Nicht alles, aber hoffentlich genug.«

»Das hoffen wir auch.«

»Aber warum gerade ich?«

»Wir können dich nicht retten, so wenig wie ein Volk ein anderes retten kann. Die Rettung muss immer aus der eigenen Seele und dem eigenen Selbst kommen, sie lässt sich nicht erzwingen... wie du beizeiten noch erkennen wirst.

Du musst den Weg und den Willen finden und deine Reise hat mit der Prüfung begonnen, doch es war nur die erste von vielen. Es wird weitere, größere Prüfungen geben, in Recluce und anderswo. Morgen oder übermorgen wirst du mit Dayala nach Diehl reisen. Das ist die nächste Etappe deiner Reise. Vergiss auch nicht, dass es immer zwei Wege gibt – den sicheren und den ruhmreichen – und dass du für den ruhmreichen einen viel höheren Preis zahlen musst.«

Justen wich dem Blick der tiefen Augen aus. Er konnte die Ausstrahlung dieser Verbindung von Ordnung und Chaos kaum noch ertragen. Er betrachtete die dunkle Baumrinde neben ihrer Schulter, aber als er den Blick wieder auf sie richten wollte, war sie verschwunden.

Langsam und mit schleppenden Schritten verließ er den Hain. Irgendwie hatte er das Gefühl, bereits auf der Straße nach Diehl zu wandern.

XCII

Das Boot glitt fast von selbst stromabwärts, Dayala musste nur hin und wieder eingreifen und steuern. Justen saß mittschiffs auf der Bank und beobachtete das Spiel des Lichts auf ihrem Gesicht, während sie das Boot durch die unsichtbaren Strömungen lenkte.

»Hat die Ehrwürdige dir gesagt, warum wir nach Diehl fahren müssen?«

»Wie sonst willst du nach Recluce zurückkehren?«

»Ich will dich nicht verlassen.«

»Wir haben doch schon darüber gesprochen. Du kannst Recluce nicht verlassen – falls du es wirklich willst –, ohne noch einmal zurückzukehren. Und wenn du wieder hierher kommst, dann werde ich für dich da sein.« *Immer ...*

Justen schluckte. Der Gedanke tat weh und er langte nach ihrer freien Hand. Ihre andere Hand lag auf der Ruderpinne des Bootes.

Schweigend fuhren sie an einer Wiese am Westufer vorbei. Ein einsames Haus, aus zwei Eichen gewachsen, stand dort auf einer kleinen Lichtung.

Ein Mädchen, das in einem kleinen Garten auf Knien hockte, winkte ihnen zu und Justen winkte zurück.

»Wie weit ist es noch bis Diehl?«

»Mindestens noch einen halben Tag.«

Wieder drückte er Dayalas Finger.

Als sie die Lichtung und das Haus hinter sich gelassen hatten, ließ Justen seine Sinne ins Wasser eindringen. Er spürte die kleinen Lichtblitze, die von den Fischen oder einer Schildkröte am Grund ausgingen; an dem mit Büschen bewachsenen Ufer lebten hier und dort Fischotter.

»Das ist viel angenehmer, als zu laufen.«

»Aber auch die Fahrt mit einem Boot hat ihre Schattenseiten.« Dayala lenkte das Boot ein wenig näher ans östliche Ufer, um es zurück in die Hauptströmung zu bringen.

»Das Wandern durch die Steinhügel etwa nicht?«

Rechts neben dem Boot flammte tief unten im Wasser ein rötlich-weißer Schein auf.

»Oh …«, murmelte Dayala.

»Was ist?« Justen richtete sich auf.

Das Wasser schien zu explodieren, weißer Schaum spritzte hoch und das Boot schaukelte heftig, als zwei Kiefer, so lang, wie Justen groß war, aufklafften. Das garstige Maul gehörte einer graugrünen, mit moosigen Schuppen bedeckten Wasserechse, die heraufschoss und wieder ins Wasser schnellte, dass eine Welle entstand, die das Boot beinahe zum Kentern gebracht hätte. Justen und Dayala wurden, während sie sich erschrocken festhielten, bis auf die Knochen durchnässt.

Justen griff instinktiv nach dem Schwert, das er seit der Wanderung durch die Steinhügel nicht mehr bei sich trug, dann schnappte er sich das Reserveruder, auch wenn er wusste, dass es gegen die Kiefer, die er gerade gesehen hatte, nicht viel würde ausrichten können.

Zwei Augen, so groß wie Wasserflaschen, hefteten sich auf das Boot und seine Insassen. Eine Woge von Chaos und Hass schwappte aus dem Fluss heraus wie klebriger Regen. Die Wasserechse, die gut doppelt so lang war wie das Boot, schwamm ihnen eilig hinterdrein.

Während er sich an seine Qualen am Rande des Großen Waldes erinnerte, sammelte Justen Ordnung und seine Willenskraft um sich und lenkte beides gegen das riesige Wasserreptil.

Ein Strahl aus weißem Licht flog ihm von der Echse entgegen. Das Wasser brodelte, das Boot schwankte und Justen hob die Hand. Unendlich langsam schien sich seine Hand zu bewegen, als er eine dünne Spur aus Schwärze an der weißen Linie entlang zurücklaufen ließ, bis sie die riesige Echse ganz durchdrang.

Aber das weiße Licht schlug wie eine Welle über Justen zusammen und sein Kopf schien in tausend Stücke zu zerspringen, als die Veränderung des Gefüges von Ordnung und Chaos, die er vorgenommen hatte, in seinem Schädel summte. Zwei Spiegeln gleich ließen die beiden Pole das Sonnenlicht in einem endlosen Gang hin und her laufen – in einem Gang, der tief unter die Erde und mit dem anderen Ende bis hinauf in den Himmel führte.

Dann umfing ihn Dunkelheit und er brach im heftig schwankenden Boot zusammen.

Die Sonne stand schon tief, als Justen eine weiche Hand auf der schmerzenden Stirn und kühle Luft auf den brennenden Wangen spürte. »Oh ...«

Das Boot wiegte sich sanft und er fröstelte, als der frische Wind über sein nasses Hemd strich. Er öffnete die Augen und hustete. Die tiefen Kerben im Holz des Bootes sagten ihm, dass die Wasserechse keine Einbildung gewesen war. Er schauderte wieder und fragte sich, ob er das fremde Naclos jemals würde wirklich begreifen können. An der Oberfläche schien alles friedlich zu sein – genau wie der Fluss.

Er drehte suchend den Kopf, um zu sehen, wo Dayala wäre. Er spürte, dass sie in der Nähe war, sich aber nicht auf ihn, sondern auf etwas anderes konzentrierte.

»Ich bin hier. Jemand muss ja das Boot lenken, wenigstens hin und wieder einmal.«

Justen wollte sich aufrichten, aber die Beine verweigerten ihm den Gehorsam. »Meine Beine ...« Er sah die Beine an, konnte jedoch keine Verletzungen erkennen. Er benutzte die Ordnungs-Sinne und wollte das Muster flechten, das Dayala ihm gezeigt hatte, konnte aber nichts spüren, als wäre er auf einmal blind für die Strukturen der Ordnung. »Ich kann nichts sehen. Ich meine ...«

»Es ist alles in Ordnung. Das war ein Geistschlag, das geht vorbei.«

»Ein Geistschlag?«

»Auf diese Weise betäuben die Wasserechsen ihre Beute. Du musst eine Barriere oder einen Schild aufbauen, um es abzuwehren.«

»Wie lange soll das dauern? Tage? Jahreszeiten?« Justen fröstelte wieder, nicht nur wegen der Kälte und obwohl die Nachmittagssonne ihn hätte wärmen sollen. Der Kopf tat ihm immer noch weh.

Dayala hatte sich hinter ihn geschoben und nahm ihn in die Arme, um ihn mit ihrem Körper zu wärmen. »Nur eine Weile. Es dauert nie länger als einen Tag. Die Kopfschmerzen könnten etwas länger anhalten.«

Er blinzelte, rieb sich die Augen und ließ sich von ihr halten. »Immer wenn ich glaube, ich hätte etwas über dieses Land gelernt, erlebe ich eine hässliche Überraschung.«

»Du hast aber auch eine Art, solche Überraschungen anzuziehen. Ich habe schon lange keine so große Wasserechse mehr gesehen.«

»Warum gerade ich?«

»Weil du eine lebendige Quelle der Ordnung bist und Ordnung in dieser Konzentration zieht das Chaos an, mein lieber Mann.« Sie kletterte ins Heck des Bootes zurück und übernahm wieder die Ruderpinne.

»Du meinst, das wird mir immer wieder passieren?«, fragte Justen stöhnend.

»Nein. Nach einer Weile wird es dir nicht einmal mehr in Naclos passieren.«

»Ach, wirklich? Ich kann es noch nicht ganz glauben. Was ist eigentlich aus unserem riesigen Freund geworden?«

»Aus der Echse? Die Schildkröten und Karpfen haben ein Festmahl bekommen.«

»Danke.«

»Ich habe überhaupt nichts gemacht. Ich bin nicht einmal sicher, ob ich etwas hätte tun können. Du hast sie betäubt und sie ist ertrunken.«

Justen holte tief Luft. In den Beinen begann es zu kribbeln. Wahrscheinlich ein gutes Zeichen, dachte er.

Dayala bewegte die Ruderpinne und ein kleiner Ruck ging durch das Boot. »Um die Echsen, die nicht größer werden als Katzen, kümmern wir uns kaum. Aber diese hier war wohl älter als die Stadt Diehl.« Sie zuckte mit den Achseln.

Justen lief es kalt den Rücken herunter, als er sich an das Licht des Chaos erinnerte, das aus der Echse hervorgebrochen war. Die Kraft war stärker gewesen als jeder Magier. Und dabei hatte er kurz vorher noch gedacht, wie friedlich es in Naclos sei.

»Die Gefahren, in die du gerätst, sind die offensichtlicheren.«

Justen rieb sich die Stirn, bis ihm bewusst wurde, dass Dayala das Gleiche tat. »Oh ... meinst du, dass du meine Kopfschmerzen fühlst?«

»Es geht hin und her, glaube ich. Du wirst es in nicht so ferner Zeit verstehen.«

Justen holte tief Luft und schaute auf das dunkle Wasser hinaus.

»Wir werden es heute Abend nicht mehr bis Diehl schaffen«, erklärte Dayala.

»Ich dachte es mir schon fast.«

Dayala lachte und Justen griff nach ihrer freien Hand.

XCIII

Dayala lenkte das Boot um die letzte Biegung des Flusses zur einzigen langen Pier im Hafen. Abgesehen von einem verlassenen Fischerboot war die Pier leer, aber sie war lang genug für mindestens zwei seetüchtige Schiffe.

Justen stand am Bug und wartete, die Leine in einer Hand, bis Dayala das flache Boot mit geschickten Bewegungen des Ruders nahe genug an die Pier bugsiert hatte, so dass er hinaufklettern konnte. Die Pier roch nach Tang und Miesmuscheln und nach dem Moder von altem Holz. Nachdem er die glitschige hölzerne Leiter hinaufgestiegen war, band er das Boot an der Landseite der Pier fest. Anschließend bückte er sich und nahm das Gepäck, das Dayala ihm reichte. Schließlich streckte er die Hand aus, um ihr herauf zu helfen. Als sie neben ihm auf der Pier stand, hauchte sie ihm einen Kuss auf die Wange. Er richtete sich auf und rieb sich wieder einmal die Stirn.

»Tut dir immer noch der Kopf weh?«

»Es kommt in Schüben«, meinte Justen. »Aber es wird schwächer.«

Sie sah ihn einen Augenblick nachdenklich an.

»Jetzt ist es besser, vielen Dank.«

»Ich mag Kopfschmerzen auch nicht.«

Justen lachte und nahm den Tornister auf den Rücken. Am Ende der langen Pier, die aus Stein und Holz gebaut war, befand sich die Hafenmeisterei – ein einstöckiges, aus glattem, poliertem Holz gebautes Haus mit Dachschindeln aus gebranntem Lehm. Ein Schiffsausrüster, erkennbar an dem Schild mit den beiden gekreuzten Kerzen, die von einem Seil umgeben waren, hatte seinen Laden zwei Straßenecken hinter der Hafenmeisterei.

Eine frische Brise wehte aus der Bucht und über die Pier und blies den beiden Sand und feinen Kies gegen die Beine, als sie in Richtung des Schiffsausrüsters liefen.

»Wohin jetzt?«

»Zu Murina. Ihr Gästehaus liegt am anderen Ende von Diehl nahe am Großen Wald.«

Justen nickte.

Zwei Händler, ein Mann und eine Frau, die purpurne Hosen und goldene Jacken trugen, standen unter dem Vordach des Schiffsausrüsters. Der Mann hatte einen grauen Bart, das Haar der Frau war kürzer als Justens und beide hatten Falten im Gesicht, hinter denen Justen die weißen Schatten von Chaos und Alter erkennen konnte.

»Schon wieder so ein verdammt hübscher Druide«, murmelte die Frau. »Ich habe noch nie so prächtige Männer gesehen wie hier. Eine Schande ist es.«

»Auch die Frauen sind wundervoll«, fügte der Händler hinzu. »Aber du kannst sie beide für dich haben. Ich habe wirklich keine Lust, mich in einen Baum verwandeln zu lassen.« Er lachte.

Also wurden sie von Fremden beide gleichermaßen als Druiden betrachtet? Sah er denn wirklich so aus oder lag es nur an der braunen Kleidung?

Sie kamen an einer Schenke vorbei, vor der ein Schild mit einer silbernen Schale hing. Aus dem Haus drang Justen ein ungewohnter Duft in die Nase. Schwer war er, beinahe ranzig, aber irgendwie doch vertraut. Gegrilltes Lamm? Aber er hatte noch nie den Eindruck gehabt, Lamm hätte einen schweren Geruch.

Er schürzte die Lippen, als ihm bewusst wurde, dass er seit seiner Ankunft in Naclos kein Fleisch mehr gegessen hatte. Nüsse, einige Käsesorten, verschiedene Sorten von Eiern, aber kein Fleisch.

An der nächsten Ecke nahm Dayala die rechte

Abzweigung, die vom Hafen weg führte. Justen folgte ihr und versuchte unterwegs, die Atmosphäre der Stadt in sich aufzunehmen und eine Erklärung zu finden, warum der Ort sich anders anfühlte als Rybatta oder Merthe oder irgendein anderer Ort in Naclos.

Er betrachtete eine Reihe niedrig gebauter Werkstätten – die mittlere war wegen der starken Nachmittagssonne mit Läden geschützt – und dann die Häuser hinter den Geschäften, die ein wenig an Kyphros erinnerten: massive Wände und abweisende Außenflächen, wahrscheinlich um einen Innenhof herum gruppiert.

Diehl schien eine Stadt der Ordnung zu sein, nirgends waren Anzeichen von Chaos auszumachen. Was also beunruhigte ihn so an diesem Ort?

Er rieb sich das Kinn und warf einen Seitenblick zu Dayala. Fühlte sie sich ähnlich?

»Ja, das solltest du eigentlich wissen.«

Sollte er das wissen? Dann nickte er, grinste und schüttelte den Kopf. Ein Teil des Unbehagens, das er fühlte, war nicht seines, sondern ihres. Er hatte immer noch Mühe, ihre einander überlagernden Gefühle auseinander zu halten.

Oberflächlich – das war das Wort, das Diehl beschrieb. Oberflächlich. Die Ordnung in der Stadt schien – verglichen mit dem Gleichgewicht zwischen Ordnung und Chaos im Großen Wald – kein wirkliches Fundament zu haben. Würde ihm jetzt auch Recluce so erscheinen? Er rieb sich das Kinn und rückte seinen Tornister zurecht. Der Inhalt bestand überwiegend aus kleinen Gegenständen wie der Schachtel, die Dayala ihm geschenkt hatte. Sie hatte außerdem eine kleinere Schachtel für Gunnar dazugelegt und einige weitere, die Justen nach Belieben verschenken sollte. Eine würde natürlich Altara bekommen.

Im Gegensatz zu Rybatta war Diehl dicht bebaut und die Häuser schienen sich beinahe zusammenzudrängen, bis Justen und Dayala unvermittelt den Stadtrand erreichten.

Justen sah sich um. Sie waren höchstens eine Meile weit gelaufen und jetzt stand keine zweihundert Ellen vor ihnen bereits die erste Reihe der riesigen Bäume.

Zwischen diese Bäume geschmiegt stand Murinas Gästehaus am Saum des Großen Waldes, der gleich am Ortsrand im Nordosten von Diehl begann. Das Gästehaus, so nahm Justen an, war sicherlich wie alle ordentlichen Gästehäuser aus den Eichen gewachsen, die zugleich die Wände bildeten.

Ihm war nicht bewusst gewesen, dass er unwillkürlich den Atem angehalten hatte. Jetzt lachte er und spürte, dass ein Teil der Erleichterung, die er empfand, von Dayala ausging.

Sie hüpften beinahe den mit Steinen ausgelegten Weg zum Vordereingang hinauf, wo Dayala die Glöckchen klingen ließ, die an einem Wollband hingen.

»Ich komme schon ...«

Wie die weitaus meisten Druiden hatte auch Murina silbernes Haar, aber die Augen waren nicht grün, sondern braun wie Yuals Augen. Im Gegensatz zu Dayala war sie zierlich gebaut und reichte Justen kaum bis an die Schulter.

»Dayala, das ist aber lange her.«

»Ja, wirklich. Das hier ist Justen.«

Justen verneigte sich. »Sehr erfreut.«

Murina lachte. »Aber bei weitem nicht so erfreut wie ich es bin, dich zu sehen. Ich mag Dayala und mir ist klar, dass du für sie etwas ganz Besonderes bist.«

Justen wurde angesichts ihrer Direktheit rot und dann gleich noch einmal, als er Dayalas Reaktion auf die Begrüßung spürte.

»Mögest du immer so empfinden.« Die Inhaberin des Gästehauses lachte noch einmal leise. »Bitte, kommt doch herein. Shersha wird euch euer Zimmer zeigen, während ich zu Ende backe, wenn es euch nichts ausmacht. Vielleicht könnt ihr dann später zu mir kommen, damit wir auf der Veranda einen Saft trinken.«

Dayala und Justen nickten.

Ein zierliches Mädchen mit ernstem Gesicht war drinnen im Flur aufgetaucht.

»Shersha, erinnerst du dich noch an Dayala? Und das hier ist Justen.« Murina deutete auf die Gäste und Shersha nickte. »Sie bekommen das große Zimmer über der Terrasse mit dem Fenster zum Garten.«

»Das ist unser schönstes Zimmer«, bestätigte Shersha. Dann wandte sie sich um und führte die Gäste um eine Ecke und eine breite Treppe mit flachen Stufen hinauf, bis sie einen weiteren Flur erreichten, von dem ein Bogengang abzweigte.

»Ich hoffe, es gefällt euch«, erklärte das Mädchen etwas schüchtern.

Justen trat durch den Vorhang im Flur. Das Zimmer war bescheiden eingerichtet, hatte aber ein Fenster, das den rückwärtigen Garten überblickte. Es gab nur ein Doppelbett. Er warf einen Blick zu Dayala und dann zum Bett und noch bevor die Röte ihre Wangen erreichte, konnte er ihre Verlegenheit spüren. »Das gefällt uns ganz bestimmt«, sagte Justen. Er hätte sich vor Lachen beinahe verschluckt.

»Vielen Dank, Shersha. Sag Murina bitte, dass es wundervoll ist.«

»Es freut uns, dass ihr zufrieden seid.« Shersha nickte förmlich und wandte sich zum Gehen.

»Ja, es ist wundervoll«, wiederholte Justen. »Ich hoffe wirklich, wir werden eine Weile bleiben können.«

»Mutter würde sich darüber freuen.«

Sie sahen dem Mädchen mit den klaren Augen nach, als es den Flur hinunterlief. Justen zog die Vorhänge vor den Eingang des Zimmers und nahm Dayala in die Arme.

Ihre Lippen fanden sich und Dayala und Justen bewegten sich zum breiten Bett hinüber.

XCIV

Es war schon spät am Nachmittag, als Justen und Dayala aufstanden, sich wuschen und anzogen und auf die Veranda hinuntergingen, wo Shersha sie zu einem Tisch mit vier Stühlen führte, auf den sie gleich darauf drei große braune Krüge stellte.

Murina zog sich einen Stuhl heran und sah Justen an. »Man redet viel über dich. Jetzt verstehe ich auch, warum.« Sie grinste.

Justen wurde rot.

»Du bist zu bescheiden. Ich kann verstehen, dass Dayala dich mag, und das ist gut.«

Wieder einmal hatte Justen das Gefühl, dass vieles ungesagt geblieben war, aber er antwortete höflich: »Ich fühle mich hier immer noch ein wenig wie ein Kind. Verglichen mit euch anderen bin ich es wohl auch. Angesichts der Umstände kann man vielleicht auch nicht mehr von mir erwarten.«

»Er sieht nicht gerade wie ein Kind aus, was?« Murina wandte sich mit hochgezogenen Augenbrauen an Dayala.

»Nein. Er weiß mehr, als er zu wissen glaubt … und mehr als ich oder die Ehrwürdigen erwartet hätten.« Sie suchte Justens Hand unter dem Tisch und drückte sie.

»Und in gewisser Weise weiß ich wohl auch wieder weniger«, fügte Justen trocken hinzu. Er verfolgte den Flug eines leuchtend grünen Vogels mit schwarzem Kopf und gelbem Schnabel, der um die Ecke der Terrasse geschossen kam und sich über der Küche auf die Dachkante setzte.

»Ach, mein kleiner Freund ist da.«

»Kommt er oft?«

»Jeden Abend vor der Dämmerung. Er singt ein oder zwei Lieder und wartet auf seine Belohnung.«

»Und du gibst ihm die Belohnung?«

»Das tut normalerweise Shersha. Ich glaube, hauptsächlich singt er sogar für sie, aber ich mag seine Lieder auch.«

Der grüne Vogel legte den Kopf schief, nickte zweimal, als wolle er sich vor seinem Publikum verneigen, und begann zu singen – eine kurze Serie von Tönen, die nach silberhellen Glöckchen und der sanften Musik der Gitarre des Sängers namens Werlynn klangen. Justen hörte zu und war beinahe enttäuscht, als die beiden kurzen Lieder vorbei waren.

Shersha tauchte auf der Veranda auf und warf dem Singvogel ein paar Beeren zu, von denen er eine im Flug schnappte. Augenblicke später kehrte er zurück, um die übrigen von den Steinen der Veranda zu picken.

»Kannst du uns berichten, was inzwischen in Sarronnyn geschehen ist?«, fragte Justen.

»Die Händler erzählen, die Weißen aus Fairhaven hielten jetzt ganz Sarronnyn und wollten im kommenden Frühjahr Suthya angreifen.«

»Dann blieben nur noch Südwind und Naclos.«

»Hierher werden sie nicht kommen.«

Justen nickte. »Aber was ist mit Südwind?«

»Südwind könnte fallen. Außerhalb des Großen Waldes können wir nichts tun.«

»Das ist etwas, das ich immer noch nicht ganz begreife.«

»Die meisten Völker haben sich von der Legende und der Wahrheit, die ihr zugrunde liegt, abgewendet«, erklärte Murina achselzuckend. »Wir haben kein Heer. Wie könnten wir helfen?«

»Aber dennoch hat hier niemand Angst vor Fairhaven.«

»Was gäbe es schon zu fürchten? Die Magier sind derart unausgeglichen, dass jeder Versuch, im Großen Wald die Chaos-Energie einzusetzen, sie als Erstes selbst zerstören würde.« Die Wirtin des Gästehauses lächelte Justen an. »Das Gleiche würde übrigens auch für deine Ordnungs-Magier gelten.«

»Das habe ich inzwischen schon selbst herausgefunden.«

Shersha kam mit einem langen Brotlaib, aufgeschnittenem Käse und mehreren Birnäpfeln auf die Veranda. Sie stellte die Platte mitten auf den Tisch.

Justen hob die Augenbrauen, als er die mit dem Messer geschnittenen Käsescheiben sah.

»Manche von uns können mit Messern umgehen.«

»Nur die mit braunen Augen?«

»Es hilft, aber Trughal zum Beispiel ist ein grünäugiger Schmied.«

Dayala schüttelte lächelnd den Kopf, dann langte sie nach einer Scheibe Käse.

»Setz dich doch, Kind.« Murina winkte Shersha, die sich sofort auf den vierten Stuhl hockte und nach einem Birnapfel griff.

Nachdem sie ein Stück Käse gegessen und sich eine Ecke vom Brotlaib abgebrochen hatte, wandte Dayala sich an Justen. »Morgen solltest du mit den Händlern reden und ich spreche mit Diera. Sie ist die … die Hafenmeisterin.«

»Diera weiß einfach alles«, ergänzte Shersha.

»Nein, alles weiß sie auch nicht«, berichtigte Murina sie lächelnd.

Justen nahm sich ein großes Stück vom warmen Brot.

»Ich glaube, ich sollte herausfinden, was sich alles in der Welt zugetragen hat. Nicht dass ich erwarten würde, dass sich vieles verändert hat.«

»Nichts verändert sich«, meinte Murina. »Doch jetzt genieße das Brot. Frisches Brot ist besser als abgestandener Klatsch.«

Dayala nickte und Justen biss herzhaft in das warme Brot mit der knusprigen Rinde.

XCV

»Es ist wirklich sinnlos, so spät im Jahr noch anzugreifen.« Beltar schaute aus dem Fenster der Kutsche nach draußen. »Lasst ein wenig Zeit vergehen und die Suthyaner etwas Druck spüren. Und bevor wir uns mit Suthya beschäftigen, sollten wir ohnehin die Sarronnesen davon überzeugen, dass wir keine Weißen Teufel sind.«

Eldiren rutschte auf dem Polstersitz herum und rieb sich die Stirn. Er massierte die kleine weiße Narbe über der rechten Augenbraue. »Die Sarronnesen werden so unangenehm sein wie die Spidlarer. Oder sogar schlimmer, viel schlimmer.«

»Auf die eine oder andere Weise ist jeder zu überzeugen.«

»Zur Not so ähnlich, wie Ihr Zerchas überzeugt habt«, erwiderte Eldiren trocken.

»Nun ja, wenn alle anderen Mittel versagen ...«

Draußen ertönte ein Schrei, dann kam ein dumpfer Schlag. Die Kutsche wurde langsamer.

Beltar riss gerade noch rechtzeitig die Tür auf, um einen Berittenen zu sehen, der in vollem Galopp eine lang gestreckte Hügelflanke hinaufritt. Der Kutscher hing leblos auf dem Dach der Kutsche, in der Brust steckte ein Pfeil. Der Gardist neben dem Kutscher mühte sich mit den Zügeln ab.

Zwei Abteilungen Weißer Lanzenreiter jagten den Hügel hinauf, um den Angreifer zu stellen, der aber, wie es schien, den Abstand sogar noch vergrößern konnte.

Als der Gardist die Kutsche endlich ganz zum Stehen gebracht hatte, drehte Eldiren sich zu Beltar herum. »Ich glaube, wir müssen noch eine Menge Überzeugungsarbeit leisten.«

»Pah, sie werden es schon begreifen.« Beltar hob die Arme. Eine riesige Feuerkugel ging vom Weißen Magier aus, flog zum Hügel hinauf und traf den fliehenden Reiter. Flammen spritzten in alle Richtungen, kleinere Feuerbälle rollten bergab. Einer traf den Anführer der Lanzenreiter. Ein kurzer Schrei, und zwei fettige Rauchsäulen stiegen am Hügel auf, jeweils von einem Pferd und einem Reiter ausgehend.

Beltar grinste.

»War das wirklich nötig?«, fragte Eldiren.

»Ich konnte ihn doch nicht so einfach davonkommen lassen.«

Eldiren blickte zum verkohlten Lanzenreiter, zu dessen Pferd und dem schmierigen Rauch, der sich in den grauen Himmel erhob. »Unsere Lanzenreiter haben sicher großes Verständnis dafür, dass Ihr ihn nicht davonkommen lassen konntet.«

»Hört auf zu nörgeln. Ihr selbst hättet überhaupt nichts tun können.«

»Ihr habt ja so Recht, Beltar. Im Gegensatz zu manch anderem kenne ich meine Grenzen.«

Der stämmige Weiße Magier wandte sich an den Gardisten. »Hole den Kutscher da herunter, der Heiler soll sich ihn ansehen.«

»Er ist tot, Ser.«

»Dann besorge mir einen anderen Kutscher. Wir müssen nach Rulyarth.«

»Ja, Ser.«

Eldiren gab sich große Mühe, nicht einmal das leiseste Kopfschütteln zu zeigen.

XCVI

»Justen, morgen wird ein brystanisches Handelsschiff in Diehl anlegen. Mit diesem Schiff kannst du nach Hause fahren, nach Recluce.«

»Recluce ist nicht mein Zuhause. Nicht mehr.«

Sie lächelte traurig. »Das kannst du erst sagen, wenn du wieder dort gewesen bist. Wenn du nicht hinfährst, wird es immer dein Zuhause bleiben. Will man sein Zuhause aufgeben, so muss man es vor dem eigenen Herd tun und nicht am anderen Ende der Welt.«

Sie hob einen kleinen Lederbeutel hoch und stellte ihn aufs Bett. »Das ist für dich.«

»Was hat der Beutel mit dem Handelsschiff zu tun? Und damit, dass ich fahren soll?«

Dayala ließ die Edelsteine aus dem Beutel auf die Bettdecke rollen.

»Warum, Dayala? Diese Steine sind überall auf der Welt ein Vermögen wert.«

»Die Ehrwürdige sagte, du könntest sie brauchen, um deine Aufgabe zu erfüllen.«

»Ist das vielleicht nur eine List, um mich zum Fahren zu bewegen?«

»Das ist nicht fair, Justen. Sie hat es nicht nötig, jemanden zu bestechen.«

»Oder damit ich mich besser fühle?«

»Ich glaube nicht, dass sie dich für käuflich hält.«

»Aber warum sonst?«

»Weil du mächtig bist, viel mächtiger, als dir selbst bewusst ist. Du willst alles, was dir begegnet, verändern, bis es deiner Ansicht nach stimmt. Diese Steine werden dir die Einflussnahme etwas erleichtern.«

Justen sah sie verwirrt an.

»Ich verstehe immer noch nicht alles, was du tust«, fuhr Dayala fort, »aber du stellst Dinge aus den Schätzen der Erde her, aus Metallen und anderen Stoffen. Wenn du alles selbst herstellen musst, wirst du dabei mehr aus dem Gleichgewicht bringen, als wenn du die Teile oder das Metall von jemand anderem kaufen kannst.«

Justen schritt unruhig um den Tisch herum und versuchte zu verstehen, was Dayala ihm erklärt hatte. »Wenn ich Dinge selbst herstelle, dann entsteht mehr ... mehr Unordnung und mehr Chaos?«

»Natürlich.« Dayala lächelte, als wäre es ganz offensichtlich und bedürfe keiner weiteren Fragen mehr.

Er schüttelte hilflos den Kopf.

»Justen, stell es dir einmal so vor. Wenn du Eisen von Yual kaufst, dann kaufst du Eisen, das er auf der Grundlage der Ordnung bereits hergestellt hat. Am Schmiedefeuer bist du zwar sehr geschickt, aber du bist nicht so gut darin, das Eisen aus der Erde zu holen, und deshalb würdest du, wenn du es bergen wolltest, die Erde und den Wald stören ...«

»Das verstehe ich.« Justen lächelte betreten. »Aber die Ehrwürdige überschätzt mich.«

»Das glaube ich nicht. Und es gibt noch einen anderen, einen durchaus eigennützigen Grund.« Dayala schob die Steine wieder in den Beutel.

»Oh?«

»Wenn du ein Vermögen bei dir hast, wirst du das, was du tun musst, schneller tun können.«

»Willst du denn, dass ich zurückkomme?« Er schüttelte den Kopf, als er spürte, dass er sie verletzt hatte. »Entschuldige ... das war eine dumme Frage. Aber warum kannst du nicht einfach mitkommen?«

Sie presste die Lippen zusammen.

»Ich will nicht fahren«, protestierte er.

»Du kannst nicht bleiben. Jetzt nicht.«

»Werde ich denn irgendwann einmal bleiben dürfen? Ich bin kein Druide. Ist das hier nicht einfach eine freundliche Art, mich zu vertreiben?«

»Freundlich?« Ihre Stimme brach.

Justen sah ihre Tränen fließen und das ganze Gewebe der Ordnung schien zu erbeben. Es lockerte sich nicht, aber ... es litt. Er nahm sie in die Arme.

»Wie kann sie so etwas tun? Sie ist doch nicht Ryba ... sie ist kein Engel. Da ist keine menschliche Wärme und keine Freundlichkeit ...«

»Die Ordnung ist nicht freundlich, genauso wenig wie das Gleichgewicht ... und du bist ein Druide.«

Er schluckte, als ihm die Worte des alten Engels wieder einfielen: »*Du hast nicht um Trost gebeten. Du hast um Weisheit gebeten.*« Ja, er hatte um Weisheit gebeten. Er hatte wissen wollen, was getan werden musste, damit die Welt nicht aus den Fugen geriet. Er hatte aber nicht darum gebeten, von dem einzigen Menschen getrennt zu werden, der ...

»Wir können auf ein langes Leben hoffen, Justen. Aber würdest du jemals glücklich werden, wenn ganz Candar von den Weißen Magiern unterworfen und das Meer von den Schwarzen Magiern beherrscht würde?«

»Nein.«

Dayala lächelte traurig und schwieg einen Augenblick, ehe sie weitersprach. »Morgen wirst du einfach zum Hafen hinuntergehen. Diera wird dem Kapitän erklären, dass er dich nach Recluce bringen soll. Die Brystaner legen auf ihren Fahrten ohnehin meistens in Recluce an.« Dayala sah zum Hafen und wich Justens

Blicken aus. »Wir haben auch eine Ladung Lorkenholz, das sie in Recluce mit gutem Gewinn abstoßen können.«

Justen nickte. Nach allem, was er gehört hatte, verwendeten die meisten Handwerker außerhalb von Recluce nur ungern Lorkenholz, obwohl es stark und fest war und eine schöne, schwarze Farbe hatte.

»Diesen Abend haben wir noch für uns.« Er nahm ihre Hand.

»Den Abend haben wir noch.« Sie drückte begierig seine Finger.

XCVII

Die schwarze Hose und das Hemd fühlten sich fremd an, als er Hand in Hand mit Dayala durch den Hafen zur Pier wanderte.

»Hast du die Steine?«

Justen nickte.

»Versuche, ein paar davon so lange wie möglich aufzusparen. Ich kann dir den Grund nicht nennen, aber ich habe das Gefühl, dass du sie später noch brauchen wirst.« Sie drückte seine Hand.

»Ich vertraue deinen Gefühlen.«

»Dann vertraue ihnen auch so weit, dass du den richtigen Augenblick erkennst, um zurückzukommen.«

Er erwiderte den Druck ihrer Hand und ging weiter zum Ende der Pier, wo nur ein einziges Schiff festgemacht war. Justen konnte spüren, dass die Maschine noch kalt war, aber die Matrosen waren bei der Arbeit und schienen zu wissen, was sie taten.

Die brystanische Flagge, eine Sonne über einer Eisscholle, flatterte am Fahnenmast und auf dem Bug des Schiffes stand in goldenen Lettern der Name: Nyessa.

Die Reling war erst vor kurzem lackiert worden, die Messingteile glänzten makellos.

Sie blieben vor der Laufplanke stehen und Justen umarmte Dayala ein letztes Mal. Sie küssten sich noch einmal, eine lange Vereinigung unter Tränen und mit salzig schmeckenden Lippen. Noch einen Augenblick, nachdem sie sich aus dem Kuss gelöst hatten, hielten sie sich bei den Händen, bis Justen schließlich den ersten Schritt tat und den Tornister auf seinem Rücken zurechtrückte. Dann ging er die Laufplanke hinauf.

»Ihr seid dann also der geehrte Passagier?«, fragte der vierschrötige, mit einer grünen Jacke bekleidete Mann, der oben stand.

»Justen.« Der Druide und Ingenieur nickte freundlich. »Soweit ich weiß, hat die Hafenmeisterin bereits alles Nötige wegen meiner Überfahrt mit Euch abgesprochen.«

»Bikelat, Zweiter Maat«, antwortete der Offizier. »Ja, sie hat alles mit uns abgesprochen. Für die Fracht, die sie uns mitgegeben hat, würde Kapitän Gaffni Euch bis nach Hamor befördern.« Der Offizier blickte zwischen Justen und Dayala, die noch unten auf der Pier stand, hin und her. »Ich weiß ja nicht, was Ihr gemacht habt, aber eigentlich will ich es auch nicht wissen.« Er hielt inne. »So, und jetzt tretet mal zur Seite, Ser. Wir haben nur noch auf Euch gewartet.«

Als Justen ihm Platz machte und sich ein Stück zur Seite bewegte, um noch einmal zu Dayala zu schauen, rief der Offizier: »Setzt die Segel! Wir stechen in See!«

Sogleich zogen zwei kräftige Matrosen, ein Mann und eine Frau, die Laufplanke hoch, während sich droben schon die Segel blähten.

»Leinen los!«

Justens und Dayalas Blicke begegneten sich ein letztes Mal und für einen kurzen Moment waren sie wieder vereint.

»So eine Frau würde ich um keinen Preis allein lassen, Bursche.« Der Zweite Maat gesellte sich kopfschüttelnd wieder zu Justen.

»Ich hab's mir auch nicht freiwillig ausgesucht.« Justens Kehle wurde eng, als er die grüne Wasserfläche, die ihn von Dayala trennte, größer werden sah. *Lebewohl ... Liebste ...*

Sie legte die Finger auf die Lippen. *Ich bin bei dir ... immer und überall ...*

»Ihr seid einer von ihnen, was? Ihr redet mit ihr ...« Der Zweite Maat wich ängstlich zurück.

Justen zwang sich zu einem freundlichen Lächeln. »Ich wurde in Recluce geboren und erzogen und zum Ingenieur ausgebildet.«

»Die Dunkelheit sei uns gnädig«, murmelte der Offizier. »Ein Glück, dass diese Leute den Kapitän mögen.«

Justen sah dem Mann stirnrunzelnd nach, als dieser zum Achterdeck ging, wo der Kapitän die vorsichtige Fahrt aus der Bucht überwachte. Dann sah er wieder zur Pier, bis Dayala nur noch als kleiner Punkt auf dem dunkleren Stein zu erkennen war.

Erst als die *Nyessa* die beiden Hügel und den Kanal zwischen ihnen weit hinter sich gelassen hatte, stiegen die ersten Rauchwolken aus den Schornsteinen. Kurz danach begannen die schweren Maschinen die Schaufelräder zu drehen und das brystanische Handelsschiff tuckerte über die beinahe spiegelglatte See nach Nordosten.

Justen stieg aufs Achterdeck und stellte sich ans Heck. Immer noch spürte er die verflochtenen Stränge von ... von irgendetwas, die nach Naclos führten. War es dies, was ihn zu einem Druiden machte? Dass er eine Druidin liebte und mit ihr verbunden war? Oder war es etwas noch Tieferes? Oder war er vielleicht überhaupt kein Druide?

Schließlich drehte er sich um und betrachtete das

Meer vor ihnen. Als von Südwesten her eine Brise aufkam, wurde die See zunehmend unruhiger.

XCVIII

Justen hielt sich mit einer Hand an der Reling des Achterdecks fest, als die *Nyessa* gegen eine Welle anstürmte, dass der Bugspriet für einen Augenblick ganz verschwand. Grünes Wasser stürzte übers Deck und die Gischt spritzte fast bis zu Justen. Im fahlen Morgenlicht schien es, vom Rauschen der Wellen abgesehen, beinahe drückend still zu sein.

Natürlich, dachte Justen nickend. Die Schaufelräder drehten sich nicht mehr, die Dampfmaschine war abgeschaltet. So lange der Wind hielt, brauchte der Kapitän keine Kohle zu verbrennen.

»Aus Diehl heraus bekommt man immer einen guten Wind in den Rücken«, bemerkte der Zweite Maat. Er blieb einen Augenblick bei Justen stehen. Wind und Gischt hatten ihm das lange blonde Haar an den Kopf geklebt. »Meistens jedenfalls.« Er betrachtete Justens schwarze Kleidung. »Ich verstehe das nicht ... Ihr seid ein Druide und trotzdem einer von diesen Magiern. Ich wusste noch gar nicht, dass man beides sein kann.«

»Ich bin mir selbst nicht sicher, ob es möglich ist. Ich habe als Ingenieur begonnen ... als Schmied. Irgendwie kam ich dann, als ich vor den Weißen in Sarronnyn geflohen bin, nach Naclos.«

»Das war ja wohl wie aus dem Regenwetter ins Hafenbecken gesprungen.« Der Zweite Maat pfiff durch die Zähne. »Ich möchte wetten, dass Wesser Euch dankbar wäre, wenn Ihr einen Blick auf die Maschinen werfen könntet. Ihr kennt Euch doch mit Maschinen aus?«

Justen nickte. »Mit den meisten, ja.« Wie lange war es her, dass er das letzte Mal mit Dampf und Turbinen und Schrauben, mit Gestängen und Kondensatoren gearbeitet hatte? Es musste mehr als ein Jahr her sein. Trotzdem betrachtete er sich immer noch als Ingenieur. Aber war er es wirklich noch? Konnte jemand, der den Großen Wald gefühlt und sich mit einer Druidin verbunden hatte – der vielleicht sogar selbst ein Druide geworden war – konnte so jemand noch ein Ingenieur sein?

Als er an Dayala dachte, an ihre Wärme und ihre tiefe Stille, durchströmte ihn eine Woge von Trauer. Er schürzte die Lippen. Jetzt war er ein zweifach Verbannter: einmal aus Recluce und einmal aus Naclos. Doch im Grunde freute er sich nicht besonders darauf, nach Nylan zurückzukehren. Nur das Wiedersehen mit Gunnar, Elisabet und seinen Eltern wäre schön. Was aber konnte er Altara oder dem Rat berichten? Dass ihr Streben nach der Ordnung aus der Sicht der Ehrwürdigen im Grunde ebenso falsch war wie das Streben der Weißen Magier in Fairhaven nach dem Chaos?

Wer würde ihm Glauben schenken? Und doch, er würde nicht lügen können.

Sein Magen knurrte.

Wieder schwappte eine große Welle über das Vorschiff. Unten auf dem Deck wickelten zwei Matrosen, das hereinbrechende Wasser ignorierend, Taue auf, während ein weiterer mit sicheren Bewegungen den Hauptmast hochkletterte. Auf der anderen Seite des Achterdecks trieb eine breitschultrige Frau den Sicherungsstift einer Winde mit einem Hammer ins Loch.

Wieder knurrte Justens Magen. Er richtete sich auf und wandte sich zur Mannschaftsmesse, die sich unter der Brücke befand. Der Raum war kaum doppelt so groß wie die Kabine, in der Justen zusammen mit dem Dritten Maat untergebracht war. Zwei kleine Tische waren ebenso wie die Sitzbänke ohne Lehne im Boden verschraubt. Vertiefungen im Tisch sicherten die Körbe mit den Lebensmitteln.

Zum Frühstück gab es Dörrfrüchte – Birnäpfel und Pfirsiche –, dazu Zwieback und Tee, der bei jedem Schlingern der *Nyessa* heftig im Metallkrug schwappte. Justen setzte sich in eine Ecke, wo er zwischen Wand und Schott einen zusätzlichen Halt im Rücken hatte.

Zwei Matrosen saßen am anderen Tisch, der Dritte Maat kam gerade in die Messe geschlurft und setzte sich zu Justen. »Die raue See scheint Euch ja überhaupt nichts auszumachen, Ser Justen.«

»Solange ich aufpasse, wohin ich die Füße setze, ist es halb so schlimm.« Justen schenkte sich achselzuckend etwas Tee in einen angeschlagenen grauen Becher ein. Beim ersten Versuch, einen Schiffszwieback zu kauen, hatte er sich beinahe den Gaumen aufgeschnitten, und so tunkte er das harte Gebäck in den Tee.

»Ach, Ihr habt also schon die einzige Möglichkeit herausgefunden, den Zwieback unseres Kochs zu essen. Ich habe mir mehr als einmal das Zahnfleisch damit aufgeritzt«, bemerkte der Dritte Maat fröhlich.

Die beiden anderen Matrosen verließen leise die Messe, aber die Frau nickte hinter dem Rücken des Dritten Maats und schüttelte bedauernd den Kopf.

»Ein wundervoller Tag ist es, klar und windig. Da ist man froh, zur See zu fahren.«

Justen nickte und nahm sich einen Birnapfel. Er schmeckte nach Rauch und Salz, aber er aß ihn unverdrossen, als er daran dachte, dass er immer noch erheblich besser schmeckte als ein grauer Kaktus.

»Der Kapitän lässt das Schiff direkt vor dem Wind laufen. Er ist ein Meister darin, den Wind auszunutzen.« Die Worte wurden von einem Sprühregen von Krümeln begleitet.

Justen lächelte leicht und trank einen Schluck Tee.

III

Ordnung gegen Chaos

XCIX

Der Magier mit dem hellblonden Haar stürmte durch die Tür der Großen Werkstatt und sah sich um, bis er die große, dunkelhaarige Frau entdeckt hatte. »Altara! Er ist wohlauf. Sein Schiff läuft gleich in den Hafen ein.«

Die Leitende Ingenieurin legte den Greifzirkel weg. »Übernimm du das bitte, Nurta.« Sie umrundete das Schmiedefeuer und ging Gunnar entgegen. »Wann wird er da sein?«

»Ich glaube, das Schiff ist direkt vor dem Kanal. Ich hoffe es jedenfalls.«

»Wir treffen uns dann unten«, sagte Altara nickend zu Gunnar. »Lauf nur voraus, immerhin ist er dein Bruder.«

Gunnar rannte durch die Große Werkstatt und stürmte in die helle Sommersonne hinaus. Dann bremste er sich und rannte nicht mehr, sondern lief schnellen Schrittes den Hügel hinunter. Das brystanische Schiff – er hatte den Wimpel mit der Eisscholle längst erkannt – konnte noch nicht an den äußeren Wellenbrechern vorbei sein.

Irgendetwas Seltsames war an Justen, das konnte er sogar aus dieser Entfernung spüren. Eine Art feines Band der Ordnung, das bis nach Candar zu reichen schien. Er musste grinsen. Justen war schon immer etwas seltsam gewesen.

Gunnar ging wieder etwas schneller. Er wollte auf jeden Fall auf der Pier stehen, bevor das Schiff anlegte.

C
─────────

Justen blinzelte in der Sonne, als er die Pier überblickte. Die Schaufelräder der *Nyessa* liefen rückwärts und bremsten das Handelsschiff ab, bis es nur noch im Schritttempo fuhr und schräg auf den freien Anlegeplatz zwischen zwei dicken Pollern zuhielt. Näher am Ufer war ein Schoner mit zwei Masten und schwarzem Rumpf festgemacht, der nur ein Schaufelrad am Heck und einen schmalen Schornstein hatte.

Der leichte Westwind versprach einen kalten Frühlingstag.

Nachdem er das Gepäck vor seinen Füßen überprüft hatte, betrachtete Justen wieder die Pier. Ein halbes Dutzend Hafenarbeiter lud gerade den Schoner ab, eine Handvoll Männer und Frauen standen unten und warteten offenbar auf die *Nyessa*.

Ein großer Mann mit hellblondem Haar und eine dunkelhaarige Frau – beide schwarz gekleidet – hielten sich etwas abseits von den Arbeitern.

Justen winkte und sie erwiderten den Gruß. Er fragte sich, wie Gunnar gewusst hatte, dass er gerade jetzt zurückkehrte.

Die Erste Offizierin trat neben Justen. »Ser, Euer Teil der Fracht soll unter Eurem Namen beim Hafenmeister deponiert werden.« Sie faltete ein Pergament auf. »Ist das so richtig?«

Justen überflog das Dokument und hatte Mühe, ein betretenes Schlucken zu unterdrücken, als er sah, wie viel von der Fracht ihm überschrieben werden sollte: die Hälfte des Schätzwertes des gesamten Lorkenholzes, das sich an Bord befand. Es würden nahezu hundert Goldstücke sein. Schließlich nickte er. »Wann wird das Geld zur Verfügung stehen?«

»Nun ja, Ser, dies ist nicht mehr als eine Schätzung,

die auf unseren bisherigen Lieferungen beruht, aber die Sache muss geregelt werden, bevor wir wieder in See stechen.«

»Ich verstehe.«

»Die Druiden nehmen es sehr genau, Ser. Niemand, der sie betrügt, bekommt jemals wieder eine Ladung.« Die Erste Offizierin lachte leise. »Herko kann ein Lied davon singen. Wir würden das lieber vermeiden. Wenn Ihr also Fragen habt, dann sprecht bitte mit mir oder dem Kapitän.«

»Könntet Ihr mir eine Abschrift der endgültigen Abrechnung überlassen?«

»Das tun wir sowieso. Auf diese Weise gibt es keine Unstimmigkeiten. Wenn Ihr mich jetzt entschuldigen würdet...«

»Oh, sicher. Ich will Euch nicht von der Arbeit abhalten.« Justen sah zu, wie die Taue zu den Hafenarbeitern hinuntergelassen wurden. Dann zog die Mannschaft die *Nyessa* mit den Winden an den endgültigen Liegeplatz. Endlich konnte er sich den Tornister auf den Rücken schnallen und zur Reling gehen, wo zwei kräftige Matrosen die Laufplanke herunterließen.

Altara und Gunnar kamen ihm entgegen, als er unten auf die Steine trat, die vom Regen der vergangenen Nacht noch nass waren. Gunnar nahm ihn in die Arme und Justen erwiderte die Umarmung des Bruders. Dann lösten sie sich voneinander.

»Wie hast du dieses Schiff gefunden?«, wollte Altara wissen. »Was hast du gemacht?«

»Wo warst du? Wie bist du hergekommen? Ich habe mir solche Sorgen gemacht, als wir in Sarron voneinander getrennt wurden.« Gunnars Fragen prasselten auf Justen ein wie ein Gewitterregen.

Justen hob die Hände. Er musste unwillkürlich lachen, aber gleichzeitig wurden ihm auch die Augen feucht, als er die Sorge und Liebe seines Bruders spürte.

War auch dies etwas, das er früher nie gesehen hatte? »Hört auf«, wehrte er sich schließlich. »Ich kann doch nicht alles auf einmal beantworten.«

»Warum denn nicht?«, meinte Altara grinsend.

Rings um sie machten Hafenarbeiter und Matrosen die *Nyessa* fest, während schon die ersten Pferdefuhrwerke polternd am Schoner vorbei zum brystanischen Handelsschiff fuhren.

»Ich habe Hunger«, gestand Justen. »Houlart öffnet früh, nicht wahr?«

»Denkst du immer nur ans Essen?«

»Solange es kein Kaktus ist.«

»Houlart hat geöffnet«, erklärte Altara, »aber ob es dort so früh schon etwas gibt, das genießbarer ist als ein Kaktus, wage ich zu bezweifeln.«

»Wie lange hat die Überfahrt gedauert?«, fragte Gunnar.

»Fünf Tage. Der Kapitän hat jeden Fetzen Segel gesetzt, den er hatte.«

»Fünf Tage? Woher bist du denn gekommen? Doch wohl nicht aus Armat oder Südwind?«

»Nein, ich komme aus Diehl.«

»Dann warst du in Naclos? Du musst durch ganz Candar gereist sein. Oder ist dein Schiff um Südwind herum gefahren?« Gunnar wich einem Hafenarbeiter aus, der einen Karren schob.

»Ich habe einen großen Teil von Naclos gesehen, vor allem die Steinhügel und das Grasland im Norden.«

»Elisabet hat sich große Sorgen um dich gemacht.«

»Ich hatte …« Justen seufzte. »Ich hätte euch eine Nachricht schicken müssen, aber … aber es ist so viel geschehen und ich wusste nicht wie. Nein«, berichtigte er sich gleich wieder, weil er nicht wollte, dass ein falscher Eindruck entstand. »Naclos war so fremdartig, dass es mir manchmal unwirklich vorgekommen ist. Ich habe einfach nicht mehr daran gedacht, wie es den anderen ergangen ist oder ob jemand sich meinetwegen Sorgen machen könnte. Ich wusste, dass ich zurückkommen musste, aber in gewisser Weise ist es mir auch sehr schwer gefallen.« Er schüttelte den Kopf.

Weder Gunnar noch Altara sprachen ein Wort, als sie die Pier verließen und an der Schreibstube der Hafenmeisterin vorbei die Straße hinunter gingen. Als sie die Läden hinter der Hafenzeile erreichten, warf eine kleine, schnell fliegende Wolke einen Schatten über die drei.

Justen hätte beinahe die Stirn gerunzelt, weil ihn hier die gleichen Gefühle überkamen wie in Diehl, wenngleich stärker als dort. Alle Gebäude, die aus massivem schwarzem Stein bestanden, kamen ihm irgendwie schief vor, als würden sie sich zu einer Seite neigen, so dass sie umzukippen drohten. Er blinzelte einige Male und versuchte, sein Gespür für das Ungleichgewicht zwischen Ordnung und Chaos zurückzuschieben.

»Bist du froh, dass du wieder hier bist?«, fragte Altara.

»Ich weiß nicht. Es ist schön, euch zwei zu sehen, wirklich schön. Und ich würde gern nach Wandernicht fahren und alle anderen wiedersehen.«

Altara und Gunnar wechselten einen Blick, schwiegen aber. »Es scheint mir ... ich weiß auch nicht.«

»Was hast du die ganze Zeit gemacht?«

»Ums Überleben gekämpft. Viele verschiedene Dinge.« Justen deutete auf das Zeichen mit dem schwarzen Wasserspeier vor Hoularts Schenke. »Ich möchte euch aber lieber die ganze Geschichte auf einmal erzählen, nicht in kleinen Stücken.«

Die Schankstube war leer, was aber für diese Tageszeit in Nylan nicht ungewöhnlich war. Als er an den Tischen vorbeiging, warf Justen einen Blick zum Mancala-Brett, das auf dem leeren Ecktisch stand. Er fragte sich, ob er jetzt anders gegen Gunnar spielen würde. Er stellte den Tornister zwischen seinen Stuhl und die Wand. Mit einem Achselzucken machte er sich klar, dass er eigentlich überhaupt keine Lust hatte, Mancala zu spielen.

Altara winkte der Schankmaid, die in einer Ecke wartete, und die kleine Frau mit der blauen Kappe kam zu ihnen geeilt.

»Wir haben noch Würste und Eier, mit weißem Tang gebraten«, begann die Frau.

»Habt Ihr nicht vielleicht auch Brot, Marmelade und Bier?«, fragte Justen. »Und etwas weißen Käse?«

»Er hat sich kaum verändert«, flüsterte Altara Gunnar zu.

»Gut möglich, dass wir noch etwas haben, Ser. Und Ihr?«, fragte die Frau, indem sie sich an Altara wandte.

»Nur einen Grünbeerensaft.«

»Ich nehme etwas Brot und Grünbeerensaft«, meinte Gunnar.

Die Schankmaid nickte und drehte sich um. Justen rückte den Stuhl zurecht und blickte zum Tornister hinunter.

»Wie war das nun mit dem Schiff?«, fragte Altara.

»Ach, lass ihn doch einfach von vorn anfangen.«

Justen wartete, bis die Frau seinen Krug Bier gebracht und mit einem kleinen Knall auf den dunklen Holztisch gesetzt hatte.

»Mit dem Brot und dem Grünbeerensaft wird es noch etwas dauern, Ser.«

Justen trank einen kleinen Schluck vom Dunkelbier. Es kam ihm bitterer vor als früher, aber dann nahm er nichtsdestotrotz einen großen Schluck. »Also gut ...« Er hob die Hand, ehe die Fragerei wieder losging. »Ich will euch die wichtigsten Punkte sofort berichten. Zuerst einmal war ich gegen Ende der Schlacht in Sarron so müde, dass ich die Schilde nicht lange halten konnte. Ich befand mich auf der falschen Seite des

Hügels und zwischen uns waren all die Magier. Bevor ich wusste, wie mir geschah, war mir der Rückweg versperrt. Also dachte ich, es wäre gut, flussaufwärts zu wandern, um ein Pferd zu finden, den Sarron zu überqueren und auf der anderen Seite zurückzureiten ...«

Hin und wieder innehaltend, um einen Schluck zu trinken, schilderte Justen seine Reise in Sarronnyn und beschrieb in groben Zügen seine Schwierigkeiten mit dem Weißen Magier, der ihn verfolgt hatte, und wie er keine Furt durch den Fluss hatte finden können. Dann begann er mit den Träumen.

Die Schankmaid stellte zwei Becher Grünbeerensaft auf den Tisch und verschwand so schnell, wie sie gekommen war.

»Hattest du diese Träume schon, bevor du Recluce verlassen hast?«, fragte Gunnar.

»Einen nur. Aber ich dachte, es sei nur ein ganz normaler Traum. Als mir dann am Ende nichts anderes übrig blieb, als die Steinhügel zu durchqueren ...«

Das Brot, der weiße Käse und die Kirschmarmelade wurden serviert. Justen aß und fuhr gleichzeitig mit seiner Erzählung fort.

»Aber du hast doch gesagt, die sarronnesischen Wegelagerer hätten dein Pferd getötet«, warf Gunnar ein.

»Ich habe die Steinhügel zu Fuß durchquert. Das erste Stück des Weges war ich allein. Ich hatte Mühe, Wasser zu finden, und als ich den grauen Kaktus probiert, wurde mir schlecht. Die grünen waren erträglich. Aber ich konnte einfach nicht genug Wasser auftreiben. Es war nur gut, dass Dayala mich gefunden hat.«

»Dayala?«

»Nach seinem Gesichtsausdruck zu urteilen, Gunnar, muss sie etwas ganz Besonderes sein.«

»Wie hat sie dich gefunden? Ist sie einfach in die

Steinhügel marschiert und hat dich gesucht? Aber warum?«, fragte Gunnar weiter.

Justen verdrückte einen Bissen Brot mit Käse und bemerkte im Stillen, dass der Käse schwerer und dicker schien als beim letzten Mal. »Sie war es, die mir die Träume geschickt hat, und sie hat den Sand befragt, um mich zu finden. Es hat eine Weile gedauert, bis ich wieder gesund war. Ich war in keiner sehr guten Verfassung und wir mussten natürlich bis Rybatta laufen, wo sie lebt. Die Druiden reiten nicht auf Tieren, aber die Tiere sind normalerweise bereit, Lasten für sie zu tragen.« Justen schilderte die langsame Reise, ließ aber seine erste Begegnung mit dem Großen Wald aus. Als er Dayalas Arbeit beschrieb, zog er den Tornister auf seinen Schoß.

»Ihr glaubt nicht die Hälfte von dem, was ich erzähle. Ihr denkt wohl, der arme Justen hat den Verstand verloren. Hier.« Er reichte Gunnar die erste und Altara die zweite, kleinere Schachtel mit der dunkleren Maserung.

Gunnar schluckte und Justen konnte spüren, wie sein Bruder andächtig mit seinen Ordnungs-Kräften die Schachtel erforschte.

Altara sah sie nur an ... und schaute und schaute, ehe sie wieder sprach. »Ich sehe überhaupt keine Fugen.«

»Nein. Dayala lässt sie in einem Stück wachsen.« Justen lächelte. »Immerhin ist sie eine Druidin.« Dann wurde er wieder ernst. »Ganz so einfach ist es aber doch nicht. Es erfordert wirklich eine Menge Arbeit. Sie war nach einem Tag Arbeit mit den Bäumen stärker erschöpft als ich nach einem Tag in der Schmiede.«

»Ich dachte, die Druiden arbeiten nicht mit Metall.«

»Das dachte ich auch, aber ihr Vater ist Schmied. Er

verwendet Sumpferz, aber er lebt ein Stück von den anderen entfernt. Nur wenige Druiden fühlen sich mit Klingen und Messern wohl.«

»Was ...«

»Wartet«, unterbrach Justen. »Ich habe die ganze Zeit geredet. Jetzt seid ihr an der Reihe.«

»Aber du hast noch nicht erzählt ...«

»Ich erzähle später weiter. Was ist nach der Schlacht in Sarron passiert? Ich habe gespürt, wie der Weiße Magier die Stadt hat beben lassen, aber danach musste ich fliehen.«

»Nachdem die Tyrannin tot war, haben die Sarronnesen, abgesehen von Berlitos, mehr oder weniger aufgegeben.« Altara unterbrach sich und trank einen Schluck Grünbeerensaft. »Wir konnten nach Rulyarth gelangen, aber es war ein schlimmes Durcheinander. Die Menschen haben bestochen und getötet und buchstäblich alles getan, um aus Sarronnyn herauszukommen. Ein paar sind nach Suthya gefahren, aber niemand glaubt, dass die Suthyaner noch lange standhalten werden. Wir haben eine Überfahrt auf der *Stolz von Brysta* bekommen, aber nur als Deckspassagiere, und es hat die ganze Zeit geregnet. Zwei Soldaten sind an den Verletzungen und der Kälte gestorben. So geht es eben, wenn keine Heiler dabei sind.«

»Was ist aus Firbek geworden?«

»Als ich ihn das letzte Mal gesehen habe, hat er unsere Raketenwerfer der Eisernen Garde übergeben. Nach Berichten der sarronnesischen Soldaten, die im letzten Frühjahr geflohen und hierher gekomen sind, hat er bei der Eroberung Rulyarths eine Abteilung geführt.« Altaras Stimme war kalt. »Gunnar war überrascht. Er dachte, du hättest ihn getötet.«

Justen schüttelte den Kopf. »Ich habe ihn mit dem Schwert erwischt, aber er hat Gunnar niedergeschlagen und ist geflohen. Dann haben die Lanzenreiter den

Hügel genommen und er hat die Raketen auf die Heiler gerichtet.«

Altara wechselte einen Blick mit Gunnar. »Gunnar dachte, das wären die Weißen Magier gewesen.«

»Nein. Es war Firbek. Und teilweise war es sogar meine Schuld. Er hat versucht, mich zu treffen, aber die Raketen sind an mir vorbei zu den Heilern geflogen.« Justen senkte den Blick. »Clerve, Krytella ... es hat sie völlig überraschend getroffen. Ich würde den Bastard auf der Stelle töten, wenn ich die Gelegenheit dazu bekäme.« Er winkte der Schankmaid. »Noch eine Runde Getränke.« Dann wandte er sich an Gunnar. »Kannst du das bezahlen? Ich kann es dir in ein oder zwei Tagen zurückgeben.«

»Mach dir deshalb keine Sorgen.« Gunnar berührte ihn an der Schulter. »Ich bin einfach nur froh, dass du wieder da bist.«

»Und nachdem ihr wieder zu Hause wart ...«, drängte Justen ihn.

»Der Rat hat nacheinander einzeln mit uns gesprochen.« Gunnar schob die leeren Becher in die Mitte des Tisches, als die Schankmaid drei volle brachte. »Turmin wollte vor allem wissen, wie sich das Chaos aus der Nähe angefühlt hat.«

»Und jetzt tun sie alle so, als wäre überhaupt nichts geschehen«, schnaubte Altara. »Ryltar hat allerdings eine Erhöhung der Steuern für die örtlichen Händler durchgedrückt, um die Marineinfanterie aufstocken zu können, falls sie für die Handelsflotte gebraucht wird.«

»Warum keine Zölle?«, fragte Justen.

»Weil höhere Zölle den Handel behindern«, gab Altara unwirsch zurück. »Die Steuern kommen aus unser eigenen Tasche. Lebensmittel und andere Waren können wir ja nur hier vor Ort kaufen. Oh, und die Kaufleute wurden natürlich ausgenommen.«

Justen nippte an seinem zweiten Bier. Irgendwie

schien die Vorstellung, dass es in Recluce Steuern gab, so unwirklich wie Dayalas Arbeit mit den Schachteln in Naclos, als er zum ersten Mal davon gehört hatte. »Es scheint mir, seit unserer Expedition nach Sarronnyn hat sich nichts verändert, nur dass im nächsten Frühling das Gleiche in Suthya passieren wird.«

»Nein, das wird es nicht, denn der Rat wird das nächste Mal nicht einmal Freiwillige schicken. Sie werden nur die Hände ringen«, widersprach Altara.

»Ist es so schlimm?«, fragte Gunnar. »Aber besonders erfolgreich waren wir ja wirklich nicht.«

»Ganz im Gegenteil. Du und Justen, ihr zwei habt ganz allein fast zwei Heere vernichtet und die Weißen beinahe ein Jahr lang aufgehalten. Und trotzdem meinen alle, wir könnten nichts tun.« Altara nahm ihren Becher in die Hand. »Ich bin beinahe so weit, dass ich anfangen könnte, Bier oder Branntwein zu trinken.«

Justen schauderte, als er an Krytella, Clerve und die tote Eiserne Gardistin dachte. »Es gibt zu viel Ordnung und zu wenig Chaos ...«, murmelte er.

»Zu viel Ordnung und zu wenig Chaos?«, fragte Gunnar.

Justen zuckte mit den Achseln. »Eine der älteren Druidinnen hat es gesagt. Ich denke manchmal darüber nach.« Ein Stich und ein Lichtblitz fuhren durch seinen Schädel. »Ich denke sogar sehr oft darüber nach.«

Altara und Gunnar wechselten einen Blick.

»Du hast noch nicht erklärt, wie du von Rybatta nach Diehl und wieder hierher gekommen bist und warum es so lange gedauert hat«, drängte Gunnar ihn.

»Ich bin mit dem Boot flussabwärts gefahren, aber bevor es dazu kam, ist eine Menge geschehen ...« Justen beschrieb Rybatta und erzählte vom Zusammenleben der Menschen in Naclos.

Altara atmete langsam aus, als er zu sprechen begann, und Gunnar lehnte sich bequem zurück und hörte schweigend zu.

Wieder vermied Justen es, über die Zwänge zu sprechen, die der Große Wald ausüben konnte, und seine Verbindung mit Dayala ließ er ebenso außen vor wie seine Gefühle, was das Ungleichgewicht der Ordnung betraf.

In gewisser Weise würde es in Recluce sehr einsam werden, dachte Justen. Sehr, sehr einsam.

CI

Justen öffnete die Tür. Nichts hatte sich verändert.

Die Öllampe stand noch in der Ecke des Schreibtisches und auf der Bronze oder dem Glas war kein einziges Staubkörnchen zu sehen. Nur das schmale Bett sah etwas anders aus, denn Decke und Laken waren ordentlich am Fußende zusammengefaltet, statt auf der Matratze ausgebreitet.

Nachdem er die Tür hinter sich geschlossen und den Tornister aufs Bett gelegt hatte, ging Justen zum Fenster und öffnete erst die inneren Fensterläden und dann das Fenster selbst, damit der Herbstwind flüsternd durch die abgestandene Luft seines alten Zimmers streichen konnte.

Er öffnete den Tornister und nahm das halbe Dutzend kleiner Schachteln heraus, die ihm noch geblieben waren. Alle waren in die weichen, papierähnlichen Blätter eingewickelt, die man in Naclos zum Verpacken von Waren benutzte. Er stellte die noch eingepackten Schachteln nebeneinander an den Rand des Schreibtisches. Seine Finger kribbelten, als er das glatte Holz der letzten Schachtel berührte, wo das Blatt sie nicht völlig bedeckte. Die Maserung erzählte ihm von silbernem Haar, langen Fingern und grünen Augen.

Eine Weile stand Justen mit geschlossenen Augen vor dem Schreibtisch. Dann holte er tief Luft und sortierte seine persönlichen Habseligkeiten: das Rasiermesser, das er bei Yual geschmiedet hatte, etwas Seife aus Rybatta, ein weiches Tuch für das Gesicht, ein kleiner, mit Bronze gerahmter Spiegel.

Er schüttelte die braune Hose und das Hemd aus, die aus einem weicheren Tuch bestanden als die schwarzen Sachen, die er jetzt wieder trug, und hängte sie an die Haken im Kleiderschrank. Der Tornister kam unten in den Schrank, wo auch für Stiefel – falls er irgendwann wieder schwarze Stiefel haben würde – noch Platz war.

Nachdem er die Türen des hohen Schrankes geschlossen hatte, ging er zum kleinen Bücherregal und nahm das Mancala-Brett und die Schachtel mit den schwarzen und weißen Spielsteinen zur Hand. Dann stellte er das Brett zur Seite und betrachtete die Scharniere und das Holz. Er war sich deutlich bewusst, dass auch die beste Handwerkskunst immer noch eine Art von Gewalt darstellte, als wären die Holzteile in eine unnatürliche Form gezwungen worden. Er stellte die Schachtel beiseite und schüttelte den Kopf. Wenn Naclos so unwirklich gewesen war, warum sah er dann hier plötzlich alles mit anderen Augen?

Er blickte zum Gemäuer der Außenwand. Die Steine waren anscheinend völlig ordentlich gesetzt. Lag es daran, dass das Holz mit Schneiden geformt worden war? Begann er, so wie Dayala zu empfinden, die keine scharfkantigen Werkzeuge in ihrer Nähe ertragen konnte? Oder war er einfach nur aufmerksamer geworden?

Nach einem letzten Rundblick durchs Zimmer drehte er sich um und öffnete die Tür, um sich zur Großen Werkstatt und an die Arbeit zu begeben, die dort wahrscheinlich auf ihn wartete.

Die kleinen Vertiefungen mitten in den Steinstufen erinnerten ihn an die Generationen junger Ingenieure, die in diesen Unterkünften gelebt hatten. Er konnte beinahe spüren, wie die Männer und Frauen der Vergangenheit über seine Schulter schauten, die Gesichter starr und streng eingedenk der Ordnung.

Kopfschüttelnd trat er in den kühlen, schönen Nachmittag hinaus und ging bergab.

Ein leerer Pferdewagen holperte auf der Straße vorbei. Justen runzelte unwillkürlich die Stirn, als er den Fahrer auf dem Wagen sitzen und nicht neben dem Pferd laufen sah. Er blinzelte und holte tief Luft.

Auf halbem Weg den Hügel hinab blieb er vor dem Schulgebäude stehen, das ihm früher immer wie ein Teil des Hügels selbst vorgekommen war. Jetzt schien es sich eher krass davon abzuheben. Eine Handvoll Schüler hatte sich an der Steinbank vor der Statue Dorrins versammelt. Sie schnatterten wie aufgescheuchte Vögel. Einige Augenblicke lang blieb er stehen und sah ihnen zu, dann drehte er sich um und ging weiter.

Unterwegs blieb er noch einmal stehen und sah sich zu der im Schatten liegenden Veranda um. Er spürte die Massen von geordnetem Material in den Wänden, schwerer und drückender, als es ihm je bewusst gewesen war. Er atmete tief durch, stieg die niedrigen Stufen hinauf und betrat die Große Werkstatt. Vor der eigentlichen Werkstatt blieb er stehen.

Eine junge Frau, die er nicht kannte, arbeitete am Schmiedefeuer des Arbeitsplatzes, der einst der seine gewesen war. Ihre Hammerschläge waren gut gezielt und sicher, was auch für alle anderen hier arbeitenden Ingenieure galt.

Das dumpfe Kratzen der Gewindeschneider klang ihm scharf in den Ohren.

»Justen? Was machst du denn hier?« Die dunkelhaarige Leitende Ingenieurin kam sofort zu ihm, als sie ihn bemerkt hatte.

Er zuckte mit den Achseln. »Ich dachte, ich bin Ingenieur.«

»Wir sind eine Weile ohne dich zurechtgekommen, Justen«, erklärte Altara lachend. »Justen hat mir erzählt, dass eure Schwester dich sehen will. Und ich glaube, sobald der Rat weiß, dass du hier bist, wird auch er dich sprechen wollen.«

Er hatte seine Familie wiedersehen wollen. Was also hatte er dann hier in der Großen Werkstatt zu suchen? Justen blickte zwischen den schweren Eisenteilen hin und her, vom Amboss zum eisernen Gehäuse eines Turbinenrades.

»Wenn der Rat dich sprechen will, kann ich nach Wandernicht kommen und dich abholen. Wenn der Rat dich nicht sprechen will, kannst du ja in ein paar Tagen wieder hierher zurückkommen. Und mach dir keine Sorgen, denn so wie es aussieht, wird man dich für den Aufwand bezahlen.«

Justen lächelte schuldbewusst, weil er sich vor Augen hielt, dass er viel reicher war, als er jemals geglaubt hätte. Das Lächeln verschwand sofort wieder, als er daran dachte, zu welchem Zweck er diesen Reichtum einsetzen würde.

»Du musst mir dann ein Pferd mitbringen oder ich muss mit der Postkutsche fahren«, antwortete er.

»Ich bin sicher, dass die Bruderschaft oder der Rat dir ein Pferd zur Verfügung stellen wird, wenn man dich sprechen will. Aber jetzt ... jetzt fahre erst einmal zu deiner Familie und sage ihnen, dass du wohlbehalten wieder hier angekommen bist.«

»Danke.« Justen drehte sich langsam um. Warum zögerte er nur? Natürlich wollten seine Eltern und Elisabet ihn sehen und er wollte auch sie wiedersehen.

Warum war er nicht schon längst darauf gekommen? Warum war er in seine alten Gewohnheiten verfallen?

Er ging langsam die Treppe zur Straße hinunter und rieb sich nachdenklich das Kinn.

CII

»Wir ... wir sind beinahe da.« Severa zog leicht an den Zügeln und die Postkutsche näherte sich etwas langsamer der Poststelle. Das *Gebrochene Rad*, ein zweistöckiger, aus Steinen und Balken erbauter Gasthof, sah beinahe aus wie damals, als Justen die Heimat verlassen hatte. Nur die gebrochenen Speichen auf dem Schild waren jetzt von einem dunkleren Braun. Ein Mann, nicht viel älter als Justen, der einen Farbeimer in der Hand hielt, winkte Severa zu. Sie winkte zurück.

»Wer war das?«, fragte Justen. Er musste sich an der Kante des Sitzes festhalten, als Severa die Bremse anzog und die Kutsche ruckend zum Stehen kam.

»Das war Rildr, der Neffe des alten Hernon. Sie wollen die alte Schenke nach und nach renovieren. Das Haus war eigentlich noch nicht sehr heruntergekommen, aber wenn man sich nicht ständig um einen Gasthof kümmert, fällt er irgendwann auseinander.«

»Ich glaube, das gilt so ziemlich für alles.« Justen gab ihr die zwei Kupferstücke für die Fahrt und rutschte vom Ledersitz herunter, um seinen Tornister von der Ladefläche zu holen. Er blickte zu den hohen, dünnen Wolken hinauf, die ein wenig Kühlung, aber keinen Regen verhießen.

Severa steckte die Münzen in ihre Börse, hob einen der ledernen Postsäcke vom Wagen und stellte ihn auf das Pflaster vor der Poststube. Unterdessen kam schon ein junger Postpacker aus dem Gebäude gelaufen. »Entschuldige, Severa. Ich habe dich nicht gehört.«

»Und wenn ich die Dämonen wecken würde, dann würdest du es immer noch nicht hören, Lorn«, sagte Severa belustigt zu dem jungen Mann, der betreten das Pflaster vor seinen Füßen anstarrte.

Justen nahm seinen Tornister auf die Schulter und verabschiedete sich mit einer knappen Handbewegung von Severa. »Danke.«

»Freut mich, dass du mit mir gefahren bist, Justen. Grüß mir deine Mutter.«

»Gern.« Justen drehte sich um und ging nach Westen über die Hauptstraße, vorbei an der Kupferschmiede und Bastas Kurz- und Lederwarengeschäft.

Vor Seldits Werkstatt stand ein Fuhrwerk. Der Küfer und der Kutscher luden gerade ein großes Fass auf den Wagen, auf dem schon drei andere standen.

»Guten Tag, Seldit«, rief Justen freundlich im Vorbeigehen.

»Justen! Aber das ist ja ... wann bist du denn zurückgekommen?«

»Gestern ... gestern bin ich in Nylan eingetroffen.« Justen blieb stehen.

»Dein Vater wird froh sein, dich wiederzusehen.« Der Küfer, ein Mann mit muskulösen Armen, unterbrach sich und hustete. »Deine Mutter und deine Schwester natürlich auch.«

»Ich freue mich auch, sie wiederzusehen.« Justen lächelte. »Ich will euch nicht weiter aufhalten. Ich werde sowieso einige Tage hier bleiben.«

»Da kann man mal sehen ...« Seldit schüttelte den Kopf und wandte sich an den Fuhrmann. »Ingenieure und Magier ... da weiß man nie ...«

»Genau.« Justen zwang sich zu einem Grinsen. »Da weiß man nie. Genau wie falsche Kupferstücke kommen wir immer wieder zu einem zurück.«

»Jetzt mach, dass du weiterkommst. Du bist immer noch ein junger Spund ... irgendwie.«

Justen winkte und ging weiter. Seldit hatte sich wenigstens nicht verändert, auch wenn ihm Wandernicht im Ganzen irgendwie oberflächlicher vorkam. Es war ein ähnliches Gefühl wie in Diehl und sogar in Nylan, obwohl Nylan unter den dreien noch derjenige Ort zu sein schien, der am stärksten in sich ruhte. Dennoch hatte Justen inzwischen den Eindruck, dass Nylan nicht im Gleichgewicht war und in seinem Übermaß an Ordnung fast ertrank.

Nachdem das Haus, in dem einst Shrezsan gelebt hatte, hinter ihm lag, erreichte er ein kleineres Gebäude, das nagelneu sein musste. Eine blonde junge Frau und ein Kind waren im kleinen Garten beschäftigt. Also, dachte Justen lächelnd, dann hatten Shrezsan und Yousal sich neben dem Haus ihrer Eltern niedergelassen, um das Geschäft der Familie mit Wolle und Leinen weiterführen zu können. Weder Shrezsan noch das Kind schauten auf, als er vorbeiging und sich den Hügeln näherte, zwischen denen die Obstgärten mit Kirschen und Birnäpfeln begannen.

Hinter dem ersten Obstgarten, dessen Bäume gewiss so kräftig wirkten wie die in Naclos, hielt Justen Ausschau, bis er endlich das Wohnhaus sah. Als er den letzten Obstgarten mit Kirschbäumen hinter sich gelassen hatte, schien das Elternhaus, gebaut aus schwarzem Stein und gedeckt mit Schiefer, unverändert vor ihm zu stehen. Lag es an den Menschen, die in ihm lebten? Oder daran, dass es länger stand als viele andere? Justen konnte die drahtige Gestalt seines Vaters erkennen. Er stand am Ende des Gartens auf einer Leiter und pflückte Äpfel. Unten wartete Elisabet und reichte ihm einen Korb an.

Sie wandte sich um und als sie Justen sah, ließ sie den Korb fallen und kam zu ihrem Bruder gerannt.

»Justen! Justen! Vater! Er ist wieder da! Er ist wieder da!«

Elisabets stürmische Umarmung hätte Justen beinahe gegen die niedrige Steinmauer am Straßenrand geworfen.

»Ich wusste es! Ich wusste, dass du zurückkommen würdest!« Sie drückte das Gesicht an seine Schulter.

Abwesend bemerkte Justen, dass sie inzwischen fast so groß war wie er. Sie war kein schlaksiges Mädchen mehr, sondern eine junge Frau. Er umarmte sie. »Ich bin auch froh, dass ich hier bin.«

Horas war seiner Tochter etwas bedächtiger gefolgt. Er stand wartend am Straßenrand. Justen löste sich von seiner Schwester und umarmte seinen Vater.

»Du hast dich verändert«, waren Horas' erste Worte. »Du hast dich sehr verändert.«

»Ja. Es ist viel passiert.«

»Er ist immer noch Justen«, wandte Elisabet ein.

»Man könnte sogar sagen, dass er mehr Justen ist denn je.« Horas' Worten waren warm und ein wenig amüsiert.

»Wo ist Mutter?«

»Sie hilft Nerla beim Bau ihrer eigenen Schmiede. Sie wollte am Nachmittag wieder da sein. Es ginge ja nicht an – sagte sie –, dass sie einem früheren Lehrling die ganze schwere Arbeit abnimmt.«

Die drei lachten, weil Horas Cirlin so treffend nachgeahmt hatte.

»Natürlich muss sie sich jetzt einen neuen Lehrling suchen. Es sei denn ...« Horas sah Justen fragend an.

»Wer weiß?« Justen zuckte mit den Achseln.

»Ich glaube, die Äpfel können noch eine Weile warten. Lasst uns erst einmal etwas trinken. Es ist noch helles Bier da und ...«

»Wir haben auch dunklen Kuchen, mit echter Melasse gesüßt«, rief Elisabet.

»Kommt Gunnar auch?«, fragte Horas.

»Ich glaube schon, aber es kann noch ein oder zwei Tage dauern. Er musste noch etwas mit Turmin besprechen und meinte, ihr solltet mich erst einmal für euch haben. Ich glaube, er hat nur Angst, dass ich inzwischen besser Mancala spiele als er.« Justen lächelte leicht.

»Stimmt das denn?«, fragte seine Schwester.

»Nein. Ich habe nicht mehr gespielt, seit ich Sarron verlassen habe, und das war vor einem Jahr. Nein, ich glaube nicht, dass ich besser geworden bin.«

Horas drehte sich um und seine beiden Kinder folgten ihm den gepflasterten Weg zur überdachten Veranda hinauf. Er wartete an der Tür, bis Justen und Elisabet die Veranda betraten. »Rotbeerensaft und Bier, nicht wahr?«

»Genau.«

»Richtig.« Drinnen ließ Elisabet sich direkt neben Justen auf einen Hocker fallen und sah ihren Bruder aufmerksam an. »Was ist passiert?«

Justen lachte. »Warte, bis Vater wieder da ist. Er wird es auch hören wollen und ich will nicht die gleiche Geschichte zweimal erzählen.«

»Dann solltest du besser warten, bis Mutter kommt. Aber dann muss ich mich um das Abendessen kümmern und werde die Geschichte am Ende überhaupt nicht zu hören bekommen.«

»Du sollst sie hören.« Justen zauste ihr das kurze, hellblonde Haar. »Du hast dir die Haare geschnitten.«

»Lange Haare stören nur und außerdem will ich keine Zuchtstute werden wie die anderen Mädchen mit langen Haaren.«

»Starke Worte, junge Frau.« Horas reichte Justen einen großen Becher.

»Wahre Worte!« Elisabet nahm einen der beiden kleineren Becher vom verkratzten Holztablett. »Lydya redet schon darüber, wie viele Kinder sie haben will.«

Justen und sein Vater wechselten einen raschen Blick.

»Hört bloß auf, so zu grinsen. Ich weiß genau, was ich will.«

»Das glaube ich dir aufs Wort.« Justen trank genießerisch einen Schluck Bier und behielt es einen Augenblick im Mund. Er war froh, dass ihm das Selbstgebraute seines Vaters so gut mundete wie das Bier in Naclos. Er nahm noch einen zweiten, größeren Schluck.

»Also, ich glaube, deine Mutter ist gerade an der Wegbiegung«, meinte Horas. »Wir warten also lieber mit deiner Geschichte, bis sie hier ist.«

»Ich hab's doch gleich gesagt.« Elisabet sah Justen an.

»Inzwischen können wir dir ja erzählen, was hier passiert ist.«

»Nicht sehr viel«, warf Elisabet ein.

»Ich habe in beiden Obstgärten neue Bäume gepflanzt und Shrezsans und Yousals Haus hast du ja schon gesehen.«

Justen nickte.

»Das *Gebrochene Rad* wird renoviert und Niteral hat das Land des alten Kaylert übernommen. Er sagt, es sei nur gerecht, es Huntal zu überantworten. Das ist der Junge, der mit Gunnar zur Tempelschule gegangen ist. Er hat mit Mara zwei Mädchen und sie wollten nicht mehr wie ihre Verwandten als Fischer leben. Sie sind zuerst in Niterals Gästehaus gezogen, aber es war zu klein ...«

»Fischer ... bäh«, machte Elisabet.

»Irgendjemand muss ja fischen.«

»Obstgärten sind besser.«

»Aber nur, wenn du einen Ordnungs-Magier in der Familie hast und Insekten magst«, warf Horas ein.

Elisabet sprang auf und rannte zur Veranda und den

Weg hinunter, um Cirlin zu begrüßen. »Justen ist wieder da! Er ist wieder da!«

Horas und Justen wechselten einen Blick.

»Immer noch so lebhaft wie früher«, meinte Justen.

»Aber nicht mehr lange, würde ich sagen.«

Justen stand auf und schloss seine Mutter fest in die Arme, als sie auf die überdachte Veranda trat.

»Was für eine schöne Überraschung! Aber Gunnar war ja schon immer ganz sicher, dass du zurückkommen würdest.«

»Da hat er mehr gewusst als ich selbst.«

Horas verschwand einen Moment im Haus und kam gleich darauf, als Justen und seine Mutter sich voneinander lösten, mit einem weiteren Bierglas zurück. Cirlin setzte sich in den kleinen Schaukelstuhl in der Ecke.

»Also gut, jetzt will ich aber die ganze Geschichte hören«, verkündete Elisabet. »Ich halte es wirklich nicht mehr aus.«

»Ich glaube, Justen ist hungrig. Vielleicht sollten wir doch lieber bis nach dem Abendessen warten ...« Horas' Augen blitzten listig.

»Vater! Du ... du machst doch nur Spaß, oder?«

Cirlin schüttelte den Kopf. »Manchmal bist du wirklich übereifrig, Tochter.«

»Vielleicht, aber Justen hat versprochen, dass ich alles mitanhören darf.«

Justen klopfte ihr auf die Schulter. »Du wirst zu hören bekommen, was auch alle anderen hören werden.« Er nahm noch einen großen Schluck vom Willkommenstrunk, ehe er begann. »Gunnar hat euch wahrscheinlich schon erzählt, was in Sarron bis zur letzten Schlacht passiert ist. Ich werde also dort beginnen ...«

Die Sonne berührte schon die Kuppen der niedrigen Hügel hinter den Obstgärten, als Justens verkürzte Geschichte über seine Reise durch Candar sich dem

Ende näherte. »... und als das Schiff dann in Nylan an die Pier gezogen wurde, standen Gunnar und Altara schon unten und warteten auf mich.«

Etwas zu spät erinnerte er sich an seinen Tornister. Er holte drei von Dayalas Schachteln hervor, die er für seine Angehörigen zur Seite gelegt hatte. Die erste war für Elisabet bestimmt. »Dayala hat sie mir mitgegeben.« Eine weitere war für Horas, die letzte bekam Cirlin.

»Die ist wunderschön! Ist sie wirklich für mich? Wirklich?«

Justen nickte. »Sie ist für dich, Elisabet.«

Horas betrachtete die Maserung der Schachtel und stellte sie dann behutsam auf den Tisch. Cirlin stellte ihre daneben.

»Sie versteht ihr Handwerk, nicht wahr?«

»Ja.«

»Und sie hat dich aus den Steinhügeln gerettet und dafür gesorgt, dass du sicher wieder nach Hause kommen konntest? Ich glaube, wir sind ihr eine Menge schuldig«, meinte Horas leise.

Justen schluckte. »Nicht so viel, wie du glaubst. Wir müssen alle tun, was die Engel uns vorbestimmt haben.«

»Du liebst sie, nicht wahr?«

»Ja.«

»Aber sie ist doch eine Druidin!«, protestierte Elisabet.

Das bin ich auch, dachte Justen, auch wenn er die Worte nicht aussprach.

»Sie ist eine Druidin und du bist aus Recluce.« Elisabet sah zwischen Justen und ihren Eltern hin und her. »Du bist kein Druide. Du kannst uns nicht verlassen«

»Ich bin ein Druide. Jetzt bin ich einer.«

Horas und Cirlin nickten.

»Du wirst also nicht bei uns bleiben?«, fragte Horas.

»Natürlich wird er bleiben. Er ist doch gerade erst angekommen«, beharrte Elisabet. »Er wird es sich schon noch überlegen. Er muss einfach.«

»Ich werde auf jeden Fall noch ein paar Tage bleiben. Altara sagt, der Rat will mich vielleicht sprechen.«

»Das will er ganz bestimmt.« Cirlin nahm einen großen Schluck aus ihrem hohen Becher. »Früher oder später steht das jedem von uns bevor. Willst du wieder nach Naclos zurück?«

»Ich verstehe das nicht.« Elisabet sah zwischen ihren Eltern hin und her. »Er wurde in Candar beinahe getötet und jetzt scheint ihr beide zu glauben, dass er sofort wieder dahin zurückkehrt.«

»Nicht sofort, denke ich. Ist es nur wegen der Druidin?«, fragte Horas.

»Sie wird doch Justen nicht verhext haben? Sag mir, dass es nicht so ist, Justen.«

»Nein, keine Sorge. Ich muss nach Fairhaven.«

Elisabet riss die Augen noch weiter auf. »Ich verstehe das einfach nicht. Kann mir das mal jemand erklären?«

»Schau mich an, Elisabet. Sieh mich mit deinen Ordnungs-Sinnen an.«

Einen Augenblick lang starrte Elisabet ihren Bruder an, dann wandte sie den Blick ab. Sie schauderte und blickte zu Boden.

»Und jetzt, Mädchen, erzähle mir, was du gesehen hast«, verlangte Horas.

»Er ... seine Ordnung ... da ist kein Chaos, das nicht eingebunden wäre. Sogar Gunnar hat ein paar Flecken von ... von freiem Chaos in sich. Justen aber nicht.« Elisabet hatte Mühe, die richtigen Worte zu finden. Schließlich schaute sie wieder auf. »Es ist etwas ...« Sie schluckte, ohne den Satz zu Ende zu bringen. »Du hast es wohl wirklich ernst gemeint. Die Druiden haben irgendetwas mit dir gemacht. Aber warum?«

»Ja, es war mein Ernst. Aber sie haben nichts gemacht. Es ist etwas, das ich selbst tun musste. Und es betrifft ... es betrifft praktisch alles.« Justen wusste, wie überheblich seine Worte klingen mussten, aber deshalb waren sie nicht weniger wahr. Er sprach rasch weiter. »Ich werde vorläufig noch nicht nach Candar gehen. Ich habe hier noch eine Menge zu tun.«

»Gut!«, rief Elisabet.

»Ich kann auch nicht behaupten, dass mir diese Vorstellung missfällt«, fügte Cirlin hinzu.

»Da dies nun erledigt ist, können wir vielleicht essen?«, fragte Horas.

Justens knurrender Magen stimmte ihm zu.

»Aber Justen!«, rief Elisabet wie eine Mutter, die mit einem ungezogenen Kind schimpft.

Er zuckte mit den Achseln und blickte wie sein Vater zur Küche. Aber seine Augen brannten, als er die vertrauten und auf einmal doch so fremden Apfelbäume sah, die draußen in der Dämmerung standen.

CIII

»Es tut mir leid, dass ich dein Wiedersehen mit deiner Familie stören muss, aber der Rat hat sehr nachdrücklich ...«

»Altara ...« Justen unterbrach die Entschuldigungsrede der Leitenden Ingenieurin. Es war mindestens die fünfte, zu der sie auf der dreitägigen Fahrt von Wandernicht angesetzt hatte. »Du hast mich nicht gestört, und auf dem Rückweg können wir noch einmal dort Halt machen. Also mach dir keine Sorgen.«

»Aber ich finde das einfach nicht schön. Deine Angehörigen haben dich seit mehr als einem Jahr nicht gesehen.«

Justen holte tief Luft und dachte an die Dinge, die nach seinem Gespräch mit dem Rat vor ihm lagen. Es würde nicht leicht werden, wieder nach Candar zurückzukehren, aber er sah keine andere Möglichkeit. Nicht, nachdem ihm die verehrte Ordnung von Recluce jetzt so oberflächlich und unausgewogen erschien.

»Du hast mir überhaupt noch nichts erzählt.«

»Nein.«

»Was ist nur aus dem sorglosen Justen geworden, der Waffen als altmodisch bezeichnet hat?«

»Ich trage immer noch keine Waffen, wie du sicher bemerkt haben wirst.« Er bemühte sich vergeblich, unbefangen zu klingen.

»Damals war es ein Spiel. Jetzt ist es Ernst.« Altara deutete auf die schwarzen Gebäude, die rechts vor ihnen auf der Klippe standen. »Dort ist die Schwarze Residenz.«

Die fünf schwarzen Gebäude schienen mit dem massiven Fels verwachsen, der über weite Teile der Insel den Grund bildete, aber dennoch schienen sie irgendwie nicht im Gleichgewicht zu sein, als könnten sie jederzeit zur Seite kippen. Er blinzelte und schüttelte den Kopf, aber das Gefühl wich nicht, als sie weiterritten. Er hatte beinahe schon den Eindruck, die alte Ordnung, die von den Steinen verkörpert wurde, könnte über seinem Kopf zusammenbrechen.

Er holte tief Luft, als er das Pferd vor einem kleinen, alten Stall zügelte. Er stieg ab und klopfte dem Pferd auf den Hals. Der Hengst wieherte leise.

»Von dem jungen Ingenieur, der sich kaum auf einem grauen Klepper halten konnte, ist wirklich nichts mehr zu sehen.« Altara stieg lachend von ihrem braunen Wallach und reichte einem schwarz gekleideten jungen Mann, der sie schon erwartet hatte, die Zügel.

Justen gab die Zügel seines Pferdes einer jungen

Frau, aber der Hengst wieherte und brach aus. Justen sah das Pferd an und schickte dem lebhaften Tier einen kleinen Funken Ordnung. »Immer mit der Ruhe, mein Junge«, sagte er.

Der Hengst schnaubte und beruhigte sich. Die junge Helferin riss die Augen auf und wich ängstlich zurück, obwohl Justen sie freundlich anlächelte. Er stieg über eine kleine Pfütze, die sich in einer Vertiefung der ausgetretenen, alten Steine gebildet hatte. In Alberth, wo sie die letzte Nacht abgestiegen waren, hatte es nicht geregnet.

»Wohin jetzt?« Justen sah fragend zum Gehweg auf der rechten Seite.

»Hier entlang.« Altara deutete zum linken Weg, der den Stall umrundete und zur südlichen Seite der Residenz führte, wo eine erhöhte Terrasse angebaut war. Vor ihnen schimmerte das Ostmeer silbern im Morgenlicht des Sommertages.

»Glaubst du, der Rat interessiert sich wirklich dafür, wo ich war?« Justen stieg die Treppe zur Terrasse hinauf und näherte sich der verschlossenen Tür aus dunklem Kiefernholz.

»Wie kommst du nur auf so etwas? Du bist seit fünf Generationen der erste Ingenieur oder Magier, der über den Hafen von Diehl hinausgekommen ist. Du bist einer der sehr wenigen, die eine Wanderung durch die Steinhügel überlebt haben, und du bist derjenige, durch dessen Pfeilspitzen aus geordnetem Schwarzem Eisen die Weißen beinahe ein ganzes Heer verloren haben. Wer sollte sich schon für den armen kleinen Justen interessieren?«, meinte Altara grinsend.

»Ich dachte, ich frage einfach mal.«

»Wenn du dich schon dumm stellen willst, dann fang es bitte nicht ganz so dumm an.«

Justen erwiderte das Grinsen und klopfte an die Tür, die sich öffnete, kaum dass er die Hand sinken ließ.

Eine Frau im Schwarz der Marineinfanteristen, die mit dem doppelten Kurzschwert des alten, gefallenen Westwind bewaffnet war, hatte ihn offenbar schon erwartet.

»Justen, Ingenieur. Ich bin hier, weil ...« Er blickte hilfesuchend zu Altara.

»Wir kommen auf Bitten der Ratsherrin Jenna. Ich bin die Leitende Ingenieurin Altara.«

»Willkommen in der Schwarzen Residenz.« Die Soldatin lächelte höflich. »Kommt doch herein.« Sie trat zur Seite und bat sie mit einer Geste in den Raum, der hinter dem kleinen Vorraum lag. »Wenn Ihr Euch bitte setzen wollt. Die Ratsherren werden gleich Zeit für Euch haben.«

Die Wände des Vorraums waren ungeschmückt, genau wie Justen sie in Erinnerung hatte. Sein Lehrer hatte ihm vor Jahren einmal die Residenz gezeigt. Offenbar hatten die Gründer keinen großen Wert auf Wandschmuck gelegt und die Nachfolger hatten die Gebäude so schlicht belassen, wie sie waren.

Der Warteraum war mit beinahe einem Dutzend Stühlen aus schwarzer Eiche und einem niedrigen Tisch ausgestattet, aber alle Stühle waren leer. Altara entschied sich für einen Stuhl am Fenster, von dem aus sie einen Zipfel des Ostmeeres sehen konnte.

Justen ging zum einzigen Bücherregal, in dem ungefähr zwanzig oder mehr Bände standen. Er sah sich die unbeschrifteten schwarzen Einbände an.

»Willst du dich nicht setzen?«

»Wir sind jetzt fünf Tage geritten. Ich bin kein sehr viel besserer Reiter als vor einem Jahr.«

»Es ist länger als ein Jahr her und du bist viel besser geworden.«

»Nicht viel besser, aber du hast Recht. Es kommt mir sogar noch länger vor.«

»Du bist erheblich älter geworden.«

»Das bleibt nicht aus, wenn man die Steinhügel durchquert«, erwiderte Justen lachend. »Ich könnte jetzt ein dunkles Bier vertragen.«

»Trinkst du immer noch dieses Zeug?«

»Warum denn nicht? Es schmeckt doch gut.«

»Aber du bist jetzt stärker geordnet. Du erinnerst mich immer mehr an deinen Bruder oder an Turmin.«

»Ich mag das Bier nun mal.«

Die Marineinfanteristin nahm neben dem Eingang des Ratssaales Haltung an und räusperte sich. »Ingenieure, die Ratsherren wollen Euch jetzt sprechen.«

Justen folgte Altara in den mit dunklem Holz vertäfelten Ratssaal. Er betrachtete kurz die Bilder links und rechts neben den Fenstern – Megaera und Creslin, die Gründer – und dann die drei Gestalten hinter dem Tisch.

In der Mitte stand eine ältere, dunkelhaarige Frau, rechts neben ihr ein Mann mit schütterem braunem Haar, links eine rothaarige Frau, die etwa in Altaras Alter zu sein schien.

Die ältere Frau nickte. »Ich bin Claris. Ich danke Euch, dass Ihr kommen konntet, Ingenieure. Dies ist Ryltar ... und dies ist Jenna.«

Die Rothaarige nickte leicht, als ihr Name genannt wurde, Ryltar grüßte unwirsch.

»Bitte, nehmt Platz.«

Justen setzte sich auf der rechten Seite, der rothaarigen Frau gegenüber, auf einen bequemen, aber abgenutzten Stuhl aus schwarzer Eiche. Altara setzte sich Claris gegenüber.

»Die Leitende Ingenieurin hat uns berichtet, wie Ihr nach Sarron gekommen seid und was dort geschehen ist – wie die Schlacht ausging –, aber wir wissen nicht, wie es Euch nach der Schlacht ergangen ist.«

»Wo soll ich beginnen? Nachdem Firbek die Raketen gegen uns eingesetzt hat?«

»Das ist uns bekannt«, warf Ryltar scharf ein. »Warum habt Ihr Euch nicht mit den anderen zurückgezogen? Warum wurdet Ihr überhaupt von den anderen getrennt?«

»Die Weißen kamen zu schnell den Hügel herauf und ich hatte kein Pferd. Zu diesem Augenblick war ich auch schon sehr erschöpft. Deshalb habe ich einen Licht-Schild um mich gelegt ...«

Ryltar bedeutete ihm fortzufahren und Justen beschrieb ausführlich, wie er versucht hatte, den Fluss Sarron zu überqueren und wie er bei jedem Versuch nur noch tiefer ins Landesinnere gekommen war, bis er sich südlich von Clynya befand.

»Warum habt Ihr versucht, die Steinhügel zu durchqueren?«, fragte Claris, die ältere Ratsherrin.

»Mir blieb nichts anderes übrig«, erklärte Justen trocken. »Hinter mir waren mehrere Trupps Lanzenreiter und mindestens ein Weißer Magier her und ich konnte die verdammte Aaskrähe einfach nicht abschütteln ...« Er beschrieb, wie er bei dem Versuch, die Brücke bei Clynya zu erreichen, nach Süden und Osten fliehen musste, um der Gefangennahme zu entgehen. »... und am Ende blieb mir dann nichts anderes mehr übrig.«

»Waren die Druiden ... hilfsbereit? Ich meine, wie haben sie Euch empfangen?«, fragte die jüngere rothaarige Ratsherrin.

Justen runzelte die Stirn. »Es ist schwer zu erklären. Sie haben mich aus den Steinhügeln gerettet. Ich hätte es aus eigener Kraft nicht geschafft ...«

»Wie weit seid Ihr überhaupt gekommen, junger Mann?«, wollte der Ratsherr mit dem schütteren Haar wissen.

»Ich war nicht mehr in der Verfassung, dies genau bestimmen zu können, Ser. Wenn mich meine Erinnerungen nicht trügen, dann habe ich zehn bis zwölf Tage überlebt, ehe ich gestürzt bin.«

»Und bis dahin habt Ihr keine weitere Hilfe gehabt?«

»Ich weiß, wie dumm es klingt. Ich bin nur mit einer Decke, der Kleidung, die ich am Leib trug und einer Wasserflasche in die Steinhügel gegangen. Damals schien es mir viel vernünftiger als heute. Ich glaube, wenn man von einem Weißen Magier gehetzt wird, kann man leicht die Übersicht verlieren.« Justen lächelte knapp und bemerkte, dass die ältere Ratsherrin Ryltar einen kühlen Blick zuwarf.

»Ihr habt zwölf Tage mit einer einzigen Flasche Wasser überlebt und behauptet, kein Magier zu sein?«

»Ryltar ...«

»Jenna, ich will nur wissen, ob unser Ingenieur das ist, was er zu sein vorgibt.«

»Nein«, wandte Justen ein. »Eine Art Kaktus – die grüne Sorte – hat Wasser im Fruchtmark. Die grauen enthalten auch Wasser, aber von denen ist mir mehrmals übel geworden. Zweimal habe ich kleine Wasserreservoirs in Felsspalten gefunden. Ich verfüge über gewisse Ordnungs-Sinne. Ich könnte kein Ingenieur sein, wenn ich sie nicht hätte.«

»Also habt Ihr zwölf Tage mit dem Wasser überlebt, das Ihr gefunden habt?«

»Es können auch nur zehn oder sogar vierzehn gewesen sein. Ich konnte nicht mehr klar denken.«

»Und was ist dann geschehen?«

»Ich bin gestürzt und konnte nicht mehr aufstehen«, erklärte Justen achselzuckend.

Altara, die hinter ihm stand, musste über die lakonische Bemerkung lächeln.

»Und weiter?«, drängte Ryltar.

»Als ich aufwachte, war jemand bei mir, der mich gefunden hatte und gerade versuchte, mir etwas zum Trinken einzuflößen. Es war eine Naclanerin.«

»Eine Druidin?«

Justen nickte.

»So einfach war das also?«, schnaubte Ryltar. »Sie haben Euch gerettet, aufgepäppelt und nach Diehl gebracht, damit Ihr gesund und munter nach Recluce fahren konntet?«

Justen holte tief Luft und hielt inne. Statt direkt zu antworten, spürte er mit seinen Ordnungs-Sinnen zu Ryltar hin. Er runzelte leicht die Stirn. Chaos war es eigentlich nicht, was er dort spürte, aber ... dort war etwas. Eine Störung der Ordnung, die beinahe aussah wie ...

»Ihr scheint unangenehm berührt, Justen«, meinte Claris.

»Nein ...« Justen versuchte, sich zu sammeln.

»Könntet Ihr erklären, was in Naclos geschehen ist?«, fragte Jenna leise.

»Nun, wir mussten laufen. Die Leute dort reiten nicht auf Pferden. Die Pferde tragen aber Lasten für sie und die Druiden sagen, sie hätten ein ›Abkommen‹ mit den Pferden.«

»Ihr seid nach Diehl gelaufen?« Ryltar hatte wieder die Stimme erhoben. »Quer durch Candar? Nachdem Ihr gerade lebendig aus den Steinhügeln herausgekommen wart?«

»Ryltar ...«

»... mutet unserer Gutgläubigkeit eine Menge zu ...«

»Ihr würdet ihn vielleicht besser verstehen, wenn Ihr weniger reden und mehr zuhören würdet«, fauchte Jenna.

»Jenna«, beschwichtigte sie Claris.

Justen holte noch einmal tief Luft. »In den ersten Tagen, nachdem sie mich gefunden hatten, habe ich mich überhaupt nicht bewegt. Dann sind wir jeweils nur ein paar Meilen pro Tag gelaufen. Wir sind zuerst zu einem Ort namens Rybatta gewandert. Der Ort liegt am Fluss und später sind wir mit einem Boot flussabwärts nach Diehl gereist. Ich habe eine Weile gebraucht, um mich zu erholen.«

»... kann ich mir denken.«

»Was könnt Ihr uns über die Naclaner erzählen?«

»Sie glauben an ihre Version der Legende, würde ich meinen, auch wenn man es mir nie wirklich umfassend erklärt hat. Sie leben in Harmonie mit allen anderen Lebewesen ... sie töten keine Lebewesen, nicht einmal Pflanzen, ohne einen guten Grund zu haben ... anscheinend leben sie sehr lange ...«

Während Justen erklärte, wuchs die Skepsis in Ryltars Gesicht.

Schließlich hob Claris eine Hand. »Ihr scheint unzufrieden zu sein, Ryltar.«

»Das bin ich auch. Wie sollten wir irgendetwas davon glauben?«

»Ich spüre kein Chaos. Und Ihr?«

»Wie können wir das beurteilen? Wir brauchen einen Experten«, schnaubte Ryltar.

»Lasst Ihr deshalb Turmin draußen warten?«, fragte Jenna.

Ryltar zuckte mit den Achseln.

»Justen, nach alledem, was geschehen und was seinem Neffen zugestoßen ist, werdet Ihr hoffentlich verstehen, dass die Sorgen des Ratsherrn Ryltar, Ihr könntet – wenn auch nur unbewusst – auf irgendeine Weise mit Fairhaven in Verbindung stehen, besonders groß sind?«, fragte Claris sanft.

»Das verstehe ich. Ich denke, Turmin wird feststellen, dass ich der Ordnung treu geblieben bin. Die Druiden hätten mich nicht nach Diehl gelassen, wenn es anders wäre.«

Ryltar schürzte die Lippen, als Turmin die Kammer betrat.

Justen stand auf und begrüßte, genau wie die anderen, den Schwarzen Magier mit einem Nicken.

»Wenn Ihr bitte beginnen könntet?«, sagte Claris zu Ryltar.

»Justen hier hat, wie es aussieht, fast zwei Jahreszeiten in Naclos verbracht und ist vor kurzem zurückgekehrt. Ich bin anscheinend der Einzige, der sich Gedanken macht, weil Justen möglicherweise nicht das ist, was er zu sein vorgibt.«

»Aufgrund Eurer ... besonderen Verantwortung ist es natürlich verständlich, dass Ihr besorgt seid.« Turmin nickte zustimmend.

Ryltar errötete leicht und Justen verkniff sich ein Grinsen. Turmin ließ sich von niemandem zum Werkzeug machen.

Der Magier wandte sich an Justen. »Wenn es Euch nichts ausmacht, Ser?«

Justen bemerkte, dass Claris und Ryltar die Stirn runzelten, ehe er antwortete. »Nein, natürlich nicht.«

Turmin dehnte lächelnd seine Ordnungs-Sinne aus und Justen konnte etwas spüren – aber es war viel schwächer als die Schwarze Aura, die er um Dayala und besonders in Gegenwart des alten Engels gespürt hatte.

Der Magier schüttelte leicht den Kopf, dann nickte er zufrieden. Nach ein paar Augenblicken wandte er sich an die drei Ratsherren am Tisch. »Ich bitte um Verzeihung, Ratsmitglieder, aber dieser junge Mann hier hat mehr Ordnung in sich als jeder andere in Recluce. Schon seine bloße Gegenwart würde einen durchschnittlichen Weißen vor Schmerzen zucken lassen.«

»Könnte das irgendein Trick sein?«, wollte Ryltar wissen.

»Ratsherr, ich bitte abermals um Verzeihung, aber Ihr seid den Weißen viel näher als er. Mir ist keine Möglichkeit bekannt, ein solches Maß an Ordnung nur vorzutäuschen. Ist Euch eine bekannt?«

»Danke, Turmin«, schaltete sich Claris ein. »Wir danken Euch für Eure Hilfe.«

»Gern geschehen, Ratsmitglieder.« Turmin nickte knapp, verneigte sich leicht vor Justen und zwinkerte ihm, den drei Ratsmitgliedern den Rücken kehrend, kurz zu.

Jenna hielt sich eine Hand vor den Mund, um ihr Lächeln zu verbergen.

»Wir haben noch einige Fragen«, erklärte Claris, als Turmin die Tür hinter sich geschlossen hatte. »Glaubt Ihr, dass die Naclaner gegen die Weißen kämpfen werden?«

Justen holte noch einmal tief Luft. Die Sitzung dauerte ihm entschieden zu lange. »So weit ich weiß, haben sie schon sehr lange nicht mehr gekämpft, aber ich bezweifle, dass Fairhaven wirklich Naclos erobern will. Die Wälder sind beinahe undurchdringlich, es gibt nur wenige versteckte Wege. Die Steinhügel können nicht von einem Heer durchquert werden und das Land produziert wenig, das den Weißen nützlich wäre.«

»Wie wollen sie sich dann vor dem Einfluss des Chaos schützen?«

Justen dachte eine Weile nach, bevor er antwortete. Wie wollten sie sich davor schützen? »Sie glauben, dass die Kräfte des Gleichgewichts die Dinge früher oder später wieder ins Lot bringen werden...« *Wahrscheinlich mit Hilfe eines Ingenieurs namens Justen.*

Die Fragen gingen weiter und er antwortete so ehrlich und vollständig, wie es ihm möglich war – und doch waren alle Antworten irreführend für einen Rat, der nicht begreifen konnte, dass zu viel Ordnung eine ebenso große Gefahr darstellte wie ein Übermaß an Chaos.

CIV

Justen veränderte seine Position im Sattel und wischte sich die Stirn ab. Es war heiß, auch wenn der Sommer hier lange nicht so drückend war wie der Herbst in den Steinhügeln.

Abwesend fragte er sich, wie dort im Sommer überhaupt irgendetwas überleben konnte. Als er an die Steinhügel dachte, stand auf einmal Dayalas Bild vor seinem inneren Auge. *Oh, Dayala ... ich vermisse dich so ...*

Ein kleiner Schatten trieb über die Straße, als sich eine weiße Schäfchenwolke vor die Sonne schob.

Hatte er als Antwort etwas Wärme zurückbekommen oder bildete er sich nur ein, was er zu fühlen hoffte? Justens Magen knurrte und die Hufe des Hengstes klapperten auf den Steinen der Hohen Straße, einem Monument zu Ehren des großen Creslin.

»Glaubst du, die Schenke ist schon auf?«

Altara hatte geschwiegen, seit sie den Stall der Schwarzen Residenz verlassen hatten. Jetzt räusperte sie sich und blickte versonnen zu den Schafweiden westlich der Straße, auf denen üppig das kräftige Gras stand, das nur auf Recluce wuchs. Die Weiden waren durch niedrige, dunkle Steinmauern voneinander getrennt. »Die Schenke ... ja, ich glaube schon.«

Ein Bauernwagen kam ihnen entgegen. Ordentlich gestapelte Körbe mit Kartoffeln standen darauf, die für den Hafen in Landende bestimmt waren. »Guten Tag, Magister, Magistra.« Die Frau auf dem Kutschbock grüßte sie mit höflichem Nicken.

»Guten Tag.«

»Guten Tag.«

Als der Wagen an ihnen vorbei war, sah Altara Justen lange und nachdenklich an, bevor sie wieder etwas sagte. »Du hast dich verändert. Allerdings ist an der Oberfläche nichts davon zu sehen.«

»Ich glaube, es hat gewisse Spuren hinterlassen, dass ich von einem Weißen Magier durch halb Sarronnyn gejagt wurde und in den Steinhügeln fast ums Leben gekommen wäre.«

»Es ist mehr als das, Justen. Außerdem bist du natürlich auch älter geworden.« Altara blickte auf der gepflasterten Hohen Straße nach Süden. »Den Ratsherrn Ryltar hast du ziemlich in Rage gebracht.«

»Er hat etwas an sich ...« Justen streichelte abwesend den Hals des Hengstes.

»Du willst doch hoffentlich nicht andeuten, einer unserer großen, mächtigen Ratsherren könnte irgendetwas anderes als voll und ganz in der Ordnung verhaftet sein?«

»Turmin hat es geglaubt.« Justen lachte. »Aber ich frage mich, ob man so etwas jemals beweisen könnte. Oder ob es überhaupt zutrifft.«

»Du gehst zu weit, Justen. Wie wäre es denn mit einfacher Korruption? Seit den letzten zwei Generationen war ständig jemand aus Ryltars Familie im Rat.«

»Ich kann nicht glauben, dass jemand einen Ratsherrn kaufen könnte, ohne sofort aufzufliegen.«

»Natürlich nicht. Aber wenn die große Händlergemeinde von Nylan den Rat unterstützt und zu seiner Finanzierung beiträgt ...«

»Oh.« Justen nickte. Wie auch immer, bei Ryltar hatte er ein seltsames Gefühl. Korruption? Aber wer sollte Ryltar für welche Gegenleistung Geld gegeben haben?

»Was wird der Rat in Bezug auf Suthya unternehmen?« Wieder tätschelte Justen den Hals des Hengstes.

»Überhaupt nichts. Berlitos ist in Schutt und Asche versunken und nach dem Untergang Sarrons und der Vernichtung von Berlitos scheint der Rat erst recht nicht mehr geneigt, etwas zu unternehmen. Außerdem haben die Weißen sich bisher nicht gerührt.«

»Der Rat will nichts unternehmen? Ich frage mich, ob jemand Ryltar bezahlt hat, damit er jedes Eingreifen von unserer Seite unterbindet.«

»Justen ... das ist ein äußerst schwerwiegender Vorwurf.«

»Ich werfe ihm nichts vor, ich mache mir nur meine Gedanken. Außerdem, wie könnte man es nachweisen? Gewinne aus dem Handel sind schwer zurückzuverfolgen.«

»Wie auch immer ...« Altara schüttelte den Kopf. »Ich glaube, dafür hätte man Ryltar nicht einmal bezahlen müssen. Er hat sich ohnehin nie in die Ereignisse in Candar einmischen wollen.«

»Narren ...«, murmelte Justen.

»Ich bin ganz deiner Meinung. Aber wie kommst du jetzt darauf?«

»Die Weißen werden ihre Herrschaft über Sarronnyn festigen und insgeheim ihre Magier ausschicken und den Glauben der Menschen an die Ordnung untergraben. Suthya wird fallen, wie Sarronnyn gefallen ist.«

»Willst du nach Candar zurück, um sie aufzuhalten?«

Justen lächelte leicht, antwortete aber nicht.

»Bei der Dunkelheit. Du willst es wirklich tun, nicht wahr?«

»Glaubst du wirklich, die Schenke ist offen?« Justen deutete zum Dorf, dem sie sich gerade näherten.

»Wenn dein Magen noch so lange durchhält, können wir auch in der Schenke in Extina einkehren. Dort ist das Essen besser und es ist ohnehin noch nicht Mittag.« Altara kicherte etwas gezwungen. »Und das Dunkelbier dort soll das beste weit und breit sein.«

»Einen Krug Dunkelbier könnte ich wirklich vertragen.« Er klopfte noch einmal dem Hengst auf den Hals und hoffte, das hiesige Gebräu hätte nicht wieder den bitteren Nachgeschmack, den er erst jetzt zu bemerken schien, nachdem er das Bier in Naclos gekostet hatte. »Ja, das könnte ich jetzt vertragen.«

CV

»Gute Nacht, mein Sohn.« Horas winkte noch einmal und ging den Flur hinunter, um selbst zu Bett zu gehen.

Justen schloss die Tür und betrachtete die Lampe im Wandhalter. Brauchte er sie wirklich? Er ging hinüber und blies sie sachte aus, um das Öl zu sparen. Dann zog er sich die Stiefel aus und türmte die Kopfkissen vor der Wand auf, ehe er sich aufs Bett legte.

Er schob die Arme hinter den Kopf und streckte sich in dem Bett, in dem er so viele Jahre geschlafen hatte, bevor er nach Nylan gegangen und Ingenieur geworden war.

Was war er heute? Teils Ingenieur, teils Druide, teils Heiler, teils wer weiß was?

Als er draußen den Wind durch die gelben Blätter der Bäume streichen hörte, fiel ihm wieder ein, was Gunnar vor langer Zeit einmal gesagt hatte: *Du hast es geschafft, Ordnung in Chaos zu verwandeln. Aber die Graue Magie muss in beide Richtungen funktionieren. Kannst du auch Chaos in Ordnung verwandeln?*

War die Arbeit mit dem Chaos völlig falsch – wenn das Ziel die Ordnung war? Er schauderte. Wie viele Menschen hatten sich schon auf diese Weise zerstört? Aber was, wenn er das Chaos in die Ordnung einband? Genau wie bei der Heilweise, die Dayala ihm gezeigt hatte? Wenn er das Chaos verdrehte und in seinem Körper in die Ordnung einfügte?

Eine falsche Spur? Magistra Gerra hatte einmal erklärt, dass falsche Fährten Ordnung und Chaos scheinbar verbinden mochten, aber auch sehr gefährlich sein konnten.

Es klopfte und er musste lächeln, als er spürte, dass Elisabet vor der Tür stand.

»Komm rein, Elisabet.«

»Es ist dunkel.«

»Du brauchst doch kein Licht. Kein Magier braucht Licht. Schau einfach.«

»Oh, Justen. Du musst mir auch alles verderben.«

»Nur weil ich weiß, dass du ohne viel Licht noch gut sehen kannst?«

»Justen ...«

»Weiß Mutter, dass du noch auf bist?«

»Sie hätte nichts dagegen. Vater auch nicht.« Elisabet ließ sich auf die Bettkante fallen und Justen zog die Füße ein Stück ein. »Erzähl mir von Dayala. Wie ist sie?«

»Was willst du wissen?«, fragte Justen im Dunkeln.

»Justen, du glaubst doch wohl nicht, ich wäre nicht neugierig, wenn du dich in eine Druidin verliebst, oder? Hat sie einen Baum wie in den alten Geschichten?«

»Nein. Die meisten Druiden leben im Großen Wald von Naclos und wollen ihn nicht verlassen, aber nicht alle sind so. Dayalas Vater ist ein Schmied, der in den vergangenen Jahren mehrmals nach Sarronnyn gereist ist. Ihre Häuser bestehen wirklich aus Bäumen. Sie arbeitet mit den kleinen Bäumen, um die Schachteln herzustellen.«

»Das hast du mir schon gesagt. Wie sieht sie aus?«

»Nun, sie ist fast so groß wie ich, hat silberne Haare und grüne Augen. Und einen sehr trockenen Humor, der schwer zu beschreiben ist. Zuerst hatte ich etwas Mühe, die Druiden zu verstehen, weil sie die alte Tempelsprache sprechen ...«

»Sieht sie aus wie das Bild von Llyse in der alten Waffenkammer?«

»Hmm.« Justen versuchte, sich an das Bild zu erinnern, auf dem die Schwester des großen Creslin in voller Kampfmontur abgebildet war. »Ihr Haar ist nicht so lockig wie Llyses, und ich glaube, ihre Schultern sind breiter. Oh, und sie trägt weder Stiefel noch Schuhe, damit sie mit allem in ihrer Umgebung in Verbindung bleiben kann.«

»Trägt sie wenigstens Kleider?«

»Elisabet«, schalt Justen scherzhaft seine Schwester.

»Sie muss irgendetwas haben, das dich anzieht.«

»Sie trägt Kleider – normalerweise eine Hose und ein Hemd. Sie haben eine silbrig-braune Farbe.«

»Ist sie eine gute Liebhaberin?«

Justen hätte sich beinahe verschluckt.

»Und? Ist sie es?«

»Elisabet, ich glaube, das geht nur Dayala und mich etwas an.«

»Also ist sie eine gute Liebhaberin. Wie klug ist sie?«

»In manchen Dingen ist sie viel klüger als ich.«

»Oh, du meine Güte.« Elisabet zog die Knie zum Kinn. Schließlich fragte sie: »Wie lange willst du hier bleiben?«

»Ein paar Tage noch, vielleicht weniger. Ich muss bald wieder nach Nylan.«

»Ich meinte, wann fährst du nach Candar zurück?«

Justen zuckte mit den Achseln. »Ich weiß es nicht. Nicht so bald. Es gibt noch sehr viel zu tun. Im Grunde weiß ich noch nicht einmal, wie ich das tun kann, was getan werden muss.«

»Gut. Ich hatte gehofft, dass es länger dauert. Warum kommt Dayala eigentlich nicht her?«

»Wir haben darüber gesprochen. So lange ich hier nicht ... so lange ich nicht meine Aufgabe abgeschlossen habe, werde ich auch nicht wieder nach Candar fahren.«

»Justen, das klingt, als wärst du mit dieser Aufgabe nicht gerade glücklich.«

»Bin ich auch nicht. Sie muss erledigt werden, aber ich bin damit nicht glücklich.«

»Warum musst du es dann tun?«

»Ist dir eigentlich aufgefallen, dass außer Altara, Gunnar und mir sich kaum jemand Gedanken macht, was Fairhaven plant? Alle anderen scheinen fest entschlossen, die Weißen zu ignorieren.«

»Vater sagt, dass alle der Ansicht sind, Recluce würde schon nichts passieren, selbst wenn die Weißen ganz Candar einnehmen.«

»Eine Zeit lang vielleicht.«

»Aber warum ...«

»Ich habe Pfeilspitzen aus geordnetem Schwarzem Eisen hergestellt, Elisabet. Sie haben eine Menge unschuldiger Menschen getötet. Manchmal habe ich heute noch Alpträume deswegen. Das ist das Problem mit dem Bösen. Das Chaos ist nicht notwendigerweise böse, aber die Weißen sind böse, weil sie ihre Lebensart anderen Leuten mit Gewalt aufdrücken wollen. Doch die einzige Möglichkeit, das Böse zu bekämpfen, ist die Gewalt, und dadurch wird jeder, der kämpft, fast so schlimm wie die Bösen. Ich will nicht, dass die ganze Welt böse wird – diejenigen, die schon böse sind, und dazu noch diejenigen, die böse werden müssen, um die Bösen aufzuhalten.«

Elisabet schwieg.

»Wenn du das Böse wachsen lässt, erfordert es immer mehr Kraft, es aufzuhalten, und das bedeutet, dass noch größeres Übel in der Welt entsteht. Das ist es, was an der Sichtweise des Rates nicht stimmt.«

Elisabet kroch im Bett ein Stück hinauf und nahm Justen in die Arme. »Du bist sehr tapfer.«

»Nein, das kann ich nicht gerade sagen. Ich bin wütend. Ich bin wütend und ich hasse die Engel und die Weißen dafür, dass sie mich in diese Lage gebracht haben. Bleibe ich untätig, dann bin ich ein Feigling, aber wenn ich etwas unternehme, werde ich wie die Weißen und tue Böses im Namen irgendeines Ideals.«

Seine Schwester nahm ihn wieder in die Arme.

Schließlich zuckte er mit den Achseln. »So spielt eben das Leben.«

»Du hat dich verändert. Du bist viel ernster.«

Justen zwang sich zu einem kurzen Lachen. »Das ist ein Teil davon.«

CVI

Justen saß rittlings auf dem Stuhl, die locker überkreuzten Arme auf die geschwungene Lehne gestützt, und sah Gunnar an. »Was machst du jetzt?«

»Ich höre dir zu.« Gunnar machte es sich auf dem schmalen Bett bequem und lehnte den Kopf an die vertäfelte Wand seiner Kammer in der Unterkunft der älteren Magier. Die Wände in Justens Raum bestanden nur aus roh behauenem Stein.

Justen seufzte. »Ich meine, was machst du jetzt für Turmin und für die Bruderschaft?«

»Meist fliege ich mit den hohen Winden und halte Ausschau, was in Suthya vor sich geht. Ich verfolge auch die Winde für die Flotte und teile den Schiffen mit, was sie erwartet und wo es Stürme geben könnte. Das Übliche eben.«

»Mit diesem Ratsherrn – Ryltar – stimmt etwas nicht. Es ist kein Chaos, aber er fühlt sich nicht richtig an.«

Justen rieb sich das Kinn. »Ich frage mich, was er im Schilde führt. Kannst du es herausfinden?«

»Ich soll einen Ratsherrn ausspionieren?«

»Es war nur so eine Idee.« Justen zuckte mit den Achseln. »Wahrscheinlich ist es auch zu anstrengend ...«

»Darauf bin ich schon immer hereingefallen.« Gunnar setzte sich auf. »Du sagst zu mir, ich würde irgendetwas nicht schaffen, und schon muss ich beweisen, dass ich es kann.«

Justen grinste und wartete.

»Also gut. Ich werde ein wenig Zeit darauf verwenden. Aber nur ein wenig.«

»Das ist schon mehr, als ich erwartet habe.« Justen trank einen Schluck vom inzwischen lauwarmen Dunkelbier.

»Ich kann immer noch nicht glauben, dass du dieses Zeug trinken und dabei so geordnet bleiben kannst, wie Turmin es geschildert hat.« Gunnar runzelte die Stirn.

»Die Druiden haben eine Redewendung, in der es um eine tiefere Art der Ordnung geht.«

»Ach, ja. Was ist nun mit dieser Frau? Dayala? Du vermeidest es die ganze Zeit, über sie zu sprechen.«

»Das ist richtig. Ich vermeide es.« Justen trank einen letzten Schluck aus dem Krug und stellte ihn zur Seite. »Sie ist schwer zu beschrieben.«

»Nun ja ... was macht sie denn so – abgesehen davon, dass sie herumsitzt und Druidin ist?«

»Sie macht Dinge aus Holz. Sie lässt sie wachsen, wie die Schachtel, die ich dir gegeben habe.«

»Sie lässt sie wachsen? Das ist aber eine große Leistung, selbst für eine Druidin.«

»Das dachte ich auch, aber ... für jemanden, der nicht dort war, ist es schwer zu verstehen. An der Oberfläche scheint alles in der Ordnung zu ruhen und so ist es auch. Aber jeder Druide wird angehalten, auf einer tieferen Ebene ein Gleichgewicht zwischen Ordnung und Chaos herzustellen.«

»Wird angehalten?«

»Es gibt eine Prüfung. Entweder, man nimmt die Prüfung auf sich und überlebt, oder man muss gehen.«

»Du ... hast du die Prüfung gemacht?«

Justen nickte, dann fügte er hinzu: »Beinahe hätte ich es nicht geschafft. Sarronnyn war dagegen in gewisser Weise ein Kinderspiel. Nicht, dass ich nicht an beiden Orten jederzeit hätte sterben können.«

Gunnar sah Justen lange an und Justen spürte, wie sein Bruder mit den Ordnungs-Sinnen forschte. Schließlich schüttelte Gunnar den Kopf. »Diese Dayala ... war sie der Grund? Der Grund dafür, meine ich, dass du die Prüfung gemacht hast?«

»Teilweise. Jedenfalls hatte ich das Gefühl, ich müsste es tun. Ich kann dir nicht einmal den genauen Grund nennen, aber ich hatte das Gefühl, dass in Recluce etwas nicht stimmte. Vielleicht lag es an Firbek.«

»Im schönsten Obstgarten kann es faule Früchte geben.«

»Aber sie sollten nicht dort aufbewahrt werden, wo sie ein ganzes Fass verderben können, oder?« Justen rutschte auf dem harten Holzstuhl herum.

»Worauf willst du hinaus, mein lieber Bruder?«

»Warum hat ausgerechnet Firbek die Marineinfanteristen angeführt? Ich glaube nun einmal nicht an Zufälle.«

»Meinst du ...« Gunnar dachte eine Weile nach, ehe er fortfuhr. »Ist das der Grund dafür, dass du etwas über Ryltar erfahren wolltest? Weil er Firbeks Vetter ist?«

»Nenn es Neugierde.«

»Neugierde ... man glaubt es kaum.«

»Sogar die Weißen Magier tun nichts ohne guten Grund.«

»Was willst du damit sagen?« Gunnar kratzte sich im Nacken.

»Warum sind so wenige Weiße Magier in Fairhaven? Und damit liegt auch die Frage nahe, warum Fairhaven immer größere Erfolge verzeichnen konnte, seit Cerryl der Große die starken Weißen Magier auf die Hauptstädte und Truppenstützpunkte in Candar verteilt hat.«

»Das könnte auch an der Eisernen Garde liegen.«

»Ich bin sicher, dass dies ein Teil der Antwort ist, aber die Konzentration von Chaos ist für die Weißen ebenso gefährlich wie für uns, vielleicht sogar noch mehr.«

»Worauf willst du hinaus?«, fragte Gunnar. »Du weichst ständig aus. Ich hatte dich eigentlich nur nach Dayala gefragt. Aber du bist sofort wieder ausgewichen, als ... ich weiß nicht. Du bringst so viele Dinge gleichzeitig zur Sprache, dass ich allmählich den Überblick verliere.« Gunnar seufzte. »Also gut, was meinst du mit ›Konzentration von Chaos‹?«

»Ich werde sie zwingen, all ihr Chaos an einem Ort zu konzentrieren und ihnen den Weg dahin erleichtern.«

»Aber wie willst du das machen? Willst du ihnen eine Botschaft schicken und sie darum bitten, etwas zu tun, das sie seit Jahrhunderten nicht mehr getan haben?«

Justen stand grinsend auf. »Weißt du, das könnte tatsächlich funktionieren.«

Gunnar erhob sich vom schmalen Bett. »Gehst du?«

»Ich habe morgen früh in der Großen Werkstatt zu tun.«

»Du hast mir immer noch nichts über deine Druidin erzählt.«

»Du hast Recht. Ich habe nichts über sie erzählt.«

Justen grinste und ging zur Tür. Er öffnete sie und drehte sich noch einmal zu Gunnar um.

Der ältere Bruder seufzte. »Beim nächsten Mal?«

Justen zuckte übertrieben mit den Achseln und grinste wieder.

CVII

Nachdem er sich den Schweiß von der Stirn gewischt hatte, ging Justen durch die Große Werkstatt nach draußen auf die seitliche Veranda. Eine steife, kalte Brise wehte von Westen her und sein Atem dampfte im trüben Licht des Spätnachmittags. Die kalte Luft half ihm, das Gleichgewicht wiederzufinden. In der Werkstatt hatte er inzwischen manchmal das Gefühl, er würde in der Gegenwart von so viel geordnetem Metall beinahe ersticken, aber seltsamerweise gelang ihm das Ordnen von Eisen viel leichter als früher.

Er holte tief Luft. Draußen in der frischen Luft kühlte er rasch ab, aber er blieb noch eine Weile stehen und blickte zur Sonne, die niedrig und schwach über dem Golf von Candar hing.

Dayala ... schaust du jetzt auch ins Dämmerlicht? Oder bist du in die Arbeit mit Schachteln und Bäumen vertieft? Wie lange wird es noch dauern?

Er fing einen Anflug von Wärme auf ... irgendetwas. Oder war es nur seine eigene Sehnsucht, waren es nur die Spiegelungen seiner eigenen Wünsche und Begierden?

Nachdem er noch einmal tief Luft geholt und einen Schluck Wasser aus dem Krug getrunken hatte, kehrte er in die Werkstatt zurück – nicht an sein Schmiedefeuer, sondern zur erhöhten Plattform im hinteren Teil des Raumes, wo Altara an einem Zeichenbrett saß.

Er wartete, bis sie endlich von den Zeichnungen aufblickte. »Ja, Justen?«

»Ich muss länger arbeiten. Macht es dir etwas aus?«

Altara hob die Augenbrauen. »Du bist doch schon deinem Soll voraus. Du musst in Naclos offenbar einiges gelernt haben. Deine Arbeit ist besser als vor deinem Aufbruch nach Candar. Ich habe sogar schon daran gedacht, dich etwas von Fitzls Arbeit übernehmen zu lassen. Er spielt mit dem Gedanken, zur Stellmacherei in Alberth zu wechseln.«

»Ich muss noch an einigen Dingen arbeiten.«

»Als da wäre?«

»Ein Modell für einen Dampfwagen.«

»Turmin meint, es sei nicht möglich, ein dampfgetriebenes Landfahrzeug zu bauen. Zu viel Chaos ohne die stabilisierende Ordnungs-Kraft des Meeres.«

»Ich habe da eine Idee.«

Altara tat so, als zuckte sie zusammen. »Das sind die gefährlichsten Worte, die ein Ingenieur überhaupt aussprechen kann: ›Ich habe da eine Idee.‹ Dorrin hatte auch eine Idee und jetzt schau dir an, was für ein Durcheinander daraus entstanden ist.«

»Ich bin nicht Dorrin. Etwas wie *Die Basis der Ordnung* könnte ich mir keinesfalls ausdenken. Aber welcher Schaden kann denn schon entstehen, wenn ich ein Modell baue?«

»Wenn ich mich recht entsinne«, meinte die Leitende Ingenieurin grinsend, »hat auch Dorrin mit harmlosen Modellen begonnen.«

Justen spreizte die Finger.

»Ich könnte vielleicht in Erwägung ziehen, es zu erlauben. Aber nur vielleicht«, lenkte sie ein.

»Oh?«

»Wenn du dafür in Betracht ziehen könntest, gelegentlich mit uns anderen zu trainieren, die wir in den Kriegskünsten so unerfahren sind wie du.«

»Das ist glatte Erpressung.«

»Und ob.«

»Also gut. Dann betrachte mich als erpresst.«

»Wir sehen uns morgen nach der Arbeit. Heute Abend«, beschloss Altara die Verhandlungen mit einem breiten Lächeln, »heute Abend kannst du mit der Arbeit an deinem Modell beginnen. Vorher musst du natürlich die Arbeit an den Rückholpumpen beenden.«

»Aber selbstverständlich, hochverehrte Leitende Ingenieurin.«

»Ob eine Veränderung des Schaufelrads das Problem lösen könnte?«

»Wir werden sehen. Ich habe einen neuen Entwurf gemacht, der vielleicht funktioniert.«

Altara nickte und Justen verstand, dass das Gespräch damit beendet war. Er verabschiedete sich mit einem Nicken und kehrte an sein Schmiedefeuer zurück. Automatisch sah er sich nach Clerve um und sein Herz krampfte sich zusammen.

Clerve – obwohl du ein ganzes Jahr über für mich gearbeitet hast, habe ich erst am Ende erfahren, dass du singen konntest. Wie sehr ich es genossen habe, deine Lieder zu hören ... War das Leben immer so? Hob man sich die Dinge, die man hätte sagen sollen, stets auf, bis es zu spät war?

Justen rieb sich mit der linken Hand das Kinn und blickte zum Schmiedeofen. Das Problem mit den Rückholpumpen für die neue *Hyel* war im Grunde nicht sehr verzwickt. Die Arbeitsgeschwindigkeit von Kondensator und Dampfsammler stimmte nicht überein und die Rückholpumpen gingen rasch entzwei, wenn sie statt Luft auf einmal Schaum oder sogar flüssiges Kondensat befördern sollten.

Der beste Weg, die Sache in Ordnung zu bringen, wäre es wahrscheinlich, das gesamte Kondensationssystem zu überholen, aber man hatte ihm gesagt, er solle sich nur um die Pumpen kümmern. Seufzend betrachtete er die groben Risszeichnungen für die neuen Schaufelräder.

Auch eine Pumpe, die mit wechselnder Geschwindigkeit laufen konnte, wäre eine Lösung, aber sie würde das System komplizierter machen und das war sicher keine gute Idee, weil viele Teile sowieso schon an der Grenze zwischen Ordnung und Chaos betrieben wurden.

Er runzelte die Stirn, dachte kurz an den Dampfwagen und überlegte sich, ob ein kühlender Wassermantel rings um den Kondensator den Fluss in der Pumpe stabilisieren könnte.

Schließlich schüttelte er den Kopf und ging zum Schmiedefeuer. Eins nach dem andern, sagte er sich. Im Augenblick musste er zunächst einmal den neuen Entwurf für die Schaufelräder umsetzen, um zu sehen, wie gut sie liefen. Dann musste er die Teile schleifen und polieren, bevor sie zu weit abgekühlt waren, und das Metall ordnen, ehe er sie in den Ring aus Schwarzem Eisen einsetzen konnte, der das Herz der Pumpe bildete.

Er legte das Eisen ins Schmiedefeuer, sah sich in der geschäftigen Werkstatt um und lauschte der Kakophonie aus Hämmern, Schleifsteinen, Mühlen und Schneidegeräten, die das leisere Summen der menschlichen Stimmen übertönten.

CVIII

Justen wischte den Staub vom verkratzten Stab, der nach mehr als einem Jahr immer noch wohlbehalten in seinem Spind in der Großen Werkstatt stand. Damals hatte er ihn zurücklassen müssen, als er Recluce verlassen und sich auf die ach so heldenhafte Expedition begeben hatte, um Sarronnyn zu retten. Er schnaubte, als er den Lederschurz aufhängte.

»Kaum zu glauben, du willst wirklich mit uns trainieren? Mit diesen altmodischen Waffen?« Warins Stimme war tiefer geworden, fast schon ein Bass. Er nahm sich einen neuen, mit Schwarzem Eisen gefassten Stab.

»Allerdings, das werde ich.« Justen war sichtlich verlegen. »Es tut mir leid, dass ich deinen Stab verloren habe. Wirklich. Aber er ist verschüttet worden, als die Weißen mit ihren Kanonen auf uns geschossen haben. Ich weiß ja, wie sehr du an ihm gehangen hast. Ich wollte ihn dir eigentlich zurückbringen.«

»Mach dir deswegen keine Sorgen.« Der ältere Ingenieur mit dem schütteren Haar berührte Justen an der Schulter. »Ich weiß doch, dass du ihn geborgen hättest, wenn es dir möglich gewesen wäre. Hat er dir wenigstens geholfen?«

Justen nickte, dachte dabei aber nicht an die Schlachten oder die im Stab verkörperte Ordnung, sondern an die Aufmerksamkeit, mit der er hergestellt worden war. »Manchmal schon ... sogar sehr.«

»Das ist gut. Dann wollen wir mal sehen, ob du inzwischen so außer Form bist, dass du keine Chance mehr hast.« Warin tippte mit seinem Stab auf den Steinboden. »Jetzt komm.«

»Ich komme und wahrscheinlich habe ich wirklich keine Chance. Ich hatte keinen Stab mehr in der Hand, seit ich deinen auf dem Schlachtfeld verloren habe.«

Justen folgte dem älteren Ingenieur hinaus auf die fast leere Straße, die zur alten Waffenkammer führte.

Warin blickte den langen Hang hinauf, aber die Straße lag verlassen im herbstlichen Zwielicht. Die akkurat gesetzten Pflastersteine lagen auch nach Jahrhunderten des Gebrauchs noch fest an ihrem Platz. »Altara übt wahrscheinlich schon dort drüben.«

Justen schüttelte den Kopf. Warum bestand Altara darauf, dass er wie in früheren Zeiten die Kampftechniken trainierte? Wollte sie überprüfen, ob die schnellen, energischen Bewegungen seine frühere tollkühne Haltung wieder zum Vorschein brachten? Glaubte sie, sie könnte durch Wiederholung altvertrauter Worte und Bewegungen die Vergangenheit wieder beleben? Er wirbelte den Stab herum, ließ ihn auf den Stein prallen und fing ihn auf, als er wieder hochsprang. Aber er musste einen schnellen Schritt machen, um den Stab einzufangen, und hätte ihn beinahe fallen lassen.

»Du bist aus der Übung.«

»Sieht ganz so aus.«

Warin blieb vor der halb geöffneten Tür der Waffenkammer stehen und sah sich um, ob jemand ihnen gefolgt war. Dann betrat er das Gebäude aus schwarzem Stein, das trotz der Jahrhunderte, die verstrichen waren, seit die früheren Ingenieure es gebaut hatten, nicht gealtert schien.

Justen überblickte die Trainingshalle. Er stellte den alten Stab an die Wand und streckte sich, spürte die Spannungen im Körper und war sich des Ungleichgewichts zwischen Ordnung und Chaos immer noch bewusst. Er konnte jetzt besser damit umgehen, aber das Ungleichgewicht war noch da. Er streckte sich weiter und war froh, dass seine Muskeln nicht ganz so verkrampft waren, wie er befürchtet hatte. Ob Dayalas Neuordnung seines Körpers ihn sehr verändert hatte? Er schwenkte die Arme, um die Spannung in den Schultern zu lockern.

»Du siehst nicht so aus, als ob du nicht mehr in Form wärst.« Warin beäugte Justen.

»Der äußere Anschein trügt zuweilen.«

In der hinteren Ecke der Übungshalle waren mehrere

Ingenieure, Altara mitten unter ihnen, schon beim Training. In einer anderen Ecke waren ein paar Marineinfanteristen zu sehen, insgesamt nicht einmal ein ganzer Trupp.

»Wo sind denn die anderen Marineinfanteristen?«

»Einige sind in die neue Waffenkammer umgezogen. Ich weiß nicht, warum es so gekommen ist, aber es geschah, nachdem Gerol den Befehl übernommen hatte. Ich vermute, sie wollen sich mit gewöhnlichen Ingenieuren nicht abgeben.« Warin machte Kniebeugen und keuchte etwas beim Sprechen. »Die dort gehören zu Martans Trupp. Martan ist Hyntals junger Vetter.«

»Hyntal? Der Kapitän der *Llyse?*«

»Kennst du noch andere Hyntals?«

»Hyntal den Küfer, Hyntal den Silberschmied in Alberth ...«

»Sei nicht so überheblich, Justen. Wir wissen alle, dass du weit herumgekommen bist, das Unmögliche zu tun vermagst und das Unglaubliche weißt. Nimm Rücksicht auf uns gewöhnliche Sterbliche, die wir weniger wissen und können.«

»Es tut mir Leid.« Justen sah Warin an. »Es sollte wirklich nicht überheblich klingen.«

»Es geht den Leuten trotzdem auf die Nerven«, fügte eine neue Stimme hinzu. »Na, willst du uns jetzt zeigen, wie gut du in Form bist?« Altara kam, einen langen Stab schwenkend, durch die Übungshalle auf sie zu.

»So bereit, wie ich es nur sein kann, denke ich.« Justen wischte sich die Hände an der Trainingshose trocken und griff nach seiner Übungswaffe. Er stellte sich auf und hob den alten, verkratzten Stab, der mehr als eine Elle kürzer war als Altaras Schwarze Waffe.

»Benutzt du immer noch das winzige Ding?« Altara zog den Schwarzen Stab herum, dass er pfeifend die Luft zerteilte.

Justen ließ ihren Stab von seinem abprallen und konterte.

Altara blieb im Gleichgewicht, zog sich etwas zurück und hob den Stab zu einer halben Parade. Justen stieß vor und duckte sich unter dem längeren Stab durch. Abblocken, Konterstöße, Angriffe, Ausweichmanöver und Paraden wechselten in schneller Folge.

»Du bist nicht gerade langsamer geworden ...«

»Ich weiß auch ... ich weiß auch nicht«, schnaufte Justen. Es gelang ihm gerade noch, Altaras Stoß abzuwehren und so einem Hieb auf die Rippen zu entgehen. »Das ... das hätte weh getan.«

Altara wich schwer atmend ein wenig zurück.

Justen holte tief Luft, stellte sich neu auf und wartete auf den nächsten Angriff. Gelassen versuchte er, den Fluss von Ordnung und Chaos in sich selbst und in seiner Umgebung zu berühren.

Altara sprang los, Justen ließ seinen Körper auf das Gleichgewicht der Ordnung reagieren und sah zu, wie sein Stab ruckte und sich drehte.

»Bei der Dunkelheit, was war das denn?« Altara sah ihren Stab an, der auf einmal auf dem Boden der Übungshalle lag.

»Bist du verletzt?«, fragte Justen.

»Nein, alles in Ordnung. Du hast nicht einmal meine Hände berührt.« Altara hob den Stab auf und sah Justen an. »Noch einmal?«

Justen tastete wieder nach der Struktur der Ordnung, aber er musste zweimal unbeholfen zur Seite springen, ehe er endlich das Muster fand. Wenige Augenblicke, nachdem er den tiefen Rhythmus von Ordnung und Chaos erspürt hatte, wurde Altara der Stab aus den Händen gerissen. Die Waffe fiel krachend hinter ihr an die Wand.

»Schöne Verteidigung.« Die Leitende Ingenieurin schüttelte den Kopf. »Deine Angriffe sind nicht mehr so scharf wie früher ... aber ich glaube, dich kann jetzt niemand mehr treffen.«

»Ich weiß nicht. Zweimal hättest du mich fast erwischt.«

»Du schienst zu tasten, als suchtest du nach etwas, aber sobald du es gefunden hattest, konnte ich dir nicht mehr nahe kommen.«

»Ich glaube, das war etwas, das ich in Naclos aufgeschnappt habe.« Justen zuckte mit den Achseln.

Altara sah ihn genau an. »Ich glaube nicht, dass du es einfach nur aufgeschnappt hast.«

»Vielleicht nicht.« Justen lächelte leicht.

»Ich denke, ich werde eine Runde mit Warin üben, wenn du nichts dagegen hast.« Sie wandte sich mit einem Nicken an den Ingenieur mit dem schütteren Haar.

»Es ist mir ein Vergnügen, Leitende Ingenieurin«, erklärte Warin. »Aber sei gnädig mit mir. Ich bin nicht wie der große Kämpfer Justen. Und dabei sagte er noch, er wäre aus der Übung.«

»Dann lass uns hoffen, dass er niemals gut in Form ist.« Altara verneigte sich und wartete auf Warin.

Justen sah ihnen zu und dachte nach, während sie die Stäbe kreuzten und herumwirbelten. Mehr als je zuvor kamen ihm die Übungen mit Stab und Waffe vor wie ein Spiel. Ein Spiel, bei dem man sich verletzen konnte, aber am Ende doch nur ein Spiel. Er schürzte die Lippen und holte tief Luft.

»Wie habt Ihr das gemacht?«

»Was denn?« Justen drehte sich zu dem Marineinfanteristen um, der neben ihm stand. »Entschuldigung, aber ich glaube, wir kennen uns noch nicht. Ich bin Justen.«

»Ich kenne Euren Namen. Jeder weiß, wer Ihr seid, und wenn man Euch nicht vom Sehen kennt, dann wenigstens dem Ruf nach.« Der schwarzhaarige Marineinfanterist mit dem markanten Gesicht grinste. »Ich bin Martan. Ich habe Eure Arbeit mit dem Stab beobachtet. Es muss eine besondere Technik sein. Ihr seid, ganz im Gegensatz zu Altara, nicht sehr gut in Form und doch habt Ihr sie dumm aussehen lassen.«

Justen starrte auf den gestampften Lehmboden der Übungshalle.

»Ich war einfach nur neugierig, weiter nichts«, fügte der Marineinfanterist hinzu.

»Ich weiß es im Grunde selbst nicht genau. Es ist eine Kombination aus meinem alten Training und einem Gespür für die Ordnung. Es geht im Grunde genommen darum, die Bewegungen mit dem Fluss von Ordnung und Chaos in Einklang zu bringen.«

»Chaos?«

Justen zuckte verlegen mit den Achseln. »Ob man es zugeben möchte oder nicht, überall ist Chaos. Selbst in unseren Körpern steckt etwas Chaos. Deshalb gibt es immer Strömungen.«

»Hmm. Ich weiß nicht, ob diese Technik für jemanden, der kein Magier ist, in Frage kommt.«

Justen sah ihn verlegen an. »Wahrscheinlich ist es gar nicht so schwierig und vielleicht kann man zwischen wirklich gutem Training und dem, was ich gemacht habe, keinen großen Unterschied erkennen.«

»Habt Ihr jemals daran gedacht, zurückzukehren und gegen die Weißen zu kämpfen?«

Justen schürzte die Lippen. Er wollte nicht lügen, wollte aber auch nicht offen sagen, was ihm vorschwebte.

»Wenn Ihr ein paar Marineinfanteristen braucht, Ser, dann lasst es mich wissen.« Martan lachte. »Aber ich kann ein Geheimnis für mich behalten ... außer vor Hyntal. Der findet alles heraus.« Er blickte zu Warin und Altara, die sich voneinander gelöst hatten und eine Pause machten. »Es war schön, Euch kennen zu lernen.« Er neigte den Kopf und marschierte zu seinem Trupp zurück.

Justen runzelte die Stirn. War es denn so offensichtlich, dass er daran dachte, noch einmal nach Candar zu gehen?

CIX

»Ihr müsst wissen, Jenna, dass ich diesen jungen Ingenieur ein wenig überprüft habe.«

»Das kann ich mir vorstellen, Ryltar. Die Dunkelheit möge verhüten, dass irgendjemand eine stärkere Ordnungs-Kraft ausstrahlt als Ihr selbst.«

»Jenna, ich glaube, Ihr geht da etwas zu hart mit unserem Ratskollegen ins Gericht«, schaltete Claris sich ein. »Was habt Ihr herausgefunden, Ryltar?«

»Er hat mit dem brystanischen Schiff eine Ladung Lorkenholz aus Diehl hierher transportiert. Die Hälfte des Verkaufspreises ging an ihn. Es gab keinen Kredit, der zurückgezahlt werden musste.«

»Ihr seid ein Kaufmann, Ryltar. Bitte erklärt uns doch, was dies zu bedeuten hat.« Jenna strich sich eine rote Haarsträhne aus der Stirn.

»Dieser junge Ingenieur irrt durch Candar. Angeblich geht er zu Fuß durch die Steinhügel, wandert unbeschadet durch Naclos und verliert alles bis auf die Kleider, die er am Leib trägt – sogar sein Pferd und sein Schwert. Später taucht er in Nylan mit gut geschneiderten Kleidern und als Mitbesitzer einer nicht durch Kredite belasteten, wertvollen Fracht auf, die ihm mehr als hundert Goldstücke einbringt.« Ryltar spreizte die Finger. »Sieht das nicht ein wenig merkwürdig aus, um es vorsichtig auszudrücken?«

»Ihr werdet ihn doch hoffentlich nicht beschuldigen, er wäre dem Chaos verfallen«, erklärte die älteste Ratsherrin. »Es sei denn, Ihr wollt Turmin zugleich der Lüge oder mindestens der Unfähigkeit bezichtigen.«

Ryltar schüttelte den Kopf. »Ich habe eine andere Frage. Welche Pläne verfolgen die Naclaner? Ist dies etwa ein Trick, um uns dazu zu bewegen, sie zu beschützen, nachdem Suthya gefallen ist?«

»Oh, Ihr räumt ein, dass Suthya fallen wird?«

»Warum nicht? Die Weißen werden entweder noch vor den ersten Schneefällen oder gleich im Frühjahr nach der Schneeschmelze angreifen. Es ist klar, dass wir sie nicht aufhalten können, und Südwind kann die entsprechenden Mittel nicht aufbringen.«

»Dann seid Ihr also der Ansicht, die Druiden könnten diesen jungen Ingenieur auf irgendeine Weise beeinflusst haben?«

»Habt Ihr eine bessere Erklärung?«

»Nein. Aber das bedeutet nicht, dass es nicht noch eine andere geben könnte.«

»Ich habe jedenfalls die Absicht, unseren jungen Freund zu überwachen.«

»Aber auf jeden Fall, Ryltar, auf jeden Fall.«

CX

Justen nahm das kleine Rädergetriebe in die Hand und betrachtete die Teile des Modells, die auf der Werkbank lagen. Er legte das Getriebe wieder zur Seite.

Er konnte einfach nicht alle Teile selbst herstellen, das würde Jahre dauern. In diesem Punkt hatten die Druiden und Dayala Recht gehabt. Wahrscheinlich konnte er die Räder und vielleicht sogar das Fahrgestell von anderen Handwerkern anfertigen lassen. Aber warum brauchte er überhaupt den Dampfwagen?

Er schüttelte den Kopf. Ingenieursarbeiten auf der Grundlage von Intuitionen auszuführen war eine vom Licht gepeinigte Hölle. Ging es ihm, genau wie Dorrin, einfach nur darum, zu beweisen, dass es möglich war? Das war in Zeiten wie diesen ein verdammt schlechter Grund.

Aber nein, es war auch nicht der Grund. Es kam ihm eher darauf an, eine Menge Ordnung nach Fairhaven zu bringen. Doch selbst ein geordneter Dampfwagen würde dazu nicht ausreichen, oder?

Oh, Dayala, ich habe mich da in eine schreckliche Klemme manövriert. Was für ein Durcheinander ...

Er bekam keine Antwort, doch er hatte auch keine erwartet. Zuweilen aber glaubte er, einen fernen Schimmer ihrer Wärme zu spüren.

Also gut, was sonst brauchte er, abgesehen von dem Dampfwagen?

Er schüttelte den Kopf. Nein, Intuitionen würden ihm wirklich nicht weiterhelfen. Wenn das Modell des Dampfwagens fertig war, musste er noch einmal den Entwurf durchgehen, um festzustellen, was unbedingt neu gebaut werden musste, was er durch Anpassung von alten Teilen herstellen und was er kaufen konnte.

Er holte tief Luft, warf einen Blick zum Schmiedefeuer und legte einen Streifen Bandeisen in die Kohlen.

Eine große Gestalt schlüpfte in die Werkstatt und kam zum einzigen Schmiedefeuer, das noch in Betrieb war.

»Justen?«

Justen schaute auf. »Oh, Gunnar. Woher hast du gewusst, dass ich hier bin?«

»Wo solltest du sonst sein? Du bist nicht in deinem Zimmer und du bist nicht in Wandernicht. Deine Druidin befindet sich auf der anderen Seite des Ozeans und du hast dir irgendetwas in den Kopf gesetzt. Die Werkstatt hier war die wahrscheinlichste Möglichkeit.« Der Luft-Magier betrachtete das Modell. »Ist das dein Dampfwagen?«

»Er ist es. Jedenfalls so weit, wie er bisher gediehen ist.«

»Das klingt nicht sehr glücklich. Sollte Turmin Recht gehabt haben und es ist nicht möglich?«

Justen runzelte einen Moment die Stirn. »In gewisser Weise schon, aber das spielt keine Rolle.« Er holte das Stück Eisen mit einer langen Greifzange aus dem Schmiedefeuer und legte es auf die Ziegelsteine.

Gunnar holte sich einen fleckigen, wackligen Stuhl und setzte sich. »Warum nicht?«

»Nun, ich glaube nicht, dass ich einen Dampfwagen bauen kann, der sich völlig frei bewegen kann wie die Mächtigen Zehn, aber das hatte ich ohnehin nicht vor. Ich habe mir vielmehr ein Fahrzeug vorgestellt, das von irgendwo im Osten Candars bis nach Fairhaven fährt – als eine Art Drohung, um die Weißen Magier zu überzeugen, dass sie sich besser versammeln sollten.«

»Wenn du das tun kannst, wo ist dann das Problem?«

»Wie soll ich die Weißen zwingen, sich zu versammeln?«

»Vielleicht, wenn du den Dampfwagen durch all die Streitkräfte, die sie schicken werden, um dich aufzuhalten, hindurch bekommen kannst ... aber dann musst du die Maschine natürlich bewaffnen.«

»Daran hatte ich noch nicht gedacht, aber es ist richtig. Das bedeutet, dass der Dampfwagen größer und schwerer wird als geplant.«

»Und er muss mehr Ordnung haben, damit er nicht auseinander fällt«, fügte Gunnar hinzu.

»Natürlich.« Justen kratzte sich am Kinn.

»Könntest du nicht etwas machen, das die Ordnung nur konzentriert oder ausstrahlt? Schwarzes Eisen tut das in gewisser Weise, aber man muss ihm nahe sein, um es zu fühlen. Wie wäre es mit einem Verfahren wie dem, das du beim Pulver angewendet hast? Könntest du hier nicht etwas Ähnliches tun?«

»Ich könnte keinen Sprengstoff bis nach Fairhaven transportieren.«

»Ich bin sicher, dass du dir etwas ausdenken wirst.«

»Da du schon einmal hier bist ...« Justen schürzte die Lippen. »Hast du schon etwas über den guten Ratsherrn Ryltar herausgefunden?«

»Nun ja ...«

»Ich würde mich freuen, wenn du es versuchen würdest. Ich habe gehört, dass er ein mehr als nur flüchtiges Interesse an mir bekundet hat.«

»Also gut. Auch wenn ich immer noch nicht genau weiß, worauf du nun eigentlich hinaus willst.«

»Du wirst es wissen, wenn du es siehst. Ich vertraue in dieser Hinsicht einfach deinem Urteil, lieber Bruder.«

»Vielen Dank für dein Vertrauen ...« Gunnar hob die Schultern. »Eigentlich bin ich aus einem ganz anderen Grund gekommen. Ich habe mich gefragt, ob du am Ende des nächsten Achttages nach Hause fahren willst.«

Justen runzelte kurz die Stirn, dann lächelte er. »Warum nicht? Gern.«

»Gut so, Bruder. Du solltest nicht so viel brüten.« Gunnar stand auf. »Wir sehen uns.«

Justen schob das Stück Eisen wieder ins Schmiedefeuer. Er musste das Rädergetriebe überarbeiten.

CXI

Der Händler mit dem schütteren Haar lief die Laufplanke hinauf und stieg aufs Deck des Schoners mit dem dunklen Rumpf, der am Ende der Pier lag.
»Hallo ...«

Von irgendwo her kam eine leichte Brise und spielte um ihn, als eine weitere Gestalt auftauchte, die im schwachen Schein der Lampen am oberen Ende der Laufplanke kaum zu erkennen war. Die beiden Lampen flackerten, obwohl die Flammen durch Zylinder aus Rauchglas geschützt waren.

»Meister Ryltar, wir hatten Euch früher erwartet.«

»Ich wurde aufgehalten. Ihr habt mir ausrichten lassen, es wären einige ... einige besonders wertvolle Edelsteine da.«

»Es sind Feueraugen aus Hamor.«

»Und wahrscheinlich nicht über das Handelshaus des Imperators ausgeführt.«

Die beiden Männer gingen weiter über das Deck, umweht von der leichten, herbstlich kühlen Brise.

»Eine kalte Nacht ist es und schon die kleinste Böe lässt es noch kälter werden«, meinte der Schmuggler. »Nicht mehr als zwanzig Steine habe ich. Die eine Hälfte erste, die andere Hälfte zweite Wahl.«

»Ich muss sie vorher sehen.«

»Wir haben eine Lampe hier.« Der Schmuggler riss den Zündstein an und stellte den Docht des Lämpchens über der Luke nach. Dann zog er eine kleine, in ein Tuch gewickelte Schachtel aus dem Hemd und stellte sie neben der Laterne ab. Er zog das Tuch zur Seite.

»Eine gute Qualität, wenn sie bei Tageslicht das halten, was sie jetzt zu versprechen scheinen«, bemerkte Ryltar.

»Sie sind besser als nur von guter Qualität.«

»Eine Spur besser.«

»Mehr als nur eine Spur.«

»Also meinetwegen, einen Grad besser als gut.« Ryltar hielt inne und schätzte die Lieferung ab. »Fünfzig Goldstücke für die Partie.«

»Ha. Ich bin doch kein Narr. Für weniger als hundert werdet Ihr sie nicht wiedersehen.«

»Siebzig, mehr kann ich wirklich nicht bieten. Es wird Jahre dauern, die Steine zu verkaufen, ohne den Markt zu ruinieren.«

»Sagen wir achtzig.«

»Fünfundsiebzig, wenn sie im Morgenlicht immer noch so gut aussehen.«

»Wir stechen am Spätvormittag in See.«

»Ich werde vorher mit dem Geld kommen.«

Die Schachtel verschwand und die Laterne flackerte. Die beiden Männer gingen schweigend zum Mittschiff, wo die Laufplanke angebracht war.

»Gute Nacht, Meister Ryltar.«

»Gute Nacht.«

Gunnar, der hinter der Ecke der Hafenmeisterei stand, wischte sich die schweißnasse Stirn trocken. Er war dankbar für den kleinen Luftzug. Es war nicht gerade eine wundervolle Neuigkeit, dass Ryltar sich mit hamorischen Schmugglern eingelassen hatte... wenngleich er bezweifelte, dass Justen überhaupt an Schmuggelgeschäfte gedacht hatte. Aber da Ryltar anscheinend gewohnheitsmäßig mit Schmugglern handelte, musste man sich natürlich fragen, ob er nicht auch mit anderen Leuten dergleichen zu schaffen hatte, die womöglich... nicht unbedingt der Ordnung verpflichtet waren?

Der Wetter-Magier wischte sich noch einmal die Stirn ab, machte kehrt und ging langsam den Hügel hinauf zu seiner Kammer.

CXII

Mit einer kurzen, schweren Greifzange schob Justen die alte, gebrochene Pumpenwelle ins Schmiedefeuer im hinteren Teil der Großen Werkstatt. Dieser ältere Schmiedeofen, der halb hinter dem Hammerwerk und den Gewindeschneidern versteckt war, wurde hauptsächlich zum Zerlegen alter Bauteile benutzt und war deshalb frei. Justen blickte nach vorn, aber am still stehenden Hammerwerk vorbei konnte er nur einen Winkel der Werkstatt überblicken. Dort sah er Quentel und Berol an der Drehbank arbeiten.

Justen schickte mit dem Fußpedal etwas mehr Luft durch den Blasebalg ins Schmiedefeuer. Er hasste es, die Ordnung aus Schwarzem Eisen zu nehmen, weil es eine langweilige Arbeit war und weil er dabei das Eisen erhitzen musste, bis es weißglühend war und beinahe brannte. Nicht einmal zum Schweißen brauchte man so hohe Temperaturen. Wenn Eisen aber derart heiß wurde, selbst wenn es Schwarzes Eisen war, konnte alles Mögliche schiefgehen. Doch die Bruderschaft konnte es sich nicht erlauben, zu viel Ordnung in Altmetall zu binden, und das Eisen wollte man natürlich auch nicht verschwenden.

Justen runzelte die Stirn. Warum konnte er eigentlich nicht den Ordnungs-Prozess, den Dayala ihm gezeigt hatte, ein wenig anpassen und in einen Entordnungs-Prozess verwandeln? Da das Schwarze Eisen künstlich geordnet war und das Ziel nicht darin bestand, Chaos zu schaffen, sollte es eigentlich funktionieren.

Er holte tief Luft, konzentrierte sich auf das Eisen und versuchte, die Ordnungs-Bande hinauszustoßen. Das Eisen im Schmiedefeuer wurde heißer, aber mit der langen, gebrochenen Pumpenwelle passierte überhaupt nichts, als ein Ende kirschrot wurde.

Justen versuchte es noch einmal, bis er ein dumpfes Knacken im Kopf spürte. Auf das geistige Knacken folgte ein metallisches und Justen blinzelte. In der Greifzange hielt er nur noch ein Drittel der ehemaligen Pumpenwelle. Zwei weitere Stücke Eisen lagen in der kalten Asche, wo bis gerade eben noch ein Schmiedefeuer gewesen war. Alle drei Stücke des entordneten Eisens waren kalt, das konnte er spüren.
Er schüttelte den Kopf und prüfte mit den Ordnungs-Sinnen das Eisen und das Schmiedefeuer. Die Bruchstücke waren kein Schwarzes Eisen mehr und der Schmiedeofen war eiskalt, als wäre er schon vor Tagen erloschen.
Justen legte das Stück, das er noch mit der Greifzange hielt, auf die Ziegelsteine. Er verstaute die Greifzange und hielt die Hand neben das Eisenstück, das einmal zu einer Pumpenwelle gehört hatte. Es war kalt. Täuschten ihn seine Gedanken und Sinne? Er sah sich um, schälte schließlich einen Holzspan von der Bank und drückte dessen Spitze gegen das Eisen. Nichts. Er wiederholte den Vorgang mit der Asche des Schmiedefeuers und den anderen Bruchstücken. Alle waren kalt.
Er rieb sich das Kinn. Was war passiert?
»Was hast du denn gemacht?« Altara war neben ihn getreten. »Das Schmiedefeuer war brüllend heiß, als ich vorhin hier war.«
»Ich weiß es nicht genau. Ich habe nur versucht, das Schwarze Eisen zu entordnen, ohne zu viel Hitze einzusetzen.«
»Nun ja ...« Altara betrachtete die kalte Asche im Schmiedeofen. Dann trat sie vor und hielt die Hand über eine Stelle, die eigentlich unerträglich heiß hätte sein müssen. »Du hast das Entordnen jedenfalls erheblich schneller erledigt, als ich es je gesehen habe. Aber wie hast du es geschafft, in wenigen Augenblicken ein ganzes Schmiedefeuer auszukühlen?«

»Es war nur eine Idee, aber es hat nicht so funktioniert, wie ich es mir vorgestellt hatte.« Justen schürzte die Lippen.

»Warum habe ich nur angenommen, dass dir so etwas passieren würde?« Altara lachte leise. »Wenn du mit den gefährlichsten Waffen kommst wie den Pfeilspitzen aus Schwarzem Eisen, taucht sofort etwas anderes auf wie die Weißen Kanonen und bildet ein Gegengewicht.«

»Ich glaube wirklich, es liegt am Gleichgewicht.«

»Dorrin hat es zwar erwähnt, aber ich glaube nicht, dass irgendjemand es wirklich ernst genommen hat.«

»Das hätte man aber tun sollen«, platzte Justen heraus.

»Und warum glaube ich nur, dass du mehr weißt, als du sagst?«

Der junge Ingenieur blickte wieder zum Schmiedefeuer, runzelte die Stirn und dachte angestrengt nach, ehe er den Blick wieder auf Altara richtete.

»Mir geht immer noch unser letzter Übungskampf durch den Kopf«, fuhr Altara fort.

»Und?«, fragte Justen vorsichtig. Er warf noch einen kurzen Blick zur kalten Asche im Schmiedeofen.

»Und jemand anders ebenfalls.«

»Warin?«

»Wohl kaum«, erwiderte die dunkelhaarige Frau lachend. »Warin *weiß*, dass du nichts Böses tun kannst. Unglücklicherweise ist es oft zerstörerischer, wenn man Gutes tut. Schau dir nur unseren großen Vorgänger Dorrin an. Jedenfalls scheint es so, als hätte einer der Ingenieure deine Fertigkeiten gegenüber jemand anderem erwähnt, und dieser andere hat wieder mit jemand anderem darüber gesprochen, und siehe da, auf einmal hält mich eines Tages ein gewisser Yersol auf, Juniorpartner im ehrenwerten Handelsunternehmen von Ryltar und Weldon und Cousin des alten Weldon selbst, und erkundigt sich nach den ›Veränderungen‹ deiner Kampftechnik. Dann fragt Hyntal mich noch einmal genau das Gleiche. Anscheinend hat dir auch sein Cousin Martan zugesehen, nur dass der junge Martan bei deinem nächsten ›Abenteuer‹ dabei sein will. Hyntal wollte ein gutes Wort für den Burschen einlegen. Abenteuer? Du bist kaum zurück, und schon erzählt man sich, du wärst auf neue Abenteuer aus?«

»Ich glaube nicht, dass Martan es irgendjemandem außer Hyntal erzählt hat.« Justen durchdachte kopfschüttelnd die anderen Möglichkeiten. »Ryltar hat anscheinend Yersol auf mich angesetzt.«

»Natürlich. Du bist seiner Ansicht nach drauf und dran zu beweisen, dass du völlig ordnungstoll bist, was auch immer das zu bedeuten hat. Ich glaube wirklich, dass du nach alledem, was du durchgemacht hast, eine Pause brauchst.«

»Eine Pause? Willst du mir sagen, ich wäre verrückt?« Justen versuchte, ruhig zu sprechen und der älteren Ingenieurin gefasst in die Augen zu sehen.

»Nein. Du bist wahrscheinlich klarer im Kopf als die meisten anderen. Aber geistige Gesundheit ist im Land der Verrückten nun mal nicht gefragt.« Altaras Gesicht blieb unbewegt. »Am Schmiedeofen deiner Mutter könntest du beinahe alles tun, was du hier auch tun könntest, nicht wahr?«

»Abgesehen von einigen Feinarbeiten – und ich könnte dort ganz sicher keine Getriebe schmieden.«

»Ich bin sicher, dass wir irgendwo noch ein paar alte Getriebe haben, für die die Bruderschaft keine Verwendung mehr hat, oder wenigstens etwas Altmetall, das du für ein paar Silberstücke bekommen könntest.«

Justen nickte, weil er endlich verstanden hatte. »Ich denke schon ... und die Ruhe würde mir gut tun. Außerdem würde Ryltar dann nicht mehr den anderen Ingenieuren übel nachreden, nicht wahr?«

Altara nickte.

»Machst du dir Sorgen? Echte Sorgen?«

»Würdest du dir keine Sorgen machen? Er ist einer von drei Ratsmitgliedern und im Allgemeinen macht der Rat das, was Ryltar will. Wenigstens, so weit die Ingenieure und Candar betroffen sind. Er hat sogar schon angedeutet, du wärst ein Spion der Druiden.«

»Und ... wenn man dir dies nun zu verstehen gibt und du unternimmst nichts, dann ...«

»Genau.«

»Bei der Dunkelheit«, murmelte Justen. »Kannst du nicht etwas dagegen tun?«

»Hast du irgendeine Idee? Soll ich ihn umbringen lassen?«, fragte Altara sarkastisch.

»Dann bin ich also auf mich selbst gestellt?«

»Justen ... du bist allein, seit wir nach Sarronnyn gefahren sind. Du warst es sogar schon vorher. Wir anderen haben es einfach nur noch nicht gewusst.«

Der junge Ingenieur holte tief Luft.

»Ich glaube auch, dass du auf diese Weise mehr Zeit und Freiheit hast, das zu tun, was du tun willst. Wie man hört, hast du genug Geld und bist auf niemanden angewiesen. Aber die Bruderschaft wird dir für die Dauer des Erholungsurlaubs immerhin den halben Sold zahlen. Ryltar wird es gefallen, wenn wir es so einrichten, aber mehr kann ich nicht tun. Höchstens noch, dass wir meiner Ansicht nach eine große Menge ›Altmetall‹ haben – eine sehr große Menge. Ein Teil davon lässt sich leider nicht ohne weiteres entordnen.« Altara lächelte breit.

Justen betrachtete die kalte Asche des Schmiedefeuers. »Ich glaube nicht, dass es einen einfachen Weg gibt, irgendetwas zu entordnen.«

Die Leitende Ingenieurin zuckte mit den Achseln. »Wenn es einen gibt, dann lass es uns wissen. Wir werden dir gern einen Wagen leihen, damit du einen Teil des Altmetalls zum Experimentieren nach Wandernicht bringen kannst. Schließlich könnten wir auf diese Weise ja ein billigeres Verfahren finden ... Ryltar würde es gutheißen müssen.«

»Ja, das müsste er.« Justen bemühte sich, nicht zu seufzen. Trotz Altaras Angebot, ihm unter der Hand zu helfen, wurde er das Gefühl nicht los, dass sein Vorhaben, das in Naclos lediglich schwierig erschienen war, nach und nach gänzlich unmöglich wurde.

»Ich werde dafür sorgen, dass der Rat von deinem Erholungsurlaub erfährt.«

»Danke.«

CXIII

Justen sah sich im Raum um, ehe er den Wandschrank öffnete, den Tornister herauszog und ihn ans Bettende neben die schlichte Holzkiste stellte, in der seine persönlichen Habseligkeiten verstaut werden sollten.

Als Erstes steckte er das Paar neue Stiefel in den Tornister. Er hatte kaum Gelegenheit gehabt, sie einzulaufen. Die alten Reservestiefel hatte er in Sarronnyn verloren. Dann faltete er das braune Hemd und die Hose zusammen, die er seit seiner Rückkehr nach Nylan nicht mehr getragen hatte, und schob sie hinein.

Er wurde unterbrochen, als es an der Tür klopfte.

»Komm herein, Gunnar.«

»Ich habe es gerade gehört und bin gekommen, so schnell ich konnte«, keuchte Gunnar. Seine Stirn war feucht vor Schweiß.

»So schlimm ist es doch gar nicht. Du hättest nicht den ganzen Weg rennen müssen.« Justen zwang sich zu einem Lachen.

»Sie werfen dich aus der Bruderschaft! Ist das nicht schlimm genug?«

»Ich werde nicht hinausgeworfen. Ich gönne mir nur einen Erholungsurlaub. Ich hätte früher oder später sowieso weggehen müssen.« Justen nahm das Rasiermesser in die Hand, das er in Naclos geschmiedet hatte, und wickelte es in ein altes Arbeitshemd, ehe er es in die Seitentasche des Tornisters schob. »Auf diese Weise habe ich etwas mehr Zeit. Setz dich doch.« Er deutete zum Stuhl. »Im Krug dort ist noch etwas Rotbeerensaft.«

»Aber warum? Und warum gerade jetzt?«

»Ratsherr Ryltar will mich benutzen, um entweder Altara und die Bruderschaft zu diskreditieren oder um sie dazu zu bringen, sich selbst zu diskreditieren, indem sie sich hinter mich stellen.« Justen faltete die letzten Unterhosen zusammen und stopfte sie oben in den Tornister.

»Ist es dieses Märchen von deiner Ordnungstollheit?«

»So hat Altara es mir erklärt. Sie macht sich Sorgen wegen Ryltar. Hast du etwas herausgefunden?«

»Du hattest Recht, Justen. Er ist nicht dem Chaos verfallen – noch nicht. Aber er ist korrupt. Er kauft geschmuggelte Edelsteine aus Hamor und wahrscheinlich fälscht er das Siegel der Kaiserlichen Inspektoren.«

»Hast du das gesehen?«

»Letzte Nacht auf der *Versalla*. Sie ist vor kurzem ausgelaufen. Ryltar hat etwa achtzig Goldstücke für eine Partie Edelsteine bezahlt, die erheblich wertvoller schien. Es waren Feueraugen.«

»Das wundert mich nicht. Was mich wundert, ist, dass der Rat ihn zu decken scheint.« Justen beugte sich vor, nahm das Mancala-Brett und legte es neben dem gepackten Tornister aufs Bett. »Das kann doch nicht ganz unten hinein...«, murmelte er. Er öffnete die kleine Schublade im Schreibtisch und hätte sie fast fallen lassen, als er die Gewalt, mit der das Holz vor langer Zeit geformt worden war, wie ein scharfes Brennen in den Fingern spürte. Er fasste das Holz fester an und holte das Lederetui mit dem Zeichenwerkzeug heraus.

»Geld«, meinte Gunnar. »Das Geld, das der Rat und die Bruderschaft für ihre Vorhaben brauchen, holen sie sich durch Abgaben auf den Handel und die Beiträge der Händler. Einige vornehme Kaufleute wie Ryltars Familie leisten bedeutende Beiträge zum Haushaltsplan des Rates. Diese freiwilligen Beiträge sorgen dafür, dass die Steuern niedrig bleiben können, und dies wiederum führt dazu, dass die kleineren Kaufleute auf den Rat gut zu sprechen sind.«

»Ich verstehe. Deshalb ist Ryltar im Rat und deshalb zögert der Rat, ihn auffliegen zu lassen.« Justen nahm die Schachtel, die Dayala ihm geschenkt hatte. Er spürte das warme Kribbeln in den Fingern und blickte kurz zum kalten, grauen Himmel hinaus.

»Ganz so einfach ist es natürlich nicht.«

»Wahrscheinlich hast du Recht.« Justen ordnete noch einmal die Sachen im Tornister und sah sich nach etwas Weichem um, in das er die Schachtel wickeln konnte. Wahrscheinlich war sie aber, genau wie Dayala selbst, robuster, als man auf den ersten Blick glauben mochte.

»Was wirst du jetzt tun?«

»Ich werde still und ordnungstoll nach Hause gehen. Altara sagt, dass niemand sich besonders für mich interessieren wird ... jedenfalls nicht am Anfang.«

»Du willst also auf Zeit spielen. Aber wozu?« Gunnar sah Justen fragend an. »Es gibt viele Dinge, die du noch nicht erklärt hast. Was hast du eigentlich getan, dass Altara dir aus heiterem Himmel einen Erholungsurlaub verschreibt? Und was hast du in Wandernicht vor? Ich kann nicht glauben, dass du einfach nur bei Mutter in der Schmiede arbeitest oder Vater mit den Apfelbäumen hilfst.«

»Ich glaube, ein wenig ganz normale Schmiedearbeit wird mir gut tun.«

Gunnar legte sich theatralisch beide Hände an die Stirn, dann streckte er die Arme zur Decke aus und verdrehte die Augen. »Die Dunkelheit sei uns gnädig. Ist es Euer Wille, dass der Tempel der Ordnung eine solche Ruchlosigkeit im Namen der Heiligkeit erdulden muss, oder ist es vielmehr die Heiligkeit, die im Namen der Ruchlosigkeit ...«

»Hör auf!« Justen schüttelte den Kopf und versuchte, nicht vor Lachen laut herauszuplatzen.

Der Luft-Magier sprang auf den Stuhl und deutete mit dem rechten Arm zum Fenster. »Licht! Es werde Licht! Lass die geordnete Dunkelheit hervorgehen aus dem ungeordneten Licht, auf dass sie in die Herzen der Frauen und der Engel von – wie war das noch? Ach ja – in die Herzen der Engel von Naclos leuchten und sogar die düsteren und öden Seelen umnachteter Männer erhellen möge ...«

Justen schüttete sich fast aus vor Lachen über Gunnars Späße.

»... aber lasst uns auch nicht den wohltätigen Rat von Recluce vergessen. Auch er möge umhüllt werden von der Wärme und Ordnung der Dunkelheit, auf dass die edlen Ratsherren die Welt nicht sehen, wie sie ist, sondern immer nur so, wie sie es sich wünschen, es sei denn – natürlich –, es gibt etwas dadurch zu verdienen, dass man die Wahrheit sieht. In diesem Fall aber mögen sie wenigstens Mittel und Wege finden, denjenigen, die im Lichte stehen, eine Gebühr zu berechnen, weil diese gesehen, was jene längst erblickt ...«

Gunnar sprang vom Stuhl herunter, hustete und trank den Rest Rotbeerensaft direkt aus dem Krug. »Ich kann das nicht so gut, wie du es früher gemacht hast ... aber ungefähr so klingt dieser Mist. Die Druiden wollen auf irgendetwas hinaus. Die alten Engel wollen auf irgendetwas hinaus. Die Weißen wollen auf irgendetwas hinaus. Der Rat will auf irgendetwas hinaus. Und jeder von ihnen glaubt, er hätte eine Laterne, die ihm und nur ihm allein den rechten Weg weist. Und natürlich will niemand auf einen einfachen Ingenieur namens Justen hören, der möglicherweise eine Entdeckung gemacht hat.« Gunnar hustete wieder. »Natürlich muss auch der noch einfachere und unbedeutendere Magier namens Gunnar erst gewahr werden, was der nicht ganz so unbedeutende Justen entdeckt hat, während er seine bescheidenen Begabungen einstweilen einsetzen darf, um hochgeschätzten Ratsmitgliedern nachzuspionieren und um Schiffe herum zu schleichen. Doch auch wenn der unbedeutende Gunnar das Vertrauen des von Ordnung und geheimnisvollem Wissen erfüllten Justen erst noch erwerben muss, so ...«

»Also gut«, unterbrach Justen ihn seufzend. »Setz dich.«

»Ich höre und gehorche, o unbedeutender Ingenieur, denn ich weiß sehr wohl, dass ich noch viel unbedeutender bin als Ihr.« Gunnar ließ sich auf den Stuhl fallen.

»Du willst eine klare und ehrliche Antwort haben. Also gut. Der Ausgleich für eine Zunahme der Ordnung, wie es geschieht, wenn den Mächtigen Zehn ein neues, noch stärker geordnetes Kriegsschiff hinzugefügt wird, kann nur durch eine Zunahme des Chaos geschehen. Eine Zunahme der Ordnung, wie sie durch die Entwicklung einer geordneten Eisernen Garde entsteht, kann demnach nur zu größerem Chaos führen. Trotz aller Theorien aller Magier bedeutet mehr Ordnung auf der Welt zugleich auch mehr Chaos und mehr Chaos bedeutet größere und immer größere Macht für Fairhaven. Je mehr Erfolg Recluce hat, desto mächtiger wird Fairhaven und desto schlechter ergeht es Candar.« Justens Augen waren schwarz wie Eis, als er sie auf Gunnar richtete.

»Verdammt ... ich hatte gleich so ein seltsames Gefühl.« Gunnar schüttelte den Kopf. »Ich musste ja auch unbedingt fragen. Und du willst nun in dieser Angelegenheit etwas unternehmen?«

Justen nickte. »Es ist nur so, dass das Entordnen von Gegenständen ein größeres Durcheinander erzeugt, als wenn man die Gegenstände gar nicht erst geordnet hätte. Deshalb hat Altara sich so aufgeregt. Ich habe etwas Schwarzes Eisen entordnet, ohne es vorher zu erhitzen. Es hat die Ordnung verloren und dabei die ganze Wärme aus dem Schmiedefeuer gezogen.«

»Dann willst du also ganz Recluce in kalte Asche oder Eis verwandeln, um Candar zu retten?« Gunnar leckte sich die Lippen.

»Schwerlich. So altruistisch bin ich nicht. Ich arbeite an etwas, das ich nach Fairhaven bringen will – eine Art Dampfwagen.«

»Rechnest du damit, dass man es dir erlaubt?«

»Nein. Ich werde die Leute hier auf Recluce täuschen und Gewalt einsetzen müssen, um nach Fairhaven zu gelangen, sobald ich in Candar gelandet bin.«

»Mein Bruder, der lügende, selbstlose Kreuzfahrer, der endlich die Wahrheit sagt, wenn auch nicht in allen Einzelheiten.« Gunnar grinste. »So langsam begreife ich es. Ich bin aber mit an Bord.«

Dieses Mal schüttelte Justen den Kopf. »Was?«

»Ich bin dabei.« Justens Gesicht wurde ernst. »Du solltest eigentlich wissen, dass Krytella mir nicht völlig gleichgültig war. Aber vielleicht hast du es auch nicht gewusst. Auch Ninca und Castin habe ich schon lange gekannt. Du liebst diese Druidin, die Dunkelheit weiß warum, aber man sieht es dir an, und du denkst nicht einmal daran, zu ihr zurückzukehren, solange du nicht getan hast, was du dir vorgenommen hast.«

Justen schluckte, beugte sich vor, bückte sich und umarmte seinen Bruder. Dann richtete er sich wieder auf. »Kannst du mir helfen, eine Ladung Schrott nach Wandernicht zu schaffen?«

»Klar. Gegen Schrott an der richtigen Stelle habe ich nichts einzuwenden.«

Gunnar grinste und Justen grinste zurück.

CXIV

Cirlin trat aus der Schmiede, als Justen und Gunnar die Bremsklötze unter die Wagenräder schoben. Der Nebel, der beinahe schon ein Nieselregen war, waberte um die beiden Männer und schlug sich auf dem geölten Segeltuch nieder, das die Ladung schützte.

»Justen, was, um alles in der Welt, hast du denn da mitgebracht?«, fragte Cirlin.

»Eisen ... Schrott, Teile von Getrieben, alte Arbeiten von Ingenieuren.« Justen richtete sich auf und wischte sich die Nässe von der Stirn, die allerdings hauptsächlich Schweiß war. »Wir müssen die Sachen irgendwo abladen, vielleicht im Schuppen.«

»Dann musst du vorher den Schuppen ausräumen. Dein Vater hat dort mehr Holz in allen Längen und Dicken gesammelt, als die nächsten drei Generationen verbrauchen werden.«

»Nun ja, wir könnten das Holz hernehmen, um einen zweiten Schuppen zu bauen ...«

»Da gibt es nicht einmal zwei Stücke von der gleichen Größe. Aber auf diese Weise gibst du ihm wenigstens einen Anlass, darüber nachzudenken, was er mit dem Holz machen kann.«

»Was ist mit den Pferden?«, fragte Gunnar.

»Wo ist Elisabet?«, fragte Justen beinahe gleichzeitig.

»Für die Pferde ist hinten im Stall noch Platz«, antwortete die Schmiedin. »Deine Schwester nimmt bei Magistra Mieri ihre Stunden. Ihr zwei erledigt jetzt, was ihr hier zu tun habt, und ich beende meine Arbeit an Hrusons Geschirr. Danach können wir dann heißen Apfelwein oder Bier oder was auch sonst trinken.«

»Wir laden später ab, nachdem wir mit Vater geklärt haben, wo wir die Sachen verstauen können.«

»Auch gut.« Cirlin drehte sich zur Schmiede um. »Lasst mich die Arbeit beenden, dann könnt ihr mir den Rest erzählen.«

Justen und Gunnar lösten, jeder an einem Pferd arbeitend, das Zuggeschirr. Nachdem sie die Tiere untergestellt hatten, gingen sie durch den allmählich stärker werdenden, kalten Regen zum Haus hinüber.

»Justen … es ist kalt und es fühlt sich an, als könnte es bald schneien.«

»Bist du nicht sicher?«

»Es steht genau auf der Kippe, aber ich habe kaum darauf geachtet. Dein Vortrag darüber, dass wir mehr Chaos schaffen, sobald wir mehr Ordnung in die Welt bringen, hat mir nicht gerade Mut gemacht, das Wetter zu beeinflussen.«

»Ein kleines bisschen wird nicht schaden. Ich weiß … es ist heuchlerisch, aber ich muss sowieso mit Täuschungen arbeiten. Was macht da schon eine kleine Heuchelei mehr oder weniger?«

»Du bist sarkastisch und bitter und beides steht dir nicht.«

»Da hast du Recht. Außerdem haben wir keinen Lagerraum für all das Eisen.« Justen deutete zum Wagen, an dem sie auf dem Weg zum Wohnhaus noch einmal vorbeikamen.

»Na gut.« Gunnars Gesicht wurde ausdruckslos. Er stand im kalten Regen und die Tropfen mieden ihn nicht mehr, sondern trafen ihn eine kleine Weile, bis Justen ihn weiterschob und wartete, dass Gunnar wieder zu sich kam.

Nach einer Weile schwankte Gunnar ein wenig und holte tief Luft. »In Landende wird es schneien, aber von der Mitte von Recluce bis in den Süden wird es regnen.«

»Danke.«

Horas hatte im Esszimmer schon vier Becher mit heißem Apfelwein und einen Holzteller mit kleinen Brotscheiben vorbereitet, als sie die Regenmäntel und die nassen Stiefel ausgezogen hatten.

»Eure Mutter müsste auch gleich kommen.«

»Gut«, murmelte Justen, während er den ersten Schluck des heißen Getränks nippte.

Gunnar ließ sich auf einem Stuhl nieder, während Justen seinen Becher abstellte und sich neben ihn setzte.

»Hat Gunnar das Wetter passend gemacht?«

»Ich habe den Schnee ein wenig nach Norden verschoben. Nicht viel, nur ein kleines Stück«, räumte der Wetter-Magier ein.

»Das sollte uns etwas Zeit geben. Wir brauchen Platz, um meine Vorräte unterzubringen«, ergänzte Justen.

»Da muss eine Menge Eisen auf dem Wagen sein«, bemerkte Horas. Er hob seinen Becher und ließ den Dampf vor seinem Gesicht aufsteigen. »Ich denke, die Sachen müssten in den Schuppen passen. Ich wollte das Holz sowieso wegräumen. Eure Mutter meint, es liegt schon viel zu lange da.«

»Es könnte sein, dass ich etwas davon brauche«, erklärte Justen. »Holz ist leichter als Eisen und besser zu verarbeiten.«

»Nimm dir nur, was immer du brauchst.«

Die Außentür wurde geschlossen und gleich darauf

betrat Cirlin die Küche. »Ich dachte, es würde schneien, aber es regnet nur. Warst du das, Gunnar?«

»Ja.«

»Nun ja, ich kann nicht behaupten, dass ich mich auf den Schnee gefreut habe. Mir ist es recht, solange der Regen nicht überfriert.« Die Schmiedin setzte sich und nahm den vierten Becher.

»Das wird nicht geschehen. Das Eis würde sowieso rasch wieder tauen. Es ist noch zu früh für Frost.« Gunnar nahm eine Scheibe Brot.

»Wir haben nicht damit gerechnet, euch so bald schon wiederzusehen.« Horas stellte seinen Becher auf den Tisch.

Gunnar sah Justen an. »Ich kann jede Menge Hilfe gebrauchen«, antwortete Justen.

»Das ist aber ein denkwürdiges Eingeständnis, Justen.« Cirlin lehnte sich zurück. »Was für eine Art Hilfe meinst du?«

»Ich muss einen Dampfwagen bauen.«

»Einen Dampfwagen?«

»Eine Art kleines Schiff, das auf Rädern fährt. Auf den Straßen, genauer gesagt.«

Die Schmiedin schürzte die Lippen. »Das ist aber, selbst wenn ein Ingenieur wie du beteiligt ist, eine große Bestellung für eine kleine Schmiede.«

»Ganz so schlimm ist es nicht. Altara lässt mich Altmetall und Platten benutzen und ich habe mir überlegt, wie ich eine Dampfpumpe entsprechend umbauen kann.«

»Wie willst du die Sachen herbringen? Und was willst du mit alledem erreichen?«

»Die erste Wagenladung habe ich schon mitgebracht.« Justen zuckte mit den Achseln. »Und das Ziel ist, etwas zu bauen, das die Weißen Magier aufhält.«

Horas rieb sich die Stirn. »Ich weiß, dass ihr zwei begabte junge Männer seid, sogar außergewöhnlich begabt, aber ihr wollt versuchen, in unserer kleinen Schmiede etwas zu bauen, mit dem ihr die Weißen Magier besiegen könnt, obwohl das ungefähr acht von eurer Sorte auch mit Hilfe der Tyrannin von Sarronnyn nicht erreichen konnten?«

»Es mag dumm klingen.« Justen lachte kurz und beinahe unfreundlich auf. »Aber ich glaube, ich kann es schaffen.«

»Warum gerade hier?«

Justen starrte den gekachelten Boden an. »Der Rat wäre dagegen, wenn er es erführe.«

»Früher oder später werden sie auch hierher kommen und es dir verbieten.«

»Kaum ... sie halten mich für verrückt und glauben, mein Aufenthalt in Naclos hätte mich irgendwie aus der Bahn der Ordnung geworfen. Deshalb bin ich hier. Sie zahlen mir den halben Sold, damit ich mir daheim etwas Ruhe gönne.«

»Verrückt?« Cirlin lächelte spröde. »Nervtötend, romantisch, phantasievoll ... und irgendwie immer noch ein Lausebengel. Aber ganz sicher nicht verrückt.«

»Die Ingenieure und der Rat wussten nicht, was sie mit mir anfangen sollten. Selbst Turmin sagt, in mir sei keine Spur von Chaos und Unordnung. Er meint sogar, ich sei der am stärksten in der Ordnung verhaftete Mensch, den er je gesehen hätte. Sie haben einen neuen Begriff dafür geprägt – ich sei ›ordnungstoll‹. Darauf setze ich. Ich habe Entwürfe für eine neue Art von Ordnungs-Maschine gemacht, um wirkliche Ordnung nach Candar zu bringen, und ich lege sogar Wert darauf, dass der Rat das, was ich mache, als nutzlos verwirft. Ich kann in dieser Hinsicht nicht lügen ... und das Zweitbeste ist, dass sie mich ignorieren.«

»Das kann ich verstehen«, erklärte Cirlin stirnrunzelnd. »Aber werden die Leute nicht misstrauisch werden?«

»Wahrscheinlich doch. Ich glaube, Ratsherr Ryltar ist es bereits. Aber der Grund ist, dass mit ihm irgendetwas nicht stimmt. Gunnar sieht ihn sich etwas an.«

»Wenn es auf den Winden fliegt, dann wird Gunnar es finden.«

»Das dachte ich mir auch.«

»Justen hat Recht«, fügte Gunnar hinzu. »Ryltar hat sich mit Schmugglern eingelassen und es gibt noch ein paar andere Dinge, denen ich noch nicht weiter nachgegangen bin.«

»Und wenn er wirklich korrupt ist?«, fragte Horas. »Was würde das ändern?«

Justen runzelte die Stirn.

»Wenn er seit mehreren Jahren im Rat ist, könnte man wohl annehmen, dass die anderen die gleichen Dinge ahnen wie du. Und da er immer noch dort ist ...« Horas hob fragend die Augenbrauen.

»Meinst du, sie würden nicht einmal etwas tun, wenn die Beweise für Korruption auf dem Tisch lägen?«, fragte Justen.

»Ich bin nur ein kleiner Landbesitzer und Obstbauer.« Horas zuckte mit den Achseln. »Aber wann hätten die Räte von Recluce schon einmal auf einen Vorwurf der Korruption reagiert, so lange es nicht in ihrem eigenen Interesse gewesen wäre, entsprechend zu handeln? Hat Ryltar nicht dazu geraten, sich aus dem Krieg in Candar herauszuhalten? Wer sollte ihn dafür korrupt nennen?«

»Ich verstehe, was du meinst«, räumte Justen ein. »Selbst wenn Gunnar entdeckt, dass Ryltar korrupt ist, bleibt noch die Tatsache, dass Ryltar klug genug war, um sich lange Zeit im Rat halten zu können. Wir dagegen stehen vor der Frage, wie wir unsere Anschuldigungen beweisen können und wer auf uns hören wird, auf einen jungen Ingenieur, der ordnungstoll ist, und auf seinen Bruder, den Luft-Magier.«

»Soll ich mit Nachforschen aufhören?«

»Nein, ich will auf jeden Fall die Wahrheit wissen.«

»Ich glaube, Justen hat Recht, Gunnar«, fügte Cirlin hinzu. »Ihr müsst herausfinden, was die Wahrheit ist, selbst wenn sich niemand sonst dafür interessiert.«

»Gut.« Gunnar starrte in seinen Becher.

»Sollen wir zu Abend essen?«, schlug Horas vor. »Elisabet wird sicher bald nach Hause kommen.«

CXV

»Dann ... dann werdet Ihr also den Winter über nicht nach Fairhaven zurückkehren? Ihr wollt wirklich hier in Rulyarth bleiben? Wie unglaublich pflichtbewusst von Euch.« Eldiren blies sich den warmen Atem auf die Hände. »Ihr könntet am Ende noch zusammen mit Jehan und mir hier erfrieren.«

»Ach, hört doch auf. Ihr wisst genau, dass es überhaupt nicht pflichtbewusst ist. Wenn ich in Fairhaven bin, gebe ich Histen eine Gelegenheit, mir vorzuwerfen, ich würde meine Pflichten vernachlässigen. Außerdem, ob es Euch gefällt oder nicht, ist es für die Moral der Truppe nicht gerade bekömmlich, wenn die Kommandanten Wärme und Luxus genießen, während den Truppen beides vorenthalten bleibt.« Beltar blickte durch die Fensterscheibe des Wohnhauses nach draußen, wo dicke Schneeflocken fielen.

»Wollt Ihr denn wirklich ein allseits beliebter Kommandant werden?«, fragte Eldiren.

Jehan, der auf der anderen Seite des Tisches saß, sah zwischen Eldiren und Beltar hin und her.

»Welche Möglichkeiten bleiben mir denn sonst noch?

Mich ablösen lassen oder weniger beliebt sein? Nein, danke. Außerdem habe ich, im Gegensatz zu früheren Kommandanten, tatsächlich die Absicht, beim ersten Tauwetter vorzustoßen. Vielleicht sogar früher, und das erfordert Vorbereitungen.«

»Eine Menge Vorbereitungen«, bestätigte Jehan langsam. »Aber es könnte klug sein.«

»Was meint Ihr?«, fragte Eldiren.

»Wir müssen unsere Vorräte aufstocken und ihre dezimieren. Wir haben zum Glück einige Abteilungen, die im Winter eingesetzt werden können.« Beltar nickte Jehan zu, als wollte er ihm danken.

»Ihr wollt ihnen also im Winter zusetzen. Das ist nicht gerade barmherzig«, meinte Eldiren mit leiser Ironie.

»Ich habe nie behauptet, ich wäre barmherzig. Ich habe die Absicht, Suthya so rasch wie möglich und mit so wenig Verlusten wie möglich niederzuwerfen.« Beltar deutete zum Schnee, der draußen fiel. »Wir lassen die anderen Soldaten von den winterfesten Kämpfern in Gruppen ausbilden. Wir beschäftigen sie ein wenig, damit sie nicht untereinander raufen und zu trinken beginnen. Ich lasse bekannt geben, dass jede Abteilung Rekruten oder Lanzenreiter, in der es zu viele Raufereien gibt, zu einem zusätzlichen Ausbildungsgang eingeteilt wird.«

»Wie sollen diese Ausbildungsgänge aussehen?«

»Sie sollen suthyanische Grenzstädte und Gehöfte einnehmen, in denen es große Lagerhäuser gibt – etwas in dieser Art.«

Eldiren schauderte. »Ich nehme an, wir werden diese ... diese Expeditionen begleiten?«

»Natürlich.«

»Kopf hoch, Eldiren«, schaltete sich Jehan ein. »Es könnte ja auch sein, dass Ihr hier bleiben, jammernden Soldaten zuhören und gelegentlich einen Kämpfer hinrichten müsst, weil er einen armen Teufel aus der Umgebung gefoltert hat.«

»Passiert das immer noch?«, fauchte Beltar.

»Nicht mehr, seit Ihr den letzten Lanzenreiter auf dem Platz in eine Fackel verwandelt habt«, erklärte Jehan. »Aber wenn Ihr fort seid, werden ein paar wieder damit anfangen.«

»Nein, das werden sie nicht. Ich werde jeden Soldaten einäschern, der so etwas zulässt«, widersprach Beltar.

»Das könnt Ihr nicht öffentlich verlauten lassen«, seufzte Jehan. »Dann werden die Einheimischen sich irgendetwas Übles ausdenken und Ihr müsst entweder einen unschuldigen Soldaten einäschern oder es bleiben lassen und dumm dastehen. So oder so werdet Ihr verlieren.«

Beltar sah von einem zum anderen. »Was schlagt Ihr dann vor?«

»Tut überhaupt nichts«, meinte Jehan. »Alles, was geschieht, wird vertuscht werden, weil sie wissen, dass Ihr sie braten werdet, wenn Ihr es herausfindet. Eine oder zwei Frauen aus der Umgebung werden verschwinden. Auf mehr könnt Ihr nicht hoffen.«

Beltar holte tief Luft.

»Mit Macht allein kann man nicht alle Probleme lösen«, fügte Eldiren hinzu.

»Ihr könnt die Trainingspläne aufstellen, Eldiren.« Beltar lächelte den Magier mit dem schmalen Gesicht verschlagen an.

Eldiren zuckte mit den Achseln. Als Beltar aufstand und sich zum Gehen wandte, schüttelte Jehan den Kopf.

CXVI

Justen betrachtete die Pläne auf der Werkbank. Die Ecken der Zeichnungen waren mit Steinen beschwert. Er sah zwischen den Teilen, die auf dem sauber gefegten Boden der Schmiede lagen, und den Plänen hin und her.

»Wie willst du denn die Kraft auf die Räder übertragen?« Cirlin warf einen prüfenden Blick zu den Teilen der Achse und dem Modell auf der improvisierten Werkbank.

»Dabei hat Warin mir geholfen.« Justen blätterte den Stapel Zeichnungen durch, bis er das richtige Blatt gefunden hatte. »Siehst du, hier.«

Cirlin sah ihrem Sohn über die Schulter. »Das sieht aus wie eine Kiste in der Mitte der Achse.«

»Ja, so sieht es aus. Dort stößt die Antriebswelle auf die Achse. Aber sie ist dergestalt angebracht, dass die Räder sich mit unterschiedlichen Geschwindigkeiten drehen, wenn der Dampfwagen eine Kurve fährt.«

Die Schmiedin blickte zu den Eisenteilen und den merkwürdig geformten Bauteilen, die Justen im hinteren Teil der Schmiede angefertigt hatte. »Soll das alles in die Maschine eingebaut werden?«

»Der größte Teil. Die anderen Teile soll ich als Rohmaterial verwenden oder entordnen und zu Altara zurückschicken.«

»Wie willst du das alles bezahlen?«

»Du willst bezahlt werden? Das ist nur fair. Wie viel?« Justen grinste seine Mutter an.

»Du weißt genau, dass ich es nicht so gemeint habe.«

»Ich weiß. Aber ich sollte dir wirklich etwas bezahlen. Während du mir hilfst, kannst du dich nicht um andere Dinge kümmern.«

»Du könntest umgekehrt auch mir helfen. Du bist ja ein guter Schmied.«

»Das werde ich tun. Aber ich kann auch bezahlen. Die Druiden haben mir die Besitzrechte an einer halben Ladung Lorkenholz überschrieben und mir noch etwas ›Glitzerkram‹ mitgegeben, wie sie es nennen.«

»Glitzerkram?«

»Edelsteine – alle Sorten. Dayala sagte, ich würde sie früher oder später brauchen. Bisher habe ich aber noch keinen verkaufen müssen.«

»Warum sind die Druiden bereit, dich so großzügig zu unterstützen? Das kommt mir etwas seltsam vor. Unerwartete Wohltaten von Fremden sollte man genau prüfen.«

»Es ist in ihrem eigenen Interesse. Sie sind der Ansicht, die Ansammlung von Ordnung in Recluce und von Chaos in Fairhaven sollte ein Ende nehmen.«

»Warum nicht einfach das Chaos aufhalten?«

»So hat es begonnen. Aber sie haben mir gezeigt, auf welche Weise Ordnung und Chaos in Wechselwirkung zueinander stehen, und ich glaube nicht, dass man das Chaos aufhalten kann, ohne die Ordnung zurückzunehmen.«

»Das ist aber ein schrecklicher Gedanke, mein Sohn.«

»Mag sein, aber es stimmt.«

»Warum glaubst du ihnen?«

Justen schwieg einen Augenblick, während er mit einem Greifzirkel den Umfang einer zukünftigen Achse maß. »Nimm mal die Eiserne Garde der Weißen. Warum sollten die Weißen Magier in ihren eigenen Grenzen einen Brennpunkt der Ordnung aufbauen, wenn es ihnen nicht nützt?«

»Das heißt aber nicht …«

»Ich weiß. Die Eiserne Garde kann Dinge ertragen, die für Weiße Lanzenreiter unmöglich sind. Ich kann dir nicht sagen, warum das so ist. An der Oberfläche ist es wahrscheinlich nicht einmal logisch, aber es fühlt sich richtig an.«

Cirlin lachte. »Das kann ich sogar eher akzeptieren als Logik, Justen.«

Justen legte den Greifzirkel auf die Werkbank. »Dieses Teil hier hat im Innern einen Fehler. Ich muss ein paar andere im Schuppen überprüfen.«

»Schleppe mir nur nicht zu viel Dreck hier herein.«

Justen schüttelte den Kopf und ging lächelnd in den kalten Nieselregen hinaus. Gegen Abend würde er wahrscheinlich als Schnee fallen.

CXVII

Der stämmige Seemann mit der Offiziersjacke ging die steinerne Pier im Hafen von Nylan hinunter. Es schneite leicht, aber die Flocken blieben nicht auf den Schieferdächern oder den Steinen liegen. Ein leichter Wind trieb ihm ein paar Schneeflocken ins Gesicht und er wischte sie mit einem grauen Fetzen weg, der früher einmal weiß gewesen sein mochte. Am Ende der Pier wandte er sich nach rechts zu den Kontoren, die unten am Hügel standen.

Auf dem Schild des dritten Gebäudes stand der Name der Inhaber des Handelshauses: RYLTAR UND WELDON. Unter den Namen war in Tempelschrift und hamorischer Schrift zu lesen: AGENTUR FÜR DAS OSTMEER.

Er trat unter das Vordach und öffnete die Tür, ging hinein und schloss die Tür hinter sich.

»Wie kann ich Euch zu Diensten sein?« Ein junger, braun gekleideter Schreiber hatte sich erhoben.

»Ich bin Kapitän Pesseiti und möchte Meister Ryltar sprechen.«

»Einen Augenblick, Ser.«

Pesseiti trat unruhig von einem Fuß auf den anderen. Er blickte zum schlichten Tisch, an dem der Schreiber gesessen hatte, und durch die halb geöffnete Tür in die Schreibstube im Eckzimmer, dann zum Bücherregal, in dem anscheinend Hauptbücher aufbewahrt wurden.

»Tretet doch bitte ein, Ser.«

Der Schiffsmeister nickte und ging am Schreiber vorbei ins Büro.

Ryltar stand auf, um ihn zu begrüßen. »Was kann ich für Euch tun, Kapitän?«

»Die *Tylera* liegt am Ende der großen Pier.« Pesseiti gab dem Kaufmann ein zusammengerolltes Dokument. »Ich soll Ruziosis Wolle transportieren – die schwarze und die braune.«

Ryltar entrollte das Dokument und las den sauber geschriebenen Vertrag durch. Er strich mit den Fingern über das Siegel am Ende. »Das scheint in Ordnung zu sein. Wie wollt Ihr zahlen?«

Der Kapitän der Tylera reichte ihm einen dicken Umschlag.

»Das sieht aus wie ein Kreditbrief des Kaiserlichen Schatzmeisters von Hamor.«

»Aye, das ist es auch. Wie sonst sollte der alte Kylen verfahren?«

»In der Tat«, murmelte Ryltar, als er das zusammengefaltete Dokument aus dem Umschlag nahm und durchlas. »Dieses Mal hat er sogar daran gedacht, die Gebühren für die Umrechnung der Währungen einzuschließen.«

»Eure Wolle ist eben die beste.«

»Zumindest gehört sie zur besten.«

»Wann können wir laden?«

»Die Wolle ist bereits zu Ballen gepresst, aber sie muss noch ordentlich verpackt werden. Am Nachmittag dürfte die erste Fuhre bereit sein, der Rest bis zum Abend.«

»Es könnte besser sein, es könnte aber auch viel schlimmer sein.« Pesseiti nickte und griff nach seinem Gürtel. Er legte einen schweren Lederbeutel auf den Tisch. »Hier ist die Prämie für die letzte Lieferung.«

Ryltar zog die Augenbrauen hoch, als ein leichter Luftzug die Papiere auf seinem Schreibtisch flattern ließ. »Ach ...?«

»Für die Sonderlieferungen aus Sarronnyn ... falls Ihr wisst, was ich meine. Die Kundschaft war außerordentlich zufrieden.« Pesseiti nahm Haltung an und tippte sich an die Mütze. »Ich gehe jetzt besser, Meister Ryltar. Regen oder nicht, wir werden am Nachmittag zum Laden bereit sein.«

»Wir werden die Wolle bis dahin hier haben, wenn nötig mit Ölzeug abgedeckt.«

»Gut.« Pesseiti nickte und ging.

Ryltar hob langsam den Beutel hoch, wog ihn behutsam in der Hand und schüttelte den Kopf. Er wischte sich die Stirn ab, die trotz der leichten Brise und der kühlen Luft im Zimmer feucht geworden war.

Zwei Häuser weiter wischte sich auch Gunnar in der Schenke die Stirn ab. *Gold ... und Ryltar war überrascht. Aber nicht sehr überrascht.* Er trank den Rest Rotbeerensaft aus seinem Becher und legte vier Kupferstücke auf den Tisch, ehe er hinausging. Draußen fiel ein Schneeschauer.

CXVIII

Das Holpern des schweren Wagens war sogar noch im Schuppen, wo Dorrin Alteisen und Teile aus Schwarzem Eisen sortierte, während er nach einem kleineren Getriebe suchte, deutlich zu hören. Er richtete sich auf und fragte sich, ob der Wagen von Cirlins Eisenhändler kam oder von jemand anders. Er schob die Tür des Schuppens ein Stück auf und freute sich beinahe über die kalte Luft, die ihm ins Gesicht schlug. Der Wagen mit dem schwarzen Aufbau wurde von zwei großen kastanienbraunen Pferden gezogen. Als Justen hinaus in die Kälte trat, stand das Fuhrwerk schon mitten im Hof. Eine Seite des Wagens war mit einem schwarzen, weiß umrahmten Hammer geschmückt. Ein Mann und eine Frau saßen auf dem Kutschbock.

»Altara! Warin!«

Der Schmied mit dem schütteren Haar begrüßte Justen mit einem kurzen Grinsen und sprang vom Kutschbock. »Setz dich in Bewegung, junger Ingenieur, und hilf uns beim Abladen. Immerhin sind es ja deine Sachen.«

Bis Justen am Wagen stand, war auch Altara schon heruntergeklettert und Warin öffnete die hintere Klappe.

»Ich habe nicht mit euch gerechnet«, gab Justen zu. »Warum seid ihr denn gekommen?« Dann musste er grinsen. »Ich habe aber etwas entordnetes Eisen hier, das ihr mitnehmen könnt.«

»Das würde uns helfen.« Altara zog die Wagenbremse an, Warin band unterdessen schon die Pferde am Steinpfosten fest.

»Weißt du, Justen, mir ist immer noch nicht klar, warum ich das alles hier mache. Wir sind mit der *Hyel* in Rückstand und ich komme mir beinahe vor wie eine Schmugglerin, wenn ich dir Teile und Geräte bringe.« Altara wischte sich eine kurze Locke aus der Stirn.

»Du tust es«, antwortete der junge Ingenieur, »weil du weißt, dass wir in Bezug auf Fairhaven etwas unternehmen müssen, und weil dies der einzige Weg ist, dein Gewissen zu beruhigen. Besonders, da der Rat nichts unternimmt.«

»Du hättest Magier werden sollen, kein Ingenieur.«

»Ich glaube, er ist beides.« Warin grinste Altara an. »Spätestens seit seinen Abenteuern in Naclos, wie immer sie ausgesehen haben. Dir ist sicher auch schon aufgefallen, dass wir eigentlich niemals konkrete Antworten bekommen, wenn wir ihn nach Naclos und den Druiden fragen. Nur, dass es dort eine ganz besondere Druidin gibt, die etwas mit ihm zu schaffen hat.«

»Ach ja, ich glaube, sie heißt Dayala.«

Justen wurde rot. »Ich helfe euch besser beim Abladen. Und vielen Dank dafür.«

»Siehst du, so macht er das immer.« Warin grinste.

»Nun ja ... du redest ja auch nicht gerade oft über Estil«, konterte Justen, während er sich mit einer Kiste abmühte, in der Geräte zum Schneiden von Getrieben steckten.

»Ich glaube, er ist ganz heftig verliebt.« Warin folgte Justen vor Anstrengung schnaufend mit einer zweiten Kiste in die Schmiede. Sein Atem stand in der kalten Winterluft als weiße Wolke vor seinem Mund.

»Glaubst du wirklich?« Altara schob eine dünne Platte auf die Karre, die sie vorher abgeladen hatte. Dann fuhr sie langsam den Weg hinauf, den anderen hinterher.

»Entweder das, oder er sehnt sich nach einem netten Kampf.« Warin hielt inne. »Ach ja, Justen – ehe ich's vergesse. Neulich abends ist mir Martan über den Weg gelaufen. Er hat mich gebeten, dir zu sagen, dass er jederzeit bereit ist, wenn du es willst. Er ist sogar noch dümmer als ich, dass er mit dir trainieren will.«

Justen runzelte die Stirn. Martan hatte nicht von Übungskämpfen gesprochen, das war klar. Dann fragte Justen: »Könnt ihr zum Abendessen bleiben?«

»Wenn dein Vater kocht, wäre das sogar ein Grund, eigens hierher zu kommen.«

Cirlin gesellte sich zu ihnen und half beim Abladen. Zu viert trugen sie die Geräte, die Altara mitgebracht hatte, ins Haus. Es waren mehrere Getriebe, Antriebswellen und sogar ein kleiner Kondensator darunter. Justen bemerkte, dass auch einige dünne Bleche in den Schuppen geschleppt wurden.

»Warum die Bleche?«

»Mit deinen Fähigkeiten könntest du daraus Panzerungen aus Schwarzem Eisen machen. Was sich auf einer Straße bewegen soll, muss leicht sein.« Altara hievte ächzend das nächste Blech auf die Karre. Ihre Räder sanken ein wenig ein, obwohl der Boden hart gefroren war.

»Es wäre besser, du würdest die Maschine entwerfen«, sagte Justen.

»Ich sehe mir deine Entwürfe gern einmal an. Bei den Dämonen, wenn es um die Praxis geht, bist du einer der Besten, aber Entwürfe ... da bin ich mir nicht so sicher.«

»Ich mag dich auch.«

»Estil glaubt immer noch, du hättest dir die Druidin nur eingebildet, Justen«, warf Warin ein. »Sie sagt, ein Mensch von dieser Welt hätte dir niemals so sehr den Kopf verdrehen können.«

»Richte ihr doch aus«, schnaufte Justen, während er Altara half, die Bleche in der Schmiede an den Stützbalken der Seitenwand aufzustellen, »dass es ihr vielleicht gelungen wäre, wenn du sie nicht vorher für dich beansprucht hättest.«

»Die Frau eines anderen Mannes zu begehren ... also wirklich, Justen. Es scheint mir fast, als hätte ich da einen menschlichen Zug an dir entdeckt.«

Cirlin lachte. Altara stimmte ein und schließlich lachte auch Warin.

»Ich nehme an«, ließ Horas sich an der Tür der Schmiede vernehmen, als das Lachen abebbte, »dass wir Gäste zum Abendessen haben?«

»Und ob«, meinte Cirlin. »Und ich will doch hoffen, dass sie uns bis morgen Gesellschaft leisten.«

»Wir wollen aber nicht ...«

»Wohin wollt ihr denn sonst? Ins *Gebrochene Rad*, wo ihr erfrieren würdet? Unfug«, sagte Horas entschieden.

Altara und Warin wechselten einen Blick.

»Wir sind leicht zu überreden«, erklärte die Leitende Ingenieurin schließlich.

»Außerdem«, fügte Warin hinzu, »würde ich gern etwas mehr über diese geheimnisvolle Druidin erfahren.«

»Viel Glück dabei«, sagte Cirlin. »Ich bin seine Mutter, aber außer der Tatsache, dass sie wundervoll und wunderschön ist, grüne Augen und silberne Haare hat und ihn vor einem Schicksal retten konnte, das schlimmer als der Tod gewesen wäre, weiß ich so gut wie nichts. Ach ja, manchmal schmeichelt sie den Bäumen und bringt sie dazu, wundervolle Schachteln und andere Gegenstände aus Holz wachsen zu lassen.« Die Schmiedin sah Altara an, die das Lächeln erwiderte.

»Es verspricht ein interessanter Abend zu werden«, warf Justen ein.

»Hört auf zu quatschen«, meinte Altara. »Lasst uns diesen Schrott einlagern. Wo steckt nun eigentlich das entordnete Eisen, das du erwähnt hast?«

»Da drüben in dem Behälter in der Ecke.« Justen deutete in die entsprechende Richtung.

Warin ging hinüber und sah in den Behälter. »Bei der Dunkelheit ... er hat es wirklich getan, Altara. Es waren Turbinenringe, aber jetzt sind sie nur noch weiches Eisen.«

Altara trat neben ihn und ließ die Finger über das

Eisen gleiten. »Du könntest damit eine Menge Geld verdienen.«

Justen zuckte mit den Achseln. »Nenne es einen kleinen Ausgleich... in gewisser Weise stimmt das ja sogar.«

»Es würde drei Achttage dauern, so etwas mit Hilfe des Schmiedefeuers zu machen, aber ich möchte wetten, dass du bei weitem nicht so lange gebraucht hast.«

»Nein.« Justen erwähnte nicht, dass er für den Inhalt des Behälters nur einen Nachmittag gebraucht und dass der Schuppen sich dabei in ein Kühlhaus verwandelt hatte und alles von einer dicken Eisschicht bedeckt gewesen war.

»Gut. Dann kann ich aufrichtig melden, dass wir Zeit und Arbeit sparen, wenn wir dir Schrott schicken. Und jetzt lasst uns die Sachen zum Wagen hinausbringen.«

Noch bevor sie die gelieferten Teile und den Schrott verstaut und den Wagen wieder beladen hatten, winkte Elisabet ihnen von der Küchentür.

»Wir müssen noch die Pferde einstellen.«

»Altara, rede doch schon mit Elisabet. Wir kümmern uns um die Pferde.«

Die Leitende Ingenieurin zuckte mit den Achseln und ging durchs trübe Licht des Spätnachmittags zum Haus, während Justen und Warin die beiden Zugpferde abspannten und in den Stall führten.

»Die Bürsten liegen dort drüben auf dem Regal.«

»Altara hat gesagt, du hättest erst Reiten gelernt, als du nach Sarronnyn gekommen bist. Wie ist das nur möglich, wo du doch mit Pferden und Ställen aufgewachsen bist?« Warin wischte sich mit der freien Hand ein Pferdehaar aus der Stirn und nahm sich eines der kastanienbraunen Tiere vor.

»Wir hatten Zugpferde, keine Reitpferde, und ein Pferd versorgt habe ich schon früher. Ich konnte nur einfach nicht gut reiten. Bist du mit deinem fertig?«

»Mehr als fertig. Es ist kalt hier.«

»So schlimm ist es doch gar nicht.«

»Ich bin in Nylan aufgewachsen. Dort ist es flacher und wärmer als in der Mitte von Recluce.« Warin sah Justen zu, als dieser ein paar Schaufeln Korn in den Trog kippte.

»Das hat aber lange gedauert«, meinte Elisabet, als die Ingenieure die Küche betraten und die beiden letzten freien Plätze am großen Tisch einnahmen.

»Heißer Apfelwein, helles Bier oder Rotbeerensaft?«, fragte Horas.

»Heißer Apfelwein.«

»Helles Bier.«

»Bier?« Warin schauderte.

»Wie kann man nur so geordnet sein und trotzdem helles und dunkles Bier trinken?«, warf Altara ein.

»Es ist nur eine oberflächliche Ordnung«, meinte Justen lachend.

»Wie kann die Ordnung oberflächlich sein?«

»Pass auf, dass er nicht loslegt«, warnte Cirlin.

»Was ist nun mit der Druidin?«, fragte Warin.

»Dayala?« Elisabet lächelte breit. »Sie ist eine Druidin, die keinen Baum hat. Jedenfalls keinen, in dem sie lebt. Allerdings ist ihr Haus in gewisser Weise direkt aus Bäumen gewachsen und sie geht immer barfuß. Sogar in der Wüste. Aber Kleider trägt sie.«

»Ist das alles?«, fragte Warin unzufrieden. »Eine echte Druidin, die nicht in einem Baum wohnt? Und warum läuft sie barfuß?«

»Sie ist eine Druidin«, antwortete Justen trocken, »und sie ist quer durch die Steinhügel und durch das Grasland barfuß schneller gelaufen als ich mit meinen Stiefeln. Im Großen Wald oder im Grasland könnte ich niemals barfuß laufen, von den Steinhügeln ganz zu schweigen.«

»Verwenden sie Eisen?«, fragte Altara.

»Natürlich«, antwortete Justen. »Manche von ihnen haben Probleme mit Schneidewerkzeugen oder besonders mit Schwertern, manche sogar mit Messern. Aber so etwas gibt es auch bei uns. Dorrin zum Beispiel konnte kein Schwert in die Hand nehmen.«

»Ich wollte eigentlich etwas über die silberhaarigen Druidinnen wissen«, protestierte Warin mit einem Seitenblick zu Elisabet.

»Nun ja ...«, begann Justens Schwester.

»Elisabet ...«

»Du bist ein Spielverderber, Justen. Entweder du sagst es ihnen oder ich tue es.«

»Ich weiß, dass ich ein Spielverderber bin. Warte einen Augenblick.« Justen trank einen Schluck Bier.

»Hier kommt frisch gebackenes Brot und Käse«, verkündete Horas. Er stellte einen großen Teller auf den Tisch. »Das sollte reichen, bis das Abendessen fertig ist.«

»So etwas bekommen wir nicht in der Großen Werkstatt, was?«, sagte Warin zu Altara.

»Bekommst du es denn zu Hause?«, konterte die Leitende Ingenieurin.

»Wohl nicht, aber dort bekommt er einige andere Dinge«, warf Justen ein.

»Du hast gut reden nach allem, was wir über deine Druidin gehört haben. Und wenn du an sie denkst und glaubst, niemand merkt es, glotzt du manchmal wie eine Kuh.«

Altara hätte sich beinahe am heißen Apfelwein verschluckt und musste husten. Sie schüttelte den Kopf.

»Was soll man dazu sagen?«, gab Justen lachend zurück. »Was soll man dazu sagen?«

»Am besten überhaupt nichts«, schlug Cirlin vor. »Iss doch das Brot, bevor es kalt wird. Und versuche, nicht wie eine Kuh zu glotzen.«

»Wie glotzt denn eine Kuh?«, fragte Elisabet.

Altara verschluckte sich beinahe noch einmal, dann konnte sie endlich ihren Apfelwein trinken.

CXIX

»Ich mache mir nach wie vor Sorgen wegen dieses ordnungstollen Ingenieurs.« Ryltar legte die Handflächen auf den Tisch aus schwarzer Eiche und beugte sich vor.

»Ordnungstoll? Das ist aber eine seltsame Wortwahl.« Claris hustete, dann trank sie einen Schluck aus ihrem Becher und stellte ihn wieder auf den Keramikuntersetzer, der mit einer Nachbildung des Siegels von Recluce geschmückt war. »Was meint Ihr damit?«

»Ja, Ryltar, bitte erleuchtet uns doch.« Jenna legte behutsam die Finger um ihren Becher, als wollte sie das schwarze Steingut streicheln.

»Nun ... Turmin sagte, dieser Ingenieur, dieser Justen, sei eindeutig der am stärksten mit der Ordnung verbundene Mann, der ihm je begegnet sei. Vielleicht sogar zu sehr in der Ordnung verhaftet. Wie man hört, ist er der Ansicht, man müsse eine Art Dampfwagen bauen, der auf ähnliche Weise über die Straßen fährt wie unsere Schiffe über die Meere.«

»Das klingt unpraktisch, aber kaum verrückt.« Claris schürzte die Lippen und dachte nach. »Alle haben gedacht, Dorrin wäre verrückt, aber wir wären nicht hier, wenn er nicht die *Schwarzer Hammer* gebaut hätte.«

»Ihr meint, das Chaos über unsere Straßen und besonders die Hohe Straße rollen zu lassen wäre nicht verrückt?«

»Tut er es denn?«

»Er wird es tun.«

»Ryltar ... bemerkt Ihr eigentlich, dass Eure ›Argumente‹ nicht sonderlich gut aufeinander abgestimmt sind?« Jennas leise Worte waren wegen des Prasselns der Regentropfen an den Fensterscheiben kaum zu verstehen. »Ihr sagt uns, wir brauchten uns wegen Fairhaven keine Sorgen machen, weil die Weißen noch keine Invasion begonnen hätten, aber wir sollen uns wegen eines äußerst ordentlichen Ingenieurs Sorgen machen, der erheblich weniger getan hat als Fairhaven. Ich bin ehrlich gesagt viel besorgter über die neuen Rekruten, die vor den Schneefällen durch die Westhörner nach Sarronnyn gebracht wurden. Anscheinend bekommen wir jetzt jeden Achttag neue Nachrichten über Dörfer oder Städte, die den Weißen in die Hände gefallen sind – und dies sogar während des Winters. Das Eis hat Suthya von den Handelsrouten abgeschnitten und die Weißen haben die Suthyaner eingekreist. Wenn im Frühling das Tauwetter einsetzt, werden nur noch Armat, Devalonia und ein paar Küstenstädte in den Händen der Suthyaner sein.« Jenna betrachtete ihre kurzen, eckig geschnittenen Fingernägel, dann legte sie die Hände auf den Tisch.

»Der größte Teil des suthyanischen Volkes lebt an der Küste und die meisten Truppen sind in Sicherheit«, widersprach Ryltar ruhig und sachlich.

»Das mag ja sein, Ryltar«, erwiderte Jenna, »aber die Vorstöße in diesem Winter werden dazu führen, dass die Suthyaner nach Beginn des Tauwetters kein Land mehr haben werden, das sie vor einem unmittelbaren Angriff abschirmen könnte, und sie haben nicht genug Zeit, Vorräte oder Söldner zu sammeln oder auf dem Seeweg etwas einzuführen.«

»Die Magier bekämpfen sich gegenseitig«, sagte Ryltar mit einem verschlagenen Lächeln.

»Ein machthungriger Magier hat einen anderen vernichtet und der stärkere hat sich als erheblich fähiger und gefährlicher erwiesen. Suthya wird noch vor dem Sommer fallen.«

»Ich muss die gleiche Frage noch einmal stellen, meine lieben Kolleginnen. Was, um alles in der Welt, können wir dagegen tun?« Ryltar legte die Finger wie zu einem Spitzdach zusammen und wartete auf die Antwort. »Was können wir, wenn wir ehrlich sind, schon unternehmen? Im Augenblick können wir nicht einmal Schiffe nach Suthya schicken.«

Jenna und Claris wechselten einen Blick.

CXX

Der kalte Regen, im Spätwinter gelegentlich noch von dicken Schneeflocken durchsetzt, klebte Justens Haar an den Schädel. Er hob den Geologenhammer und klopfte auf dem Stein herum, wo er Spuren des schweren gelblichen Pulvers vermutete, das sich, wenn es mit Hilfe der Ordnung sortiert wurde, in graues falsches Blei verwandelte. Die Substanz mit Hilfe der Ordnung zu verändern war schwerer als das Schmieden von Schwarzem Eisen. Magier, die zu lange damit umgingen, starben, wie Justen nur zu genau wusste. Doch er ging davon aus, dass seine Kontrolle über das Gleichgewicht von Ordnung und Chaos in seinem eigenen Körper ihn schützen würde.

Das Pulver strahlte unsichtbare Chaos-Partikel ab, die wie weiße Funken blitzten, und die geringen Spuren von falschem Blei schienen wie schwarze Inseln, die Chaos enthielten. Es war beinahe eine winzige Nachbildung der Struktur, die er im Großen Wald von Naclos gespürt hat. Irgendwie war es im Regen leichter, das gelbliche Pulver zu finden, selbst wenn sich

Schnee in den Regen mischte. Vielleicht lag es daran, dass das Wasser die ferneren chaotischen Impulse ausblendete.

Justen hob den Hammer und wünschte sich, er wäre in Naclos bei Dayala, allen Wasserechsen und Waldkatzen und den Steinhügeln zum Trotz. Was tat sie wohl gerade? Vertiefte sie sich in ihre Arbeit, besuchte sie Eltern und Freunde oder machte sich Sorgen um ihn? Er schüttelte den Kopf. Dayala konnte es sich nicht erlauben, sich vor Sehnsucht nach ihm zu verzehren. Und je besser er mit seiner Arbeit vorankam, desto eher konnte er das Durcheinander beheben und nach Naclos zurückkehren. Aber was sollte er dort tun? Als Schmied arbeiten?

Er zuckte mit den Achseln. Es gab Schlimmeres. Viel Schlimmeres.

Er schauderte, als ihm kaltes Wasser in den Nacken lief. In diesem Augenblick wäre er sogar damit zufrieden gewesen, in der Schmiede seiner Mutter in Wandernicht zu sitzen. Wieder hob er den Hammer und klopfte auf dem Steinhaufen herum.

Nach einer Weile setzte er sich auf einen Stein, um nach der harten Arbeit die Beine auszuruhen. Während er dort an der Nordseite einer kleinen Schutthalde saß, strich er langsam über eine Prellung am Schienbein und versuchte, eine Spur Ordnung in die Verletzung zu schicken. Abwesend fragte er sich, wie es dazu gekommen war, dass er in den Eisenminen von Recluce herumstocherte, obwohl sein Dampfwagen noch so viel Arbeit erforderte.

»Es ist doch ganz einfach …«, murmelte er, als er wieder aufstand und mit den Sinnen eine kleine Abraumhalde durchsuchte. Die Steine würden klein gemahlen und zurück in die Hügel und Wälder transportiert werden. »Ich versuche ja nur, einen Zusammenbruch von Ordnung und Chaos auszulösen, mehr nicht.«

Er hob den Hammer und klopfte auf den nächsten Stein, dann schob er die Klappe des ledernen Sammelbeutels darunter.

CXXI

Nachdem er beide Lampen angezündet hatte, schob Justen das Pulver ins Schmiedefeuer und betätigte den großen Blasebalg. Mit den Sinnen achtete er auf die Körnchen, die sich nach einer Weile in falsches Blei verwandeln würden. Als die Hitze sich im Pulver aufbaute, das er in Metall zu verwandeln hoffte, konnte er leichter als zuvor das Chaos spüren, das in den winzigen Flocken in die Ordnung eingebunden war.

Es klopfte an der Tür. Justen drehte den Kopf herum, pumpte aber weiter.

Wieder klopfte es.

Der Ingenieur nahm das Pulver aus dem Feuer und ging zur Tür der Schmiede.

Eine dunkle, kantige Gestalt wartete draußen.

»Meister Turmin ... kommt doch herein.«

Der Magier betrat die Schmiede. »Ich hoffe, ich komme nicht zu spät.«

»Zu spät?«

»Wie viel falsches Blei habt Ihr schon hergestellt?«

Justen schluckte. »Woher wisst Ihr das? Ich habe mit niemandem darüber gesprochen.«

»Wir Magier haben da unsere Möglichkeiten.« Der ältere Mann lächelte verschmitzt. »Aber es war keine Magie im Spiel. Ich habe gehört, dass Ihr die Abraumhalden der alten Eisenminen aufgesucht habt. Wenn ein Magier das tut ...« Er zuckte mit den Achseln.

»Ich bin aber kein Magier wie Ihr und Gunnar.«

»Nein ... Ihr seid möglicherweise viel stärker und

deshalb auch viel gefährlicher.« Turmin legte den Kopf schief und sah zum Schmiedefeuer. »Wart Ihr gerade dabei, es zu erwärmen und zu ordnen?«

»Ich dachte, es würde funktionieren.«

»Oh, es wird funktionieren. Und ungefähr eine Jahreszeit, nachdem Ihr die dritte oder vierte Partie bearbeitet habt, werdet Ihr wahrscheinlich an der Schwindsucht sterben. Ihr seid allerdings besser geordnet, also könntet Ihr vielleicht sogar sechs oder sieben Durchgänge schaffen.«

Justen schluckte schwer.

»Können wir etwas trinken? Ich bin direkt aus Alberth geritten gekommen.«

Der jüngere Mann nickte. »Lasst mich das Schmiedefeuer abdecken. Kann es jemandem schaden, wenn ich das Pulver hier lasse?«

»Wahrscheinlich nicht, wenn Ihr es gleich morgen beseitigt. Wenn es nur leicht erhitzt worden ist, könnt Ihr es ins Meer streuen.«

Justen deckte das Schmiedefeuer seiner Mutter ab und ließ das Pulver auf den Ziegeln liegen, wo es abkühlen konnte. Dann blies er die Lampen aus.

Turmin folgte ihm in die leere Küche.

Justen deutete einladend auf einen Holzstuhl und fragte: »Bier oder Grünbeerensaft?«

»Grünbeerensaft. Ich bin nicht so geordnet wie Ihr. Außerdem habe ich es ernst gemeint, als ich sagte, ich wäre durstig.«

Justen runzelte die Stirn. »Was ist mit Eurem Pferd? Ich habe ganz vergessen ...«

»Eure Schwester war so freundlich, Vaegera zu tränken. Ich habe ihr erklärt, ich wollte mit Euch über Magier-Angelegenheiten sprechen. Sie bestand darauf, das Pferd füttern zu dürfen.«

»Elisabet ...« Justen schüttelte den Kopf und ging ins halbdunkle benachbarte Wohnzimmer, wo ein Mädchen mit sandfarbenem Haar, vorgebeugt und eine Hand ans Ohr gelegt, hinter der Türe stand und lauschte.

Elisabet richtete sich auf, als er kam. »Na gut«, sagte sie. »Jetzt hast du mich erwischt. Wirst du mir später alles erzählen?«

Justen grinste und nickte. »Soweit ich kann, ja.«

»Versprochen?«

»Versprochen.«

Als Justen in die Küche zurückkehrte und die Krüge aus dem Kühlkasten holte, war seine Schwester schon verschwunden. Mit zwei Bechern und zwei Krügen gerüstet, kehrte er zum Tisch zurück.

Nachdem er das Bier abgestellt hatte, füllte er einen Becher mit Grünbeerensaft und reichte ihn dem älteren Magier.

»Danke.« Turmin stürzte den Saft mit zwei großen Schlucken hinunter.

Justen lächelte und schenkte ihm nach, dann goss er sich selbst einen halben Becher Dunkelbier ein. Er setzte sich Turmin gegenüber auf den Stuhl und wartete, dass der andere zu sprechen anfing.

»Justen, ich kann mich nur auf das beziehen, was in den Büchern steht, die im Tempel verwahrt werden, weil heute niemand mehr lebt, der tun könnte, was Dorrin und Creslin getan und beschrieben haben. Gegen Ende ihres Lebens haben sie jedenfalls einige bemerkenswerte Einsichten festgehalten. Dorrin hat die *Basis der Ordnung* geschaffen, wie Ihr sicher wisst.«

»Das ist mir bekannt.«

»Nun ... sobald Gunnar mir von Eurem Trick mit dem Sprengstoff erzählt hatte, wusste ich, dass es nicht mehr lange dauern würde, bis Ihr Euch etwas einfallen lassen würdet. Ich wusste nur nicht, was es sein würde. Und ich bin gewiss nicht in der Position, Eure Motive in Frage zu stellen, aber es wäre mir lieb, wenn Ihr vorab über die Gefahren Bescheid wüsstet. Falsches Blei ist seit mindestens zweihundert Jahren bekannt, vielleicht sogar schon länger. Dorrin hat es erwähnt. Wenn Ihr genug davon anhäuft, entsteht eine gewaltige Hitze, beinahe schon reines Chaos. Aber in kleinen Mengen ist es so geordnet wie irgendein anderes Metall, auch wenn es in der Natur in reiner Form nicht vorkommt.« Turmin trank einen Schluck aus seinem Becher und Justen wartete, während der ältere Mann nachdachte.

»Das Problem ist, dass es auch kleine Chaos-Impulse ausstrahlt …«

»Die weißen Blitze?«

»Ihr könnt sie sehen?«

Justen nickte.

»Das ist immerhin etwas. Wir wissen nicht genau, warum es so ist, aber wenn Ihr einen Vogel, beispielsweise einen äußerst empfindlichen Käfigvogel, in der Nähe von falschem Blei haltet, wird er nach einer Weile eingehen. So erging es auch den wenigen Magiern, die eine gewisse Zeit lang damit gearbeitet haben.«

Justen wartete, aber der Magier schwieg. In dem kleinen Teich, der ein Stück unterhalb der Schmiede lag, draußen in der Dunkelheit jenseits des Scheins der einzigen Lampe auf der Veranda, quakte ein einsamer Frosch.

»Und?«, fragte Justen schließlich.

»Das war schon alles. Ich werde all Eure Fragen beantworten.«

»Warum habt Ihr mir das erzählt?«

»Ich mag Gunnar und ich glaube, auch Ihr habt eine Menge zu bieten.«

Justen dachte über die Wortwahl nach. »Das klingt nicht so, als würdet Ihr besonders viel von mir halten.«

»Was Ihr auch tun werdet, es wird höchstwahrscheinlich schrecklich werden. Ich bin nicht besonders gut auf die Urheber schrecklicher Taten zu sprechen.«

»Warum lasst Ihr dann nicht einfach zu, dass ich mich mit dem falschen Blei selbst töte?«

»Wahrscheinlich würde auch Gunnar sterben.«

»Ist das der einzige Grund?«

»Seid Ihr einem Engel begegnet?«

Justen schüttelte angesichts der unerwarteten Frage den Kopf. Er trank einen Schluck und dachte nach, ehe er antwortete. »Sie wurde zwar als Engel bezeichnet, aber ich bin nicht sicher, ob sie es wirklich war. Sie war eine sehr alte Druidin.«

»So alt, wie Ihr eines Tages sein werdet, wenn Ihr diesen Irrsinn überlebt.« Turmin richtete sich in seinem Lehnstuhl auf und füllte seinen Becher nach.

»Ihr weicht mir aus«, meinte Justen etwas pikiert.

»Nein, eigentlich nicht. Es ist aber schwer, klar und verständlich zu sprechen, wenn man es mit gewaltigen Kräften zu tun hat.«

»Welche gewaltigen Kräfte meint Ihr?«

»Ihr, junger Justen, verfügt über außergewöhnlich große Kräfte. Ich mag alt sein, aber ich würde gern in den Jahren, die ich noch zu leben habe, gesund und munter bleiben.«

Justen seufzte.

»Was wolltet Ihr mit dem falschen Blei überhaupt tun?«

»Ich dachte, ich hätte einen Weg gefunden, um es mit Ordnung zu kombinieren und das Chaos zu zerstören.«

»Indem Ihr ein noch größeres Chaos erzeugt?«, fragte Turmin trocken.

»Etwas in dieser Art.«

»Hätte Euch das irgendwie gut getan?«

»Vielleicht nicht. Aber in Bezug auf Fairhaven muss etwas geschehen.«

»Ach, ja ... die Weißen Brüder.«

»Wir haben sie ignoriert und sie haben die Ordnung pervertiert, damit sie dem Chaos dient. Sie werden ganz Candar übernehmen.«

»Ganz Candar?«

»Nun gut ... Naclos wohl nicht.« Justen seufzte.

Auch Turmin seufzte jetzt.

»Ich habe einen Vorschlag, junger Justen. Wenn Ihr die Absicht habt, die Ordnung zu benutzen, um das Chaos zu zerstören ... dann benutzt die Ordnung und nicht das in Ordnung gebundene Chaos. Das ist für uns alle, Euch selbst eingeschlossen, erheblich sicherer.«

»Wie denn?«

»Ja, wie? Habt Ihr schon einmal das Licht durch ein Kristallprisma betrachtet?«

»Man sieht einen Regenbogen.«

»Das ist eine Art von Ordnung, oder?«

Justen sah seinen fast leeren Becher an. »Ich denke schon.«

»Ihr habt sicher auch das Experiment mit der Linse gesehen?«

»Den Versuch, bei dem der Magister mit einem Stück geschliffenem Glas ein Feuer anzündet? Ja.«

»Zeigt dies nicht, dass auch gewöhnliches Licht große Kraft besitzt?«

»Ich glaube, das ist etwas weit hergeholt, Ser.«

Turmin lachte leise. »Das mag sein, Justen, das mag sein. Trotzdem ... ich weiß, und Ihr wisst es auch, dass der Versuch, falsches Blei zu benutzen, Euch wahrscheinlich umbringen wird, bevor Ihr überhaupt getan habt, was Ihr eigentlich tun wolltet.«

»Manchmal gibt es keine einfachen Lösungen.«

»Nein.« Der ältere Magier stand auf. »Ich habe noch einen langen Ritt vor mir.«

»Ihr könnt doch hier bleiben. Ihr seid mehr als willkommen.«

»Die Höflichkeit nehme ich dankend zur Kenntnis, aber ich habe morgen früh Verpflichtungen.«

»Dann werdet Ihr den größten Teil der Nacht durch reiten ...«

»Die Verantwortung, die man als Magier trägt, macht solche Strapazen manchmal unumgänglich, Justen. Das werdet Ihr auch noch erkennen, falls Ihr es nicht schon längst begriffen habt.«

Turmin nahm noch einmal den Becher und trank den Grünbeerensaft aus.

»Dann lasst mich Euch wenigstens etwas Proviant einpacken.«

»Das käme mir wirklich gelegen.«

Ein wenig später lauschte Justen, wie die Stute des Magiers sich in der Dunkelheit entfernte. Die Hufschläge hallten hohl und übertönten das Wispern des Windes. Schließlich kehrte er zu seinem Schmiedefeuer zurück. Morgen würde er das Pulver im Ostmeer verstreuen. Das Meer würde es weit genug verteilen.

Und dann musste er sich Kristalle ansehen – Kristalle und Licht.

CXXII

»Was tut Ihr da?« Eldiren sah zwischen Beltar und Jehan hin und her.

Sie standen vor den Mauern von Armat. Jenseits des flachen Tals lag die Stadt und unterhalb des Hügels, auf dem sich die Weißen Truppen gesammelt hatten, beschrieb der Fluss Arma einen Bogen. Die Stadttore jenseits des Flusses waren wie Wachtürme befestigt.

Hätten sie anständige Belagerungswaffen oder mehr Kanonen gehabt, wären die Türme und Stadtmauern kein Hindernis gewesen. Aber nachdem ein verfluchter Schwarzer Ingenieur vor beinahe zwei Jahren die Kanonen zerstört hatte, deren Bau fast ein Jahrzehnt in Anspruch genommen hatte, waren die Reihen der Angriffswaffen bei weitem noch nicht wieder geschlossen. Hinzu kam noch, dass es nicht besonders viele Schmiede gab, die den Weißen den Vorzug gaben und zugleich Eisen bearbeiten konnten.

»Wir tun den Suthyanern einen Gefallen«, erklärte Beltar mit einem gehässigen Lächeln. »Ich werde ihren schmutzigen Fluss und ihren schmutzigen Hafen säubern.«

Eldiren kratzte sich am Kopf.

Jehan warf einen fragenden Blick zu Beltar. »Ihr wollt etwas mit dem Fluss und den Quellen des Chaos tun?«

Beltar grinste, Eldiren runzelte die Stirn.

»Was ist das dort?« Beltar deutete auf vier Gebäude unter ihnen an der Hügelflanke, die abseits von der Hauptstraße nach Armat lagen.

»Der Gasthof und die heißen Quellen«, erklärte Eldiren. »Aber Ihr habt den Befehl gegeben, dass alle Menschen dort verschwinden sollten.«

»Genau«, meinte Beltar grinsend.

Eldiren sperrte den Mund auf. »Ihr wollt doch wohl nicht ...«

»Und ob. Es ist erheblich billiger, als Soldaten zu verlieren.«

Der schmächtige Weiße Magier blickte zum Fluss Arma.

»Es wird etwas anstrengend werden, aber ich kann den Fluss zum Kochen bringen und vielleicht einen Achttag lang auf dieser Temperatur halten«, erklärte Beltar achselzuckend. »Wenn das nicht hilft ...«

»Ihr setzt die Truppen wirklich nicht gern ein, nicht wahr?«

»Ganz im Gegenteil. Sie hatten doch auf dem Marsch von Rulyarth eine Menge zu tun.«

»Das waren nur Scharmützel.«

»Und? Wenn der Feind sich nur auf Scharmützel einlässt, dann ist das doch nicht meine Schuld, oder? Wir haben einen Feldzug durchgeführt und sie haben sich zurückgezogen. Meine Truppen wollen nicht bei dem Versuch sterben, gut verteidigte Stadtmauern zu erstürmen. Und Ihr, Eldiren?«

Eldiren schüttelte den Kopf.

»Was ist mit Euch, Jehan?«

»Natürlich nicht. Und die Soldaten und vor allem die Lanzenreiter wollen natürlich auch nicht sterben, das ist richtig.«

Beltar schloss die Augen und konzentrierte sich.

Kurz darauf grollte der Erdboden und Schwefeldämpfe brachen aus den Gebäuden drunten hervor. Die Soldaten banden sich angefeuchtete Halstücher vor das Gesicht, um dem Gestank zu entgehen. Nach einer Weile brodelte gelbes Wasser aus den Quellen und ergoss sich über den weniger als hundert Ellen breiten Zwischenraum bis in den Fluss Arma.

Dunst und dann dichte Dampfschwaden stiegen vom Fluss auf, als Beltar am Klapptisch in sich zusammensank. »... eine Weile dauern ...«, keuchte er.

Am anderen Flussufer stürzte eine Handvoll Bauern aus den Hütten und lief bergauf, um sich vor dem Dampf in Sicherheit zu bringen. Einige versuchten, Schafe, Ochsen und anderes Vieh wegzutreiben.

»Das werden sie nicht vergessen«, murmelte Jehan.

»Das will ich doch hoffen«, sagte Beltar knapp.

Der Boden grollte noch einmal, als eine Fontäne von gelbem Dampf und Wasser aus der Quelle schoss und sprudelnd in den Fluss lief.

Eldiren wischte sich die Stirn trocken und rümpfte ob des Gestanks die Nase. Er hustete und würgte etwas. »Sollen wir ... ist es vorgesehen, dass wir dies hier überleben?«

Jehan lenkte bereits sein Pferd den Hügel hinauf und Eldiren folgte ihm.

Beltar folgte grimmig lächelnd als Letzter. »Wer sagt denn, dass die Kräfte eines Magiers nicht wirken?«

»Sie wirken jetzt«, gab Jehan nachdenklich zu. »Aber was geschieht, wenn sie einmal nicht wirken? Mit jedem Angriff, bei dem Ihr erfolgreich seid, verringert Ihr die Wahrscheinlichkeit, dass Ihr einen Fehlschlag überlebt.«

»Weiße Magier überleben Fehlschläge ohnehin nicht oft«, konterte Beltar trocken.

Eldiren ließ sein Pferd etwas zurückfallen und betrachtete das dampfende Wasser, das nach Armat hinunter strömte. Nase und Magen rebellierten gegen den Gestank des kochenden Unrats.

CXXIII

»Wie hat er es aufgenommen?«, fragte Gunnar.

»Er hat das Pulver beseitigt und darauf kommt es an.« Turmin blickte von der Terrasse zum Ostmeer hinaus, das sich, spiegelglatt und silbern schimmernd, bis zum Horizont erstreckte. »Falsches Blei ist etwas Hässliches. Böse, wirklich böse.« Er schauderte.

»Aber wie habt Ihr ihn überzeugt? Justen ist nicht so einfach umzustimmen, wenn er sich einmal etwas in den Kopf gesetzt hat.« Der jüngere Magier bewegte die Schultern, wie um sie zu lockern.

»Ich sagte ihm, er solle das Chaos mit absoluter Ordnung und nicht mit in Ordnung gebundenem Chaos bekämpfen. Außerdem habe ich darauf hingewiesen, dass Kristalle Licht ordnen können.«

»Licht als Waffe gegen das Chaos? Geordnetes Licht? Ich weiß natürlich, dass es theoretisch funktionieren müsste. So heißt es in Dorrins Theorie ... aber bisher hat es noch niemand geschafft.«

»Das habe ich ihm allerdings nicht gesagt.«

»Das war aber nicht gerade fair«, protestierte Gunnar.

»Was er geplant hat, wäre erheblich schlimmer geworden.«

»Vielleicht ... aber was, wenn er es tatsächlich schafft?«

»Es ist seit zweihundert Jahren noch niemandem gelungen.«

»Bisher war auch noch kein Justen im Spiel.«

»Es wird immer noch besser sein als Bomben aus falschem Blei.«

»Ich hoffe es. Ich hoffe es wirklich.«

»Wir hoffen es alle.«

CXXIV

Justen blickte zum wolkenlosen Himmel. Im hellen Licht des Spätfrühlingstages trug er einen seltsam geformten Rahmen aus dem Schuppen zum gepflasterten Gehweg, der von der vorderen Veranda zur Straße führte.

Nachdem er den Rahmen auf einer Steinplatte ausgerichtet und eine rechteckige Scheibe aus normalem Eisen darunter gelegt hatte, brachte er die Linse im Rahmen in die richtige Position, bis das Licht auf einem Punkt der Scheibe gebündelt wurde. Das konzentrierte Sonnenlicht wurde vom Eisen so begierig wie Magie oder Chaos-Energie aufgenommen.

Er wartete eine Weile, aber das Eisen veränderte sich nicht. Schließlich hielt er einen Holzsplitter in den Lichtstrahl, der kurz darauf zu glimmen und dann zu brennen begann. Justen konzentrierte sich jedoch nicht auf das Holz, sondern auf den Strom des Lichts, dessen Fäden er auf dem Weg durch die Linse nachspürte.

Konnte er noch mehr Licht in die Linse bringen? Nicht wie bei einem Schild, wenn man das Licht von dem Objekt, das unsichtbar werden sollte, ablenkte, sondern auf eine Weise, die das Licht stärker bündelte? Er runzelte die Stirn und griff mit den Sinnen nach dem Licht, das einerseits so stark wie Eisen und andererseits so zart wie Spinnenseide war. Er flocht es zu einem dichteren Muster und ließ es durch die Linse strömen.

Als er endlich die Hitze im Eisen spüren und ein schwaches, rötliches Glühen sehen konnte, stand ihm der Schweiß auf der Stirn.

Er versuchte, das Netz, das sein Bewusstsein wob, weiter zu spannen. Schatten sammelten sich um ihn, als wäre direkt über ihm eine Wolke am Himmel gewachsen.

Ein Lichtpunkt brannte sich durchs Eisen und Funken flogen von der Metallscheibe hoch.

»Justen!«, rief Elisabet.

Er schüttelte den Kopf. Die Schatten verschwanden, und er stand wieder im vollen Sonnenlicht. Sein Körper war jetzt schweißnass. Er blickte zur Veranda, von der aus Elisabet ihn gerufen hatte.

Sie kam die Treppe hinunter zu ihm. »Entschuldige. Ich habe es verdorben, oder?«

Er berührte beschwichtigend ihre Schulter. »Ich kann es wiederholen. Es funktioniert jedenfalls, das weiß ich jetzt.«

»Es hat sich seltsam angefühlt, Justen«, erklärte Elisabet schaudernd. »Ich habe dich angesehen und du hast im Schatten gestanden, aber am Himmel waren keine Wolken zu sehen. Und dann hat das Metall Feuer gefangen. Es hat doch gebrannt, oder?«

»Etwas in dieser Art.«

Als er Schritte hörte, sah Justen über Elisabets Schulter hinweg zur Schmiede. Cirlin, den Lederschurz noch umgebunden, kam rasch den Weg herunter. Justen wartete auf seine Mutter.

»Hast du versucht, ohne Kohle oder Holzkohle etwas zu schmieden?«

»Nicht ganz. Ich habe nur etwas ausprobiert.«

»Ich bin kein Magier, mein Sohn, aber was du da gerade gemacht hast...« Sie schüttelte den Kopf. »Es hat sich angefühlt, als würde der Boden beben oder so ähnlich.«

Justen blickte zur Linse im Rahmen hinunter, dann zum fingerdicken Loch in der Eisenplatte.

Cirlin folgte seinem Blick. »Sauber wie von einem Körner. Aber du hast es nicht mit dem Körner geschlagen, oder?«

»Nein. Ich habe etwas mit dem Sonnenlicht ausprobiert. Es hat ganz gut funktioniert – oder wenigstens glaube ich es. Das Eisen hat gebrannt.«

»Du hast Eisen mit dem Sonnenlicht verbrannt?«

»Ich muss noch erheblich mehr tun, wenn ich will, dass es funktioniert.«

»Dampfwagen und Linsen, die Eisen verbrennen – die Dunkelheit soll mich holen, wenn ich neugierig auf das bin, was dir als Nächstes einfällt.«

Justen hätte beinahe das Funkeln ihrer Augen übersehen, aber dann kicherte er.

Cirlin schüttelte staunend den Kopf und kehrte in die Schmiede zurück.

CXXV

Der große rothaarige Magier stieg, eine locker zusammengerollte Schriftrolle in der Hand und ein verkrampftes Lächeln auf den Lippen, die Treppe hinauf.

»Derba, was habt Ihr denn da?« Der leicht gebeugte Renwek trat auf dem Treppenabsatz vor der Kammer des Erzmagiers einen Schritt vor.

»Eine Schriftrolle für den Erzmagier.« Derba verneigte sich. »Vom Magier-Kommandanten Beltar. So nennt er sich jetzt.«

»So, er nennt sich jetzt Magier-Kommandant«, meinte Renwek versonnen. »Nicht einmal Zerchas war so anmaßend.«

Derba wartete.

»Darf ich es sehen?«

»Aber natürlich. Ihr seid schließlich der Berater des Erzmagiers.« Der jüngere Weiße Magier überreichte ihm mit einer etwas zu tiefen Verbeugung die Schriftrolle.

Renwek entrollte das Pergament und begann zu lesen. Dann schloss er es wieder. »Vielleicht solltet Ihr gleich mitkommen.«

»Ich will aber nicht so anmaßend sein …«

»Das wart Ihr schon, denn es ist klar, dass Ihr das Dokument ebenfalls gelesen habt.« Renwek drehte sich um und klopfte an die Tür.

»Ja, bitte?«

»Ich habe eine Schriftrolle vom Magier-Kommandanten Beltar.«

»Vom Magier-Kommandanten Beltar?« Es folgte eine Pause. »Kommt herein, Renwek.«

»Derba ist auch hier, Ser.«

»Dann bringt ihn mit.«

Die beiden betraten das Turmzimmer.

»Beltar ist auf dem Rückweg, er kommt in Begleitung einiger ausgewählter Trupps der Eisernen Garde und der Weißen Lanzenreiter.« Renwek verneigte sich vor dem Erzmagier.

»Ich hatte keinen Zweifel, dass er kommen würde, nachdem er den Rat der suthyanischen Händler überzeugt hat, sich zu ergeben.« Histen schnaubte leise. Sein Atem dampfte in der kühlen Morgenluft, die durchs offene Fenster hereinströmte.

»Überzeugt ist nicht unbedingt das Wort, das ich hier benutzt hätte, Ser«, meinte Renwek.

»Pah! Er hat Armat nicht dem Erdboden gleich gemacht, wie er es mit Sarron getan hat. Er hat es auch nicht niedergebrannt wie Berlitos. Was ist nur aus unserem Freund, dem Feuerteufel, geworden?«

»Ich fürchte, er hat inzwischen einiges über Politik und Staatsgeschäfte gelernt, Ser. Er hat den Fluss und den Hafen zum Kochen gebracht und ein paar hundert arme Seelen getötet, um anschließend den Kaufleuten zu erklären, dass er das Gleiche auch mit ihnen tun könnte.« Renwek reichte Histen das zusammengerollte Pergament. »Er hat sich die Freiheit genommen, Kopien an einige Leute zu verschicken.«

Derba bemühte sich, weiterhin höflich zu lächeln.

»Was steht drin?«, wollte Histen wissen.

»Nichts.«

Derba runzelte kurz die Stirn und Histen wandte sich an den jüngeren Magier. »Vielleicht könntet Ihr uns erklären, was darin steht, Derba.«

»Äh ... ich will aber nicht anmaßend sein ...«

»Was also steht nun darin? Wenn Ihr Euch die Freiheit genommen habt, es zu lesen, und das habt Ihr getan, weil Renwek Euch sonst nicht hereingebracht hätte, dann solltet Ihr auch sagen können, was darin steht.« Histen sprach betont leise.

»Nur zu«, ermunterte Renwek ihn.

»Nun ja, Ser ... es stehen viele schöne Worte darin, aber an Bedeutung ist nicht viel auszumachen. Ich würde meinen, es gibt da eine versteckte Andeutung, dass Beltar, wenn die richtige Zeit gekommen ist, die schwere Bürde Eures Amtes von Euren geplagten Schultern zu nehmen bereit wäre.« Derba lächelte nervös.

»Und Ihr habt natürlich gehofft, dass es dazu kommen würde?«, fragte Histen. »Kommt mir nur nicht wieder damit, Ihr wärt nicht anmaßend. Aber egal, Ihr braucht nicht zu antworten. Ihr würdet entweder lügen oder Euch zum Narren machen.« Histen wandte sich an Renwek. »Was meint Ihr?«

»Derba hat die Botschaft sehr deutlich umrissen. Beltar wünscht nur dem Rat zu dienen und möchte dafür sorgen, dass Ihr ein langes Leben bei bester Gesundheit genießen könnt.« Renwek lächelte ironisch.

»Ach, ja ... und deshalb will er mir das schwere Joch meiner Pflichten abnehmen, das mich so erbarmungslos niederdrückt. Vielleicht ist es wirklich an der Zeit, dass ich mich nach Lydiar zurückziehe und meinen wohlverdienten Ruhestand genieße.« Wieder schnaubte Histen leise.

»Ser?«, fragte Derba unwillkürlich.

»Lydiar ist schon lange befriedet, es wird dort keine Aufstände geben, man muss keine schwer bewaffneten Truppen mehr einsetzen und es ist nahe genug, um binnen weniger Tage nach Fairhaven zurückzukehren. Außerdem würde auch Flyrd sicher gern nach Fairhaven kommen und Euer Quartier beziehen, Renwek.«

»Mein Quartier?«

»Ihr wollt Euch doch wohl nicht Beltar unterwerfen, oder?«

»Äh ... nein. Gewiss nicht.«

»Vielleicht sollten wir uns dann reisefertig machen.«

»Wie Ihr wünscht, Ser.«

Derba sah von einem Magier zum anderen.

Histen lächelte ihn an. »Ihr, Derba, solltet Euch darauf gefasst machen, Beltar zu helfen, wenn die Zeit kommt, um wiederum das schwere Joch von seinen Schultern zu nehmen. Denn schließlich ist diese Selbstlosigkeit und Dienstbeflissenheit das höchste Ideal, dem alle jungen Magier nacheifern.« Sein Lachen klang ein wenig aufgesetzt.

CXXVI

In der ungewöhnlich grellen Frühlingssonne blinzelnd und schwitzend – obwohl ein heißer Frühlingstag in Nylan erheblich kühler war als ein Wintertag in den Steinhügeln – kam Justen um die Ecke des Hauses und trat auf die überdachte Veranda.

Vor einem kleinen Schild mit der Aufschrift Hoslid – Kaufmann blieb er stehen. Gunnar hatte ihm gesagt, dass Hoslid so ehrlich oder unehrlich sei wie alle anderen, Ryltar gegenüber jedoch erheblich weniger Verpflichtungen habe als die meisten Händler.

Justen wollte seine Geschäfte nicht über Ryltars Kontor und praktisch unter dessen wachsamem Auge abwickeln. Er räusperte sich und betrat das Gebäude hinter dem Platz der Händler.

Die Idee, er könnte einen Ballon bauen, war lächerlich, aber wie sonst sollte er die Linse hoch genug in die Luft bekommen und das Licht dort konzentrieren, wo er es brauchte? In der Nähe von Fairhaven gab es keine hohen Berge. Und welcher Stoff war gleichzeitig stark genug und leicht genug?

Justen blieb drinnen hinter der Tür stehen, bis die Augen sich an das Dämmerlicht im Laden gewöhnt hatten. Ein gedrungener, braun gekleideter Mann kam ihm entgegen.

»Ich bin Hoslid. Wie kann ich Euch helfen?«

»Ich würde gern tausend Quadratellen naclanisches Tuch bestellen.«

»Was wollt Ihr?«, fragte Hoslid.

»Ich möchte tausend Quadratellen dünnen Seidenstoff, wie er aus Naclos geliefert wird.«

»Was soll das sein? Davon habe ich noch nie gehört.« Der Händler runzelte nachdenklich die Stirn.

Justen schüttelte den Kopf. Nur gut, dass er das kleine Stück Tuch mitgebracht hatte, das Dayala ihm in die Schachtel gesteckt hatte, auch wenn er sich nur widerstrebend davon trennte. Er zog das Stück aus der Tasche. »Ich meine dies hier.«

Hoslid betastete es und nickte. »Oh, das ist Naclanerseide. Sie kommt aus Naclos.«

»Das sagte ich bereits.«

»Sie ist sehr teuer.«

»Wie teuer?«

»Ein Kupferstück die Quadratelle. Und ich würde eine Anzahlung brauchen. Zehn Goldstücke.«

»Nicht mehr als fünf, aber dann für zweitausend Ellen.«

»Sieben für zweitausend.«

»Sechs und fünf.«

»Einverstanden.«

»Und eine Quittung.«

»Aber natürlich.« Hoslid grinste breit.

»Wann könnt Ihr liefern?«

»In fünf oder sechs Achttagen.«

»Das ist gut.« Justen zückte seine Börse und wartete.

Hoslid drehte sich um und schlurfte zum leeren Tisch in der Ecke. Justen folgte ihm und wartete, während der Kaufmann einen Vertrag aufsetzte. Justen las ihn und veränderte die Anzahlung, die Hoslid eintrug, von sieben auf sechseinhalb Goldstücke. Hoslid zeichnete die Änderungen ab und Justen zählte ihm die Münzen vor.

»Ihr feilscht hart«, meinte der Kaufmann.

»Nicht hart, nur fair.«

»Wenn Ihr nicht fair feilscht, handeln wir überhaupt nicht«, erklärte Hoslid grinsend.

Justen lächelte und betrachtete den Kaufmann einen Moment. Er sammelte seine Ordnung um sich und ließ eine größere Festigkeit zum Vorschein kommen, als er sie im Augenblick in sich hatte.

Hoslid wich etwas zurück. »Ihr seid ein Magier? Davon habt Ihr nichts gesagt.«

Justen lächelte. »Spielt das eine Rolle? Ihr habt die Anzahlung und Ihr wisst, dass Ihr mich nicht hintergehen könnt.«

»Ich würde nicht im Traum daran denken.« Die Stirn des Kaufmanns glänzte vor Schweiß.

»Gut.« Mit einem breiten Lächeln rollte Justen den Vertrag zusammen.

CXXVII

»Histen! Wo steckt Ihr, bei der Dunkelheit?« Beltar stieß die weiße Eichentür auf und marschierte in die obersten Gemächer des Weißen Turms, in jene Räume, die seit den Zeiten Cerryls des Großen dem Erzmagier vorbehalten blieben.

Der stämmige Weiße Magier sah sich im Raum um. Auf der linken Seite stand in einer Nische ein Bett. Eine weiße Decke und die Bettlaken lagen neben der weißen, bestickten Tagesdecke auf der Matratze. Das Bettzeug war so gefaltet, dass das Siegel des Erzmagiers oben lag und sichtbar war.

Das Spähglas auf dem Tisch war leer, auf dem Schreibtisch neben den ausgeräumten Bücherregalen lag nur ein einziges Pergament, das von der goldenen Kette eines alten Amuletts beschwert wurde.

»Er ist fort.« Beltar wandte sich an Eldiren, der in der Tür stand. Hinter ihm wartete Jehan.

»Histen? Das überrascht mich nicht«, sagte Jehan ruhig.

Beltar ging zum Schreibtisch, hob das Amulett, legte es zur Seite, wobei er noch einen Moment lang über die Kettenglieder strich, und hob schließlich das Dokument hoch, um es laut vorzulesen. »... im Interesse meiner Gesundheit übergebe ich hiermit das Amulett des Erzmagiers an meinen Nachfolger Beltar, vorausgesetzt natürlich, der Weiße Rat stimmt der Ernennung zu. Ich werde versuchen, wieder zu Kräften zu kommen, indem ich mich weniger anspruchsvollen Aufgaben widme und in Lydiar dem Herzog als Magier diene ...«

Beltar legte das Dokument zurück auf den Schreibtisch.

»Offensichtlich war er der Ansicht, dass eine friedliche Übergabe der Macht der beste Weg wäre«, bemerkte Eldiren mit spöttischem Lächeln.

»Entweder das, oder er ist der Ansicht, die Übergabe der Macht sei ohnehin nur eine vorübergehende Angelegenheit«, erwiderte Beltar.

»Habt Ihr bemerkt, wie Derba Euch angeschaut hat, als Ihr gekommen seid?«

»Nein, ich habe es nicht bemerkt. Ich habe Histen gesucht. Was war mit ihm?«

»Derba ist beinahe so stark wie Ihr«, erklärte Eldiren.

»Spielt das eine Rolle?«

Eldiren und Jehan wechselten einen Blick.

Beltar sah sich in den Turmzimmern um, die abgesehen von einigen Möbeln völlig leergeräumt waren, bevor er sich seine Frage selbst beantwortete. »Allerdings könnte Derba der Grund dafür sein, dass Histen verschwunden ist. Vielleicht lauert der Alte darauf, dass wir uns gegenseitig umbringen. Histen ist gerissener als ich und er hat erheblich mehr Erfahrung.«

»Manchmal, Beltar, muss die größere Erfahrung der rohen Gewalt weichen«, gab Jehan zurück.

»Mag sein, aber das bedeutet, dass ich mir meine Macht immer durch den Kampf bewahren muss, wie Ihr zu betonen nicht müde werdet.«

»In der Tat.« Jehans Stimme klang gleichmütig, fast gelangweilt.

»Und das dürfte schwierig werden«, ergänzte Eldiren.

»Ihr zwei seid mir ein echter Trost.« Beltar schüttelte den Kopf und betrachtete noch einmal das Amulett, ehe er sich zur Treppe wandte. »Wir müssen den Rat zusammenrufen.«

»Selbstverständlich.«

CXXVIII

Justen rollte den unvollendeten Dampfwagen aus der Schmiede. Die Eisenstäbe und die mit Eichenholz verkleideten Seitenwände passten gerade eben durch die weit geöffnete Tür. Auf den ersten Blick muteten die Aufbauten des Dampfwagens an wie eine willkürliche Ansammlung von Eisenstäben, Eichenbalken und Stangen, die zwischen vier mit Eisen beschlagenen Rädern befestigt worden waren. Die runden, schweren Heberinge vor dem Fahrersitz und hinter der Stelle, wo der dritte Sitz untergebracht werden würde, überragten die übrigen Aufbauten, waren aber nicht ganz so hoch wie der Kessel und der Schornstein, die den hinteren Teil der Maschine beherrschten.

»Uff ...« Justen legte sich ins Zeug und schob die Maschine die letzten paar Ellen aus der Schmiede heraus. Die Räder bewegten sich leicht, aber draußen ging es ein wenig bergauf und Justen schnaufte vor Anstrengung. Er verzog das Gesicht, als er an die Räder dachte. Er hatte Lager benutzt, wie sie sonst im Schiffsbau verwendet wurden. Sie waren für erheblich höhere Belastungen konstruiert. Auch der Antrieb war überdimensioniert und das bedeutete, dass er sich bemühen musste, wenigstens bei der Panzerung etwas Gewicht einzusparen.

»Die Räder sind gut gearbeitet.« Cirlin stand hinter Justen und sah ihm zu und sogar Horas war aus dem Garten gekommen. »Sie laufen ganz glatt und die Achsen sind stark genug. Trotz des hohen Gewichts verbiegt sich nichts.«

»Das Ding sieht hässlich aus«, rief Elisabet.

»Es ist noch nicht fertig.« Justen schob einen Holzklotz hinter ein Rad und richtete sich auf. Auch das zweite Hinterrad wurde mit einem Klotz gesichert, dann ging er mit einem Eimer zum Brunnen.

Elisabet schüttelte sich Gartenerde von den Händen und ging quer über den Hof zur Maschine. Sie umrundete sie und strich hier und dort mit den Fingern über eine Stange oder eine Stütze. »Die Maschine fühlt sich stabil an, aber sie sieht nicht so aus.«

Justen kehrte mit dem ersten Eimer Wasser zurück, den er langsam in den Tank der Maschine kippte. Dann ging er wieder zur Pumpe. Mit einem letzten Blick zum Dampfwagen kehrte Cirlin in die Schmiede zurück.

Auf der anderen Seite des Hofes wandte Horas seine Aufmerksamkeit wieder einer Reihe Bohnen zu.

»Sie wird eine Menge Wasser brauchen.« Elisabet

blickte zwischen dem Tank und Justens Eimer hin und her.

»So viel ist es gar nicht«, antwortete Justen, während er den zweiten Eimer am Brunnen füllte. »Es ist ein ähnliches System wie auf einem Schiff. Der größte Teil des Wassers wird zurückgewonnen. Ohne den Kondensator wäre die Maschine natürlich leichter geworden. Ich musste auch den Druck höher ansetzen ... viel höher sogar, weil ich kein Kühlsystem mit Meerwasser zur Verfügung habe.«

Er trug den zweiten Eimer zur Maschine und kippte ihn in den Tank. Dann erklärte er seiner Schwester den Aufbau. »Dort sind Eintrittsöffnungen für die Luft. Wenn die Maschine sich bewegt, streicht die Luft an den Leitungen vorbei. Sie trägt zur Kühlung des Kondensats bei.«

»Deshalb wolltest du, dass Gunnar dir hilft, nicht wahr?«, fragte Elisabet.

»Wie bitte?«

»Ich bin nicht dumm, Justen. Vergiss nicht, dass ich deine Schwester bin. Die Maschine kann nicht besonders schnell fahren. Wenn die Kühlung funktionieren soll, brauchst du eine Menge Luft und Gunnar ist ein Luft-Magier. So etwas könnte aber sogar ich machen. Darf ich mitkommen?«

»Nein.«

»Ich habe auch nicht damit gerechnet. Es wird gefährlich, nicht wahr?« Elisabet betrachtete neugierig den Kondensator. »Ich vermute, das hier wird wirklich heiß.«

»So ist es. Aber hoffentlich nicht *zu* heiß.« Justen klemmte den Deckel auf den Tank und ging um die Schmiede herum zum Kohlenbunker. Kurz darauf kehrte er mit einem vollen Kohleneimer zurück. Nach einigen Gängen zum Schuppen und zur Schmiede, um Feuerholz zu holen, hielt er seinen Zündstein an den kleinen Stapel Brennholz in der Feuerbüchse, setzte es in Brand und schaufelte Kohle hinterher.

Horas winkte seiner Tochter und Elisabet kehrte widerwillig in den Garten zurück, wo sie sich weiter mit Jäten beschäftigte, während Justen das Feuer in Gang brachte und die beiden Druckmesser und seine Sinne benutzte, um die Leistung des Systems zu prüfen.

Zuerst ließ er den Dampf eine Weile mit lautem Pfeifen aus dem Sicherheitsventil entweichen, um den Zustand der Leitungen bei niedrigem Druck zu überprüfen. Dann schloss er das Ventil und schaufelte noch mehr Kohle in die Feuerbüchse, damit sich ein höherer Druck aufbauen konnte. Er überprüfte die Kupplung und vergewisserte sich, dass die Antriebswelle nicht mit der Achse verbunden war. Es hätte gerade noch gefehlt, dass sein Dampfwagen unkontrolliert vom Hof gerollt wäre.

Während sich der Dampfdruck aufbaute, untersuchte er alle Dampfleitungen und die Verteilung der Wärme. Er fragte sich, wie er die Maschine panzern konnte, ohne gleichzeitig die Insassen zu kochen.

Aber zuerst musste er sicherstellen, dass die Systeme überhaupt funktionierten. Über Panzerung und Waffen, beides seiner Ansicht nach unverzichtbar, konnte er sich später noch Gedanken machen. Als Nächstes musste er entscheiden, ob die Systeme überarbeitet werden mussten und welche Änderungen notwendig waren.

Seufzend zog er einen und dann den zweiten Klotz von den Rädern weg.

»Er will sehen, ob sie läuft!«, rief Elisabet aufgeregt.

Justen warf einen Blick zu seiner Schwester, die sich sofort eine Hand vor den Mund hielt und erschrocken ihren Vater ansah.

»Es ist ein großer Augenblick«, sagte sie schließlich leise und ernst.

Horas' Augen blitzten.

Justen setzte sich auf den einzigen Sitz, der bis jetzt eingebaut war, und legte die Kupplung ein.

Der Ingenieur zuckte zusammen, als die Zahnräder mit einem lauten Krachen griffen. Besonders beim Anfahren waren sie einer großen Belastung ausgesetzt. Er musste die Spannung im Getriebe vermindern oder dafür sorgen, dass der Dampf langsamer auf die Turbine traf, sonst würde er in kürzester Zeit das Getriebe verschleißen. Aber immerhin, der Dampfwagen kroch jetzt über den Hof zur Straße.

Justen drehte das Steuer und die Maschine fuhr nach links in die Mitte der schmalen Straße, die am Garten und dem Haus vorbei hinunter zur Hauptstraße führte.

Es zischte hinter ihm. Aus einem Verbindungsstück zwischen der Rückleitung für den Dampf und dem Kondensator sprühte ein feiner Nieselregen. Justen konzentrierte sich einen Augenblick darauf, aber das Leck schien nicht größer zu werden. Während er die Aufmerksamkeit auf das Leck gerichtet hatte, war die Maschine ein wenig zum Haus hin abgeschwenkt. Er korrigierte mit dem Steuer, überzog aber und lenkte die Maschine auf der anderen Seite an den Straßenrand, bis das schwere Rad durch die weiche Erde der Böschung fuhr.

Justen hielt einen Moment die Luft an, aber dann rollte das Vorderrad wieder auf festeren Boden und die Maschine stabilisierte sich. Schon wieder ein Problem: weicher Boden.

Ob er die Räder breiter machen sollte? Wie viel Gewicht würde dadurch hinzukommen? Konnte er es vermeiden?

Die Maschine schwankte noch einen Augenblick am Straßenrand, bis Justen das Steuer herumnahm und den Dampfwagen mitten auf der glatten, festgefahrenen Straße anhielt.

Justen holte tief Luft. Vorerst sollte er sich lieber auf das Steuern der Maschine als auf die Veränderungen in der Konstruktion konzentrieren.

Am Ende der Zufahrt lenkte er die Maschine auf die Straße und nahm den Druck zurück, so dass sie sich nur noch langsam bewegte, während er wendete und die leichte Steigung zur Schmiede hinauf fuhr. Auf seiner Stirn standen Schweißperlen, obwohl ihm eine frische Brise das Gesicht kühlte.

Justen zuckte zusammen, als eines der mit Eisen verkleideten Räder mit lautem Krachen protestierte. Es war schwer, das Fahrzeug auf der Straße zu halten. Jetzt zog das linke Vorderrad eine Spur in die weiche Böschung der Straße, und der Dampfwagen schlingerte heftig, kippte aber zum Glück nicht um.

Das Zischen aus dem Leck wurde lauter und ein zweites Leck deckte Justen mit warmem Dunst ein, während er versuchte, die Dampfmaschine gerade zu halten, damit sie weder durch den Garten pflügte noch das Haus streifte oder in weichem Boden stecken blieb.

Der weiche Boden bereitete ihm die größten Sorgen, weil die Maschine durch die Panzerung noch erheblich schwerer werden würde. Im Augenblick waren nicht einmal die Bunker für Kohle und Wasser bis oben gefüllt.

Der Dampfwagen rollte in Richtung Garten und Justen korrigierte noch einmal mit der Steuerung. Wieder ermahnte er sich, ans Lenken und nicht an die Konstruktion zu denken, während die zischenden Lecks und das Krachen der Maschine ihn ständig daran erinnerten, wie viele technische Probleme noch zu lösen waren.

Er würde hundert Meilen weit damit fahren müssen ... wie sollte er das schaffen, wenn er die Maschine nicht einmal ohne Störungen auf die Straße und wieder zurück steuern konnte?

Er seufzte und drehte noch einmal am Steuer, um einer Stelle mit weichem Boden auszuweichen.

Als er die Kupplung gelöst, die umgebaute Wagenbremse angelegt, den Dampf abgelassen und die Räder blockiert hatte, war seine Kleidung nass, als wäre er in ein Sommergewitter gekommen. Nicht nur vor Schweiß, sondern auch vom Dampf und vom Wasser troffen seine Sachen.

Er betrachtete kopfschüttelnd die tropfnasse Maschine.

»Sie funktioniert, sie funktioniert wirklich!« Elisabet umarmte ihn, ließ ihn aber sofort wieder los. »Du bist ja patschnass! Bäh!«

»Wirklich beeindruckend, mein Sohn.« Horas betrachtete das Fahrzeug.

»Aber ein wahres Ungetüm«, fügte Cirlin hinzu, die in der Tür der Schmiede stand.

»Ich bin nicht sicher, wo ich mit dem Umbauen beginnen soll.« Justen ging langsam um die Maschine herum und sah jetzt einige Probleme, die ihm beim Fahren nicht aufgefallen waren: ein Leck in der Wasserleitung vom Tank zum Kessel, die Rückleitung musste verlegt werden ... Wieder schüttelte er den Kopf. Warum brauchte er überhaupt eine Kupplung? Warum konnte er nicht einfach die Konstruktion verändern, damit das Hauptventil direkt den Dampffluss zur Turbine regelte?

»Es sieht aus, als wären die meisten Probleme verhältnismäßig leicht zu lösen«, fügte Cirlin hinzu. »Insgesamt scheint es doch zu funktionieren.«

Justen musste lächeln. Über all die kleinen Probleme hatte er vergessen, dass der Dampfwagen tatsächlich funktioniert hatte.

»Ja ... das ist richtig.«

»Hat schon einmal irgendjemand so etwas gebaut?«, fragte Cirlin.

»Nicht dass ich wüsste.«

»Na, bitte.«

»Es hat funktioniert, Justen«, bekräftigte Elisabet. »Nur etwas nass bist du geworden«, fügte sie mit einem Seitenblick zu seinem Hemd und der Hose hinzu.

Cirlin lächelte. »Die kleinen Fehler können wir beheben. Aber vergiss nicht, dass die Maschine funktioniert.«

Justen nickte, während er das Ungetüm aus Eisen und geordnetem Eichen- und Kiefernholz betrachtete. Er dachte an die zahlreichen kleinen Verbesserungen, die ihm schon viel früher hätten einfallen müssen. Sein Blick fiel auf den Bereich hinter dem Kessel. Ihm wurde klar, dass er irgendwie noch mehr Platz für Kohle schaffen musste.

»Justen ist nicht mehr da«, bemerkte Elisabet. »Er denkt schon darüber nach, wie er alles in Ordnung bringen kann.«

»Er wäre nicht Justen, wenn es anders wäre«, antwortete Cirlin.

»Aber er sollte bei alledem nicht vergessen, sich trockene Sachen anzuziehen«, erklärte Horas.

»Daran wird er sicher denken... sobald er eben dafür Zeit hat.«

Justen griff mit seinen Sinnen nach der Verbindung zwischen Kondensator und Kühler.

»Es könnte eine Weile dauern...«

Es gibt noch so viel zu tun, dachte Justen, und mit den Linsen war er auch noch nicht sehr weit gekommen.

CXXIX

Als er die Hufschläge im Hof hörte, stellte Justen das Modell des Ballons beiseite und lugte zur Tür hinaus. Er fragte sich, ob Ryltar ihm einen Aufpasser geschickt hätte. Als er jedoch Altara absteigen und den Braunen am Steinpfosten neben dem Stall festbinden sah, atmete er erleichtert auf.

Er ging in den leichten Regen hinaus. »Sei gegrüßt!«

Altara wischte sich eine Haarsträhne aus dem Gesicht und schüttelte das Wasser von der Hand. »Wie ich sehe, warst du fleißig. Hast du irgendwo ein trockenes Plätzchen? Ich war gerade in der Schwarzen Residenz … wieder einmal.«

»Lass mich nur noch schnell etwas überprüfen.« Justen kehrte in den Schuppen zurück und winkte Altara, ihm zu folgen. »Was machst du denn hier?«

»Ich will wissen, wie es dir geht.« Altara sah sich in der Werkstatt um, die vorher einmal ein Lagerschuppen gewesen war. »Und ich wollte dich wissen lassen, dass du nicht mehr viel Zeit hast. Der ach so ehrenwerte Ratsherr Ryltar erzählt inzwischen allen Leuten, dass du verrückt bist und eingesperrt werden solltest. Ich musste ausdrücklich darauf bestehen, dass dir dein Erholungsurlaub nicht gestrichen wird, und ich habe darauf hingewiesen, dass du uns mit dem entordneten Eisen, ob du nun verrückt bist oder nicht, seit dem Frühling Ausgaben von einem Dutzend Goldstücken erspart hast. Jenna und Claris waren beeindruckt, aber Ryltar hat nur die Stirn gerunzelt und gemeint, das zeige ja gerade, wie gefährlich du bist.« Die Leitende Ingenieurin lachte etwas gezwungen. »Es gibt natürlich keine andere Möglichkeit, dich festzusetzen, als dich in kaltes Eisen zu legen, und so weit wollen sie wohl doch nicht gehen. Aber das ist nicht der entscheidende Punkt.«

»Nein. So weit würde es wohl nicht kommen. Aber ich würde Recluce verlassen müssen, falls er das will.« *Nicht, dass ich das nicht sowieso vorhabe – obschon natürlich erst, wenn ich selbst so weit bin.* »Hat Gunnar dir erzählt, was er über Ryltar herausgefunden hat?«

»Du siehst aus, als wärst du gerade der Hölle der Dämonen entflohen. Noch schlimmer als damals, als du in Sarronnyn Tag und Nacht gearbeitet hast.« Altara schüttelte den Kopf. »Nein, Gunnar hat mir nichts über Ryltar erzählt.« Sie betrachtete die Modelle auf der Bank. »Was ist das?«

»Ballone. Du lässt heiße Luft hinein, dann steigen sie auf. Oder besser, sie würden aufsteigen, wenn man die Hüllen leicht genug machen könnte.«

»Und das gelingt dir noch nicht? Aber wozu sollen sie überhaupt gut sein? Du kannst einen Ballon nicht lenken wie ein Schiff.«

»Vielleicht doch, wenn ich eine Maschine mit an Bord nehme, die eine Luftschraube auf ähnliche Weise antreibt wie eine Schiffsschraube ... aber das würde zu lange dauern. Ich schaffe es ja noch nicht einmal, die Ballone höher als ein paar Ellen steigen zu lassen.«

Altara wartete auf weitere Erklärungen.

»Es liegt am Stoff. Leinen ist zu ... es ist nicht dicht genug, wenn ich es nicht mit Wachs beschichte, aber dann ist es wieder zu schwer. Papier ist zu empfindlich.« Justen betrachtete die Modelle auf der Bank. »Ich habe Seidentuch aus Naclos bestellt, aber es ist noch nicht da und vielleicht kommt es überhaupt nicht.«

Altara runzelte die Stirn. »Ich glaube, es ist eingetroffen. Es muss bereits im Lager liegen. Das war einer der Punkte, die Jenna erwähnt hat. Du hättest eine große Lieferung teures Tuch bekommen und Ryltar meinte, auch daran könnte man sehen, wie verrückt du bist. Er wollte wissen, woher du das Geld hattest, weil das Tuch mit einem Vermerk eingetroffen war, dass es im Voraus bezahlt worden wäre.«

»Wundervoll. Und wie soll ich nun darankommen, ohne zu beweisen, dass ich verrückt bin? Und warum hat Hoslid mir eigentlich nichts gesagt?«

»Ich glaube, Ryltar hat ihn unter Druck gesetzt. Hoslids Schiff *Marshalle* ist im Westmeer voll beladen untergegangen und er hat sich bei Ryltar hoch verschuldet.«

»Das sind genau die Neuigkeiten, die ich liebe. Ich frage mich, wie ich an das Tuch kommen kann, wenn Hoslid glaubt, er würde den Rat verärgern, indem er es mir aushändigt. Kann ich nicht einfach hingehen und die Herausgabe verlangen?«

»Das könntest du tun und er müsste es dir geben.«

»Und dadurch hätte Ryltar neuen Stoff für seine Gerüchteküche, nicht wahr?«

»Wahrscheinlich.«

»Weißt du, worauf er hinaus will?«

»Ich habe nicht die geringste Idee.« Altara lächelte unglücklich. »Aber wenn du mich fragst, es kann nichts Gutes sein.«

»Wir können es nicht beweisen, wenn wir keine harten Fakten haben, aber er hat für frühere Dienste eine Menge Gold aus Candar bekommen und er hat außerdem geschmuggelte Edelsteine aus Hamor angekauft.«

»Meinst du, Fairhaven steckt dahinter? Aber das kann doch nicht sein.«

»Er ist mir schon immer seltsam vorgekommen.« Justen lachte bitter. »Ehrliche Korruption ist nicht im Geringsten chaotisch. Es fühlt sich anders an und da es keine Verbannungen mehr gibt ...«

»Glaubst du wirklich, er wäre nach den alten Regeln ins Exil geschickt worden?«

»Wahrscheinlich nicht. Bestechlichkeit gibt es in jedem System. Lass mich dir etwas zu essen und zu trinken besorgen. Kannst du hier übernachten?« Justen verstaute die Modelle in ihren Halterungen und öffnete die Tür. Der Regen war stärker geworden.

»Ich glaube, darauf sollte ich lieber verzichten. Ich kann es heute Abend noch bis Fallroth schaffen und dann wäre ich morgen Vormittag schon wieder in Nylan.«

Die beiden Ingenieure eilten über den Hof, wichen den immer tiefer werdenden Pfützen aus und liefen unter die überdachte Veranda, wo sie sich die Stiefel abtraten.

»Hast du eine Idee, wie ich an die Seide komme?«, fragte Justen.

»Gib mir eine Vollmacht und ich behaupte, wir wollten das Tuch auf seine Tauglichkeit für die Segel der Handelsflotte prüfen. Wir sagen einfach, du hättest es bestellt, weil du es billiger bekommen konntest.«

»Ryltar wird aber wissen, dass es nicht wahr ist.«

»Na und? Er wird in der Öffentlichkeit nichts Gegenteiliges behaupten können. Außerdem kann Hoslid sich nicht gegen die Bruderschaft stellen und Ryltar befindet sich zur Zeit in der Schwarzen Residenz. Das bedeutet, dass er es erst in vier Tagen erfahren wird und womöglich noch einmal vier Tage braucht, um irgendwelche Anweisungen zu erteilen.«

Justen nickte. »Dann lass uns mal sehen, was wir hier für dich zu essen haben.«

CXXX

»Kann ich nicht mitfahren? Du hast doch jetzt den zweiten Sitz eingebaut.« Elisabet wartete hoffnungsvoll neben Justen, als dieser einen Bremsklotz unter den Rädern des Dampfwagens wegzog.

Die hohen, dünnen Wolken sorgten dafür, dass der Hochsommertag nicht ganz so drückend heiß wurde, aber Justen war trotzdem durchgeschwitzt, als er langsam das Fahrzeug umrundete und die Sinne über die Röhren, Bauteile und Antriebswellen streifen ließ.

Der Dampfwagen war immer noch ein Gewirr von Streben und Stangen, die um eine kleine Feuerbüchse, einen Kessel und die Dampfmaschine angeordnet waren, aber viele der Panzerplatten, die schließlich die Aufbauten schützen würden, waren bereits geschmiedet. Einige waren dünn wie Pergamentpapier. Justen hatte sich jedoch vorgenommen, die Verkleidung erst anzubringen, wenn die Dampfmaschine und der Antrieb einwandfrei funktionierten, denn bei etwaigen Reparaturen müsste er die Verkleidung wieder abnehmen.

»Nein.«

»Warum denn nicht?«

»Ich bin immer noch nicht sicher, ob auch wirklich alles richtig funktioniert, und ich will mir nicht deinetwegen Sorgen machen müssen.«

»Justen, wenn bisher nichts passiert ist, wie kann dann dieses Mal etwas passieren?«

»Dieses Mal werden wir …«

»Wir? Meinst du, ich kann mitkommen?«

»Nein. Ich meinte, dass … oh, du weißt genau, was ich gemeint habe. Du versuchst nur, mich übers Ohr zu hauen, während ich mit anderen Dingen beschäftigt bin.«

»Das ist die einzige Gelegenheit, wo ich dich übers Ohr hauen kann. Außerdem hat Mutter gesagt, dass du gut gearbeitet hast.«

»Gut gearbeitet heißt noch nicht sicher gearbeitet.« Justen dachte an die Pfeilspitzen aus Schwarzem Eisen. Zweifellos eine gute Ingenieursarbeit, aber für alle Beteiligten ganz bestimmt nicht sicher. Das Gleiche galt für seine Bemühungen mit dem Schießpulver in den Kanonen. Er schüttelte den Kopf und fragte sich, warum er wieder und wieder mit Zerstörung zu tun hatte. War es ein Beweis für die Erklärung der Ehrwürdigen, ein Übermaß an Ordnung sei nicht anders als ein Übermaß an Chaos?

Er holte tief Luft und öffnete die Feuerbüchse, um eine weitere Schaufel Kohlen nachzulegen. Über ihm ließ das Dampfventil mit einem leisen Pfeifen die überschüssige Luft ab.

»Justen ...«

»Nein. Erst wenn ich *weiß*, dass es sicher ist, kannst du mitkommen.«

»Versprochen?«

»Versprochen. Und jetzt kehr lieber ins Haus oder in die Schmiede zurück.«

»Also gut.« Elisabet ging über den Hof und die Treppe zur überdachten Veranda hinauf. Im Gehen verscheuchte sie eine Fliege.

Justen schloss das pfeifende Überdruckventil und ging zum Fahrersitz herum, wo er noch einmal das Steuer überprüfte, ob es sich auch frei bewegen ließ und ob die Vorderräder der Bewegung folgten. Dann öffnete er langsam das Speiseventil, um zu probieren, wie die nun vereinfachte direkte Dampfzufuhr funktionierte.

Der Dampfwagen fuhr rumpelnd an. Die breiten Räder gaben ihm mehr Stabilität als die ersten versuchsweisen Räder, die er vor einem Achttag eingebaut hatte.

Elisabet sah von der Veranda aus zu, wie Justen vorbeifuhr. Er musste sich sehr konzentrieren, um den Dampfwagen in der Mitte der Straße zu halten.

Am Ende der Zufahrt drehte er das Steuer herum und lenkte das Fahrzeug auf die Straße, die sich von Wandernicht entfernte. Er betrachtete die Straße vor sich, konnte aber keine Pferde oder Fuhrwerke entdecken. Nicht, dass er um diese Tageszeit, gegen Mittag, damit gerechnet hätte.

Dann öffnete er den Dampfschieber noch etwas weiter und hörte, wie die Turbine aufheulte. Die Räder drehten sich schneller. Das Fahrzeug beschleunigte von Schrittgeschwindigkeit bis zu der eines Läufers und war schließlich so schnell wie ein Pferd im raschen Trab.

Justen prüfte die Maschine und die Dampf- und Wasserleitungen, aber bisher schien alles dicht zu sein. Die Straße vor ihm war frei und eben. Er öffnete den Schieber noch etwas weiter und der Sitz unter ihm hüpfte nun bei jeder kleinen Unebenheit im Boden auf und ab.

Nachdem er die Geschwindigkeit etwas zurückgenommen hatte, suchte er eine breite Stelle im Straßenverlauf, wo er die Maschine wenden konnte. Danach öffnete er den Schieber erneut und bremste erst kurz vor dem Haus wieder ab.

Er fuhr die Zufahrt hinauf und schaltete im Hof das Dampfsystem ab.

»Du bist so schnell gefahren!« Elisabet stand weniger als eine Elle vor der Maschine, als Justen herauskletterte und den Dampf abließ.

»Ich glaube, ich könnte noch schneller fahren, wenn ich unter dem Fahrersitz eine Federung anbringen würde. Es ist schwer, richtig zu lenken, wenn man durchgeschüttelt wird.«

»Noch schneller? Dann würdest du so schnell fahren, wie sich ein Pferd in vollem Galopp bewegt.«

»Das ist meine Absicht.«

»Wirklich?«

»Ja. Ich will ja nicht, dass Pferde ...« Justen unterbrach sich. »Schon gut.« Er untersuchte die Rückleitungen und prüfte mit den Sinnen die Verbindungen zwischen Antriebswelle und Getriebe. Sie waren heißer, als es ihm lieb war. Brauchte er mehr Schmierstoff?

»Wie ist es dieses Mal gelaufen?« Cirlin beäugte den Dampfwagen von der anderen Seite.

»Das Dampfsystem hat einwandfrei gearbeitet. Aber die Kraftübertragung bereitet mir noch Sorgen. Sie erhitzt sich zu stark, obwohl ich überall Schwarzes Eisen verwendet habe.« Justen kratzte sich am Kinn und wischte sich mit dem Unterarm die Stirn trocken.

»Mutter! Er ist fast so schnell gefahren wie ein Pferd im Handgalopp.«

Cirlin hob die Augenbrauen. »Wirklich?«

Elisabet nickte.

»Ich glaube, meine Liebe, das sollten wir besser für uns behalten. Bitte erzähle Silinna nichts davon. Ich weiß, dass ihr zwei gute Freundinnen seid, aber ...«

»Oh, sie würde es bestimmt nicht weitererzählen.«

»Wer hat es weitererzählt, als du in die Apfelsoße gefallen bist? Als du wolltest, dass Lyndner nichts davon erfährt?«

»Mutter!«

»Apfelsoße?«, fragte Justen mit einer Unschuldsmiene. »Lyndner? Ist das nicht Shrezsans kleiner Bruder?«

»So klein ist er inzwischen auch nicht mehr«, meinte Cirlin trocken. »Aber ich glaube jedenfalls nicht, dass wir ganz Recluce Anlass geben sollten, über deinen Dampfwagen zu tratschen.«

»Wahrscheinlich nicht. Die Hälfte von dem, was ich brauche, funktioniert sowieso noch nicht.«

»Was wäre das denn?«, fragte Elisabet fröhlich. »Meinst du diese Sache mit den Ballonen und den Linsen?«

»Auch das sollte niemand erfahren, der nicht zur Familie gehört, meine Liebe.«

»Oh, das war mir schon klar. Ich hätte sowieso nie

daran gedacht, Silinna etwas davon zu verraten. Das ist echte Magie und darüber spricht man nicht.«

Cirlin und Justen wechselten einen Blick. Cirlins Lippen zuckten, aber sie verkniff sich das Lächeln. Justen schüttelte nur den Kopf.

»Ihr lacht mich aus.«

»Nein«, meinte Justen mit erstickter Stimme. »Es war nur die Art, wie du es gesagt hast. Ich freue mich wirklich, dass du etwas von Magie verstehst. Aber auch der Dampfwagen hat mit Magie zu tun.«

»Wenn du es sagst.« Elisabets Augen waren ganz groß und ganz unschuldig.

»Versuch mal diesen Blick bei Lyndner«, schlug Justen ihr vor.

»Justen! Du musst mir auch alles verderben!«

»Ich dachte, dazu sind große Brüder da.«

CXXXI

»Wird es nicht allmählich Zeit für dich?«, fragte Gunnar. Er lehnte sich auf dem Küchenstuhl bequem zurück.

»Ich will noch nicht ins Bett gehen«, widersprach Elisabet mit bebender Unterlippe. »Ich bin ... ich bin doch kein kleines Kind mehr.«

Horas stellte die Lampe nach, damit ein heller Lichtschein auf den Küchentisch fiel. »Im Gegensatz zu einigen anderen hier habe ich Mühe, im Dunkeln zu sehen.« Er wandte sich an Elisabet. »Ich verstehe dich, Elisabet, aber es ist später als sonst und du bist immer noch ein heranwachsendes junges Mädchen.«

»Ich bin eine junge Frau, die man nicht ins Bett steckt wie ein kleines Mädchen.«

Gunnar schloss die Augen. Justen runzelte die Stirn, aber er schwieg.

»Es ist spät, Liebes«, fügte Cirlin hinzu.

»Ich bin nicht müde ...«, beharrte Elisabet, während sie ein Gähnen zu unterdrücken versuchte.

Justen sah sie ein wenig besorgt an und stand auf. »Du bist schläfrig, das kann ich sehen. Ich bringe dich zu deinem Zimmer.« Er bot seiner Schwester den Arm an.

»Na gut. Ich weiß auch nicht, warum ich auf einmal so schläfrig werde ...« Elisabet schleppte sich neben Justen mühsam durch den Flur.

Als sie um die Ecke gebogen waren und ihr Zimmer fast erreicht hatten, hob Justen den Schlafspruch auf, den Gunnar über sie gesprochen hatte.

»Oh ... so war das ...«, zischelte Elisabet. Sie wehrte sich gegen Justens Griff, der sie am Arm hielt.

Er legte ihr den Finger auf den Mund. »Ich weiß, dass du müde bist«, sagte er laut. Dann fügte er leise hinzu: »Wenn du mit den Winden lauschen willst, dann mach das. Aber behalte es für dich und rede mit mir, bevor du mit irgendjemand anders sprichst. Das gilt besonders für Silinna und Lyndner.«

»Aber, Justen ... also gut ...«

Justen legte ihr die Hand auf den Mund. »Du wirst dich morgen sicher besser fühlen«, sagte er laut, indem er die Hand wieder wegnahm.

Elisabet blinzelte und legte sich aufs Bett. Sie gähnte laut und falsch, während ihre Augen in der Dunkelheit blitzten. Dann hauchte sie Justen einen Kuss zu.

Justen kehrte leise in die Küche zurück, Gunnars gerunzelte Stirn ignorierend. »Sie wird im Bett bleiben. Aber es gefällt mir nicht, Gunnar. Es ist eine Art von Gewalt.«

»Sie hätte die ganze Nacht Theater gemacht.«

Justen zuckte mit den Achseln. »Genau wie wir früher.«

»Ach ja ...«

»Was war es nun, über das ihr reden wolltet?«, fragte Cirlin. »Das, was sie nicht hören sollte?«

Gunnar trank einen Schluck Rotbeerensaft und räusperte sich.

»Altara sagte, Ryltar sei schon fast so weit, Justen die Marineinfanterie zu schicken. Jenna – sie ist die Jüngste im Rat – hält ihn noch zurück, aber er bearbeitet die alte Claris. Wie schnell kannst du deine Sachen packen?« Gunnar wandte sich an seinen Bruder.

»Ich brauche mehr Zeit. Ich habe den Stoff aus Naclos noch nicht bekommen. Altara dachte, sie könnte die Ware von Hoslid übernehmen, ohne dass Ryltar es erfährt, aber ich brauche Zeit, die Bahnen nähen zu lassen. Der Dampfwagen ist, von der Panzerung abgesehen, fertig, und ich habe einen kleinen Ölofen, den ich als Feuerung für den Ballon verwenden kann. Was die Linsen angeht ... die Feueraugen zu schleifen dauert eine Weile. Es geht ziemlich langsam.« Justen zuckte mit den Achseln. »Es sollte funktionieren, aber sicher bin ich nicht. Bisher ist es nur eine Theorie.«

»Du hast bewiesen, dass du sehr gut darin bist, Theorien in die Praxis umzusetzen.« Cirlin lachte leise.

»Was gibt es sonst noch?«, fragte Gunnar.

»Ich brauche dich und wir brauchen einen guten Marineinfanteristen, der sich mit Waffen auskennt. Ich glaube schon zu wissen, wer da in Frage kommen könnte, aber du solltest vorher noch mit ihm reden.« Justen stand auf und ging zum Kühlfach, um sich ein Bier einzuschenken.

»Wer wäre das? Und warum soll ich mit ihm reden?«

»Er heißt Martan. Er gehört zu dem Trupp, der noch die alte Waffenkammer benutzt.« Justen nahm einen Schluck aus dem randvollen Krug, ehe er fortfuhr. »Du sollst es übernehmen, weil du in Nylan oft mit Turmin zusammenarbeitest. Wenn ich nach Nylan fahre, wird

Ryltar mich von mindestens drei Leuten beobachten lassen.« Der Ingenieur setzte sich wieder auf seinen Stuhl und stellte den Krug vor sich auf den Tisch. Er langte nach einer der beiden letzten Scheiben Beerenbrot, überlegte es sich dann aber anders und stemmte die Arme auf den Tisch.

»Warum vertraust du diesem Martan?«

»Er hat bereits gefragt, ob er mitkommen darf, und er wirkt ordentlich und anständig. Außerdem ist er Hyntals Neffe. Wir brauchen ein Schiff.«

»Du bist doch verrückt! Glaubst du wirklich, Hyntal würde sich für dein verrücktes Unternehmen als Transporteur zur Verfügung stellen?«

»Warum denn nicht?« Justen lächelte und trank einen Schluck Bier. »Wenn er sowieso im Golf auf Patrouille ist, kann er uns doch gleich an der richtigen Stelle absetzen.«

»Der Rat würde das aber nicht zulassen«, widersprach Gunnar.

»Immer vorausgesetzt, dass er überhaupt davon erfährt. Aber warum sollte er es erfahren?«, fragte Justen.

Die drei anderen sahen ihn an.

»Hört zu«, erklärte er. »Die *Llyse* läuft in den Hafen ein, lädt ein paar seltsame Geräte von den Ingenieuren und dampft ab. So geschieht es manchmal. Wer käme auf die Idee, dem Rat etwas darüber zu berichten?«

Cirlin schüttelte den Kopf. »Und was ist später?«

»Wenn wir es ihm nicht offen sagen, kann Hyntal später ehrlichen Herzens behaupten, er hätte geglaubt, wir handelten im Auftrag der Bruderschaft.«

»Das ist aber nicht gerade ehrlich.«

»Nein, das ist es nicht. Aber mir ist bis jetzt noch kein Weg eingefallen, wahrheitsgemäß zu lügen. Ich würde also am liebsten überhaupt nichts verlauten lassen. Sage Hyntal einfach nur, dass wir Geräte haben, die nach

Candar transportiert werden müssen – spezielle Geräte, die von einem erfinderischen Ingenieur entworfen worden sind. Dies entspricht ja sogar der Wahrheit.«

»Manchmal ist das Offensichtliche sogar das Beste«, meinte Horas grinsend.

Justen sah Gunnar an. »Du musst herausfinden, wann Martans Trupp auf der *Llyse* Dienst tut. Er wird es dir sagen können. Irgendwann von jetzt an in vier Achttagen wäre der richtige Zeitpunkt, wie ich hoffe.« Er stürzte das restliche Bier in einem großen Schluck hinunter.

»Und was ist mit uns? Wie können wir helfen?«, fragte Cirlin.

»Ich brauche einen Kohlenvorrat von mindestens hundert Stein in kleinen Stücken und etliche eingemachte, haltbare Lebensmittel. Außerdem zwei Kupferstäbe, jeder ungefähr drei Ellen lang. Dies nur für den Fall, dass die Feueraugen nicht funktionieren.«

Gunnar schluckte. »Das ist aber gefährlich, Justen.«

»Dann wollen wir hoffen, dass die Feueraugen funktionieren.« Der jüngere Bruder lächelte kurz. »Und ich muss wahrscheinlich außerdem noch ein Gros Pfeilspitzen aus Schwarzem Eisen schmieden.« Er spürte einen Stich im Kopf, als er an die Pfeile dachte, und fragte sich, ob er jemals ohne Schmerzen an diese Waffen würde denken können.

CXXXII

»Ein Wagen, der aussieht wie das Fuhrwerk der Ingenieure, fährt soeben in den Hof«, verkündete Elisabet. Sie hatte den Kopf in den Schuppen gesteckt, wo Justen murmelnd am Schleifstein stand und versuchte, die

Fassung und die Klammer zu verstellen, bis sie den Edelstein an der richtigen Stelle hielten.

»Ein Wagen?« Er hob nicht einmal den Kopf.

»Er hat vier Räder und wird von zwei Pferden gezogen. Auf dem Kutschbock sitzt ein Mann.«

»Elisabet ...« Justen legte die Klammer beiseite und sah seine Schwester lange an. »Bist du sicher, dass es nicht Lyndner ist, der dich entführen will?«

»Justen! Das ist überhaupt nicht lustig.«

Justen seufzte und eilte hinter Elisabet her. Im Hof holte er sie ein. »Entschuldige. Aber du hast mich auch auf den Arm genommen.«

»Das ist aber nicht das Gleiche. Ich nehme dich nicht wegen Dayala auf den Arm ... wenigstens nicht mehr.« Elisabet schniefte.

»Ich werde dich nicht mehr wegen Lyndner necken. Einverstanden?«

»Einverstanden.«

Sie drehten sich erschrocken um, als der Wagen laut holperte. Warin winkte ihnen kurz zu, dann konzentrierte er sich darauf, die Zugpferde bis dicht vor den Stall zu lenken.

Schon nach wenigen Augenblicken in der prallen Sonne hatte Justen zu schwitzen begonnen. Er wischte sich die Stirn am Ärmel ab. Dann ging er zum Wagen und schob, nachdem Warin die Bremse angelegt hatte, einen Klotz unter das rechte Vorderrad.

»Ich habe nicht mit dir gerechnet.«

»Altara schickt mich mit deinem Tuch.« Warin deutete auf drei große Ballen auf der Ladefläche. »Sie sagte, ich solle entordnetes Eisen abholen, falls du etwas hast.« Der Ingenieur mit dem schütteren Haar wandte sich an Elisabet. »Hallo.« Er grinste. »Wenn ich nicht Estil hätte, würde ich vielleicht hierher nach Wandernicht umziehen.«

Elisabet errötete.

»Pass bloß auf, Warin, sonst petze ich bei Estil.« Justen hielt nachdenklich inne. »Im Behälter ist eine Menge Eisen. Wenigstens das kann ich für euch tun ... vorausgesetzt, du kannst dich entschließen, Elisabet nur aus größerer Entfernung anzuhimmeln.«

»Justen ...« Elisabet war inzwischen beinahe tiefrot angelaufen.

Justen wechselte das Thema. »Ich glaube, wir sollten erst einmal den Wagen abladen. Elisabet? Kannst du dich um die Pferde kümmern, während ich mit Warin die Seide in den Schuppen bringe und das Eisen auflade?«

»Natürlich kann ich mich um die Pferde kümmern.« Elisabet warf trotzig den Kopf in den Nacken. Das blonde Haar flatterte im leichten Wind.

Warin warf einen kurzen Blick zu Justen und flüsterte: »Sie wird mal eine sehr attraktive Frau.«

»Das ist sie schon, falls du das noch nicht bemerkt hast«, flüsterte Justen zurück, während er die hintere Klappe des Wagens löste und nach den breiten Wollbändern griff, mit denen die Tuchballen gesichert waren. Er runzelte die Stirn, als ihm bewusst wurde, dass er keine Fäden und Schnüre hatte. Immer vergaß er etwas. Aber vielleicht konnte er das Material von Basta in Wandernicht beziehen.

Die beiden Ingenieure schleppten den ersten Ballen in den Schuppen.

»Was willst du eigentlich mit so viel Tuch anfangen?«, fragte Warin, als sie zum Wagen zurückkehrten.

»Experimentieren. Erinnerst du dich an Lystrils Versuche mit Heißluftballonen?«

»Höher als zwanzig oder dreißig Ellen hat er sie nie in die Luft bekommen.«

»Ich versuche, mir etwas auszudenken, um es besser zu machen.« Justen griff nach den Bändern des zweiten Ballens.

»Um der Dunkelheit willen, warum?« Warin packte die nächsten Bänder.

»Um Fairhaven zu zerstören.«

Warin stolperte, so dass es Justen beinahe den Ballen aus der Hand gerissen hätte. Im letzten Augenblick richtete sich der ältere Ingenieur wieder auf.

»Du meinst es wirklich ernst.«

»Ich? Der ordnungstolle Justen? Aber nicht doch.«

»Du meinst es ernst.«

Sie stellten den zweiten Ballen neben den ersten.

Warin sah Justen an. »Ich weiß nicht, was schlimmer ist – dass du ernsthaft diesen Gedanken ausgesprochen hast oder dass ich glaube, du könntest es tatsächlich durchziehen.«

»Da bin ich mir nicht einmal selbst ganz sicher«, lachte Justen. »Ich weiß nur, dass ich es versuchen muss.«

»Wie Altara sagte, hast du auf jeden Fall Ryltar einen gehörigen Schrecken eingejagt.« Warin wandte sich um und ging zum Wagen zurück.

»Ich glaube, Ryltar erschrickt über alles, was anders ist als das Gewohnte.« Justen folgte Warin nach draußen.

»Ich habe das erste Pferd in den Stall gestellt«, rief Elisabet, die soeben das zweite Tier holte.

»Gut.«

»Und dann werde ich sie beide striegeln. Es sind schöne Pferde.«

»Wirklich hübsch«, meinte Warin leise.

»Hübscher als Estil?«

Warin lächelte. »Sagen wir mal, dass ich bei Estil erheblich sicherer bin, ganz egal, was Altara darüber denkt.«

»Meine kleine Schwester Elisabet soll gefährlich sein?«

»Nicht gefährlicher als ihre Brüder.« Warin grinste schief. »Ihr macht mir alle ein wenig Angst.«

Justen runzelte die Stirn, während er den letzten Ballen packte. »Ich verstehe nicht, warum du so empfindest.«

»Das ist ja gerade ein Teil davon. Ich mag dich und ich vertraue dir, Justen, aber du machst mir trotzdem Angst. Du gehst los und veränderst die Welt und dann wunderst du dich, warum sich alle so aufregen. Altara hat mir von deinen Schwarzen Pfeilen erzählt und dass du ganz nebenbei auch noch die Weißen Kanonen zerstört hast. Und dass du irgendwie durch die Steinhügel gekommen bist.« Warin zog am Ballen, bis er dicht vor der Heckklappe lag. »Und dein Bruder verwandelt mit Magie ein Tal in einen See und du übertrumpfst ihn noch mit deiner Ingenieurskunst und deinen Raketen.« Warin holte tief Luft. »Lass uns den Ballen nach drinnen bringen.«

Sie schleppten den letzten Ballen in den Schuppen.

»Das Problem ist nur«, fuhr Warin fort, »dass du genau wie Dorrin ein großer Mann werden wirst. Aber in der Nähe von großen Männern sterben viele gewöhnliche Menschen und so sehr ich dich auch mag, ich würde dir nicht so gern derart nahe kommen.«

»Das tut mir Leid.«

»Nein, so meinte ich das nicht.« Warin machte eine abwehrende Handbewegung. »Ich bewundere dich, aber ich würde um alles Eisen in Recluce und um alle hamorischen Edelsteine nicht mit dir nach Candar gehen.«

»Bleibst du wenigstens zum Essen?«, fragte Justen grinsend.

»Natürlich. Ich bleibe sogar zum Frühstück. Wenn dein Vater in der Nähe ist, kann man sich einigermaßen sicher fühlen, und er ist ein guter Koch. Aber jetzt lass uns Altaras entordnetes Eisen aufladen.«

CXXXIII

Justen nahm vorsichtig den aus Seide geschneiderten Ballon von der Werkbank. Die Hülle des zweiten Modells hatte einen Durchmesser von fast drei Ellen, aber wenn sie zusammengefaltet und luftleer war, konnte Justen sie mühelos heben. Er blickte zu den sorgfältig ausgeschnittenen Streifen Seide auf dem flachen Regal, das er eigens dafür gebaut hatte. Selbst mit Elisabets und Horas' Hilfe ging das Zuschneiden, Nähen und Versiegeln quälend langsam.

Wenigstens hatten die Modelle bewiesen, dass die Idee grundsätzlich funktionierte – vorausgesetzt, er konnte den Korb und die Ausrüstung leicht genug halten.

Nachdem er das Modell vorsichtig aufs Ende der Werkbank gelegt hatte, richtete er den Rahmen mit der Linse aus und maß mit dem Greifzirkel nach. Der Rahmen hielt das kleinere der beiden geschnittenen und polierten Feueraugen und die Linse, die das Sonnenlicht auf den polierten und neu geordneten Edelstein lenkte. Bei seinem ersten Experiment mit dem polierten Feuerauge würde der Strahl aus dem Edelstein nur ein Stück schweres Eisen treffen, das weniger als zwei Ellen unter der Vorrichtung angebracht war.

Die Linse aus Kristallglas und der Edelstein waren in stufenlos verstellbaren Halterungen befestigt. Die Position der Einzelteile richtete sich danach, wo Justen sein ›organisiertes Chaos‹ ausbrechen lassen wollte. Er nahm an, dass die Halterungen erheblich weiter auseinander stehen mussten, wenn er es mit dem Ballon versuchte.

Als er die Klammern nachgemessen und eingestellt hatte, trug er die schwere Eisenplatte in den Hof hinaus und legte sie auf eine quadratische Steinplatte, die er sich aus dem Steinbruch besorgt hatte.

Schließlich, nach einem letzten Blick, ob der Sommerhimmel immer noch wolkenlos war wie zuvor, holte er den Rahmen heraus und stellte auch ihn auf den Tisch. Dann richtete er die Apparatur sorgfältig auf den schweren, etwa eine Handspanne dicken Eisenklotz aus.

Elisabet, Cirlin und Horas standen auf der Veranda. Horas trat von einem Bein aufs andere, Elisabet sah Justen gelassen zu. In diesem Augenblick wirkte sie kaum noch wie ein kleines Mädchen, sondern viel eher wie eine junge Frau. Doch als Justen sich zu ihr umdrehte, wich der ruhige, erwachsene Blick einem mädchenhaften Grinsen.

Justen grinste zurück.

Cirlins Gesicht war fast ausdruckslos, als wäre sie nicht ganz mit Justens Experimenten einverstanden. Das war im Grunde nicht überraschend, dachte Justen. Nach seiner Rückkehr hatte er erklärt, dass er eine Druidin liebte, und bald darauf hatte er zwei Geräte gebaut, die auf den Widerstand des Rates stoßen würden. Und er hatte noch Schlimmeres vor.

Viel Schlimmeres, wenn man davon ausging, dass sein Experiment so verlief, wie er es sich vorgestellt hatte. Die Dunkelheit mochte wissen, was Gunnar davon halten würde. Sein Bruder hatte angedeutet, dass er sich möglicherweise blicken lassen würde ... aber bei Gunnar konnte das alles Mögliche bedeuten.

Justen stellte den Rahmen noch ein wenig nach, schätzte den Sonnenstand ab und hantierte dann mit der Klammer der Linse. Ein Lichtstrahl fiel auf das Feuerauge und ein noch feinerer Strahl berührte das Eisen.

Justen wich beinahe ein Dutzend Schritte zurück

und konzentrierte sich mit geschlossenen Augen. Er flocht etwas Licht in die Linse hinein und glättete den Strom des Lichts in den Edelstein und wieder hinaus. Die inzwischen schon vertrauten Schatten sammelten sich um ihn und fielen auch über das Haus.

Es zischte und der Lichtfaden, der aus dem Edelstein drang, verwandelte sich in eine brennende Linie, die auf den Metallklotz traf. Funken stoben. Sofort danach gab Justen das Licht wieder frei und die Schatten verschwanden.

Er holte tief Luft und reckte sich.

»War das schon alles?«, murmelte Elisabet.

»Für den Augenblick, ja.« Justen untersuchte das Metall. Obwohl er das Licht nur kurze Zeit gebündelt hatte, war sein Lichtschwert schon halb durch den dicken Eisenklotz gedrungen. Dennoch runzelte der Ingenieur die Stirn. So beeindruckend der Strahl aus dem Edelstein auch war, Sprengstoff war in mancher Hinsicht wirkungsvoller.

Er zog sich bis fast zur Veranda zurück. »Seht bitte nicht direkt in die Linse, es könnte eure Augen verletzen.«

»Aber wir wollen doch etwas sehen«, protestierte seine Schwester.

»Elisabet.« Drei Stimmen riefen fast gleichzeitig ihren Namen.

»Also gut«, gab sie nach. »Also gut. Ich verstehe zwar nicht, warum ihr euch Sorgen macht, aber meinetwegen.« Sie warf trotzig das blonde Haar zurück und drehte sich um, bis sie die Eiche am Straßenrand anstarrte.

Justen leckte sich die Lippen und holte noch einmal tief Luft, bevor er wieder die Augen schloss. Er streckte sich, um eine größere Menge Licht einzufangen, verflocht es, bündelte es und spürte den zunehmenden Strom der Ordnung wie einen Fluss, der vom Himmel zu kommen schien. Dunkle Kräfte sammelten sich und stiegen empor ...

Es gab einen Knall und Justen wurde gegen das Fundament der Veranda geworfen. Der Wind peitschte, als wäre aus dem Nichts ein Orkan entstanden.

Wieder ein Knall – und Justen mühte sich, den Arm zu heben, aber die Dunkelheit erdrückte jeden Gedanken.

»Aaah ...«

Jemand stöhnte einmal, dann noch einmal. Justen bemerkte, dass er selbst es war, der gestöhnt hatte. Er zwang sich, den Mund zu schließen.

... Justen ... Liebster ...

Kalte, nasse Regentropfen flogen ihm ins Gesicht. Er öffnete die Augen, konnte aber nichts sehen außer hellen Funken.

Justen, Liebster ... denk nach. Das Gleichgewicht. Versuche, die Kräfte auszugleichen ...

Während er Dayalas leisen Gedanken lauschte, suchte er Chaos und Ordnung in sich selbst, nahm beides an. Die grellen Blitze verschwanden. Er blinzelte.

Schwere Wolken schütteten Regen und Hagelkörner auf dem schwarzen Flecken aus, wo einst Gras gestanden hatte.

Langsam richtete er sich auf.

»Bei den Dämonen ...« Er schleppte sich zur Verandatreppe. »Elisabet! Elisabet!«

Seine Schwester lag bewusstlos am Boden, dicht vor einem Stuhl, der von den entfesselten Kräften quer über die Veranda geschleudert worden war. Blut rann aus einer Schnittwunde, die im Haar verborgen war, in ihr Gesicht. Aber mit zitternden Fingern und seinen Sinnen konnte er rasch feststellen, dass sie außer einigen Schnittwunden und Prellungen unverletzt war. Der Puls der Ordnung schlug fest in ihren Adern.

Auf Knien rutschte Justen zu den anderen schlaffen Gestalten. Horas schien eher betäubt als körperlich verletzt zu sein. Justen wandte sich zu seiner Mutter, in deren Körper er Schmerzen und Verletzung spürte. Er flößte ihr Ordnung ein, so weit er es vermochte. Cirlins Atem ging mühsam und flach.

Die Veranda und die grauen Wolken dahinter schienen wegzukippen. Justen wollte tief durchatmen, aber ein Stich durchfuhr ihn, und sein Brustkorb schien sich zusammenzuziehen. Dieses Mal konnte er sich nicht mehr wehren und wurde von der Schwärze verschluckt.

CXXXIV

Beltar stürmte in den unteren Raum des Weißen Turms, noch bevor das Knallen der Tür, die gegen den weißen Stein geprallt war, ganz im Flur verhallt war. »Eldiren! Eldiren!«

Eldiren blickte vom Wasserbecken auf, in dem er die Ecke eines Handtuchs befeuchtet hatte. Er tupfte sich mit dem Tuch das Blut von der Wange. »Ja, o mächtigster aller Erzmagier?«

»Eldiren... wollt Ihr den gleichen Weg gehen wie Zerchas?«

»Ihr würdet nur Eure Kraft verschwenden.« Der schmächtige Weiße Magier tupfte sich ungerührt weiter das Blut ab. Er lachte kurz auf. »Aber diese Explosionen der Spähgläser werden allmählich lästig.« Er richtete sich auf und sah den Erzmagier an. »Nein. Ich weiß nicht genau, was passiert ist, aber es fühlte sich an wie eine Verflechtung von Ordnung und Chaos.«

»Das dachte ich auch. Und es kam aus Recluce.«

Eldiren neigte leicht den Kopf und presste das Handtuch auf den schmalen Schnitt auf der Wange. »Dann wisst Ihr mehr als ich.«

»Ich möchte, dass Ihr herausfindet, wer oder was diese ... diese Abscheulichkeit verursacht hat. Es fühlt sich sehr nach diesem Ingenieur an, den Ihr ... den Ihr angeblich getötet habt.«

»Diese Tat wird mich, wie ich fürchte, wohl noch eine ganze Weile verfolgen.«

Beltar runzelte die Stirn. »Ihr wollt es also immer noch nicht zugeben?«

»Was sollte ich zugeben?«

»Dafür, dass Ihr so geringe Kräfte besitzt, Eldiren, seid Ihr beinahe unausstehlich.«

»Könnte ich, da ich so geringe Kräfte besitze, o mächtigster aller Erzmagier, überhaupt irgendetwas anderes sein als unausstehlich?« Eldiren nahm endlich das feuchte Handtuch von der Wange. »Gelegentlich wäre es recht nett, wenn wir einen echten Heiler zur Hand hätten.«

»Ihr ...« Beltar unterbrach sich und zog es vor zu schweigen. Er ging zum Tisch hinüber, auf dem die Scherben des zerbrochenen Glases mehr oder weniger kreisförmig angeordnet lagen, und wandte sich schließlich wieder an Eldiren. »Nehmt einen Weinkelch oder was auch immer, aber findet mir heraus, was dieses ... dieses Durcheinander verursacht hat.«

»Aber gewiss doch. Euer Wunsch ist mir Befehl.« Eldiren verneigte sich.

CXXXV

Gunnar und die Heilerin Gyris betrachteten den auf seinem Bett hingestreckten Justen. Die Lampe im Wandhalter flackerte in der Brise, die durchs halb geöffnete Fenster ins Zimmer drang, aber der frühabendliche Wind war zu leicht und zu wechselhaft, um die Hitze zu vertreiben, die nach Hagel und Gewitter rasch zurückgekehrt war.

»Also ...«, knurrte Justen. Er war viel zu erschlagen, um sich den Schweiß von der Stirn zu wischen.

»Du hast zwei Rippenbrüche und mehr blaue Flecken, als man zählen kann, und insgesamt hattest du großes Glück, dass du überhaupt noch lebst.« Gyris runzelte die Stirn. »Die Male auf deinem Rücken scheinen darauf hinzuweisen, dass du gegen die Wand geschleudert wurdest. Was ist geschehen?«

Justen versuchte, mit den Achseln zu zucken, aber das Stechen in den Rippen überzeugte ihn, es lieber bleiben zu lassen. »Ich weiß es nicht genau. Ich habe ein paar Linsen erprobt und irgendwie ist dadurch eine Explosion entstanden oder auch ein Sturm oder so etwas. Ich weiß noch, dass ich gegen die Wand geschleudert wurde ... und dann bin ich die Stufen hochgekrochen und habe Elisabet und die anderen gefunden.«

»Sehr seltsam.« Die dunkelhaarige Heilerin schürzte die Lippen. »Vielleicht sollte ich mit Turmin darüber sprechen.«

»Er hatte mir vorgeschlagen, mit den Linsen zu arbeiten«, erklärte Justen. »Er hatte gemeint, es wäre nur eine theoretische Überlegung ... aber meine blauen Flecken sind keine Theorie.« Er lächelte leicht.

»Sobald die schlimmsten Prellungen abgeheilt sind, kannst du dich wieder bewegen. Aber du solltest keine schweren Gegenstände heben und nicht in der Schmiede arbeiten – und nimm auch keinen Hammer zur Hand, so lange die Rippen nicht verheilt sind. Ich nehme an, du hast genug Ordnungs-Sinn in dir, um es zu spüren, wenn die Rippen wieder zusammengewachsen sind.«

»Danke«, sagte Justen.

»Danke«, sagte auch Gunnar und nickte der Heilerin zu.

»Ich kann nicht sagen, dass es mir ein Vergnügen war, Gunnar, aber es war interessant, dies einmal selbst zu sehen ...«

»Die Ordnungs-Tollheit?«, fragte Justen höflich.

Gyris hob eine Augenbraue. »Das hast du gesagt, nicht ich. Es ist wirklich interessant. Aber ich weiche dem Interessanten lieber aus, wenn es möglich ist.« Sie wandte sich an Gunnar. »Den anderen ist nichts weiter passiert. Deine Mutter hat eine böse Prellung an der Rippe, die sich anfühlt wie ein frisch verheilter Bruch.« Sie blickte zu Justen.

»Schau mich nicht so an«, meinte Justen mit schiefem Lächeln.

»Nach allem, was ich von dir gehört habe, traue ich dir so einiges zu, Justen.« Sie nahm ihren Tornister und fügte hinzu: »Und versuche, dir nicht noch größere Schwierigkeiten einzuhandeln.«

Gunnar fasste sie kurz am Arm, als wollte er sie zur Tür begleiten.

»Das gilt auch für dich, Gunnar.«

»Wieso für mich?«

»Es gilt für euch beide.« Gyris runzelte die Stirn und schüttelte schließlich den Kopf. Sie nahm den Tornister auf den Rücken und ließ sich von Gunnar hinausbegleiten.

Justen atmete langsam durch und wartete, dass Gunnar zurückkam.

Nachdem Gunnar Gyris zu ihrem Pferd gebracht hatte und wieder ins Zimmer gekommen war, sah er Justen lange an. »Was, im Namen aller Dämonen, hast du angestellt?«

»Ich habe mit der Ordnung gearbeitet.«

»Die Dunkelheit möge uns beistehen, wenn du beginnst, mit dem Chaos zu arbeiten!«, seufzte Gunnar.

»Aber warum hast du das überhaupt gemacht? Und wer sollen die nächsten unschuldigen Opfer deiner Experimente sein?«

»Niemand.« Justen räusperte sich vorsichtig. »Ich bin mit den Experimenten fertig, wenigstens mit den gefährlichen. Jetzt muss ich nur noch den Ballon zusammensetzen und den Dampfwagen verkleiden. Wahrscheinlich kann ich in ein paar Tagen beginnen.«

»Mit deinen gebrochenen Rippen?«

»Sie werden rasch verheilen.«

»Du hast Mutter geheilt, nicht wahr? Deshalb bist du in einer so miserablen Verfassung.«

»Was hätte ich denn sonst tun sollen?«

Gunnar betrachtete die Lampe und blickte dann aus dem Fenster in die tiefer werdende Dunkelheit hinaus.

»Sobald er von diesem Ereignis hier Wind bekommt, wird Ryltar den Antrag stellen, dich einzusperren. Du Narr hast soeben den Beweis dafür geliefert, dass du nicht nur ordnungstoll bist, sondern darüber hinaus für all deine Mitmenschen eine Gefahr darstellst.«

Justen konnte sich gerade noch beherrschen, sonst hätte er schon wieder mit den Achseln gezuckt. »Ordnungstoll, weil ich versuche, einen Weg zu finden, eine Bedrohung abzuwenden, die niemand außer mir sieht?«

»Wir haben Fairhaven lange Zeit widerstanden. Recluce wird auch in nächster Zukunft nicht weggefegt werden, falls du dich nicht dazu entschließt, eben dies zu tun.« Gunnar runzelte die Stirn. »Worum ging es bei diesem Experiment eigentlich?«

»Ich habe versucht, Licht zu ordnen und zu verstärken.«

»Verstärkt hast du es mit Sicherheit. Aber ich verstehe nicht, wie so schnell ein Hagelschauer und ein Unwetter entstehen konnten.«

»Wenn das Licht geordnet wird, entsteht Wärme ...

nein, eigentlich entsteht keine Wärme. Erinnerst du dich an das Schmiedefeuer?«

»Oh, verdammt. Du hast also die höheren Luftschichten stark abgekühlt. Dadurch ist das Wasser gefroren und als Hagel heruntergefallen und wir haben ein Gewitter bekommen. Willst du jetzt deine verdammte Ingenieurskunst auch noch dazu benutzen, um das Wetter zu verderben?« Gunnar knallte die Faust gegen die Wand.

»Nicht hier, nein. Das werde ich nicht noch einmal tun.« Justen versuchte, ein Gähnen zu unterdrücken, aber diese Bewegung tat genauso weh.

Es klopfte. »Wird Justen wieder gesund werden?« Elisabet lugte herein.

»Er wird wieder ganz gesund werden«, schnaubte Gunnar. »Es könnte sein, dass wir anderen seine Ingenieursleistungen nicht überleben, aber Justen wird gesund werden.«

»Was er gemacht hat, war wirklich toll, Gunnar. Du konntest sehen – ich meine, nicht mit den Augen, sondern mit den Sinnen sehen –, wie Strahlen der Ordnung aus dem Feuerauge gekommen und auf die Eisenplatte geprallt sind. Es war, als würde sich ein großer Sturm aufbauen. Ich habe mich geduckt und Vater heruntergezogen, aber Mutter war nicht schnell genug. Sie hatte Glück, dass es sie nicht schlimmer getroffen hat.«

»Sie wurde schlimmer getroffen«, sagte Gunnar aufgebracht. »Justen hat sie geheilt. Deshalb sieht er jetzt so mies aus.«

»Dann sind also alle außer Justen wohlauf und auch er wird genesen. Was regst du dich so auf?« Elisabet zog einen Moment lang die Augenbrauen zusammen.

»Weil ...«

»Liegt es daran, dass Justen ein guter, überall einsetzbarer Wetter-Magier werden könnte, wie du es bist?«

»Elisabet, das ist Gunnar gegenüber nicht fair.«

»Also schön.« Sie drehte sich zu Gunnar um. »Ich bin noch nicht erwachsen und niemand will auf mich hören. Aber ich glaube, Justen hat Recht. Die Leute hier in Recluce können einfach nicht immer nur behaupten, es spiele keine Rolle, was die Weißen machen, weil sie uns nichts tun können. Was ist, wenn die Weißen eines Tages mächtig genug sind, uns doch etwas anzutun? Wie viele Menschen werden dann sterben? Oder spielt das vielleicht deshalb keine Rolle, weil dann alle, die heute leben, sowieso schon tot sein werden?«

»So etwas wird sicher nicht in der nächsten Zukunft passieren«, meinte Gunnar.

»Oh, du meinst also, Creslin hätte damals nicht das Wetter verändern und eine Zuflucht für die Ordnung schaffen dürfen, weil die Weißen nicht mehr als ein paar Leute getötet hatten?« Elisabet starrte Gunnar an.

Justen lag auf seinem Bett und grinste.

»Das hast du von Justen aufgeschnappt.«

»Und wenn schon. Wenn du nicht mit ihm nach Candar gehst, dann werde ich es tun. Ich kann ihm alles geben, was er braucht. Du kannst daheim bleiben und behaupten, dass das, was passiert, nicht deine Schuld wäre. Ich hasse dich!« Elisabet starrte Gunnar böse an.

»Aber ...«, protestierte Gunnar.

»Justen musste nach Candar gehen, bevor du überhaupt darüber nachgedacht hast ...«

»Ich habe nie gesagt, dass ich nicht mitgehen würde. Ich habe nur gesagt, dass er alle Menschen in seiner Nähe umbringt, wenn er nicht vorsichtig ist.«

Die Tür wurde geöffnet und mit einem dumpfen Knall wieder geschlossen. Die drei sahen ihren Vater an.

»Das hier muss aufhören.« Horas' Worte fielen wie

Axtschläge. »Ihr drei streitet euch, als wäre heute nichts weiter passiert. Ihr kommt mir vor wie Schulkinder. Als ob es nur ... als ob es nur irgendeine gewöhnliche Lektion im Lehrplan eines Magisters wäre, die ganze Natur auf den Kopf zu stellen und die Sonne zu verdunkeln. Justen hätte beinahe uns und natürlich auch sich selbst getötet.«

Gunnar sah seinen Bruder an. Justen versuchte, sich ein Grinsen zu verkneifen, dessen Ursprung er selbst nicht ganz verstand.

»Was gibt es da zu grinsen? Das hier ist kein Spiel, mein Sohn. Du magst glauben, ich hätte es nicht mitbekommen, aber du hättest beinahe deine Mutter getötet und dann hast du sie geheilt, bevor sie es, wie du dachtest, merken konnte. Das war gefährlich und es war unehrlich. Du hast das Recht, dein eigenes Leben aufs Spiel zu setzen. Aber du hast nicht das Recht, ihr Leben zu gefährden.«

»Anscheinend ist das inzwischen allen mehr als deutlich geworden«, räumte Justen trocken ein. Er wollte sich umdrehen, aber die Rippen stachen.

»Was wird sein, wenn du wirklich einmal jemanden tötest?«

Justen holte tief Luft. »Bevor du gekommen bist, hat Gunnar mir gerade gesagt, dass ich jeden in meiner Umgebung umbringen werde, wenn ich nicht vorsichtiger bin.«

»Er hat Recht damit. Wann wirst du also mit diesem Unsinn aufhören?«

»Ich bin mit den Experimenten fertig. Ich habe es gerade Gunnar und Elisabet erklärt.«

»Und jetzt willst du tatsächlich und vorsätzlich Leute umbringen?«, fragte Horas entnervt.

»Du klingst allmählich wie Lydya in den alten Chroniken«, fauchte Justen. »Alle sagen mir, das Leben könnte richtig schön sein, wenn ich nur diese dumme fixe Idee fallen lassen würde. ›Nun komm schon, Justen, mach dir keine Sorgen, wenn die Weißen ganz Candar erobern. Mach dir keine Sorgen, wenn die Handelswege nach Recluce unterbrochen werden. Es wird schon alles gut werden.‹« Justen starrte die anderen an. »Nein, es wird nicht alles gut werden. Es tut mir Leid, dass dies hier passiert ist. Es wird nicht noch einmal geschehen, weil ich weggehen werde, sobald ich kann.«

Horas ließ die Schultern hängen. »Du kannst nicht so weitermachen, Justen.«

Die Tür ging auf und Cirlin trat ein. »Es ist ziemlich schwer, Ruhe zu finden, wenn ihr vier euch darüber streitet, ob Candar und der Rest der Welt gerettet werden und ob Gunnar oder Elisabet Justen bei der Rettung der Welt helfen sollen und ob Justen uns etwas antun wollte.« Sie wandte sich an Horas. »Ich weiß, dass Justen nicht gewollt hat, was passiert ist.«

»Gute Absichten machen die Toten nicht wieder lebendig«, erklärte Horas nicht ohne eine gewisse Schärfe. »Justen wird ausziehen, die Welt zu retten, aber ich möchte ihn bewegen, wenigstens unsere Ecke der Welt halbwegs intakt zu lassen.«

»Das ist das Problem und deshalb hat Justen Recht und du nicht«, sagte Elisabet.

Gunnar holte tief Luft und Justen hatte Mühe, das beinahe geistesgestörte Grinsen zu unterdrücken, das er erneut in sich aufsteigen fühlte.

Elisabet wandte sich an ihre Mutter und dann an ihren Vater. »Ich werde mitgehen und ihr könnt mich nicht aufhalten. Ihr versteht nicht, wie wichtig es ist, ihr begreift es einfach nicht.«

»Elisabet ...«, sagte Gunnar leise. »Justen und ich und Martan werden gehen, sobald wir können.«

»Ihr zwei ...«, seufzte Horas. »Noch mehr Tod und Zerstörung?«

»Du tust so, als hätte ich eine Wahl«, meinte Justen langsam. »Ich habe keine.«

»Musst du denn wirklich deine Familie in die Luft jagen?«, knurrte Horas.

»Nein. Ich muss das Gleichgewicht herstellen ... aber die Ehrwürdigen haben mir keine Anleitung gegeben, wie ich es anfangen muss.«

»Du willst also wirklich die Welt retten? Du willst dich wer weiß wie vielen Weißen Magiern entgegenstellen, obwohl du in Sarronnyn nicht einmal mit einigen wenigen zurechtgekommen bist?«

»Ich weiß inzwischen mehr.« Justen zwang sich zu einem Lächeln. »Ich glaube, das hast du gesehen.«

»Du wirst uns alle umbringen.«

»Ich habe keine Wahl.« Justen bemühte sich, gleichmütig zu sprechen.

»Aber ...«

»Horas«, erwiderte Cirlin ruhig. »Wenn Justen keine Wahl hat, dann hat er keine. Und wenn er sich so fühlt, dann müssen wir ihm helfen, so schnell wie möglich nach Candar zu kommen. Und zwar, bevor hier auf Recluce noch ein Bürgerkrieg ausbricht.«

»Das ist lächerlich«, widersprach Horas.

»Ach, wirklich?«, fragte Cirlin. »Und was machen wir hier gerade?« Sie sah von einem zum anderen und ein kurzes Schweigen senkte sich über den Raum.

»Ich glaube, ich kann Heldra und ihre Tochter überreden, beim Nähen von Justens Ballon zu helfen«, fügte Cirlin schließlich hinzu.

Horas trat von einem Fuß auf den anderen.

»Vater ... ich habe es doch nicht so gemeint«, lenkte Elisabet ein. »Aber Justen hat Recht. Ich weiß, dass er Recht hat.«

»Wir werden sehen, Tochter.« Horas wandte sich wieder an Justen. »Heldra wird aber im Gegensatz zu uns anderen nicht auf einen blinden Glauben hin beim Nähen helfen.«

»Ich habe noch ein paar Goldstücke, um sie für die Arbeit zu bezahlen.«

»Das ist sicher keine schlechte Idee.« Wieder musterte Cirlin die anderen. »Nachdem das also geklärt ist, sollten wir vielleicht versuchen, etwas Schlaf zu bekommen. Oder wenigstens etwas Ruhe.«

»Oh, Mutter ...« Elisabet umarmte Cirlin behutsam. Dann ging sie zu ihrem Vater. »Es tut mir Leid, Vater.«

»Schon gut.« Horas holte tief Luft. »Beinahe.«

»Es tut mir Leid, Vater«, fügte Justen hinzu. »Ich hätte vorsichtiger sein müssen.«

Elisabet nahm Horas in die Arme.

Gunnar lächelte Justen an und Justen nickte.

Aber Cirlin schüttelte den Kopf. »So eine reizende, liebevolle Familie. So einfühlsam und immer bereit, den Standpunkt des anderen zu sehen.«

Horas hustete. »Da wir gerade von Ansichten sprechen ... und da wir alle noch auf sind und ohnehin niemand auf meinen Standpunkt etwas gibt ...«

»Ach, Vater ...« Elisabet schwankte zwischen Gereiztheit und Belustigung.

»Ich werde etwas Apfelwein und eine besonders gut gelungene Pfirsichtorte holen. Wir sollten zugreifen, solange es noch geht«, meinte Horas trocken. »Schließlich könnte Justen seine Linsen oder sonst etwas darauf richten.«

»Wenn du noch etwas Bier dazu hast«, erwiderte Justen, während er sich, das Stechen in den Rippen ignorierend, zum Sitzen aufrichtete, »dann nehme ich gern ein Stück Kuchen.«

Gunnar schüttelte mit einem leichten Seufzen den Kopf.

»Das würde mir auch gefallen.« Elisabet eilte schon in die Küche.

Horas blieb noch einen Augenblick stehen, sah Justen lange an und schüttelte traurig den Kopf.

Justen schluckte und stieg mühsam aus dem Bett.

CXXXVI

»Ich bin der Ansicht, der Rat sollte eine Verfügung erlassen, diesen ... wie heißt er noch gleich ... unter Arrest zu stellen.« Ryltar sah Claris fragend an.

»Ihr könnt die Vorstellung beenden, Ryltar«, sagte Jenna. Sie wich seinem Blick aus und betrachtete abwesend das Spiel des Lichts draußen vor dem Ratssaal. »Ihr kennt den Namen des Ingenieurs sehr genau.«

»Wie ist denn nun sein Name?«, fragte Claris mit zuckersüßer Stimme.

»Justen. Ihr zwei macht mich noch ganz krank mit euren Spielchen. Als ob Ihr noch nie gehört hättet, wie ...«

»Was sollen wir gehört haben, Ryltar? Dass dieser Justen mit einem geschickten Handel Geld verdient hat? Oder dass er anscheinend als Händler sehr erfolgreich ist, während er zugleich der Ordnung ergeben bleibt? Oder gibt es sonst noch etwas, das wir wissen sollten? Hat er beschlossen, mit Euch auf den Routen nach Hamor zu konkurrieren?« Jenna drehte den Kopf herum und schenkte dem Ratsherrn mit dem schütteren Haar ein spöttisches Lächeln.

»Die Marineinfanteristen sagen, dass er verdächtig gut mit Waffen umgehen kann«, fügte Ryltar hinzu.

»Ich glaube, das hat Euer ... Euer Vetter bereits gemeldet, bevor dieser Justen nach Sarronnyn gegangen ist. Gibt es sonst noch etwas?«, fragte Claris.

»Was ist denn noch nötig? Der Mann ist ordnungstoll. Ich rede hier nicht über Exil oder Exekution. Ich will nur, dass er unter Arrest gestellt wird, damit weder er selbst noch sonst irgendjemand zu Schaden kommt.«

»Ich glaube, er hält sich bei seiner Familie in Wandernicht auf. Sein Bruder ist Wetter-Magier und untersteht unmittelbar Turmins Aufsicht. Dieser Erholungsurlaub ist in gewisser Weise bereits ein Arrest, weil er aus der Großen Werkstatt verbannt wurde.«

»Ich möchte beantragen, dass er physisch unter Arrest gestellt und gründlich untersucht wird, und zwar nicht von Turmin allein, sondern von mehreren anderen Magiern der Bruderschaft.«

»Vielleicht sollten wir das für die nächste Sitzung auf die Tagesordnung nehmen«, schlug Jenna vor. »Es würde sicher nicht schaden, wenn Ihr ein paar bessere Gründe anführen könntet, Ryltar.«

»Die nächste Sitzung wird erst in mehr als zwei Achttagen stattfinden.«

»Wie Ihr schon so oft betont habt, Ryltar«, fügte Claris hinzu, »dürfen wir keinesfalls überstürzt handeln, wenn wir nicht einmal sicher sind, ob überhaupt ein Problem existiert.«

»Also gut, dann auf der nächsten Sitzung.« Ryltar stand auf, schnappte seine dünne Ledermappe und marschierte steif hinaus. Die schwere Tür fiel hinter ihm mit lautem Knall zu.

»Er ist wütend. Ich glaube, so wütend habe ich ihn noch nie erlebt«, meinte Claris.

»Es gibt da irgendetwas, das er uns nicht verrät, und ich weiß den Grund nicht. Es ist beinahe, als hätte er vor diesem Justen Angst.« Jenna strich sich eine Haarsträhne aus der Stirn und legte sie hinters Ohr. »Und meine Frage nach dem Handel mit Hamor hat er auch nicht beantwortet. Irgendwie passt das alles nicht zusammen.«

»Wenn Ryltar Angst hat, dann sollten wir auch Angst haben, Jenna.« Claris stand auf und blickte zur geschlossenen Tür. »Ryltar ist vorsichtig und fast nie geneigt, aktiv einzugreifen. Jetzt fordert er es. Was soll uns das sagen?« Sie nickte höflich. »Guten Tag.«

Jenna unterdrückte ein Stirnrunzeln und stand ebenfalls auf. »Guten Tag.«

CXXXVII

»Ein verdammt eigenartiger Behälter, wenn Ihr mich fragt«, gestand Seldit mit einem Blick zum länglichen, halbhohen Korb, der mitten in der Werkstatt des Küfers stand.

»Es ist genau das, was ich brauche.« Justen lächelte kurz und fuhr mit den Fingern über den dreifach verstärkten oberen Rand. »Ihr habt gut gearbeitet.«

»So große Körbe werden nur selten in Auftrag gegeben, junger Herr.«

»Das ist sicher wahr. Wir hatten drei Goldstücke für den Korb vereinbart?«

»Wir hatten uns wohl auf drei geeinigt ...«

Justen bemerkte den Unterton in der Stimme des Küfers. »Aber die Arbeit hat Euch mehr Zeit und Mühe gekostet als ursprünglich angenommen?«

»Nicht sehr viel, aber ... Mallin musste mir in einigen Nächten helfen, um ihn fertig zu stellen.«

Der Ingenieur zückte die Börse, öffnete sie und legte vier Goldstücke auf die Bank. »Hier sind vier.«

»Das ist wirklich großzügig, Ser.«

»Überhaupt nicht. Ich brauche ihn jetzt und Ihr habt ihn fertig – nur das zählt. Der Wagen steht draußen.«

»Ihr wollt ihn gleich mitnehmen?«

Wieder fing Justen einen Unterton auf. Was war es? Angst? Er antwortete so munter und unbefangen wie möglich. »Man soll das Eisen schmieden, so lange es heiß ist. Ein alter Spruch der Schmiede.« Er steckte die Börse wieder weg und hob den Korb hoch, den er mühelos allein tragen konnte. Ein gutes Zeichen. »Wenn Ihr mir die Tür öffnen könntet?«

»Aber gewiss, Meister Justen.«

Justen trug den Weidenkorb durch die geöffnete Doppeltür zur Straße hinaus, wo er ihn auf die Ladefläche des Wagens schob. Dann kippte er die hintere Klappe hoch und befestigte sie mit dem Riegel.

»Ausgezeichnete Arbeit, Seldit«, rief der Ingenieur laut genug, dass Basta, der in der Tür seines Kurz- und Lederwarenladens stand, sich umdrehte und den rundlichen Küfer anstarrte, der trotz des unerwarteten Lobes die Schultern hängen ließ. »Erstklassig!«, sagte Justen noch einmal. Er hatte Mühe, sich ein gehässiges Grinsen zu verkneifen, als er die Pferde losband und auf den Wagen kletterte. Die Rippen schienen zwar gut verheilt zu sein, aber einen Sprung wollte er nun doch noch nicht wagen.

»Vielen Dank«, erwiderte Seldit gezwungen. »Wir versuchen immer, unsere Kunden zufrieden zu stellen.«

Justen löste die Wagenbremse und ließ die Zügel knallen. Die Pferde zogen den fast leeren Wagen mühelos aus Wandernicht heraus. Unterwegs dachte der Ingenieur stirnrunzelnd über Seldits Verhalten nach.

Shrezsan arbeitete im Garten, ihr kleines Kind krabbelte in der Nähe herum. Sie winkte ihm zu.

Justen erwiderte den Gruß. Er dachte immer noch über Seldit und Ryltar nach. Wie lange noch, bis Ryltar den Rat zu einem Entschluss gedrängt hatte? Er hustete, um den Hals freizubekommen, und war erleichtert, dass die Bewegung nicht einmal mehr ein kleines Stechen im Brustkorb auslöste.

Aber warum machte Ryltar sich solche Sorgen? Der Ratsherr schien nicht unbedingt ein Mann zu sein, der aus ganzem Herzen an der Ordnung und den Überlieferungen hing. Die Tatsache, dass er sich mit Schmugglern eingelassen hatte, bewies, dass es ihm ums Geld ging, nicht um höhere Werte. Justen grübelte und überlegte, während die Pferde den Wagen nach Hause zogen.

Er zog kurz an den Zügeln, um die Pferde abzubremsen, bevor sie in die Zufahrt einbogen und zum Stall tappten.

Elisabet winkte aus dem Obstgarten und kam zu ihm gerannt. Gunnar wartete am Stall und schob die Klötze hinter die Räder, als Justen die Bremse angezogen hatte und vom Kutschbock gestiegen war.

»Braucht noch jemand den Wagen?«, fragte Justen.

»Nicht, dass ich wüsste.«

»Nein«, fügte Elisabet hinzu. »Die Äpfel sind auch noch nicht so weit.«

»Dann werde ich ihn einstellen, sobald ich abgeladen habe.« Justen hob den Korb über die hintere Klappe. »Der Ballon und die Halterungen für die Linsen sind fertig. Jetzt muss ich nur noch die Klammern am Korb befestigen. Danach werden wir den Dampfwagen beladen und noch heute Abend aufbrechen.«

»Ich hatte angenommen ... warum heute schon?«, fragte Gunnar.

»Ja, warum schon heute? Warum so eilig?«, fragte auch Elisabet.

»Weil mich irgendjemand beobachtet und glaubt, wir würden später fahren. Seldit hat mir den Korb nur ungern überlassen. Er hat sich sichtlich unwohl gefühlt, obwohl ich ihm ein Goldstück extra gegeben habe.«

»Du gehst aber ziemlich großzügig mit deinem Gold um.«

»Ich dachte, es sei eine gute Investition, um an den Korb zu kommen und rasch zu verschwinden.«

»Die Kohlenbunker sind noch nicht gefüllt. Vater und ich können das übernehmen, während du dich mit Mutter um die Klammern der Linsen kümmerst.« Gunnar hielt nachdenklich inne. »Ist es eigentlich eine gute Idee, nachts auf der Hohen Straße zu reisen?«

»Es ist wahrscheinlich sogar das Beste. Ich weiß nicht, wie Pferde auf den Dampfwagen reagieren würden.«

»Da hast du Recht.«

»Ich kann euch ein paar Lebensmittel einpacken, um die Vorräte an Trockennahrung in der Kiste zu strecken«, fügte Horas hinzu. Er war gerade aus dem östlichen Obstgarten zum Stall gekommen.

»Es könnte sein, dass wir in Nylan ein paar Tage auf die *Llyse* warten müssen«, warnte Gunnar.

»Das ist immer noch besser, als hier zu bleiben. Ich glaube, ich kann den Dampfwagen in der Großen Werkstatt unterstellen, damit die Ingenieure ihn sich ansehen können.«

Gunnar nickte. »Du machst dir große Sorgen.«

»Ich glaube, Ryltar heckt etwas aus. Vielleicht hat er sogar mehrere Eisen im Feuer. Ich verstehe nur nicht, was er überhaupt will.«

»Mag sein«, sagte Horas, »aber du solltest auch über das Verladen und die Vorbereitungen für die Fahrt nachdenken, falls du wirklich los willst.«

»Wenn es um praktische Einzelheiten geht«, meinte Gunnar lachend, »dann kannst du Vaters Urteil voll und ganz vertrauen. Womit sollen wir beginnen?«

»Mit dem Ballon. Er kommt in einen Kasten im Innern des Dampfwagens. Ich habe etwas Stoff als Reserve eingepackt, aber ich will nicht, dass die Bahnen zerreißen. Die Halterung für die Linsen ist schon zerlegt und in der gepolsterten Kiste verstaut, die im

Schuppen auf dem Boden steht ...« Justen erklärte, wie der begrenzte Frachtraum im Innern des Dampfwagens aufgeteilt werden sollte.

»Mir war nicht klar, dass du so gut organisiert arbeiten kannst«, sagte Gunnar zu seinem Bruder.

»Ich habe eine Weile darüber nachgedacht und ...«

»Sag mir, was ich tun kann«, unterbrach ihn Elisabet.

»Du kannst die Vorräte holen. Vater kann dir sagen, was ich mitnehme.« Der Ingenieur betrachtete den fast wolkenlosen Spätnachmittagshimmel. »Ich muss den Dampfwagen aus dem Schuppen holen. Die Planen werden wir wohl nicht brauchen.«

»Die Planen?«, fragte Cirlin, die gerade aus der Schmiede kam.

»Die Abdeckungen aus Segeltuch, die du Heldra hast machen lassen. Sie sollen den Regen und die Sonne abhalten, aber ich glaube nicht, dass wir sie auf dem Weg nach Nylan brauchen werden.«

»Nein. Es wird keinen Regen geben«, erklärte Elisabet. Sie folgte Horas in die Küche.

Justen, Gunnar und Cirlin rollten den Dampfwagen aus dem Stall in den Hof.

»Es braucht mehr als drei Leute, die Kiste zu bewegen, wenn sie voll beladen ist.« Gunnar lehnte sich an die seitliche Verkleidung des Fahrzeugs und wischte sich die Stirn ab.

»Nur auf weichem Untergrund, auf der Straße nicht.« Justen zog die Bremse an.

Elisabet kehrte mit mehreren in Wachstuch gehüllten Päckchen aus der Küche zurück. »Wohin kommt das hier?«

»Stell sie dort ab.« Justen deutete zum Beifahrersitz. »Ich lade sie selbst ein, wenn sämtliche Vorräte hier sind. Ich weiß, in welcher Reihenfolge die Päckchen ins Fach kommen.«

Gunnar hob die Augenbrauen.

»Ich habe es ausgemessen«, erklärte Justen. »Was bringt einem Ingenieur seine Ausbildung, wenn er das Gelernte nicht umsetzt?«

»Ich glaube, ich hole den Ballon«, erwiderte Gunnar.

»Ich helfe dir«, bot Cirlin an.

»Vater möchte wissen, ob er anfangen soll zu kochen.« Elisabet wandte sich an Justen.

»Ja, das ist eine gute Idee.«

»Optimist«, murmelte Gunnar.

Trotz Gunnars Pessimismus war das Verladen beendet, bevor Horas sie zum Abendessen rief.

»Ich komme gleich. Ich bereite nur noch die Feuerbüchse für das Anfeuern vor.« Justen schnitzte ein paar Späne von einem Ast ab, den er aus einem Stapel Holz gezogen hatte. In einer Kiste neben dem Kohlenbunker hatte er bereits mehrere Späne verstaut, die er aber für Notfälle aufsparen wollte.

Nachdem er die Späne und ein paar kleine Holzstücke und Zweige in der Feuerbüchse angeordnet hatte, ging er zur Pumpe vor dem Haus, wusch sich den Kohlenstaub und den Dreck von den Händen und aus dem Gesicht und schlenkerte das Wasser ab.

Die anderen saßen schon am Tisch, als er eintrat.

»Scharf gewürztes Lamm!«, verkündete Elisabet. »Dazu Beerenbrot und noch Kuchen.«

»Den Kuchen gibt es aber erst später, junge Frau«, warnte Horas.

»Kann ich bitte vom Lamm haben?«, fragte Gunnar.

Justen reichte seiner Mutter etwas Brot, dann bediente er Elisabet, die sich Kirschmarmelade auf ihre Scheibe schmierte. Justen legte eine Scheibe Brot auf seinen Teller und wartete auf das Lamm. Er dachte immer noch über Seldit und Ryltar nach.

»Das ist hervorragend«, erklärte Gunnar. »Wir werden deine Kochkünste vermissen.«

Justen biss vom Brot ab.

»Warum musst du jetzt schon aufbrechen? Warum so bald?«, wollte Elisabet wissen.

»Ratsherr Ryltar will mich einsperren, weil ich ordnungstoll bin«, murmelte Justen, der gerade den Mund voll warmem Brot hatte.

»Iss auf, bevor du sprichst«, mahnte Horas.

»Das kannst du aber nicht mit Sicherheit sagen«, protestierte Gunnar.

»Ich bin ziemlich sicher.« Justen hob eine Hand und schluckte das Brot herunter. »Nur den Grund verstehe ich immer noch nicht. Ryltar scheint sich sonst nur für Handel und Geld zu interessieren.«

»Wenn er ein Kaufmann ist«, warf Horas ein, »dann will er, dass die Steuern niedrig bleiben, weil die Abgaben vor allem den Händlern und Geschäftsleuten auferlegt werden. Wenn das, was du tust, einen Krieg zwischen Fairhaven und Recluce auslöst, werden die Steuern steigen und seine Gewinne sinken.«

»Er will mich einsperren, weil ich etwas tun *könnte*, aus dem sich ein Krieg entwickeln *könnte?*« Justen trank einen Schluck Bier aus seinem Krug und schaufelte sich noch etwas Lamm auf den Teller. Es war völlig richtig, er würde die Kochkünste seines Vaters lange Zeit nicht mehr genießen können. Falls er sie überhaupt jemals wieder würde genießen können. Er schluckte.

»Vielleicht ist es ihm einfach lieber, wenn alles bleibt, wie es ist«, erklärte Cirlin. »Händler lieben keine Veränderungen.«

Justen runzelte die Stirn. »Er lässt sich mit Schmugglern ein.« Er aß etwas Lamm und genoss das Fleisch und die scharfen Gewürze.

»Das ist hier nicht illegal, nur in Hamor und Candar«, widersprach Gunnar.

»Vielleicht will er nicht, dass Justen Erfolg hat«, sagte Elisabet.

»Ach, er weiß ja nicht einmal, was ich überhaupt vorhabe«, wandte Justen ein. *Und das kann er auch nicht wissen, weil ich es selbst noch nicht genau weiß.*

»Elisabet könnte Recht haben«, meinte Gunnar. »Sagen wir einfach, dass du etwas tun könntest, das die Verhältnisse auf Candar verändern und die Macht der Weißen vermindern könnte. Die Weißen kontrollieren den Handel äußerst streng und belegen ihn mit hohen Abgaben. Das müssen sie tun, um ihr Heer und ihre Rekruten zu bezahlen.«

»Und, was weiter?«

»Die Weißen haben schon immer versucht, den freien Handel zu unterbinden. Welchen Vorteil hat Ryltar gegenüber den anderen Kaufleuten? Er lässt sich mit Schmugglern ein. Schmuggler können nur existieren, wenn sie Dinge liefern, an welche die Menschen auf andere Weise nicht herankommen, oder wenn sie für ihre Angebote weniger berechnen. Wenn sie also, genauer gesagt, keine Steuern an die Weißen entrichten.«

Horas nickte. »Je stärker die Kontrolle der Weißen, desto mehr Goldstücke landen in Ryltars Börse?«

»Reicht das aus, um die Absicht zu verfolgen, Justen einzusperren?«

»Ich weiß es nicht.« Justen zuckte mit den Achseln. »Es muss noch etwas anderes dahinterstecken, aber was das sein soll ...«

»Kann jemand überhaupt so gierig sein?«, grübelte Horas.

»Ich meine, du solltest die Gier als Antrieb nicht unterschätzen«, antwortete Cirlin.

»Ich glaube immer noch, dass ich mitkommen sollte.« Elisabet sah Justen fragend an.

»Nur wenn du mit den Stürmen so erfahren bist wie Gunnar oder wenn du bei Ingenieursarbeiten so findig bist wie Justen«, erwiderte Cirlin.

»Das ist nicht gerecht.«

Die anderen vier lachten leise.

»Also gut. Es geht nicht um gerecht oder ungerecht, aber das heißt noch nicht, dass ich überzeugt bin.«

Justen klopfte Elisabet auf die Schulter. »Eines Tages ... eines Tages wirst auch du in die Welt hinausziehen und jede Menge verrückte Dinge tun, die dich umbringen könnten.«

»Und dich an fremden Orten, die niemand kennt, in fremde Menschen verlieben«, fügte Horas mit blitzenden Augen hinzu.

»Und wundervolle Geräte bauen, die deine Angehörigen gegen Mauern schleudern«, meinte Cirlin trocken.

»Versprochen?«, fragte Elisabet.

Die anderen vier lachten und für einen Augenblick wich die Spannung von ihnen.

Die Sonne war schon hinter den Hügeln versunken, als sie das Abendessen beendeten.

Justen und Gunnar trugen ihre Tornister zum Dampfwagen hinaus. Justen überprüfte ein letztes Mal die Kohlenbunker und legte noch eine Schaufel nach. Dann öffnete er die Feuerbüchse und zündete die Späne und die größeren Holzstücke an. Mit ein paar Kohlestücken baute er das Feuer auf. Als die Kohle zu brennen begann, schloss er die Klappe und ließ den Kohleneimer neben der Feuerbüchse stehen. Er wollte die Kohle aus den Bunkern erst benutzen, wenn die Dampfmaschine wirklich über die Straße rollte.

»Die Tornister können wir hier verstauen.« Er legte sein Gepäck neben den dritten Sitz und langte nach hinten, um Gunnars Sachen zu holen.

Dann fachte er das Feuer mit dem kleinen Blasebalg etwas an und wartete, bis er Kohle nachlegen konnte.

Als es hinter ihm zischte, langte Justen über die Lehne des dritten Sitzplatzes hinweg. Wenn er das

Dampfventil schloss, musste er aufpassen, nicht mit dem Ärmel am Weidenkorb hängen zu bleiben, in dem verschiedene Vorräte steckten. Der Stoff für den Ballon lag zusammengefaltet in einem Fach hinter der Panzerung aus Schwarzem Eisen.

Dann wandte Justen sich wieder nach vorn und stieg aus, um sich gemeinsam mit Gunnar von den anderen zu verabschieden.

Cirlin, Horas und Elisabet waren einen Schritt zurückgewichen.

»Ich wünschte, ich dürfte mitfahren«, sagte Elisabet. »Eine einzige Fahrt war wirklich zu wenig.«

»Diese eine Fahrt mitanzusehen war schon schlimm genug«, murmelte Horas.

Elisabet wandte sich an ihren Vater. »Ich war überhaupt nicht in Gefahr. Justen ist nicht einmal besonders schnell gefahren.«

»Dank sei der Dunkelheit, dass er es nicht getan hat.«

Justen umarmte Elisabet, Cirlin und Horas, Gunnar folgte seinem Beispiel, begann aber bei Horas.

»Wir machen uns besser auf den Weg«, sagte Gunnar, als er sich aus der Umarmung seiner Schwester löste.

»Seid nur vorsichtig mit ... mit diesem Ding«, ermahnte Horas sie.

»Es ist kein großer Unterschied zu einem Schiff der Bruderschaft, mein Lieber«, bemerkte Cirlin.

»Auch Schiffe sind gefährlich.«

Justen grinste, als er den leicht neckenden Unterton in der Stimme seines Vaters bemerkte. »Wir werden schon aufpassen. Wir werden so vorsichtig sein, wie wir überhaupt können.«

»Das ist wahrscheinlich nicht vorsichtig genug.«

In der darauf folgenden Stille, die nur vom leisen Zischen des Dampfes gestört wurde, stieg Gunnar auf den Beifahrersitz. Justen setzte sich auf den Fahrersitz und wackelte am Steuer. Der dritte Sitz, der etwas erhöht hinter ihnen angebracht war, blieb vorerst leer.

Justen öffnete den Dampfschieber, damit der Dampf die Turbine erreichen konnte.

Mit leisem Holpern setzte sich der Dampfwagen in Bewegung und rollte die Zufahrt zur Straße hinunter. Cirlin, Horas und Elisabet winkten. Die Brüder winkten im Dämmerlicht zurück.

Gunnar und Justen schwiegen, bis sie die Straße nach Wandernicht erreichten.

»Weißt du ... die Leute werden glauben, wir wären eine Art Ungeheuer, wenn wir durch die Orte schnaufen.« Gunnar schürzte die Lippen.

Ohne den Blick von der Straße zu wenden, verstärkte Justen den Dampfstrom in die Zylinder. »Das könnte sein. Aber es werden nicht viele Leute unterwegs sein und wir klingen kaum anders als ein schwerer Wagen. Die Maschine selbst macht keinen großen Lärm.«

»Ich weiß nicht. Das Fahrzeug ist größer als die meisten Wagen.«

»Nicht, wenn du berücksichtigst, dass wir keine Pferde vor uns angespannt haben. Nun ja, wir werden sehen.«

Sie rollten an Shrezsans und Yousals Haus vorbei, dann am Haus von Shrezsans Eltern. Schließlich erreichten sie Wandernicht. Auf der Hauptstraße waren weder Pferde noch Wagen zu sehen. In den Wohnungen über den Werkstätten des Küfers und über Bastas Laden brannte Licht, zwei Laternen waren vor dem *Gebrochenen Rad* angezündet.

Drei Männer standen unter den Laternen der Schenke. Zwei redeten gestikulierend auf einen dritten, größeren Mann ein, der einen Knüttel hob.

»... schert euch weg, und kein Wort mehr!«

»Unser Geld ist so gut wie das Geld aller anderen Gäste ...«

»Beim Licht! Was, bei allen Dämonen, ist das?« Der Mann in der Mitte drehte sich um und rannte die Gasse hinunter, fort vom Gasthof und dem vorbeifahrenden Dampfwagen.

Die anderen beiden starrten offenen Mundes, während die Maschine die Straße hinauf und am Gasthof vorbei rollte.

»Das ist etwas ...«

»Ich weiß, dass es etwas ist. Sieht aus wie der Alptraum eines Magiers.«

»Yousal hat erzählt ... dieser Magier, Justen ...«

Als sie die Poststube erreichten, wurden die Stimmen so leise, dass Justen sie beim besten Willen nicht mehr verstehen konnte. Er drehte am Steuer, damit das Fahrzeug auf die Hohe Straße einbog.

»Du hast einem von dreien eine höllische Angst eingejagt«, meinte Gunnar, »und sie wissen, dass du es bist. Wie lange wird es dauern, bis Ryltar davon hört?«

»Er wird es frühestens einen Tag, nachdem wir Nylan erreicht haben, erfahren. Vielleicht auch erst zwei Tage später. Wir werden ungefähr zwei Tage vor der Postkutsche dort sein.«

»Wie das?«, fragte Gunnar besorgt.

»Wir werden ohne Halt durchfahren. Wo könnten wir auch Rast machen?«

»So lange kannst du diese Kiste aber nicht steuern.«

»Das habe ich auch nicht vor«, gab Justen lachend zurück. »Du wirst es lernen.«

»Ich?«, schnaufte der Wetter-Magier.

»Du«, bestätigte Justen.

CXXXVIII

Beltar trank einen großen Schluck aus dem Weinkelch und schenkte sich sofort nach. »Hier im Turm muss man den Wein rasch trinken, sonst schlägt er um.«

»Zweifellos die Folge von Jahrhunderten des Chaos«, murmelte Eldiren.

»Zweifellos.« Der Erzmagier stellte das Glas auf den Tisch und nestelte an den Kettengliedern des goldenen Amuletts herum, das er über dem weißen Gewand trug. »Zweifellos.« Er hob den Kelch und nahm einen weiteren großen Schluck.

»Erzmagier zu sein ist nicht so amüsant wie das Erobern der Welt, nicht wahr?«

»Es ist überhaupt nicht amüsant.« Der Erzmagier stellte das Weinglas behutsam wieder auf den Tisch und blickte zum halb geöffneten Turmfenster hinaus. Er wischte sich die Stirn ab. Kein Lüftchen regte sich draußen, es war ein heißer Tag im Frühherbst. »Alle hassen mich, alle gehen auf Zehenspitzen. Niemand sagt etwas anderes außer ›Jawohl, Erzmagier, gewiss, Erzmagier‹.«

»Gewiss doch, Erzmagier.«

»Eldiren! Nur weil ich halb betrunken bin, braucht Ihr nicht zu glauben, ich wäre nicht mehr bei Verstand.«

»Was wolltet Ihr denn nun mit mir bereden?«

»Ihr könntet mir beispielsweise berichten, was Ihr über diesen Magier herausgefunden habt.«

»Über welchen Magier?«

»Über den, der die Spähgläser hat explodieren lassen. Zweimal hat er es getan, nicht wahr?«

Eldiren rieb mit den Fingerspitzen über die Narbe auf seiner Wange. »Ach, richtig ... diesen Magier meint Ihr.«

»Ihr wisst ganz genau, wen ich gemeint habe.« Beltar langte wieder nach der Weinflasche.

»Ich weiß nichts Neues. Es ist schwer, ihn überhaupt zu finden. Die Gläser sind nicht klar genug, aber es scheint, als wäre er von einer Mischung aus Ordnung und Chaos umgeben, nur dass alles geordnet ist. Aber wie könnte Chaos geordnet sein?«

»Ach, zur Hölle mit Euch.« Wieder trank Beltar einen großen Schluck Wein, füllte den Kelch nach und stellte ihn mit übertriebener Sorgfalt neben die inzwischen leere Flasche. »Ihr meint, er wäre ein … ein ausgemachter Grauer Magier, also einer, den es angeblich überhaupt nicht geben dürfte?«

Eldirens Finger wanderten nervös über das Weinglas, dessen Inhalt er bisher nicht angerührt hatte. »Ich kann es nicht mit Sicherheit sagen, aber ich vermute es.«

»Bei den Dämonen! Erst höre ich nichts als ›Ja, Erzmagier, gewiss doch, Erzmagier‹ und jetzt muss ich mir den Kopf über einen von allen Dämonen verdammten Grauen Magier zerbrechen, der herumläuft und Spähgläser explodieren lässt, damit niemand ihn ausfindig machen kann?«

Eldiren starrte den Tisch an.

Beltar leerte seinen Weinkelch mit einem großen Schluck und stellte das Glas zur Seite. »Ihr trinkt ja gar nicht. Dann gebt mir Euren Wein. Wenn Ihr ihn noch länger anstarrt, wird er sowieso nur verderben. Genau wie alles andere hier.«

CXXXIX

»Raffiniert, wirklich raffiniert.« Altara ließ die Fingerspitzen über die papierdünne Panzerung aus Schwarzem Eisen wandern, das mit schwarzer Eiche von einer Spanne Dicke verstärkt war. »Wenn es um den Bau von

Maschinen ging, warst du immer schon sehr gut, Justen. Aber wie, wenn ich fragen darf, hast du es geschafft, mit dieser Kiste durchs Tor zu kommen?«

»Er hat den Wächtern erzählt, er wolle es an dich liefern«, meinte Gunnar, »und dass du sehr böse werden würdest, wenn du es nicht bekämest. Als dies die Wächter nicht überzeugt hat, hat er darauf hingewiesen, dass das Gerät entweder gut ist, so dass man ihn nicht aufzuhalten braucht, oder dass es nicht gut ist, weshalb die Große Werkstatt der beste Platz dafür ist. Dann hat er ihm noch gesagte, er sei der ordnungstolle Ingenieur. Es ist ein spannendes Schauspiel gewesen.«

»Das kann ich mir lebhaft vorstellen.« Altara wandte sich an Justen.

»So schlimm ist es eigentlich gar nicht gewesen«, protestierte Justen. »Außerdem gibt es im Dampfwagen nicht viele wirklich neue Teile. Ich habe ihnen auch das erklärt ... dass es im Grunde nichts als ein kleines Schiff sei. Die meisten Teile und Vorrichtungen entsprechen, von kleinen Anpassungen abgesehen, genau dem, was wir sonst auf Schiffen verwenden.«

»Wenn ich mich recht erinnere, waren auch deine Schwarzen Pfeilspitzen keine große Neuerung«, bemerkte die Leitende Ingenieurin trocken. »Ich bekomme es mit der Angst, wenn ich daran denke, was herauskommen könnte, wenn du einmal etwas wirklich Neuartiges entwickelst. Etwas wie dies hier ist schon schlimm genug.«

Justen beschloss, vorerst lieber nicht den Ballon oder den Strahl aus geordnetem Licht zu erwähnen, den er mit Hilfe von polierten und geordneten Feueraugen erzeugen konnte.

Gunnar blickte zum festgetretenen Lehm vor dem hinteren Tor der Großen Werkstatt.

»Und was soll ich nun mit ... mit dieser Maschine machen?«, fragte Altara mit sprödem Lächeln.

»Ich dachte, die Ingenieure würden sie vielleicht gern einen Tag oder so untersuchen, bis wir ...« Justen brach mitten im Satz ab.

»Richtig, erspare mir lieber die Einzelheiten, Justen.« Altara blickte zur Sonne, die gerade über dem Ostmeer aufging. »Verstehe ich dich richtig, dass du diese Nadel einen Tag lang oder etwas länger im Heuhaufen der Großen Werkstatt verstecken willst? Ist es dies, worum du mich im Grunde bittest?«

»Ja, geehrte und weise Leitende Ingenieurin.«

»Und auf diese Weise wirst du natürlich auch dafür sorgen, dass jeder lebende Ingenieur erfährt, was du getan hast und wie man es nachbauen kann. Damit entweder deine Idee überlebt oder der Rat sich entschließen muss, uns alle zu verbannen?«

»Ich halte es für höchst unwahrscheinlich, dass der Rat euch alle verbannen wird«, meinte Gunnar.

»Mag sein. Andererseits ist es vielleicht auch gar nicht so abwegig. Der ehrenwerte Ratsherr Ryltar hat sich in den letzten Achttagen ungefähr ein halbes Dutzend Mal nach deinem Befinden erkundigt. Er scheint sehr daran interessiert zu sein, dass dein Erholungsurlaub ... zufriedenstellend verläuft.«

»Ich sehe da keine große Gefahr«, meinte Justen gähnend.

»Wer weiß?« Altara sah Justen an. »Du bist müde. Schläfst du nicht genug?«

»In der letzten Zeit nicht.«

»Und was hast du nun eigentlich vor? Als ob ich es nicht schon längst wüsste.«

»Soll ich es dir wirklich erklären?« Justen zwang sich zu einem Lächeln. »Wir versuchen gerade, die gesamte Bruderschaft in eine Verschwörung zu verstricken, indem wir nachweisen, wie leicht es ist, einen Dampfwagen zu bauen.« Er versuchte, nicht zusammenzuzucken, als die kleine Lüge ihm einen Stich im Kopf versetzte.

Altara schüttelte den Kopf. »Sehr lange kann ich die Maschine nicht hier behalten.«

»Ich weiß. Aber es ist eine Ingenieursarbeit. Zwei Tage?«

»Wir werden sehen.« Die Leitende Ingenieurin wandte sich an Gunnar. »Kannst du dafür sorgen, dass er nicht noch mehr in Schwierigkeiten gerät? Und dass er etwas Schlaf bekommt?«

Gunnar zuckte mit den Achseln.

»Willst du in Gunnars Kammer schlafen?«, fragte Altara, an Justen gewandt.

»Nicht in der Nacht. Ich habe ein paar Vorkehrungen getroffen, damit ich im Dampfwagen oder in dessen Nähe schlafen kann.« Justen blickte zum Hinterrad.

»Ob ich dich nun in die Quartiere der Bruderschaft oder in die Große Werkstatt lasse, ich weiß nicht, was schlimmer ist«, meinte Altara mit nervösem Lachen.

»Tagsüber werde ich mich von der Werkstatt fernhalten«, erwiderte Justen.

»Nun, dann lasst uns dieses Landdampfschiff, diesen Dampfwagen oder was auch immer nach drinnen bringen, bevor zu viele Leute darauf aufmerksam werden.«

Justen löste die Bremse und ließ die Maschine mit dem letzten Dampf anfahren.

»Da drüben«, sagte Altara. »Die große Mühle werden wir in den kommenden Achttagen nicht brauchen.«

»Soll ich die Maschine – den Dampfwagen – irgendjemandem zeigen, bevor wir uns etwas zu essen besorgen?«, fragte Justen.

»Ich bin sicher, ihr werdet, bevor ihr aufbrecht, eine Gelegenheit finden ...«

»Justen!« Warin tauchte hinter Altara auf und umarmte den jüngeren Ingenieur, dann hielt er nachdenklich inne. »Du solltest eigentlich nicht hier sein. Und du siehst müde aus«

»Vielleicht sollte ich wirklich nicht hier sein. Sieh mal, dies haben wir gebaut.« Justen wandte sich grinsend an Altara. »Einen Dampfwagen. Siehst du ... wir haben hier einen kleinen Kessel ...«

Altara blickte mit gespielter Verzweiflung zu Gunnar und die beiden schüttelten den Kopf.

Als Warin wieder gegangen war, fasste Gunnar seinen Bruder am Arm. »Ich bin halb verhungert und wenn du nicht machst, dass du hier verschwindest, wird Altara dich und den Dampfwagen wieder hinauswerfen.«

Sie huschten zur Hintertür hinaus und gingen durch die Gasse zum Hafen.

»Warum hast du gesagt, dass du in der Werkstatt bei der Maschine schlafen willst? Das wird nicht gerade bequem werden.« Gunnar blickte zu den Werkstätten, die vor ihnen lagen.

»Wahrscheinlich werde ich überhaupt nicht schlafen.« Justen gähnte. »Wenn wir bei Houlart etwas gegessen haben, werde ich mich auf dem Boden deiner Kammer hinlegen.« Er blickte zur Morgensonne. »Morgen Abend und in den kommenden Nächten werde ich versuchen, wach zu bleiben ... oder ein paar Schutzsprüche sprechen und höchstens dösen.«

»Ich glaube nicht, dass die Schutzsprüche in der Nähe von so viel Eisen überhaupt wirken. Vielleicht kann auch Martan jemanden abstellen, der beim Aufpassen hilft.« Gunnar gähnte jetzt auch. »Hoularts Schenke ist gleich hier um die Ecke.«

»Gut.« Auch Justen gähnte jetzt wieder.

Nur zwei Tische waren in der Schrankstube besetzt. Die Brüder wählten einen Tisch in der Ecke, von dem aus Justen den ganzen Raum überblicken konnte. Als er sich setzte, blickte er zum Durchgang neben der Küche, wo Houlart gerade mit einer jungen Frau sprach. Er bemühte sich, die Unterhaltung zu belauschen, konnte aber nur ein paar Bruchstücke aufschnappen.

»... Yersol ... Straße gegenüber ... Ingenieur wieder da ...«

Er runzelte die Stirn. Wo hatte er den Namen Yersol schon einmal gehört? War es überhaupt wichtig? Ja, es hatte irgendwie mit Ryltar zu tun. Er beugte sich zu Gunnar hinüber und flüsterte: »Du hattest Recht.«

»Was?« Gunnar fuhr erschrocken auf.

»Was darf es sein, meine Herren?«, fragte Houlart, der unterdessen an ihren Tisch getreten war.

»Etwas zu essen, eine gute, warme Mahlzeit«, murmelte Gunnar.

Houlart lächelte das dienstbeflissene Lächeln, das alle Gastwirte jederzeit vollendet beherrschen.

CXL

»Welche Schiffe liegen im Hafen?«

»Die *Yalmish*, unsere *Viella* und Slyaks Kahn. Ich weiß nicht, unter welchem Namen der Seelenverkäufer jetzt gerade läuft.« Yersol stellte den Krug mit warmem Bier auf den Arbeitstisch.

»Wir brauchen ein kleines Feuerwerk. Die Leute von der *Yalmish* und von Slyaks Schiff dürften reichen.«

»Hier? Das ist verrückt.«

»Wir müssen dieses Ding in der Großen Werkstatt loswerden. Außerdem werden uns die Ingenieure eine Weile nicht mehr in die Quere kommen, wenn ihre Werkstatt zerstört wird. Dieser Altara traue ich nicht über den Weg. Sie und Jenna stecken unter einer Decke.« Ryltar rutschte unbehaglich auf dem gepolsterten Lehnstuhl herum. Seine Finger spielten mit dem

Fuß des Glases aus schwarzem Kristall, das noch zur Hälfte mit hellem Bier gefüllt war.

»Warum macht Ihr Euch wegen dieses Ingenieurs so große Sorgen?«

»Seht Ihr es denn nicht? Er hätte in Sarronnyn beinahe gesiegt und er hat es geschafft, den von den Dämonen verdammten Druiden zu begegnen und zurück zu kehren. Jetzt hat er einen Dampfwagen gebaut, der über die Straßen fährt wie ein Dampfschiff durchs Wasser. Aber nach Angaben der Ingenieure, die ich kenne, braucht es einen Fachmann, um die Maschine zu betreiben.«

»Sprecht Ihr von denjenigen, die Ihr bezahlt, damit sie Euch auf dem Laufenden halten?« Yersol trank den letzten Schluck Bier und verzog das Gesicht, weil es inzwischen unangenehm warm war. »Ein Händler könnte ihn nicht verwenden, und Ingenieure treiben keinen Handel.«

»Dieser tut es. Er hat ein Abkommen mit den Naclanern geschlossen. Oder die Naclaner benutzen ihn für ihre eigenen Zwecke. Zuerst war es Lorkenholz, dann dieses Tuch, das noch niemand außer der Tyrannin von Sarronnyn bezogen hat. Jetzt hat er etwas, das Candar schneller durchqueren kann, als die schnellsten Schiffe fahren können.«

»Wirklich?«

»Seldit hat gesehen, wie er Wandernicht verlassen hat. Weniger als einen halben Tag danach ist er bereits hier angekommen. Die Maschine steht oben in der Großen Werkstatt. Nicht lange, und sie werden die nächste Maschine dieser Art bauen können. Und was wird dann aus uns?«

»Wie ich bereits sagte, Ryltar, Ingenieure treiben keinen Handel.«

»Ihr versteht es immer noch nicht. Was ist, wenn er nach Candar zurückkehrt?« Ryltar spielte wieder mit dem Fuß des Kristallglases.

»Dann seid Ihr ihn los.« Yersol füllte seinen Krug nach.

Ryltar schenkte dem jüngeren Kaufmann einen missbilligenden Blick. »Könntet Ihr vielleicht einmal nachdenken? Ein einziges Mal nur?«

»Na schön, dann bin ich eben dumm. Würdet Ihr mir erklären, wo das Problem liegt?«

Ryltar starrte Yersol noch einen Augenblick böse an, ehe sein Gesichtsausdruck wieder freundlicher wurde. »Also gut. Wo streichen wir die größten Gewinne ein?«

»Auf der Ost-West-Route nach Hamor.«

»Warum?«

»Ihr wisst doch selbst ...« Yersol unterbrach sich, dann fuhr er fort. »Weil Hamor größer ist als Candar und weil es über Land eine lange Reise ist. Unsere Schiffe sind erheblich schneller als ihre und wir zahlen nur einen Teil des Zolls.«

»Haben sie gute Straßen?«

»Gewiss. Aber sie haben keine guten Wagen und Packpferde.«

»Gibt es Ordnungs-Magier in Hamor?«

»Nicht viele, aber einige.«

»Wenn dieser Ingenieur einen Dampfwagen fahren kann, könnten sie es dann auch?«

»Oh. Oh, verdammt.«

»Versteht Ihr es jetzt? Wenn diese verdammte Maschine frei verfügbar wird, dann verlieren wir ...«

»Ich bin vielleicht nicht der Schnellste, aber jetzt habe ich es begriffen.« Yersol runzelte die Stirn. »Aber er hat überhaupt nicht an so etwas gedacht, das wisst Ihr doch. Warum sollte irgendjemand auf die Idee kommen, einen Dampfwagen nach Hamor zu bringen?«

»Hört zu, Yersol. Wenn es eines in dieser Welt gibt, das ich sicher weiß, dann ist es dies, dass nichts für ewig ein Geheimnis bleibt. Und der Kaiser von Hamor würde eine Menge dafür geben, unsere Handelsreisen zu unterbinden.«

»Ja. Ich werde mit Slyak reden und er kann mit der *Yalmish* Verbindung aufnehmen. Aber wir müssen wahrscheinlich den doppelten und dreifachen Sold zahlen.«

»Das ist es mir wert.«

»Und wenn es nicht klappt?«

»Selbst wenn es schiefgeht, wird Claris empört genug sein, um sich zu wünschen, dass dieser Justen für längere Zeit verschwindet und sich womöglich auf einen zeitlich unbegrenzten Erholungsurlaub begibt. Ich habe sie schon fast so weit.«

»Das will ich doch hoffen.«

»Es wird klappen«, meinte Ryltar nickend. »Es wird klappen.«

CXLI

»Feuer!«

Als er Gunnars Schrei hörte, fuhr Justen blitzschnell von seinem Lager hoch und hatte sich schon halb die Stiefel angezogen, ehe ihm überhaupt richtig bewusst wurde, was geschah. Zwei Nächte, in denen er alles andere als tief und erholsam geschlafen hatte, hatten ihre Spuren hinterlassen, auch wenn er zwischendurch in Gunnars Kammer hatte ruhen können.

Vorn in der Werkstatt war ein rötlicher Schein zu sehen und das Knacken der Flammen, die sich weiter nach hinten fraßen, war deutlich zu hören.

Justen sah sich um. Martan und seine beiden Marineinfanteristen waren bereits angekleidet. »Öffnet die Tür!«, rief Justen. »Die dort!« Er deutete auf das hintere Tor der Werkstatt. Dann warf er seinen Tornister und die Decken auf den Rücksitz des Dampfwagens, löste die Bremse und die Kupplung und begann zu schieben, um die schwere Maschine aus der Werkstatt zu bewegen.

Gunnar kam zu ihm und half ihm. Er warf seine Sachen auf den zweiten Sitz und schob zusammen mit Justen die Maschine zur Tür, die Martan und einer der Marineinfanteristen inzwischen geöffnet hatten.

»Jemand ... jemand hat ... das Feuer gelegt«, schnaufte Gunnar, der Schulter an Schulter mit Justen die Maschine anschob. »Die haben Öl ... ausgekippt und angezündet.«

»Diese Hunde«, grunzte einer der Marineinfanteristen, der inzwischen an einem Hinterrad zu schieben begonnen hatte.

Martan gesellte sich zu ihnen und endlich rollte der Dampfwagen aus der Gefahrenzone. Justen hielt mit einer Hand das Steuer, um die Maschine auf das Tor auszurichten.

Hinter ihnen wurde das Prasseln der Flammen lauter und die Hitze nahm merklich zu. Inzwischen breitete sich das Feuer auch im unteren Teil der Werkstatt rasch aus.

»Aaah ...« Die Seitenwände der Maschine kratzten über einen großen Kessel, der dicht neben dem Tor stand, aber Justen drehte das Steuer ein wenig und die fünf schoben die Maschine endlich ins Freie.

Beinahe ein halbes Dutzend schwarz gekleidete Gestalten standen gut dreißig Ellen vor der Tür. Die meisten trugen Stäbe oder Waffen, einer hatte eine Fackel.

»Da ist die Dämonenmaschine!«

»Zerstört sie!«

»Das böse Weiße darf nicht in Nylan ...«

Justen stieg auf den Fahrersitz und zog die Bremse an, um die Maschine anzuhalten. Dann kletterte er auf den hinteren Sitz, um die Feuerbüchse zu öffnen. Er schob ein paar Holzspäne hinein und nahm seinen Zündstein zur Hand.

»Holt euch die Dämonen!«

Als die dunklen Gestalten sich dem Dampfwagen näherten, legte Justen mehrere kleine Stücke Kohle neben die Holzspäne und schloss die Klappe der Feuerbüchse. Er öffnete die Ventile.

Gunnar stand mit geschlossenen Augen unerschütterlich draußen vor der Werkstatt.

Der Wind begann zu heulen und zu pfeifen und die Sterne verschwanden, als dicke Wolken sich zusammenbrauten.

»Schickt sie dahin zurück, wo sie hingehören ...«

Draußen auf der Straße waren eilige Schritte zu hören.

»Holt die Pumpen ... Feuer löschen ...«

»... zu lange dauern ...«

»Wetter-Magier ... vielleicht Regen ...«

»Turmin ... sucht ihn ...«

Die dunkel gekleideten Gestalten rückten gegen den Dampfwagen vor, bis sie weniger als zwanzig Ellen entfernt waren. Justen konnte spüren, wie ängstlich die Männer waren. Die Furcht lähmte ihre Schritte. Er bückte sich und fachte das Feuer in der Feuerbüchse weiter an, damit sich der Dampfdruck aufbauen konnte.

Inzwischen war ein lautes Knacken zu hören, das ihm verriet, dass dicke Balken Feuer gefangen hatten. Der Wind heulte lauter und kalte Tropfen prasselten herab.

Ein Blitz erhellte den hinteren Teil der Großen Werkstatt und warf sein grelles Licht auf die drei Marineinfanteristen ... während Gunnar anscheinend völlig versunken mitten im Tumult stand und versuchte, das Unwetter über den Brandherd zu lenken. Als der

Regen stärker wurde, wich das Zischen von sterbenden Flammen dem Knacken.

»Dort, an der Tür!«

»Haltet ihn auf. Er ist ein Wetter-Magier«, schrie ein kleiner Mann, der die dunkel gekleidete Gruppe anzuführen schien. Der Mann neben ihm hob einen kurzen Bogen von der Art, wie sie gern von Händlern verwendet wurde.

Im Schatten neben dem Dampfwagen hob auch Martan seinen Bogen, legte einen Pfeil ein und ließ ihn fliegen. Der feindliche Bogenschütze brach zusammen, ein dunkler Pfeil steckte in seiner Brust.

Martan legte den zweiten Pfeil ein.

»Da sind Marineinfanteristen!«

Gunnar schüttelte den Kopf, betrachtete die dunkel gekleidete Gruppe und konzentrierte sich noch einmal. Justen schaufelte Kohle in die Feuerbüchse.

Es krachte und ein zackiger Blitz schlug direkt vor den Angreifern auf den Stein. Ein Hagelschauer folgte dem Blitz. Justen blinzelte, schüttelte den Kopf und versuchte, scharf zu sehen.

»Verdammt ... macht, dass ihr wegkommt ...«

»Nicht bezahlt ... um Magie zu bekämpfen ...«

»Lauft!«

Die Angreifer verstreuten sich; ein Toter blieb auf dem nassen Stein zwischen den Hagelkörnern liegen.

Martan ließ den Bogen sinken und sah Justen an. »Ein Kaufmann will Euch tot und die Maschine zerstört sehen.«

Justen nickte, dann bemerkte er, wie Gunnar taumelte. Er sprang vom Fahrersitz, schlitterte und rannte zu seinem Bruder, der inzwischen benommen auf dem Hinterteil saß.

Drei Ingenieure rollten eine Handpumpe heran, um den Brand in der hinteren Ecke des Gebäudes zu löschen. Ein dünner Wasserstrahl ergoss sich gleich darauf über die Flammen, die nun am Holzrahmen des Fensters leckten.

Justen schleppte den halb bewusstlosen Gunnar zum Dampfwagen und setzte ihn auf den Beifahrersitz.

Martan und die anderen beiden Marineinfanteristen kontrollierten das Gelände hinter der Großen Werkstatt. Schließlich fragte Martan: »Justen, wisst Ihr, wer da hinter Euch her ist?«

»Ich glaube, es ist Ryltar. Aber ich kann es nicht beweisen.«

Martan spuckte wütend aus. »Abschaum. Überall im Hafen tuschelt man schon darüber, aber niemand will etwas sagen. Ich möchte wetten, die Angreifer waren Matrosen von den Schiffen, die für eine Prämie angeheuert wurden. Wenn nicht dies, dann gehören sie zu einer Schmugglerbande.«

Gunnar hielt sich stöhnend den Kopf.

»Alles in Ordnung«, beruhigte Justen ihn.

»In Ordnung? Mir tut der Kopf weh ... Feuer in der Großen Werkstatt ... Pfeile ... alles in Ordnung?«

Justen und Martan lachten.

»Alles in Ordnung? Was gibt es da zu lachen? Oooh ...« Gunnar rieb sich wieder die Stirn.

Da der Regen nicht aufhörte, zog Justen den Regenschutz über die Sitze, und die drei Soldaten kletterten nach hinten auf die dritte Sitzbank. Justen sah noch einmal nach dem Feuer und kontrollierte den Dampfdruck.

»Die *Llyse* sollte eigentlich am Morgen eintreffen. Wer will die Pier hinunter mitfahren?«

»Ich will euch nicht zwingen«, erklärte Martan seinen Leuten grinsend, »aber es ist wahrscheinlich sicherer, wenn wir fahren, damit wir uns nicht ständig sorgen müssen, wer dort draußen lauern könnte.«

»Ja, gewiss ...«, murmelte einer der Marineinfanteristen.

»Hier können wir wenigstens nicht mit Pfeilen abgeschossen werden«, meinte die Soldatin neben ihm, eine junge Frau mit lebhaftem Gesichtsausdruck.

»Alles bereit?«, fragte Justen. Er hatte schon die Hand auf den Dampfschieber gelegt.

Die drei Marineinfanteristen sahen sich an.

Justen löste die Bremse und öffnete den Schieber. Mit einem Krachen fuhr der Dampfwagen aus der Gasse heraus.

Ein rascher Blick zurück zeigte, dass der Regen und die Pumpen den größten Teil des Gebäudes gerettet hatten. Immer noch eilten mehr als ein Dutzend Ingenieure vor den dampfenden Wänden der Werkstatt hin und her, während der Regen auf das verkohlte Dachgebälk fiel.

»Nur gut, dass das Gebäude zum größten Teil aus Stein besteht«, erklärte Martan, der Justens raschen Blick bemerkt hatte.

»Es ging ihnen nicht um das Gebäude«, meinte Gunnar, der sich immer noch die Stirn massierte.

»Was wollten sie dann?«

»Ich könnte raten, aber sicher bin ich mir nicht.« Justen schüttelte den Kopf. Warum war Ryltar hinter ihm her? Ging es wirklich nur um Geld?

Auf dem Hügel über der Werkstatt stand eine schlanke Gestalt und schaute herunter. Justen winkte Altara zu, bevor er das Steuer drehte und den Dampfwagen zum Hafen lenkte.

Die Maschine schnaufte über die Steine der Pier, während über dem Ostmeer das erste Grau des neuen Morgens schimmerte.

Am Ende der kleineren Pier hörten sie den Befehl zum Ablegen.

»Die Herrschaften haben es offenbar recht eilig«, meinte Martan. Zwei Matrosen lösten die Taue von den Pollern und kletterten auf den Schoner mit dem schwarzen Rumpf. Die Farbe und das Fehlen einer Landesflagge wiesen deutlich darauf hin, dass es sich um Schmuggler handelte.

Justen lenkte den Dampfwagen auf die größere Pier.

»Das ist eines der Schiffe, mit denen Ryltar zu tun hatte«, bemerkte Gunnar.

»Er kennt jeden Schmuggler östlich von Hamor«, erwiderte die Marineinfanteristin lachend.

»Lurena?« Martan blickte die Pier hinunter.

»Ja, Ser?«

»Hole in der Dämmerung den ganzen Trupp hierher und bringe Jisliks und mein eigenes Marschgepäck mit.«

»Jawohl, Ser.«

Justen hielt den Dampfwagen an, um Lurena aussteigen zu lassen, dann steuerte er die Maschine zu der Stelle auf der Pier, wo die *Llyse* festmachen sollte.

»Wie wollt Ihr die Maschine eigentlich an Bord bekommen?«, wollte Martan wissen.

»Ganz vorsichtig.« Justen lachte. »Mit einem schweren Hebezeug, das mit den Ladebäumen verbunden wird.« Er deutete auf die Ringe, die vor dem Fahrersitz und hinter dem dritten Sitz angebracht waren. »Die Mächtigen Zehn haben kleine Kräne und der Dampfwagen ist lange nicht so schwer, wie es scheint.«

»Hyntal wird sich freuen«, meinte Martan grinsend.

»Warum?«, fragte Gunnar.

»Er hasst die Weißen und alles, was ihnen zusetzt, gefällt ihm ...«

»Ich will es hoffen«, murmelte Justen.

Gunnar hob die Augenbrauen, aber er schwieg. Martan lehnte sich auf dem dritten Sitz zurück.

Noch bevor es richtig hell wurde, standen die restlichen zehn Marineinfanteristen am Ende der Pier.

»Lass uns gehen, Jislik.« Martan lächelte Justen an. »Das wird ein Spaß.«

»Ein Spaß?«, brummte Gunnar, der auf dem Beifahrersitz saß. »Marineinfanteristen haben eine seltsame Vorstellung vom Vergnügen.«

»Deshalb sind sie ja Marineinfanteristen.«

»Formiert euch!«, rief Martan, als er sich neben dem Dampfwagen auf der Pier aufgebaut hatte. »Dies ist eine ganz besondere Maschine, die auf die *Llyse* geladen werden soll. Letzte Nacht haben einige Schmuggler versucht, die Große Werkstatt in Brand zu stecken, um die Maschine zu zerstören. Es ist eure Aufgabe, dafür zu sorgen, dass niemand – außer den Angehörigen des Rates, falls sie auftauchen sollten – diesen Teil der Pier betritt, bis die Maschine auf die *Llyse* geladen ist. Ist das klar?«

»Was ist mit den Hafenarbeitern, Ser?«

»Lasst sie ihre Arbeit tun, aber haltet sie von der Maschine fern.«

»Ja, Ser.«

Justen hatte es sich auf dem Fahrersitz bequem gemacht und die Augen geschlossen.

»Justen?«

Der Ingenieur fuhr auf. »Was? Was ist? Ist die *Llyse* schon da?«

»Nein, aber der junge Yersol ist gekommen und er sieht alles andere als freundlich aus. Und ich glaube, auch Altara kommt die Pier herunter.« Gunnar sah sich um. »Martan hat so ein Lächeln aufgesetzt, als wolle er gleich seine Kämpfer auf Yersol loslassen.«

Justen gähnte und bemühte sich, einen klaren Kopf zu bekommen. Er strich das Haar zurück und glättete seine Kleider, aber die Stoppeln auf dem unrasierten Kinn stachen und die Augen fühlten sich an, als wäre der Sand aller Strände im Westen hineingerieselt. Er kletterte hinunter und wartete neben dem Dampfwagen, um zu hören, was Yersol zu sagen hätte. Altara war ungefähr zwanzig Ellen hinter dem Kaufmann stehen geblieben.

»Ich kann nicht glauben, dass dieses ... diese Maschine Recluce ohne Einwilligung des Rates verlassen soll«, bemerkte der junge Kaufmann.

»Ach, wirklich? Gehört Ihr denn dem Rat an?«, fragte Justen.

»Ich bin sicher, dass Ratsherr Ryltar bald hier sein wird, um ... um dieser Sorge Nachdruck zu verleihen.«

»Ich bin überzeugt, dass er kommen wird«, räumte Justen ein, »ich bin völlig überzeugt. Aber was Eure Behauptung angeht, so gibt es leider einige Probleme.« Er lächelte leicht und wartete. Sein Gesicht blieb unbewegt, obwohl ihm das Herz heftig in der Brust schlug. *Was habe ich da nur in Gang gesetzt? Und warum regen sich alle Leute derart über etwas so Einfaches auf?*

»Ich kann hier kein Problem erkennen«, gab Yersol zurück.

»Zunächst einmal seid Ihr kein Mitglied des Rates. Zweitens ist Ratsherr Ryltar nur einer von dreien und er ist nicht einmal das vorsitzende Mitglied.«

Yersol schluckte.

Justen blickte zum Wellenbrecher. War dort nicht eine Rauchwolke zu sehen, die das Kommen der *Llyse* ankündigte? Er hoffte es – und er hoffte, dass sie die Maschine rechtzeitig an Bord bringen könnten. Dennoch ... würde Hyntal wirklich mitspielen? Und wie lange würde die *Llyse* überhaupt im Hafen bleiben?

»Wir werden sehen, Justen. Wir werden sehen. Damit werdet Ihr nicht durchkommen.« Yersol drehte sich auf dem Absatz um und marschierte die Pier hinunter.

»Nicht lange und er wird mit Ryltar zurückkehren«, prophezeite Gunnar.

»Das wird noch eine Weile dauern. Wenn Ryltar in

der Nähe gewesen wäre, so wäre er gleich selbst gekommen.«

Justen ging Altara entgegen. Seine Beine waren bleischwer.

»Glaubst du wirklich, du kannst damit durchkommen, ohne Hyntal und Martan in Schwierigkeiten zu bringen?«, fragte die Leitende Ingenieurin mit leiser Stimme.

»Ich weiß es nicht. Aber es muss getan werden.«

»Wirklich? Entscheidest du über das Schicksal der Welt, Justen?«, bemerkte Altara mit funkelnden Augen.

Justen hielt ihrem Blick stand, dann lächelte er. »Ich? Ein junger, ordnungstoller Ingenieur? Wie könnte ich etwas tun, das den Lauf der Welt verändert?«

»Du hast einen verdammt beeindruckenden Anfang gemacht. Die Bruderschaft steht kurz davor, die Tore zu schließen und Nylan zum ersten Mal seit dreihundert Jahren vom übrigen Recluce abzusperren. Die Frage ist, ob sie die Kanonen und Raketen der Mächtigen Zehn zuerst auf die Schmuggler richten.« Altara senkte die Stimme. »Das Einzige, was noch nicht ans Licht gekommen ist, das ist Ryltars Name. Der Grund ist möglicherweise, dass Yersol ...«, sie deutete zum Ende der Pier, dem sich der Kaufmann mit raschen Schritten näherte, »eine Menge Worte über die Schmuggler und Ryltars Anstrengungen verloren hat, sie im Zaum zu halten. Außerdem hat er angeboten, sämtliche Schäden an der Großen Werkstatt zu bezahlen.«

»Nichts davon kann irgendetwas ändern«, sagte Justen leise.

»Und was ist mit der Maschine hier? Was hast du eigentlich mit der *Llyse* vor? Ich kann mir nicht vorstellen, dass du den Dampfwagen einfach im Golf oder im Ostmeer versenken willst.«

»Warum nicht?«

»Justen.«

»Ich werde tun, was getan werden muss.« Justens graue Augen, die auf einmal so schwarz und tief waren wie der Große Wald, richteten sich auf Altara.

Die Leitende Ingenieurin wich unwillkürlich einen Schritt zurück. »Du bist wirklich gefährlich. In dieser Hinsicht hatte Ryltar Recht.«

»Jede Veränderung ist gefährlich«, bestätigte Justen.

Die Dampfpfeife der *Llyse* unterbrach sie. Das Schiff war in den Kanal eingelaufen und rief die Hafenarbeiter herbei.

»So gut wie alle Menschen, die Dorrin nahe gestanden haben, mussten leiden oder sogar sterben, Justen. Vergiss das nicht. Und Creslin war den größten Teil seines Lebens blind. Willst du wirklich ein solches Opfer erbringen?«

»Wir werden sehen. Was können wir sonst tun?« Aber Justen schluckte. *Kann ich ... kann ich so etwas wirklich verlangen?*

Die leise, aber deutliche Antwort kam sofort: *Kannst du es unterlassen, Liebster?*

Er schüttelte den Kopf. *Habe ich mir die Antwort nur eingebildet? Rede ich schon mit mir selbst?*

»Du bist entweder ein großer Mann oder wirklich ordnungstoll. Ich bin mir noch nicht sicher, was zutrifft.« Altara lächelte mühsam. »Vielleicht gibt es da auch keinen Unterschied. Macht es dir etwas aus, wenn ich in der Nähe bleibe?«

Die Marineinfanteristen bauten sich neben dem Dampfwagen auf, als zwei Hafenarbeiter langsam von der Hafenmeisterei zum Ende der Pier kamen.

»Nein. Ich achte dich, Altara, aber ich muss tun, was meiner Meinung nach getan werden muss.«

»Das ist eine interessante Art, es auszudrücken – tun, was getan werden muss.«

»Manchmal muss man sich zwischen zwei Übeln

entscheiden.« Justen sah zu, wie die *Llyse* sich an die Pier schob.

Die Hafenarbeiter wichen dem Dampfwagen aus, aber Justen konnte spüren, wie neugierig sie waren. Auch die Matrosen der *Llyse* unterbrachen immer wieder kurz die Arbeit und schauten herüber.

Als die Laufplanke heruntergelassen war, kam Martan zu Justen. »Es wäre besser, wenn ich zuerst mit Hyntal rede, Ser.«

»Ihr kennt ihn besser als ich, Martan. Tut, was Ihr könnt.«

»Danke, Ser.«

Martan sprang die Laufplanke hinauf und schien die Leiter zur Brücke beinahe hinauf zu fliegen. Oben angekommen, legte er dem Kapitän, einem Mann mit gebräuntem, kantigem Gesicht, eine Hand auf die Schulter. Er deutete zu Justen und dann zum Dampfwagen.

»Was er auch sagt«, bemerkte Gunnar, »er ist jedenfalls voller Begeisterung bei der Sache.«

Der Wortwechsel dauerte an, bis die Matrosen und die Hafenarbeiter die *Llyse* vertäut hatten. Martan nickte dem jungen Ingenieur zu und der Kapitän der *Llyse* kam die Laufplanke herunter gepoltert. Das Gesicht war unbewegt wie ein Stein.

Justen richtete sich auf.

»Also gut, junger Herr Justen«, begann Hyntal. »Martan hat mir erklärt, dass Ihr versucht, hier eine Sache abzuziehen, und dass ich mitspielen soll.«

»So ist es«, erklärte Justen dem Kapitän. »Ich habe diesen Dampfwagen hier gebaut und muss ihn jetzt nach Candar bringen, vorzugsweise irgendwo in Lydiar oder Hydlen und in der Nähe einer großen Straße. Ich habe die Absicht, damit nach Fairhaven zu fahren und die Weißen Magier anzugreifen.«

»Ich dachte mir schon, dass es ein tollkühnes

Unternehmen werden würde.« Hyntal rieb sich das Kinn. Die Hand bedeckte fast den ganzen Mund. »Meine Mannschaft sollte eigentlich Landurlaub bekommen.«

Justen schaffte es gerade noch, ein verzweifeltes Seufzen zu unterdrücken.

»Ich sehe schon, das bereitet Euch einige Sorgen. Was soll ich nun tun?«

»Ihr müsst tun, was Ihr für richtig haltet, Ser«, antwortete Justen langsam. »Genau wie ich.«

»Nun gut ...«, grübelte der Kapitän. »Ihr steht unter Zeitdruck, nicht wahr?« Er runzelte die Stirn und sah Justen scharf an. »Hat der Rat es untersagt?«

»Nein, Ser, noch ...«

»Sie haben es also bis zu diesem Augenblick noch nicht untersagt, da seid Ihr sicher?«, unterbrach Hyntal ihn mit einem leichten Lächeln.

»Nein, Ser.«

Hyntal deutete zum Dampfwagen und dann zu Altara. »Warum ist die Leitende Ingenieurin hier?«

»Sie macht sich Sorgen. Letzte Nacht hat jemand versucht, die Große Werkstatt niederzubrennen, um den Dampfwagen zu zerstören.«

»Wirklich?« Hyntal ging zu Altara hinüber. »Leitende Ingenieurin?«

»Ja, Kapitän?«

»Ist es wahr, dass letzte Nacht jemand versucht hat, die Große Werkstatt anzuzünden?«

»Es war mehr als ein Versuch. Der Schaden ist beträchtlich.«

»Nur um die Maschine dieses jungen Burschen zu zerstören?«

»So scheint es.« Altaras Stimme war nichts anzumerken.

»Hat der Rat bisher zu der Maschine irgendeine Stellungnahme abgegeben?«

»Uns ist keine offizielle Stellungnahme des gesamten Rates bekannt.«

Hyntal nickte, dann drehte er sich zur *Llyse* um. »Belden, bereite den schweren Kran vor. Die Schauerleute sollen sich in Bewegung setzen und dann ladet so schnell wie möglich ab. Wir müssen am Mittag wieder auslaufen. Doppelter Freigang bei der Rückkehr.«

»Aye, Kapitän.«

»Wenn Ihr mich jetzt entschuldigen wollt, Kapitän«, sagte Altara. Sie blinzelte Justen zu, bevor Hyntal sich wieder zu ihr umdrehte. »Ich muss dem Rat die Sorgen der Bruderschaft darlegen und darum bitten, dass die Brandstiftung sofort untersucht wird. Das könnte einige Zeit in Anspruch nehmen. Ich weiß Justen und seine Maschine bei Euch in guten Händen.«

»An Bord der *Llyse* wird er sicher sein. Und ob, das wird er.« Hyntal verabschiedete sich mit einem Nicken von der Ingenieurin, ehe er sich wieder an Justen wandte. »Macht Euer Spielzeug zum Laden bereit, junger Mann. Es wird höchste Zeit, dass mal jemand diesen Weißen Teufeln zeigt, wo es lang geht. Höchste Zeit wird es ...«

Gunnar zog hinter dem Rücken des Kapitäns die Augenbrauen hoch. Justen zuckte nur mit den Achseln. Er konnte zwar nicht verstehen, warum Hyntal so hilfsbereit war, zumal der Seemann sich damit eine Menge Ärger einhandeln würde, aber andererseits war er froh, dass seinem Plan nun keine größeren Hindernisse mehr im Weg standen. Allerdings hatte er böse Kopfschmerzen bekommen, weil er Hyntal gegenüber nicht ganz ehrlich gewesen war.

»Lasst uns zuerst die losen Teile an Bord bringen ...«, begann Justen.

Hinter ihm rief Martan: »Verstaut euer Marschgepäck, sobald Devors Abteilung bereit ist. Derra und Tynda – ihr sichert die Laufplanke.«

Justen schlurfte mit seinen Siebensachen und Gunnars Gepäck die Laufplanke hinauf. Gunnar folgte ihm mit einer Kiste voller loser Ersatzteile, für die Justen keinen Lagerplatz in der Maschine gefunden hatte.

Als Justen wieder unten stand und den Dampfwagen für das Verladen vorbereitet hatte, wurde schon der Ausleger des Krans über die Pier geschwenkt.

»Wie schwer ist das Ding?«, fragte der muskelbepackte Offizier, der den Kran bediente.

»Im Augenblick würde ich sagen, etwas mehr als zweihundert Stein.«

»Dann wartet einen Augenblick. Ich muss die Übersetzung wechseln und die schweren Haken nehmen.«

Kurz darauf war der Kran wieder bereit, mit dicken Haken ausgestattet.

Während der Lademeister das Geschirr herunterließ, das die Maschine aufnehmen sollte, fragte Justen sich, ob die Haken in die Ringe passen würden, die er am Dampfwagen eigens zu diesem Zweck angebracht hatte.

Es stellte sich heraus, dass sie genau passten. Justen und eine Matrosin sicherten die Verbindungsstücke mit Bolzen.

»Was ist das überhaupt?«, fragte die Matrosin, als die Bolzen gesichert waren.

»Ein Dampfwagen.«

»Ich wünschte, ich könnte ihn mal in Betrieb sehen.«

»Wenn alles gut verläuft, werdet Ihr die Gelegenheit dazu bekommen«, versprach Justen ihr. Er trat einen Schritt zurück und hielt unwillkürlich den Atem an, als der Kran anzog und die Ringe das ganze Gewicht der Maschine tragen mussten.

Als die mit Eisen verstärkten Räder auf dem Deck standen, schnaufte Justen erleichtert. Der Lademeister grinste. »Das war lange nicht so schlimm wie ein Kanonenlauf. Gut ausbalanciert. Der Erbauer hat die

Ringe groß genug gemacht und das hat uns sehr geholfen.«

Justen lächelte. Wenigstens etwas, das er in der letzten Zeit richtig gemacht hatte. Dann blickte er zu den Seilen und Ketten und Ringen an Deck und erkannte, dass noch eine Menge zu tun blieb, bis die Maschine für die Seereise bereit war.

Nachdem sie den Dampfwagen auf Deck gesichert hatten, folgten Justen und Gunnar einer Matrosin der *Llyse* zum Heck, wo es ein kleines Abteil mit zwei kurzen Kojen gab, in dem ein erwachsener Mann sich gerade eben umdrehen konnte.

»Das Gästequartier«, erklärte die Frau lächelnd.

Gunnar legte den Kopf schief, als Justen seinen Tornister auf die untere Koje warf.

»Die wollte ich eigentlich haben«, sagte Gunnar.

»Na gut.« Justen nahm seine Sachen und legte sie auf die obere Koje.

»Das Segeltuch dürfte jetzt vorbereitet sein«, erklärte die Matrosin.

»Segeltuch? Was meint Ihr damit?«

»Ihr wollt doch sicher nicht, dass Eure Maschine ständig dem Salzwasser ausgesetzt ist, oder?«

»Nein«, gab Justen zu. Er drehte sich um und folgte der Frau zum Deck, wo inzwischen drei schwere, geölte Planen neben der Maschine lagen.

Gerade als sie die Planen verzurrt und die letzten Körbe mit Lebensmitteln an Bord genommen hatten, kam ein Mann mit schütterem Haar die Pier herunter zur *Llyse* marschiert. Es war niemand anders als Ryltar und Yersol folgte ihm auf dem Fuße.

»Verdammt …«, murmelte Justen. Aber wenigstens war die Maschine jetzt mit Planen abgedeckt und von der Pier aus nicht mehr zu erkennen. »Ausgerechnet Ryltar.« Er gähnte.

»Junger Mann«, meinte Hyntal, der hinter dem jungen Ingenieur stand, »Ihr geht am besten unter Deck. Je weniger Ryltar zu sehen bekommt, desto weniger Ärger kann er machen.«

Nach einem raschen Blick zu Gunnar verzog Justen sich hinter den Dampfwagen und bewegte sich in Richtung der Leiter, die hinunter zum Maschinenraum führte. An einer Stelle, wo er die Szene beobachten konnte, ohne gesehen zu werden, blieb er stehen.

»Ihr kommt besser mit mir, Luft-Magier«, befahl Hyntal.

Gunnar folgte dem Kapitän über das Deck und die Laufplanke zur Pier hinunter.

»Ratsherr Ryltar«, begrüßte Hyntal unten den Mann mit dem schütteren Haar. »Was führt Euch zu mir?«

Ryltar sah zwischen Hyntal und Yersol hin und her, dann starrte er die Marineinfanteristen an, die an der Reling der *Llyse* Aufstellung bezogen hatten. Er räusperte sich. »Äh ... es scheint gestern Abend in der Großen Werkstatt einen Brand gegeben zu haben.«

»Davon habe ich auch schon gehört.« Hyntal nickte.

»Es heißt, die Ingenieure hätten irgendeinen ... eine Maschine gebaut. Manche behaupten, diese Maschine trage Chaos-Magie in sich.«

»Davor sind wir hier sicher.« Hyntal deutete auf die Panzerung der *Llyse,* die aus Schwarzem Eisen bestand. »Die Weiße Magie könnte sich keinen Augenblick auf meinem Schiff halten, Ser.«

Ryltar schnaufte vernehmlich.

»Es heißt auch, ein junger Ingenieur, ein gewisser Justen, könne daran beteiligt sein. Der Rat ist besorgt, der Mann könnte Recluce ohne Erlaubnis verlassen«, fügte Yersol glatt hinzu.

Hyntal kratzte sich am Kopf. »Ich habe keinerlei Verlautbarung vom Rat gesehen, aber da ich weiß, dass die Strafe dafür, dass jemand uns das Chaos bringt, die Verbannung ist«, meinte der Kapitän mit fröhlichem

Grinsen, »werde ich natürlich, sollte ich den jungen Schurken sehen – vorbehaltlich einer offiziellen Anordnung durch den Rat –, dafür sorgen, dass der Störenfried schnellstens aus Recluce entfernt und im schrecklichen, chaotischen Candar an Land gesetzt wird, wo er hingehört.«

»Äh ...« Ryltar tupfte sich das Gesicht mit einem großen weißen Taschentuch ab. »Ich glaube, der Rat wäre über ein solches informelles Exil nicht gerade erbaut.«

»Hat der Rat nicht das Exil sogar grundsätzlich aufgehoben?«, erkundigte Gunnar sich höflich.

»Wo ist Euer Bruder, Magier?«, knurrte Yersol.

»Das kann ich nicht ganz genau sagen.« Gunnar zuckte mit den Achseln. »Aber ich wäre sehr daran interessiert zu erfahren, wie Eure Stellung im Rat ist, Yersol. Sprecht Ihr für den Rat?«

Yersol errötete.

»Ich muss mich für den Übereifer meines Vetters entschuldigen, Kapitän«, erklärte Ryltar, Gunnar ignorierend, »aber es ist äußerst wichtig, dass wir diese Maschine und den Ingenieur Justen finden.«

»Ich glaube nicht, dass ich bisher irgendeine Anordnung vom Rat in dieser Angelegenheit gesehen habe.« Hyntal sah Ryltar unverwandt an. »Wenn ich eine sehe, werde ich natürlich alles tun, was in meinen Kräften steht.«

»Hyntal ... ich werde Euch und Euer Schiff schon noch kriegen.«

»Ratsherr ... ich habe mich dem Willen des Rates stets gefügt.« Hyntal neigte den Kopf. »Und ich werde alle Anordnungen befolgen, die vom gesamten Rat erlassen werden.«

Ryltar sah zwischen Hyntal, Gunnar und der *Llyse* hin und her. Der kurze Kran wurde gerade abgebaut und verstaut, eine kleine Rauchfahne stieg vom Schornstein auf. »Hyntal, ich werde Euch und Euer Schiff kriegen, bei der Dunkelheit.«

Der Ratsherr wandte sich um und marschierte die Pier hinunter.

»Je wütender er wird, desto mehr mag ich ihn.« Der Kapitän kratzte sich am Kopf und sah Ryltar nach, der beinahe nach Nylan hinein rannte. »Aber wir sollten jetzt lieber in See stechen, ehe er Claris dazu überredet, irgendetwas zu unterschreiben.«

»Wollen wir wirklich ablegen, Ser?«, erkundigte sich der muskelbepackte Belden.

»Ja.« Hyntal nickte. »Ich weiß nicht, was diese jungen Burschen machen, und ich weiß nicht, warum sie es machen. Aber alles, was diesem Stinkfisch von Ryltar zu schaffen macht, kann nicht von Übel sein.« Er grinste. »Außerdem hat dieser junge Bursche Justen, als er das letzte Mal nach Candar gefahren ist, zusammen mit seinem Bruder, dem Luft-Magier, den Weißen mehr Schaden zugefügt als irgendjemand sonst seit hundert Jahren. Seit meinem Ururgroßvater hat keiner aus meiner Familie bei so etwas mitgemischt und es wird höchste Zeit, dass sich da etwas ändert.« Er deutete zum vorderen Poller. »Leinen los!«

Justen grinste kurz in seinem Versteck auf der Leiter, die zum Maschinenraum führte. Nur gut, dass Hyntal seinen Ururgroßvater nicht vergessen hatte.

CXLII

»Was habt Ihr gefunden?«, fragte Beltar.

»Ihr trinkt zu viel Wein«, antwortete Eldiren.

»Ich wäre Euch dankbar, wenn Ihr Euch derartige

Kommentare über meine persönlichen Angewohnheiten sparen könntet.«

»Natürlich, o allermächtigster Erzmagier.« Eldiren blickte aus dem Zimmer des Weißen Turms nach Süden zu den niedrigen Hügeln, in deren Schutz die große Hauptstraße verlief.

»Warum beseitige ich Euch nicht einfach ...«

»Weil Ihr wisst, dass Ihr es jederzeit tun könnt, und weil Ihr meine Aufrichtigkeit zu schätzen wisst. Niemand sonst hier wagt es, Euch zu widersprechen. Daher könnt Ihr dem Urteil der meisten Leute nicht trauen.«

Beltar hustete und räusperte sich. »Eines Tages ...«

»Aber nicht jetzt.«

»Und was habt Ihr nun herausgefunden, o aufrichtigster aller Magier?«

»Der Graue Magier überquert auf einem der mächtigen Schwarzen Kriegsschiffe den Golf. Er hat etwas bei sich, das mit Ordnung angefüllt zu sein scheint.«

»Wohin fahren sie?«

»Im Augenblick weiß ich es nicht genau, aber sie werden vermutlich irgendwo im Osten Candars an Land gehen – Renklaar, Lydiar, Pyrdya, vielleicht auch Tyrhavven. Und ich glaube, der Weiße Magier will möglicherweise hierher kommen.«

»Hierher? Nach Fairhaven?«

»Das ist eine reine Vermutung, aber wenn Ihr wartet, bis Ihr es genau wisst, könnte es zu spät sein. Eines der wirklich geordneten Schwarzen Gebäude in Nylan wurde teilweise niedergebrannt und auf dem Schiff ist weitaus mehr Ordnung zu spüren, als es der Fall sein sollte.« Eldiren blickte zum alten Zentrum Fairhavens, das weniger als eine Meile entfernt war.

»Und warum führt Euch das zu dem Schluss, er käme hierher?«, knurrte Beltar.

»Ich weiß es nicht mit Sicherheit, aber es handelt sich

eben um jenen Mann, der lange Zeit in Naclos gelebt hat. Er ist derjenige, der all unsere Spähgläser zerstört hat. Nun fährt er auf einem Kriegsschiff aus Recluce und hat etwas bei sich, das sich anfühlt wie eine Ordnungs-Waffe. Ist er nicht auch derjenige, der die von den Dämonen verdammten Schwarzen Pfeile hergestellt hat? Er ist nicht gerade unser Freund und er läuft nicht vor uns weg. Wohin sollte er also wollen?« Eldiren wandte sich vom Fenster ab und sah den Erzmagier an.

»Ihr seid der Hellseher. Sagt Ihr es mir. Aber stellt mir keine Fragen«, fauchte Beltar.

»Gut. Er kommt hierher und er hat einen Plan, um Fairhaven anzugreifen. Was gedenkt Ihr zu tun?«

»Ich sagte Euch gerade eben, Ihr sollt mir keine Fragen stellen. Außerdem, was könnte ein einziges Schiff schon ausrichten? Selbst wenn er durch ein Wunder das ganze Schiff quer durch das Land nach Fairhaven versetzen könnte?«

»Ich glaube, mit so etwas sollte man nicht scherzen. Ich würde vorschlagen, dass Ihr den Rat einberuft.«

»Könnte ich nicht einfach die Schwarzen ignorieren? Oder die Grauen oder was sie jetzt auch sind? Wenigstens bis ich weiß, was passieren wird?«

»Ihr habt da wirklich ein Problem, Beltar. Wenn Ihr wisst, was passieren wird, könnte es bereits zu spät sein, den Rat einzuberufen.« Eldiren wartete.

»Seid Ihr sicher?«

»Nichts ist sicher.«

»Vielen Dank auch«, höhnte Beltar.

»Es war mir ein Vergnügen.«

»Na schön, vielleicht sollten wir also einige der mächtigsten Magier zusammenrufen, vielleicht sogar Histen, aber jedenfalls nicht alle.«

»Wenn Ihr den Rat einberuft, wen wollt Ihr dann außen vor lassen?«

Beltar zuckte mit den Achseln. »Also gut, dann beordert sie alle her. Aber ordnet auch die Eisernen Gardisten aus der Umgebung ab und schafft mir diesen Kerl aus Recluce her. Vielleicht weiß er etwas, um sie aufzuhalten.«

»Wie Ihr wünscht. Aber wollt Ihr die anderen Magier wirklich in der Stadt versammeln?«

»So beschränkt bin ich nun wirklich nicht. Wie wäre es mit ... ach, sucht Euch doch irgendeinen Versammlungsort aus, meinetwegen die alte Kaserne im Süden. Ihr wisst schon, was zu tun ist.«

Eldiren nickte.

»Und wünscht Euch, dass Ihr Recht behaltet, Eldiren, denn sonst werde ich Euch zu Derbas Assistenten machen. Er würde Euch noch vor dem Frühstück braten.«

»Nicht einmal Ihr seid so dumm.«

»Lasst es lieber nicht darauf ankommen.« Beltar wandte sich ab.

Eldiren holte langsam und tief Luft.

CXLIII

»Bevor wir Magister Turmin kommen lassen«, erklärte Jenna, »würde ich gern erfahren, warum diese Sitzung überhaupt einberufen wurde. Wir sollten uns erst in einem Achttag wieder treffen. Und warum musste ich fast zwei Tage reiten, um nach Nylan zu kommen?« Sie sah sich im trüb beleuchteten Raum im Gebäude der Bruderschaft um.

»Angesichts der Dinge, die Ryltar herausgefunden hat, stehen wir meiner Ansicht nach vor einer großen Krise«, erläuterte Claris.

»Eine Krise? Wegen dieses einen Ingenieurs?«, schnaubte Jenna.

»Die Große Werkstatt wurde beinahe eingeäschert. Glücklicherweise konnte der Brand rechtzeitig gelöscht werden.«

»Oh. Der Ingenieur hat die Werkstatt seiner eigenen Gilde angesteckt?«

»Nein. Aber irgendjemand hat sich wegen der Maschine, die er gebaut hat, solche Sorgen gemacht, dass er versucht hat, sie zu zerstören«, erklärte Claris.

»Was ist das für eine Maschine?«, wollte Jenna stirnrunzelnd wissen.

»Wir wissen nur, dass sie mit eigener Kraft auf Straßen fahren kann.« Ryltars Gesicht verdunkelte sich. »Wir wissen auch, dass dieser Justen irgendwie Hyntal überredet hat, ihn und die Maschine zu irgendeinem Bestimmungsort in Candar zu transportieren. Wir hatten gehofft, Magister Turmin könnte uns mehr darüber sagen.«

»Ihr meint, Kapitän Hyntal hat sich geweigert zu glauben, dass Ihr den ganzen Rat vertretet? Wenn es so war, dann tut es mir Leid für Euch, Ryltar.«

»Ich glaube, wir sollten die anderen Ingenieure überprüfen, sobald diese Krise beigelegt ist«, fügte Ryltar hinzu.

»Die Ingenieure spielen unterdessen mit dem Gedanken, ihrerseits den Rat zu überprüfen«, antwortete Jenna.

»Darum können wir uns später kümmern«, beschwichtigte Claris. »Magister Turmin wartet schon.«

»Gut, dann ruft ihn herein. Wir wollen es hinter uns bringen.« Jenna setzte sich an den runden Tisch.

Claris gab dem schwarz gekleideten Marineinfanteristen an der Tür ein Zeichen.

Turmin betrat langsam den Sitzungssaal.

»Bitte nehmt Platz, Magister Turmin.«

»Danke.« Turmin setzte sich und wartete höflich.

»Könnt Ihr uns sagen, warum Justen und Gunnar an Bord der *Llyse* gegangen sind und wohin sie reisen wollen?«

»Ich habe erst gestern erfahren, dass dies überhaupt geschehen ist.«

»Wie habt Ihr es herausgefunden?«

»Gunnar sollte sich gestern mit mir treffen, aber er kam nicht. Deshalb habe ich die Leitende Ingenieurin Altara gefragt, ob sie wüsste, wo er sei. Sie sagte mir, sie hätte ihn an Bord der *Llyse* gesehen, bevor das Schiff ausgelaufen ist.«

»Magister Turmin, könnt Ihr uns sagen, wo die *Llyse* sich jetzt befindet?«, fragte Claris weiter.

»Ich würde annehmen, dass sie irgendwo im Golf von Candar oder im Ostmeer kreuzt. Ich gehöre aber weder den Marineinfanteristen noch der Bruderschaft an.« Turmin lächelte leicht.

»So weit wir wissen, hat die *Llyse* vor drei Tagen kurz in Nylan angelegt. Eine Art Wagen, den Justen gebaut hat, wurde an Bord gebracht. Habt Ihr irgendeine Idee, was für eine Maschine dies gewesen sein könnte?«

Ryltar, der neben ihr saß, machte ein finsteres Gesicht.

Turmin runzelte die Stirn und schließlich fragte er: »Habt Ihr eigentlich eine Vorstellung ...«

»Wir dachten nur, es sei Euch vielleicht bekannt«, meinte Claris energisch. »Immerhin sind Gunnar und Justen an Bord und haben irgendeine Maschine bei sich. Ein Marineinfanterist namens Martan hat sie begleitet.«

»Ich weiß nicht genau, was Justen gebaut hat, aber Gunnar hat mir berichtet, Justen arbeite an einer Art Wagen, der sich mit Dampf auf Straßen bewegen kann.«

»Ist das möglich? Ich dachte, Dampfmaschinen brauchen die Ordnung des Wassers oder wenigstens einen sehr großen See«, bemerkte Jenna.

»Für jeden außer Justen wäre es unmöglich«, räumte Turmin ein. »Aber er könnte so etwas zusammenhalten.«

Jenna und Claris wechselten einen Blick, bevor die ältere Ratsherrin wieder das Wort ergriff. »Was ist sonst auf der *Llyse?*«

»Das weiß ich nicht.«

»Was sonst *könnte* sich auf der *Llyse* befinden?«, fragte Jenna.

Turmin holte tief Luft. »Ich weiß es nicht, aber ich vermute, Justen hat ein Gerät, von dem er glaubt, es könnte die Macht von Fairhaven zerstören.«

»Wird es dazu kommen?«

Turmin zuckte mit den Achseln. »Ich hoffe nicht.«

»Ihr hofft, das Gerät wird die Macht von Fairhaven *nicht* zerstören?«

»Verehrte Ratsmitglieder, Ihr müsst wissen, dass die Dinge nicht ganz so einfach sind.« Der alte Magier wischte sich die Stirn ab. »Die Angelegenheit ist sogar sehr kompliziert. Das Gleichgewicht wirkt. Wir wissen es. Dies bedeutet, dass eines von zwei Dingen geschehen *muss*, nachdem Justen Fairhavens Macht zerstört hat. Entweder all die Macht wird sich in einem einzigen Brennpunkt vereinigen.« Turmin schauderte. »Wir wissen alle, was das bedeutet.«

Die beiden Frauen wechselten einen Blick, Ryltar starrte finster vor sich hin.

»Oder«, fuhr Turmin fort, »er will ihre Macht vernichten, indem er gleichzeitig Ordnung und Chaos reduziert. Wie er das anfangen will, kann ich nicht sagen, aber ich vermute, genau dies ist sein Ziel.«

»Aber warum ist das ein Problem?«

»Recluce hat ein gewaltiges Reservoir der Ordnung

aufgebaut. Wenn Justen es leert, könnten die Mächtigen Zehn ihre Maschinen verlieren.«

»Und Ihr habt nicht in Betracht gezogen, dies irgendjemandem mitzuteilen?«

»Ich kann immer noch nicht erkennen, wie es möglich sein soll«, meinte Turmin achselzuckend. »Wenn ich versuchte, den Rat vor allem zu warnen, das auch nur entfernt möglich scheint oder vielleicht geschehen könnte ...«

»Genau das ist aber Eure Pflicht, oder nicht?«, fragte Ryltar.

»Verehrter Ratsherr Ryltar, die Welt wird enden. Wann oder wie, vermag ich nicht zu sagen. Aber enden wird sie. Betrachtet Euch damit als hinreichend informiert.«

Turmin stand auf. »Wenn Ihr erlaubt, Claris?«

Die ältere Ratsherrin nickte. Ryltar lief rot an.

Jenna schürzte die Lippen. »Wir müssen die Mächtigen Zehn in den Hafen rufen ... falls wir sie erreichen.«

CXLIV

»Dann hat also der ehrenwerte Beltar alle Ratsmitglieder nach Fairhaven gerufen, um über die Gefahr zu beraten, die aus Recluce droht?«, schnaubte Histen.

»Ihr werdet Euch doch hoffentlich nicht weigern?« Renweks Hände zitterten. »Beltar wäre gar nicht erfreut. Er ist ziemlich mächtig, müsst Ihr wissen.«

Der ältere Weiße Magier schaute von der alten Feste zum Hafen hinunter. »Ja, er ist ziemlich mächtig und es wäre nicht klug, sich seinen Wünschen zu widersetzen. Aber ich war krank und meine Reisevorbereitungen könnten außergewöhnlich lange dauern. Auch meine

Reisegeschwindigkeit dürfte weitaus langsamer sein als sonst.«

»Ihr kommt mir aber recht gesund und munter vor, Histen. Viel munterer als damals, als Ihr dem jungen Beltar das Amulett überlassen habt.«

»Ich war unlängst nicht bei bester Gesundheit, Renwek, und auch wenn ich ganz gewiss dem Ruf des Erzmagiers folgen werde, so wird meine Reise doch beschwerlich und langsam verlaufen. Wenn Ihr Euch herablassen könntet, einem gebrechlichen alten Magier zu helfen, so wäre ich Euch dankbar. Aber so oder so, lasst doch bitte mit Hilfe der Postkutsche die Nachricht übermitteln, dass wir hören und gehorchen, so gut es unsere alten Knochen erlauben.« Histen blickte zur Stadt Lydiar und dem Hafen hinunter und ließ sich von der Sonne wärmen.

»Nun ja, ich kann erkennen, dass Ihr tatsächlich meine Hilfe braucht«, stammelte Renwek.

Histen lächelte im Sonnenlicht.

CXLV

Justen betrachtete den Fluss und fragte sich, ob Hyntal nicht noch verrückter war als er selbst oder Gunnar. Aber der alte Kapitän hatte sich unerbittlich gezeigt. »In Lydiar gibt es eine starke Gruppe von Magiern, die die Große Nordbucht und alles überwachen, was dort hereinkommt. Um den Fluss Ohyde kümmert sich kaum jemand und Renklaar ist ein drittrangiger Hafen. Ich möchte wetten, dass wir beinahe bis nach Hydolar vorstoßen und Euch an den alten unteren Docks absetzen können.«

»Woher wisst Ihr von den Docks?«, hatte Justen

gefragt, aber der alte Kapitän hatte nur gegrinst, genau wie Martan. Justen fragte sich, was die Kapitäne der Mächtigen Zehn sonst noch alles ohne Wissen des Rates getan hatten.

Der Ingenieur hatte seinen Teil beigetragen. Die wasserdichten Planen waren vom Dampfwagen heruntergenommen, die Kohlenbunker gefüllt, die Feuerbüchse fürs Anfeuern vorbereitet. Nur die Ketten, die die Maschine auf Deck sicherten, waren noch nicht gelöst worden.

Wie sie später Candar wieder verlassen wollten, war eine ganz andere Frage. Justen hatte Gunnar und Martan nur verraten, dass er genug Goldstücke dabei hatte, um ihnen auf einem Handelsschiff oder einem Schmugglerschiff die Überfahrt zurück nach Recluce zu erkaufen. Das entsprach zwar der Wahrheit, aber andererseits würden sie, wenn seine Bemühungen Früchte trugen, die Rückfahrt auf einem Segelschiff antreten können.

»Oh, wie gut wir gelernt haben, mit wahren Worten zu täuschen ...« Justen blickte zum Südufer des Ohyde, von wo aus ein kleines Fischerboot auf das mächtige Kriegsschiff zuhielt. Es änderte nicht den Kurs und zog schließlich weniger als hundert Ellen vor dem Bug der *Llyse* vorbei. Der Fischer winkte und Martan erwiderte den Gruß von der Plattform neben der Brücke.

Wusste der Rat, dass die Mächtigen Zehn oder zumindest die *Llyse* auf den großen Flüssen Candars fuhren? Justen grinste. Nach seinen Erlebnissen in Naclos gewöhnte er sich langsam an das Unerwartete.

»Oh, Dayala ...«, hauchte er.

Du hast so viel gelernt ... sei vorsichtig ...

Ich soll vorsichtig sein, während ich die halbe bekannte Welt auf den Kopf stelle? Justen verging das Grinsen, als er den ernsten Gesichtsausdruck seines Bruders sah.

»Hinter der nächsten Kurve liegen die unteren Piere«, erklärte Gunnar.

»Vielleicht wird es Zeit, die Schilde einzusetzen«, meinte Justen.

Pendak wischte sich den Schweiß von der Stirn. »In der Nähe der Piere sind keine Weißen. Wenn ich Schilde aufbaue, werden alle Weißen in der Nähe es spüren und Hyntal wird große Schwierigkeiten beim Navigieren haben.«

»Ihr habt damit natürlich mehr Erfahrung als wir«, räumte Justen ein.

Pendak, Hyntal und Martan nickten.

Gunnar hielt inne und ließ seine Wahrnehmung weit nach Norden wandern, um sicherzustellen, wie Justen hoffte, dass sie kein Regen stören würde, bis der Dampfwagen auf der Straße nach Fairhaven fuhr.

»Eine närrische Idee«, grunzte Hyntal.

Justen schmunzelte, als er das Funkeln im Auge des Kapitäns sah. Hyntal gefiel die Vorstellung, die *Llyse* fast bis in die Hauptstadt von Hydlen zu steuern.

»Wie nennt Ihr diese Kiste eigentlich?«, wollte Martan wissen. Er deutete auf den Dampfwagen, der unten auf dem Deck stand.

»Einen Namen habe ich mir bisher nicht überlegt.«

»Warum denn nicht?«

»Ich habe noch nie einer Maschine einen Namen gegeben.«

»Wenn Ihr ›Dampfwagen‹ sagt, dann denke ich an ein ungetauftes Schiff.«

Gunnar sah zwischen den beiden hin und her.

»Habt Ihr denn einen Vorschlag?«, fragte Justen.

»Nennt ihn *Schwarzer Dämon*. Sind nicht alle anderen Dämonen weiß?«

»*Schwarzer Dämon* ... das gefällt mir.« Gunnar kicherte.

Hyntal stimmte ein und fügte hinzu: »Dann darf ich also dem ehrwürdigen und mächtigen Ratsherrn Ryltar melden, dass der *Schwarze Dämon* gegen die Weißen ausgesandt wurde.«

Justen beobachtete die Manöver der *Llyse*, die auf einen braunen Punkt am nördlichen Ufer des Flusses ausgerichtet wurde. Dahinter lag eine weite Flussbiegung.

»Belden! Macht den Kran bereit. Junger Mann, Ihr solltet das Ding besser in Gang setzen. Es wird jetzt nicht mehr lange dauern. Das dort sind die unteren Piere.«

Martan grinste. »Meine Leute sind bereit.«

Auf dem Deck vor dem Geschützturm waren bereits die zwei Trupps schwarz gekleideter Marineinfanteristen angetreten.

Justen kletterte von der Brücke auf das Deck hinunter und steckte mit dem Zündstein die Späne und etwas Holz in der Feuerbüchse in Brand. Als schließlich die ersten Kohlebrocken brannten, löste er alle bis auf zwei Verankerungen der Maschine.

Martan stapelte die Bündel mit Schwarzen Pfeilen und drei Kisten mit Raketen auf der kleinen Palette neben dem Dampfwagen.

»Ihr müsst wirklich nicht mitkommen, Martan.«

»Dies hier möchte ich um keinen Preis verpassen.«

»Ich schon«, gab Justen zu.

Martan sah Justen nachdenklich an. »Ihr seid nicht nur tapfer, sondern auch verrückt. Ich bin nur verrückt, genau wie alle anderen Marineinfanteristen.« Er fuhr damit fort, die Pfeile zu stapeln. Als er fertig war, richtete er sich auf und rief: »Achtung! Alle auf ihre Posten!«

Die Marineinfanteristen stellten sich auf der Landseite der *Llyse* in zwei Reihen auf, die erste Reihe machte die Bögen bereit. Hinter ihnen wurden die Eisenklappen weggezogen, damit im Notfall auch die Raketenwerfer des Schiffs eingesetzt werden konnten.

»Steuerfahrt!«, ertönte ein Ruf von der Brücke.

Gunnar trat zu Justen neben den Dampfwagen. Das

Quietschen des Krans und das Rasseln der Ketten übertönten die nächsten Befehle des Kapitäns.

Justen sah zu, wie fast ein Dutzend Fischer und andere Leute blitzartig von der Pier verschwanden, als die *Llyse* sich näherte. Mindestens zwei der fliehenden Gestalten trugen die roten Schärpen der Garde von Hydlen. Als ihm dies bewusst wurde, öffnete Justen noch einmal die Feuerbüchse und legte etwas Kohle nach. Sie mussten mit dem Dampfwagen – mit dem *Schwarzen Dämon* – sofort losfahren, wenn sie auf der Pier abgesetzt worden waren.

»Was ist, wenn die Maschine zu sehr in Schräglage kommt?«, fragte Gunnar.

»Wenn das passiert, geht sie kaputt und wir kommen nicht weiter.« Justen wich etwas aus, als Belden das Geschirr auf den Dampfwagen sinken ließ. Er musste sich festhalten, als die Llyse etwas ruckte.

Mit lautem Krachen protestierte die Pier, als das Kriegsschiff anlegte.

Justen befestigte die ersten beiden Klammern an seiner Maschine. Die dritte übernahm Martan, die vierte konnten sie nur mit vereinten Kräften befestigen. Während sie das Geschirr anbrachten, löste Gunnar mit Hilfe von zwei Marineinfanteristen die Ketten.

Belden gab Justen ein Zeichen, vom Dampfwagen zurückzutreten, aber der Ingenieur schüttelte den Kopf. Belden zuckte mit den Achseln und Justen ließ sich zusammen mit dem *Dämon* anheben und über die Bordwand auf die Bohlen der Pier schwenken.

Justen hatte die vorderen Klammern bereits gelöst, als Gunnar heruntergeklettert war und zu ihm stieß. Zu zweit kümmerten sie sich um die hinteren Klammern. Schließlich überprüfte Justen die Bremse und die Dampfleitungen und als Letztes die Feuerbüchse. Er schob die brennende Kohle in die Mitte und legte eine weitere Schaufel nach.

Als Justen mit seiner Überprüfung fertig war, hatte Gunnar schon das lose Gerät in der Maschine verstaut. Martan und Gunnar luden anschließend die Pfeile und Raketen von der kleinen Palette in den Wagen.

Justen löste die Klammer der Palette und winkte zu Belden hinauf. Der Offizier und Lademeister winkte zurück und zog das schwere Geschirr wieder hoch. Justen rannte zum Rand der Pier.

»Kapitän!«

»Ja, Ser Magier?«, rief Hyntal zurück.

»Fahrt so schnell wie möglich nach Nylan zurück und legt die Maschine still ... bis Ihr erfahren habt, wie es uns ergangen ist.«

Hyntal nickte bedächtig. »Ich werde es nicht vergessen.«

»Macht es!«, fauchte Justen.

Hyntal zuckte zusammen, dann entspannte er sich wieder. Etwas steif winkte er zum Abschied.

Justen erwiderte den Gruß und rannte zum *Schwarzen Dämon*. Martan hatte bereits die Raketen und Pfeile so gestapelt, dass er sie, wenn nötig, rasch griffbereit hatte. Schaum spritzte über die Kante der Pier, als die *Llyse* zurücksetzte und wendete, um wieder flussabwärts zu fahren – weitaus schneller, als sie gekommen war.

»Er fährt schnell«, bemerkte Gunnar.

»Justen hat ihm Angst eingejagt. Mir übrigens auch«, grunzte Martan.

»Er jagt mir Angst ein, seit er geboren wurde«, meinte Gunnar.

»Ich liebe dich auch, Gunnar.« Justen überprüfte den Dampfdruck, dann sah er sich um. »Alles bereit?«

»Wartet noch einen Augenblick«, sagte Martan.

»Drei Gardisten kommen von der oberen Straße herunter«, ergänzte Gunnar.

»Lange haben sie ja nicht gebraucht«, erklärte Martan.

»Ihr habt so eine Landung noch nicht mitgemacht, nehme ich an«, sagte Justen.

»Das ist richtig.«

Der Ingenieur löste die Bremse und öffnete den Dampfschieber, bis der *Dämon* auf den glitschigen Balken der Pier zum gestampften Lehm der Straße gefahren war. Dann fragte er: »In welche Richtung?«

»Nach rechts. Dort oben beginnt die alte Straße, die Hydolar umrundet«, erklärte Gunnar.

»Was ist mit den Gardisten?«

»Sie haben beide Enden dieses Straßenstücks besetzt. Auf der rechten Seite sind ein paar weniger.«

»Wie viele?«

»Nur die drei.«

Justen nahm den Dampfdruck etwas zurück, als sie die schmalste Stelle der Straße erreichten, wo sie nach links abbog, um durch die Hügel zur alten Straße zu führen. Mitten auf der Fahrbahn standen die drei Gardisten und starrten den *Dämon* an, der sich ihnen schnaufend näherte. Rechts neben der Straße war ein tiefer Graben, links eine steile Felswand.

»Teufel!«

»Schwarze ...«

Ein Gardist, ein schmaler Mann mit buschigem Schnurrbart, schlug auf den Dampfwagen ein, aber ihm sprang sofort der Säbel aus der Hand. Der zweite, ein vierschrötiger Kämpfer, sprang zur Seite und starrte den Dampfwagen an, ohne auch nur eine weitere Bewegung zu machen. Die einzige Soldatin der Abteilung zog einen Pfeil aus dem Köcher, aber Martan war schneller.

Beide Pfeile verfehlten ihre Ziele, und Justen konnte spüren, wie die Pfeile der Gardistin über ihnen vorbeiflogen.

Er öffnete den Dampfschieber etwas weiter, als der *Dämon* eine Kurve durchfahren und einen Heuwagen überholt hatte. Das Pferd hinter ihnen stieg hoch und mit einem raschen Blick zurück konnte Justen sehen, dass der Wagen im Straßengraben gelandet war.

»Achte auf die Straße!« Gunnar griff ins Steuer und Justen schaffte es gerade noch, den Dampfwagen davon abzuhalten, ebenfalls im Graben zu landen.

Martan schluckte vernehmlich. »Verdammt, verdammt...«

Justen hatte zu stark korrigiert und der *Dämon* wäre als Nächstes beinahe gegen die niedrige Steinmauer auf der anderen Straßenseite geprallt. Endlich konnte er das Fahrzeug auf der Straßenmitte ausrichten. Hinter der Mauer lag ein schmales, fast ausgetrocknetes Bachbett.

»Justen ... bitte, bitte konzentrier dich auf die Straße«, flehte Gunnar ihn an.

Martan wischte sich die Stirn trocken.

Der *Dämon* schnaufte eine Weile nach Süden. Die Straße wand sich durch die Hügel und folgte dem Bachbett. Als sie in höheres Gelände kamen, sahen sie Viehweiden und hier und dort eine Schafherde, dazwischen Waldgrundstücke und vereinzelte Dörfer. Hinter ihnen stieg eine Staubwolke von der Straße auf.

»Vor uns ist wieder ein Wagen«, warnte Gunnar.

»Könnt Ihr noch eine Schaufel Kohle nachlegen, Martan?«, fragte Justen.

»Ja, Ser. Aber versucht, halbwegs ruhig zu fahren, solange die Klappe der Feuerbüchse offen ist.«

Justen konzentrierte sich darauf, den *Dämon* ruhig zu halten und den tieferen Schlaglöchern auszuweichen, bis er den Knall hörte, mit dem die Klappe der Feuerbüchse geschlossen wurde.

»Erledigt, Ser.«

»Danke.«

Justen versuchte, den *Dämon* so weit links wie möglich zu halten, um dem Wagen und dem grauen Klepper auszuweichen, der ihn zog. Er zwang sich, nur die Straße vor ihnen anzusehen. »Sagt mir, was das Pferd gemacht hat.«

»Es ist seitlich ausgebrochen, hat sich aber wieder beruhigt«, berichtete Martan.

Auf dem dritten Sitz hinter den Brüdern überprüfte Martan noch einmal die Bögen und die Bündel mit den Schwarzen Pfeilen. Dahinter lagen die Raketen – kleine waren es und nicht mehr als ein Dutzend. Ein tragbarer Raketenwerfer war hinter dem Kohlenbunker angebracht, der zweite steckte in einer Halterung zwischen Justens und Gunnars Plätzen.

»Noch eine Schaufel Kohle«, verlangte Justen.

»Kommt sofort.«

Als der *Dämon* eine weite Kurve hinter sich gelassen hatte und ein gerades Straßenstück vor ihnen lag, überprüfte Justen noch einmal die Maschine und öffnete den Dampfschieber etwas weiter. Der Dampfwagen beschleunigte, die Eisenräder gruben sich tief in den harten Lehm und die Sprungfedern bebten wie noch nie. »Wie weit ist es noch, bis wir die Hauptstraße nach Fairhaven erreichen?«

»Trotz der hohen Geschwindigkeit, mit der du jetzt fährst, wird es noch bis zum Nachmittag dauern.« Gunnar schürzte die Lippen und eine Zeitlang waren nur die Geräusche des Dampfwagens zu hören. Schließlich ergriff Gunnar wieder das Wort. »Könntest du mir in einfachen Begriffen erklären, was du vorhast? Ich meine, was soll das alles hier?«

»Ich habe es dir doch erklärt. Ich will in Fairhaven das Gleichgewicht zwischen Ordnung und Chaos herstellen.«

»Aber wie?«, bohrte Gunnar weiter.

»Ich will die Weißen Magier zwingen, sich an einem Ort zu versammeln, und dann will ich versuchen, sie und Fairhaven mit reiner Ordnung zu treffen.«

»Brauchst du dafür den Ballon?«

Justen bremste den *Dämon* etwas ab, weil sie sich einer Linkskurve näherten, hinter der es durch reife Kornfelder bergab ging. Zwei Arbeiter starrten offenen Mundes dem Dampfwagen nach.

»Die habt Ihr wirklich überrascht!«, lachte Martan.

»Wenn wir die Leute lange genug überraschen, wird uns bald jeder Weiße Magier aus ganz Candar auf den Fersen sein.«

»Wahrscheinlich sind sie sowieso schon hinter uns her.« Justen überprüfte den Dampfwagen mit seinen Sinnen, aber bisher schien die Maschine einwandfrei zu laufen. Nicht einmal die Antriebswelle hatte sich überhitzt.

»Vor uns sind Soldaten, mindestens zwanzig«, warnte Gunnar. »Sie haben anscheinend erkannt, dass du auf die Straße nach Fairhaven willst. Sie warten an der Kreuzung.«

»Gibt es eine Möglichkeit, ihnen auszuweichen?«

»Es gibt eine landwirtschaftliche Straße, aber sie geht nicht weit genug und hat tiefe Schlaglöcher.«

»Na gut. Wir müssen die restliche Panzerung anbringen.« Justen ließ den *Dämon* ausrollen, legte die Bremsen an und hievte die dünnen Schutzblenden an die richtigen Stellen, bis die Lücken zwischen Dach und Rumpf geschlossen waren. Vor dem Steuer ließ er einen kleinen Spalt frei; die Platte für diese Lücke lag griffbereit neben ihm. Dann setzte er sich, genau wie Martan, eine dünne Eisenkappe mit Nasenschutz auf.

»Die sind ein bisschen knapp bemessen«, beklagte Martan sich.

»Mir ist der Helm auch etwas zu eng«, antwortete Justen.

»An den Helm werdet Ihr Euch schon gewöhnen. Aber ich meinte die Schießscharten für die Pfeile. Und es ist schade, dass wir nicht mehr Raketen mitnehmen konnten.«

»Wahrscheinlich sind wir jetzt schon überladen.«

»Es wird ziemlich heiß hier drinnen«, bemerkte Gunnar.

»Also ... dann verschaffe uns doch etwas frische Luft. Angesichts des Durcheinanders, das wir bis jetzt schon angerichtet haben, dürfte ein wenig Wetter-Magie mehr oder weniger keinen Unterschied machen.«

»Du hast gut reden.«

Justen ließ den *Dämon* wieder anfahren. Der Dampfwagen umrundete die letzte weite Kurve, hinter der die Straße schnurgerade zu einer gepflasterten Hauptstraße im Norden lief, der Hauptverbindung nach Fairhaven. Justen konnte die Gardisten bereits vor sich erkennen. Ein berittener Trupp war es, der aus etwa vierzig Reitern und einem Weißen Magier bestand, alle unter dem roten Banner von Hydlen versammelt.

Justen drosselte die Fahrt ein wenig und warf einen kurzen Blick zum Kohlenbunker. Er versuchte abzuschätzen, wie viel Kohle er schon verbraucht hatte. Vielleicht sollten sie bei nächster Gelegenheit zusätzlich noch etwas Holz aufnehmen.

»Halt«, befahl der Anführer der Reiter.

Justen fuhr etwas langsamer, hielt aber nicht an. »Wir sind nach Fairhaven unterwegs. Stehen die Straßen nicht allen Reisenden offen?«

»Nicht denen, die von der Schwarzen Insel kommen. Nur denen, die sich dem Wohlwollen Fairhavens unterwerfen.«

»Halte an«, flüsterte Gunnar.

»Nein. Der Wagen ist zu schwerfällig, wenn er aus dem völligen Stillstand anfährt. Wir können sie abhängen.«

»Der Weiße Magier sammelt das Chaos um sich!«

Justen spürte, dass Gunnar Recht hatte, und öffnete den Dampfschieber ein Stück weiter. Der *Schwarze Dämon* rollte schneller.

Die Reiter griffen an.

»Diese Narren!«, fauchte Martan. Der Marineinfanterist hob den Bogen.

Zischend glitt Feuer über die papierdünnen Platten aus Schwarzem Eisen, die die Holzstreben darunter schützten.

»Feuer frei.«

Martan schoss den ersten Pfeil ab und ein Pferd prallte gegen ein anderes.

»Verdammt! Das schwankt stärker als ein Schiffsdeck.« Dennoch surrte Pfeil auf Pfeil aus der Schießscharte vor dem erhöhten dritten Sitz.

Justen richtete den Raketenwerfer auf die Stelle, wo die Chaos-Energie am stärksten konzentriert war, forschte mit den Sinnen nach dem Weißen Magier und zog ab.

»Bei den Dämonen …«

»Der verfluchte …«

Flammen, Chaos und schrille Schreie im Rücken der hydlenischen Truppen kündeten von dem Schaden, den Justen angerichtet hatte. Er beschleunigte noch weiter und der Schwarze Dampfwagen rumpelte über die Straße und ließ die Lanzenreiter hinter sich zurück.

Wieder schlug eine Feuerkugel direkt vor Justen ein, dass ihm die Augen heftig tränten. Die Straße verschwamm vor ihm. »Gunnar!«

»Was ist?«

»Übernimm das Steuer. Ich kann nichts mehr sehen …«, keuchte Justen. Er versuchte, in der plötzlichen Dunkelheit zu blinzeln und die Straße zu erkennen.

»Ich hab's.«

Justen spürte, wie sein Bruder nach dem Steuer griff und ließ es los. Er schob sich seitlich aus dem Fahrersitz.

Gleichzeitig hörte er ein regelmäßiges Poltern und spürte, wie Gunnar den *Schwarzen Dämon* abbremste.

»Nicht zu langsam«, murmelte er. »Bring uns erst vor ihnen in Sicherheit.«

»Ich kann die Maschine nicht so gut lenken wie du, aber wir werden erst anhalten, wenn sie außer Sicht sind.«

»Gut.«

»Ein Narr verfolgt uns«, erklärte Martan.

Justen spürte, wie ein Pfeil abgeschossen wurde, und dann tasteten seine Finger auf einmal über einen Schaft, der in seiner dünnen Helmplatte steckte.

»Verfehlt!«

Ein zweiter Pfeil folgte dem ersten.

»Verdammt! Ich habe das Pferd erwischt, aber nicht schlimm genug. Es fängt sich wieder.«

Das regelmäßige Poltern ging weiter und jetzt gesellte sich noch ein quietschendes Geräusch hinzu.

»Was ist das?«, fragte Gunnar.

»Ich weiß es nicht. Ich kann nichts sehen. Ich bekomme diesen verdammten Pfeil nicht heraus und ich kann den Helm nicht abnehmen.«

»Haltet still!«, rief Martan. Er beugte sich vor.

Justen hielt still.

»Bäh ... so, jetzt habe ich ihn. Lasst mich mal sehen.«

Justen spürte, wie ihm der Helm abgenommen wurde.

»Euer Helm hat das Schlimmste abgehalten, aber Ihr blutet wie ein abgestochenes Schwein. Das kommt bei Kopfverletzungen häufig vor. Ihr habt eine Menge Blut in die Augen bekommen.«

Während Martan ein Tuch zückte und Justen das Gesicht abtupfte, unterdrückte dieser den Impuls, sich die schmerzende Stirn abzuwischen. »Warum tut ein kleiner Schnitt so weh?«

»Es ist mehr als ein Schnitt. Die Wunde geht bis fast auf den Knochen. Der Bogenschütze hat voll durchgezogen. Es sieht beinahe schon aus wie eine Verletzung von einer Armbrust. Euer Helm ist verbeult und Ihr werdet einen riesigen Bluterguss bekommen.«

Das Rumpeln ging weiter und das Quietschen wurde lauter.

Justen konzentrierte sich mühsam darauf, sich selbst eine Spur heilender Energie und Ordnung zu geben. Die Schmerzen ließen gleich darauf etwas nach und er konnte wieder sehen, auch wenn die Bilder noch leicht verschwommen waren.

»Was willst du beim nächsten Mal tun?«, fragte Gunnar. »Dies hier war nur eine kleine Gruppe.«

»Beim nächsten Mal werden wir die Raketen früher einsetzen.«

»Gute Idee«, bekräftigte Martan.

»Könntest du mir sagen, was der Lärm zu bedeuten hat, da du jetzt offenbar wieder sehen kannst?«

Justen zuckte unsicher die Achseln und überprüfte mit den Sinnen das Fahrzeug. Die Maschine war in Ordnung, die Antriebswelle ebenfalls. Der Lärm kam vom linken Vorderrad, das einen Schlag bekommen hatte.

»Ich kann jetzt wieder lenken. Könntest du dich umsehen, ob uns die Soldaten folgen?« Justen nahm das Steuer.

Gunnar schwieg ein paar Augenblicke, ehe er antwortete. »Nein. Du hast den Weißen Magier getötet und die Soldaten laufen orientierungslos herum.«

»Gut. Wir müssen das Vorderrad wechseln.«

»Jetzt schon?«

»Es war ein dummer Zufall.« Justen seufzte. »Ich glaube, einer der Armbrustbolzen hat das Gehäuse des Lagers durchschlagen.«

»Lager? Gehäuse?«

»Schon gut. Wir haben zwei Reserveräder dabei.« Justen bremste den *Dämon* ab. »Wir müssen erst die Räder und das Reparaturwerkzeug abladen.«

Als der Wagen stand, lud Justen das Reserverad ab, das Martan zum Straßenrand schleppte. Dann kehrte Justen zu den Kästen mit dem Material zurück.

»Wie willst du das Rad wechseln?«, fragte Gunnar. »Mindestens ein Viertel des Gewichts liegt darauf.«

Justen kramte in einem Kasten herum und zog schließlich einen dreieckigen Keil und einen Klotz heraus. »Es wäre viel schwieriger, wenn das Rad gebrochen wäre. Aber zum Glück ist es nicht so schlimm.«

Martan nickte.

»Wenn das Rad dort auf der flachen Stelle ist, gebt Ihr mir ein Signal. Ich lege dann die Bremse an, und wir blockieren die anderen Räder.« Justen hob einen zweiten Klotz aus schwerem Eichenholz, der an einem Ende mit einer halbkreisförmigen Aussparung versehen war. »Dann kommt dies hier unter die Achse und wir schlagen die Rampe weg.«

»Das klingt, als könnte es funktionieren«, räumte Gunnar ein.

Während Martan vor dem *Dämon* aufpasste und Gunnar neben dem Klotz stand, lenkte Justen das Fahrzeug vorsichtig den Keil hinauf.

»Langsam, langsam ... er rutscht.«

»Er rutscht?«

»Das Rad schiebt den Keil vorwärts, statt hinaufzufahren.«

»Verdammt ...«, murmelte Justen. »Natürlich konnte es doch nicht ganz so einfach sein. Lasst mich zurücksetzen und es ein wenig schneller noch einmal versuchen.«

Beim nächsten Versuch rollte der Dampfwagen zwar die Schräge hinauf, rutschte aber am anderen Ende wieder hinunter. Beim dritten Versuch blieb er oben stehen, aber Justen konnte nicht rechtzeitig die Bremse anlegen. Beim vierten Versuch wurde der Keil weggeschoben, weil Justen nicht in gerader Linie darauf zu gehalten hatten. Der fünfte Versuch war endlich erfolgreich.

»Und jetzt?«

»Jetzt kommt das hier unter die Achse.«

»Wie denn?«

»So.« Justen legte den Klotz mit der Aussparung unter die Achse und verkeilte ihn mit dem Hammer, bis das Gewicht des Wagens auf dem Klotz und nicht mehr auf der Schräge ruhte. Dann schlug er das Dreieck seitlich heraus und löste mit Hammer und Schraubenschlüssel das Rad, bis sie es herunterheben konnten.

Er betrachtete das Lager und nickte. »Seht ihr? Irgendetwas ist hier durchgeschlagen. Ich glaube, wenn es sein müsste, könnte ich das sogar reparieren und das Rad würde wieder eine Weile laufen.« Er legte das alte Rad zur Seite und holte das Ersatzrad. Mit raschen Hammerschlägen befestigte er es und zog die Muttern an.

»Wie bekommen wir den Wagen jetzt wieder von dem Klotz herunter?«, fragte Martan.

Justen duckte sich unter den Dampfwagen, tippte auf den Klotz und winkte mit der freien Hand. »Er ist schräg ... seht her.«

Als Justen das Werkzeug wieder in den Fächern verstaut und das beschädigte Rad außen am Dampfwagen gesichert hatte, wechselten Gunnar und Martan einen langen Blick.

Schließlich zuckte Gunnar mit den Achseln. »Altara hat gesagt, Entwürfe wären nicht seine Stärke.«

»Es sieht aus, als hätte es gut funktioniert.«

Justen schloss das Fach und wandte sich an Martan. »Könntet Ihr noch etwas Kohle nachlegen?«

»Ja, Ser.«

»Willst du eigentlich mal irgendwo anhalten?«, wollte Gunnar wissen.

»Hast du Hunger? Im obersten Päckchen im Korb dort drüben findest du Proviant. Du kannst essen, während ich fahre, und dann kannst du fahren. Martan kann essen, wann er will.«

»Müssen wir nicht auch einmal schlafen?«

»Sicher ... aber erst, wenn wir einen Ort gefunden haben, der weit genug von Leuten mit Armbrüsten und anderen Waffen entfernt ist.« Justen grinste. »Außerdem hat es gerade erst angefangen.« Er rutschte auf den Fahrersitz, löste die Bremse und öffnete den Dampfschieber. »Und los geht's.«

Gunnar stöhnte – und dieses Mal sogar ziemlich laut.

CXLVI

Beltar rang mit den Dunstschleiern auf dem Spiegel und versuchte, ein klares Bild zu empfangen. Nicht einmal die Brise, die durchs Turmfenster wehte, konnte die Hitze im Raum mildern.

Einen Augenblick lang war der Staub über der befestigten Straße sichtbar, ehe der weiße Dunst sich wieder über das Bild legte. Der Erzmagier runzelte die Stirn und versuchte es noch einmal.

Dieses Mal hielt sich das Bild etwas länger und er sah ein schwarzes Fuhrwerk, einem Pferdewagen nicht unähnlich, jedoch ohne Pferde, auf der Straße von Hydolar nach Fairhaven rollten. Eine Rauchfahne wehte hinter dem Fahrzeug. Obwohl er es nur durch den Spiegel betrachtete, konnte Beltar spüren, welch große Menge Ordnung dem pferdelosen Wagen eingegeben worden war. Er ließ seufzend das Bild los und wischte sich die Stirn.

»Seht Ihr?«, meinte Jehan. »Es ist wie ein kleines

Kriegsschiff und anscheinend durch nichts aufzuhalten. Gorsuch hat zwei Trupps eingesetzt.«

»Und?«

»Ich glaube, es sitzen drei Männer darin. Sie verfügen über Raketenwerfer und Schwarze Pfeile. Die meisten Soldaten sind tot. Auch Gorsuch ist gefallen.«

»Warum haben sie nicht einfach Steine auf der Straße aufgetürmt?«

»Steine sind schwer, Beltar, und ich denke, sie hatten nicht genug Zeit. Außerdem wollt Ihr doch wohl nicht der erste Erzmagier sein, der die Straßen blockiert? Im übrigen haben sie bisher noch niemanden angegriffen, der nicht vorher sie angegriffen hätte.«

»Sie kommen mir nicht gerade so vor, als hätten sie ausschließlich friedliche Absichten.«

Jehan zuckte mit den Achseln und wartete.

»Und warum fahren sie nun nach Fairhaven?«

»Ich weiß es nicht, aber man kann sehen, wie viel Ordnung die Maschine enthält. Das wird kein gutes Ende für uns nehmen, fürchte ich.«

»Lasst sie doch kommen mit ihrem kleinen Landdampfer.«

»Was wird die Welt denken, wenn drei Magier aus Recluce die Straßen der Weißen Magier übernehmen und einen großen Brocken Ordnung in Fairhaven absetzen? Und was wird der Rat dazu sagen?«

»Oh? Wollt Ihr behaupten, sie könnten mit einem einzigen Vorstoß all unsere Bemühungen, Recluce zu isolieren, zunichte machen?«

»Manch einer könnte es so sehen wollen.«

»Manch einer wie Derba?«

»Der ganz gewiss.«

»Wäre es nicht besser, sie einfach zu ignorieren oder vielleicht sogar zu begrüßen? Cerryls Beispiel folgen und … und etwas in der Art sagen, dass es uns im Grunde nicht weiter stört?«

Jehan hüstelte. »Für jeden außer Euch wäre es vielleicht möglich ... aber für einen Magier, der sich immer auf seine großen Kräfte verlassen hat ...«

»Also gut, also gut. Ihr habt mehr als deutlich Eure Meinung kund getan. Dann wollen wir ihnen also sämtliche Weißen Lanzenreiter entgegen schicken. Drei Schwarze können nicht gegen Tausende bestehen.«

»Ich bezweifle in der Tat, dass sie es könnten. Das ist sicherlich richtig. Andererseits haben wir nur ein paar hundert Weiße Lanzenreiter in der Nähe stehen und ein großer Teil der Eisernen Garde ist immer noch in Suthya.«

»Und?«, fragte Beltar. »Euer Tonfall scheint anzudeuten, dass ich etwas übersehen habe.«

»Was geschieht wohl, wenn der mächtigste Weiße Magier seit Generationen davon Abstand nimmt, sich einem direkten Angriff von nicht mehr als drei Schwarzen Magiern persönlich zu stellen und sich darauf beschränkt, ihnen seine Truppen entgegen zu schicken?«

»Wollt Ihr andeuten, dass der Rat ... empört sein könnte, wenn ich mich nicht wie ein Magier benehme?«

»Nicht nur der Rat, sondern auch die Truppen, auch wenn ich dies nicht mit völliger Gewissheit zu sagen vermag.«

»Ich danke Euch von Herzen.«

»Es ist mir stets eine Freude.«

»Wie bald können die einberufenen Magier hier eintreffen?«

»Histen hat sich auf seine schlechte Gesundheit kapriziert und behauptet, er werde sich beeilen, sei aber leider aufgrund seiner Gebrechlichkeit in seiner Bewegungsfreiheit eingeschränkt und habe Renwek zu danken, dass dieser sich um ihn kümmert. Die meisten anderen sind schon da oder werden eintreffen, kurz bevor dieser ... bevor diese Maschine hier ankommt.«

»Histen ... mit ihm muss ich mich gelegentlich näher befassen.« Beltar blickte zur noch nicht geöffneten Weinflasche auf dem Tisch.

»Ich bin sicher, dass er genau davor große Angst hat.«

»Was ist mit Derba?«

»Derba? Derba wird lächeln, bis er Euch das Amulett entreißen kann, wobei er wahrscheinlich Wert darauf legen wird, Euch den Kopf mit abzureißen.«

»Ihr seid ein Quell reiner Freude für mich, Jehan.«

»Ihr habt es hören wollen, Erzmagier.«

»In der Tat.« Beltar schüttelte den Kopf und blickte wieder zur Rotweinflasche.

CXLVII

Der *Schwarze Dämon* hatte drei einzelne Reisende überholt. Einer war ein Weißer Lanzenreiter gewesen, der erfolglos versucht hatte, den Dampfwagen anzugreifen. Einer hatte Säcke mit Kohlköpfen transportiert und der dritte war ein fliegender Händler mit einem Maultier gewesen.

Als die Spätnachmittagssonne die sanften Hügel im Westen der alten, gepflasterten Straße berührte, tauchten vor ihnen zwei Fuhrwerke und eine Reihe von Pferden auf.

»Was jetzt?«, fragte Gunnar.

»Wir dampfen vorbei«, meinte Justen. »Natürlich legen wir vorher die Panzerung an.«

»Aber die Weißen Magier ...«

»Sie wissen bereits, dass wir kommen. Geschwindigkeit ist jetzt wichtiger als Geheimhaltung.«

»Wie ist es mit Schilden, damit sie uns nicht sehen?«

»Das würde ihnen eine höllische Angst einjagen«, lachte Martan.

»Kannst du das machen?«, fragte Justen seinen Bruder. »Schilde aufbauen, meine ich?«

»Ich glaube schon. Kannst du lenken?«

»Wenn ich langsamer fahre, wird es gehen, und das muss ich ohnehin tun.« Justen hielt inne und überlegte. »Was wäre, wenn wir nahe heran fahren, eine Rakete abfeuern und dann verschwinden?«

»Es könnte klappen, aber vielleicht rotten sie sich auch zusammen«, erwiderte Martan.

»Schilde, keine Raketen«, entschied Justen. Er schloss den Dampfschieber etwas, als er spürte, wie der Lichtschild sich über den *Dämon* senkte.

Der Dampfwagen kroch weiter, die schweren Räder rumpelten schwach auf den Steinplatten der Straße und das leichte Zischen des Dampfes klang beinahe wie eine sommerliche Brise. Das gedämpfte Pochen der Maschine erinnerte an ein riesiges Herz.

»Firdil, was ist das für ein Geräusch? Es hört sich an wie ein Wagen.« Der Reiter schien direkt neben Justen zu sprechen, obwohl er spüren konnte, dass sie noch ein Stück hinter ihm waren.

»... zischt wie eine Schlange. Es riecht hier nach etwas Heißem ... wie Schwefel.«

Wieder ein Zischen – und ein Pferd brach seitlich aus und näherte sich dem *Dämon*, dann wieherte es und brach zur anderen Seite aus, als hätte es sich durch die Nähe zum Dampfwagen eine Verbrennung zugezogen.

»Was ist denn mit dir los?«, fragte der Reiter. Er riss heftig an den Zügeln.

»Meines ist auch ganz unruhig«, erklärte die Reiterin, die sich direkt vor dem Dampfwagen befand. Sie drehte sich im Sattel um. »Vielleicht ist ein Dämon in der Nähe. Heiß ist es auch. Schau nur, schau – da drüben über den Feldern. Es ist schwer, sie deutlich zu sehen.«

»Vielleicht liegt es daran, dass die Sonne untergeht.«

»Das gefällt mir nicht.«

Das zweite Pferd wieherte und wich zur Seite aus.

»Etwas Großes keucht hier ... genau hier. Hörst du nicht das Knirschen auf den Steinen?«

»Ein Dämon?« Der Reiter lenkte das Pferd von der Straße herunter.

»Was habt ihr zwei da?«, rief ein Mann, der auf einem Kutschbock saß.

»Hier ist ein Dämon!«

Justen öffnete den Dampfschieber etwas weiter und der *Dämon* fuhr an den Reitern vorbei und setzte sich neben den Wagen.

»Ein was?«

Justen biss die Zähne zusammen, um das Lachen zu unterdrücken, während ihm die Schweißtropfen über das Gesicht liefen. Der letzte Vorfall hatte gezeigt, dass weder er noch der Dampfwagen unverwundbar waren, und er war wirklich nicht darauf versessen, noch weitere Pfeile in seine Richtung fliegen zu sehen, von Schwertern und anderen Waffen ganz zu schweigen.

»Ein Dämon!«

»Bei der Dunkelheit, ich kann ihn hören!« Der Kutscher ließ die Zügel knallen und die Pferde setzten sich in Trab.

Justen öffnete den Dampfschieber noch weiter und betätigte die Dampfpfeife.

Das linke Pferd näherte sich dem unsichtbaren Dampfwagen und Justen musste ausweichen. Das linke Rad rumpelte über den Kies am Straßenrand. Als der Kutscher den Staub sah, lenkte er die Pferde von dem ›Dämon‹ weg und Justen konnte die Maschine zurück auf die Straße bringen.

Der Kutscher hielt seinen Wagen an und versuchte,

die nervösen Pferde zu beruhigen. Dann fuhr auch der führende Wagen an den Straßenrand und Justen konnte den *Dämon* in der Dämmerung an ihm vorbei steuern.

Als sie die nächste Kurve hinter sich gelassen hatten und von den Händlern nicht mehr gesehen werden konnten, ließ Gunnar die Schilde fallen. Justen öffnete den Dampfschieber noch weiter und wischte sich den Schweiß von der Stirn.

»Mann...«, murmelte Martan. »Ihr habt ihnen eine gehörige Angst eingejagt.«

»Angst hatte ich auch«, gestand Justen. »Die Straßen sind nicht breit genug.«

»Für dich ist keine Straße breit genug«, bemerkte Gunnar, während der Dampfwagen in der zunehmenden Dunkelheit nach Norden fuhr.

»Könnt Ihr noch etwas sehen?«, fragte der Marineinfanterist.

»Die Straße ist gut zu überblicken.« Justen griff ins Lenkrad. »Ich hoffe, wir finden irgendwo eine freie Schutzhütte.«

»In der letzten waren zahlreiche Händler. Sie haben sich vor Angst fast in die Hosen gemacht, als wir vorbeigefahren sind.« Martan schüttelte den Kopf.

»Die Schutzhütten liegen gewöhnlich in einem Abstand von zehn Meilen.« Justen spähte in die Dunkelheit.

»Wie könnt Ihr etwas sehen? Ist das die Sehkraft der Magier?«

»Es ist eine Eigenschaft, die in unserer Familie vererbt wird«, erklärte Gunnar abwesend. »Vor uns befindet sich etwas wie eine Hütte. Ich glaube, sie ist leer. Jedenfalls kann ich dort nichts spüren. Von den Hügeln kommt ein kleiner Bach herunter.«

»Wie weit ist es noch?«

»Zwei weite Kurven liegen noch vor uns.«

Justen konzentrierte sich darauf, den *Dämon* über das schmale Band aus weißem Stein zu lenken.

»Es ist dort oben auf der rechten Seite.« Gunnar räusperte sich. »Fahr langsamer. Da stimmt etwas nicht.«

Und schon zischte es und ein grelles Licht spielte über die vordere Panzerung des *Dämons*.

»Beim Licht der Dämonen, die verdammten Magier!«

Justen blinzelte und versuchte langsamer zu fahren, ohne das Fahrzeug ganz anzuhalten.

»Wo ist der verdammte Bogen?«, knurrte Martan.

Eine Hand aufs Steuer gelegt, ließ Justen den *Dämon* im Schritttempo weiterfahren und versuchte zu spüren, wo der Weiße Magier sich in der Dunkelheit versteckt hielt. Mit der freien Hand tastete er nach dem Zünder des Raketenwerfers. Im vorderen Werfer war nur noch eine Rakete. Wie viele Magier waren dort?

»Es sind zwei«, flüsterte Gunnar, als hätte er Justens Gedanken gehört. »Einer steht hinter der Hütte.«

»Mist«, murmelte Martan. »Zwei Schwarze Magier, zwei Weiße Magier – und ich kann die Weißen Teufel nicht einmal sehen.«

Justen holte tief Luft. »Also gut«, wandte er sich flüsternd an Gunnar. »Wenn die Rakete abgefeuert ist, nimmst du das Steuer und bremst noch etwas ab.«

»Ich?«

»Mach es einfach«, zischte der Ingenieur. *Oh, Dayala ... ich hoffe, es wird funktionieren ...* Er nestelte am Zünder herum.

Als die Rakete mehr oder weniger in die Richtung des Magiers hinter der Hütte flog, rutschte Justen vom Fahrersitz und taumelte einen Augenblick, bis er neben dem Dampfwagen sicher auf der Straße stand. Er rannte um den *Dämon* herum und näherte sich den wabernden weißen Linien, die ihm verrieten, wo das Chaos der Magier konzentriert war.

Konnte er den Kampf um das Gleichgewicht, wie er es im Großen Wald erlebt hatte, hier wiederholen? Hatte er überhaupt eine Wahl?

Er zog aus der Erde die Mischung aus Schwarz und Weiß in sich hinein, schleuderte beides den Weißen Magiern entgegen und nährte sich an der Gier, die von beiden auszustrahlen schien.

Eine riesige weiße Felsenkatze tappte Justen entgegen, aber er ließ sie kommen und statt dessen eine schwarze Felsenkatze erscheinen, die er speiste, bis sie der weißen ebenbürtig war. Die weiße Katze wurde zu einem Geysir aus glutflüssigem Gestein, das sich in Justens Richtung wälzte. Das Gras neben dem Pflaster brannte.

Justen rief die Kälte im Norden und vom Dach der Welt zu sich und eine Fontäne aus Eis und kaltem Stein schoss neben der Lava empor, die sogleich eine schwarze Kruste bekam und in sich zusammenfiel.

Dann rief er die tiefen Wasser und als Nächstes brach ein Springbrunnen von eiskaltem Wasser aus der Erde und ergoss sich über die Hütte und die beiden Magier.

Dampf wallte hoch, wo das Wasser die Magier traf, und Justen verwandelte das Wasser in Eis und dann zurück in Wasser.

Ein Stöhnen war zu hören, ein gedehntes Wimmern, aber die Gegend um die Hütte war verlassen. Justen setzte sich neben einen Stein, der als Stufe zur Schutzhütte diente. Abwesend bemerkte er zwei Tornister und ein kleines Feuer, das langsam in sich zusammenfiel.

Irgendwo wieherten Pferde. »Dort sind ihre Pferde«, erklärte Martan, der auf einmal neben Justen stand.

Der Ingenieur hatte nicht einmal gehört, wie der Marineinfanterist sich ihm genähert hatte. »Sie hatten einige Schutzzauber, die ich noch nicht kannte. Auf diese Weise haben sie sich verborgen gehalten.«

Martan scharrte mit der Stiefelspitze im verbrannten Gras herum. »Was ich gesehen habe, war real, oder?«

»Zum größten Teil.«

»Es ist eine gefährliche Sache.«

»Ja«, bestätigte Gunnar, der die Bremse angezogen und ebenfalls den Dampfwagen verlassen hatte. »Ich glaube, alles, was Justen tut, ist gefährlich.« Er wandte sich an seinen jüngeren Bruder. »Was war das?«

»Ein Trick, den ich im Großen Wald gelernt habe. Wenn du gewinnen willst, bleibt dir nichts übrig, als die Ordnung und das Chaos in dir selbst zu akzeptieren. Ich hätte aber nicht gedacht, dass ein Weißer dazu fähig ist.« Justen wischte sich die Stirn trocken.

»Ich glaube, auch die meisten Schwarzen wären dazu nicht fähig gewesen«, antwortete Gunnar. Er blickte zur Hütte. »Ich denke, jetzt wird uns niemand mehr belästigen. Außerdem vermute ich, dass spätestens jetzt jeder Weiße Magier in Candar weiß, dass wir hier sind.« Er hielt inne und überlegte. »Warum kannst du nicht dies anstelle deiner ... teuflischen Maschine einsetzen?«

»Es wird unsere Probleme nicht lösen.« Justen stand langsam auf. Er musste sich an den Balken der Schutzhütte festhalten, um sich aufzurichten. »Diese beiden Magier waren nicht einmal besonders stark.«

»Hier ...« Gunnar bot Justen ein Stück Käse und das Ende eines Brotlaibs an.

»Danke.« Justen aß langsam das Brot und den Käse, während Gunnar Schlafmatten und einige andere Dinge in die Schutzhütte brachte.

Martan baute das sterbende Feuer mit ein paar Stöcken und einem Holzklotz wieder auf.

Noch bevor Gunnar mit der zweiten Ladung kam, saß Justen am Feuer, wo er die Wärme in sich aufnahm und versuchte, seine zitternden Knie zu beruhigen.

Martan kniete nieder und sah Justen von der Seite an. »Diese Magier-Geschichten setzen Euch zu.«

Justen nickte.

Martan stand auf und verließ die Hütte. Als er zurückkehrte, hatte er einen kleinen Eimer mit klarem Quellwasser dabei, das er Justen anbot.

»Danke.« Justen nahm einen großen Schluck. Die Beine zitterten nicht länger, und er hatte nicht mehr das Gefühl, er könnte jeden Augenblick umkippen.

»Ich habe die Dampfzufuhr gedrosselt und die Bremsen angezogen. Was jetzt?«, fragte Gunnar.

»Öffne das Hauptventil an der ...«

»Oh, richtig.« Gunnar war schon unterwegs zum *Dämon*.

Justen stand auf und folgte ihm unsicher.

In der Dunkelheit wandte Gunnar sich an Justen. »Du hättest nicht mitkommen müssen.«

»Wie es jetzt läuft, ist es wohl besser, wenn wir alles doppelt und dreifach überprüfen.«

»Mag sein.«

Justen warf die dünne Plane über die Sitze. »So, das müsste reichen, damit nichts feucht wird.«

»Ich kann keinen Regen spüren.«

»Lass uns essen und ausruhen.«

Die beiden kehrten in die Schutzhütte zurück und setzten sich auf den Steinboden. Gunnar legte Käse und Brot auf ein Stück Tuch, als Letztes holte er noch ein paar Birnäpfel.

Die drei aßen schweigend.

»Wir brauchen mehr Kohle oder Holz oder sonst einen Brennstoff«, murmelte Justen, den Mund voller Käse und Brot.

»Können wir etwas kaufen?«, fragte Martan. »Ihr sagtet doch, Ihr hättet Goldstücke dabei.«

»Wie denn? Sollen wir in unseren schwarzen Sachen zur Kohlenmine oder zum Schmied fahren und sagen:

›Guter Mann, ich würde gern zehn Stein Kohlen oder Holzkohlen kaufen‹?«

Der Marineinfanterist lachte. »Und wie wäre es, wenn wir es ehrlich stehlen?«

»Ihr meint, wenn wir es nehmen und Münzen zurücklassen?«, grübelte Justen. Das war sicherlich besser als Diebstahl. »Wo ist die nächste Stadt? Wir können noch ungefähr zwanzig Meilen fahren, ehe wir mit Kohlenstaub heizen müssen. Der *Dämon* verbrennt die Kohle schneller, als ich vermutet habe.«

»Nun, wir fahren ja auch schneller als angenommen. Wann werden wir Fairhaven erreichen?«, fragte Gunnar.

»Es ist auch mit dem *Dämon* mindestens noch eine halbe Tagesreise.«

Gunnar legte sich auf die dünne Matte, die er ausgerollt hatte, und schloss die Augen.

»Schläft er schon?«, fragte Martan.

»Nein, er fliegt mit dem Wind und versucht, eine Stadt ausfindig zu machen.«

»Ihr zwei ...«, murmelte Martan. »Manchmal ist ja alles gut so, aber dann wieder frage ich mich, worauf ich mich da eingelassen habe.«

»Das fragen wir uns auch.«

CXLVIII

»Oh ...« Justen fuhr erschrocken auf, als Martan ihn an der Schulter berührte. Er hatte tief geschlafen, vielleicht sogar zu tief. Er hatte nicht einmal von Dayala oder den Weißen Magiern geträumt.

»Wenn wir Kohle beschaffen wollen ...«, sagte der Marineinfanterist leise.

»Ja.« Justen holte tief Luft und streckte sich, um die Steifheit aus den Gliedern zu vertreiben.

Als er die Stiefel angezogen und sich am Bach kaltes Wasser ins Gesicht gespritzt hatte, um wach zu werden, rollte er seine Matte zusammen. Martan hatte inzwischen schon den Dampfwagen beladen. Justen musste die Sachen noch einmal herumschieben, um an die Eimer zu kommen.

»Ich dachte, wir holen Kohle.«

»Wir brauchen auch Wasser und wir können hier am Bach den Tank auffüllen.«

»Mit diesen kleinen Eimern? Das wird aber bis zur Morgendämmerung dauern.«

»Wir brauchen das Wasser.«

Martan zuckte mit den Achseln.

»Jetzt?«, stöhnte Gunnar.

»Jetzt.«

»Ich habe Hunger«, protestierte der Luft-Magier.

»Ich auch. Wir können essen, während wir zu dem Ort fahren, wo es deiner Meinung nach Kohle gibt.« Justen ging mit dem ersten Eimer zum Bach hinter der Schutzhütte.

»So ein Mist!« Gunnar, der ihm gefolgt war, hatte nicht aufgepasst und stand auf einmal bis zu den Knöcheln im Wasser. »Du und dein Wasser ... und das alles auch noch vor dem Frühstück.«

»Füll den Eimer und reich ihn weiter oder trage ihn zur Maschine.«

Der Himmel war schon grau geworden, als der Dampfwagen endlich nach Norden schnaufte.

»Ich habe doch gesagt, dass es bis zur Morgendämmerung dauern würde.«

Justen kaute schweigend am immer noch weichen Brot, das Horas ihnen eingepackt hatte.

»Meine Stiefel werden den ganzen Tag über nass sein.«

»Könnt Ihr das nicht mit Eurer Magie erledigen?«, fragte Martan.

»Es funktioniert gut bei meiner Kleidung und bei mir selbst, aber wenn ich es mit Leder versuche, dann zerstöre ich es. Die Stiefel würden zerfallen.« Gunnar biss ein Stück Käse ab.

»Wie weit ist es noch?«

»... nompfei Mein ...«

»Was?«

»Er sagt, es sind höchstens noch zwei Meilen«, übersetzte Martan.

Nach der nächsten weiten Kurve konnte auch Justen das Eisenerz und das Gusseisen spüren, das neben dem dunklen, gedrungenen Gebäude vor einem kleinen Hügel gestapelt war.

Ein breiter Weg mit einer Fahrbahn aus gestampftem Lehm führte von der Hauptstraße zur Eisengießerei. Justen drehte das Steuer herum und der *Dämon* bog auf die Nebenstraße ein. Im Osten war der Horizont bereits hellgrau.

»Wir müssen uns beeilen«, drängte Martan.

Irgendwo auf dem Grundstück bellte ein Hund.

»Da ist ein Hund«, sagte Gunnar.

»Ich hab's gehört«, antwortete Justen. »Kannst du ihn schlafen legen?«

»Wahrscheinlich. Warte einen Augenblick.«

Justen zog den Dampfschieber zurück und der *Dämon* kroch langsam weiter.

»Die Dämmerung setzt bald voll ein«, zischte Martan.

»Er schläft jetzt«, sagte Gunnar leise. »Die Kohlen liegen zwischen dem Schuppen dort und dem Haus auf einem großen Haufen.«

»Ich fahre direkt daneben.«

Die drei hielten den Atem an, als Justen den Dampfwagen über den Hof zum Kohlenhaufen lenkte.

»Das ist verdammt nahe am Haus«, flüsterte Martan.

»Dann nehmt Euren Bogen und überwacht es. Ich werde Goldstücke vor die Tür legen. Mir ist wohler, wenn ich im Voraus bezahle. Dann werden Gunnar und ich die Kohlenbunker füllen.«

»Es dauert einen Augenblick, bis ich die Sehne eingespannt habe.«

Justen zog die Bremse an und bemühte sich, leise über den Hof zum Haus zu gehen. Er nahm vier Goldstücke aus der Börse und legte sie auf den flachen Holzblock neben der Tür des Eisengießers. Dann kehrte er zum Kohlenhaufen zurück.

»Bleibt sofort stehen, Diebe!« Ein stämmiger Mann stand auf einmal barfuss in der Türe des Hauses. Er hatte einen Bogen mit eingelegtem Pfeil in den Händen und zielte auf Gunnar.

»Ihr hättet auch den Eisengießer schlafen legen sollen«, meinte Martan. Er zielte seinerseits auf den Mann.

Justen seufzte. »Wir sind keine Diebe.«

»Schön wär's.«

»Da jetzt ohnehin schon ein großes Durcheinander entstanden ist, lasst es mich erklären. Ich bin Justen. Ich bin einer dieser bösen Ingenieure aus Recluce. Der Mann, auf den Ihr zielt, ist mein Bruder Gunnar. Der Soldat, der auf Euch zielt, heißt Martan. Er ist ein Schwarzer Marineinfanterist und verfehlt nur selten sein Ziel.«

»Ich heiße Thasgus und verfehle ebenfalls nur selten mein Ziel.«

»Wenn Ihr neben die Türschwelle schaut oder mich dort hingehen lasst, werdet Ihr vier Goldstücke sehen, die ich als Bezahlung für Eure Kohle hinterlegt haben. Denn mehr als die Kohle wollen wir nicht.«

»Was schleicht Ihr dann in der Dämmerung hier herum?«

Justen schnaubte. »Nach unserer Landung in Hydolar wurde ich angeschossen, mein Dampfwagen wurde angegriffen. Zwei Weiße Magier versuchten letzte Nacht, uns zu töten. Das letzte Mal, als ich in Candar war, wurde ich von Weißen Magiern mehr oder weniger quer über den Kontinent gehetzt.«

»Das klingt, als wärt Ihr hier nicht sonderlich willkommen. Warum seid Ihr überhaupt zurückgekehrt?«

»Im Augenblick bin ich nirgends sonderlich willkommen. Das ist wahr. Ich bin gekommen, weil ...« Justen zuckte mit den Achseln. Er hoffte, er musste nicht Ordnung und Chaos in seiner Umgebung aus dem Gleichgewicht bringen, auch wenn er dazu bereit gewesen wäre. »Ich dachte mir, es könnte interessant sein, dem Erzmagier in Fairhaven zu begegnen.«

»Habt Ihr was dagegen, wenn ich Dessa an der Schwelle nachsehen lasse?«, fragte der Eisengießer.

»Nur zu.«

»Dessa! Schau neben der Türschwelle nach und sag mir, was du dort siehst.«

»Ich soll an der Türschwelle nachsehen?«

»Ja, Frau. Schau neben der Schwelle nach. Und kümmere dich nicht um die Magier im Hof.«

»Magier im Hof? O weh, o weh ...« Eine magere Frau lugte zur Tür heraus. »Tja, dort ist ein Knochen. Sieht aus, als hätte Hängebauch daran genagt. Und ein Stück Haarband ...«

»Die andere Seite, bitte«, meinte Justen.

»Oh ... dort? Da sind vier Münzen, Thasgus. Sieht wie Gold aus. Warte mal. Meine Schere ist aus Eisen.«

Es klimperte leise.

»Sie sehen wie Gold aus und sie klingen wie Gold.«

»Lasst Euren Bogen sinken und ich lasse meinen sinken«, bot der Eisengießer an. »Ihr seid sowieso in der Überzahl.«

Justen nickte und Martan ließ langsam den Bogen sinken. Der Eisengießer tat es ihm gleich.

»Was für Kohle braucht Ihr?« Thasgus lehnte den Bogen ans Haus. »Für vier Goldstücke könnt Ihr von der besten Kohle so viel haben, wie Ihr mit dem kleinen Wagen mitnehmen könnt.«

»Könntet Ihr vielleicht noch etwas Rotbeerensaft und einen Krug Bier dazulegen?«, bat Justen.

Thasgus runzelte die Stirn. »Wer will das Bier?«

»Ich.«

Der Eisengießer lachte. »Ein Schwarzer Magier, der Bier trinkt?« Dann verdüsterte sich sein Gesicht. »Seid Ihr wirklich ein Magier?«

Justen zog das Licht um sich und verschwand vor den Augen der anderen. Er ging zu Thasgus hinüber und wurde weniger als drei Schritte vor ihm wieder sichtbar. »Zufrieden?«

»Was es nicht alles gibt.« Der stämmige Eisengießer schüttelte den Kopf. »Aber die Weißen Magier werden Euch zu Asche verbrennen, wie ich sie kenne. Ihr Leute scheint ... ein wenig zu freundlich, um so etwas zu tun, auch wenn Ihr eine seltsame Art habt, Eure Geschäfte abzuwickeln.«

»Man soll das Erz nicht nach seinem Glanz beurteilen, Thasgus«, warnte Dessa, als sie mit zwei Bechern wieder zur Tür herauskam.

»Ja, Frau.« Thasgus sah Justen an. »Ihr habt die Kohle gefunden. Schaufeln sind im Schuppen.«

»Vielen Dank.«

»Dank ist nicht nötig, Ihr bezahlt ja dafür.«

Martan nickte und lächelte, hielt aber vorsichtshalber den Bogen bereit.

CXLIX

»Du fährst viel zu schnell um die Kurven«, protestierte Gunnar. »Ich kann spüren, wie die Räder auf den Steinen ausbrechen und rutschen.«

»So ist es sicherer«, erwiderte Justen lachend. »Dadurch haben es die Bogenschützen schwerer, uns zu treffen.«

»Welche Bogenschützen wissen überhaupt, dass wir auf der Straße unterwegs sind?« Gunnar überlegte einen Moment. »Weißt du etwas, das wir nicht wissen? Wir haben heute noch niemanden auf der Straße gesehen. Keinen einzigen Bogenschützen.«

»Es ist erst kurz nach der Morgendämmerung.«

»Früher Morgen«, warf Martan ein.

»Auch gut. Wir haben jedenfalls noch niemanden gesehen. Und genau das gefällt mir nicht.«

»Deshalb ist es besser, schnell zu fahren. Wahrscheinlich haben sie alle Leute gewarnt, ja nicht die Straße zu benutzen. Auf diese Weise wird es für uns natürlich leichter, nach Fairhaven zu fahren. Wir haben es nicht mehr weit.«

»Du willst doch hoffentlich nicht direkt nach Fairhaven hinein fahren?«

»Aber natürlich. Wir kommen von Süden her auf der Hauptstraße und fahren direkt zum Großen Platz oder wie er dort heißen mag.« Justen richtete das Steuer neu aus und sah sich rechts und links um. Die Straße wand sich zwischen niedrigen Hügeln entlang, die ihnen auf dem Weg nach Fairhaven etwas Schutz boten.

»Justen, kann ich gelegentlich einmal eine aufrichtige Antwort von dir bekommen?«

»Ich brauche einen Hügel.«

»Einen Hügel?«

»Einen Hügel südlich von Fairhaven. Einen hohen Hügel mit einem guten Ausblick auf Fairhaven und den Weißen Turm und mit einer Straße, die uns möglichst dicht an den Hügel heran führt.«

»Mehr nicht?«, fragte Gunnar. »Soll ich dir einen herbeizaubern?«

»Nein, du sollst dich danach umsehen.«

»Während du mich mit dem Dampfwagen durch und durch schüttelst?«

Martan, der wie gewohnt hinten saß, pflichtete ihm nickend bei. Sein Gesicht war bleich.

»Tu was du kannst.« Als die Straße gerader wurde, öffnete Justen den Dampfschieber noch weiter. Martan stöhnte vernehmlich.

Im Laufe der nächsten zehn Meilen schickte Gunnar immer wieder seine Wahrnehmung aus, während Martan sich verbissen an seinem Sitz festhielt.

»Hinter der nächsten Kurve ist ein Hügel, von dem aus man Fairhaven überblicken kann.«

Justen bremste den *Dämon* etwas ab, als sie die Kurve hinter sich gelassen hatten, und betrachtete den Höhenzug. »Er ist zu weit entfernt.«

Gunnar seufzte. »Wir sind schon sehr nahe an Fairhaven.«

»Nicht so nahe, wie ich dem Ort sein muss.«

»Wie schön. Dann lass mich weiter suchen.«

Ein Mann und ein Esel starrten den Dampfwagen von einer Seitenstraße aus an. Justen winkte kurz und der Mann sperrte fassungslos den Mund auf.

»Wie wäre es mit dem dort?«

»Der ist lange nicht so hoch, wie ich es gern hätte.«

»Was suchst du überhaupt? Vielleicht hätten wir einen Weißen Magier wie Jeslek mitnehmen sollen, der die Berge, die du brauchst, an Ort und Stelle erschaffen kann.«

»Gunnar, ich mache mir auch Sorgen.«

»Hinter der nächsten Biegung ist wieder ein Hügel. Er ist kleiner, aber er bietet einen guten Blick auf Fairhaven und wenn du schnell genug fährst, könntest du mit dieser Kiste sogar auf die Kuppe gelangen. Außerdem ist es der letzte Hügel vor Fairhaven. Dahinter kommt nur noch ein kleiner Höhenzug, dann beginnt die Stadt. Auf diesem hier gibt es nur Schafweiden, auf dem Höhenzug stehen bereits Häuser.«

»Also gut.«

»Dort ist eine Zufahrt. Der Weg führt halb hinauf.«

Justen öffnete den Dampfschieber noch weiter.

Martans Finger verkrampften sich um die mit Eisen verkleideten Eichenbohlen, als der Dampfwagen heftiger denn je zu schlingern begann. Hinter ihnen stieg eine große Staubwolke auf.

Mehr als fünfhundert Ellen unterhalb der Hügelkuppe gruben sich die Räder in den weichen Boden und drehten durch.

Das halbe Dutzend Schafe, das auf dem Hügel verstreut gegrast hatte, trabte oder trödelte zu der Kate neben dem Hügel, zu der sie offenbar gehörten.

Justen zog seufzend die Bremse an. »Wir müssen die Ausrüstung dort hinauf tragen.«

»Während alle Welt uns zuschaut?«

»Willst du es tun, nachdem sie die Truppen geschickt haben?«

Justen kletterte aus dem *Dämon* und starrte nach Fairhaven hinüber. Einen Augenblick lang schienen die grell weißen Gebäude im Norden zu flimmern und sich zu verlagern. Justen hatte das Gefühl, vor einem tiefen Abgrund zu stehen und die Gebäude in die Tiefe kippen zu sehen. Er schluckte. Fairhaven war sogar noch stärker im Ungleichgewicht als Nylan, aber auf eine andere Art.

»Geht es Euch nicht gut?«, fragte Martan.

»Alles in Ordnung.« Irgendwie fühlte Justen sich durch die Begeisterung des Marineinfanteristen an Clerve erinnert. Wieder musste er schlucken.

Ein Mann mit einem Stab verließ die Kate und kam bergauf zum *Dämon* und zu den dreien aus Recluce marschiert. Justen machte sich einstweilen daran, den Weidenkorb des Ballons auszuladen.

»Was habt Ihr hier zu suchen?« Der Schäfer, ein Mann mit einem kurzen braunen Bart, drohte ihnen mit erhobenem Stab.

Justen trat vor, hielt sich aber außerhalb der Reichweite des Stabes.

»Ich bin Justen und ich bin ein Schwarzer ... nein, eigentlich ein Grauer Magier aus Recluce. Ich bereite mich darauf vor, Fairhaven und die Weißen Magier zu zerstören. Ihr könnt zusehen, aber lasst uns in Frieden. So oder so werden wir nicht länger als einen Tag brauchen.« Er zuckte mit gespieltem Gleichmut die Achseln, verschwand einen Augenblick und tauchte wieder auf. Dann warf er dem Schäfer eine Münze zu, die der Mann jedoch fallen ließ. »Betrachtet das als Pacht für Eure Weide.«

Der Mann hob wortlos die Münze auf und lief eilig den Hügel hinunter. Einmal sah er sich noch nach dem Marineinfanteristen mit dem Bogen und den beiden Magiern um.

Justen lächelte und fuhr pfeifend fort, den Ballonkorb auszuladen und bergauf zu schleppen. Das Lied, das er pfiff, klang sogar in seinen eigenen Ohren etwas schrill.

»Alles?«, fragte Martan.

»Alles aus den Fächern außer Nahrung und Waffen. Ihr nehmt die Waffen mit, die Ihr womöglich brauchen könnt, und Gunnar kann die Lebensmitteln tragen.«

»Warum sollen wir alles zum Gipfel schleppen?«, fragte Gunnar.

»Weil das der höchste Punkt des Hügels ist«, erklärte Justen angestrengt schnaufend. »Ich bin nicht mehr gut in Form.«

Oben angekommen, stellte er den Korb ab und ging sofort wieder hinunter.

Gunnar folgte ihm achselzuckend.

Als Justen mitten in seiner Ausrüstung neben einem

kleinen Haufen Kohle und einem kleinen Heizofen saß, der über Röhren mit dem Ballon verbunden war, nahte bereits die Mittagszeit.

»Und was jetzt?«, wollte Gunnar wissen.

Justen beschäftigte sich noch eine Weile mit der Linse, während der Ofen heiße Luft in den sich langsam aufblähenden Ballon trieb. »Wir legen einen ganz leichten Schild um den Ballon, und dann warten wir, bis sie bemerken, dass wir hier sind.«

»Und wenn sie es nicht bemerken?«, fragte Martan.

»Oh, das werden sie«, erwiderte Justen grinsend. Er blickte zur Sonne hinauf, die schon hoch über dem braunen Gras der Hügellandschaft stand. »Dafür habe ich die hier mitgebracht.« Er nickte zum gekrümmten Spiegel und zu der großen Kristalllinse hin. »Ich werde ihnen ein oder zwei Einladungen schicken.«

»Das hatte ich befürchtet.« Gunnar rieb sich den Nacken. »Und was dann?«

»Ich mache den Ballon und die Linsen bereit und du baust mit Martan einen Schutzwall aus Steinen.«

»Einen Schutzwall aus Steinen? Ich bin gekommen, um zu kämpfen«, protestierte Martan.

»Oh, ich bin sicher, dass Ihr zum Kämpfen kommen werdet«, sagte Justen leise. »Aber erst wenn ich die Weißen Magier ausgeschaltet habe. Ihr müsst Gunnar beschützen, während er dafür sorgt, dass der Himmel wolkenlos bleibt. Ein Magier mit den Sinnen im Himmel kann seinen Körper nicht schützen.«

»Und was ist mit Euch?«

»Ich werde im Ballonkorb sitzen. Dort können mir die meisten Waffen nichts anhaben.« Er zuckte mit den Achseln. »Der Korb kann nur einen Fahrgast tragen.«

Der kleine Ofen trieb weiter heiße Luft in die Seidenhülle des Ballons.

CL

Wieder spielte der Lichtstrahl vom Hügel über den Weißen Turm. Beltar blinzelte. »Dieser verdammte Ingenieur bereitet mir Kopfschmerzen.«

»Das ist offenbar auch seine Absicht.« Obwohl seine Worte ruhig klangen, massierte Eldiren sich nervös den Hals und die Stirn. Einen Moment lang verharrten die Finger über der Narbe oberhalb der Augenbraue.

»Was ist in diesem Licht? Licht sollte doch überwiegend chaotisch sein.« Beltar ging zum Fenster, machte wieder kehrt und spielte mit dem Amulett, das ihn als Erzmagier auswies.

»Es ist auf irgendeine Weise geordnet. Deshalb ist es auch so hell.« Eldiren leckte sich die Lippen.

»Habt Ihr nicht gesagt, der Ingenieur käme nach Fairhaven?« Beltar trat wieder ans Fenster und schaute nach Süden.

»Ich sagte, ich *glaube*, er kommt nach Fairhaven. Und nahe genug ist er ja wohl, oder? Hättet Ihr dieses Licht lieber dort unten auf dem Platz?« Eldiren deutete zum östlichen Fenster, durch welches ein begrüntes Rechteck auf dem Platz zu sehen war.

Wieder spielte das Licht um den Turm und das Spähglas summte leise.

»Beim Licht der Dämonen! Er wird schon wieder die Spähgläser zerstören. Wird es nicht allmählich Zeit, dass der Rat zusammentritt?«

»Ihr hattet mir aufgetragen, die Mitglieder am Spätvormittag zusammenzurufen.«

»Jetzt ist Spätvormittag.«

»Noch nicht ganz«, widersprach Eldiren. »Die meisten sind aber bereits zum Ratssaal unterwegs. Was wünscht Ihr, das sie tun sollen?«

»Ich glaube, wir müssen uns, natürlich geschützt von

ausreichend Eisernen Gardisten und Lanzenreitern, in den Süden der Stadt bewegen und unsere vereinten Streitkräfte gegen diesen ... gegen diesen Ingenieur ins Feld führen.«

»Meint Ihr nicht, dass er genau das herausfordern will?«

»Mir ist ziemlich egal, was er will. Wie lange könnten wir ihn denn noch ignorieren?«

»Ich könnte ihn ziemlich lange ignorieren«, erklärte Eldiren.

»Diese Möglichkeit steht mir nicht offen. Wie Ihr Euch erinnern werdet, bin ich der Erzmagier, und alle Mitglieder des Rates werden in Kürze arge Kopfschmerzen bekommen, soweit sie nicht schon längst welche haben. Wenn wir nicht bald etwas unternehmen ... heute noch ...«

»Vielleicht wollen sie, dass Ihr allein eingreift«, vermutete Eldiren. »Wie Ihr ganz richtig erklärt habt, seid Ihr der Erzmagier.«

»Ein Schwarzer, der stark genug ist, dieses ... das dort zu erschaffen, ist jedem Weißen ebenbürtig.«

Eldiren lächelte leicht und in seinem hageren Gesicht wirkte das Lächeln ausgesprochen hämisch.

»Hört auf zu grinsen«, befahl Beltar. »Ich gebe es ja zu, ich gebe es wenigstens zu. Ihr wart es doch, der behauptet hat, ihn getötet zu haben. Ein schöner toter Ingenieur ist das dort draußen.«

»Zumindest werden sie darauf bestehen, dass Ihr die Energien bündelt.«

»Ich weiß, ich weiß.« Beltar holte tief Luft und betrachtete versonnen die leere Weinflasche auf dem Tisch. Er leckte sich die Lippen und stand unvermittelt auf. »Ruft Jehan.«

»Er ist unten.« Eldiren erhob sich von dem schlichten Stuhl und ging zur Tür des Turmzimmers. Er ließ sie einen Spalt offen stehen, als er die Treppe hinunter schlurfte. »Jehan ...«

Beltar trat unterdessen ans Fenster an der Südseite des Turms und betrachtete die Lichtblitze und den runden Gegenstand, der auf der Hügelkuppe, von der das Licht kam, gewachsen zu sein schien. »Eine Kugel, gefüllt mit heißer Luft ... was hat er nur damit vor?« Er schüttelte den Kopf und drehte sich um, als er zwei Stiefelpaare die Treppe heraufkommen hörte.

Die beiden Magier betraten die Gemächer des Erzmagiers und warteten höflich.

»Jehan, wenn wir hier fertig sind, sollt Ihr Marschall Kilera suchen und ihn die Eiserne Garde und alle Weißen Lanzenreiter sammeln lassen. Ich brauche jeden Krieger, der einsatzfähig ist. Wir werden die Schwarzen direkt nach der Sitzung angreifen.«

»Wie Ihr wünscht«, sagte Jehan unbeeindruckt. »Ist dies die Entscheidung, zu welcher der Weiße Rat kommen wird?«

»Dies wird die Entscheidung des Weißen Rates sein«, bekräftigte Beltar. »Haben sie denn eine Wahl?«

»Sie könnten beschließen, einen neuen Erzmagier einzusetzen«, meinte Eldiren.

»Ha! Und sie würden wahrscheinlich auch das magerste Schwein im Stall schlachten. Glaubt Ihr wirklich, dass einer von ihnen hinausgehen und sich den Schwarzen stellen will?«

»Nun ja ... besonders beeindruckend scheinen sie nicht zu sein. Was haben sie denn schon, abgesehen von dem Wagen und einer Handvoll Raketen aus Schwarzem Eisen?« Eldirens Stimme klang munter, beinahe spöttisch.

»Das nötige Selbstvertrauen, um die mächtigsten Magier der Welt herauszufordern«, warnte Jehan. »Einen Sack voll heißer Luft und mehr Ordnung, als jeder von uns jemals an einem Ort versammelt gesehen hat.«

»Ihr zwei!«, fauchte Beltar. »Was soll das?« Er zielte mit dem Finger auf Jehan.

»Dieser Schwarze Magier tut immer wieder Dinge, die unmöglich scheinen. Wer wollte ihn aufhalten?«

»Wir werden ihn aufhalten. Der gesamte Weiße Rat.«

Als Beltar Jehan böse anstarrte, hob Eldiren die Augenbrauen.

»Ihr zwei«, wiederholte Beltar. Er räusperte sich. »Jehan, Ihr überbringt meine Botschaft an Marschall Kilera. Er soll all seine Truppen bereit halten, um gegen Mittag zu marschieren. Dann kommt Ihr wieder zu uns. Wir sind im Ratssaal.«

Jehan nickte, machte kehrt und eilte zur Tür hinaus und die Treppe hinunter.

Beltar nestelte an dem schweren Amulett herum, das er an der Halskette trug, und neigte den Kopf zu Eldiren. »Habe ich denn eine andere Wahl?«

»Eigentlich nicht. Ich denke, dass Ihr stärker seid als der Schwarze Magier, aber er glaubt offenbar, er könne auf irgendeine Weise siegen. Und trotz aller Gerüchte, dass der Schwarze Rat ihn einsperren wollte, weil er ordnungstoll sei, bin ich anderer Ansicht. Ich glaube, sie haben Angst vor ihm, und das bereitet mir Sorgen.«

»Mir bereitet es auch Sorgen«, gab Beltar achselzuckend zu. »Aber was soll ich sonst tun?« Er zuckte zusammen, als ein weiterer Strahl geordneten Lichts durchs Fenster hereinfiel.

Eldiren schauderte.

»Soll ich den Hügel hinauf laufen und sagen: ›Bitte, geht doch wieder.‹ Meint Ihr, das würde etwas nützen?«

»Nein. Und wenn Ihr es tun würdet, dann würde Derba Euch außerdem wegen Verrats in Ketten legen lassen oder Ihr würdet den halben Rat in Staub verwandeln.« Eldiren lachte über seinen eigenen Scherz. »Ich habe Euch ja gleich gesagt, was geschehen wird, wenn Ihr das Amulett durch reine Macht an Euch reißt.«

»Das habt Ihr getan, aber jetzt hilft es mir auch nicht mehr weiter. Was schlagt Ihr nun vor?«

»Ihr wollt einen Vorschlag, den Ihr akzeptieren könnt?« Eldiren zuckte mit den Achseln. »Setzt noch mehr Kräfte ein. Nehmt Euch Truppen als Rückendeckung und hofft, dass Ihr am Ende nicht uns alle vernichtet. Und wendet niemandem den Rücken zu, bis es vorbei ist.«

»Ihr seid wenigstens ehrlich.«

»Ich bin nicht sehr mächtig. Mir bleibt nichts anderes übrig.«

»Wollen wir gehen?«, fragte Beltar.

»Ich stehe Euch zur Verfügung, Erzmagier.«

»Allerdings.« Der Erzmagier glättete sein Gewand, ließ das Amulett fallen, bis es frei an der schweren Goldkette hing, und richtete sich entschlossen auf. Er ging zur Tür, Eldiren folgte ihm. Das Poltern ihrer Stiefel, als sie die Treppe hinunter gingen, war weit und breit das einzige Geräusch.

»Ihr könntet vielleicht auch das Amt des Erzmagiers aufgeben«, meinte Eldiren, als sie den unteren Raum betraten. »Oder Ihr könntet versuchen, mit dem Schwarzen zu reden.«

»Eldiren«, seufzte Beltar verzweifelt, »wenn ich das Amulett aufgebe, werde ich früher oder später genau wie Sterol gebraten werden, weil sie jemanden brauchen, dem sie die Schuld zuweisen können. Außerdem unterstellt Ihr damit, dass der Schwarze siegen wird, und das ist alles andere als sicher. Beim letzten Mal ist er vor Euch davongelaufen. Überleben ist nicht ganz dasselbe wie triumphieren.«

»Manchmal ist es ein und dasselbe.«

»Dann schlagt Euch doch auf Derbas Seite.« Beltar ignorierte die Diener, die ängstlich beiseite huschten.

Ohne Eldiren noch eines weiteren Blickes zu würdigen, ging er den breiten Gang hinunter zum Sitzungssaal des Rates.

»Wenigstens hört Ihr auf ein ehrliches Wort. Er dagegen weiß nicht einmal, was Ehrlichkeit ist«, fügte Eldiren hinzu.

»Dann sitzt Ihr genau wie ich in der Falle.«

Vor der Tür des Ratssaales blieb Beltar noch einmal stehen. »Bereit?«

»Selbstverständlich.«

Das leise Summen zahlreicher gedämpfter Gespräche erfüllte den Raum.

»... unser Erzmagier sich nicht persönlich um den aufsässigen Schwarzen kümmern? Warum den ganzen Rat einberufen?«

»... derselbe Schwarze, der die Hälfte der Truppen in Sarronnyn vernichtet hat ...«

»... jemand stark genug, dass der Weiße Schlächter sich Sorgen machen muss? Was für eine Schande.«

»... sind zu bedauern ... wird uns alle treffen.«

Eldiren an seiner Seite, stieg Beltar aufs Podest und das Murmeln erstarb. Er wartete einen Augenblick. »Ich habe den Rat einberufen, weil es nötig ist, über die Beleidigung zu diskutieren, die von dem Schwarzen Magier ausgeht.«

»Und dafür musstet Ihr den ganzen Rat einberufen?«, fragte irgendjemand, der mitten in der weiß eingerichteten Kammer saß.

Beltar zuckte mit den Achseln. »Ich halte es für besser, weit überlegene Kräfte einzusetzen, als die Magier und Soldaten einen nach dem anderen ausschalten zu lassen, wie es in Sarronnyn geschehen ist. Vielleicht erinnert Ihr Euch, dass wir nichts erreicht haben, so lange wir nur eine Handvoll Weißer Magier eingesetzt haben.«

Jehan schlüpfte in den Sitzungssaal und blieb neben

Eldiren stehen. Als er Beltars Blick auffing, nickte er. Beltar lächelte.

»Ihr seid der größte Magier seit langer Zeit, Beltar«, erklärte Derba. »Dieser Eindruck drängt sich einem jedenfalls auf.« Derba setzte ein Lächeln auf, das beinahe höhnisch war. »Dennoch sagt Ihr, dass wir alle unsere Kräfte vereinen müssen, um mit drei kleinen Ordnungs-Magiern aus Recluce fertig zu werden?«

»Angeblich seid Ihr doch in der Lage, Berge zu versetzen. Warum könnt Ihr nicht einfach den Berg unter ihnen anheben?« Der vierschrötige Magier, der zuletzt gesprochen hatte, wischte sich die Stirn ab und wich dem Blick des Erzmagiers aus.

Beltar seufzte laut. »Was wird mit Fairhaven passieren, wenn ich die Kräfte des Chaos anrufe und Berge wachsen lasse? Was meint Ihr, Flyrd?« Er starrte den vierschrötigen Magier an.

»Sagt es uns doch«, forderte Derba ihn heraus.

Der Stein, auf dem Derba stand, begann zu vibrieren, und der rothaarige Magier zuckte zusammen.

»Hübsch, Beltar. Wirklich hübsch.«

»Ich glaube«, schaltete Eldiren sich ein, »Beltar will uns zu verstehen geben, dass es sehr gefährlich sein könnte. Wenn man Berge wachsen lässt, zerstört man die Landschaft und alles andere, was sich in der Umgebung befindet.«

»Jeslek hat es getan.« Derba verschränkte die Arme vor der Brust und sah Eldiren herausfordernd an.

Ein Blitz flackerte vor dem Fenster an der Südseite des Saales mit den weißen Wänden auf. Eldiren zuckte zusammen, Jehan blinzelte nur. Mehrere andere Magier im Ratssaal regten sich unruhig.

»Und wir zahlen noch immer dafür. Heute gibt es in weiten Teilen der sogenannten Kleinen Osthörner nur Sandwüsten und dürres Gras«, fuhr Eldiren nach kurzem Zögern fort. »Und dieses Ereignis liegt inzwischen fast dreihundert Jahre zurück.«

»Also ...« Derba dehnte das Wort. »Wollt Ihr damit sagen, dass Eure gewaltigen Kräfte, wenn Ihr sie einsetzt, womöglich so übermächtig werden, dass Ihr die Kontrolle verliert und versehentlich Fairhaven zerstören könntet?«

»Das habe ich nicht behauptet.« Beltar starrte Derba an. Um beide Magier züngelten kleine Flammen. »Der Ordnungs-Magier hat Schilde, die sehr stark zu sein scheinen. Beim Versuch, die Schilde zu durchbrechen, könnten wir alles andere in der Umgebung zerstören, wenn es uns nicht gelingt, unsere Kräfte ausschließlich auf ihn zu richten. Vielleicht werdet Ihr Euch auch erinnern, dass wir, wenn wir gewaltige Chaos-Kräfte entfesseln, womöglich in ihm selbst einen Brennpunkt der Ordnung erzeugen. Erinnert sich jemand, was das letzte Mal passiert ist, als das Chaos gegenüber der Ordnung das Übergewicht zu bekommen schien? Kann jemand sich erinnern, warum Cerryl der Große ...«

»Ihr beruft Euch auf Cerryl?«, fragte Derba. »Das finde ich ausgesprochen amüsant.«

Wieder blitzte geordnetes Licht durch den Ratssaal.

»O mächtigste Magier«, rief einer aus der Gruppe von Weißen, die weiter unten standen, »könnten wir uns vielleicht möglichst rasch auf eine Vorgehensweise einigen? Wir haben gewisse Schwierigkeiten, mit den augenblicklichen Störungen umzugehen.«

»Ja, ehrenwerter Erzmagier«, fügte Derba hinzu, »was genau plant Ihr nun?« Sein rotes Haar schien im Chaos-Feuer zu lodern.

»Wir haben zwei Regimenter der Eisernen Garde, das Fünfte berittene Regiment und das Achte Regiment der Weißen Lanzenreiter. Dazu kommen noch hundert Kämpfer aus kleineren Einheiten ...«

»Das sind erheblich weniger, als die beiden Schwarzen Magier in Sarronnyn vernichtet haben, nicht wahr?«, fragte der vierschrötige Flyrd, der sich am hinteren Rand der Gruppe hielt.

»Damals hatten wir nur zwei echte Weiße Magier in unserer Truppe, die mehreren Tausend Sarronnesen und mindestens einem Dutzend Schwarzen Ingenieuren und Schwarzen Marineinfanteristen gegenüberstanden. Hier sind die Schwarzen Magier auf sich selbst gestellt. Sie haben nur einen Soldaten dabei. Das ist gewiss keine überwältigende Streitmacht, hochverehrter Freund Flyrd«, erwiderte Beltar.

Eldiren und Jehan wechselten einen kurzen Blick. Jehan verdrehte die Augen, weil ihm der Widerspruch in Beltars Erwiderung aufgefallen war.

»Spricht das nicht für ein unerhörtes Selbstvertrauen? Die Gerüchte gehen dahin, dass einer dieser Schwarzen derjenige sei, der alle Spähgläser in Candar zerstört hat.« Flyrd faltete die Hände vor dem weißen Gewand und wartete.

»Die Gerüchte besagen auch«, konterte Beltar, »dass er nach Recluce fliehen musste und dass der Schwarze Rat kurz davor war, ihn einzusperren, weil er ordnungstoll ist.« Der Erzmagier lächelte. »Ein Mann, der sich allein aufmacht, einen ganzen Kontinent herauszufordern, ist in gewisser Weise wohl nicht ganz im Gleichgewicht.«

»Aber wenn er übergeschnappt ist, warum erledigt Ihr ihn dann nicht mit links?«, fragte Derba. Ein breites Lächeln umspielte seine Lippen.

Beltar runzelte die Stirn. Weiße Funken flirrten rings um ihn und zwangen Derba, seine Schilde etwas zurückzunehmen.

»Ich ziehe die Frage zurück, o mächtiger und erhabener Erzmagier.« Derba wich mit geschürzten Lippen zurück.

Die Weißen Funken verschwanden und nun lächelte Beltar. »Da wir einer Meinung sind und da diese Angelegenheit so schnell wie möglich beigelegt werden soll –

und zwar auf die vorgeschlagene Art und Weise –, würde ich anregen, dass wir uns in Bewegung setzen.«

»Jetzt gleich?«

»Aber was ...«

Beltar lächelte. »Ich habe unsere Streitkräfte bereits zusammengerufen. Sie halten sich im Süden Fairhavens vor ihren Kasernen bereit. Marschall Kilera erwartet unsere Ankunft. Wir werden seinen Angriff unterstützen. Ich erwarte, dass alle Ratsmitglieder sich draußen vor der Kaserne versammeln und sich zum Abmarsch bereit machen. Und zwar *auf der Stelle.*«

Derba wischte sich die feuchte Stirn ab. Flyrd blickte nervös von Beltar zu Derba und dann zu Eldiren, bevor er sich zum hinteren Ausgang des Ratssaales zurückzog.

Beltar beobachtete die anderen einen Augenblick, dann schritt er hinaus und ignorierte das Murmeln, das sich gleich darauf erhob. Eldiren und Jehan folgten ihm.

»... bemerken, dass Histen noch nicht da ist ...«

»... Eldiren sieht nicht sehr glücklich aus ...«

»Sogar Derba ist zurückgewichen ...«

»So eine Dummheit ...«

»... wird in ein paar Augenblicken vorbei sein. Der Dumme Schwarze ...«

»Dumm ist er. So dumm, dass er in Sarronnyn unsere halbe Streitmacht zerstört hat.«

»... eine Wahl? Wir haben keine Wahl.«

Die Magier bewegten sich nach draußen zu den wartenden Pferden und Kutschen.

CLI

Der Wind flüsterte über dem braunen Gras auf dem Hügel. Justen schaufelte Kohle in den kleinen Ofen und richtete sich wieder auf. Die Tür ließ er noch einen

Augenblick offen stehen. Er wischte sich den Schweiß von der Stirn und holte tief Luft, bevor er sich nach Norden wandte.

Dort, mitten auf der Ebene zwischen den Hügeln, glänzten die weißen Türme von Fairhaven wie Reißzähne. Der höchste Turm, der Turm des Erzmagiers, schien im flimmernden Weiß, in das sich das unsichtbare Rot des Chaos mischte, zu pulsieren. Zwischen den ordentlichen Reihen der Gebäude und den Straßen waren immergrüne kleine Bäume, Ranken und Grasflächen zu sehen. Weiß und grün, grün und weiß. Fairhaven, das Juwel Candars.

Justen schüttelte den Kopf. Glaubte er wirklich, dass er zusammen mit Gunnar und Martan die mächtigen Magier angreifen konnte, die eine solche Stadt gebaut hatten?

Du kannst es ... und du musst es tun ...

Er schürzte die Lippen. Dayala und die Engel hatten gut reden. Sie waren ja nicht diejenigen, die sich einem langsam anrückenden kleinen Heer stellen mussten. Eine Streitmacht, die von Dutzenden Magiern begleitet wurde ... und Justen hatte nichts weiter außer einem Sack aus Seide, gefüllt mit heißer Luft, einen Weidenkorb, ein paar Stäbe, zwei Feueraugen und die Sonne.

Er lachte leise. Sein Vater hatte Recht gehabt. Er hatte sich letzten Endes in eine ausweglose Lage manövriert.

Justen, glaube an das Gleichgewicht ... und an dich selbst. Du musst daran glauben!

Ja, ich muss daran glauben.

Ich bin bei dir, Geliebter ... ich bin immer bei dir.

Er holte tief Luft.

Über Justen bebte der Ballon im leichten Wind. Am Hügel unter ihm schleppten Gunnar und Martan Platten aus Schwarzem Eisen vom Dampfwagen zu dem einfachen Wall aus Steinen, den sie auf Justens Drängen gebaut hatten. Er konnte nur hoffen, dass sie hinter dem Schwarzen Eisen und den Steinen gut geschützt waren.

Das dumpfe Hallen von Metall, das auf Stein traf, war am Hügel zu hören, als die beiden Männer die nächste Platte auf die Steine setzten.

Justen schnaufte halblaut und versuchte, sich zu entspannen, aber sein Magen hatte sich verkrampft und auch die Schultern wollten sich nicht lockern. Er warf einen langen Blick zu Martan, zu diesem jungen, stolzen und starken Mann, der so sehr darauf brannte, große Taten zu vollbringen. Justen seufzte. Große Taten, ach ja. Er kam sich eher vor wie ein Schlächter, der bald von Blut besudelt sein würde. Er blickte in Richtung Fairhaven und zu den Weißen Magiern, die sich näherten.

Die Reihen der Weißen waren bei weitem nicht so beeindruckend wie damals bei der Eroberung Sarronnyns, erstreckten sich aber dennoch über fast eine halbe Meile auf der nach Süden führenden Hauptstraße. Die Weißen Lanzenreiter bildeten die Spitze der Streitkräfte. Sie waren höchstens noch eine Meile von der Stelle entfernt, wo die Straße, die den Hügel hinauf führte, von der Hauptstraße abzweigte. Hinter ihnen kamen die berittenen Abteilungen der Eisernen Garde, deren rot gerahmte Banner im leichten Wind flatterten. Hinter den Reitern folgten die Fußtruppen der Eisernen Garde und dahinter die weißen Banner der Magier. Fast ein Dutzend Weiße Magier ritten auf weißen Pferden, dahinter kamen zwei weiß-goldene Kutschen mit weißen, golden eingefassten Bannern. Über den anrückenden Soldaten und Magiern hing eine rotweiße Wolke, die nur für einen Magier sichtbar war. Die Wolke kündete von Macht und Chaos und prophezeite die Vernichtung eines jeden, der sich dem hinter ihr stehenden Willen widersetzen wollte.

Justen schauderte. Dann nickte er und rief: »Martan! Ich muss jetzt hoch!«

Als der Marineinfanterist zu ihm gelaufen kam, schaufelte Justen heiße Kohlen in die Kohlenpfanne des Ballons. Er überprüfte die Trossen und löste die feuersicheren Röhren, die vom Ofen zum Ballon führten.

»Sie sind schon recht nahe. Ich muss den Ballon in die Luft bringen.« Justen blickte zum gespannten Stoff hinauf, dann zu den beiden Seilen, die den Ballon am Boden hielten. Jedes der Seile war an einen dicken Pfosten gebunden. »Martan?«

»Ja, Ser?«

»Sobald ich dort im Korb bin, löst Ihr die Knoten der Seile und lasst die Seile aus. Einen Knoten löst Ihr ganz, der zweite sollte sich von selbst lockern. Wenn das Seil voll ausgelassen ist, bindet Ihr es wieder fest und kehrt zu Eurem Wall zurück, um Gunnar zu beschützen. Ich sagte Euch ja schon, dass ein Magier, der den Geist durch den Himmel fliegen lässt, seinen Körper nicht schützen kann. Ich verlasse mich auf Euch.«

»Ja, Ser.« Martan nickte ernst.

Justen runzelte einen Augenblick die Stirn. »Wie viele Raketen sind noch im Dampfwagen?«

»Weniger als zwanzig.«

»Benutzt sie zuerst, so lange die Weißen noch dicht beisammen stehen und ein gutes Ziel abgeben.«

»Ich werde mein Bestes geben.«

Justen sah dem stolzen jungen Mann in die Augen. »Ich danke Euch.«

»Ich habe Euch zu danken. Dies hier hätte ich um nichts in der Welt verpassen mögen.«

»Ich hoffe, Ihr fühlt Euch noch genau so, wenn alles vorbei ist.« Justen wandte sich an seinen Bruder und umarmte ihn kurz. »Halte den Himmel so klar, wie es dir möglich ist. Um mehr bitte ich dich nicht, mehr brauche ich nicht. Und bleib in eurer Deckung! Wir haben die Panzerplatten nicht umsonst hier herauf geschleppt.«

Martan und Gunnar wechselten einen Blick, bevor Gunnar sich zur improvisierten Barriere aus Steinen umdrehte, auf der zwei Bleche aus Schwarzem Eisen vom Dampfwagen steckten.

»Ich meine es ernst. Du könntest blind werden ... oder sogar noch Schlimmeres.«

Ein dumpfer Trommelwirbel hallte von der weißen Pflasterstraße, die im Süden aus Fairhaven heraus führte, den Hügel herauf. Ein zweiter Trommelwirbel folgte direkt danach. Die Standartenträger senkten die weißen und die rot eingefassten Banner, um zu melden, dass sie den Trommelwirbel vernommen und verstanden hatten. Die Luft roch nach feuchtem Herbstlaub, obwohl die Bäume noch grün waren.

Justen kletterte in den Weidenkorb. Er musste aufpassen, um nicht an das Gestell mit den Linsen und die Klammern zu stoßen, in welche die Linsen eingepasst werden sollten, sobald der Ballon weit genug vom Boden abgehoben hatte.

Gib mir die Kraft, Dayala ... und sei hier bei mir.
Ich bin bei dir ... immer ...

Der Graue Magier – denn jetzt wusste er, dass er ein Grauer Magier war – lächelte. Dieses Mal hatte er sich die liebevollen Gedanken ganz sicher nicht eingebildet.

»Löst die Verankerungen.«

Martan löste erst das eine und dann das andere Seil und achtete darauf, dass das Haltetau mit gleichmäßiger Geschwindigkeit ausgelassen wurde.

Als der Ballon stieg, hielt Justen sich an den Rändern des Korbes fest. Die leichte Bauweise, die sich bei den Versuchen immer wieder als besondere Qualität erwiesen hatte, erschien ihm nun wie eine gefährliche Zerbrechlichkeit, je höher der Ballon stieg. Die Kate im braunen Gras an der Hügelflanke schrumpfte zu einem

Schuppen und dann zu einem Puppenhaus. So kam es ihm jedenfalls vor, obwohl der Ballon kaum mehr als hundert Ellen über dem Hügel schwebte.

Wieder war ein Trommelwirbel zu hören. Justen kippte ein wenig zur Seite, als er das Gewicht verlagerte und der Korb seiner Bewegung sofort folgte.

»Ooooh ...« Eine sengende Linie zog über seine Stirn und der Geruch von verbranntem Haar stieg ihm in die Nase. Er zog hastig den Kopf von der kleinen Kohlenpfanne zurück, die hier den Ofen ersetzte.

Er holte tief Luft und versuchte, Ordnung und Chaos im verbrannten Flecken seines Haupthaars wieder ins Gleichgewicht zu bringen. Erleichtert atmete er auf, als die Schmerzen nachließen, während der Korb sich stabilisierte.

Langsam schob er das Gestell mit den Linsen über den Rand des Korbes und befestigte sie an der Außenseite in den Klammern. Das Licht der Nachmittagssonne erreichte gerade eben die obere Linse.

Wieder ertönte ein Trommelwirbel und die Lanzenreiter rückten gegen die Mauer am Fuß des Hügels vor. Justen hing unterdessen im heftig schwankenden und pendelnden Ballon und versuchte, die Halterung der Linsen richtig einzustellen. Das Einstellen war hoch droben im Korb viel schwieriger als drunten auf der Erde.

»Nun komm schon ...«

Die Pendelbewegungen wurden sogar noch heftiger, als der Ballon weiter stieg.

Dann gab es einen starken Ruck, als das Haltetau voll entrollt war und den Ballon festhielt. Justen musste sich mit beiden Händen an den Rändern des Korbes abstützen. Einen Augenblick lang schien sein Magen ein Eigenleben zu führen und frei in der Luft zu schweben. Er schluckte schwer. Hatte Martan sich ähnlich gefühlt, als der Dampfwagen um die Kurven gefahren war?

Justen verzog das Gesicht zu einem kleinen traurigen Lächeln. Er beugte sich vor, um erneut die Linsen nachzustellen. Aus dem Augenwinkel konnte er sehen, wie die Weißen Lanzenreiter und die Eiserne Garde sich dem Fuß des Hügels näherten. Nachdem die Weißen den halben Tag überhaupt nichts unternommen hatten, war jetzt offenbar der Entschluss gefasst worden, einen schnellen Vorstoß zu wagen. Die weißen Banner und die Magier hielten sich vorerst noch etwas zurück. Ob der neue Erzmagier unter ihnen war?

Justen stellte die Klammern nach, aber der Winkel, in dem das Licht auf die Linsen fiel, stimmte noch nicht. Er musste die Klammern noch ein Stück verschieben.

Zischend flog eine Feuerkugeln zum Ballon herauf, aber sie war nicht sehr gut gezielt und verglühte, bevor Justen sie richtig gesehen hatte.

Gunnar ... es musste Gunnar sein, der ihn abschirmte, damit er arbeiten konnte. Er blickte kurz nach unten, aber Gunnar war hinter dem Wall nicht zu sehen. Martan stand noch am Haltetau.

»Martan!«, rief er. »Schießt die Raketen ab, um Gunnar zu decken.«

Wieder flog eine Feuerkugel zum Ballon hoch, die der Wetter-Magier ablenkte.

»So ein Mist!«, murmelte Justen, der immer noch versuchte, den Brennpunkt der Linse auf das Feuerauge auszurichten. Er würde noch gebraten werden, wenn es ihm nicht gelang, die Einstellungen vorzunehmen. Aber genau das war alles andere als ein Kinderspiel, während er beinahe mit dem Kopf nach unten in der Luft hing und sich Sorgen um Gunnar und Martan machte. Die beiden hatten allerdings nicht die geringste Chance, wenn er nicht schleunigst seine Waffe in Betrieb nehmen konnte.

Die nächste Feuerkugel flog zischend in seine Richtung. Der Korb geriet stark ins Schlingern, als Justens

Stiefel abrutschte. Wieder musste er sich mit beiden Händen am Rand des Korbes festhalten, um nicht kopfüber hinausgeschleudert zu werden. Und natürlich war er dabei versehentlich an die Halterung der Linsen gekommen und hatte den Brennpunkt verstellt.

»Verdammt ... verdammt ... verdammt!«

Er zwang sich, ruhig zu bleiben, und stellte behutsam die Halterung nach.

Wieder zischten Feuerkugeln zu ihm herauf. Die letzten kamen so nahe heran, das er die Hitze im Gesicht spürte, als würde er dicht vor einem Schmiedefeuer stehen. Er glaubte sogar schon, den Schwefel riechen zu können.

Vom Dampfwagen her war das Zischen der Raketen zu hören, die bergab zur Hauptmasse der Weißen Lanzenreiter flogen.

Mit lautem Knall explodierte die erste Rakete hinter den Weißen Stellungen auf einer Wiese, wo braunes Gras in weißem Rauch aufging.

Die zweite traf die rechte Flanke der Lanzenreiter.

Justen ignorierte das Kreischen der Pferde und stellte die Klammer noch ein wenig nach. Endlich traf das Licht im richtigen Winkel auf das Feuerauge und er konnte den Edelstein mehr oder weniger auf den Weißen Turm richten. Ein Lichtfinger stach aus dem Gerät hervor und verlor sich irgendwo in der Luft.

Obwohl er wusste, dass er die Einstellungen noch ein wenig justieren musste, erlaubte Justen sich ein triumphierendes Lächeln.

Wieder zischte eine Feuerkugel herauf, wieder schlug eine Rakete dicht vor der Eisernen Garde in die Steinmauer und sprühte flüssiges Feuer über ein halbes Dutzend Fußsoldaten. Einer rannte nach vorn und setzte über die Mauer, um sich im Gras zu wälzen und die brennende Uniform zu löschen. Aber er zog nur eine brennende Schneise durchs Gras, bis er zuckend und verkohlt liegen blieb, während die Schreie zu einem Stöhnen abklangen, das kurz darauf verstummte.

Es zischte und die nächste Feuerkugel zog knapp unter dem Ballon vorbei.

Zwei weitere Raketen flogen den Hügel hinunter ins Zentrum der Weißen Truppen und schlugen ein schwarzes Loch in ihre Reihen.

Ein neuer Trommelwirbel war zu hören und die Hälfte der Weißen Lanzenreiter stürmte bergauf.

Drei rasch nacheinander abgefeuerte Raketen verwandelten die erste Reihe der Lanzenreiter in einen verkohlten Haufen. Die übrigen Reiter wichen den Gefallenen aus und wandten sich gegen den Dampfwagen.

Zwei weitere Raketen explodierten vor dem rechten Flügel der Lanzenreiter im Gras. Rauch stieg auf, Dreck wurde hochgeschleudert. Der Angriff kam ins Stocken. Die dritte Rakete, die auf den linken Flügel gezielt war, brachte das Pferd des Anführers zu Fall, konnte den Vorstoß auf dieser Seite jedoch nicht aufhalten.

Gunnar lenkte einige weitere Feuerkugeln ab, während Justen noch einmal die Halterungen nachstellte.

Wieder waren drei laute Einschläge zu hören. Justen blickte kurz nach unten. Martan rannte vom Dampfwagen zum behelfsmäßigen Wall, ohne auch nur einen Blick auf den wirren, zuckenden Haufen von verkohlten Menschen und Pferden zu werfen, den seine letzten Raketen erzeugt hatten.

Justen duckte sich unwillkürlich, als die nächste Feuerkugel in seine Richtung zischte. Gunnars Schilde konnten sie aber mühelos abwehren.

Martan stand trotz Justens Anweisung fast ungedeckt und aufrecht hinter dem Wall und ließ einen Schwarzen Pfeil nach dem anderen bergab fliegen. Die kleinen Explosionen in den Reihen der Weißen Lanzenreiter zeigten, wo die Pfeile einschlugen. Als einzelne

Pfeile bergauf flogen, schoss der Marineinfanterist noch einen letzten Schwarzen Pfeil ab, ehe er sich hinter der Deckung, wo Gunnar schon mit geschlossenen Augen saß, in Sicherheit brachte.

Justen stellte die Linsen noch ein wenig nach, bis die Klinge aus Licht hinter der Kutsche des Erzmagiers den Boden berührte.

Sogleich kam die Antwort in Form von zahlreichen Feuerkugeln, die gegen den Ballon abgeschossen wurden.

Von Gunnars Schilden abgelenkt, flogen die Kugeln am Ballonkorb vorbei. Aber die Luft wurde wärmer, als wäre es ein heißer Sommertag.

Justen schüttelte sich heftig. »Nun mach schon, verdammt!«

Er holte tief Luft, schloss die Augen und konzentrierte sich, um den Strom des Lichts zu glätten und es in der Linse zu bündeln. Ein leichter Schatten flackerte um den Ballon und Justen konnte spüren, wie Gunnar die Schilde zurückzog, damit Justen die volle Kraft des Sonnenlichts einfangen konnte.

Dunkelheit ging vom Ballon aus, wie das Licht von einer zweiten Sonne abgestrahlt worden wäre. Es schien, als würde sich aus dem Ballon heraus die Nacht entfalten und sich über den Hügel legen. Dann breitete sich der Schatten nördlich nach Fairhaven aus, das funkelnd wie ein weißer Edelstein zwischen den braunen und grünen Hügeln lag.

Nach Norden raste der dunkle Schatten, der vordere Rand eine messerscharfe Grenze zwischen Tag und Nacht.

Die nächsten Feuerkugeln schienen auch ohne Gunnars Zutun einfach vom Ballon abzuprallen.

Drunten, klein wie eine Puppe, schoss Martan aus der Deckung heraus die nächste Salve von Pfeilen ab. Die Pfeile flogen im Bogen bergab und jeder schien wie von selbst sein Ziel zu finden, jeder Schaft brachte unausweichlich den Schwarzen Tod. Sobald ein Lanzenreiter von einem Pfeil durchbohrt wurde, gab es eine kleine Explosion, als Chaos und Ordnung aufeinander prallten und gegeneinander kämpften. Mit gleichmäßigen Bewegungen ließ Martan einen Strom von dunklen Pfeilen fliegen, so rasch nacheinander abgefeuert, dass sie beinahe wie eine durchgezogene schwarze Linie schienen, die über den Hügel nach unten zu den Weißen Lanzenreitern verlief. Das Knallen der explodierenden Pfeilspitzen erfüllte die sich vertiefende Dunkelheit. Mit jeder Explosion glühte in dem Dämmerlicht, das sich über den Hügel gesenkt hatte, ein kleiner Lichtpunkt auf.

Justen konzentrierte sich stärker und versuchte, jeden Gedanken an Martan beiseite zu schieben und seine Sorge um Gunnar zu vergessen. Jetzt kam es nur darauf an, das Licht in der Linse zu bündeln und auf den Edelstein zu richten.

Wie ein Schwert der alten Engel versengte die Klinge aus Licht den Boden am Fuß des Hügels, schnitt durch den braunen und grünen Rasen, schlug Funken und wirbelte aus der Mauer neben der Straße geschmolzenes Gestein hoch, als würden winzige Feuerkugeln aufsteigen. Kleine Brände brachen aus, Rauchwolken bildeten sich über dem Feld, wo das glutflüssige Gestein herabgefallen war.

Die Sonnen-Klinge wurde dunkler, als Gunnars Schilde einige Feuerkugeln ablenkten, dann stand sie wieder in voller Kraft über der Landschaft und schnitt quer durch einen Trupp Lanzenreiter. Schreie mischten sich in ein Zischen, das dem Arbeitsgeräusch einer schweren Dampfmaschine zu ähneln schien.

Wo die Licht-Klinge vorbeigezogen war, wirbelte weiße Asche hoch und trieb wie Schnee durch die Luft, landete auf dem Lehm neben der Straße, auf dem harten, geschmolzenen und wieder geronnenen Gestein der Straße selbst, auf den glasigen Böschungen, wo zuvor Sand gelegen hatte.

Pferde stiegen hoch, die wenigen, die noch übrig waren, und versuchten kreischend vor dem Ascheregen und den schwarzen Haufen zu fliehen, die vor der flüchtigen Berührung der Licht-Klinge Männer und Pferde gewesen waren. Im Halbdunkel wehten weiße Banner in einem Wind, der aus dem Nichts zu kommen schien, und das gedämpfte Flattern der Stoffbahnen mischte sich in den Lärm ringsherum.

Es zischte in unmittelbarer Nähe und Justen zuckte zusammen, als eine Feuerkugel ihm das Gesicht zu versengen schien.

Wieder ertönte ein Trommelwirbel und jetzt zogen die rot eingefassten Banner den Hügel hinauf zum Ballon – und vor allem Gunnar und Martan entgegen. Die Reiter der Eisernen Garde übernahmen bei diesem Vorstoß die Führung und auch die Fußtruppen setzten sich in Marsch.

Martans Pfeile trafen nun die grau gekleideten Truppen, aber wo sie trafen, gab es keine Explosionen und keine hingestreckten Körper mehr. Einige Gardisten fielen zwar, aber immer nur einer nach dem anderen, und es gab viel weniger Pfeile als Gardisten, auch wenn die Arme des Marineinfanteristen sich mit doppelter Geschwindigkeit zu bewegen schienen. Einen Moment lang wurden die raschen Bewegungen unterbrochen, als Martan einen Pfeil aus einer Fleischwunde an der Schulter zog, aber dann schoss er weiter Pfeil auf Pfeil ab, als wäre er nie verletzt worden. Doch die Welle der anrückenden grauen Truppen näherte sich unaufhaltsam Gunnars und Martans Stellung.

Mit der Kraft seiner Gedanken allein lenkte Justen den Strahl durch die Reihen der Weißen Streitmacht und versuchte, den Ansturm zu bremsen. Die Licht-

Klinge spielte über die Hügelflanke und schnitt eine schwarze Schneise ins Gras. Brennende Brocken flogen hierhin und dorthin.

Doch nur wenige Schreie erhoben sich, als der Strahl die Eiserne Garde traf.

Dichter grauer Rauch stieg vom brennenden Gras hoch. Der Geruch des verbrannten Graslands und des verkohlten Fleisches – menschliches wie tierisches – stieg über dem Hügel auf. Aber die Eiserne Garde schloss die Reihen, wo Krieger gefallen waren, und die rot geränderten Banner zogen unerbittlich bergauf.

Abermals zischte eine Feuerkugel knapp unter dem Ballon vorbei. Das Weidengeflecht knisterte vor Hitze und der Ballon tat einen Satz.

Justen wollte die Sonnen-Klinge wieder zur Eisernen Garde zwingen, aber die feurige Linie lief jetzt über die Straße und über die Weißen Lanzenreiter hinter der Mauer aus Stein. Die restlichen Lanzenreiter brachen den Angriff ab und flohen. Pferde spuckten Schaum und kreischten, einige warfen die Reiter ab.

»Formiert euch! Folgt der Garde!«

Wieder ertönte ein Trommelwirbel, wenngleich etwas zitternd und gebrochen, und die übrigen zwei Trupps Lanzenreiter trabten den Hügel hinauf, als wollten sie Justens Licht-Klinge verfolgen.

Höher auf dem Hügel und näher am Dampfwagen und der Verankerung des Ballons zog mindestens die Hälfte der Eisernen Garde – die eine Hälfte zu Fuß, die andere Hälfte zu Pferd – langsam, aber stetig bergauf, Martan und Gunnar entgegen.

Von den Weißen Magiern auf der Straße ging ein zunehmender Druck aus: Reines Chaos waberte dort und die Energie war so stark konzentriert, dass es eher rot als weiß erschien.

Eine der zahlreichen Feuerkugeln, die immer wieder gegen Justen abgeschossen wurden, flog knapp an ihm vorbei und traf den Ballon. Der Korb ruckte heftig und ein leises Zischen war zu hören. Justen bemühte sich, nicht die Konzentration zu verlieren, und packte mit einer Hand den Korb, aber das Licht-Schwert, das aus dem Feuerauge fiel, wanderte ziellos über einige Häuser am Rand Fairhavens.

Eines der Häuser, das ein Strohdach hatte, brach wie nach einer Explosion in Flammen aus. Lichterloh, wie eine Fackel, brannte es und Rauch stieg zum Himmel. Das Ziegeldach des nächsten Hauses barst und splitterte, heißes Mauerwerk flog durch die Straßen. Ein hohes, aus Stein gebautes Haus sank wie eine dicke Wachskerze in der Sommersonne oder im Backofen in sich zusammen und schien in alle Richtungen zu zerfließen. Der geschmolzene Stein steckte Bäume und Gartenpflanzen in der Nähe in Brand und breitete sich in einem Ring aus Feuer weiter aus.

Das Knistern der sterbenden Pflanzen, das Kreischen der Menschen und die panischen Schreie der Tiere vermischten sich zu einem Tosen, das vom Zischen des Licht-Schwerts überlagert wurde.

Zwei Feuerkugeln kamen geflogen, aber sie waren zu kurz gezielt. Doch Justen konnte spüren, wie sich bei den Weißen Magiern die Chaos-Energie noch weiter aufbaute.

Er versuchte, sein Entsetzen über die grausame Wirkung seiner Waffe zu verdrängen. Jetzt galt es, im schwankenden Ballonkorb das Gleichgewicht zu halten und die Sonnen-Klinge auf die Eiserne Garde zu richten, die unaufhaltsam gegen Gunnar und Martan vorstieß.

Martan feuerte nach wie vor einen Pfeil nach dem anderen ab. Sein rechter Ärmel war nass von seinem Blut. Gunnar kämpfte mit den hohen, mächtigen Winden, um für Justen den Himmel frei zu halten.

Justen riss die Sonnen-Klinge herum. Er versuchte,

sie auf die Reihen der Eisernen Garde zu richten und den fetten Rauch und die Schreie zu ignorieren.

Doch die Garde rückte weiter vor, bis sie kaum mehr als einhundert Ellen von Martans Stellung entfernt war.

Justen musste husten und die Klinge schwankte wild hin und her, blitzte bis zum Horizont und verwandelte eine Ecke des Marktes der Händler in ein Durcheinander aus geschmolzenem weißem Stein.

Wieder konzentrierten die Weißen Magier ihren Willen und wieder flammte eine riesige Woge von Chaos auf. Als er die Chaos-Energie spürte, zog Justen die Sonnen-Klinge quer durch die heranfliegenden Feuerkugeln, die der Reihe nach explodierten.

Wo Chaos und Ordnung aufeinander prallten, schien der Himmel selbst zu explodieren. Schwarze Sterne und blendend weiße Flammen mischten sich ineinander, brachten sich gegenseitig zur Explosion und erloschen rasch, als der Wind stärker wurde. Der Ballon tanzte wild herum, so dass Justen, obwohl er sich mit beiden Händen am Rand des Korbes festhielt, gegen die Kohlenpfanne geschleudert und fast aus dem Korb geworfen wurde. Wieder stieg ihm der Geruch von verbranntem Haar in die Nase.

Die Licht-Klinge zog nach Norden und die Grünfläche mitten auf dem Platz der Händler begann lichterloh zu brennen. Ruß und Asche flogen zum Himmel hoch. Noch während Justen sich mühsam aufrichtete und mit der Klinge wieder auf die Eiserne Garde zielte, brannten die Bäume auf dem Platz der Händler wie Kerzen. Zwielicht lag über dem Platz, dichter Rauch breitete sich aus.

»Das ist es«, murmelte Justen zu sich selbst. »Dem Chaos mit Ordnung begegnen ...«

Er spuckte Blut und zwang sich, nur an die Licht-Klinge zu denken und sie auf die ersten Reihen der Eisernen Garde zu lenken, auf Berittene und Fußsoldaten, und die Weißen Qualen zu ignorieren, die sich überall erhoben, wo Körper explodierten, verdampften und als Aschehaufen zurückblieben.

Wieder flackerte Chaos um den Ballon.

Der Ballon machte einen Satz, beruhigte sich aber gleich wieder. Justen schwenkte die Klinge über die Eiserne Garde, von der weniger als zwanzig Berittene übrig geblieben waren, die weiter gegen Martan und Gunnar vorrückten.

Justen zog die Klinge quer zwischen den beiden Gefährten und den Angreifern hin und her. Nach wie vor versuchte er, das Gleichgewicht zwischen Chaos und Ordnung zu halten, während er sein Netz so weit wie möglich über den Himmel spannte, um das Licht zu sammeln. Wenn er erfolgreich sein wollte, musste er so viel Licht wie nur irgend möglich einfangen.

Unter ihm hackte Martan auf einen Eisernen Gardisten ein und riss ihn vom Pferd, dann übernahm er das Pferd und griff mit einem gestohlenen Säbel die restlichen Gardisten an, als wolle er sie von Gunnar und Justen weglocken.

Weitere Feuerkugeln zogen nah an Justen vorbei und das Zischen des Ballons wurde lauter. Justen spürte das Geräusch eher, als dass er es hörte, denn seine Ohren waren vom Kreischen der Licht-Klinge selbst, vom Tosen der Feuerkugeln und vom Rauschen des Windes, der am Ballon zerrte, beinahe taub.

Drunten wurde Martan der Säbel aus der Hand gerissen, als einer der drei noch lebenden Eisernen Gardisten aus dem toten Winkel angriff.

Beinahe schluchzend bündelte Justen mit seinem Geist die verstärkte Ordnungs-Energie aus seinem weit gespannten Fangnetz und führte die Sonnen-Klinge gegen die drei Eisernen Gardisten um Martan. Sein Netz webend und die Strahlen verdichtend, lenkte Justen den stärker werdenden Strom der Ordnung, der sich wie ein Fluss aus dem Himmel selbst anfühlte, über das Land, der dunkleren Kraft, die er daneben aufbranden spürte, zum Trotz.

Justen ignorierte die dunkle Kraft und zog die verstärkte Licht-Klinge wieder über den Hügel. Überall, wo sie den Boden berührte, blieben Gefallene zurück, Gras wurde versengt und Steine geschmolzen. Die drei unverletzten Gardisten durften keinesfalls Gunnar und Martan erreichen. Von Martan war allerdings nichts mehr zu sehen, Justen spürte nur noch Gunnars Willen zum Himmel herauf greifen.

Dann erschütterte ein ausgedehntes Beben die Erde unter dem Tal. Von den Hügeln im Norden schien die Welle durch den Boden zu laufen, pflanzte sich über die Seile fort und schüttelte auch den Ballon durch, wenngleich gedämpft, weil die Seile jetzt, da der Ballon im Sinken begriffen war, nicht mehr straff gespannt waren.

Im Norden lief das Erdbeben als Welle über die Straße, hob zwanzig Stein schwere Pflastersteine aus und warf einige von ihnen kreuz und quer herum, während andere einen Riss bekamen und in tausend Stücke zersprangen.

Häuser – soweit nicht schon in Brand gesteckt, verkohlt oder explodiert – hoben sich wie Boote in der Dünung, als der scheinbar massive Boden unter ihnen aufwallte, als wäre er flüssig, und zitterte wie Gelee.

Eine Welle folgte auf die andere, Holzwände bogen sich durch und brachen wie Zweige. Steine und Mauern bebten, schauderten und ergossen sich in Kaskaden von Ziegeln und Steinen in die Straßen.

Wellen rot-weißer Zerstörung, Heerscharen verlorener und verstoßener Seelen, strömten Justen entgegen und voller Verzweiflung lenkte er das Licht-Messer gegen das dunstige Weiß und ließ es hindurch gleiten, um sich zu schützen und Gunnar und auch die ferne Dayala zu verteidigen.

Das Knirschen der zusammenbrechenden Steine und die gedämpften Schreie der unschuldigen Menschen, die in den Flammen, unter dem Gestein und in der aufgewühlten Erde starben, all dies verlor sich beinahe unter dem Zischen und Brodeln, das überall dort entstand, wo die Licht-Klinge den Boden berührte. Justen lenkte die Schneide aus Ordnung und Chaos zu den restlichen Weißen Lanzenreitern, die der Eisernen Garde bergauf gefolgt waren. Die ersten Soldaten hatten beinahe schon die Stelle direkt unter dem Ballon erreicht.

Auf die nächste Welle des Lichts folgten keine Schreie mehr, nur eine Woge von Weißem Schmerz fuhr durch Justen, als so nahe unter ihm Menschen starben. Auf der Seite des Hügels, die Fairhaven zugewandt war, glänzte der Boden inzwischen wie Glas. Kleine Erhebungen, die Überreste der Hütte des Schäfers, ragten aus der schimmernden Fläche empor.

Fast geblendet vom Strom der Weißen Agonie, versuchte Justen, die Kräfte auszugleichen und sie und die Klinge aus Chaos und Ordnung wieder auf die verbliebenen Weißen Magier zu richten.

Unter dem fortgesetzten Beschuss weiterer Feuerkugeln, die zum größten Teil von Gunnar abgewehrt wurden, der zugleich versuchte, den Himmel frei von Wolken zu halten, begannen Ballon und Korb wieder zu schlingern. Das Zischen über Justen wurde lauter und der Korb schwankte nun heftig und sank immer schneller. Justen blinzelte und versuchte, sich zu konzentrieren, darum bemüht, den Strom der Ordnung zu fühlen und ruhig zu bleiben, während die Klinge aus Ordnung und Chaos um den Chaos-Schild des Erzmagiers spielte.

Die Klinge schnitt bebend durch das Zentrum Fairhavens, das Justen so vorkam, als würde es von einer Art von weißem Netz zusammengehalten. Wo die

Licht-Klinge auf das weiße Netz traf, schmolzen die Steine der Gebäude. Alte Bäume explodierten und gingen in Flammen auf, um gleich danach verkohlt in Schutt und geschmolzenem Stein zu versinken. Gepflasterte Straßen flossen dahin wie Ströme aus weißer Lava.

Sogar im Ballonkorb war die Luft jetzt heißer als mittags in den Steinhügeln. Der Geruch von versengten Pflanzen, von verkohltem Fleisch, von Asche und Schlacke und noch mehr Asche erfüllte die Luft. Als steckte es in einem Backofen, wurde das Tal von der Licht-Klinge versengt, und die wenigen noch stehenden Gebäude verwandelten sich ihrerseits in Öfen, in denen die Bewohner verbrannten.

Die einzige Sonne am Himmel war jetzt das aus Ordnung und Chaos geschmiedete Messer, das Justen führte, und dieses Licht war kein Licht des Lebens, denn es verhieß nichts als mörderische Hitze und Qual.

Ein weiterer Chaos-Impuls flackerte dem Himmel entgegen und wandte sich Justen zu – eine massive Wand aus Feuer, vorangetrieben vom vereinten Willen der verzweifelten Weißen Magier und ausgerichtet vom Erzmagier selbst, dessen breite Schultern und schwitzende Gesichtszüge plötzlich vor Justens innerem Auge erschienen.

Wieder riss Justen die aus Ordnung und Chaos geschmiedete Klinge herum und lenkte die Energie, die er aus dem Himmel über Candar gewann, gegen den Erzmagier selbst, konzentrierte die Kraft nicht nur auf den Schild, sondern legte das Licht um den Schild herum. Ein neues Beben erschütterte den Boden und ließ sogar den Ballon zittern. Justen musste sich wieder am Korb festhalten, um nicht hinausgeschleudert zu werden.

Der Boden um die abgeschirmten Magier warf Blasen, als würde er kochen. Dampfsäulen stiegen auf und drangen sogar durch die von den Magiern geschützten Abschnitte der Straße.

Eine weitere Feuerkugel flog an Justen vorbei zum Ballon und brannte sich durch eine Trosse, die den Korb mit dem Ballon verband. Der Korb schlingerte wild und Justen hielt sich noch fester am Rand fest, während er unbeirrt versuchte, die Klinge aus Ordnung und Chaos auf die Weißen Magier zu richten.

Zischend flammten die Bäume auf der Straße und hinter den Weißen Magiern auf, als wären sie Schwarze Raketen, bevor sie, in Holzkohle verwandelt, umstürzten und von einem Strom von glutflüssigem Fels begraben wurden, der aus den geschmolzenen Steinen der Straße selbst gespeist wurde.

Endlich gelang es Justen, die Feuerkugeln abzuwehren und die Klinge aus Ordnung und Chaos gegen die Weißen Magier zu führen, wo er sie wieder um die Schilde des Erzmagiers spielen ließ.

»Das ist es ... und jetzt genau darauf halten ...«, ächzte er, während er versuchte, das geordnete Licht direkt zum konzentrierten Chaos zu lenken, das vom Erzmagier ausging.

Der Boden schien sich aufzubäumen und mit lautem Knall zu explodieren. Ordnung und Chaos brandeten zum Himmel hinauf und fraßen sich tief in die Erde hinein. Linien aus dunklem Feuer und Strahlen aus weißer Hitze zuckten über den düsteren Horizont, an dem ein neues Licht brannte, das hell war wie die Sonne.

Südwestlich von den Schilden der Weißen Magier riss die Licht-Klinge einen tiefen Graben auf, in den sich das geschmolzene Gestein ergoss.

Justen lenkte den Strahl aus Ordnung und Chaos, der immer wieder abzuirren drohte, erneut in die Richtung des Erzmagiers. Aber dessen Schild hielt stand, auch wenn er unter den Kräften, die Justen gegen ihn richtete, derart zu pulsieren begann, dass Justens Licht-Schwert quer durch das ganze Tal sprang.

Mit jedem Blitz, der durch das Tal zuckte, in dem einst die Weiße Stadt gestanden hatte, schmolzen weitere Steinbauten wie Wachs zusammen, bis das ganze Tal in Schutt und Asche lag – schwarz, grau und weiß. Glänzende Säulen von halb geschmolzenem Stein stachen aus der Masse hervor wie die Knochen der verbrannten Leichname und traten mit jedem Hieb des Feuerschwerts über den Himmel deutlicher hervor.

Justen hielt sich am Weidenkorb fest und unternahm einen letzten Versuch, das wild hin und her zuckende Licht-Schwert aus Ordnung und Chaos wieder gegen den Schild des Erzmagiers zu richten.

Inmitten des Aufbäumens der Ordnung und der Weißen Brandung, inmitten der unsichtbaren Erschütterungen, die an den Grundfesten der Welt zu rütteln schienen, inmitten der Weißen und Schwarzen Messer, die ihn zu zerstückeln schienen, schloss Justen die Augen und versuchte sich vorzustellen, er wäre ein Lorkenbaum in Naclos, tief verwurzelt in der Erde und gefestigt von der Ordnung im Großen Wald; ein mächtiger Lorkenbaum, der die Ordnung aus tiefen Wassern trank, der sie aus dem Eisen in den Felsen gewann und mit allen Pflanzen verbündet war, die sich wachsend gegen das beharrliche Nagen des Chaos wehrten.

Der Wind peitschte mit der Gewalt eines Geysirs an Justen vorbei. Er wurde im Ballonkorb herumgeworfen und hielt sich verzweifelt am zerbrechlichen Weidengeflecht fest, von dem ein Halteseil abgerissen war.

Er bemerkte kaum, wie er sich vor Anspannung selbst auf die Zunge biss, während er die Ordnungs-Klinge wieder auf sein Ziel ausrichtete und mit letzter Kraft versuchte, die Weißen Magier mittels der Ordnung zu fesseln und mit Hilfe des Gleichgewichts von Ordnung und Chaos für immer auszuschalten.

Doch auch er selbst wurde dadurch gefangen. Justen konnte spüren, wie Ordnung und Chaos sich umeinander wanden und durch das Tal brandeten wie die Hitze einer zweiten Sonne. Die noch lebenden Weißen Magier – jene, die versucht hatten, die volle Gewalt des Chaos gegen Justens Licht-Klinge zu entfesseln – wurden tief zwischen die Schilde gezogen, die sie selbst errichtet hatten, hinunter zu einem fernen Ort, von wo ihre Seelen zu rufen schienen, als steckten sie in einem tiefen Verlies.

Langsam, als hingen seine Gedanken in zähem Sirup fest, verdrehte Justen die gewaltigen Kräfte der Ordnung, die im Feuerauge gebündelt wurden, bis sie sich anfühlten wie ein Schlüssel, den er im Schloss herumdrehen konnte, um die Magier hinter ihrem eigenen Schild einzusperren – für immer und ewig.

Gesichter blitzten vor ihm auf: geschwärzte Gesichter, breite Gesichter und ein gehetztes, schmales Gesicht, das beinahe an einen Engel erinnerte, die Augen voller Leiden. Aber er fuhr fort, das Chaos mit der Ordnung einzuschließen.

Justen, du musst ... du musst das Gleichgewicht herstellen. Sogar Dayalas Gedanken waren jetzt schwach und schienen im Rauch unterzugehen.

Mit lautem Krachen explodierte das Feuerauge und auf einmal war es ganz still. Schwaches Sonnenlicht drang durch die Dunkelheit, die sich über das Tal von Fairhaven gesenkt hatte. Aschewolken brodelten über dem Tal und die Schlacke fiel wie Regen.

Ein lautes Donnergrollen ging von den hohen, dunklen Wolken aus, die sich nun wieder vor die Sonne schoben.

Der Ballon schlingerte wie wild und sank tiefer und tiefer. In weiten Pendelbewegungen ging es hinunter zum Hügel, wobei der Ballon immer wieder von dem gespannten Seil mit einem Ruck zurückgehalten wurde.

Justen blickte zum Boden. Seine Augen brannten, Blut rann ihm aus dem Mundwinkel, Arme und Beine waren zerschunden und bleischwer. Was konnte er noch tun? Und wie? Seine Sinne waren wie betäubt und es fiel ihm schon schwer, überhaupt die Arme zu heben.

Dann schlug er auf dem Boden auf, es wurde schwarz um ihn und all seine Gedanken zerstreuten sich.

Die ganze Landschaft bebte. Rauch stieg zum Himmel hoch und senkte sich wieder, weiße Messer schienen ihm das Fleisch von den Knochen zu schaben... die ganze Zeit über dröhnten Trommeln am Himmel und jeder Trommelwirbel schien seine geschundenen Knochen endgültig zu Pulver zu zermalmen.

Ein lautes Klatschen riss ihn in die Gegenwart zurück. Die Geräusche gingen offenbar von heftigen Ohrfeigen aus, die irgendjemand ihm versetzte. Zögernd versuchte er zu schlucken, obwohl die Kehle ausgetrocknet und die Zunge geschwollen und blutig war. Schließlich öffnete er die Augen.

Er lag auf der schlaffen Seidenhülle des Ballons; dicke Hagelkörner und Schneeflocken fielen vom Himmel und klatschten ihm ins Gesicht. Der ganze Hügel hatte bereits einen weißen Überzug bekommen.

Dayala...

Ein zerbrechlicher Faden der Ordnung war ihm geblieben, wenngleich so schwach, dass Justen ihn kaum spüren konnte. Er setzte sich auf. Das linke Bein pochte, die Schmerzen zuckten als weiße Blitze durch seinen Kopf. Der Rücken und die Rippen taten bei jedem Atemzug weh.

Als er sich auf die Seite rollte und aufzustehen versuchte, glitten die zitternden Hände auf einem Haufen Hagelkörner aus, die sich neben dem zerstörten Ballon aufgetürmt hatten.

Er zog sich am Weidengeflecht des Ballonkorbs hoch.

Auch die Weidengerten waren schon halb von Eis überkrustet. Mühsam kam er hoch und schlurfte den Hügel hinunter. Das schlimme Bein zog er nach. Er hatte nicht genug Ordnungs-Kraft in sich, um die Verletzung zu heilen.

Nach weniger als einem Dutzend Schritten blieb Justen schon wieder stehen. Abgerissen ging sein Atem, als er das junge Gesicht auf dem Boden betrachtete, das halb von Schnee bedeckt war. Dunkle Flecken waren auf der Wange zu sehen und breiteten sich bis fast zu den blicklosen Augen aus.

Martan lag neben einem verkohlten Haufen, der einmal ein Pferd gewesen war. Die linke Seite seines Körpers war geschwärzt, ein verkohlter Arm lag über der Brust. Die tiefen, schwarzen Brandwunden gingen nahtlos in die schwarze Uniform über, auf die er so stolz gewesen war.

Justens Augen wurden feucht. Wieder war ein treuer Mitstreiter gestorben.

Eine neue Yonada, eine weitere Dyessa, ein neuer Clerve, eine weitere Krytella, eine weitere Eiserne Gardistin. *Kann ich wirklich nichts anderes als Leichen um mich anhäufen?*

Er holte tief Luft und schleppte sich weiter zu einem Haufen dunkler Steine, der unter der weißen Decke aus Schnee und Hagelkörnern kaum noch auszumachen war. Er hatte Angst vor dem, was er dort finden könnte; nach der Misshandlung der Natur waren seine Ordnungs-Sinne blockiert und er konnte nicht spüren, ob sein Bruder noch lebte.

Gunnar lag am Hügel, halb innerhalb und halb außerhalb des Walls aus Felsen und Panzerplatten. Justen stolperte zur reglos liegenden Gestalt und atmete erleichtert auf, als er den Brustkorb seines Bruders sich heben und senken sah. Einen Augenblick blieb er, immer noch mit flatterndem Atem, stehen.

Dunkle Wolken, dunkler, als Justen sie je gesehen hatte, zogen über den Himmel. Blitze zuckten ins zerfurchte Tal hinunter, wo einst das mächtige Fairhaven gestanden hatte.

Obwohl der Schnee jetzt dichter fiel, konnte Justen erkennen, dass der Weiße Turm geschmolzen war wie eine Kerze in der Mittagssonne. Kein einziges Gebäude stand mehr, wo vorher die Weiße Stadt gewesen war. Weiße Linien strahlten von der Stelle aus, an der er sich jetzt befand. Hier hatte das Licht-Schwert die ganze Vegetation versengt und das Erdreich bis auf den nackten weißen Fels weggebrannt.

Zwischen den Strahlen dieser zweiten Sonne lag nur Asche. Asche und Brocken von geschmolzenem Stein, einige weiß, einige braun, die meisten geschwärzt, als hätten sie sich mit dunkler Asche vermischt, bevor sie wieder geronnen waren.

Die Schneeflocken, die rings um Justen fielen, waren grau, die Mischung aus Asche und Schnee und Hagel war grau, seine Seele war grau.

Er blickte zu Gunnar hinab, dessen Brustkorb sich regelmäßig hob und senkte. Dann begann er den mühsamen Rückweg zum *Dämon*, der am Rand der glasigen Fläche stand, die einst eine Weide auf einem Hügel gewesen war. Gunnar und er brauchten jetzt Essen, Decken und Ruhe.

Und wenn jemand sie fand, dann sollte es eben so sein.

Ein lautes Krachen ertönte und eine gezackte weiße Linie fuhr aus den dunklen Wolken herunter, verästelte sich und zuckte über den geschmolzenen Stein und die Trümmer, die einst die Weiße Stadt gewesen waren. Der Blitz über der Schneedecke erinnerte Justen daran, wie unwahrscheinlich es war, dass irgendjemand in der nächsten Zeit nach ihnen suchen würde.

Er lachte rau. Als ob es außer ihm und Gunnar noch

andere Überlebende gegeben hätte. Höchstens ein paar Dutzend Weiße Magier lebten noch unter dem Schlachthaus, das einst eine stolze Stadt gewesen war, wenngleich hinter dem Riegel aus Ordnung und Chaos eingesperrt.

Justen machte einen Schritt... ruhte aus... machte einen Schritt... ruhte aus. Aber er blieb in Bewegung. Gunnar brauchte Wärme. Er sah nicht mehr zu dem verkohlten Haufen, der früher einmal auf den Namen Martan gehört hatte. Er sah nicht zum verkohlten und geschmolzenen Flecken, der einst das Juwel Candars gewesen war.

Er setzte einen Fuß vor den anderen, einen Fuß vor den anderen.

Gunnar ... Dayala ...

Gunnar ... Dayala ...

Justen ging weiter ... und weiter ...

CLII

Die vier Druiden standen vor der Ehrwürdigen und betrachteten den brodelnden, rieselnden Sand, der die Veränderungen der Küstenlinien nachzeichnete.

Die jüngste Druidin weinte still, durchgeschüttelt von stummem Schluchzen. Eine andere nahm sie in die Arme, während der Sand sich weiter veränderte und verlagerte, bis die Sandtafel das neue Gleichgewicht in Candar und Recluce zeigte.

»Fairhaven existiert nicht mehr«, verkündete die Ehrwürdige. »Die zweite Sonne der Engel wurde entfesselt.«

»Aber ... um welchen Preis?«, fragte Syodra.

»Es gibt immer einen Preis zu entrichten. Seit Generationen hat niemand mehr einen Preis bezahlt und ein später bezahlter Preis ist ein höherer Preis. Die meisten Türme im Osten Candars sind umgestürzt. Flüsse haben ihren Lauf geändert. Die Stadt der Ingenieure ist zur Hälfte im Ostmeer versunken.«

»Und die Dampf-Chaos-Maschinen arbeiten nicht mehr«, fügte Frysa hinzu.

»Sie wollten nicht auf die Lieder hören«, ergänzte der einzige Mann in der Runde. »Und nicht auf die Seelen.«

»Es wird lange dauern, bis der Vorrat an Ordnung den früheren Stand wieder erreicht – falls die Schwarzen sich überhaupt entscheiden, abermals Ordnung anzusammeln. Freilich fürchte ich, dass sie genau dies tun werden, denn es wird nur wenig Weisheit von Generation zu Generation weitergegeben.« Die Ehrwürdige nickte den anderen zu und wandte sich an die Jüngste. »Du und er, ihr habt es gut gemacht.«

»Warum ...« Dayala schluckte. »Er hat ... er fühlt so viele Schmerzen.«

»Deshalb seid ihr verbunden.«

»Aber wie kann er hierher zurückkehren? Nach allem, was er getan hat?«

»Kind, er wird zu dir zurückkehren. Vertraue dem Gleichgewicht.«

»Dem Gleichgewicht vertrauen?« Dayala lachte und es war ein hartes, sprödes Lachen.

CLIII

Justen und Gunnar hatten sich einsilbig gegeben, nachdem sie sich aus den Decken befreit und den feuchten Schnee weggefegt hatten.

Justen trank kalten Saft und kaute die letzten Brotrinden mit etwas hartem gelben Käse. Seine Beine taten noch weh, aber das Gleichgewicht zwischen Ordnung und Chaos, das er mit Dayalas Hilfe geschaffen hatte, kam ihm auch selbst zugute und die Verletzungen heilten rasch ab.

»Was hast du mit den letzten Weißen gemacht? Mit denen, die du nicht mit deiner schrecklichen Licht-Waffe verbrannt hast?« Gunnar nahm den Krug von Justen entgegen und trank etwas Saft, wich aber den Blicken seines Bruders aus.

»Sie sind ... sie sind im Chaos und in der Ordnung gefangen. Irgendwo unter Fairhaven.« Justen schauderte. *Tod ... hatten sie wirklich den Tod verdient? Vielleicht. Aber verdiente es irgendjemand, in einem Block aus Ordnung im Chaos eingeschlossen zu werden?* Er konnte sich noch gut an ein Gesicht erinnern, ein Gesicht mit einer kleinen Narbe auf der Stirn, und an den Blick eines leidenden Engels. Er machte sich keine Illusionen, dass alle Weißen Magier böse und alle Schwarzen – oder Grauen – gut waren.

»Sie leben noch?«

»In gewisser Weise.«

»Können sie entkommen?«

»Ich weiß es nicht. Körperlich jedenfalls nicht.« Justen schauderte wieder. »Ich weiß es nicht. Ich glaube nicht. Vielleicht können sie ... von einer unachtsamen Seele Besitz ergreifen.«

Gunnar lief es kalt den Rücken hinunter und er zog die Decke enger um sich. Eine zweite Decke, die ihn vor dem feuchten, braunen Gras schützte, diente ihm als Lager. Der Wetter-Magier richtete den Blick auf einen Haufen Hagelkörner, die noch von Schnee bedeckt waren, obwohl die Morgensonne schon einen Teil der unzeitgemäßen Schneedecke geschmolzen hatte. Immer noch wich Gunnar den Blicken seines

Bruders aus. »Du hast Ordnung und Chaos ineinander verschränkt. Das hat noch niemand bisher getan. Schwarz und Weiß waren noch nie vereint, sondern immer getrennt. Es war echte Graue Magie.« Er starrte den Boden an.

»Das habe ich in Naclos gelernt.« Justen aß das Brot auf.

»Ich kann kaum noch die Winde berühren.« Endlich wandte Gunnar sich zu seinem Bruder um. »Was genau hast du eigentlich gemacht?«

»Ich habe ungefähr die Hälfte der Ordnung und des Chaos in der Welt zerstört, vielleicht sogar mehr. Deshalb waren die letzten Explosionen so heftig.«

»Justen, du hast gewusst, was passieren würde, nicht wahr?«

»Ja.«

»Aber warum hast du mir nichts gesagt? Auch mit den allerbesten Absichten lasse ich mich nicht gern täuschen, nicht einmal von meinem eigenen Bruder.« Gunnar schluckte.

»Aber ...« Justen unterbrach sich, als er Gunnars Zorn und Ablehnung spürte. Hatte er sich nicht deutlich genug ausgedrückt?

Er blickte zum Tal, wo die Trümmer Fairhavens geschmolzen unter der Schneedecke lagen. Wie ein Wachsmodell unter heißer Sonne war die Stadt untergegangen. Wie viele Unschuldige lagen unter den glasähnlichen geschmolzenen Flächen, in den Ruinen und unter der Asche begraben? Wie viele steckten noch in den mit Hitze geordneten Trümmern? War das gerecht gewesen? Andererseits, was sonst hätte er tun können?

Die Menschen in Fairhaven hatten sich der Herrschaft des Chaos untergeordnet. Konnte das seine Taten rechtfertigen? Justen schüttelte den Kopf. Wer war denn zur Stelle gewesen, als Sarron in Schutt und Asche gelegt wurde? Als Berlitos niedergebrannt wurde? Als die Einwohner der Randbezirke von Armat bei lebendigem Leibe gekocht wurden?

Doch der Geschmack von Asche in seinem Mund ließ sich nicht vertreiben.

Wie lange würde es dauern, bis das Zerstörungswerk getilgt war, bis die weißen Narben, die in die Krume und das Skelett der Erde selbst geschnitten worden waren, wieder zuwachsen konnten? Wie lange, bis keine Schreie mehr zwischen den Felsen und den geschmolzenen Gebäuden hallten? Wie lange, bis die Pflanzen gerade und aufrecht wachsen konnten?

»Justen?«, fragte Gunnar unwirsch.

»Ich dachte, du wüsstest es ...«

»Keiner von uns hat es vorher gewusst, lieber Bruder.« Gunnar stand langsam auf. »Wenn der Rest der Welt auch nur annähernd so aussieht wie die Gegend hier, dann wird es ein langer, harter Winter werden. Creslin war nichts gegen dich. Dein Weg ist wie seiner mit Blut gezeichnet, aber er hat wenigstens eine Klinge benutzt. Oh, ich vergaß – das hast du ja auch getan. Die gefährlichste Klinge der Geschichte.«

»Ich ...« Justen blieben die Worte im Halse stecken. Aber was hätte er schon sagen sollen? Gunnar hatte Recht.

»Nicht einmal die Lichtdämonen oder die Engel hätten es besser machen können. Das muss ich dir lassen, Justen.« Gunnar nestelte am Tornister herum, den Justen am vergangenen Abend mitgebracht hatte. »Dort unten kreischen so viele verlorene Seelen, dass ich nicht länger hier bleiben kann. Keinen Augenblick länger.« Er warf sich den Tornister über die Schulter. »Wenn noch Schiffe fahren, werde ich in Lydiar eines finden. Lebe wohl, Justen.«

Justen kämpfte sich auf die Beine. Das linke war immer noch steif und schwach. Gunnar marschierte schon aufrecht den Hügel hinunter und jeder Schritt zeugte von seinem Zorn.

Der Graue Magier holte tief Luft und blickte zum Dampfwagen, der nie wieder fahren würde. Er trug ein paar Nahrungsvorräte, seinen Tornister und einen Stab zusammen. Irgendwo, so nahm er an, würde er vielleicht ein Pferd finden oder kaufen können.

Gunnar würde Hilfe brauchen, der verdammte Narr. Nicht alle Weißen Magier hatten sich in Fairhaven aufgehalten und diejenigen, die noch lebten, waren über jeden, der aus Recluce stammte, mehr als nur ein wenig verstimmt. Trotz der stechenden Schmerzen in den Rippen musste er lachen. Ein wenig verstimmt?

Andererseits waren vermutlich auch die meisten Menschen in Recluce auf Justen nicht sonderlich gut zu sprechen und sie hatten gute Gründe dafür. Er leckte sich die trockenen Lippen, als er sich an ein Lied erinnerte, das er an einem warmen Abend in Sarronnyn gehört hatte. Der arme Clerve. Er hatte doch nichts weiter als eine richtige Schlacht sehen wollen.

Und Martan – er hatte nichts weiter als eine echte Schlacht schlagen und ein wenig Ruhm erwerben wollen. Ein schöner Ruhm war das!

Justen blickte hinauf zu der Stelle, wo Martan lag, halb von Schnee bedeckt. Dahinter stand der behelfsmäßige Schutz, hinter dem Gunnar Deckung gefunden hatte. Wenigstens würde der Wall einen anständigen Grabhügel abgeben. O ja, anständige Grabhügel konnte er bauen. Und Messer aus Chaos-Licht schwingen und Pfeile aus geordnetem Schwarzem Eisen schmieden.

Justen legte den Tornister weg und schleppte sich zu Martans Leiche. Das Einzige, was er dem jungen Marineinfanteristen jetzt noch geben konnte, war ein anständiges Begräbnis. Mehr nicht. Seine Augen brannten.

Später ... später würde er Gunnar folgen.

Als er Martans klares, junges Gesicht und die blicklosen Augen vor sich sah, hielt er einen Moment inne, ehe er sich bückte und den toten Gefährten aufhob, um ihn in die Grabkammer zu tragen. Im Norden funkelte das Sonnenlicht über dem geschmolzenen Stein und dem besudelten Schnee. Beides erschien ihm kalt wie der Tod.

CLIV

Das Bergpferd tappte auf der Straße entlang, dahinter folgte ein Maultier, das zwei Stangen aus Eisen und Kupfer und die Vorräte aus dem Dampfwagen trug. Justen sah sich immer wieder nach Gunnar um. Sein Bruder, dachte Justen, musste wohl ebenfalls ein Pferd gefunden haben. Jedenfalls dann, wenn Justen die Zeichen, die er für Gunnars Spuren hielt, richtig zu deuten wusste und Gunnar tatsächlich nach Lydiar unterwegs war.

Justen hatte eine Weile gebraucht, um Martan zu begraben und die wenigen persönlichen Habseligkeiten des Soldaten für seine Angehörigen zu bergen. Nicht, dass Justen die Verzögerung bereut hätte, aber Gunnar hatte inzwischen einen gehörigen Vorsprung.

Der Graue Magier betrachtete die vom Regen aufgeweichte Landschaft. Was er und Gunnar auch getan hatten, sie hatten auf jeden Fall einen Dauerregen herbeigerufen. Auf den Wiesen unter den Hügeln stand das Wasser und sogar über die Pflasterstraße flossen schon kleine Rinnsale. Die Auffangbecken liefen beinahe über.

Justen war froh, dass die Weißen Magier ihre Hauptstraßen solide gebaut hatten. Die unbefestigten Straßen mussten sich nach drei Regentagen in Schlammlöcher verwandelt haben. Justen schnaubte. Auf seine Weise hatte er selbst den Regen herbeigerufen. Allerdings würden seine Methoden nicht die Billigung Gunnars und der anderen Schwarzen Magier finden.

Die rasch dahinziehenden Wolken flogen jetzt höher als am Morgen und gegen Mittag hatte endlich der Regen aufgehört. Eine Lücke in der Wolkendecke schien für später sogar etwas Sonne zu verheißen.

Justen hatte gerade den Wegstein erreicht, der ihm verriet, dass Hrisbarg, jene kleine Stadt, die angeblich das Metall für die Eiserne Garde lieferte, noch ein Dutzend Meilen entfernt im Osten lag, als die Luft zu flirren begann.

Er suchte mit den Augen den Ursprung dieser Empfindung, bis sein Blick auf einen Hügel direkt vor ihm fiel. Ein kleines, aus Stein gebautes Haus stand auf dem Gipfel, aber das Kribbeln kam von der Hügelflanke darunter. War es Gunnar, der mit seinen nun verminderten Kräften einen Sturm herbeirief? Und war da nicht außer Gunnar auch noch ein Anflug von Chaos?

Justen trieb seinen Braunen an.

Als er die nächste weite Kurve umrundet hatte, wo neben der Straße ein kleiner Wasserfall toste, konnte er eine Kutsche und vier Lanzenreiter sehen. Auf der Straße lag ein einzelnes Pferd.

Gunnar stand hinter einem grauen Felsblock auf halber Höhe eines kleinen Hügels, der abschüssig und schlammig genug war, um die Lanzenreiter zu entmutigen ... wenigstens für den Augenblick.

Eine bescheidene Feuerkugel zischte am Wetter-Magier vorbei, gleich danach die nächste.

Justen sah sich um. Die Weißen Magier blockierten die Straße nach Lydiar und ein Rückzug kam für Gunnar im Augenblick nicht in Frage.

Wieder zischte es und eine rot-weiße, blendend helle und hässliche Linie griff vom Weißen Magier hinaus.

Justen legte einen Ordnungs-Schild um sich und das Maultier und schloss die Augen, als der nächste Weiße Feuerregen über seine Schilde prasselte. Eine Kiefer hinter ihm brach in Flammen aus und stürzte um. Unbeholfen stieg er ab. Das linke Bein machte ihm immer noch zu schaffen. Halb rannte und halb stolperte er zum Maultier.

Jetzt erinnerte er sich, dass die Bruderschaft der Ingenieure geschaffen worden war, weil in einer Welt mit weniger Ordnung das Chaos in der direkten Konfrontation immer stärker war als die Ordnung.

»So große Kräfte ...« Justen murmelte mit sich selbst und nestelte am langen Bündel auf dem Rücken des Maultiers herum, bis er endlich die Stangen lösen konnte. Hoffentlich würden die beiden, die er bei sich hatte, auch ausreichen.

Wieder zischte eine Feuerkugel heran, dass die Ordnungs-Schilde des dunkelhaarigen Ingenieurs bebten. Hoffentlich konnte er Gunnar noch rechtzeitig helfen!

Er lud sich den schweren Eisenstab mit dem Kern aus Kupfer und den zweiten Pol auf die Schultern und stieg eilig den Hügel hinauf. Er musste sich bergauf bewegen und sich vor Gunnar postieren.

Die nächste Feuerkugel warf ihn um. Er stürzte auf den Felsboden und spürte, wie er sich einen Schnitt auf der Wange zuzog. Mühsam richtete er sich wieder auf und lief weiter bergauf.

»... zwei dieser Schwarzen Hunde ...«

Ein Pfeil flog an ihm vorbei, dann noch einer. Er duckte sich ins hüfthohe Gebüsch.

Eine Bö fegte den Hügel herunter und der nächste Pfeil verfehlte ihn weit, wahrscheinlich wegen des plötzlich aufkommenden Windes oder vielleicht auch, weil er gestürzt war, nachdem sein Fuß sich in einer Wurzel verfangen hatte.

Er stolperte weiter, bis er eine Stelle fast direkt oberhalb der Kutsche erreichte. Dort rammte er den ersten Eisenpfahl in den weichen Boden und taumelte weiter.

Wieder stürzte er, als eine Feuerkugel seine Schilde traf. Er stützte sich mit der Hand an den scharfkantigen Felsen ab und zog sich einige weitere Schnittwunden zu.

Nach etwa einem Dutzend Schritten rammte er die zweite Stange in den Boden. Dann richtete er die Sinne auf das Eisen, das tief drunten in den Felsen ruhte, und versuchte keuchend, einen Kanal der Ordnung vom Eisen drunten zu den Eisenpfählen auf dem Hügel zu öffnen.

Wieder pfiff eine Feuerkugel an ihm vorbei.

Er holte tief Luft und ließ die Schilde sinken. Dann hob er die Hände, als wolle er die Weißen Magier unten auf der Straße anrufen. Er wartete und duckte sich kurz, als ein weiterer Pfeil ihn knapp verfehlte.

Der Himmel selbst schien unter dem Einschlag der nächsten Feuerkugel zu erbeben und die Bäume auf den fernen Hügeln schüttelten sich, als hätte ein mächtiger Wind sie gepackt. Rings um Justen stiegen Ascheflocken von den versengten Pflanzen auf.

Justen zwang sich, den schwachen Schild unten zu lassen. Er konzentrierte sich jetzt ausschließlich darauf, durch den Kanal, den er zum kalten Eisen tief unter der Erde geöffnet hatte, einen mächtigen Energiestoß in die Pole aus Eisen und Kupfer zu lenken.

Ein kalter, schwarzer Blitz der Ordnung, ein Blitz des Nichts und der Schwärze, zuckte zwischen den beiden Eisenstangen hin und her, erfasste sogar die Granitblöcke des Hauses oben auf dem Hügel und fuhr schließlich durch den Kanal, den Justen geöffnet hatte, bis nach unten in die Kutsche.

Ohne nachzudenken, schloss Justen die Augen und schlug die Hände vors Gesicht.

Das geistige Kreischen ließ Justen für einen Augenblick erstarren, aber dann wurde er von der Explosion in die Asche geworfen und versank in der Dunkelheit.

Er wollte sich aus der Schwärze befreien, aber seine Finger und Füße schienen starr und vermochten den Körper nicht zu bewegen.

»Ruhig ... ruhig, du Narr.« Auf einmal war Gunnar neben ihm.

Wasser tropfte ihm ins Gesicht – Tränen. Gunnars Tränen.

»Mir ist nichts passiert«, murmelte er. Er richtete sich langsam auf und versuchte, den Geschmack der Asche aus dem Mund zu bekommen. *Schmeckt die ganze Welt, als wäre sie gerade eben verbrannt worden?*

Gunnar hielt ihn einen Augenblick in den Armen. »Bist du sicher? Du siehst aus, als hätte man dich durch den Fleischwolf gedreht.«

Justen lehnte sich eine Weile an seinen Bruder, bis er spürte, dass der Boden unter ihm unangenehm warm wurde. Schließlich setzte er sich ganz auf und sah sich um.

Es war wie ein Spätnachmittag im Winter, schwere Regentropfen fielen vom Himmel und Dampf stieg über ihnen auf dem Hügel auf, wo nichts als zwei geschmolzene Granitsäulen vom Haus übrig geblieben waren, und unter ihnen auf der Straße, wo die Kutsche gestanden hatte. Von der Straße war außer einem Haufen Stein und einem Klecks geschmolzenem Metall, der an Wachs erinnerte, nichts mehr zu sehen.

»Der Ort hier fühlt sich nach Chaos an«, murmelte Gunnar.

»So ist es. Hier in den Felsen ist eine Menge Ordnung und Chaos auf die falsche Weise eingeschlossen.« Justen spuckte Asche aus und tupfte sich mit dem feuchten Ärmel das Blut von der Schnittwunde in der Handfläche. »Wir sollten sehen, dass wir weiterkommen. Es ist nicht gut, zu lange hier zu bleiben.«

»Ist es überhaupt gut, wenn du irgendwo länger

bleibst?« Gunnar zwang sich zu einem Lachen und half seinem jüngeren Bruder auf die Beine.

Sie stolperten zur Straße und um die Kurve. Das Bergpferd und das Maultier hatten sich zurückgezogen, waren aber in Sichtweite geblieben.

Justen seufzte. Hoffentlich liefen die Tiere nicht noch weiter nach Westen. Er war wirklich nicht in der Stimmung, hinter ihnen her zu jagen. Einen Augenblick lang sah er sich über die Schulter um, blickte noch einmal zu den geschmolzenen Granitsäulen. Von den beiden Eisenstangen war nichts mehr zu sehen. Er schauderte. *Was für Kräfte sind das, die Eisen verdampfen lassen, obwohl die Ordnung und das Chaos in der Welt so stark abgenommen haben? Was sind das für Kräfte, mit denen die Naclaner mich ausgestattet haben?*

Aber was sonst hätte er tun können? Der Rat hatte keine Anstalten gemacht, die Weißen Magier aufzuhalten, und auch die Naclaner hatten in dieser Hinsicht keinerlei Bemühungen gezeigt. Nur ein gewisser Justen hatte sich ins Zeug gelegt.

»Wir müssen die Pferde einfangen«, erinnerte Gunnar ihn.

»Ich weiß.« Justen drehte sich zu ihm herum. »Ich weiß. Übrigens sind es ein Bergpferd und ein Maultier.«

»Ich bin froh, dass du mir gefolgt bist.«

»Ich auch.«

Sie schlurften zu den Tieren. Es regnete und Dampf stieg von den Felsen auf.

CLV

Altara verneigte sich vor dem Rat.

»Können wir jetzt Euren Bericht hören, Leitende Ingenieurin?«

»Ich habe bereits einen schriftlichen Bericht eingereicht, ehrenwerte Ratsmitglieder. Wenn ich zusammenfassen darf ...«

»Bitte tut das.« Claris forderte die Ingenieurin mit einem Nicken auf, ihren Vortrag zu beginnen.

»Wie die Natur dieser ... dieser Störung in Candar auch beschaffen war ...«

»Ich glaube, wir reden hier über die Zerstörung Fairhavens?«, warf Ryltar ein.

»Soweit ich weiß, hatte die ... die Störung in der Tat diese Folgen. Außerdem gab es auf ganz Candar weitere Zerstörungen und es ist eine Flutwelle entstanden, die beinahe ein Drittel des alten Nylan zerstört hat. All dies waren aber meiner Ansicht nach Nebeneffekte. Auch die Zerstörung Fairhavens war nicht das Hauptziel.«

Die drei Ratsmitglieder wechselten einige Blicke und sahen dann zu Turmin, der am Ende des Tisches Platz genommen hatte.

»Fahrt fort«, befahl Claris. »Was war das Hauptziel?«

»Das Hauptziel war es, die Menge von freiem Chaos in der Welt zu vermindern.«

»Ein lobenswertes Ziel«, bemerkte Ryltar mit fast unmerklicher Schärfe. »Nur, dass genau das Gegenteil herausgekommen ist. Von den Kosten für uns ganz zu schweigen. Von den sehr erheblichen Kosten, wie ich betonen möchte.«

»Nein«, berichtigte Altara ihn. »Die Zerstörung hat in der Tat die geballte Kraft des Chaos der Weißen vermindert und wie Magister Turmin uns sagte«, Altara nickte zum Schwarzen Magier, »ist weder ein Brennpunkt des Chaos noch irgendeine hohe Konzentration der Ordnung übrig geblieben.«

»Ihr meint, dass die Zerstörung die Kraft von Ordnung *und* Chaos vermindert hat?«, fragte Jenna.

»Genau«, schaltete Turmin sich ein. »Der junge

Justen hat getan, was man vorher für unmöglich gehalten hat. Er hat es irgendwie geschafft, Licht zu ordnen und auf das Chaos zu richten.«

»Er hat das ganz allein getan?«

»Ja«, erklärte Altara.

»Diesen Teil hat er allein erledigt«, sagte Turmin beinahe gleichzeitig.

»Ingenieurin, was hat das für die Mächtigen Zehn zu bedeuten?«

Altara holte tief Luft. »Wir sind vielleicht fähig, die Ordnung aufzulösen, die noch im Schwarzen Eisen der Schiffer gebunden ist. Wenn Turmin Recht hat, könnten wir drei erheblich kleinere Schiffe bauen – aber erst, nachdem wir die Große Werkstatt wieder in Stand gesetzt haben. Sie hat in der letzten Zeit etwas gelitten.« Altara blickte zu Ryltar. »Die kleineren Schiffe wären beinahe so schnell wie die alten Schiffe, aber wir wären nicht in der Lage, sie mit einer schweren Panzerung zu versehen und sie könnten nur ein einziges Geschütz tragen. Sie können dennoch gegen die meisten Schiffe auf den Meeren sehr wirkungsvoll eingesetzt werden.«

»Wie denn?«, fragte Ryltar entrüstet. »Die hamorischen Schiffe sind zweihundert Ellen lang oder sogar noch größer ...«

»Das ist vorbei. Dampfkessel können nur mit Hilfe von Schwarzem Eisen unter hohem Druck betrieben werden. Das funktioniert jedoch nicht mehr. Wir können nur noch kleine Kessel betreiben.« Altara schlug einen Augenblick die Augen nieder. »Justen hat den größten Teil der konzentrierten Ordnung in der Welt zerstört. Der größte Teil des Schwarzen Eisens ist nicht mehr so stark wie zu der Zeit, als es geschmiedet wurde. Nicht einmal Stahl kann mehr die Chaos-Kräfte so wirkungsvoll eindämmen wie früher.«

»Aber wir könnten die Ordnung wieder aufbauen, nicht wahr?«, wollte Ryltar wissen.

»Unser Handel ... die Kaufleute ...«

»Es hat mehr als drei Jahrhunderte und die Bemühungen der Schwarzen Bruderschaft der Ingenieure gebraucht, um von Dorrins erstem kleinen Schiff bis zu den Mächtigen Zehn zu gelangen.«

»Ich möchte einen weiteren Punkt zu bedenken geben«, schaltete Turmin sich ein.

Die Ratsmitglieder sahen ihn an und warteten.

»Eigentlich sind es sogar zwei Punkte. Zuerst dieser: Kann Recluce es sich leisten, noch einmal einen solchen Aufwand zu betreiben, obwohl die Welt inzwischen weiß, dass die Ordnung zerstört werden kann? Und zweitens, wird noch irgendjemand wünschen, dass wir in dieser Weise tätig werden, sobald bekannt wird, dass der Aufbau unserer Macht zur Stärkung des Chaos in Candar beigetragen hat?«

Altara nickte bedächtig.

»Ich verstehe, was Ihr damit sagen wollt«, antwortete Jenna. »Können wir es uns leisten, unserem Handel hohe Steuern aufzuerlegen, wenn die meisten Kaufleute und Schiffsbesitzer ohnehin schon große Not haben, ihre Schiffe neu zu bauen oder umzurüsten? Ganz zu schweigen von den Kosten, die wir für den Wiederaufbau Nylans veranschlagen müssen.«

Ryltar schluckte.

»Habt Ihr sonst noch etwas zu ergänzen, Leitende Ingenieurin?«

»Wir werden ein kleines Schiff bauen, das unter dem augenblicklichen Gleichgewicht zwischen Ordnung und Chaos funktionieren wird. Mehr können wir ohne zusätzliche Mittel nicht tun und wir rechnen nicht damit, dass weitere Mittel bewilligt werden. Wir wünschen auch nicht, die Grenzen zu verletzen, die Magister Turmin umrissen hat, nachdem uns die Konsequenzen bekannt sind.«

Altara stand auf und zog sich in Richtung Tür zurück. »Mit Eurer Erlaubnis?«

»Ihr könnt jetzt gehen.« Claris nickte etwas unwillig. »Ihr auch, Magister Turmin ... und auch die Schreiber.«

Als alle außer den Ratsmitgliedern selbst den Ratssaal verlassen hatten, wandte Claris sich an Ryltar. »Ryltar? Wart Ihr nicht derjenige, der als Erster behauptete, dieser ... dieser Justen wäre ordnungstoll?«

Der Ratsherr mit dem schütteren Haar nickte stirnrunzelnd.

»Und trotzdem hattet Ihr nichts weiter zu berichten?«, fuhr Claris fort. »Jetzt hat er sich anscheinend entschieden, in Candar zu bleiben, wo er nicht erreichbar ist.«

»Das wissen wir nicht. Und wie Ihr Euch erinnern werdet, habe ich in der Tat meine Besorgnis zum Ausdruck gebracht«, protestierte Ryltar.

»Es spielt doch keine Rolle«, wandte Jenna ein. »Wenn er so mächtig ist, können wir ihn sowieso nicht erreichen.«

»Euer Verhalten hat dazu geführt, dass er unsere Kriegsschiffe und unsere Handelsflotte zerstören konnte«, fuhr Claris unbeirrt fort. »Sämtliche Schiffe, die in Nylan angelegt hatten, wurden entweder fortgetrieben oder zerstört. Ebenso alle Schiffe in Lydiar, Renklaar und in wer weiß wie vielen anderen Häfen.«

»Ich habe protestiert. Und meine Schreibstube und mein Lagerhaus wurden völlig zerstört.«

»Ryltar, der größte Teil Eures Besitzes ist in Hamor gelagert und dort haben sich auch die meisten Eurer Schiffe aufgehalten. Ein seltsamer Zufall, nicht wahr?« Claris' Augen blickten hart.

Jenna grinste, aber es war kein fröhlicher Gesichtsausdruck. »Von uns allen, Ryltar, wart Ihr am besten informiert, und dennoch habt Ihr uns immer wieder gefragt, was wir tun könnten.«

»Ich hatte den Eindruck, Ihr unterstützt ihn.« Ryltar wischte sich die Stirn ab. »Ihr habt nicht auf mich hören wollen.«

»Ihn unterstützen? Wenn Ihr die Sitzungsprotokolle durchsehen würdet, so könntet Ihr feststellen, dass Jenna und ich lediglich davor gewarnt haben, nicht ohne wirkliches Wissen um den Sachverhalt zu handeln. Ihr habt über dieses Wissen verfügt, aber Ihr habt es dem Rat verschwiegen. Ohne das Wissen, das Ihr für Euch behalten habt, sind Eure Proteste bedeutungslos gewesen, und Ihr habt das Wissen zurückgehalten, um allein davon zu profitieren.«

»Worauf wollt Ihr hinaus?«

»Auf Euren Rücktritt zum Wohl von Recluce.«

»Wie bitte?«

»Nicht mehr lange und es wird überall bekannt werden, dass Ihr Euer Wissen dem Rat vorenthalten und dadurch verhindert habt, dass wir rechtzeitig handeln konnten, weil Ihr gehofft habt, Euch mit Hilfe der nur Euch bekannten Informationen zu bereichern«, fuhr Claris ruhig fort. »Und Gewinne habt Ihr damit ganz gewiss gemacht.«

»Außerdem«, ergänzte Jenna, »habt Ihr Eure Schiffe aus Nylan weggeschickt, ohne Hoslid und den anderen etwas über Eure Beweggründe zu sagen. Sie haben ihre Schiffe verloren, Ihr nur einige Maschinen.«

Ryltar blickte von einer Ratsherrin zur anderen. »Ihr seid ja beide verrückt geworden. Das könnt Ihr nicht machen.«

»Verrückt?« Jenna lachte leise. »Nein. Und wir können es durchaus machen. Wenn Ihr Recluce nicht schleunigst verlasst, Ryltar, dann könnte es sein, dass sich einige äußerst aufgebrachte Kaufleute vor Eurer Tür versammeln. Ich glaube nicht, dass sie viel auf Eure Ausflüchte geben werden.«

»Ryltar«, fügte Claris hinzu, »ein Ratsherr ist verpflichtet, für das Wohl von Recluce einzutreten. Ihr habt allzu oft Gründe dafür vorgebracht, warum wir nicht handeln sollten. Unsere Untätigkeit hat aber immer wieder Euch selbst zum Vorteil gereicht. Dieses Mal werden wir Eurem Beispiel folgen und nichts tun – außer den Leuten zu sagen, was geschehen ist.«

Ryltar wischte sich wieder die Stirn ab.

»Wenn Ihr jetzt zurücktretet«, erklärte Jenna liebenswürdig, »könnte ein Tag oder mehr vergehen, bis die offizielle Verlautbarung erlassen wird. Ich vermute, dass es heute, da die Macht der Weißen Magier so nachhaltig beschnitten wurde, in Sarronnyn oder Suthya, wo die Weißen ihre Macht ohnehin noch nicht gefestigt hatten, einige Orte gibt, die Euch etwas zu bieten haben. Gut möglich, dass Euch das ... das Klima dort besser bekommt als die Luft in Recluce.«

Ryltar schluckte schwer und sah von einer zur anderen. Schließlich zuckte er mit den Achseln und griff nach dem Stift, der vor ihm lag.

CLVI

Justen wartete fast eine Meile südlich der Hauptpier von Lydiar am Strand. Er sah zu, wie die Mittagssonne – es war der erste sonnige Tag seit fast einem Achttag – auf den Wellen der Großen Nordbucht spielte.

Gunnar kam von der Straße zu ihm herunter. »Die Schmuggler werden mich bis Landende mitnehmen. Sie sagen, der Hafen von Nylan sei zur Hälfte zerstört ... überschwemmt von einer Flutwelle.« Er schüttelte den Kopf. »Du machst wirklich keine halben Sachen, Bruderherz.«

»Es gibt eben Dinge, die man nur ganz oder gar nicht tun kann.« Justen lächelte traurig.

»Glaubst du immer noch, dass dies alles im Einklang mit der Legende steht? Und ist die Legende überhaupt wahr?«

»Oh, die Legende ist ganz gewiss wahr. Vergiss nicht, dass ich einem Engel begegnet bin.«

»Ich glaube, du hast vergessen, es zu erwähnen.«

»Ich habe auch noch ein paar andere Dinge übersehen«, gab Justen zu. »Aber wie auch immer ... die Naclaner glauben jedenfalls, alles sei mit allem anderen verbunden. Deshalb gibt es auch so gut wie keine scharfkantigen Werkzeuge in Naclos. Die Trennung von Dingen kommt einem Verleugnen der Realität gleich und selbst wenn es nötig ist, verursacht es Schmerzen. Zum Extrem gesteigert, ist die Ordnung Sterilität und Tod, während das ins Extrem übersteigerte Chaos Feuer, Anarchie, Zerstörung und ebenfalls den Tod bedeutet. Kurz und gut«, sagte Justen, während er wieder auf das ruhige Wasser der Bucht blickte, »haben sich alle geirrt, mich selbst eingeschlossen. Und das ist die Grundlage der geheimnisvollen Bemerkung der alten Heilerin – ich glaube, ihr Name war Lydya. Sie sagte, die Marschallin von Westwind – wenn du dich erinnerst, war sie Creslins Mutter ...«

»Ich erinnere mich. Könntest du jetzt bitte zur Sache kommen, ehe mein Schiff ohne mich in See sticht?«

»Keine Sorge, sie brauchen dein Geld. Lass nicht den Kopf hängen, Gunnar. Vielleicht kehre ich eines Tages nach Recluce zurück. Wie auch immer, ich wollte dir die Bemerkung erklären, dass Dylyss und Ryessa gleichzeitig die größten Wohltaten und den größten Schrecken zu verantworten hätten, die Candar je gesehen hat. Dies hat bisher noch niemand wirklich verstanden. Es ging nicht um den Triumph von Fairhaven oder Recluce, sondern um die Vorstellung, dass Ordnung und Chaos voneinander getrennt werden könnten. Was geschehen ist, war gut, weil deutlich wurde, dass die Ordnung unverzichtbar ist, aber es war schlecht, weil es Ordnung und Chaos voneinander getrennt hat – und in diesem Punkt hatten die Naclaner Recht. Schau dir nur all die Schmerzen an, die durch die Trennung entstanden sind.«

»Ich denke, du hast deinen Teil dazu beigetragen.«

Justens Augen und Sinne fanden endlich, wonach er gesucht hatte. Er rannte über den Sand, griff unter einen Busch und hob eine mit Moos bewachsene Schildkröte auf. Mit ihr kehrte er zurück zu Gunnar.

»Lass sie doch in Frieden …«, sagte Gunnar.

»Gleich, einen Augenblick nur.« Justen brachte die Schildkröte, die sich in den Panzer zurückgezogen hatte, zu dem Felsen, an dem Gunnar lehnte.

»Pass auf, was ich mache. Nicht mit den Augen, sondern mit den Sinnen.«

»Wird das ein Zaubertrick, Bruderherz?«

»In gewisser Weise.« Justen zwang sich zu einem spröden Lächeln, wenngleich jedes Wort der Wahrheit entsprach. »Pass einfach auf.« Er leerte seinen Geist, stimmte sich auf den Strom der Ordnung um die kleine grüne Schildkröte ein und beruhigte dabei gleichzeitig das Tier. »Immer mit der Ruhe, mein Kleiner … Justen wird dir nichts tun.«

Gunnar riss die Augen auf. »Wie …«

»Fühle es einfach …«

Gunnar sah mit aufgerissenen Augen weiter zu.

»Hast du das Muster?«

»Ich glaube schon … ja.«

»Gut.« Justen setzte die Schildkröte in den Sand und nach kurzer Zeit streckte sie die Beine wieder aus dem Panzer und rannte zum Wasser.

»Warte … war das auch klug? Hast du die Schildkröte nicht gerade unsterblich gemacht?«

»Nichts ist klug«, gab Justen lachend zurück. »Nicht auf lange Sicht gesehen. Doch allein dadurch, dass ihr Körper geordnet ist und kein freies Chaos mehr enthält, ist sie nicht unsterblich geworden. Ein Rochen oder ein Hai könnte sie zum Frühstück verspeisen. Aber bei Wasserwesen wie der Schildkröte ist es etwas leichter.«

»Warum hast du mir das gezeigt?«

Justen zuckte mit den Achseln. »Du könntest das auch bei dir selbst tun. Dann würdest du niemals altern. Du könntest nach wie vor getötet werden, aber dein Körper würde nicht mehr auseinanderfallen.«

»Wo hast du das gelernt?«

Justens Augen wurden einen Augenblick leer, als er sich an den Sumpf, an den Strom und an Dayala erinnerte. Er schluckte. »In Naclos, von den Druiden.«

Gunnar blickte zum Meer hinaus. »Es ist kein Trick.«

»Nein ... es ist ein Fluch – und es ist einer, den ich dir auferlege, mein älterer Bruder. Ich verfluche dich, weil ich dich liebe.« Justen drehte sich um und sah Gunnar in die Augen. »Du wirst diese Technik nicht mehr vergessen können und du wirst es nicht wagen, sie irgendjemandem zu zeigen, weil du fürchten musst, dass sie verlangen, du sollst es bei allen anderen tun, wenn du nicht verstoßen werden willst. Aber es entspricht der wahren Ordnung, dem wahren Gleichgewicht zwischen Ordnung und Chaos.«

Gunnar schauderte. »Ich kann mich immer noch weigern, es anzuwenden.«

Justen lachte. »Vielleicht wirst du dich ja wirklich weigern, aber du wirst es dir anders überlegen, wenn deine Knochen zu altern oder die Zähne zu faulen beginnen. Zahnschmerzen sind äußerst unangenehm.« Er zuckte mit den Achseln. »Dann wirst du über die Schmerzen nachdenken und dir vor Augen halten, dass du sie beheben könntest.« Ein dunkles

Bier wäre jetzt nicht schlecht, dachte Justen. Er leckte sich die Lippen. Seine Zunge fühlte sich immer noch geschwollen an.

Gunnar schluckte. »Und wenn ich diese... diese Technik einsetze, werde ich ein paar Jahre später Recluce verlassen müssen.«

»Nicht unbedingt. Wenn du, der große Gunnar, darauf hinweist, dass ein Leben in der Ordnung zu einem hohen Alter bei bester Gesundheit führt und dass du das Leben anderer Menschen verlängern könntest, wird die Sache anders aussehen.« Justen grinste. »Außerdem hebt der Umgang mit dem Chaos die Wirkung der Technik schnell wieder auf.«

»Wie schnell?«

»Wenn du das Ordnungs-Bild in einem Körper nicht binnen weniger Tage wieder aufbaust, kommt der Tod sehr schnell. Irgendwie weiß der Körper, wie alt er wirklich ist.«

»Du hast offensichtlich etwas Bestimmtes im Auge, mein liebster jüngerer Bruder.«

»Natürlich.« Justen lächelte leicht. »Dieses Mal habe ich es mir aber vorher überlegt. Wir haben große Mengen Ordnung und Chaos zerstört. Eines der Probleme war, dass niemand wirklich verstanden hat, dass konzentrierte Ordnung genauso schlimm ist wie das Chaos, vielleicht sogar noch schlimmer. Du wirst der Fürsprecher des Gleichgewichts werden und viele alte Gebräuche, die funktioniert haben, wieder einführen – beispielsweise das Exil und den Gebrauch von Kräutern, bevor man die Ordnungs-Magie anwendet, und auch die Verantwortung der Handwerker dafür, dass ihre Lehrlinge ordentlich arbeiten ...«

»Warum sollte ich das für dich tun?«, schnaubte Gunnar.

»Du wirst es nicht für mich, sondern für dich selbst tun. Es ist die einzige Möglichkeit für dich, auf Recluce bleiben zu können. Wer weiß? Vielleicht hältst du es sogar ein oder zwei Jahrhunderte aus, wenn du es richtig machst.«

»Dann ... dann wird niemand mehr auf Recluce bleiben können, der eine Neigung zum Chaos zeigt? Egal, wer es ist?«, fragte Gunnar. »Das würde dann aber auch dich betreffen.«

»Und was ist mit deinem Kind?«, fragte Justen mit blitzenden Augen.

»Ich habe keine Kinder.«

»Du wirst welche haben. Was wird dann? Was, wenn dein Sohn oder deine Tochter dir Fragen stellen? Wenn er oder sie von der Macht des Chaos angezogen wird wie Ryltar? Wirst du ihn oder sie in das Chaosbefleckte Durcheinander schicken, in das wir Candar verwandelt haben?«

»Ja.«

»Vergiss dies niemals in den kommenden Jahrhunderten, mein Bruder.«

»Jahrhunderte?«

»Jahrhunderte«, bestätigte Justen. »Ob es mir gefällt oder nicht, ich bin in der Ordnung erstarrt, mein lieber älterer Bruder, und so wird es auch dir ergehen. Lieber dies, als alt und hinfällig dahinzusiechen.«

»Manchmal, Justen, bist du einfach unerträglich.« Gunnar griff nach seinem Tornister.

»Nein. Ich bin einfach nur ein Grauer. Ein sehr, sehr Grauer Magier.«

»Und jetzt willst du mitkommen und mir ständig über die Schulter schauen? Vielen Dank auch.«

»Nein, ich bleibe hier.«

»Bei deiner Druidenfreundin?«

»Genau ... und ich will durchs Land wandern und mich bemühen, eine Art Gleichgewicht zwischen Chaos und Ordnung zu bewahren.« Justen schluckte. *Dayala, werde ich denn immer hin und her gerissen sein zwi-*

schen dem Wunsch, zu heilen, was ich zerstört habe ... und dir?

»Aber ... aber warum?«

»Sagen wir einfach, dass ich es tun muss.« Justen grinste. »Genau wie dir nichts anderes übrig bleiben wird, als Recluce wieder in Ordnung zu bringen.«

»Und jetzt gehst du zu den Druiden?«

Justen ging ein kurzes Stück den Strand hinunter zu der Stelle, wo das Wasser der Bucht am Sand leckte. Mit den Sinnen folgte er der eilig schwimmenden Schildkröte ins offene Meer hinaus. »In gewisser Weise bin auch ich ein Druide.« Er drehte sich um. »Du musst jetzt auf dein Schiff.«

»Und du?«

»Ich habe einen langen Ritt vor mir. Es wird Zeit.«

Die Brüder umarmten sich ein letztes Mal, dann ging der eine nach Norden zu einem Schiff mit schwarzem Rumpf. Der andere stieg auf ein Bergpferd und ritt nach Südwesten.

L. E. Modesitt jr.

Der Recluce-Zyklus

»Der Bilderbogen einer hinreißenden Welt.«
Robert Jordan

Das große Fantasy-Erlebnis in der Tradition von Robert Jordans ›Das Rad der Zeit‹

Magische Inseln
1. Roman
06/9050

Türme der Dämmerung
2. Roman
06/9051

Magische Maschinen
3. Roman
06/9052

Weitere Bände in Vorbereitung

06/9050

06/9051

HEYNE-TASCHENBÜCHER

Wim Gijsen
Deirdre-Trilogie

Die Geschichte von Deirdre, der Auserwählten einer uralten Prophezeiung. Aus der Tempelsklaverei befreit, reist sie als Gesandte durch dunkle Reiche, um dem Ruf ihres Schicksals zu folgen und den letzten Kampf gegen ihre Erzfeindin zu bestehen.

Wendekreise
1. Roman der Deirdre-Trilogie
06/9039

Die Sandrose
2. Roman der Deirdre-Trilogie
06/9040

Im Reich der Zauberinnen
3. Roman der Deirdre-Trilogie
06/9041

06/9039

HEYNE-TASCHENBÜCHER